ZETA

Título original: *Best Kept Secrets*
Traducción: Víctor Pozanco
1.ª edición: abril 2009

© 1989 by Sandra Brown Management, Ltd.
© Ediciones B, S. A., 2009
   para el sello Zeta Bolsillo
   Bailén, 84 - 08009 Barcelona (España)
   www.edicionesb.com

Edición original de Warner Books, New York
Publicado de acuerdo con Maria Carvainis Agence, Inc. y
Julio F. Yáñez, Agencia Literaria

Printed in Spain
ISBN: 978-84-9872-194-2
Depósito legal: B. 7.156-2009

Impreso por LIBERDÚPLEX, S.L.U.
Ctra. BV 2249 Km 7,4 Polígono Torrentfondo
08791 - Sant Llorenç d'Hortons (Barcelona)

Los secretos mejor guardados

SANDRA BROWN

ZETA

1

Más que por la cucaracha, gritó por la uña rota. La cucaracha era pequeña, pero la uña estaba hecha una lástima. La desportilladura era tan profunda y abrupta que parecía el Gran Cañón del Colorado.

Alex intentó dar a la cucaracha con el tarjetón plastificado del limitado menú que el motel servía en las habitaciones. En el reverso anunciaban el bufé mexicano de los viernes y a The Four Riders, un grupo *country* del oeste que actuaba en el salón Silver Spur desde las siete de la tarde hasta las doce de la noche.

Su ataque a la cucaracha falló de largo y el bicho se escurrió bajo la cómoda de madera chapada. «Ya te pillaré después.»

Rebuscó la lima en el fondo del neceser, que iba a sacar de la maleta cuando el cierre metálico le partió la uña, y la cucaracha salió a inspeccionar a la nueva inquilina de la habitación 125. La habitación estaba en la planta baja del motel Westemer, tres puertas más allá del distribuidor automático de hielo y de las máquinas expendedoras.

Una vez reparada la uña, Alex se echó un último vistazo ante el espejo de la cómoda. Era importante que la primera impresión fuese de pasmo. Se quedarían de piedra cuando les dijese quién era, pero deseaba que el impacto fuese aún mayor.

Quería dejarlos estupefactos, inermes y sin habla.

Harían comparaciones, sin duda. Eso era algo que no iba a poder evitar; simplemente, no quería salir mal parada entre los raseros mentales que fuesen a aplicarle. Por poco que ella pudiese, no iban a encontrar tachas en la hija de Celina Gaither.

Había elegido cuidadosamente su atuendo. Todo —la ropa, las joyas y los complementos— era de muy buen gusto. El efecto general era elegante pero no solemne, moderno pero no a la última; desprendía un halo de profesionalidad que no comprometía su feminidad.

Su propósito era, en primer lugar, impresionarles, y, luego, sorprenderlos con lo que la había traído a Purcell.

Hasta hacía unas semanas, esa población de treinta mil habitantes no había sido más que un puntito perdido en el mapa de Texas. Había más liebres y ranas que personas. Últimamente, la actividad económica de la ciudad había sido una fuente de noticias, aunque de caudal relativamente pequeño. Concluido su trabajo, Alex estaba segura de que Purcell acapararía los titulares de los periódicos desde El Paso hasta Texarcana.

Convencida de que no había nada en su aspecto que pudiese ser mejorado de no mediar lo imponderable o una costosísima cirugía estética, se puso el bolso en bandolera, cogió su maletín de piel de anguila y, asegurándose de que llevaba la llave consigo, cerró tras de sí la puerta de la habitación 125.

Durante el trayecto hasta el centro de la ciudad, Alex tuvo que ir a paso de tortuga porque tenía que cruzar dos zonas escolares. En Purcell la hora punta empezaba a la salida de los colegios. Los padres llevaban a sus hijos al consultorio del dentista, a la clase de piano o a los centros comerciales. Puede que algunos fuesen de vuelta a casa, pero la lentitud del tráfico y los embotellados cruces indicaban que nadie se quedaba en casa ese día. La verdad es que no le importó el continuo arrancar y parar. Las pausas le permitían calibrar la personalidad de la ciudad.

Sobre la marquesina de la entrada del Instituto de Enseñanza Media de Purcell ondeaban gallardetes de color negro y oro. La caricatura de una pantera negra le enseñaba los dientes a los automóviles que circulaban por la autopista y un anuncio deletreaba «POUNCE PERMIAN». Sobre el césped del estadio, el equipo de fútbol estaba entrenándose. La banda, con sus instrumentos refulgiendo al sol, ensayaba sobre el terreno su actuación, para el descanso del partido del viernes por la noche.

Parecía una actividad de lo más inocente. Por un momento, Alex lamentó su misión y lo que su resultado significaría, con toda probabilidad, para la comunidad. Pero desechó rápidamente sus sentimientos de culpabilidad al recordarse a sí misma por qué estaba allí. Un cúmulo de rechazos, y las duras acusaciones de su abuela, se habían sedimentado en su mente e impedían que, ni por un segundo, olvidase lo que la había llevado hasta ese punto en su vida. No podía permitirse el sentimentalismo de lamentar nada.

El centro de la ciudad estaba casi desierto. Muchas oficinas y edificios comerciales que daban a la plaza estaban cerrados y precintados. Los signos de cierre judicial eran incontables.

Las lunas de los escaparates, tras las que antes se habían exhibido tentadoras mercancías, estaban llenas de pintadas. En la puerta de una lavandería abandonada, la advertencia de la casa: «No se responde de lo que se pierda», había sido alterada por alguien y decía: «No se responde de la mierda.» Era una gráfica síntesis del clima económico imperante en el condado de Purcell.

Alex aparcó frente al Palacio de justicia y echó monedas en el parquímetro. El Palacio de justicia había sido construido en granito rojo, extraído de las tierras altas y transportado por ferrocarril hasta Purcell, noventa años atrás. Talladores italianos habían esculpido pretenciosos grifos y gárgolas en todos los rincones viables, como si la cantidad de decoración justificase el gasto de su encargo. El resultado era ostentoso, pero el abigarramiento era uno de los atractivos del edificio. Sobre la cúpula, la bandera de Texas y la federal ondeaban con el fresco viento del norte.

Después de haber trabajado en el edificio del Parlamento en Austin durante el año anterior, a Alex no le intimidaban los edificios oficiales. Abordó los escalones del Palacio de justicia con paso decidido y abrió la pesada puerta. En el interior, el enlucido de las paredes estaba desconchado y había evidentes muestras de abandono. Las baldosas de aglomerado del suelo tenían tenues grietas que se entrecruzaban como las líneas de la palma de una vieja mano.

El techo era alto. Los pasillos, encrucijados de corrientes de aire, olían a detergente de poderosa fuerza limpiadora, a enmohecidos libros de registro y a una sobredosis de perfume que emanaba de la secretaria del fiscal, que alzó la mirada cuando Alex entró en la oficina.

—Eh, hola, ¿te has perdido, guapa? Vaya pelo bonito. Me encantaría poder llevarlo recogido en un moño así. Hay que tener las orejas muy pequeñas, y no como las mías, que parecen asas. ¿Te pones algo para darle esos reflejos rojizos?

—¿Está en su despacho el fiscal Chastain?

—Claro, guapa. ¿Para qué quieres verle? Está bastante ocupado hoy.

—Pertenezco a la oficina del fiscal del condado de Travis. Creo que el señor Harper llamó de mi parte.

La bola de chicle del interior del carrillo de la secretaria cesó en su trajín.

—¿Es usted? Esperábamos a un hombre.

—Pues ya lo ve... —repuso Alex, moviendo los brazos con gesto significativo.

La secretaria pareció contrariada.

—Digo yo que lo normal sería que el señor Harper hubiese aclarado que su ayudante es una mujer, pero, ¡hala! —dijo, haciendo un ademán que dejó ver su fofa muñeca—, ya sabes cómo son los hombres. Pero bueno, guapa, llegas puntual a la cita. Me llamo Imogene. ¿Quieres café? Qué conjunto más espléndido llevas, es tan elegante. Ahora se llevan las faldas más cortas, ¿verdad?

—¿Han llegado ya las partes? —dijo Alex, a riesgo de parecer mal educada.

Justo en ese momento, se oyó una risa masculina al otro lado de una puerta cerrada.

—¿Tú que dirías, guapa? Deben de haber contado algún chiste verde para calmarse. Están que arden por saber de qué va todo ese secreto de la reunión. ¿A qué viene tanto misterio? Al señor Harper no le dijo a Pat por qué venía a Purcell, y eso que son amigos desde el colegio. ¿Tiene algo que ver con la licencia de juego de EM?

—¿EM?

—Empresas Minton.

La secretaria lo dijo como sorprendida de que a Alex no le fuese familiar el nombre.

—Quizá no deba hacerles esperar más —sugirió discretamente Alex, eludiendo la pregunta de Imogene.

—Venga, pues, que quizá hablo más de la cuenta. ¿Dijiste que querías café, o no, guapa?

—No, gracias.

Alex siguió a Imogene hacia la puerta. Le latía el corazón dos veces más deprisa que de costumbre.

—Perdón —dijo Imogene al asomar la cabeza por la puerta del despacho—, la ayudante del fiscal Harper está aquí. La agradable sorpresa que se van a llevar —añadió, volviéndose hacia Alex. Un par de pestañas impregnadas de rímel azul se cerraron en un guiño de complicidad—. Pasa, guapa.

Alex, dándose ánimo para la cita más crucial de su vida, entró en el despacho.

Resultaba muy obvio, por el relajado ambiente, que los hombres que allí estaban esperaban encontrarse con otro hombre. En cuanto cruzó el vano e Imogene hubo cerrado la adintelada puerta, el hombre que estaba sentado detrás de la mesa se levantó en seguida. Apagó el puro en el grueso cenicero de cristal y se puso la americana que tenía colgada en el respaldo de la silla.

—Pat Chastain —dijo, tendiendo la mano—. Lo de «agradable sorpresa» se queda corto. Pero es que mi viejo amigo Greg Harper siempre tuvo buen ojo para las señoras. No me sorprende ni pizca que tenga a una mujer tan hermosa trabajando con él.

Su sexista observación hizo que a ella le rechinasen los dientes, pero se contuvo. Inclinó la cabeza a modo de reconocimiento del cumplido de Chastain. La mano que estrechó con firme apretón estaba tan cargada de anillos de oro macizo que habría podido servir de ancla de un transatlántico.

—Gracias por concertar esta reunión, señor Chastain.

—Ningún problema. Estoy encantado de seros útil a ti y a Greg. Y llámame Pat.

La cogió por el codo y la hizo volverse hacia los otros dos hombres, que se habían levantado respetuosamente.

—El señor Angus Minton y su hijo Junior —los presentó Pat Chastain—. Señores... —añadió.

Verlos ahí delante, mirarlos directamente a la cara por primera vez, le produjo una extraña y poderosa sensación. La curiosidad y la antipatía pugnaban en su interior. Deseaba ponerles los puntos sobre las íes y atacar directamente. Sin embargo, adoptó las consabidas y civilizadas maneras, y tendió su mano.

Una mano tachonada de callosidades la saludó en un apretón en el límite de lo que habría resultado doloroso, pero tan franco y cordial como el rostro que le sonreía.

—Encantado, señora. Bienvenida a Purcell.

Angus Minton tenía el rostro muy curtido y moreno, castigado por el lacerante sol del verano, por el gélido viento del norte y por años de trabajo a la intemperie. Unos inteligentes ojos azules titilaban ante ella desde unas cuencas de las que irradiaban amistosos destellos. Tenía una voz bronca. Alex adivinó que su risa sería de un volumen parecido al de sus anchos hombros y su prominente barriga de bebedor de cerveza, acaso su único exceso. Por lo demás, daba la impresión de ser fuerte y estar en forma. Incluso un hombre más joven y fornido habría rehuido pelear con él por lo mucho que imponía. Pero, pese a su fortaleza, tenía el candoroso aspecto de un niño.

El apretón de manos de su hijo fue más suave, pero no menos cordial y amistoso. Abarcó la mano de Alex con calidez.

—Junior Minton. ¿Cómo está usted? —dijo con una voz que inspiraba confianza.

—¿Y usted?

No aparentaba sus cuarenta y tres años, sobre todo si sonreía. Sus regulares y blancos dientes relucían y un malicioso hoyuelo en la mejilla sugería que no debía de ser mejor pieza que lo que las circunstancias requiriesen. El azul de sus ojos, ligeramente más oscuro que el de su padre, pero de idéntica picardía, se posó en ella lo bastante como para comunicarse que ellos dos eran lo único que importaba entre aquellas cuatro paredes. Ella retiró la mano antes de que Junior Minton pareciese dispuesto a soltarla.

—Y por ahí anda Reede, Reede Lambert.

Alex miró en la dirección que Pat Chastain le indicaba y vio al cuarto hombre, en quien hasta entonces no había reparado. Desdeñando el protocolo, seguía repantigado en una silla en un rincón del despacho. Con las piernas cruzadas a la altura de las rodillas, movía insolentemente sus raídas camperas con la puntera en dirección al techo. Tenía las manos displicentemente cruzadas sobre la hebilla de un cinturón tejano; las desentrelazó lo bastante para dejar asomar dos dedos y tocarse el ala de su sombrero vaquero.

—Señora... —dijo.

—Señor Lambert... —correspondió ella con frialdad.

—Aquí, siéntate aquí —le rogó Chastain, señalando a una silla—. ¿Te ha ofrecido café Imogene?

—Sí, pero le he dicho que no me apetecía un café. Me

gustaría pasar en seguida al objeto de la reunión, si es posible.

—Por supuesto que sí. Acerca esa otra silla, Junior. Y tú, Angus —dijo Chastain, asintiendo con la cabeza e indicándole al padre que volviese a sentarse.

Cuando estuvieron todos sentados, el fiscal volvió a su silla de detrás de la mesa.

—Bien, señorita... Oh, soy un desastre; tantas presentaciones y no sé su apellido.

Alex pasó a ser el centro de atención, y cuatro pares de ojos la enfocaron, aguardando con curiosidad a oír su apellido. Ella se tomó su tiempo, para escenificarlo mejor, porque sabía que al decirlo provocaría una fuerte reacción. Quería observar y catalogar las reacciones de cada uno. Hubiese preferido poder ver mejor a Reede Lambert. Estaba sentado un poco más atrás y sólo lo veía en parte; su sombrero vaquero apenas dejaba ver más que la parte inferior de su rostro. Alex respiró profundamente antes de hablar.

—Soy Alexandra Gaither, la hija de Celina.

Un asombrado silencio siguió a sus palabras.

—¿Quién es Celina Gaither? —preguntó al fin Chastain sobreponiéndose a su perplejidad.

—¡Hoostia! —exclamó Angus, hundiéndose en la silla como un globo desinflado.

—La hija de Celina. Dios mío, es increíble —musitó Junior—. Es increíble.

—¿Quiere alguien explicarme de qué va esto, por favor? —dijo Pat, aún confundido.

Pero nadie le hizo caso.

Los Minton la miraron fijamente, buscando en su rostro el parecido con su madre, a la que tan bien habían conocido. Por el rabillo del ojo, Alex vio que la puntera de la bota de Lambert ya no oscilaba; había enderezado sus rodillas y se había erguido en su silla.

—¿Pero qué ha sido de ti durante todos estos años? —preguntó Angus.

—¿Cuántos años han pasado? —preguntó Junior.

—Veinticinco —concretó Alex—. Yo tenía sólo dos años cuando la abuela Graham se marchó de aquí.

—¿Y cómo está tu abuela?

—En una clínica de Waco, muriendo de cáncer, señor Minton.

Alex no creyó que mereciese la pena tratar de no herir su sensibilidad.

—Está en coma —añadió.

—Lo siento mucho.

—Gracias.

—¿Y dónde habéis vivido todo este tiempo?

Alex dio el nombre de una ciudad del centro de Texas.

—Vivimos allí durante toda mi vida..., por lo menos, que yo recuerde. Allí terminé el bachillerato, fui a la Universidad de Texas, a la Facultad de Derecho. Me licencié el año pasado.

—La Facultad de Derecho. Casi nada. Así que te ha ido bien, ¿eh, Alex? Muy bien. ¿Verdad, Junior?

Junior Minton exhibió su mejor sonrisa.

—Vaya que sí. Has cambiado mucho desde la última vez que te vi —dijo, bromeando—. Si no recuerdo mal, tenías los pañales mojados y ni un solo pelo en la cabeza.

Teniendo en cuenta cuál era la razón por la que se había preparado la reunión, ese coqueteo hizo que Alex se sintiese incómoda. Se alegró de que Pat Chastain volviese a intervenir.

—Odio interrumpir un reencuentro tan emotivo, pero sigo sin comprender.

—Celina fue compañera de colegio de Junior y de Reede —le explicó Angus—. Íntimos amigos, en realidad. Era difícil ver a uno sin verlos a los tres cuando iban al instituto. Vaya trío.

Los ojos de Angus se empañaron y movió la cabeza, apenado.

—Celina murió; una tragedia —añadió, haciendo una pausa para recobrar la compostura—. El caso es que es la primera vez que sabemos una palabra de Alexandra desde que su abuela, la madre de Celina, se marchó de aquí con ella. Pero qué diantre, ¿no es fantástico tenerte de nuevo en Purcell? —concluyó sonriendo y dándose una palmada en el muslo.

—Gracias, pero... —dijo Alex, abriendo su maletín y sacando un sobre de papel de Manila—. No he venido para quedarme, señor Minton. La verdad es que estoy aquí en misión oficial —añadió acercándole el sobre por encima de la mesa al fiscal, que la miraba perplejo.

—¿En misión oficial? Cuando Greg me llamó y me pidió que colaborase con su fiscalía, dijo algo de reabrir un caso.

—Ahí está todo —dijo Alex señalando el sobre con la cabeza—. Le sugiero que lo lea atentamente, hasta el último detalle. Greg Harper le ha pedido la total cooperación y ayuda de su fiscalía y de todos los departamentos de la Delegación de Justicia, señor Chastain. Me aseguró que usted se atendría a su petición durante todo el tiempo que durase mi investigación.

Alex cerró el maletín con ademán concluyente, se levantó y se dirigió a la puerta.

—¿Investigación?

El fiscal Chastain se puso en pie, y también los Minton.

—¿Trabaja usted con la Comisión de Carreras Deportivas? —preguntó Angus—. Ya se nos había avisado de que se nos sometería a una concienzuda investigación antes de concedernos la licencia de apuestas, pero creíamos haber pasado ya el examen.

—Creía que, salvo cuestiones de trámite, ya estaba todo aclarado —dijo Junior.

—Y, que yo sepa, así es —repuso Alex—. Mi investigación nada tiene que ver con la Comisión de Carreras, ni con que se les conceda una licencia para las apuestas hípicas.

Al ver que ella no daba detalles, Chastain se decidió a preguntar:

—Bueno, pues entonces, ¿con qué tiene que ver, señorita Gaither?

Alex se irguió todo lo que pudo antes de contestar.

—He reabierto un caso de asesinato de hace veinticinco años. Greg Harper le pidió su ayuda, señor Chastain, porque el crimen se cometió en el condado de Purcell.

Miró a Angus y a Junior a los ojos; luego dirigió la mirada al sombrero de Reede Lambert y la sostuvo un instante.

—Aunque sea lo último que haga, voy a averiguar quién mató a mi madre.

2

Alex se quitó la chaqueta, la sacudió y la dejó sobre la cama del motel. Tenía las axilas húmedas y las rodillas a punto de doblársele. Sentía náuseas. La escena en el despacho del fiscal la había afectado mucho, aunque se resistiese a reconocerlo.

Había salido del despacho de Pat Chastain con la cabeza bien erguida. No había salido con paso excesivamente rápido, pero tampoco se había entretenido. Se había despedido con una sonrisa de Imogene, quien, obviamente, había estado escuchando detrás de la puerta a juzgar por lo boquiabierta que estaba y por la estupefacta mirada que pasó sobre Alex.

Alex había ensayado bien el pistoletazo de salida, perfectamente coordinado y ejecutado. La reunión había transcurrido tal como la había planeado, pero sintió un enorme alivio cuando terminó.

Tenía toda la ropa pegada al cuerpo y fue desvistiéndose. Le habría encantado pensar que lo peor ya había pasado, pero se temía que estaba aún por llegar. Los tres hombres a quienes acababa de enfrentarse no iban a cruzarse de brazos. Tendría que enfrentarse con ellos de nuevo, y cuando lo hiciese, no la recibirían con tanta cordialidad.

Angus Minton parecía dotado de tan buena voluntad como Papá Noel, pero Alex sabía que nadie que estuviese en la posición de Angus podía ser tan inofensivo como él trataba de aparentar. Era el hombre más rico y poderoso de todo el condado. No se llega a una posición así con una conducta intachable. Lucharía para conservar lo que había amasado durante toda una vida.

Junior era un zalamero que sabía cómo agradar a las mujeres. Se conservaba bien. Había cambiado poco desde las fotografías que Alex había visto de él siendo adolescente. También sabía que procuraba explotar sus encantos. No iba a serle difícil sentirse atraída por él. Tampoco, el considerarlo sospechoso de asesinato.

Reede Lambert era, para ella, el más difícil de encasillar, porque la impresión que tenía de él era muy vaga. A diferencia de los demás, apenas había podido mirarle directamente a los ojos. El Reede de carne y hueso parecía un tipo mucho más duro y fuerte que el muchacho que aparecía en una de las fotos de la caja donde las guardaba su abuela. Su primera impresión fue la de una persona hosca, poco cordial y peligrosa.

Estaba segura de que uno de esos tres hombres había matado a su madre.

Celina Gaither no había sido asesinada por el acusado, Buddy Hicks. Su abuela, Merle Graham, había inculcado esta idea a Alex durante toda su vida, como si se tratase del catecismo.

«Dependerá de ti, Alexandra, poner las cosas en su sitio —le decía Merle casi todos los días—. Es lo mínimo que puedes hacer por tu madre.» Y entonces solía mirar apenada una de las muchas fotografías enmarcadas de su hija asesinada que tenía repartidas por toda la casa. Mirar aquellas fotografías hacía que, invariablemente, rompiese a llorar, y nada podía hacer su nieta por consolarla.

Hasta hacía unas pocas semanas, sin embargo, no había sabido Alex de quién sospechaba Merle. Llegar a saberlo le supuso pasar por el momento más amargo de su vida.

Respondiendo a una llamada urgente del médico que atendía a su abuela en la clínica, había ido inmediatamente por carretera a Waco. Era una clínica tranquila, inmaculadamente limpia y atendida por profesionales responsables. La pensión vitalicia que cobraba Merle de la Compañía Telefónica hizo que se lo pudiera permitir. Pese a todo su confort, tenía, no obstante, un gris olor a viejo; la desesperación y el decaimiento impregnaban los pasillos.

Al llegar, aquella tarde lluviosa, fría y funesta, a Alex le dijeron que su abuela se hallaba en estado crítico. Entró en la silenciosa habitación privada y se acercó a la cama. El cuerpo de Merle estaba patentemente desmejorado desde la última vez que Alex la había visitado, hacía sólo una semana. Sus ojos brillaban como ascuas. Pero era un brillo hostil.

—¡No te me acerques! —exclamó Merle con una voz quebrada—. No quiero verte. ¡Tú tienes la culpa!

—¿Qué, abuela? —dijo Alex desmayadamente—. ¿Qué es lo que dices?

—No quiero verte aquí.

Abochornada ante aquel tajante rechazo, Alex dirigió la mirada hacia el médico y las enfermeras, que se encogieron de hombros sin comprender nada.

—¿Por qué no quieres verme? He venido nada menos que desde Austin.

—Murió por tu culpa, ¿sabes? De no haber sido por ti...

Merle gimió de dolor y se asió a la sábana con dedos tiesos y exangües.

—¿Mi madre? ¿Estás diciéndome que soy responsable de la muerte de mi madre?

—Sí —insistió Merle con un siseo lleno de rencor y los ojos desorbitados.

—Pero si yo no era más que una niña, una criatura de dos años —protestó Alex, humedeciéndose los labios desesperada—. ¿Cómo iba yo a...?

—Pregúntaselo a ellos.

—¿A quién, abuela? ¿A quién?

—A quien la asesinó. Angus, Junior, Reede. Pero fue por ti..., por ti..., por ti...

El médico tuvo que llevarse a Alex fuera de la habitación minutos después de que Merle cayese en un coma profundo. Aquella acusación la había dejado sin aliento; resonaba en su cerebro y corroía su alma.

Si Merle consideraba a Alex responsable de la muerte de Celina, eso explicaría muchas cosas de la infancia y adolescencia de Alex. Siempre se había preguntado por qué la abuela Graham nunca fue muy afectuosa con ella. Por bien que hiciese las cosas, no parecían merecer nunca el elogio de su abuela. Sabía que no la consideraba tan dotada, ni inteligente, ni atractiva como la sonriente muchacha de la foto a la que Merle miraba con tan triste añoranza.

Alex no albergaba ningún resentimiento hacia su madre. En realidad, la idolatraba y la adoraba con la ciega pasión de una niña criada sin padres. Se afanaba sin desmayo por estar en todo a la altura de Celina, no sólo para ser digna hija de ella sino con la esperanza de ganarse la aprobación y el amor de su abuela. De ahí que oír de labios de la agonizante anciana que ella era responsable de la muerte de Celina fuese un golpe que la dejó sin aliento.

El médico avanzó la sugerencia de que acaso desease que a la señora Graham se le desconectase el sistema que mantenía sus constantes vitales.

—Ya no hay nada que podamos hacer por ella, señorita Gaither.

—Por supuesto que sí lo hay —repuso Alex con una ferocidad que sorprendió al médico—. Pueden mantenerla con vida. Estaré en contacto permanente con ustedes.

Nada más regresar a Austin, empezó a analizar el sumario del proceso por el asesinato de Celina Graham Gaither. Pasó noches en vela, estudiando la transcripción de todos los documentos que obraban en poder del juzgado antes de hablar con su jefe, el fiscal del condado de Travis.

Greg Harper había ido pasándose el cigarrillo de una comisura de los labios a la otra. En la sala del tribunal,

Greg era el terror de los acusados culpables, de los testigos perjuros y de los jueces formalistas. Gritaba demasiado, fumaba demasiado, bebía mucho y llevaba trajes a rayas de quinientos dólares y botas de piel de lagarto que costaban el doble. Decir que era un tipo ostentoso y egomaníaco sería poco. Era astuto, ambicioso, implacable, despiadado y soez, y, por tanto, era muy probable que llegase lejos en política, que era su meta. Creía en la meritocracia, y apreciaba el talento natural. Por eso tenía a Alex con él.

—¿Quieres reabrir un caso de asesinato de hace veinticinco años? —le preguntó al explicarle ella por qué quería que se celebrase aquella reunión—. ¿Algún motivo especial?

—Porque la víctima era mi madre.

Por primera vez desde que lo conocía, Greg le hacía una pregunta sin saber de antemano la respuesta, o por lo menos sin tener una idea bastante aproximada.

—Dios mío, Alex. Lo siento de veras. No lo sabía.

—Bueno, una no va a ir publicándolo por ahí, ¿no te parece? —dijo Alex, encogiéndose ligeramente de hombros como restándole importancia.

—¿Cuándo fue? ¿Qué edad tenías tú?

—Era muy pequeña. Ni siquiera la recuerdo, mi madre sólo tenía dieciocho años cuando la mataron.

Greg dejó resbalar su larga y huesuda mano por su cara, más larga y huesuda aún.

—¿Sigue el caso considerado oficialmente sin resolver? —preguntó.

—No exactamente. Detuvieron y acusaron a un sospechoso, pero el caso se archivó sin que llegase a celebrarse juicio.

—Cuéntamelo todo, pero sé breve; almuerzo con el fiscal general del Estado. Tenemos diez minutos. Adelante.

Al terminar Alex de explicárselo, Greg frunció el ceño y encendió un cigarrillo con la brasa de la colilla de otro que se había fumado hasta el filtro.

—Por Dios, Alex, ¿no irás a decirme que los Minton

estuvieron implicados? ¿Cree de verdad tu abuela que uno de ellos liquidó a tu madre?

—Ellos, o su amigo Reede Lambert.

—En cualquier caso: ¿qué motivo habrían tenido, según ella?

—No lo concretó —dijo evasivamente Alex, incapaz de contarle que Merle le había dicho que había sido por su causa—. Al parecer, Celina tenía mucha amistad con ellos.

—Entonces, ¿por qué iba a matarla alguno de ellos?

—Eso es lo que pretendo averiguar.

—Pero el Estado te paga para que le dediques todo tu tiempo.

—Es un caso que merece la pena, Greg —dijo ella escuetamente.

—Te basas sólo en un presentimiento.

—Es algo más que un presentimiento.

Greg gruñó, como desentendiéndose.

—¿Estás segura de que no se tratará de algún resentimiento personal?

—Por supuesto que no —exclamó Alex ofendida—. Me propongo hacerlo por razones estrictamente jurídicas. Si hubiesen juzgado a Buddy Hicks y un jurado lo hubiese condenado, no daría tanto crédito a lo que me dijo mi abuela. Pero está en los archivos y es del dominio público.

—¿Y por qué no movió cielo y tierra tu abuela cuando se cometió el asesinato?

—Yo también le pregunté lo mismo. No tenía dinero y se sentía intimidada por las maquinaciones legales. Además, el asesinato la dejó sin fuerzas para nada. Las pocas que le quedaban las utilizó para criarme.

Ahora comprendía Alex por qué, desde que tenía memoria, su abuela la había orientado hacia la abogacía. Tal como su abuela esperaba de ella, Alex había destacado en el instituto y se había licenciado en la Facultad de Derecho de la Universidad de Texas con un expediente entre los diez mejores. La carrera jurídica era la profesión que Merle había elegido para ella, pero, por fortuna, era un campo que a Alex le fascinaba hasta el entusiasmo. Su mente curiosa disfrutaba adentrándose en todo lo intrincado. Estaba bien preparada para cumplir con su deber.

—La abuela no era más que una pobre viuda que se había encontrado con la papeleta de tener que criar a una niña —argumentó Alex en su favor—. Bien poco podía hacer ante el juez que se ocupó de las diligencias y tomó declaración a Hicks. Y, con el dinero que tuviera, hizo las maletas y dejó la ciudad para siempre.

Greg consultó su reloj. Luego, sujetó su cigarrillo entre los labios, se levantó y se puso la chaqueta.

—No puedo reabrir un caso de asesinato sin una mínima evidencia o causa probable. Eso tú ya lo sabes. No te traje de la facultad porque fueses estúpida. Aunque he de confesar que tu hermoso culo influyó algo.

—Gracias.

Aquello le sentó muy mal, y no por lo sexista del comentario tan descarado que ella sabía que no reflejaba la realidad.

—Mira, Alex, esto no es como un favor que se le pide a un amiguete —dijo él—. Porque, teniendo en cuenta quiénes son esos tíos, íbamos a cubrirnos de mierda. Antes de meter las narices, necesito algo más que tus presentimientos y los barruntos de tu abuela.

Ella lo siguió hasta la puerta del despacho.

—Venga, Greg, ahórrate los legalismos. Sólo piensas en ti.

—No te quepa duda. Eso es lo que hago constantemente.

Tanta claridad no le dejó a ella resquicios para maniobrar.

—Autorízame por lo menos a investigar este asesinato cuando no esté directamente asignada a otros casos.

—Ya sabes lo atrasado que está todo. No tenemos tiempo material para ponernos al día.

—Trabajaré horas extras. No descuidaré mis otras responsabilidades. Sabes que no lo haría.

—Alex...

—Por favor, Greg...

Comprendió que él quería que cejase en su empeño, pero no pensaba hacerlo más que ante una rotunda negativa. Su investigación preliminar había despertado su interés profesional, tanto como su desesperado deseo de demostrar que su abuela estaba equivocada y de absolverse de toda culpa reforzaban su motivación para actuar.

—Si no consigo algo pronto, lo dejaré y no me volverás a oír hablar del asunto.

Greg la miró, estudiando la determinación de su expresión.

—¿Y por qué no te limitas a librarte de tus frustraciones follando, como todo el mundo? Por lo menos la mitad de los hombres de la ciudad te harían un sitio, solteros o casados —dijo, fulminándola con la mirada—. De acuerdo, de acuerdo —añadió—; puedes husmear un poco, pero sólo en tu tiempo libre. Saca algo en claro. Si quiero ganar votos no puedo permitir que me tomen por imbécil ni comportarme como tal; ni se lo puede permitir nadie en este despacho. Y ya está bien, que se me hace tarde para el almuerzo. Adiós.

Alex llevaba muchos casos y había tenido muy poco tiempo para dedicárselo al asesinato de su madre. Leyó todo lo que cayó en sus manos —reportajes periodísticos y transcripciones de las declaraciones de Buddy ante el juez—, hasta llegar a memorizar todo lo que se sabía del asunto.

Todo era muy sencillo. Bud Hicks, un deficiente mental, había sido detenido cerca del lugar del crimen con las ropas manchadas de sangre de la víctima. En el momento de su detención llevaba consigo el instrumento quirúrgico con el que supuestamente había cometido el asesinato. Lo encarcelaron, lo interrogaron y lo acusaron. Días después tuvo lugar una audiencia ante el juez Joseph Wallace, quien declaró a Hicks incapacitado para hacer frente a un juicio y ordenó su confinamiento en un hospital psiquiátrico del Estado.

Parecía un caso visto y no visto; caso cerrado. Pero, justo cuando empezaba a creer que Greg podía tener razón y que iba a meterse en una pesquisa inútil, descubrió algo curioso en la transcripción de la declaración de Hicks. Tras seguirle el rastro, habló de nuevo con Greg, provista de una declaración jurada y firmada.

—Ya lo tengo —exclamó Alex en tono triunfal, pegando con la carpeta al montón de papeles que atestaban la mesa de Greg, que frunció el ceño con gesto adusto.

—No seas tan jodidamente optimista, y, ¡coño!, deja de darle golpes a todo. Tengo una resaca de mil demonios.

Murmuró estas palabras a través de una densa nube de humo, y sólo dejó de darle caladas al cigarrillo para sorber el café de su humeante taza.

—¿Qué tal el fin de semana? —preguntó.

—Maravilloso —dijo Alex—. Bastante más productivo que el tuyo. Lee esto.

Abrió la carpeta dubitativamente y echó un vistazo con ojos vidriosos.

—Mmmm.

Lo primero que leyó bastó para captar su atención. Se recostó en la silla, apoyó los pies sobre el canto de la mesa y lo releyó con más detenimiento.

—¿Es del médico del psiquiátrico donde ese tal Hicks está confinado?

—Estaba. Murió hace unos meses.

—Interesante.

—¿Interesante? —gritó Alex, decepcionada por tan tibio comentario. Se levantó de su silla y se colocó detrás de ella, agarrando el respaldo muy nerviosa—. Mira Greg —añadió—, Buddy Hicks pasó veinticinco años en el psiquiátrico por nada.

—Eso es algo que tú todavía no sabes. No precipites conclusiones.

—El último psiquiatra que lo tenía a su cargo dijo que Buddy Hicks era un paciente modélico. Que nunca mostró tendencias violentas. No parecía demasiado interesado en el sexo y, según la autorizada opinión del médico, era incapaz de cometer un crimen como el que le costó la vida a mi madre. Reconoce que aquí hay algo que huele mal.

—Huele mal —murmuró Greg tras leer otros informes que había en la carpeta—, pero te aseguro que con esto no hacemos nada.

—Pues a menos que se produzca un milagro, pruebas concretas no voy a poder aportar. Es un caso de hace veinticinco años. A todo lo que puedo aspirar es a fundamentar el caso lo bastante como para llevarlo ante un Gran Jurado. Conseguir la confesión del verdadero asesino, porque no me cabe la menor duda de que Bud Hicks no mató a mi madre, es algo que no espero ni en sueños. Aunque cabe la remota posibilidad de hacer que asome algún testigo presencial.

—Tan remota que no hay ninguna, Alex.

—¿Por qué?

—Ya te he dado bastantes deberes para hacer en casa como para que lo sepas. El asesinato se cometió en un establo del rancho de Angus Minton. Di su nombre en cualquier parte del condado y verás como tiembla el suelo. Es una tela de araña. Si hubo un testigo presencial, no testificaría contra Minton, porque sería como morder la mano que le da de comer. Minton controla una docena de empresas en una parte del Estado donde están dando sus últimas boqueadas, económicamente hablando. Y esto nos lleva a un aspecto delicado, en un caso plagado de aspectos delicados —dijo Greg, sorbiendo el café y encendiendo otro cigarrillo antes de proseguir—. La comisión gubernativa acaba de concederle a Empresas Minton la luz verde para construir un hipódromo en el condado de Purcell.

—Estoy al corriente de eso. Pero ¿qué tiene que ver?

—Dímelo tú.

—¡Nada! —gritó ella.

—De acuerdo, lo que tú digas. Pero si empiezas a lanzar acusaciones y a difamar a uno de los hijos predilectos de Texas, ¿cómo crees que va a sentarle eso al gobernador? Está orgullosísimo de su Comisión de Apuestas. No quiere tener problemas con las apuestas. Nada de polémicas. Ni mala prensa. Ni tratos dudosos. Quiere que todo sea irreprochable e inmaculado. Así que si una preciosidad de la fiscalía empieza a darle a la lengua, tratando de establecer una relación entre unos comisionados que él ha elegido a dedo y que, supuestamente, han dado sus bendiciones a un asesino, el gobernador se llenaría de mierda hasta los ojos. Y si la preciosidad del hermoso culito trabaja en esta oficina, ¿sabes en quién se cagará él? En *moi*.

Alex optó por no discutir con él. En lugar de ello, le habló con todo su aplomo.

—Muy bien. Presentaré mi dimisión y lo haré por mi cuenta.

—No dramatices, coño. No me has dejado terminar.

Greg apretó el botón del intercomunicador y le gritó a su secretaria que le trajese más café. Mientras el café llegaba, encendió otro cigarrillo.

—Por otro lado —dijo entre volutas de humo—, no puedo soportar al hijo de puta del gobernador. Nunca lo he ocultado, y el aprecio es mutuo, aunque ese cabrón mojigato no lo reconocería nunca. Me mearía de risa si le viera retorcerse. ¿Te lo imaginas teniendo que justificar que quienes han obtenido la concesión elegidos a dedo por él, entre un montón de solicitantes, están relacionados con un asesinato? —dijo, chasqueando la lengua—. Me relamo con sólo pensarlo.

El motivo que aducía Greg le parecía reprobable, pero la dejó de piedra que le concediese el permiso.

—¿Así que puedo reabrir el caso?

—Bueno, es un caso no resuelto porque Hicks nunca fue juzgado —dijo Greg, mientras bajaba los pies de la mesa y hacía chirriar la silla al balancearla—. Pero tengo que decirte, sin embargo, que hago esto en contra de mi propio criterio y sólo porque me fío de tu intuición. Sabes que te aprecio, Alex. Supiste ganarte el puesto en seguida, nada más entrar aquí recién salida de la facultad. Aparte de tu precioso culo, merece la pena tenerte aquí.

Greg dirigió la mirada hacia la documentación que ella había reunido y jugueteó con el canto de una carpeta.

—Sigo pensando que tienes algún resentimiento personal contra esos tipos, contra la ciudad o contra lo que sea. No digo que sea injustificado. Se trata, simplemente, de que eso no basta para fundamentar un caso. Sin esta declaración del psiquiatra habría rechazado tu petición. Así que mientras estés por ahí, donde pacen el búfalo y el ciervo y corretean lo antílopes, recuerda que mi culo también es una preciosidad —dijo Greg alzando los ojos y dirigiéndole una tétrica mirada—. Y no jodas más.

—¿Quieres decir que puedo ir a West Texas?

—Allí es donde sucedió, ¿no?

—Sí, pero ¿y todos los casos que tengo pendientes?

—Para las diligencias preliminares pondré interinos y pediré aplazamientos. Entre tanto, hablaré con el fiscal de Purcell. Fuimos juntos a la facultad. Es un tipo perfecto para lo que pretendes. No es muy brillante y es un hombre solitario e inseguro, así que siempre está tratando de agradar. Le pediré que te preste toda la ayuda que necesites.

—No le des demasiados detalles. No quiero ponerlos en guardia.

—De acuerdo.

—Gracias, Greg —dijo de corazón.

—No tan deprisa —dijo él calmando el entusiasmo de Alex—. Si te metes, en algún lío, te desautorizaré. El fiscal general no oculta que yo soy su más probable sucesor. Quiero ese puesto, y nada me gustaría más que tener a una maciza preciosidad como jefa de uno de mis departamentos. Eso les encanta a los votantes —añadió, señalándola con un dedo manchado de nicotina—. Pero si te la pegas, yo no te conozco, nena. ¿Me sigues?

—Eres un hijo de puta sin escrúpulos.

—Ni siquiera a mi madre le gusté nunca demasiado —ironizó él, sonriendo como un cocodrilo.

—Te enviaré una postal —dijo ella dándose la vuelta para salir.

—Aguarda un minuto. Hay algo más. Te doy treinta días.

—¿Qué?

—Treinta días para que me traigas algo.

—Pero...

—Es todo el tiempo que puedo prescindir de ti sin que se me echen encima el resto de los indígenas. Es más de lo que tu presentimiento y tus débiles indicios permiten conceder. Así que o lo tomas o lo dejas.

—Lo tomo.

Lo que él ignoraba era que ella tenía un límite de tiempo mucho más acuciante y personal. Alex tenía que presentarle a su abuela el nombre del asesino de Celina antes de que la anciana muriese. El hecho de que estuviese en coma no le parecía que cambiase las cosas; de algún modo su conciencia lo captaría. Su último aliento debía ser apacible, y Alex estaba segura de que al final se sentiría orgullosa de su nieta.

Alex se inclinó sobre la mesa del despacho de Greg.

—Sé que estoy en lo cierto. Llevaré al verdadero asesino ante un tribunal y, cuando lo haga, lo declararán culpable. Vas a verlo.

—Ya, sí. Pero, entre tanto, averigua qué tal es en la cama un auténtico vaquero. Y toma notas. Y quiero detalles sobre el tamaño de la pistola y el polvo del camino.

—Eres un pervertido.

—Más que zorra. Y no me pegues..., ay..., ¡mierda!

Alex sonrió el recordar aquella entrevista con Greg. No tomaba en serio su insultante sexismo porque sabía que, profesionalmente, la respetaba. Pese a lo bruto que era, Greg Harper había sido su mentor y amigo desde el verano anterior a su primer curso en la facultad, cuando empezó a trabajar en la oficina de la fiscalía. Se la estaba jugando por ella, y ella se sentía agradecida de que Greg le diese aquel voto de confianza.

En cuanto Greg le dio luz verde, Alex no perdió un instante. Aquel mismo día reunió todos los papeles que necesitaba, vació la mesa de su despacho y cerró su armario. Salió de Austin por la mañana temprano e hizo una breve parada en Waco para ir a la clínica. El estado de Merle seguía invariable. Alex había dejado el número del teléfono del motel Westerner, donde podrían localizarla en caso de emergencia.

Marcó el número particular del fiscal desde la habitación del motel.

—¿Está el señor Chastain, por favor? —dijo al oír la voz de la mujer que respondió al teléfono.

—No está en casa en este momento.

—¿Es usted su esposa? Es bastante importante que pueda hablar con su esposo.

—¿Quién le digo que le ha llamado?

—Alex Gaither.

Alex oyó una tenue risa al otro lado del hilo.

—Así que usted es ésa, ¿eh?

—¿Cómo que ésa?

—La que ha acusado a los Minton y al sheriff Lambert de asesinato. Pat llegó a casa deshecho. Nunca le he visto tan...

—¿Cómo? —la interrumpió Alex con la respiración entrecortada—. ¿Ha dicho usted el sheriff Lambert?

3

La oficina del sheriff estaba en los bajos del Palacio de Justicia del condado de Purcell. Por segunda vez en dos días, Alex dejó el coche en el aparcamiento de pago de la plaza y entró en el edificio.

Era temprano. No había mucha actividad en los despachos de la planta baja. En el centro de aquella colmena de cubículos había una amplia sala de personal, igual a tantas otras. Un palio de humo de cigarrillo la cubría como una nube perpetua. Varios agentes de uniforme estaban junto a una humeante cafetera. Uno de ellos estaba hablando pero, al ver a Alex, dejó la frase a medio terminar. Los demás volvieron la cabeza y la miraron. Se sintió como una intrusa en lo que, obviamente, era campo acotado del varón. La igualdad en el trabajo no había llegado a la oficina del sheriff del condado de Purcell.

—Buenos días —dijo amablemente, sin cohibirse.

—Buenas —dijeron los agentes a una.

—Me llamo Alex Gaither y necesito ver al sheriff, por favor.

Habría podido ahorrarse la molestia de decirlo. Ya sabían quién era y por qué estaba allí. Las noticias circulaban deprisa en una ciudad del tamaño de Purcell.

—¿La espera? —preguntó con agresividad uno de los agentes, tras escupir unas hebras de tabaco en una lata de conservas vacía.

—Me parece que me recibirá —dijo ella muy segura.

—¿La envía Pat Chastain?

Alex había intentado ponerse en contacto con él de nuevo la misma mañana, pero la señora Chastain le había dicho que ya iba de camino a su despacho. Trató de hablar por teléfono con él allí, pero no contestaban. Así que o aún estaba en camino o la rehuía.

—Él ya conoce el motivo de mi visita. ¿Está el sheriff, o no? —repitió ella con cierta aspereza.

—Me parece que no.

—No lo he visto.

—Sí, sí que está —dijo otro de los agentes de mala gana—. Ha llegado hace unos minutos —añadió apuntando con la cabeza hacia el pasillo—. La última puerta a la izquierda.

—Gracias.

Alex les dirigió una amable sonrisa que no le salió precisamente del alma y se dirigió hacia el pasillo. Podía notar los ojos clavados en su espalda. Dio con los nudillos en la puerta que le habían indicado.

—¿Sí?

Reede Lambert estaba sentado detrás de una mesa de madera más agrietada de lo que debía de estarlo la primera piedra del edificio. Llevaba las mismas botas de la otra vez y tenía los pies cruzados y apoyados en un canto de la mesa. Y, también como la otra vez, estaba repantigado en una silla giratoria.

Su sombrero vaquero y su chaqueta de piel forrada colgaban de un perchero en un rincón, entre una ventana que partía a ras de suelo y una pared empapelada con carteles con el rostro de individuos en busca y captura, pegados con amarillentas tiras de cinta adhesiva. Sujetaba con ambas manos un tazón de café de porcelana, desportillado y descolorido.

—Bueno, pues buenos días, señorita Gaither.

Ella cerró la puerta con tal energía que hizo vibrar el cristal esmerilado.

—¿Por qué no me lo dijeron ayer?

—¿Y estropear la sorpresa? —dijo él con una taimada sonrisa—. ¿Cómo lo ha sabido?

—Por casualidad.

—Ya sabía yo que tarde o temprano vendría por aquí —dijo él irguiéndose—. Pero no me imaginaba que iba a venir a estas horas de la mañana.

Se levantó y señaló la única silla de la estancia que no tenía algo encima. Después se acercó a una mesa sobre la que había una cafetera.

—¿Le apetece un café?

—El señor Chastain debió decírmelo.

—¿Pat? Ni en sueños. Cuando las cosas se ponen feas, nuestro fiscal es un auténtico cagón.

Alex se llevó la mano a la frente.

—Esto es una pesadilla —dijo.

Lambert no había esperado a que ella rechazase o aceptase el café, y ya estaba llenando un tazón similar al suyo.

—¿Con leche y azúcar?

—No es una visita de cumplido, señor Lambert.

Él dejó el tazón con el café sobre el extremo de la mesa, frente a ella, y volvió a su silla. La madera y los viejos muelles crujieron a modo de protesta al sentarse.

—Hace usted que no podamos empezar muy bien.

—¿Ha olvidado por qué estoy aquí?

—Ni por un instante, ¿pero es que acaso sus obligaciones le prohíben tomar café, o es una abstinencia por motivos religiosos?

Exasperada, Alex dejó su bolso sobre la mesa del despacho, se acercó a la del café y revolvió la leche en polvo en el tazón.

El café hervía y estaba muy cargado, casi tanto como la mirada que el sheriff estaba dirigiéndole, y era bastante mejor que el tibio aguachirle que había tomado antes en la cafetería del motel Westerner. Si lo había preparado él, es que sabía hacerlo. La verdad es que tenía aspecto de ser un hombre que sabe hacer las cosas. Recostado en la silla, no parecía en absoluto preocupado por verse implicado en un caso de asesinato.

—¿Qué le parece Purcell, señorita Gaither?

—No llevo aquí lo bastante para formarme una opinión.

—Ande, venga ya. Apuesto a que vino predispuesta a que no le gustase.

—¿Por qué lo dice?

—Es evidente, ¿no? Su madre murió aquí.

La desenfadada referencia a la muerte de su madre le dolió.

—No es que muriera, simplemente. Fue asesinada. De una manera brutal.

—Lo recuerdo —dijo él, contrito.

—Claro. Fue usted quien encontró el cuerpo, ¿no?

Él bajó la mirada, dirigiéndola al contenido de su tazón, y la mantuvo fija en él durante un largo instante antes de tomar un sorbo. Luego se bebió de golpe el café, como si echase un trago de whisky.

—¿Mató usted a mi madre, señor Lambert?

Como el día anterior no había podido observar con detenimiento su reacción, quiso verla entonces.

Lambert levantó la cabeza.

—No —dijo, inclinándose hacia delante con los codos sobre la mesa y mirándola directamente a los ojos—. Acabemos de una vez con esta gilipollez. Entiéndalo desde ahora mismo y nos ahorraremos ambos mucho tiempo. Si quiere interrogarme, abogada, tendrá que mandarme comparecer ante el Gran Jurado.

—¿Así que rechaza cooperar en mi investigación?

—No he dicho eso. Esta oficina estará a su disposición, por orden de Pat. Y yo, personalmente, la ayudaré en todo lo que pueda.

—¿Porque es usted así de bondadoso? —dijo ella con suavidad.

—No, porque quiero ver esto listo y acabado, concluido. ¿Entiende? Así podrá volver a Austin, que es adonde usted pertenece, y dejar lo pasado al pasado, que es adonde pertenece. —Se levantó para servirse más café—. ¿Por qué ha venido aquí? —añadió de espaldas y ladeando la cabeza.

—Porque Bud Hicks no mató a mi madre.

—¿Y usted cómo demonios sabe eso? ¿Se lo ha preguntado a él, acaso?

—No pude. Ha muerto.

Dedujo por su reacción que no lo sabía. Lambert se acercó a la ventana y miró hacia el exterior, sorbiendo el café con aire reflexivo.

—Pues qué pena. Gooney Bud muerto.

—¿Gooney Bud?

—Así es como le llamaba todo el mundo. No creo que nadie conociese su apellido hasta que Celina fue asesinada y los periódicos publicaron el caso.

—Tengo entendido que era un deficiente mental.

Lambert afirmó con la cabeza desde la ventana.

—Sí —dijo—, y tenía un defecto del habla. Apenas se le entendía.

—¿Vivía con sus padres?

—Con su madre. También ella estaba medio chalada. Murió hace años, no muchos después de que lo encerraran.

El sheriff siguió mirando a través de las aberturas de la persiana de espaldas a ella. Tenía un cuerpo estilizado, ancho de hombros y estrecho de caderas. Llevaba los tejanos un poco ajustados. Alex se reprendió por haberse fijado.

—Gooney Bud conducía por toda la ciudad uno de esos triciclos grandes —dijo Lambert—. Se le oía llegar a un kilómetro. Aquel trasto chirriaba como el carro de un trapero. Lo llevaba siempre lleno de chatarra. Vivía de lo que recogía. A las niñas se les tenía dicho que no se le acercasen. Los chicos nos burlábamos de él y le hacíamos alguna perrería de vez en cuando. —Movió la cabeza contrito—. Una pena —añadió.

—Murió en un hospital psiquiátrico, recluido por un crimen que no cometió.

Su comentario lo exasperó.

—No tiene usted nada que pueda probar que no fue él.

—Ya encontraré la prueba.

—No existe ninguna.

—¿Está usted seguro? ¿Destruyó usted las evidencias incriminatorias la mañana que, supuestamente, encontró usted el cuerpo?

A Lambert se le dibujó una profunda arruga en el entrecejo.

—¿De verdad no tiene usted nada mejor que hacer? ¿No tiene ya bastante con todos los casos que lleva? ¿Por qué tiene este caso prioridad sobre los demás?

Le dio la misma ingenua razón que antes le había dado a Greg Harper.

—No se había hecho justicia. Buddy Hicks era inocente. Cargó con el crimen de otro.

—¿Mío, de Junior, o de Angus?

—Sí, de uno de ustedes tres.

—¿Quién le ha dicho eso?

—La abuela Graham.

—Ah, vaya; ahora empieza a aclararse la cosa —exclamó, introduciendo el pulgar en una presilla del cinturón, repiqueteando displicentemente con sus morenos dedos sobre la bragueta—. ¿Y cuando se lo dijo le habló también de lo celosa que estaba?

—¿La abuela? ¿De quién?

—De nosotros. De Junior y de mí.

—Me dijo que ustedes dos y Celina eran como los tres mosqueteros.

—Y le sentaba fatal. ¿No le ha dicho que estaba obsesionada por Celina?

No había hecho falta. La modesta casa en la que Alex se había criado era un verdadero santuario dedicado a su difunta madre. Al advertir que Alex fruncía el ceño, el sheriff contestó por ella.

—No, ya veo que a la señora Graham se le olvidó mencionarle todo esto.

—Usted piensa que estoy aquí por una venganza personal.

—Sí, eso es lo que creo.

—Pues no es cierto —dijo Alex a la defensiva—. Creo que el caso tiene suficientes lagunas como para justificar que se reabra. Y así lo cree el fiscal Harper.

—¿Ese egomaníaco? —espetó desdeñosamente—. Acusaría a su propia madre y lo divulgaría por las esquinas si eso le acercase al cargo de fiscal general.

Alex sabía que su comentario era en parte cierto. Lo planteó de otro modo.

—Cuando el señor Chastain esté más familiarizado con los hechos, estará de acuerdo en que se cometió un grave error judicial.

—Pat no había oído hablar nunca de Celina hasta ayer. No ha hecho otra cosa en toda su vida que perseguir camellos y espaldas mojadas.

—¿Me reprocha que quiera que se haga justicia? ¿Si hubiesen apuñalado a su madre hasta matarla en una cuadra, no haría usted todo lo posible para que el asesino fuese castigado?

—No lo sé. Mi vieja palmó antes de que yo tuviese edad para poder recordarla.

Alex se condolió por él de una manera que sabía que no podía permitirse. No era de extrañar que en las fotografías que había visto de Reede éste pareciese un muchacho muy triste con una mirada de persona mucho mayor. Nunca se le había ocurrido preguntarle a su abuela por qué estaba siempre tan serio.

—Es una situación insostenible, señor Lambert. La sospecha pesa sobre usted —dijo levantándose y cogiendo el bolso—. Gracias por el café. Lamento haberle molestado a estas horas de la mañana. De ahora en adelante, tendré que recurrir a la policía gubernativa y olvidarme de la judicial.

—Aguarde un minuto.

Alex, que ya se dirigía a la puerta, se detuvo y volvió la cabeza.

—¿Qué?

—Que aquí no hay policía gubernativa.

Desalentada por la información, lo observó mientras él cogía el sombrero y la chaqueta. Luego se le adelantó, le abrió la puerta y salió tras ella.

—Eh, Sam, salgo. Voy ahí enfrente.

El agente asintió con la cabeza.

—Por aquí —dijo Reede cogiendo a Alex del codo y llevándola hasta un pequeño ascensor del final del vestíbulo.

Entraron juntos. La puerta crujió al cerrarla él, y el rechinar del mecanismo no resultaba muy tranquilizador. Alex rezó por que llegasen arriba. Se concentró en la ascensión, como si tratase de empujar a aquel trasto. Pero no por ello dejaba de percatarse de que Reede Lambert estaba tan cerca de ella que sus ropas se tocaban. Estaba estudiándola.

—Se parece usted a Celina —dijo.

—Sí, lo sé.

—La misma estatura, las mismas maneras. Aunque usted tiene el pelo más oscuro y algo más rojizo. Y ella tenía los ojos castaños y no azules como usted —fue diciendo a la vez que paseaba la mirada por el rostro de Alex—. Pero el parecido es asombroso.

—Gracias. Creo que mi madre era muy hermosa.

—Todo el mundo lo creía.

—¿Y usted también?

—Especialmente yo.

El ascensor se detuvo con brusquedad. Alex perdió el equilibrio y chocó con él. Reede la cogió del brazo, reteniéndolo lo bastante para ayudarla a recuperar el equilibrio, o quizás algo más de lo preciso porque, al separarse, Alex se sintió sin aliento y como mareada.

Estaban en la primera planta. Él se encogió de hombros y la condujo hacia una salida trasera.

—Tengo el coche aparcado delante —le dijo ella al salir del edificio—. ¿Cree que debo echar más monedas en el parquímetro?

—Olvídelo. Les enseña el tique y les habla de sus importantes amigos.

La sonrisa de Lambert no era la perfección de la ortodoncia, como la de Junior Minton, pero era igualmente convincente. A Alex le provocaba un hormigueo en la boca del estómago que le resultaba extraño, maravilloso y temible. Aquella sonrisa fácil subrayaba los rasgos de sus facciones. No aparentaba ni uno menos de los cuarenta y tres años que tenía, pero sus curtidas arrugas encajaban bien en su fuerte y varonil complexión. Su cabello era de un rubio oscuro y no debía de saber lo que era un peluquero. Lambert ladeó el ala de su sombrero vaquero de fieltro negro hasta ceñírselo casi a la ceja, de un tono algo más oscuro que su pelo.

Tenía los ojos verdes. Alex se había fijado nada más entrar en su despacho. Y había reaccionado como cualquier otra mujer ante un hombre tan atractivo. No tenía barriga ni se le notaba fofo como a otros cuarentones. De cuerpo, parecía veinte años más joven de lo que era.

Alex tenía que recordarse continuamente que era un miembro de la fiscalía del estado de Texas y que tenía que ver a Reede Lambert con los ojos de la Ley y no con los de una mujer. Además, era mucho mayor que ella.

—¿Se les ha olvidado pasar por la tintorería para recoger el uniforme esta mañana? —preguntó ella mientras cruzaban la calle.

Llevaba unos vaqueros muy bastos —viejos, descoloridos y demasiado ajustados—, como los que usan en los rodeos, y una chaqueta marrón de piel que parecía una de esas chaquetillas de los jugadores de fútbol. El forro de piel, probablemente de coyote, sobresalía formando un amplio cuello. En cuanto salieron a la luz del día se puso unas gafas de aviador, de cristales tan oscuros que Alex ya no podía verle los ojos.

—Siempre me han aterrado los uniformes, así que cuando me hicieron sheriff dejé claro que nunca iban a verme con una de esas cosas.

—¿Y por qué le aterran los uniformes?

—Solía procurar dejarlos atrás, o, por lo menos, eludirlos —dijo, sonriendo con ironía.

—¿Era usted un caco?

—Un follonero.

—¿Y tuvo tropiezos con la Ley?

—Roces.

—¿Y qué es lo que le enderezó, una experiencia mística? ¿Una cicatriz? ¿Un par de noches en el calabozo, o el reformatorio?

—¡Quizá! Sólo que pensé que si podía burlar la Ley también sabría torear a los delincuentes —dijo, encogiéndose de hombros—. Parecía una elección lógica. ¿Qué tal anda de apetito?

Antes de que a ella le diese tiempo a contestar, él abrió la puerta del bar de la fonda. Un cencerro que pendía sobre el vano anunciaba la entrada. Debía de ser un lugar muy popular, porque todas las mesas —de fórmica roja y oxidadas patas cromadas— parecían estar ocupadas; Reede la condujo a la única que estaba libre, junto a la pared.

Le saludaban todos: ejecutivos, granjeros, vaqueros, matones y secretarias, todos, fácilmente identificables por su atuendo. Salvo las secretarias, todos llevaban botas. Alex reconoció a Imogene, la secretaria de Pat Chastain. En cuanto pasaron frente a su mesa, Imogene se lanzó a una animada y susurrante explicación sobre quién era Alex con las mujeres que estaban con ella. Iban haciéndose perceptibles los silencios conforme la voz corría de mesa en mesa. No cabía duda de que el microcosmos de Purcell al completo se reunía todas las mañanas en el bar de la fonda a tomar café. Toda persona extraña era noticia, pero el regreso de la hija de Celina Gaither daba para un periódico entero. Alex se sentía como un pararrayos, porque la electricidad se palpaba. En algunos notó animosidad.

Una balada de Crystal Gayle sobre un amor perdido llegaba desde la máquina de discos y competía con un debate en el desvencijado televisor en blanco y negro instalado en un rincón. Trataba de la impotencia masculina y estaba provocando la bronca hilaridad de un trío de matones. La campaña antitabaco no había llegado a Purcell, y el ambiente estaba tan cargado que podía cortarse. El olor a bacon frito sofocaba cualquier otro.

Una camarera, con unos pantalones de poliéster de color púrpura y una dorada blusa de satén muy brillante, se les acercó con dos tazas de café y una bandeja de esponjosos donuts recién hechos.

—Buenos días, Reede —dijo la camarera, guiñándole el ojo y yendo luego hacia la cocina, donde el cocinero estaba cascando huevos con gran destreza, con un cigarrillo colgando de los labios.

—Sírvase —dijo Lambert.

Alex le tomó la palabra al sheriff. Los donuts aún estaban calientes, y el azúcar glaseado se fundió en su paladar.

—¿Así que este sitio lo tienen reservado para usted?; su mesa particular. Si hasta se lo tienen preparado.

—El dueño se llama Pete —le dijo él, señalando al cocinero—. Me preparaba el desayuno todas las mañanas cuando yo iba de camino al colegio.

—Qué generoso.

—No era un acto de caridad —dijo él secamente—. A cambio yo le barría el local todas las tardes al salir del colegio.

Sin proponérselo, Alex le había metido el dedo en la llaga. Reede Lambert, que se había criado sin madre, se mostraba a la defensiva en todo lo concerniente a ello. Pero aquél no era el momento de intentar obtener más información, con casi toda la gente del local observándolos.

Él devoró un par de donuts mojados en el café con leche, ateniéndose a aquello de que oveja que bala bocado que pierde. Comía como si temiera tardar mucho en volver a hacerlo.

—Un local muy concurrido —comentó ella, lamiendo inadvertidamente el azúcar impregnado en sus dedos.

—Sí. Los veteranos como yo les dejamos esos sitios tan modernos para comer a cien por hora, como los del nuevo centro comercial junto a la autopista, a los forasteros y a los críos. Si busca a alguien en la ciudad y no lo encuentra, seguro que está aquí, en el bar de la fonda. Angus estará al caer. La oficina principal de Empresas Minton está a una manzana de la plaza, pero casi hace más negocios aquí, entre estas cuatro paredes.

—Hábleme de los Minton.

Él cogió el último donut, porque era obvio que Alex no iba a comérselo.

—Son ricos, pero no presumen de ello. En la ciudad se los aprecia —dijo.

—O se los teme.

—Algunos puede que sí —admitió él, encogiéndose de hombros.

—¿Y el rancho es el único negocio que tienen?

—Sí, pero es del abuelo. Angus lo levantó de la nada a fuerza de tesón; no eran más que hectáreas de polvo.

—¿Y qué hacen, exactamente, en el rancho?

—Básicamente crían caballos de carreras. Casi todos puras sangres. Llegan a preparar hasta ciento cincuenta caballos a la vez, y los dejan listos para que les enseñen a correr.

—Sabe usted mucho de eso, ¿no?

—Soy dueño de un par de caballos de carreras. Los tengo siempre en forma —dijo, y señaló la taza medio vacía de Alex—. Si ha terminado me gustaría enseñarle algo.

—¿Qué? —preguntó ella, sorprendida por el súbito cambio de tema.

—No está lejos.

Salieron del bar, pero no hasta que Reede se hubo despedido de todos aquellos a quienes había saludado al entrar. No pagó el desayuno. Pete, el cocinero, lo saludó, y la camarera le dio una afectuosa palmadita en la espalda.

El coche oficial de Reede, una camioneta Blazer, estaba aparcado junto al bordillo, delante del Palacio de Justicia. Tenía el sitio reservado y marcado con una pequeña señal. Abrió la portezuela, ayudó a Alex a subir a la cabina del vehículo, que llevaba tracción en las cuatro ruedas, y luego subió él. A pocas manzanas de allí, se detuvo frente a una pequeña casa.

—Aquí es —anunció.

—¿El qué?

—Donde vivió su madre.

Alex paseó la mirada por toda la estructura de la vivienda.

—El barrio ya no es lo que era cuando ella vivía aquí. Está destrozado. Ahí antes había un árbol, en ese desnivel de la acera.

—Sí. Lo sé por las fotografías.

—Se murió hace años y tuvieron que cortarlo. Bueno —dijo, volviendo a poner en marcha la camioneta—, pensé que le gustaría verlo.

—Gracias.

Mientras él alejaba su Blazer del bordillo, Alex no dejó de mirar hacia la casa. Lo que había sido pintura blanca, tenía ahora un tono casi gris. El sol de los calurosos veranos había descolorido los toldos marrones de las ventanas delanteras. No era una casa bonita pero siguió con la cabeza ladeada hacia atrás sin dejar de mirarla hasta que se perdió de vista.

Allí había vivido con su madre durante dos meses. En aquellas habitaciones Celina le había dado de comer, la bañaba, la mimaba y le cantaba nanas. Allí oía llorar a Alex por la noches. Aquellas paredes habían oído los amorosos susurros que la madre hacía a su niña.

Alex no lo recordaba, desde luego. Pero sabía que así había sido. Conteniendo la emoción, retomó la conversación que había empezado al salir del bar.

—¿Por qué es tan importante para los Minton el proyectado hipódromo?

Él la miró como si creyese que Alex no estaba en sus cabales.

—Pues, por dinero, ¿por qué si no?

—Se diría que ya tienen bastante.

—Nadie tiene nunca bastante —dijo él, recalcándolo con una sarcástica sonrisa—. Sólo alguien que haya sido tan pobre como yo puede saber eso. Mire a su alrededor —añadió con un ademán dirigido a las tiendas vacías que se veían junto a la autovía por la que transitaban—. ¿Ve todos esos establecimientos vacíos con avisos de embargo? Con la crisis del petróleo, se hundió la economía de la ciudad. Todo el mundo trabajaba en algo relacionado con él.

—Entiendo.

—¿De verdad? Lo dudo —dijo él desdeñosamente—. Esta ciudad necesita del hipódromo para sobrevivir. Lo que no necesitamos es una aguafiestas pelirroja de ojos azules, una leguleya con abrigo de piel, para que venga aquí a jodérnoslo todo.

—He venido a investigar un asesinato —espetó ella, irritada por el inesperado insulto—. El hipódromo, la licencia de apuestas y la economía local no tienen nada que ver con ello.

—¿No, eh? Si hunde usted a los Minton, hunde usted a todo el condado de Purcell.

—Si los Minton resultan ser culpables, se habrán hundido solos.

—Mire, señora mía, no va a descubrir nada nuevo sobre el asesinato de su madre. Todo lo que va a hacer es crear problemas. No espere que aquí la ayude nadie. Nadie va a ir en contra de los Minton, porque el futuro de este condado depende de que ellos construyan el hipódromo.

—Y usted debe de encabezar la lista de los leales que no van a abrir la boca.

—Ha dado en el blanco.

—¿Y eso por qué? —le pinchó ella—. ¿Saben algo los Minton de usted? ¿Pueden decir que estaba usted en el establo mucho antes de que «descubriese» el cuerpo de mi madre? ¿Qué hacía, por cierto, a aquella hora del día?

—Lo que hacía todos los días. Paleaba mierda fuera de los establos. Entonces trabajaba para Angus.

Aquello la pilló desprevenida.

—Oh, ignoraba eso.

—Hay muchas cosas que usted no sabe. Y es mucho mejor así.

Lambert condujo su Blazer hasta el aparcamiento del Palacio de Justicia, y echó el freno de manera tan brusca que hizo que ella se viese impulsada hacia delante y quedase oprimida por el cinturón de seguridad.

—Haría bien en olvidarse del pasado, señorita Gaither.

—Gracias, sheriff. Lo tomo como un consejo.

Alex salió de la camioneta y cerró de un portazo. Jurando entre dientes, Reede la vio alejarse por la acera. Le hubiese gustado estar relajado y limitarse a contemplar sus torneadas pantorrillas, su atrayente contoneo y todo lo que lo cautivó en cuanto la vio entrar en el despacho de Pat Chastain la tarde anterior. Pero su nombre le había privado del lujo de permitirse la pura y simple admiración masculina.

«La hija de Celina», se dijo entonces, moviendo la cabeza consternado. No era de extrañar que encontrase a Alex tan atractiva. Su madre había sido su amiga del alma desde que, en la primaria, un crío la hirió al burlarse de ella diciéndole que ya no tenía papá, después de que su padre muriera de un ataque al corazón. Sabedor de lo que podía doler cualquier ridiculización relativa a los padres, Reede no dudó en defender a Celina. Se peleó con el chico y libró otras muchas batallas por ella en años siguientes. Sabiendo que Reede era su paladín, nadie se atrevía a dirigirle una palabra ofensiva a Celina. Esto creó un vínculo entre ellos. Su amistad fue algo excepcional y excluyente, hasta que apareció Junior y se hicieron inseparables los tres.

Así que comprendió que no tenía por qué sorprenderle que la ayudante del fiscal de Austin hubiese provocado en él tales emociones. Quizá lo único que le alarmaba era su intensidad. Aunque Celina hubiese tenido una hija, seguía siendo una niña cuando murió. Alexandra era la encarnación de la mujer que ella pudo haber sido. Le hubiese gustado poder considerar su interés como pura nostalgia, producto del tierno recuerdo de su amor de la infancia. Pero hubiese sido engañarse. Si quería algo que lo ayudase a definir el carácter de su interés, todo lo que tenía que hacer era pensar en la cálida tensión que había sentido dentro de sus tejanos al verla lamer el azúcar de las yemas de sus dedos.

«¡Hostia!», juró irritado. Sentía la misma atracción ambigua hacia aquella mujer que la que había sentido hacia su madre, antes de que la encontrasen muerta en aquel establo.

¿Cómo era posible que dos mujeres, separadas por veinticinco años, pudiesen causar un impacto tan semejante en su vida? Amar a Celina casi lo había hundido. Y su hija parecía ser una amenaza parecida. Si ella empezaba a escarbar en el pasado, sabía Dios cuántos problemas podía provocar.

Aspiraba a poder dejar su puesto de sheriff por algún otro que diese dinero y posición social. Por nada del mundo quería ver ensombrecido su futuro por una investigación criminal.

Reede no había trabajado durante todos aquellos años hasta la extenuación para dejar que la recompensa se le escapase de entre los dedos. Se había pasado toda la vida tratando de compensarse por su infancia. Y ahora que tenía al alcance de la mano el respeto que anhelaba, no iba a cruzarse de brazos y permitir que la investigación de Alex le recordase a la gente sus orígenes. Aquella insolente leguleya podía hundirle si no se le paraban los pies.

La gente que dice que lo material no importa lo dice por que ya tiene de todo. Él nunca había tenido nada. Hasta ahora. Y estaba dispuesto a llegar hasta donde hiciese falta para protegerlo.

Al dejar la camioneta y volver a entrar en el Palacio de Justicia, maldijo el día que nació Alexandra Gaither, como lo maldijo cuando nació. Pero, al mismo tiempo, no podía evitar preguntarse si su preciosa boca podía servir para algo más que espetar acusaciones y utilizar la jerga jurídica.

Habría apostado sus futuras ganancias en el hipódromo a que sí.

4

El juez Joseph Wallace era el mejor cliente de la farmacia Prairie. Al levantarse de la mesa, después de almorzar, se dijo que tendría que echar uno o dos tragos de antiácido antes de anochecer. Su hija Stacey le había preparado la comida —como hacía todos los días salvo los domingos, que iban al club y comían en el bufé—. Las empanadillas de Stacey, ligeras y fofas como siempre, le habían caído en el estómago como pelotas de golf.

—¿Te pasa algo? —preguntó Stacey al advertir que su padre se frotaba el estómago.

—No, no es nada.

—El pollo y las empanadillas, siempre comentas que te gustan mucho.

—El almuerzo estaba delicioso. Sólo que hoy tengo los nervios en el estómago.

—Toma un caramelo de menta —dijo Stacey, pasándole un cuenco de cristal tallado, que estaba a mano en la inmaculada mesita de café de madera de cerezo.

Él desenvolvió el caramelo, a listas rojas y blancas, y se lo metió en la boca.

—¿Hay alguna razón especial para que tengas los nervios en el estómago?

Stacey se había quedado al cuidado de su padre al morir su madre, varios años atrás. Seguía soltera y se acercaba rápidamente a la mediana edad, pero nunca había tenido más ambición que cuidar del hogar. Como no tenía ni esposo ni hijos, se había volcado en el juez. Nunca había sido precisamente una belleza, y la edad no había mejorado esta realidad, por desgracia. Describir su aspecto físico con sutiles eufemismos resultaría inútil. Era y había sido siempre muy corrientita. Pese a ello, gozaba de una posición destacada en Purcell.

No había ninguna asociación femenina en la ciudad en la que no figurase su nombre. Dirigía la catequesis de las niñas en la Primera Iglesia Metodista, no olvidaba visitar el Hogar de la Tercera Edad todos los domingos por la mañana y jugaba al bridge los martes y los jueves. Su calendario de actividades estaba siempre lleno. Vestía bien y con ropa cara, aunque demasiado desaliñada para su edad.

Sus modales eran irreprochables; su talante, refinado, y su temperamento, sereno. Había sabido encajar las desilusiones de una manera digna, y digna también de admiración. Todo el mundo suponía que vivía feliz y contenta.

Pero se equivocaban.

El juez Wallace, un alfeñique, se puso su pesado abrigo y se dirigió hacia la puerta delantera.

—Angus me llamó anoche.

—Ah. ¿Y qué quería? —preguntó Stacey, a la vez que le subía a su padre las solapas del abrigo hasta las orejas, para que no cogiera frío con el viento que hacía.

—La hija de Celina Gaither se le presentó ayer.

A Stacey se le quedaron las manos quietas en la solapa y luego dio un paso atrás. Miró a su padre.

—¿La hija de Celina Gaither?

La voz que salió de sus gredosos labios era fuerte y aguda.

—¿Te acuerdas de su pequeña? Alexandra, me parece.

—Sí, la recuerdo; Alexandra —repitió Stacey en tono vago—. ¿Está aquí, en Purcell?

—Desde ayer. Hecha toda una mujer.

—¿Por qué no me lo dijiste anoche cuando llegué?

—Volviste muy tarde de tu cena. Yo ya estaba en la cama. Además, supuse que estarías cansada, y no me pareció necesario preocuparte con eso.

Stacey se dio la vuelta y recogió el envoltorio del caramelo. Su padre tenía la mala costumbre de dejarlos tirados en cualquier parte.

—¿Y por qué iba a preocuparme la repentina aparición de la hija de Celina?

—Por nada especial —dijo el juez, encantado de no tener que mirar a su hija a los ojos—. Pero, en cambio, me parece que va a conmocionar a toda la ciudad.

Stacey se dio de nuevo la vuelta. Sus dedos martirizaban un trozo del transparente celofán.

—¿Y por qué tendría que preocuparme? —dijo.

El juez disimuló con el puño un agrio eructo.

—Es la ayudante del fiscal de Austin —dijo.

—¿La hija de Celina? —exclamó Stacey.

—¿Increíble, no? Quién iba a decir que fuese a progresar tanto, criándose con Merle Graham como único pariente.

—Pero aún no me has dicho por qué ha venido a Purcell. ¿De visita?

—Visita profesional, me temo —repuso el juez, moviendo la cabeza.

—¿Por la licencia de apuestas solicitada por los Minton?

El juez desvió la mirada y jugueteó nerviosamente con uno de los botones de su chaqueta.

—No..., uf, ha conseguido autorización del fiscal para reabrir el caso del asesinato de su madre.

El huesudo pecho de Stacey pareció hundirse un par de centímetros. Palpó tras ella, buscando un asidero por si se caía en redondo.

El juez fingió no advertir el azoramiento de su hija.

—Hizo que Pat Chastain concertase una entrevista con los Minton y con Reede Lambert —explicó él—. Según Angus, anunció solemnemente que, aunque fuese lo último que hiciese, iba a averiguar quién de ellos mató a su madre.

—¿Cómo? ¿Es que está loca?

—No, según Angus. Dice que le pareció templada como una navaja, muy equilibrada y muy seria.

Stacey se apoyó, algo recuperada, en el brazo del sofá y llevó su estrecha mano a la base de su cuello.

—¿Y cómo reaccionó Angus? —preguntó.

—Ya conoces a Angus. No hay nada que le asuste. Hasta pareció divertirle todo el asunto. Me dijo que no había de qué preocuparse; que ella no podía presentar ninguna prueba ante un Gran Jurado, porque no hay ninguna. Gooney Bud fue declarado culpable —dijo el juez irguiéndose—, y nada va a poner en tela de juicio mi dictamen de que no estaba en condiciones para afrontar un proceso.

—Por supuesto que no —dijo Stacey secundando a su padre—. No tuviste otra opción que confinar a Gooney Bud en el psiquiátrico.

—Yo revisaba su historial clínico todos los años, y les tomaba declaración a los médicos que lo trataban. Ese hospital no es cualquier cosa, ¿sabes? Es uno de los mejores del Estado.

—Nadie va a levantar un dedo contra ti, papá. Por Dios bendito, todo lo que tiene que hacer quien sea es ver tu historial como juez. Son treinta años de reputación intachable.

—Detesto que se me plantee esto ahora —dijo el juez pasándose la mano por su clareado pelo—. Puede que me retire pronto, sin aguardar a mi cumpleaños, el próximo verano.

—Tú no harás una cosa así. Se trata de tu honor. Seguirás en tu sitio hasta que te llegue la hora de jubilarte, ni un día antes. Y una mosquita muerta recién salida de la facultad no te va a quitar de en medio.

Pese a su envarada muestra de apoyo, los ojos de Stacey revelaban ansiedad.

—¿Te dijo Angus qué aspecto tiene? ¿Se parece a Celina?

—Un poco. —El juez fue hacia la puerta de la calle y la abrió. Y, al atravesarla, murmuró contrito, ladeando la cara hacia Stacey—: Según Angus es aún más bonita.

Stacey se sentó en el brazo del sofá y permaneció allí un largo rato después de que el juez se hubo marchado, con la mirada ausente. Olvidó por completo lavar los platos del almuerzo.

—¿Qué tal, juez Wallace? Mi nombre es Alex Gaither. ¿Cómo está usted?

Las presentaciones eran innecesarias. Supo quién era en cuanto entró en la oficina desde su despacho. La señora Lipscomb, su secretaria, señaló con la cabeza hacia una silla que estaba al otro lado de la habitación. Al darse la vuelta, vio a una joven —de unos veinticinco años, si sus cálculos eran correctos— apoyada en el respaldo de la silla con regio aplomo y clara seguridad en sí misma. Era un talante que había heredado de su madre.

Él no había tenido, personalmente, mucha relación con Celina Gaither, pero lo sabía todo acerca de ella a través de Stacey. Habían sido compañeras de colegio durante once años. Por más que recortada por los típicos celos de adolescente de Stacey, aún podía, sin exagerar, ver la imagen de una niña que sabía que era hermosa, que gustaba y que llevaba de cabeza a los chicos de la clase, incluyendo a los dos únicos que le importaban, Junior Minton y Reede Lambert.

Eran incontables las veces que a Stacey se le había partido el corazón por culpa de Celina. Bastaba esta razón para que el juez la hubiese despreciado. Y como aquella joven era su hija, le desagradó nada más verla.

—¿Cómo está usted, señorita Gaither?

El juez Wallace estrechó la mano que ella le tendía, pero lo justo para no faltar a la cortesía. Le resultaba difícil considerar a aquella atractiva mujer como a una colega. Prefería a los abogados de camisa blanca y trajes de estambre y no con un elegante traje sastre de falda corta y pieles. Todo conspicuo miembro del Colegio de Abogados debía emanar un suave aroma a puro y a tomos encuadernados en piel, y no a delicado perfume.

—¿Le ha informado el fiscal Chastain de por qué estoy aquí?

—Sí. Esta mañana. Pero me lo contó Angus anoche.

Ella ladeó la cabeza, como diciendo que era una información para tener en cuenta en el futuro. El juez se arrepintió demasiado tarde de habérsela dado, pero es que estaba aturdido. Angus Minton no había exagerado, Alexandra Gaither era aún más hermosa que su madre.

Al mover ella la cabeza, un haz de la luz del sol que penetraba por la persiana de la ventana hizo refulgir su oscuro pelo. El cuello de piel de su abrigo acariciaba su mejilla, dando a su estampa un resplandor tan delicioso y fresco como un albaricoque maduro. Stacey tenía un abrigo parecido, pero en su caso le daba a sus facciones un color ceniciento.

—¿Podría usted concederme un momento en su despacho, juez Wallace? —preguntó ella educadamente.

El juez consultó innecesariamente su reloj.

—Me temo que no sea posible —dijo—. He entrado sólo para ver si había algún recado. Tengo una cita fuera del despacho que me ocupará toda la tarde.

La señora Lipscomb se sobresaltó al oírle mentir de manera tan descarada.

Alex trató de no perder la compostura.

—Detesto tener que insistir, pero no tengo más remedio. Es algo muy importante y debo iniciar la investigación lo antes posible. Antes de dar ningún paso, necesito comprobar algunos hechos con usted. No voy a entretenerle mucho —dijo dibujando una sonrisa con las comisuras de los labios—. Estoy segura de que su cooperación será apreciada por la fiscalía de Austin.

El juez Wallace no era ningún estúpido, ni tampoco Alex era tonta. Ella no podía tacharlo de mentiroso, pero podía dejarlo en mal lugar ante el fiscal del condado de Travis, que se codeaba con gente poderosa.

—De acuerdo, pase usted —dijo el juez, que, tras quitarse el abrigo, le pidió a la señora Lipscomb que no le pasase llamadas y siguió a Alex hacia su despacho—. Tome asiento —le indicó.

—Gracias.

Al juez le ardía la boca del estómago como si tuviese una brasa. Había bebido un par de tragos de antiácido de camino al Palacio de Justicia, pero ahora volvía a dolerle. Alex no parecía estar nerviosa en absoluto. Se sentó frente a su mesa y con un grácil movimiento de hombros se quitó la chaqueta.

—Vayamos a la cuestión, señorita Gaither —dijo él en tono imperioso—. ¿Qué es lo que quiere saber?

Alex abrió su maletín y sacó un expediente. El juez gruñó para sus adentros.

—He leído la transcripción de la declaración de Bud Hicks, y tengo que hacerle algunas preguntas al respecto.

—¿Como cuáles?

—¿Por qué tenía usted tanta prisa?

—¿Cómo dice usted?

—Bud Hicks fue citado a comparecer bajo la acusación de asesinato en primer grado, negándosele la fianza y confirmándolo en la prisión del condado de Purcell. La audiencia para decidir sobre el estado de sus facultades mentales se celebró tres días después.

—¿Y bien?

—¿No es un período de tiempo demasiado breve para decidir sobre el futuro de un hombre?

El juez se recostó en su sillón de cordobán, regalado por su hija, confiando impresionar a la joven ayudante del fiscal con su compostura.

—Puede que estuviésemos sobrecargados de trabajo y tratase de ir cerrando casos. O que tuviésemos poco y pudiese actuar con rapidez. No lo recuerdo, porque de eso hace veinticinco años.

Ella bajó la cabeza y miró el bloc que tenía sobre el regazo.

—Fueron sólo dos los psiquiatras que usted hizo que reconociesen al señor Hicks.

—Su incapacidad mental era obvia, señorita Gaither.

—No le pregunto eso.

—Era, por decirlo sin floreos, el tonto del pueblo. No pretendo ser cruel, pero eso es lo que era. Se le toleraba. La gente que se lo encontraba, lo ignoraba, ¿comprende usted? Era un tipo inofensivo...

—¿Inofensivo?

De nuevo el juez se arrepintió de hablar demasiado. Podía haberse mordido la lengua.

—Hasta la noche que mató a su madre.

—Ningún jurado lo declaró nunca culpable de ello, señoría.

El juez Wallace se humedeció los labios apenado.

—Por supuesto —repuso, tratando de evitar mirarla directamente a los ojos para organizar sus ideas—. Creí que con dos exámenes psiquiátricos bastaría en ese caso concreto.

—Sin duda yo hubiese estado de acuerdo con usted, de no ser por lo contrastado de los dos dictámenes.

—Y de no ser por el parentesco que le une a la víctima —le espetó el juez sin ocultar ya su crispación.

—No voy a tener eso en cuenta, juez Wallace —dijo ella no menos irritada.

—¿Es que acaso no se reduce todo a eso? ¿O es que ha venido usted a poner en duda mi integridad y a desautorizar una decisión que tomé hace veinticinco años por alguna razón que yo ignoro?

—Si no tiene usted nada que ocultar, no tiene por qué creer que su excelente historial pueda quedar manchado porque yo le haga unas cuantas preguntas, ¿no le parece?

—Adelante —dijo él, muy envarado.

—Los dos psiquiatras nombrados por el juzgado no estuvieron de acuerdo respecto al estado mental del señor Hicks la noche del asesinato de mi madre. Éste fue el primer detalle que me intrigó. Después de hacérselo notar al fiscal Harper, él estuvo de acuerdo conmigo en que el caso debía reabrirse. Uno de los psiquiatras —prosiguió Alex— estaba firmemente convencido de que Hicks era incapaz de cometer semejante acto de violencia. Pero el otro creía que sí. ¿Por qué no recurrió a una tercera opinión?

—No era necesario.

—No estoy de acuerdo, señoría —replicó ella. Alex hizo una pausa y miró al juez sin levantar la cabeza—. Jugaba usted al golf —añadió— con el médico por cuya opinión se decantó. El otro psiquiatra era forastero. Fue la primera y única vez que estuvo en el juzgado para testificar como experto.

El rostro del juez Wallace enrojeció de indignación.

—Si pone usted en duda mi honestidad, le sugiero que consulte con los propios médicos, señorita Gaither.

—Eso es lo que pretendía. Por desgracia, ambos han muerto —dijo ella sosteniendo con frialdad la hostil mirada del juez—. Pero lo que sí he hecho es consultar con el médico que trataba a Hicks. Según él, condenaron ustedes a quien no debían, y me dio una declaración jurada al efecto.

—Señorita Gaither —dijo él incorporándose en el sillón y dando una palmada en la mesa.

Estaba furioso, pero también se sentía desarmado y vulnerable. Los suaves golpecitos en la puerta del despacho llegaron como caídos del cielo.

—¿Sí?

El sheriff Lambert entró en el despacho.

—¡Reede! —exclamó el juez de tal manera que a Alex no le hubiese sorprendido que corriese a echarse en sus brazos, de lo contento que parecía al verle—. Pasa —añadió el juez.

—La señora Lipscomb me ha dicho que no se te podía molestar, pero al decirme quién estaba contigo la convencí; quizá pueda ser útil.

—¿A quién? —preguntó Alex con aspereza.

Reede avanzó hacia la silla contigua a la de Alex y se dejó caer en ella. Unos insolentes ojos verdes miraron a Alex.

—A cualquiera que necesite que le hagan un favor —dijo.

Alex optó por ignorar el doble sentido, confiando en que él a su vez ignorase el rubor que se apoderó de su rostro. Dirigió su atención al juez.

—La señorita Gaither —dijo Wallace— tenía curiosidad por saber por qué declaré al señor Hicks incapacitado para afrontar un juicio. Como ella no lo conoció, no puede hacerse una idea de lo bien que encajaba en los criterios que justifican declarar a alguien incapaz de comprender las acusaciones que se formulaban contra él y proceder a su propia defensa.

—Gracias, juez Wallace —dijo ella con un suspiro de fastidio—, pero sé cuáles son esos criterios. Lo que ignoro es por qué se pronunció usted con tal celeridad.

—No vi razón para posponerlo —repuso el juez, que, obviamente, se sentía más cómodo con Reede allí—. Ya le dije antes que la mayoría de la gente de la ciudad se limitaba a soportarlo. Su madre, de usted, dicho sea en su honor, era amable con él. Gooney Bud se pegaba a ella de un modo patético. Estoy seguro de que a menudo debía de molestarla, por aquella manera que tenía de seguirla como un perrito. ¿No es cierto, Reede?

El sheriff afirmó con la cabeza.

—Celina no habría permitido que nadie se metiese con él estando ella presente. Él solía regalarle tonterías; cuentas de vidrio, piedrecitas y cosas así. Y ella siempre se lo agradecía como si le hubiese regalado las joyas de la corona.

—Creo que Gooney Bud confundió su amabilidad con un sentimiento más profundo —dijo el juez Wallace—. La siguió al establo de los Minton aquella noche y deseó tratar de prodigarle sus atenciones por la fuerza.

—¿De violarla? —preguntó Alex crudamente.

—Bueno, pues sí —respondió el juez algo confuso—. Y, al ser rechazado por ella, no debió de soportar el rechazo y...

—Le asestó treinta puñaladas —dijo Alex para completar la información.

—Me obliga a olvidarme de su sensibilidad, señorita Gaither —dijo Joe Wallace dirigiéndole una mirada de reproche.

Alex cruzó las piernas. Sus medias produjeron un sedoso susurro que atrajo la atención del sheriff hacia ellas. Alex sorprendió la mirada fija en sus muslos, pero trató de que no la turbase mientras proseguía con su interrogatorio al juez, que estaba hecho un manojo de nervios.

—A ver si lo entiendo. ¿Pretende usted decir que no fue un crimen premeditado, sino pasional?

—Lo dice usted; pero es una conjetura válida.

—De acuerdo, pero, por fundamentar el argumento, supongamos que fue así: si Bud Hicks actuó movido por una insoportable provocación, despecho o incontrolable lujuria, ¿no habría utilizado una horca, un rastrillo o cualquier otra cosa que tuviese a mano? ¿Qué hacía con un bisturí si no entró en el establo con la intención de matarla?

—Muy fácil —dijo Reede con la mirada de Alex clavada en él—. Aquel día había parido una yegua y fue un parto difícil. Llamamos al veterinario para que la ayudase.

—¿Cómo? ¿Tuvo que hacerle una episiotomía? —le preguntó ella.

—Al final no. Logramos sacar al potrillo. Pero el maletín del doctor Collins estaba allí. El bisturí pudo haberse caído. Es una suposición, desde luego, pero es lógico suponer que Gooney Bud lo vio y lo cogió.

—Eso es mucho suponer, sheriff Lambert.

—A mí, no me lo parece, señorita Gaither —se apresuró a decir el juez Wallace—. Cualquiera opinaría lo mismo. Algo tan brillante como un instrumento quirúrgico tuvo que llamarle la atención en cuanto entró en el establo.

—¿Estaba él en el establo aquel día? —le preguntó ella a Reede.

—Sí. Estuvo entrando y saliendo gente todo el día, Gooney entre ellos.

Alex decidió prudentemente que era el momento de retirarse para «reagruparse». Le dio secamente las gracias al juez y salió del despacho. El sheriff la siguió. Y en cuanto hubieron dejado atrás la antesala, ella se volvió para increparlo.

—De ahora en adelante, le agradeceré que no aleccione a quien esté interrogando.

—¿He hecho yo eso? —inquirió él, fingiendo una inocente mirada.

—Sabe usted muy bien que sí. Nunca he oído una explicación de un asesinato tan endeble e inverosímil. Y me comería vivo a cualquier abogado que pretendiese defender a su cliente con eso.

—Mmmmm, curioso.

—¿Curioso?

De nuevo le esperaba otra de sus arrogantes gracias subidas de tono.

—Sí —dijo él—, creí que era usted quien estaba para comérsela.

Ella enrojeció, pero lo atribuyó a pura irritación por la insultante actitud del sheriff.

—Usted no me toma en serio, ¿verdad, señor Lambert?

La insolencia de Lambert se disipó con una insinuante sonrisa.

—Apueste a que sí, señoría —susurró él crispado—. Apueste a que sí.

5

—Calma, Joe.

Angus Minton estaba recostado en su sillón rojo de cuero. Le encantaba ese sillón. En cambio, su esposa, Sarah Jo, lo detestaba.

Al ver a Junior asomar por el quicio de la puerta de su guarida, le indicó con un ademán que entrara.

—Joe Wallace está que no le llega la camisa al cuello —le susurró a su hijo, tapando con la mano el micrófono de su teléfono inalámbrico.

—Mira, Joe —siguió Angus por el teléfono—, estás sacando conclusiones y preocupándote por nada. Ella no está haciendo más que lo que cree que es su deber. Al fin y al cabo, fue su madre quien murió asesinada. Y ahora, recién colegiada y con un empleo de postín como ayudante de fiscal, se ha lanzado a su cruzada particular. Ya sabes cómo son estas jóvenes que empiezan a abrirse camino.

Escuchó un momento a Wallace antes de reiterarle su recomendación, pero esta vez con un tono menos condescendiente.

—Calma, Joe, mierda, ¿me oyes? Tú limítate a cerrar la boca y verás qué pronto se acaba todo este asunto. Déjame a la hija de Celina a mí, a nosotros —añadió, guiñándole el ojo a Junior—. Dentro de unas semanas volverá, es un decir, con el rabo entre sus preciosas y largas piernas y tendrá que decirle a su jefe que no ha logrado nada. Nosotros conseguiremos la licencia, el hipódromo se construirá de acuerdo con lo previsto; tú te retirarás con tu historial limpio y el próximo año por estas fechas estaremos tomando unas copas y riéndonos de todo esto —concluyó Angus.

Después de despedirse, dejó el teléfono sobre el canto de la mesa.

—¡Dios, qué pesimista es este tío! Oyéndole hablar se diría que la hija de Celina le ha puesto la soga al cuello. Anda, tráeme una cerveza, por favor.

—Pasty está en el vestíbulo. Quiere verte.

Una noticia que no era precisamente lo que Angus necesitaba para calmar su mal humor.

—Mierda. Pero supongo que da igual verlo ahora que después. Que pase.

—No seas demasiado duro con él. Le tiemblan hasta las botas.

—Con lo que ha hecho no es extraño —refunfuñó Angus.

Junior regresó unos segundos después. Pasty Hickam iba tras él arrastrando los pies, consternado y cabizbajo, con un raído sombrero vaquero en la mano. Le llamaban *El Pega* porque una vez se bebió medio bote de cola por una apuesta. De su apellido no se acordaba casi nadie. La anécdota de la cola debió de ocurrir en la escuela elemental porque *El Pega* no llegó a empezar el bachillerato.

Había participado varios años en un circuito de rodeos, pero nunca con éxito. Lo poco que ganaba se lo gastaba en seguida en copas, juego y mujeres. Su trabajo en el rancho Minton había sido su primera aventura en empleos estables, y lo conservaba desde hacía treinta años, ante el asombro general. Angus le pasaba por alto alguna que otra borrachera. Pero en esta ocasión se había pasado de la raya.

Angus dejó que sudase durante unos interminables instantes antes de emprenderla con él.

—¿Y bien? —le espetó.

—Ang.... Angus —balbució el viejo peón—. Ya sé lo que vas a decir. He... podido joder una maravilla, pero te juro que no fue a propósito. Ya sabes lo que se dice: que de noche todos los gatos son pardos. Pues también debe de ser verdad con los caballos. Sobre todo si lleva uno media botella.

El Pega sonrió dejando ver los pocos dientes que le quedaban, negros y estropeados.

A Angus la explicación no le hizo ninguna gracia.

—Te equivocas. No es eso lo que iba a decir. Lo que iba a decir es que estás despedido.

—¡Papá! —exclamó Junior saltando de su sillón de cuero. Angus le dirigió una dura mirada que sofocó toda nueva interferencia. *El Pega* se había quedado pálido.

—No puedes decirlo en serio, Angus. Llevo aquí casi treinta años.

—Tendrás una buena indemnización por el despido..., bastante más de lo que te mereces.

—Pero..., pero...

—Llevas un potro a un prado con diez potrancas pura sangre. ¿Y si llega a montar a alguna? La de Argentina estaba allí. ¿Tienes idea de lo que vale esa potranca? Más de medio millón de dólares. Si ese inquieto potro llega a herirla o a dejarla preñada... —le dijo con la respiración agitada—. No quiero ni imaginar en la que nos habrías metido si uno de los peones no interviene para impedirlo. Podría haber perdido millones, y la reputación de este rancho se hubiese ido al infierno.

Pasty tragó saliva con dificultad.

—Dame otra oportunidad, Angus. Te juro que...

—Esa canción ya la he oído antes. Saca tus cosas del barracón y preséntate en la oficina a final de semana. El contable te extenderá un cheque.

—Angus...

—Adiós y buena suerte, Pasty.

El viejo vaquero miró lastimeramente a Junior, pero

ya sabía que por ahí no podía venirle ayuda ninguna. Junior miraba al suelo. Al fin Pasty salió de la habitación, dejando tras de sí el barro de sus botas.

Al oír cerrarse la puerta de la entrada, Junior se levantó y fue hasta el frigorífico empotrado.

—No sabía que ibas a despedirle —dijo, resentido.

—No había ninguna razón para que lo supieras.

Junior le acercó una cerveza a su padre y abrió otra para él.

—¿Era necesario? ¿No podías haberte limitado a echarle una bronca, retirarle algunas de sus responsabilidades o bajarle el sueldo? Por el amor de Dios, papá, ¿qué va a hacer a su edad?

—Debió pensar eso antes de llevar el potro al prado. Así que dejémoslo. No me ha gustado tener que hacerlo. Ha estado aquí mucho tiempo.

—Simplemente, ha cometido un error.

—Peor que eso: no ha sabido ocultarlo —gritó Angus—. Si has de llegar a dirigir este negocio, chico, debes tener los cojones como un toro. El trabajo no siempre es divertido. Es algo más que llevar a los clientes a cenar por todo lo alto y coquetear con sus mujeres y sus hijas —añadió, echando un trago de cerveza—. Y, ahora, hablemos de la hija de Celina.

Junior se resignó a aceptar el duro castigo de Pasty, pese a no estar de acuerdo con ello. Se dejó caer en una butaca y bebió un sorbo de la botella.

—Ha ido a ver a Joe, ¿eh?

—Sí, y mira tú qué poco ha tardado en hacerlo. Joe está hecho un flan. Teme que su intachable historial como juez termine lleno de mierda.

—¿Y qué quería Alexandra de él?

—Le hizo varias preguntas, como por qué decidió tan deprisa sobre la incapacidad de Gooney Bud para afrontar un juicio. Reede apareció para echarle un cable. Estuvo muy bien de su parte.

—¿Reede?

—No se le escapa una, ¿verdad?

Angus se quitó las botas y las dejó resbalar por el brazo del sillón. Cayeron al suelo con un ruido sordo. Tenía gota, y su dedo gordo le estaba dando la lata. Empezó a masajeárselo sin dejar de mirar a su hijo.

—¿Qué te pareció esa chica?

—Me inclino por pensar como Joe. Es una amenaza. Cree que uno de nosotros mató a Celina, y está dispuesta a averiguar quién fue.

—También a mí me lo pareció.

—Desde luego, no tiene nada que pueda utilizar contra nosotros.

—Desde luego que no.

Junior miró a su padre con expresión cauta.

—Es muy aguda —dijo.

—Como un estilete.

—Y vaya escaparate. No son saldos lo que tiene, ¿eh?

Padre e hijo rieron la obscena alusión.

—Sí que está un rato buena —dijo Angus—. Pero ya ves; con lo guapa que era su madre.

El rostro de Junior se ensombreció.

—Sí que lo era.

—Aún la echas de menos, ¿verdad? —preguntó Angus, mirando escrutadoramente a su hijo.

—A veces.

—Supongo —dijo Angus tras un suspiro— que uno no puede perder una amistad tan íntima sin que le deje marcado. No serías humano si no fuese así. Pero es poco sensato por tu parte estar pudriéndote por una mujer que lleva tantos años muerta.

—No creas que he estado pudriéndome —replicó Junior—. Desde el día que averigüé cómo funciona esto —añadió tocándose la bragueta—, no le he dado mucho reposo.

—No estoy hablando de eso —dijo Angus frunciendo el ceño—. Cualquiera puede agenciarse un polvo. Hablo de tu vida. De entregarte a algo. Estuviste afectado mucho tiempo después de la muerte de Celina. Te costó bastante sobreponerte. Hasta ahí, me parece comprensible.

Angus empujó el escabel de su sillón, se incorporó y señaló con su romo índice a Junior.

—Pero tú te hundiste, muchacho, y no has levantado cabeza. Fíjate en Reede. También se derrumbó con la muerte de Celina, pero supo sobreponerse.

—¿Y tú cómo sabes que se sobrepuso?

—¿Lo ves por ahí tonteando?

—No, pero quien ha tenido tres esposas he sido yo y no Reede.

—¿Y crees que eso es algo de lo que enorgullecerse? —Angus elevó el tono de voz, irritado—. Reede ha sabido darle sentido a su vida. Ha sabido labrarse un porvenir.

—¿Un porvenir? —replicó Junior con un desdeñoso respingo—. Porvenir es mucho llamarle a ser sheriff de una mierda de condado como éste. Menudo carrerón el suyo.

—¿Y qué es para ti un porvenir? ¿Llegar a tirarte a todas las socias del club antes de palmar?

—Cumplo con creces con mi trabajo aquí —replicó Junior—. Me he pasado toda la mañana colgado del teléfono con el criador de Kentucky. Está a punto de comprar ese potro de Artful Dodger al quedarse sin *Little Bit More*.

—¿Sí, y qué ha dicho?

—Que está pensando seriamente en comprarlo. Angus se puso en pie para exteriorizar su aprobación.

—Ésa es una buena noticia, hijo. Ese viejo es un cabronazo, por lo que he oído; íntimo de Bunky Hunt. Les da a sus caballos caviar y porquerías de ésas cuando ganan.

Angus le dio una palmadita en la espalda a Junior y le alborotó el pelo como si tuviese tres años.

—Pero —dijo Angus volviendo a fruncir el ceño— esto no hace más que resaltar cuánto podríamos perder si la Comisión de Apuestas revoca la licencia sin ni siquiera dar tiempo a que se seque la tinta de la autorización. Al mínimo asomo de escándalo, estamos listos. Así que, ¿cómo vamos a manejar a Alexandra?

—¿Manejarla?

Sin apoyar el dedo gordo, Angus se acercó al frigorífico a por otra cerveza.

—No creo que nos convenga ahuyentarla. Tal como yo lo veo —dijo, quitándole el tapón a la botella—, sólo tenemos que convencerla de que somos inocentes. Ciudadanos respetables —añadió con un pausado encogimiento de hombros—. Y como eso es exactamente lo que somos, no creo que nos resulte difícil conseguirlo.

Junior detectaba en seguida cuándo su padre barruntaba algo.

—¿Y cómo vamos a hacerlo?

—No vamos..., vas. Por supuesto, haciendo lo que mejor sabes hacer.

—Insinúas...

—Seducirla.

—¡Seducirla! —exclamó Junior—. No me pareció a mí que fuese precisamente una candidata a la seducción. Estoy seguro de que no nos puede ni ver.

—Pues, entonces, eso será lo primero que habrá que arreglar.... tú tendrás que arreglarlo. Consigue, simplemente, agradarle... para empezar. Lo haría yo si estuviese en forma —bromeó, con un guiño de complicidad—. ¿Crees que podrás con un trabajo tan «desagradable»?

—La oportunidad de intentarlo no es desdeñable —repuso Junior sonriente.

6

La verja del cementerio estaba abierta. Alex cruzó la entrada en su coche. Nunca había visitado la tumba de su madre, pero sabía cuál era el número de la sepultura. Lo encontró anotado y archivado entre documentos que necesitó al trasladar a la abuela a la clínica.

El cielo tenía un aspecto frío y desapacible. El sol se veía al oeste, suspendido sobre el horizonte como un gigantesco disco anaranjado, brillante pero ya con algunos tonos cobrizos. Las lápidas proyectaban largas sombras sobre la hierba mate.

Guiándose por las discretas señales indicadoras, Alex localizó la zona donde estaba la tumba, aparcó y salió del coche. Tuvo la impresión de ser la única persona que había allí. En aquel lugar, en las afueras de la ciudad, el viento del norte parecía más fuerte; su rugido, más sobrecogedor. Se levantó el cuello del abrigo al avanzar hacia la tumba que buscaba pero que, sin embargo, no estaba preparada para ver. De pronto dio con ella. Y sintió el impulso de dar media vuelta, como ante algo atroz y repulsivo. La lápida rectangular no medía mucho más de medio metro, y hubiese podido pasarle fácilmente inadvertida de no ser por el nombre. No indicaba más que las fechas de nacimiento y muerte de su madre; nada más. Ningún epitafio. Ni siquiera un piadoso «A la querida memoria de». Nada, salvo el desnudo dato de las fechas.

Aquella parquedad le partió el corazón. Tan joven, hermosa y con una vida tan prometedora por delante y, sin embargo, había quedado reducida al anonimato.

Se arrodilló junto a la tumba. Estaba a cierta distancia de las demás, en lo alto de un desnivel uniforme. El cuerpo de su padre había sido enviado desde Vietnam a su West Virginia natal, por cuenta del Ejército. El abuelo Graham, que murió cuando Celina no era más que una niña, estaba enterrado en su ciudad natal. La tumba de Celina estaba en la más absoluta soledad.

La lápida transmitía su frío al tacto. Alex siguió con la yema de su índice el surco del nombre de su madre grabado en la piedra y luego oprimió con su mano la quebradiza hierba como si quisiera aprehender un latido.

Fantaseó imaginando que podía comunicarse con su madre de una manera sobrenatural, pero lo único que notó fue la aspereza de la hierba seca arañando su palma.

—Madre —dijo, modulando la voz—. Mamá, mami. —Eran palabras extrañas en su boca y en sus labios. Jamás se las había dicho a nadie.

—Ella decía siempre que sólo por el tono de su voz la reconocías. Alex se dio la vuelta sobresaltada y se llevó la mano al corazón con un suspiro de terror.

—Me ha asustado. ¿Qué está haciendo usted aquí?

Junior Minton se arrodilló junto a ella y depositó un ramillete de flores frescas junto a la lápida. La observó un instante, miró a Alex y sonrió, pensativo.

—Intuición. Llamé al motel, pero no contestabas en tu habitación.

—¿Y cómo supo dónde estaba?

—En esta ciudad todo el mundo lo sabe todo acerca de todos.

—Nadie sabía que iba a ir al cementerio.

—Lo deduje. Traté de imaginar dónde estaría yo en tu lugar. Si no quieres compañía, ya me voy.

—No, no importa —dijo Alex, volviendo a mirar el nombre grabado en la fría e impersonal lápida—. Nunca había estado en este lugar. La abuela Graham nunca quiso traerme.

—Tu abuela no es una persona muy cordial ni desprendida.

—No, no lo es, ¿verdad?

—¿Echaste de menos una madre de pequeña?

—Muchísimo. Sobre todo al empezar a ir al colegio y darme cuenta de que era la única niña de la clase que no tenía madre.

—Hay muchos que se crían sin madre.

—Pero por lo menos saben que la tienen.

Era un tema del que le resultaba difícil hablar incluso con sus más íntimos. No le apetecía hablar de ello con Junior Minton, por más solidaria que fuese su sonrisa.

Tocó el ramillete que él había llevado y acarició el pétalo de una rosa entre las frías yemas de sus dedos; en comparación, la flor parecía de cálido terciopelo, pero tenía el rojo color de la sangre.

—¿Trae usted a menudo flores a la tumba de mi madre, señor Minton?

Él no contestó hasta que Alex volvió a mirarle directamente a los ojos.

—Yo estuve en el hospital el día que naciste. Te vi antes de que te lavasen —explicó con una sonrisa franca y cálida que desarmaba—. ¿No crees que esto nos permite tutearnos?

Era imposible ponerle barreras a aquella sonrisa, capaz de fundir el hielo.

—Bueno, entonces llámame Alex —dijo ella devolviéndole la sonrisa.

Los ojos de Junior la midieron de pies a cabeza.

—Alex. Me gusta.

—¿Sí?

—¿Que si me gusta tu nombre?

—No, traerle flores a mi madre.

—Bueno. Sólo en vacaciones. Angus y yo siempre le traemos algo por su cumpleaños, en Navidad, por Pascua.

Reede también. Pagamos entre los tres los gastos de la tumba.

—¿Por alguna razón especial?

Él la miró como extrañado antes de responder.

—Todos queríamos a Celina —afirmó.

—Creo que uno de vosotros la mató —dijo ella con suavidad.

—Estás equivocada, Alex. Yo no la maté.

—¿Y tu padre qué? ¿Crees que lo hizo él?

—Trataba a Celina como a una hija —dijo, negando con la cabeza—. Y la veía como tal.

—¿Y Reede Lambert?

Junior se encogió de hombros como si considerase innecesaria la explicación.

—Reede, pues...

—¿Pues qué?

—Reede no habría podido matarla.

Alex se embozó en su abrigo de piel. El sol se había puesto y el frío se intensificaba por momentos. Al hablar, el vaho de su respiración se condensaba ante su rostro.

—He pasado un rato esta tarde en la Biblioteca Pública, leyendo números atrasados del periódico local.

—¿Algo acerca de mí?

—Pues sí, todo sobre tu época en el equipo de fútbol de los Purcell Panthers.

Junior rio, y el viento alborotó sus rubios cabellos. Era un rubio mucho más intenso que el de Reede; un pelo más fino y mejor cuidado.

—Ha debido de ser una lectura apasionante —dijo él.

—Desde luego. Tú y Reede erais los capitanes del equipo.

—Vaya que sí —dijo, doblando los brazos como para exhibir sus musculosos bíceps—. Nos creíamos invencibles, pura dinamita.

—El año que terminó el bachillerato, mi madre fue la reina de las fiestas. Vi una fotografía de Reede besándola durante el descanso del partido.

Aquella fotografía le había causado a Alex una sensación muy extraña. Nunca la había visto. Por alguna razón, su abuela no la tenía entre las demás, quizá porque el beso de Reede Lambert había sido un poco atrevido, muy «completo» y posesivo. Indiferente a las aclamaciones del gentío del estadio, había rodeado posesivamente con su brazo la cintura de Celina. La presión del beso había vencido su cabeza hacia atrás. Él parecía un héroe victorioso, con su enlodado uniforme de fútbol, con señales de la lucha en el casco que sostenía con la otra mano.

Después de haber estado observando aquella fotografía durante varios minutos, le pareció sentir aquel mismo beso.

—No trabaste amistad —dijo Alex saliendo de su ensimismamiento— con mi madre y con Reede hasta cierto tiempo después, ¿no?

Junior arrancó un manojo de hierba y empezó a desmenuzarla entre sus dedos.

—Sí, hasta que salí del internado en Dallas.

—¿Te gustaba?

—No, le gustaba a mi madre. No quería que adquiriese lo que ella consideraba hábitos indeseables de los hijos de los obreros de los pozos y de los vaqueros. Así que cada otoño me largaban a Dallas. El colegio fue la manzana de la discordia entre mi madre y mi padre durante años. Finalmente, él se plantó y dijo que ya era hora de que estudiase aquí, donde había otra gente además de «paliduchos bastardos», como decían ellos. Y aquel otoño me matricularon en el instituto de aquí.

—¿Y cómo le sentó a tu madre?

—No muy bien. Estaba totalmente en contra, pero no podía hacer gran cosa. En su tierra...

—¿De dónde era?

—De Kentucky. En sus buenos tiempos, su padre fue uno de los mejores ganadores y criadores de la comarca. Crió a un ganador de la Triple Corona.

—¿Y cómo conoció a tu padre?

—Mi padre fue a Kentucky a comprar una yegua. Se la trajo... con mi madre en la grupa. Ha vivido aquí más de cuarenta años, pero aún sigue apegada a las tradiciones de la familia Presley, una de las cuales era enviar a los hijos a internados privados. Mi padre no sólo me matriculó en el instituto sino que insistió en que me integrase en el equipo de fútbol. Al entrenador no le entusiasmó la idea, pero mi padre lo sobornó prometiéndole comprar uniformes nuevos para el equipo si me aceptaba, así que...

—Angus Minton consigue siempre lo que se propone, ¿no?

—Puedes estar segura —dijo Junior riendo—. No acepta nunca un no; así que me metí en el equipo. No había jugado en mi vida, y por poco me parten la crisma el primer día de entrenamiento. Porque, como es lógico, a los otros chicos no les hice mucha gracia.

—¿Por ser el más rico de la ciudad?

—Un duro trabajo —dijo él con una contagiosa sonrisa—, pero alguien tiene que hacerlo. Al regresar a casa por la noche le dije a mi padre que odiaba el instituto y el fútbol con toda el alma. Le dije que prefería a los paliduchos bastardos que a chuletas como Reede Lambert.

—¿Y qué pasó?

—Mi madre lloró casi hasta reventar y mi padre se puso hecho una verdadera fiera. Me sacó al patio y me estuvo lanzando balones hasta que me sangraron las manos de tanto pararlos.

—¡Qué horror!

—No creas. Lo hacía por mi bien. Él sabía que aquí uno tiene que pensar en el fútbol hasta en sueños. Pero —se interrumpió— estoy divagando. ¿No tienes frío?

—No.

—¿Seguro?

—Sí.

—¿Nos vamos ya?

—No. Quiero que sigas divagando.

—¿Es un interrogatorio formal?

—Una simple conversación —dijo ella tan cáusticamente que lo hizo sonreír.

—Por lo menos métete las manos en los bolsillos.

Junior tomó sus manos y se las metió delicadamente en los bolsillos del abrigo, con unas palmaditas que a Alex le molestaron, porque le pareció que se tomaba una excesiva confianza; un gesto presuntuoso y, teniendo en cuenta las circunstancias, muy fuera de lugar.

—Deduzco que te harías con el equipo —dijo ella decidida a ignorar sus palmaditas.

—Sí, con los juveniles de la universidad, pero yo no jugaba ni un solo partido, salvo el último, el que decidía el campeonato —explicó Junior bajando la cabeza y sonriendo, pensativo—. Perdíamos de cuatro y sólo faltaban unos segundos. Teníamos la pelota pero estábamos muy lejos de su línea defensiva y nuestros dos mejores delanteros estaban lesionados.

—Qué brutos.

—Ya te lo he dicho, el fútbol aquí es muy duro. Bueno, pues entonces el entrenador decidió hacer un cambio, me señaló y gritó mi nombre. Por poco me meo de miedo.

—¿Y qué pasó?

—Me quité el chándal y corrí a unirme al equipo. Mi uniforme era el único limpio en todo el campo. Entonces el lanzador...

—Reede Lambert —dijo Alex, que lo sabía por las crónicas de los periódicos.

—Sí, «vengador». Gruñó audiblemente al ver que me acercaba, y más fuerte todavía cuando le dije la jugada que me había indicado el entrenador, que me pasase la pelota a mí. Me miró directamente a los ojos y me dijo: «Si te paso la pelota, guárdate bien de perderla».

Junior hizo una pausa como para recordar con mayor precisión.

—No lo olvidaré mientras viva —prosiguió—. Reede estaba poniendo sus condiciones.

—¿Condiciones?

—De nuestra futura amistad. Entonces o nunca era cuando tenía que demostrarle que era digno de su amistad.

—¿Tan importante era eso?

—Puedes estar bien segura de que sí. Llevaba el suficiente tiempo en el instituto para saber que, si no controlaba el pase de Reede, él me consideraría una mierda.

—Pero controlaste el pase, ¿no?

—No, qué va. Con toda honestidad no puede decirse que controlase el balón, sino que me lo puso en las mismas manos, y todo lo que tuve que hacer fue llevar la pelota más allá de la línea de gol.

—Con eso bastaba, ¿no?

Él sonrió tan abiertamente que terminó riendo.

—Digamos que sí.

—A tu padre debió de caérsele la baba.

Junior echó la cabeza hacia atrás y estalló en carcajadas.

—Saltó la valla —dijo— y luego el foso, y se vino hacia mí cruzando el campo. Me levantó por los aires y me llevó a hombros durante varios minutos.

—¿Y tu madre?

—¿Mi madre? No iría a un partido de fútbol ni muerta. Dice que es una animalada —dijo chascando la lengua y cogiéndose el lóbulo de la oreja—. Estaría por decir que no le falta razón. Pero no me importaba lo que opinase nadie, excepto mi padre. No puedes imaginar lo orgulloso que estuvo de mí aquella noche —añadió con un intenso brillo en sus ojos azules al recordarlo—. Él no conocía a Reede, pero también a él lo abrazó. Y aquella noche fue también el inicio de nuestra amistad. No mucho después murió el padre de Reede, y él se vino al rancho a vivir con nosotros.

Durante unos instantes Junior recordó en silencio. Alex respetó su ensimismamiento sin interrumpirle. Luego él la miró y empezó a jugar fuerte.

—Dios, cómo te pareces a Celina —dijo suavemente—. No tanto por las facciones sino por la expresión. Tienes la misma virtud de saber escuchar —añadió, pasándole la mano por el pelo—. A ella le encantaba escuchar. O, por lo menos, conseguía que la persona que hablaba lo creyese así. Podía quedarse tan tranquila sentada y escucharte durante horas —concluyó, retirando la mano sin el menor deseo de hacerlo.

—¿Es eso lo que primero te atrajo de ella?

—¡Qué coño! —exclamó él con una pícara sonrisa—. Lo primero que me atrajo fue la calentura adolescente. La primera vez que la vi en el vestíbulo del colegio me dejó sin aliento, de lo guapa que era.

—¿Y quisiste ligártela?

—Qué va. Yo era tonto, pero no estaba loco.

—¿Y entonces? ¿Qué hay de la «perra» que cogiste?

—Entonces ella pertenecía a Reede —explicó Junior lacónicamente—. Eso siempre estuvo claro —añadió, levantándose—. Deberíamos marcharnos ya. Aunque digas que no, estás temblando de frío. Además, esto empieza a tener un aspecto fantasmal con la oscuridad.

Alex, todavía perpleja por lo que él acababa de decirle, dejó que la ayudase a levantarse. Ladeó la cara hacia atrás, a la vez que se sacudía la hierba seca pegada a su falda, y miró el ramito de rosas. El verde papel satinado que protegía los lozanos pétalos se agitaba con el vivo viento, produciendo secos crujidos.

—Gracias por las flores, Junior.

—No tiene importancia.

—Me siento agradecida por que no hayas dejado de pensar en ella durante todos estos años.

—Honestamente hablando, tenía otro motivo para venir aquí hoy.

—¿Cuál?

—Mmmmm —dijo, tomando sus manos—, invitarte a casa a tomar unas copas.

7

Estaban esperándola. Le resultó evidente en cuanto Junior la hizo cruzar el umbral de un espacioso edificio de dos plantas del rancho Minton. Deseosa de observar a sus sospechosos en su ambiente, había aceptado acompañar a Junior a su casa desde el cementerio.

Al entrar en el salón, sin embargo, no pudo evitar que cruzase por su mente el recelo de estar siendo ella la manipulada y no a la inversa.

Su determinación de proceder con cautela fue inmediatamente puesta a prueba cuando Angus cruzó la amplia estancia y estrechó su mano.

—Me alegro de que Junior te encontrase y te convenciese de venir —le dijo, a la vez que la ayudaba a quitarse la chaqueta de piel y se la daba luego a Junior—. Toma, llévala al perchero —añadió, mirando a Alex con satisfacción—. No sabía cómo ibas a interpretar nuestra invitación. Estamos encantados de que estés aquí.

—También yo estoy encantada de estar aquí.

—Bien —dijo él frotándose las manos—. ¿Qué quieres tomar?

—Vino blanco, por favor —rogó ella, percatándose de que los ojos azules de Angus resultaban cordiales pero también inquietantes. Parecían ver más allá de la superficie y detectar la inseguridad emocional que ella trataba de camuflar con su aire profesional.

—Vino blanco, ¿eh? Lo detesto tanto como la limonada. Pero eso es lo que bebe mi mujer. Por cierto, ella bajará en seguida. Anda, siéntate aquí, Alexandra.

—Prefiere que la llamen Alex, papá —dijo Junior mientras se acercaba a Angus, que estaba junto al mueble bar sirviéndose un whisky con agua.

—Alex, ¿eh? —dijo Angus acercándole su copa de vino—. Bueno, supongo que es un nombre adecuado para una abogada.

Si pretendía ser un cumplido, era bastante ambiguo. Ella dio unas escuetas gracias por el vino y por la observación.

—¿Por qué me han invitado a venir aquí? —preguntó.

Angus pareció momentáneamente desconcertado por su rapidez en ir directa al grano, pero contestó sin rodeos.

—El río anda demasiado revuelto para que seamos enemigos. Quería conocerte mejor.

—Ésa es la razón por la que he venido, señor Minton.

—Angus. Llámame Angus —rogó él, haciendo una pausa que aprovechó para observarla—. ¿Por qué estudiaste Derecho?

—Para poder investigar sobre el asesinato de mi madre.

La respuesta salió de sus labios con tal espontaneidad que no sólo asombró a los Minton, sino a la propia Alex. Era la primera vez que verbalizaba que ése fuese su objetivo. Además de cuidar de ella, Merle Graham había alimentado en Alex una firme determinación.

Al admitirlo ante otros se percató también de que, en su fuero interno, se consideraba a sí misma como la principal sospechosa. La abuela Graham le había dicho que en el fondo fue ella la responsable de la muerte de su madre. Y, a menos que pudiese probar lo contrario, cargaría con ese sentimiento de culpa durante el resto de su vida. Estaba allí en Purcell para purgar esa culpa.

—Desde luego, no tienes pelos en la lengua, jovencita —admitió Angus—. Eso me gusta. Andarse con rodeos me parece una pérdida de tiempo.

—Y a mí —dijo Alex, recordando las dos fechas límite que por razones tan distintas se le imponían.

—Así que soltera y sin hijos, ¿eh? —masculló Angus.

—Sí.

—¿Y por qué?

—Papá —intervino Junior reprendiendo a su padre con la mirada, por su falta de tacto.

Pero más que molestarla, la indiscreción de Angus le hizo mucha gracia.

—No me importa, Junior, de verdad. Son preguntas corrientes.

—¿Y tienen respuesta? —insistió Angus, bebiendo un trago de whisky.

—Falta de tiempo, o de vocación.

—Pues por estos barrios tenemos demasiado tiempo y no excesiva vocación —gruñó él, recogiendo la evasiva y echándole a Junior una inquisitiva mirada.

—Mi padre lo dice por mis fracasados matrimonios —le dijo Junior a su invitada.

—¿Matrimonios? ¿Y hasta dónde alcanza el plural?

—Tres —confesó él con una contrita mueca.

—Y ni un nieto del que poder presumir me ha dado —gruñó Angus como un oso resabiado, apuntando con un acusador índice a su hijo—. Y no me parece a mí que sea porque no sepas procrear —añadió.

—Como de costumbre, Angus, tus modales con las visitas son deplorables.

Los tres volvieron la cabeza a un tiempo. Alex vio a una mujer de pie en el quicio de la puerta. Se había hecho una imagen mental de cómo debía de ser la esposa de Angus: fuerte, enérgica y lo bastante entera para plantarle cara; el prototipo de la mujer de un ganadero; brusca, incansable y más acostumbrada a usar el látigo que a cepillarse el pelo. Pero la señora Minton era la antítesis de la imagen mental que Alex se había forjado. Su figura era grácil y sus facciones tan delicadas como las de un maniquí. Un pelo rubio entrecano enmarcaba con sus rizos la cara, tan pálida como el collar de perlas que ceñía su cuello con dos vueltas. Llevaba un conjunto de falda y jersey de lana de color malva, que parecía flotar alrededor de su delgado cuerpo al caminar hacia ellos y sentarse en un sillón contiguo al de Alex.

—Es Alex Gaither, cariño —dijo Angus, que no exteriorizó su enojo por la reconvención de su esposa—. Mi esposa Sarah Jo —añadió, dirigiéndose a Alex.

Sarah Jo Minton asintió con la cabeza.

—Señorita Gaither, es todo un placer, sin duda —dijo con una voz tan protocolaria y fría como su fórmula de cortesía.

—Gracias.

Su pálida tez se iluminó y sus rectos y finos labios se curvaron dibujando una radiante sonrisa al aceptar una copa de vino blanco, que Junior le tendió sin que ella se lo hubiese pedido.

—Gracias, corazón.

Él se inclinó a besar la suave mejilla que ella le ofreció.

—¿Se te ha pasado el dolor de cabeza? —le preguntó a su madre.

—No del todo, pero la cabezadita me ha ido bien —repuso ella agradeciendo su interés y alzando la mano para acariciarle la mejilla; una mano blanca como la leche y tan frágil como una flor asolada por la tormenta—. ¿Es que tienes que estar siempre con el mismo tema —dijo Sarah Jo dirigiéndose a su esposo—, en lugar de guardarlo para el establo?

—En mi casa hablo de lo que me da la puñetera gana —repuso Angus, aunque, a juzgar por su tono, no parecía enojado con ella.

Junior, al parecer habituado a sus pullas, se echó a reír y dio la vuelta tras el sillón de su madre para ir a sentarse en el brazo del de Alex.

—En realidad no hablábamos de crianzas, mamá. Papá se lamentaba de mi incapacidad para conservar a una esposa lo bastante como para darle un nieto.

—Ya tendrás hijos con la mujer adecuada si así ha de ser —dijo Sarah Jo dirigiéndose casi por igual a Angus y a Junior—. ¿Me ha parecido oír que es usted soltera, señorita Gaither.

—En efecto.

—Qué raro —susurró Sarah, mientras tomaba un sorbo de vino—. A su madre nunca le faltó compañía masculina.

—Alex no ha dicho que le faltase compañía masculina —la corrigió Junior—; lo ha elegido así, simplemente.

—Sí, prefiero consagrarme a una profesión que al matrimonio y a los hijos; por lo menos de momento —explicó Alex arqueando las cejas como si, justo en aquel momento, hubiese cruzado la idea por su mente—. ¿Expresó mi madre alguna vez interés por alguna carrera?

—No; por lo menos a mí, no —dijo Junior—, aunque me parece que el sueño de todas las chicas de nuestra clase era convertirse en la amante de Warren Beatty.

—Me tuvo muy joven —dijo Alex con expresión de pesar—. Puede que casarse y tener una hija tan joven le impidiesen emprender una carrera.

Junior llevó su índice bajo la barbilla de Alex y la alzó suavemente hasta que lo miró a los ojos.

—Celina eligió lo que deseaba —le dijo.

—Gracias por creerlo así.

—Nunca la oí decir —prosiguió Junior, retirando la mano de la barbilla de Alex— que desease ser otra cosa más que esposa y madre. Recuerdo el día que hablamos concretamente de ello. Seguro que tú también, papá. Era en verano, y hacía tanto calor que le dijiste a Reede que se tomase el día libre cuando hubiese terminado de limpiar los establos. Y salimos los tres a almorzar al campo junto al estanque, ¿lo recuerdas?

—No —dijo Angus levantándose del sillón y yendo a por una cerveza.

—Pues yo, sí —dijo Junior en tono ensoñador—, como si hubiese sido ayer. Extendimos una manta bajo los mezquites. Lupe nos había preparado unas empanadas para que nos las llevásemos. Después de almorzar nos echamos sobre la manta; Celina, entre Reede y yo, y mirábamos al cielo a través de las ramas de los mezquites. Apenas daban sombra, y el sol y nuestro estómago lleno nos adormecieron.

»Vimos que los buitres merodeaban alrededor de algo, y propusimos acercarnos a ver qué era, pero nos dio pereza. Seguimos allí echados, charlando sobre lo que seríamos de mayores. Yo dije que quería ser un *playboy* internacional. Reede dijo que, si yo hacía eso, él compraría acciones de una empresa de condones y se haría rico. A él no le preocupaba lo que iba a ser, siempre y cuando se hiciese rico. Celina sólo quería casarse —dijo, mirándose las manos—, ser la esposa de Reede —añadió tras una pausa.

Alex se sobresaltó.

—Hablando de Reede —dijo Angus—, me parece que oigo su voz.

8

Lupe, la sirvienta de los Minton, anunció a Reede. Alex se dio la vuelta justo a tiempo de verle cruzar el vano. La sorprendente revelación de Junior la había aturdido.

Sabía por la abuela Graham que Reede y Celina habían sido novios en el instituto. La fotografía de Reede, besando a la reina de las fiestas, lo expresaba con claridad. Pero lo que Alex no sabía es que su madre desease casarse con él, y se percataba de que su expresión debía de exteriorizar su sorpresa.

—Formáis un «cuadro» de lo más encantador —dijo Reede al entrar.

—Hola, Reede —exclamó Junior al lado de Alex, quien, de pronto, se había encontrado demasiado cerca de él y en actitud demasiado familiar, sin acertar a explicárselo—. ¿Qué te trae por aquí? ¿Una copa?

—Anda, pasa —le rogó Angus.

Sarah Jo lo ignoró como si fuese invisible, lo cual desconcertó a Alex, que sabía que Reede había vivido con ellos como un miembro más de la familia.

Reede se despojó de la chaqueta y del sombrero y se acercó al mueble bar, aceptando la copa que Angus acababa de servirle.

—He venido a ver a mi yegua. ¿Qué tal está?

—Estupendamente —repuso Angus.

—Magnífico.

Siguió un tenso silencio durante el cual todos parecían contemplar el contenido de sus vasos.

—¿Traías alguna otra cosa *in mente,* Reede? —dijo al fin Angus.

—Ha venido a estar al quite de lo que me digan —intervino Alex—, igual que hizo con el juez Wallace a primera hora de la tarde.

—Si alguien me pregunta directamente a mí, soy yo quien responde, señoría —replicó él ásperamente, vaciando el vaso de un trago y dejándolo sobre el mueble bar—. Ya os veré a todos luego. Gracias por la copa.

Reede salió de inmediato de la estancia, sin detenerse más que para recoger su chaqueta y su sombrero.

Sorprendentemente, fue Sarah Jo quien rompió el silencio al oír que Reede cerraba la puerta de la entrada.

—Veo que sus modales no han mejorado en absoluto —comentó.

—Ya conoces a Reede, mamá —dijo Junior, encogiéndose desenfadadamente de hombros—. ¿Quieres otro vaso de vino?

—Sí, por favor.

—Tomaos la copa juntos —dijo Angus—. Quiero hablar a solas con Alex. Tráete tu vino si quieres —añadió, dirigiéndose a ella.

Casi sin darse cuenta, se había levantado del sillón y lo había seguido al pasillo mirando hacia todas partes. Las paredes estaban empapeladas en rojo con figuras de pájaros y marcos con fotografías de caballos de carreras. Una imponente lámpara de araña española colgaba del techo. Los muebles eran oscuros y aparatosos.

—¿Te gusta mi casa? —preguntó Angus, percatándose de que ella se rezagaba observándolo todo.

—Muchísimo —mintió ella.

—La diseñé toda yo mismo cuando Junior iba aún en pañales.

Sin que hiciera falta que se lo dijese, Alex advirtió que Angus no sólo había diseñado la casa sino que también debía de haberla decorado. No había nada que reflejase la personalidad de Sarah Jo. No cabía duda de que no la había prodigado porque no debió de tener otra elección.

Era una casa horriblemente fea, pero su asombroso mal gusto le daba un cierto encanto primitivo, muy acorde con el talante de Angus.

—Antes de levantar esta casa, Sarah Jo y yo vivíamos en la garita de un guardagujas. Entraba el sol por las grietas de las paredes en aquel puñetero sitio. En invierno nos helábamos y en verano nos despertábamos con dos dedos de polvo sobre la cama.

La primera impresión de la señora Minton a Alex fue de desagrado. Parecía absorta y ensimismada. Pero podía sentirse solidaria con una Sarah Jo más joven, arrancada como una hermosa y exótica flor refinadamente cultivada y trasplantada a una tierra tan árida, y radicalmente distinta, que la había marchitado. Nunca se había llegado a adaptar y, para Alex, era todo un misterio que Angus o la propia Sarah hubiesen llegado a creer que podía adaptarse.

Él la condujo hasta una estancia revestida de madera que tenía un aspecto aún más masculino que el resto de la casa. Cabezas disecadas de alces y ciervos asomaban de la pared con una mirada perdida y resignada. Y el espacio que no ocupaban esos trofeos estaba lleno de fotografías de caballos de carreras con los colores de los Minton, en el círculo de los vencedores de hipódromos de todo el país. Algunas parecían bastante recientes; otras, muy antiguas.

Había varios armeros con escopetas; un asta con la bandera de Texas se alzaba en un rincón. En un dibujito enmarcado se leía: «Aunque cruce por el valle de la Sombra de la Muerte no temo ningún mal..., porque en este valle soy el más animal.»

En cuanto entraron en la habitación, él señaló una esquina.

—Ven aquí, quiero enseñarte una cosa.

Ella lo siguió hasta una mesa cubierta por lo que parecía una sábana blanca corriente. Angus descubrió la mesa.

—¡Madre mía!

Era una maqueta del hipódromo. No faltaba ni un detalle; incluso con los colores que indicaban las distintas localidades en las gradas; los cajones de salida móviles y las líneas que delimitaban los distintos sectores en el aparcamiento.

—Purcell Downs se llamará —dijo Angus sacando pecho, tan orgulloso como si acabase de ser padre—. Comprendo que no haces más que cumplir con tu trabajo, Alex. Y lo respeto.

Pese a sus palabras, la expresión de Angus denotaba cierta agresividad.

—Pero no te das cuenta de lo que está en juego aquí —añadió.

—¿Y por qué no me lo explica? —preguntó Alex a la defensiva, cruzando los brazos a la altura de sus senos.

Bastó con que ella dijese eso para dar pie a que Angus se lanzase a una detallada explicación sobre cómo quería que se construyese el hipódromo, enumerando sus distintas características. No habría ángulos rectos. No se escatimaría en nada. Todo el recinto iba a contar con instalaciones de primer orden, desde los establos hasta los lavabos.

—El nuestro será el único hipódromo de primera categoría entre Dallas-Fort Worth y El Paso, a quinientos kilómetros de ambos. Será un buen lugar para que los viajeros hagan un alto. Ya veo a Purcell convertido en otro Las Vegas dentro de veinte años, brotando del desierto como un chorro de oro negro.

—¿No es usted excesivamente optimista? —preguntó Alex con escepticismo.

—Bueno, puede que un poquito. Pero eso mismo decía la gente cuando empecé a levantar el rancho. Y también cuando construí un recinto de entrenamiento y respecto de mi proyecto de erigir una piscina cubierta para los caballos. No dejo que el escepticismo me inquiete. Sólo con grandes sueños se consiguen grandes cosas. No olvides lo que te digo —añadió, simulando un derechazo al aire para dar mayor énfasis a sus palabras—: Si conseguimos la licencia para construir este hipódromo, la ciudad de Purcell será un *boom*.

—Pero eso es algo que tal vez no guste a todos. Quizás algunos prefieran que siga siendo una población pequeña.

—Hace varios años, Purcell estaba en pleno *boom* —insistió Angus negando con la cabeza.

—¿Por el petróleo?

—Pues claro. Había diez bancos. Diez. Más que en cualquier otra ciudad de este tamaño. En ingresos *per capita* éramos la ciudad más rica del país. Los comerciantes no daban abasto. El negocio inmoviliario estaba en alza. Todo el mundo prosperaba —dijo, y se concedió una pausa para tomar aliento—. ¿Quieres tomar algo? ¿Una cerveza? ¿Una cola?

—No, gracias.

Angus cogió una cerveza del frigorífico, le quitó el tapón y echó un largo trago.

—Entonces se produjo la crisis del mercado del petróleo —prosiguió Angus—. Y creímos que sería algo pasajero.

—¿Hasta qué punto les afectó la crisis del petróleo?

—Yo tenía un buen porcentaje de las acciones de varios pozos y de una compañía de gas natural. Pero, gracias a Dios, nunca invertí más de lo que podía permitirme perder. Nunca hipotequé el resto de mis negocios para financiar pozos.

—Pero la caída de los precios del petróleo debió de suponer un grave revés financiero para usted, ¿no? ¿No le afectó?

—He ganado y he perdido —repuso él, negando con la cabeza— más fortunas que años tienes tú, jovencita. Y, qué demonios, no me apura arruinarme. Ser rico es más divertido, pero quedarse en la ruina es más apasionante; todo un desafío. Sarah Jo —añadió pensativo con un suspiro— no está de acuerdo conmigo, desde luego. Le encanta la seguridad que da el dinero muerto de risa en la caja fuerte. Nunca he tocado su dinero ni la herencia de Junior. Le prometí que nunca lo haría.

Hablar de herencias era algo insólito para Alex. Merle Graham había podido salir adelante con ella contando sólo con el sueldo de la Compañía Telefónica y, luego, con la pensión de jubilación. Alex consiguió un expediente académico que le valió una beca en la Universidad de Texas, pero tenía que compaginar los estudios con el trabajo para mantenerse, de manera que su abuela no pudiera reprocharle nada.

De la Facultad de Derecho también recibió ayudas económicas en mérito a sus impresionantes notas. Y, luego, trabajar en la Administración no daba para lujos. Había estado peleándose con su conciencia durante semanas antes de regalarse un abrigo de pieles como premio al colegiarse. Era una de las pocas extravagancias que se había permitido.

—¿Tiene suficiente capital para financiar el hipódromo? —preguntó ella, volviendo mentalmente a la cuestión.

—A título personal no.

—¿Las Empresas Minton, entonces?

—Por sí solas tampoco. Hemos constituido un grupo de inversores, con particulares y hombres de negocios que se beneficiarán de que se construya el hipódromo aquí.

Angus se sentó en su sillón de cuero rojo y le indicó a ella que tomase asiento en una butaca.

—Durante el *boom* del petróleo todo el mundo le tomó gusto a la riqueza, y anhelan recuperarla.

—No es una opinión muy halagadora para la población de Purcell: un grupo de codiciosos predadores aguardando a engullir el dinero del hipódromo.

—Codiciosos no —replicó él—. Todo el mundo tendrá una parte razonable, desde los inversores más importantes hasta el dueño de la gasolinera más próxima. Y esto no sólo reportará beneficios a los particulares. Piensa en las escuelas, hospitales y servicios públicos que la ciudad podrá construir con el aumento de sus ingresos.

Angus se inclinó hacia delante y cerró una mano como asiendo algo con fuerza.

—Por eso el hipódromo es tan puñeteramente importante —dijo—. Vería renacer Purcell, y de ahí para arriba —añadió con un entusiasmo que hacía brillar sus ojos—. ¿Qué te parece, pues?

—No soy imbécil, señor Minton..., Angus, quería decir —se corrigió ella—. Comprendo lo que el hipódromo podría significar para la economía del condado.

—¿Y entonces, por qué no abandonas esa ridícula investigación?

—No creo que sea ridícula —replicó ella con aspereza.

Angus se quedó mirándola y se rascó la mejilla.

—¿Pero cómo puedes pensar que yo maté a tu madre? Era una de las mejores amigas de Junior. Entraba y salía de esta casa a diario. Después de casarse, no tanto, pero antes venía muchísimo. Jamás se me hubiese ocurrido levantar un dedo para hacer daño a aquella criatura.

Alex deseaba creerle. Pese a ser sospechoso de un asesinato, lo admiraba mucho.

Por lo que había leído, y lo que él acababa de explicarle, había levantado un imperio empezando de la nada.

La brusquedad de Angus resultaba casi atractiva. Era un hombre persuasivo, pero no podía dejarse influir por su exótica personalidad. La admiración que sentía hacia Angus no era tan fuerte como su necesidad de saber cómo ella, una criatura de dos años, pudo haber sido la causa de que asesinasen a su madre.

—No puedo abandonar la investigación —dijo—, aunque quisiera. Pat Chastain...

—Escucha —dijo él, inclinándose hacia delante—, parpadeas un poco con esos preciosos ojos azules, le dices que cometiste un error y te garantizo que mañana a estas horas ni siquiera recordará por qué has venido aquí.

—Yo no haría...

—De acuerdo. Entonces déjame a Pat a mí.

—Angus —dijo ella, alzando un poco la voz—. No me entiendes; con la misma fuerza con que tú crees en tu hipódromo, yo creo que con el asesinato de mi madre no se hizo justicia. Lo que pretendo es que se rectifique el error.

—¿Aunque eso ponga en peligro el futuro de toda una ciudad?

—Vamos —protestó ella—. Haces que suene como si fuese a quitarles el pan de la boca a unos niños hambrientos.

—Tanto como eso no, pero desde luego...

—También está en juego mi futuro. No podría pensar en nada relativo a mi porvenir si antes no he resuelto el caso a mi plena satisfacción.

—Sí, pero...

—Venga, que toca descanso —dijo Junior, que acababa de abrir la puerta y asomaba por el vano—. Acabo de tener una gran idea, Alex. ¿Por qué no te quedas a cenar?

—¡Coño ya, Junior! —tronó Angus, dando un puñetazo en el brazo del sillón—. Pero mira que eres inoportuno. ¿Es que no ves que estamos hablando de cosas importantes? No vuelvas a interrumpir cuando esté hablando en privado. Que tampoco eres tan torpe.

—No sabía que vuestra conversación fuese tan privada ni tan importante —dijo Junior tragando saliva.

—Pues podrías haberlo imaginado, ¿no te parece? Por el amor de Dios, estábamos...

—Por favor, Angus, no tiene importancia —dijo Alex—. En realidad me alegro de que Junior nos haya interrumpido. No me había dado cuenta de lo tarde que es. Debo irme.

No podía soportar ver a un hombre hecho y derecho recibir un rapapolvo de su padre, sobre todo delante de una mujer. Se sentía incómoda por ambos.

Por lo general, Angus era un tipo desenfadado. Pero tenía muy mal carácter cuando se irritaba. Alex acababa de tener una buena prueba de la poca correa que tenía y de que no necesitaba mucho para sulfurarse.

—Te acompaño —dijo Junior lacónicamente, a la vez que ella le estrechaba la mano a Angus.

—Gracias por enseñarme la maqueta. Nada de lo que me has dicho va a desviarme de mi propósito, pero me ha aclarado algunas cosas. Las tendré en cuenta en el curso de mi investigación.

—Puedes creernos: no somos asesinos.

Junior la acompañó hasta la puerta de la entrada. Al darle él la chaqueta, ella lo miró.

—Estaremos en contacto, Junior.

—Así lo espero —dijo, inclinándose para besarle la mano, que volvió luego con la palma hacia arriba, besándosela también.

—¿Coqueteas así con todas las mujeres que encuentras? —dijo ella retirando la mano rápidamente.

—Más o menos —repuso él dirigiéndole una mirada exenta de contrición—. ¿Tan susceptible eres?

—En absoluto.

La sonrisa de Junior se hizo más franca, como diciéndole que no estaba muy convencido y que sabía que ella tampoco, hasta que ella se despidió con un escueto «buenas noches».

El coche de Alex estaba frío. Temblaba dentro de su chaqueta. Al dirigirse hacia la autopista por la carretera privada, se fijó en las dependencias que la flanqueaban. Casi todo eran cuadras, y en el interior de una de ellas se percibía una luz tenue. El Blazer de Reede estaba aparcado frente a la puerta. Movida por un impulso, Alex enfiló hacia allí, detuvo el coche y se apeó.

El dormitorio que Sarah Jo tenía en Kentucky había sido reproducido en su hogar de Texas, respetando hasta el mínimo detalle, como los cordones de seda de las cortinas. Cuando construyeron la casa, accedió a que Angus conservase sus oscuros y pesados muebles, su tresillo de cuero rojizo y sus trofeos de caza en otras habitaciones, pero se opuso tajantemente a que la repelente decoración invadiese su dormitorio.

Angus accedió de buen grado. Le gustaba verse rodeado de toda la parafernalia femenina durante la noche. Solía decirle que si hubiese querido casarse con una vaquera, no habría tenido que ir a buscarla a Kentucky.

—¿Puedo pasar, mamá? —preguntó Junior abriendo la puerta tras un educado golpecito con los nudillos.

—Sí, cariño, pasa —dijo sonriente Sarah Jo, encantada de ver asomar a su hijo.

Junior la encontró incorporada en la cama, entre un montón de almohadas de satén, con un camisón de encaje, envuelta por el olor de una cara crema facial y leyendo la biografía de un estadista extranjero del que nunca había oído hablar; ni siquiera había oído hablar del país del que procedía. Y puede que, salvo su madre, no lo conociese nadie.

Ella se quitó las gafas, dejó el libro a un lado y alisó su edredón de satén. Con un leve movimiento de cabeza, Junior declinó sentarse. Se quedó a los pies de la cama, con las manos en los bolsillos, haciendo sonar la calderilla, un poco harto de aquel ritual de todas las noches que era una reminiscencia de su infancia.

Ya hacía mucho tiempo que había superado la necesidad o el deseo de ir a darle un beso todas las noches a su madre, pero Sarah Jo continuaba esperándolo. Se habría sentido herida si él no acudía. Tanto él como Angus procuraban no herir los sentimientos de Sarah Jo, siempre muy a flor de piel.

—Aquí huele tan bien como de costumbre —dijo él, a falta de otra cosa que decir. El rapapolvo que acababa de recibir delante de Alex aún le escocía. Estaba impaciente por salir a tomar una copa a algún local nocturno para poder olvidarse de sus problemas.

—Bolsitas con hierbas aromáticas —dijo ella—. Tengo en todos los cajones y en todos los armarios. De pequeña teníamos una sirvienta que los hacía con hierbas y flores secas machacadas. Olían maravillosamente —añadió en tono evocador—. Ahora tengo que comprarlas. Utilizan aromas artificiales, pero siguen gustándome.

—¿Qué tal es el libro? —preguntó Junior fastidiado con el tema de las bolsitas.

—Bastante interesante.

—Estupendo. Me alegro de que te guste —dijo Junior, sonriéndole pese a dudar seriamente del interés del libro.

Sarah Jo notó su talante taciturno.

—¿Qué te pasa? —le preguntó.

—Nada.

—Lo noto en seguida cuando te pasa algo.

—Nada que no sea habitual. Me he ganado una bronca de papá por interrumpir su conversación con Alex.

Sarah Jo puso morritos de enfurruñada.

—Tu padre todavía no ha aprendido a comportarse delante de las visitas. Si él puede ser tan grosero como para llevarse aparte a una invitada durante la hora del cóctel, tú también puedes serlo para interrumpir su conversación.

Sarah Jo asintió con la cabeza como dando por zanjado el asunto con su recriminación.

—¿Y de qué hablaban tan en privado? —preguntó entonces.

—Acerca de la muerte de la madre de Alex —repuso él desenfadadamente—. Nada preocupante.

—¿Estás seguro? Todo el mundo parecía muy tenso esta noche.

—Si hubiese algo de lo que preocuparse, ya lo arreglaría papá, como hace siempre. No es nada de lo que tú tengas que preocuparte.

Junior no tenía intención de contarle a su madre lo de la investigación de Alex. Todos los hombres de la familia sabían que Sarah Jo odiaba tener que afrontar todo lo que fuese enojoso o desagradable y procuraban ahorrárselo.

Angus nunca hablaba de negocios con ella, sobre todo

si algo iba mal. Se disgustaba si sus caballos no hacían un buen papel en las carreras, y celebraba sus éxitos, pero, al margen de esto, ni el rancho ni las empresas del grupo Minton tenían para ella mucho interés.

En realidad, nada tenía excesivo interés para ella, salvo, posiblemente, Junior. Sarah Jo era como una preciosa muñeca, a salvo en el interior de una burbuja, sin exponerse jamás a la luz ni a elemento alguno que pudiera perjudicarla, viviendo de espaldas a la vida.

Junior quería a su madre, pero reconocía que no era una persona estimada. En cambio Angus agradaba a todo el mundo. Algunas de las esposas de sus amigos, por lealtad y reconocimiento, se mostraban cordiales con Sarah Jo. Y de no ser por ellas, no habría tenido con quién relacionarse en Purcell.

Ella, desde luego, jamás dio un paso para hacer amistades. Consideraba que la mayoría de la gente de la población era vulgar y ramplona, y no se molestaba en disimular la mala opinión que le merecían. Parecía perfectamente a gusto recluida en su dormitorio, rodeada de las cosas suaves, bonitas y sencillas que le gustaban y que mejor entendía.

Junior no ignoraba que se la hacía objeto de burlas y chismorreos. Se decía que bebía, aunque, salvo un par de vasitos de vino antes de cenar, no era cierto. Algunos, que no comprendían sus remilgos, la tenían por rara, y otros creían simplemente que estaba tocada».

La verdad es que se la notaba absorta, como si mentalmente estuviese reviviendo el tesoro de su privilegiada infancia. Nunca se rehízo de la muerte de un hermano al que adoraba, y aún lloraba cuando conoció a Angus.

Junior se preguntaba a veces si no se habría casado para huir del funesto recuerdo. No encontraba otra explicación a un matrimonio entre dos personas tan opuestas.

Junior estaba impaciente por salir a divertirse, pero alargó la visita de aquella noche porque sentía curiosidad por la opinión de su madre sobre su invitada.

—¿Qué te ha parecido?

—¿Quién? ¿La hija de Celina? —preguntó a su vez Sarah Jo, abstraída y frunciendo ligeramente el ceño—. Físicamente es muy atractiva, pero no me parece que ir tan llamativa le haga ningún favor a una mujer.

Con los dedos jugueteaba con los encajes de su camisón, pensativa.

—Parece una persona muy seria, ¿no? —dijo—. Mucho más reflexiva que su madre. Qué alocada era Celina, Dios bendito. Siempre estaba riendo —añadió, hizo una pausa y ladeó la cabeza como si escuchase una risa lejana—. No recuerdo haberla visto nunca seria.

—Pues no siempre reía. Lo que pasa es que no lo recuerdas bien.

—Pobrecito mío. Ya sé que estabas muy enamorado de ella cuando murió. Ya sé lo que se siente al perder a un ser querido. Es muy doloroso.

Al instante, su suave voz cambió bruscamente, igual que su expresión. Su talante de mosquita muerta dejó paso a unas facciones duras y resueltas.

—No debes seguir permitiendo que tu padre te ponga en evidencia, sobre todo delante de los demás, Junior.

—No lo hace con mala intención. Es su manera de ser —dijo Junior encogiéndose de hombros, como diciendo que todo quedaba casa.

—Pues eres tú quien tiene que quitarle esa costumbre, cariño. ¿No lo ves? —dijo ella—. Eso es justo lo que él quiere que hagas; que le plantes cara. Angus sólo entiende un tono de voz; cuanto más bronco mejor. Él no conoce las maneras suaves y delicadas como nosotros. Tienes que hablarle del modo que él comprende, como hace Reede. Angus no se atrevería a hablarle a Reede con el tono condescendiente que utiliza contigo, porque a Reede lo respeta. Y lo respeta porque Reede no baila a su son.

—Para papá, Reede nunca comete errores. Aún no se ha resignado a que Reede dejase Empresas Minton. Habría preferido que fuese Reede y no yo quien vaya a hacerse cargo de todo. Nunca hago nada a su gusto.

—Eso sí que no es verdad —protestó Sarah Jo con una energía de la que no había hecho gala en semanas—. Angus está muy orgulloso de ti. Pero no sabe demostrarlo. Es muy duro. Ha tenido que serlo para lograr todo lo que ha conseguido. Y quiere que también tú seas duro.

Junior sonrió, cerrando ambos puños.

—De acuerdo, mamá, mañana por la mañana..., al gimnasio. Ella soltó una risita un poco bobalicona. El sentido del humor y el buen carácter de su hijo siempre le habían encantado.

—Tampoco vayas a tomártelo al pie de la letra; pero ése es el espíritu que Angus quiere ver en ti.

Nada mejor que dejar a su madre riendo. Junior aprovechó la oportunidad para darle las buenas noches, prometerle ser prudente al volante y marcharse. Por las escaleras se cruzó con su padre, que iba cojeando con las botas en la mano.

—¿Cuándo vas a ir a que el médico te vea ese dedo?

—Los médicos no sirven más que para chuparte el dinero. Lo que voy a hacer es rebanarme el jodido dedo para acabar de una vez por todas con el dolor.

Junior sonrió.

—De acuerdo, pero no salpiques. Si manchas la alfombra, a mamá le dará un ataque.

Angus rio sin el menor síntoma de seguir enojado. Era como si lo ocurrido en su «despacho» no hubiese sucedido. Pasó su brazo por los hombros de Junior y le dio un campechano apretón.

—Ya sabía yo que podía contar contigo para que trajeses aquí a esa chica. Todo ha ido tal como yo esperaba. La hemos puesto a la defensiva y hemos sembrado la semilla de la duda. Si es lista, y me parece que lo es, se olvidará del asunto antes de que haya podido causar mayores perjuicios.

—¿Y si no lo olvida?

—Saldremos adelante igualmente —dijo Angus, poniéndose serio. Pero sonrió en seguida y le dio una afectuosa palmadita a Junior en la mejilla—. Buenas noches, muchacho.

Junior observó a su padre cojear por el descansillo de la escalera. Se sintió aliviado y bajó las escaleras silbando, con un suave siseo. Angus no iba a quedar descontento de él esta vez. La misión que le había encomendado le sentaba como un guante. Todos se hacían lenguas de su habilidad para tratar a las mujeres. El hecho de que Alex no fuese una mujer fácil haría la conquista mucho más apasionante y divertida. Era una mujer muy atractiva. Y aunque Angus no se lo hubiese pedido, la habría cortejado igualmente.

Pero, para hacer bien las cosas, necesitaría tiempo y cabeza. Se concedería unos días para pensar en la mejor estrategia. Mientras tanto, camparía por otros pagos. Se saludó en el espejo del pasillo, satisfecho de su apuesta imagen, y salió de la casa.

9

Al igual que la casa, el establo estaba construido en piedra. El interior era semejante al de otros establos que Alex había visto, con la única diferencia de que ése estaba muy limpio. Dos hileras de cuadras estaban separadas por un ancho pasillo, y olía a una mezcla, nada desagradable, de heno, cuero y caballos. Unas tenues luces nocturnas situadas entre cuadra y cuadra le permitían ver hacia dónde iba; había una luz más brillante en una cuadra que estaba casi en el centro. Avanzó despacio hacia allí, pasando frente a una estancia auxiliar y a una puerta con un letrero que decía «TERAPIA FÍSICA». En el centro de un amplio espacio vio un pequeño recinto circular con un marchador con el que podían hacer ejercicio varios caballos a la vez.

Antes de llegar a verlo, oyó a Reede hablando con un suave murmullo al ocupante de la cuadra. Se asomó entonces y vio a Reede acuclillado, frotando con sus grandes manos una pata trasera del animal.

Tenía la cabeza ladeada, concentrado en el masaje. Presionaba con los dedos un punto obviamente sensible, porque el caballo respingaba y trataba de retirarse.

—Tranquila, tranquila.

—¿Qué le pasa al caballo?

Reede no se volvió ni exteriorizó la menor sorpresa al oír su voz. Aparentemente, había advertido su presencia desde el primer momento, pero se había hecho el sordo.

Reede soltó con suavidad la pata e incorporándose acarició la grupa del animal.

—Es una yegua —dijo, dirigiéndole a Alex una insinuante sonrisa—. ¿O es que aún no eres lo bastante mayor para notar la diferencia?

—No desde aquí.

—Se llama *Fancy Ponts.*

—Muy bonito.

—Le cuadra. Cree que es más lista que yo y más lista que nadie. Pero se pasa de lista. Va demasiado lejos, demasiado deprisa, y al final termina haciéndose daño —dijo él, cogiendo un puñado de avena y dejando que la yegua comiese de su mano.

—Ah, ya veo. Es una velada referencia a mí.

Él lo admitió encogiéndose de hombros.

—¿Debo interpretarlo como una amenaza?

—Puedes interpretarlo como quieras.

Reede volvía a jugar con las palabras y con los dobles sentidos. Pero esta vez Alex no picó.

—¿Qué tipo de yegua es?

—Una preñada. Es el establo de las yeguas preñadas.

—¿Las tenéis a todas aquí?

—Sí, separadas de los demás —dijo él, mientras la yegua le golpeaba con el hocico en el pecho y él le rascaba detrás de las orejas.

—Las madres y las crías provocan un verdadero alboroto en un establo.

—¿Por qué?

Él se encogió de hombros, indicando que no había una explicación concreta.

—Supongo que es como en la sala de recién nacidos de una maternidad. Todo el mundo va de cabeza con los críos —comentó, pasando la mano por la suave panza de la yegua—. Es primeriza y está nerviosa ante la perspectiva de ser madre. Se encabritó un poco el otro día al sacarla de paseo y se hizo daño en el metatarso.

—¿Y cuándo pare?

—En primavera. Aún le falta. Dame tu mano.

—¿Qué?

—Tu mano.

Al notarla retraída se acercó él, impaciente, a tomarla de la mano y hacerla entrar en la cuadra hasta que estuvo tan cerca de la yegua como él.

—Toca —le dijo.

Reede cubrió la mano de Alex con la suya y la posó plana en la lustrosa piel de la yegua. El pelo era corto y áspero, y la vitalidad y la fuerza de la musculatura se percibían con el simple tacto.

El animal resopló y dio un vacilante paso hacia delante, pero Reede le ordenó que se estuviese quieta. La calefacción estaba demasiado fuerte, y el fecundo aroma de la vida que se gestaba impregnaba la cuadra.

—Tiene calor —comentó Alex, un poco jadeante.

—Claro.

Reede se aproximó a Alex y acercó su mano al cuerpo de la yegua haciéndole palpar la panza. Alex dejó escapar una leve exclamación al notar el movimiento.

—Es la cría.

Reede estaba tan cerca que su respiración movía uno de sus mechones, y ella olía la fragancia de su colonia mezclada con los olores del establo. Al notar una patadita en la palma de su mano, Alex rio con espontáneo agrado, con un pequeño sobresalto por la sorpresa que la acercó más a Reede.

—Qué activo.

—Me está fabricando un campeón.

—¿Es tuya?

—Sí.

—¿Y quién es el padre?

—Sus servicios me salieron carísimos, pero valía la pena. Un precioso semental de Florida. *Fancy Ponts* se lo ligó en seguida. Creo que no le gustó nada que se acabase. Si lo tuviese siempre por aquí, quizá no tendría que preocuparme de que se desmandase.

Alex sentía tal opresión en el pecho que apenas podía respirar. De buena gana hubiese recostado su mejilla en el costado de la yegua y hubiese seguido escuchando la arrulladora voz de Reede. Por fortuna tuvo bastante sensatez para mantener la compostura y no hacer semejante tontería. Apartó la mano de la de Reede y se dio la vuelta. Estaban tan cerca que sus ropas se rozaron, y tuvo que mover la cabeza hacia atrás y apoyarla en la yegua para poder mirarlo de frente.

—¿Todos los propietarios de caballos pueden entrar en el establo?

Reede dio un paso atrás para dejar que ella saliese.

—Como yo he trabajado para los Minton supongo que se fían de mí —dijo él.

—¿Qué tipo de yegua es? —dijo Alex volviendo a su pregunta inicial.

—Una cuatrocientos.

—¿Una cuatrocientos de qué?

—¿Que una cuatrocientos de qué? —exclamó él, echando la cabeza hacia atrás y riendo, mientras *Fancy Ponts* se hacía a un lado—. Ésta sí que es buena. ¿Conque una cuatrocientos de qué, eh? Tú no sabes mucho de caballos, ¿verdad?

Reede desenganchó la cadena que sujetaba a la yegua a una anilla metálica adosada a la pared y salió de la cuadra detrás de Alex, cerrando bien la puerta.

—Pues no, lo reconozco —repuso ella escuetamente.

Verla un tanto incómoda por su ignorancia le hizo cierta gracia.

—Una pura sangre, especialista en correr los cuatrocientos metros —le aclaró—. ¿Ha sido idea tuya venir aquí? —le preguntó entonces, frunciendo el ceño.

—Junior me invitó.

—Era de esperar.

—¿Por qué era de esperar?

—Porque anda siempre al acecho cuando ve una tía suelta. A Alex se le encendió la sangre.

—Ni soy una «tía» ni ando suelta, ni para Junior ni para nadie. Él le dirigió una parsimoniosa y ridiculizadora mirada.

—No, me parece que no lo eres. Demasiado leguleya y no lo bastante mujer. ¿Nunca te relajas?

—No, cuando estoy trabajando en un caso.

—¿Y es eso lo que hacías de copeo con ellos? —dijo él en tono desdeñoso—. ¿Trabajar en tu caso?

—En efecto.

—Pues sí que tienen unos métodos de investigación divertidos en la fiscalía del condado de Travis —dijo, dándole la espalda y dirigiéndose hacia el lado opuesto del establo.

—¡Aguarda! Me gustaría hacerte unas preguntas.

—Mándame una citación —le espetó por encima del hombro.

—¡Reede!

Impulsivamente fue tras él y le cogió de la manga de su chaqueta de cuero. Él se detuvo, dirigió la mirada hacia los dedos que sujetaban la manga y se le acercó lentamente, mirándola con unos ojos acerados como dardos.

Ella soltó la manga y dio un paso atrás. No estaba asustada sino más bien sorprendida de sí misma. No había querido pronunciar su nombre de aquella manera, ni tampoco tocarlo después de lo del establo.

—Quiero hablar contigo, por favor —dijo ella, humedeciéndose los labios nerviosamente—. Al margen de todo. Sólo por satisfacer mi curiosidad.

—Ya conozco esa técnica, señoría. También yo la he utilizado. Compadreas con el sospechoso, confiando en que baje la guardia y te diga algo que trata de ocultar.

—No es eso. Sólo quiero hablar.

—¿De qué?

—De los Minton.

—¿Y qué quieres saber de ellos?

Erguido, con los pies separados y la pelvis ligeramente echada hacia delante, él se metió las manos en los bolsillos traseros de sus vaqueros haciendo que su chaqueta dejase ver su pecho. Tenía un aspecto tan varonil que intimidaba. Alex se sentía tan excitada como enojada y trataba de dominar ambas sensaciones.

—¿Crees que Angus y Sarah Jo son felices en su matrimonio?

—¿Qué? —exclamó Reede, parpadeando y tosiendo.

—No me mires así. Sólo te pido tu opinión, no que lo analices.

—¿Y qué demonios importa eso?

—Sarah Jo no es el tipo de mujer que yo hubiese imaginado como esposa de Angus.

—Los extremos se atraen.

—Un puro tópico. ¿Tienen... intimidad?

—¿Intimidad?

—Intimidad conyugal, quiero decir.

—Nunca me he parado a pensarlo.

—Seguro que sí. Viviste aquí.

—Debe de ser porque no pienso en el sexo tanto como tú —repuso él, dando un paso hacia delante y bajando el tono de voz—. Pero podríamos arreglar eso.

Alex ignoró sus palabras, que sabía que pretendían más provocarla que seducirla.

—¿Duermen juntos?

—Creo que sí. No es asunto mío lo que hagan o dejen de hacer en la cama. Ni tampoco me importa. Sólo me interesa lo que pase en mi cama. ¿Por qué no me preguntas sobre eso?

—Porque no me interesa.

—Me parece que sí —dijo él, sonriéndole con insolencia.

—Odio que se utilice ese tono condescendiente conmigo sólo por ser una mujer fiscal.

—Pues deja de serlo.

—¿Una mujer?

—Una fiscal.

Alex se contuvo.

—¿Frecuenta Angus a otras mujeres? —preguntó.

Álex se percató de que tras aquellos verdes ojos empezaba a bullir la irritación. Reede estaba empezando a perder la paciencia.

—¿Dirías que Sarah Jo es una mujer ardiente? —preguntó él.

—No —repuso Álex.

—¿Y crees que Angus es un hombre con las apetencias sexuales normales?

—Si encajan con sus otras apetencias, supongo que sí.

—Pues entonces me parece que ya está contestada tu pregunta.

—¿Y ha afectado a Junior su relación?

—¡Y cómo quieres que yo lo sepa! Pregúntaselo a él.

—Me respondería con evasivas.

—Con lo que no haría más que decirte educadamente que te metes en lo que no te importa. Pero yo no soy tan amable. Así que corta ya, jovencita.

—Sí me importa.

Reede sacó las manos de los bolsillos y cruzó los brazos sobre el pecho.

—A ver..., a ver... ¿Cómo se come eso?

—La relación de sus padres —dijo Álex, sin permitir que el sarcasmo de Reede la acobardase— podría explicar por qué Junior ha fracasado en tres matrimonios.

—Tampoco eso es cosa tuya.

—Sí es cosa mía.

—¿Por qué?

—Porque Junior amaba a mi madre.

Sus palabras resonaron en el pasillo del silencioso establo. Reede movió la cabeza hacia atrás como si acabase de encajar un seco e inesperado puñetazo.

—¿Quién te ha dicho eso?

—Él —repuso ella, mirándolo de hito en hito—. Que ambos la amabais, me dijo.

Él la miró, sosteniendo la mirada un largo instante, y luego se encogió de hombros.

—En cierto modo. ¿Y bien?

—¿Es ésa la razón de que los matrimonios de Junior fracasasen? ¿Seguía aún arrastrando el recuerdo de mi madre?

—No tengo ni idea.

—Pues arriésgate a aventurarlo.

—Pues, venga, sí, adelante —dijo con arrogancia, ladeando la cara—. No creo que Celina tuviese la más puñetera influencia en los matrimonios de Junior. Lo único que pasa es que Junior es incapaz de joder sólo para disfrutar sin sentir culpabilidad, así que, para aliviar su conciencia, se casa de vez en cuando.

Lo dijo con la clara intención de herir su sensibilidad, y lo consiguió. Pero Alex trató de no exteriorizarlo.

—¿Y por qué crees que siente culpabilidad?

—Cuestión de genes. Lleva generaciones de hidalguía sureña corriendo por sus venas. Esto le hace sentir mala conciencia en lo referente a mujeres.

—¿Y tú qué?

Los labios de Reede dibujaron una sonrisa malévola.

—Nunca siento mala conciencia por lo que hago.

—¿Ni aunque se trate de un asesinato?

—Anda, vete a hacer puñetas —le espetó él, congelando la sonrisa y dirigiéndole una dura mirada.

—¿Estás casado?

—No.

—¿Y por qué no?

—Pero ¿y a ti qué coño te importa? ¿Algo más, señoría?

—Sí. Háblame de tu padre.

Reede dejó caer lentamente los brazos por sus costados y la miró con mayor dureza que antes.

—Ya sé —dijo Alex— que tu padre murió cuando todavía ibas al colegio. Junior me lo ha contado hoy. Y que al morir él viniste a vivir aquí.

—La señorita Gaither tiene una curiosidad enfermiza, por lo que veo.

—No es curiosidad. Busco hechos que puedan servirme en mi investigación.

—Claro, no faltaba más. Hechos como la vida sexual de Angus, por ejemplo.

Ella le dirigió una mirada reprobatoria.

—Son motivos lo que estoy buscando. Como sheriff que eres, no creo que te resulte difícil entenderlo. ¿O es que no has oído hablar nunca de la importancia del motivo y de la ocasión? Necesito hacerme una idea de tu estado de ánimo en la noche de la muerte de mi madre.

—Eso es una chorrada. ¿Qué tendría eso que ver con mi viejo?

—Puede que nada, pero prefiero que me lo digas tú. Si es algo irrelevante, ¿por qué te muestras tan susceptible?

—¿Te ha contado también Junior cómo murió mi padre?

Ella negó con la cabeza, y Reede dejó escapar una amarga risa.

—Pues no me explico por qué. Las repugnantes circunstancias fueron un notición por aquí. La gente estuvo hablando de ello durante años —dijo Reede, encorvándose en actitud sarcástica y mirándola con fijeza—. Se atragantó hasta morir en su propio vómito, de borracho que estaba. Sí, mujer, ya puedes poner cara de pasmo, ya. Aterrador, aterrador, sobre todo cuando el director del colegio me hizo salir de clase para decírmelo.

—Reede —dijo Alex alzando la mano, tratando de detener el sarcasmo de sus palabras.

—No, venga ya —le espetó él, apartándole la mano con la suya—; si tantas ganas tienes de escarbar y de exhumar cadáveres, ahí lo tienes. Pero prepárate, muñeca, por que éste se las trae. Mi padre era el borracho del pueblo, un hazmerreír, un inútil, un patético y penoso remedo de ser humano. Ni siquiera lloré cuando supe que había muerto. Era un miserable hijo de puta que nunca hizo nada por mí, salvo avergonzarme por el hecho de ser su hijo, y tampoco se sentía él mucho más feliz de que yo lo fuese. Borrico, me llamaba, por lo general, antes de darme una buena tunda de pescozones. Para él, yo era un estorbo. Pero yo, como un verdadero borrico, seguía pretendiendo, deseando, que fuésemos una familia. Siempre le pedía que viniese a verme jugar algún partido. Y una noche vino. Y montó tal número, tropezando por el graderío y haciendo caer una pancarta y rodando con ella por el suelo, que quise morirme de la vergüenza que sentí. Le dije que no volviese más. Y lo odié. Lo odié —prosiguió Reede, arrastrando la última palabra con aspereza—. No podía invitar a los amigos a casa porque aquello era una pocilga. Nos alimentábamos de latas de conservas. No supe lo que era un plato en la mesa, ni las toallas limpias en el cuarto de baño, hasta la primera vez que me invitaron a casa de un amiguito. Y tenía que preocuparme yo solo de presentarme en el colegio lo más decentemente posible.

Alex sintió haber hurgado en una herida que aún supuraba, pero se alegró de oírlo hablar de manera tan franca. Su infancia decía mucho de él. Pero Reede estaba describiendo a un proscrito, y eso no encajaba con lo que sabía de él.

—Según parece, tú eras el jefe de la pandilla, y los demás críos bailaban al son que tú tocabas.

—Eso me lo gané a base de golpes —dijo él—. En primaria, los chicos se reían de mí, todos menos Celina. Pero luego crecí, me hice fuerte y aprendí a pelear. Y si peleaba, para mí valía todo. Pronto dejaron de reírse y empezó a ser más seguro para los demás ser mi amigo que mi enemigo.

Reede torció la boca esbozando una mueca de desdén.

—Y esto la va a pasmar, señorita señoría —prosiguió—: Yo era un ladrón. Robaba cualquier cosa que pudiésemos comer o sernos útil. Mi padre era incapaz de conservar un empleo más allá de unos días, por borracho. Cogía el despido, se compraba una o dos botellas y bebía hasta perder el conocimiento. Al final, ya ni buscaba trabajo. Yo mantenía la casa con lo que ganaba trabajando de cualquier cosa después del colegio y con lo que afanaba.

¿Qué podía decir ella? Nada. Eso ya lo sabía él. Y por eso se lo había contado. Quería que se sintiese ruin y mezquina. Poco imaginaba él que su infancia no había sido muy distinta, aunque a ella nunca llegase a faltarle comida. Merle Graham había cubierto sus necesidades en ese aspecto, pero de sus necesidades emocionales nunca se preocupó. Alex había crecido sin cariño, creyéndose inferior.

—Lo siento, Reede —dijo ella con especial énfasis.

—No quiero tu puñetera compasión —le espetó él—; ni la tuya ni la de nadie. Esa vida me hizo duro y agresivo, y así es como quiero ser. Aprendí pronto a valerme por mí mismo, porque ya podía estar bien seguro de que nadie iba a hacer nada por mí. No confío más que en mí mismo. Nunca doy nada por hecho, sobre todo en lo que se refiere a las personas. Por nada del mundo me dejaría hundir hasta el nivel en que cayó mi padre.

—Creo que te lo tomas demasiado a la tremenda, Reede. Eres demasiado susceptible.

—Mmmm. Quiero que la gente olvide que hubo alguna vez alguien llamado Everett Lambert. No quiero que nadie me relacione con él, ni remotamente.

Reede apretó los dientes, y con el rostro congestionado, asió a Alex del cuello del abrigo.

—He tenido que soportar la desgracia de ser su hijo durante cuarenta y tres años —dijo—. Y, ahora, justo cuando la gente empezaba a olvidarlo, apareces tú y empiezas a hacer preguntas embarazosas, removiendo asuntos enterrados y recordándole a todo el mundo que estoy donde estoy, pero que procedo del arroyo.

Entonces la soltó, empujándola, y ella tuvo que apoyarse en la puerta del establo para no perder el equilibrio.

—Estoy segura de que nadie va a echarte en cara los defectos de tu padre.

—¿Que estás segura? Parece mentira que no sepas lo que pasa en una ciudad pequeña. No vas a tardar en comprobarlo, porque ya empiezan a compararte con Celina.

—Eso no me preocupa. Bienvenida la comparación.

—¿Estás segura?

—Sí.

—Pues ándate con cuidado, nunca se sabe lo que aguarda al doblar una esquina.

—¿Qué insinúas?

—Que hay que ser prudente con lo que no se conoce. Porque pueden pasarte dos cosas: o que no des la talla, o que descubras que ser como ella no es tan maravilloso.

—¿Ah, sí?

—Igual que con ella —dijo Reede, mirándola de arriba abajo—; mirarte le recuerda a cualquier hombre que lo es. Y como hacía tu madre, lo explotas.

—¿Adónde quieres ir a parar?

—A que no era una santa precisamente.

—Nunca pensé que lo fuese.

—¿De verdad que no? —inquirió él con irónica suavidad—. Pues a mí me parece que sí. Creo que te has forjado una fantasiosa imagen de tu madre, y esperas que Celina se ajuste a ella.

—Eso es ridículo.

Su enfática negativa sonó pueril y obstinada.

—Es cierto que la abuela Graham —añadió con mayor aplomo— creía que Celina era el centro del universo. Me inculcó que ella era tal como debía ser una joven. Ahora ya soy una mujer y lo bastante adulta para comprender que mi madre tenía sangre en las venas como todo el mundo.

Reede escrutó su rostro un instante.

—Recuerda, simplemente, que te lo advertí —le dijo entonces con suavidad—. Lo que deberías hacer es volver al motel, guardar tus modelitos y tus expedientes sobre el caso y volver a Austin. Olvidar el pasado. Nadie de por aquí quiere que se escarbe en esa lamentable historia de Purcell, sobre todo estando esa famosa licencia pendiente de un hilo. Preferirán que el recuerdo de Celina siga enterrado en este establo...

—¿En este establo? —preguntó Alex entrecortadamente—. ¿Fue aquí donde mataron a mi madre?

Alex percibió claramente que se le había escapado. Reede juró entre dientes antes de darle su escueta respuesta.

—En efecto.

—¿Dónde? ¿En qué cuadra?

—Qué mas da...

—¡Dímelo de una puta vez! Estoy harta de tus medias palabras y de tus evasivas. Muéstreme dónde encontró usted el cuerpo, sheriff.

Se lo dijo así para recordarle que se había comprometido a proteger y a servir, al jurar su cargo.

Sin decir palabra, él dio la vuelta, fue hacia la puerta por la que ella había entrado al establo y al llegar a la segunda cuadra se detuvo.

—Aquí.

Alex se paró en seco y luego volvió a avanzar con lentitud hasta llegar junto a Reede. Volvió la cara hacia la cuadra. No había heno; sólo el desnudo suelo recubierto de goma. Habían quitado la puerta porque esa cuadra no la ocupaba ningún caballo. Parecía un lugar inmaculado, aséptico.

—No la ha ocupado ningún caballo desde que sucedió —dijo él desdeñosamente—. Angus tiene ramalazos sentimentales.

Alex trató de imaginar un cuerpo ensangrentado yaciendo en la cuadra, pero no pudo. Dirigió una inquisitiva mirada a Reede. La piel de sus mejillas parecía más tensa, y los surcos que flanqueaban su boca, más pronunciados que hacía un momento, cuando se enojó.

Ver el lugar del crimen no le resultaba tan fácil como quería aparentar.

—Cuéntamelo, por favor —rogó ella.

Él vaciló un instante antes de hablar.

—Yacía en diagonal, con la cabeza colocada en ese rincón y los pies por aquí —explicó, señalando con la punta de la bota—. Estaba cubierta de sangre; en el pelo, en la ropa, por todas partes.

Alex había oído a cansinos detectives de Homicidios describir sangrientos asesinatos con mayor emoción. La voz de Reede sonaba hueca y monótona, pero sus facciones estaban agarrotadas por el dolor.

—Aún tenía los ojos abiertos.

—¿Qué hora era? —preguntó ella secamente.

—¿Cuando la encontré?

Alex afirmó con la cabeza.

Hablar le resultaba difícil.

—Al amanecer. Sobre las seis y media.

—¿Y qué hacías aquí a esa hora?

—Solía limpiar los establos hacia las siete. Aquella mañana en concreto estaba preocupado por la yegua.

—Ya, la que había parido el día anterior. ¿Y viniste a ver cómo estaban ella y el potrillo?

—Exacto.

Ella alzó los ojos llenos de lágrimas hacia él.

—¿Dónde estuviste la noche anterior?

—Fuera.

—¿Toda la noche?

—Desde la hora de la cena.

—¿Solo?

—Si quieres hacerme más preguntas, señoría —dijo él con una mueca de irritación—, tendrás que llevar el caso a los tribunales.

—Es lo que pienso hacer.

Alex fue a salir y se rozó con él.

Reede la sujetó del brazo y la acercó hacia sí, sintiendo un poderoso impulso varonil.

—Señorita Gaither —dijo irritado e impaciente—. Eres lista. Así que déjalo correr. Si no lo haces, alguien puede salir malparado.

—¿Por ejemplo?

—Tú.

—¿Por qué?

Sin apenas moverse, Reede se inclinó acercándose a ella.

—Por muchísimas razones.

Era una velada y sutil amenaza.

Reede era físicamente capaz de matar a una mujer, pero ¿y emocionalmente? Parecía tener una pobre opinión de las mujeres, pero, según Junior, había amado a Celina Graham. Ella había querido casarse con Reede. Puede que todos, incluido el propio Reede, diesen por sentado que se casarían, hasta que Celina se casó con Al Gaither y quedó embarazada de Alex.

Alex no deseaba de ningún modo creer que Reede hubiese podido matar a Celina. Pero aún le dolía más la idea de que hubiese podido matar a su madre por su culpa.

Reede era engreído, arrogante y se revolvía como una víbora si se sentía atacado. Pero un asesino... No tenía aspecto de serlo. ¿O se inclinaba a pensarlo así por su sempiterna debilidad por los hombres rubios y de ojos verdes; por los vaqueros ceñidos y descoloridos, y las raídas chaquetas de cuero con cuello de piel; por ese tipo de hombres que pueden llevar camperas sin parecer ridículos; por los hombres que se movían, hablaban, olían y sentían del modo más varonil.

En Reede Lambert coincidía todo eso.

Más turbada por el efecto que su presencia le producía en los sentidos que por sus cautas palabras, se soltó de su mano y retrocedió hacia la puerta.

—No tengo intención de abandonar esta investigación hasta saber quién mató a mi madre y por qué. He estado toda mi vida esperando averiguarlo. Nadie va a disuadirme ahora.

10

Reede soltó una retahíla de tacos en cuanto Alex hubo salido del establo. Pasty Hickam, *el Pega*, había estado escuchándolos oculto en una cuadra cercana. No lo había hecho premeditadamente. Había llegado al establo con la única intención de estar a oscuras, caliente y solo; un lugar donde estar a solas consigo mismo y curar su herido orgullo, rumiar su resentimiento hacia su ex patrón y amorrarse a la botella de whisky barato como si fuera el pecho de su madre.

Luego, su ensimismamiento se desvaneció y empezó a urdir un perverso plan. Cuando estaba sobrio, *El Pega* no era más que una calamidad. Pero borracho podía ser mezquino.

Apenas había podido contenerse al oír lo que esa presumida de Austin le había dicho al sheriff y él a ella. Dios bendito, nada menos que la hija de Celina Gaither estaba en Purcell para indagar sobre el asesinato de su madre.

Gracias a ella y al benevolente Dios, en el que ni siquiera creía, tenía una ocasión de oro para vengarse de Angus y del inútil de su hijo.

Se había deslomado trabajando en su rancho por un mísero salario, e incluso había trabajado gratis cuando Angus estaba tan arruinado que no podía pagarle, pero ya se vería quién reía el último. Había estado a las duras y a las maduras con ese hijo de puta, y, ¿cómo se lo agradecía?

Despidiéndolo y echándolo del barracón que había sido un hogar para él durante más de treinta años.

Pues bueno. Al final la fortuna iba a sonreírle a Pasty Hickam. Si jugaba bien sus cartas, podría al fin hacerse con un buen dinero para su jubilación. Ruby Faye, la mujer con la que se acostaba, siempre estaba echándole en cara que nunca tuviese dinero para gastarse con ella. «No le veo la gracia a acostarme contigo si lo único que saco es el gustazo de pegársela a mi marido», le encantaba decirle.

Pero el dinero no iba a ser más que la guinda del pastel de una venganza que ya le endulzaba la boca. Ya iba siendo hora de que alguien le diese una patada a Angus donde más le doliera.

Hickam estaba casi frenético de impaciencia cuando Reede terminó de examinar a su yegua y dejó el establo. Aguardó unos instantes, para asegurarse de que estaba solo antes de salir de la cuadra donde había estado acurrucado sobre el heno fresco. Fue por el oscuro pasillo hasta el teléfono adosado a la pared. Maldijo a un caballo que relinchó y lo asustó. Además de vil, Pasty Hickam era bastante cobarde.

Llamó a Información, y en cuanto le dieron el número que pedía, lo marcó rápidamente antes de que se le olvidase. Puede que ella aún no hubiese tenido tiempo de llegar allí, se dijo ansiosamente tras pedirle a la recepcionista que la llamase a su habitación. Pero ella contestó al quinto timbrazo, casi sin aliento, como si hubiese entrado justo al empezar a sonar el teléfono.

—¿Señorita Gaither?

—Sí, ¿quién habla?

—No necesita usted saberlo. Basta con que yo sepa quién es usted.

—Quién habla, repito —exigió ella en un tono que a Hickam le sonó a falsa energía.

—Lo sé todo sobre el asesinato de su madre.

Hickam rio para sus adentros, gozando con el súbito silencio del otro lado del hilo. No hubiese podido llamar

su atención con tanta rapidez y contundencia ni pelliz-
cándole el culo.

—Le escucho.

—Ahora no puedo hablar.

—¿Por qué no?

—Pues porque no puedo.

Era peligroso seguir hablando con ella así. Cualquiera podía coger el teléfono en otra extensión del rancho y
enterarse. Poco conveniente.

—Volveré a llamarla.

—Pero...

—Volveré a llamarla.

Hickam colgó, disfrutando de su ansiedad. Recordaba los humos que se daba su madre, como si el mundo fuese suyo. Más de una vez, en verano, la había espiado luju-
riosamente mientras ella chapoteaba en la piscina con
Junior y Reede. La magreaban por todas partes a base de
bien. Pero ella era demasiado «importante» para dignar-
se siquiera mirarlo a él. No sintió que la matasen. No
hubiese hecho nada por evitarlo, aun pudiendo.

Recordaba aquella noche y todo lo que sucedió como
si hubiese sido ayer. Era un secreto que había guardado
durante todo ese tiempo. Pero ahora se sabría. Y se parti-
ría de risa contándoselo a la fiscal.

11

—¿Qué, esperando a darme el tique del parquímetro? —preguntó Alex al bajar del coche y cerrar la puerta.

Se sentía algo más animada esa mañana, debido a la inesperada llamada telefónica de la noche anterior. Puede que quien había llamado fuese el testigo presencial cuya existencia tanto anhelaba. Pero también podía ser la patraña de algún chiflado, se dijo con realismo. Si el anónimo comunicante decía la verdad, sería una tragedia que acusase a Reede Lambert como asesino de su madre. Estaba muy atractivo apoyado en el poste del parquímetro, aunque, como el poste estaba torcido hacia la derecha, parecía que fuese el poste lo que se apoyaba en él.

—No debería, por ser tan terca como eres, pero como soy tan buen chico...

Reede cubrió el parquímetro con una funda de lona que llevaba una inscripción en letras azules que decía «APARCAMIENTO OFICIAL».

—Toma esto y utilízalo en adelante. Te ahorrarás monedas.

Entonces Reede se dio la vuelta y fue por la acera hacia el Palacio de Justicia.

—Gracias —dijo Alex caminando tras él.

—De nada.

Subieron por la escalinata y entraron.

—Ven a mi despacho. Tengo que enseñarte algo.

Alex lo siguió con curiosidad. No se habían despedido muy amistosamente la noche anterior. Y, sin embargo, esa mañana él parecía haberlo olvidado y se mostraba cordial. Alex pensó que aquello no iba con su carácter, y no pudo evitar sentirse recelosa sobre cuáles podían ser los motivos que lo impulsaban a actuar así.

Al llegar a la sala de la Brigada, en la planta baja, todos dejaron lo que estaban haciendo para mirarlos. La escena quedó congelada como en una fotografía.

Reede dirigió en derredor una lenta y significativa mirada y todos reanudaron su actividad. No había dicho una sola palabra, pero era evidente que ejercía una tremenda autoridad sobre sus hombres. O lo temían o lo respetaban mucho. Alex se inclinó por la primera opción.

Reede abrió una puerta que quedaba a la izquierda de las escaleras y se hizo a un lado para dejarla entrar. Alex se vio entonces en un despacho pequeño, cuadrado, sin ventanas y muy poco acogedor; más frío que una cámara frigorífica. La mesa metálica estaba tan destartalada que parecía hecha de chatarra. Su superficie estaba llena de manchas de tinta y tenía varios agujeros. Encima de la mesa había un cenicero y un rudimentario teléfono negro. Frente a la mesa había una silla giratoria que no invitaba a sentarse.

—Tuyo es, si quieres utilizarlo —le dijo Reede—. Aunque ya sé que estás acostumbrada a despachos más bonitos.

—Pues la verdad es que no. En Austin tengo un cuchitril que no es mayor que esto. ¿A quién le doy las gracias?

—A la ciudad de Purcell.

—Pero habrá sido idea de alguien. ¿Tuya?

—¿Y qué más da?

—Pues, bueno —dijo ella, haciendo un esfuerzo por ignorar su condescendiente actitud—. Gracias.

—De nada.

Tratando de limar asperezas, Alex le sonrió.

—Ahora que estamos en el mismo edificio —dijo en tono simpático—, podré vigilarte más de cerca.

—Y viceversa, señoría. Tampoco yo te quitaré el ojo de encima —repuso él antes de dejarla sola y cerrar la puerta.

Alex sacó el bolígrafo. Se frotó vigorosamente los brazos. La estufa eléctrica que se había comprado en la ferretería estaba al rojo, pero apenas se notaba. Aquel pequeño despacho era una nevera, olía a cerrado y parecía ser el único sitio húmedo en una región de clima tan seco.

También se había comprado material de oficina: papel, lápices, bolígrafos y clips. El despacho era muy poco confortable, pero le servía. Además, era mucho más céntrico que su habitación del motel Westerner.

Tras asegurarse de que la estufa estaba realmente al máximo, sacó sus notas. Le había llevado toda la tarde reunirlas y ordenarlas según las personas a las que se referían.

Empezando por su perfil de Angus, volvió a leer la parte del expediente que se refería a él. Por desgracia, no encontró más hechos concretos que la primera docena de veces que lo había leído.

Todo lo que tenía eran conjeturas y rumores. Los pocos hechos en los que podía basarse ya los conocía al salir de Austin. Por el momento, su viaje no había servido más que para gastar el dinero de los contribuyentes, y ya había consumido una semana del tiempo que le había concedido Greg.

De momento, decidió dejar a un lado la cuestión de quién tuvo la ocasión propicia para matarla. Se centraría en los motivos. Todo lo que sabía hasta entonces era que los tres hombres adoraban a Celina. Y la adoración no es un sentimiento que incite al asesinato.

No tenía nada en lo que basarse: ninguna prueba, nadie razonablemente sospechoso. Estaba convencida de que Buddy Hicks no había matado a su madre, pero eso no la acercaba al descubrimiento del verdadero autor del crimen.

Después de sus conversaciones a solas con Angus, Junior y Reede, Alex tenía la certeza de que conseguir una confesión era tanto como esperar un milagro. La contrición y el arrepentimiento no encajaban en el carácter de ninguno de los tres. Tampoco testificarían uno contra otro. La lealtad que se profesaban parecía muy sólida, aunque era obvio que su amistad no era lo que fue, algo que, por sí solo, constituía una clave. ¿Habría roto la muerte de Celina sus lazos, manteniéndolos, sin embargo, juntos?

Seguía confiando en que la persona que la llamó la noche anterior fuese de verdad un testigo presencial. Había estado aguardando otra llamada durante varios días, pero no se había producido. Así que debía de ser una broma.

Aparentemente, las únicas personas que anduvieron por el establo aquella noche fueron Gooney Bud, el asesino y Celina. Gooney Bud estaba muerto. El asesino no iba a hablar. Y Celina...

De pronto Alex tuvo una inspiración. Su madre ya no podía hablar, por lo menos no en el sentido literal..., pero acaso hubiese podido revelar algo importante.

La idea le revolvió el estómago. Descansó la frente en las palmas de sus manos y cerró los ojos. ¿Habría tenido la entereza de hablar? Estuvo dándole vueltas, pero no llegaba a ninguna parte. Necesitaba alguna prueba, y sólo se le ocurría un lugar donde obtenerla.

Antes de cambiar de opinión, desconectó la estufa y salió precipitadamente del despacho. Desdeñó aquel trasto que tenían por ascensor y subió por las escaleras corriendo, confiando encontrar al juez Wallace antes de que se marchase.

Miró, nerviosa, su reloj. Eran casi las cinco. No quería dejar aquello para el día siguiente. Tomada la decisión, quería actuar de acuerdo con ella antes de tener tiempo y ocasión de volverse atrás.

En los pasillos de la segunda planta no se veía a nadie. Los miembros de los jurados ya se habían marchado y las vistas no se reanudarían hasta el día siguiente. Sus pasos resonaban con fuerza mientras se dirigía al despacho del juez, contiguo a la vacía sala del tribunal. La secretaria del juez estaba todavía en el antedespacho y no pareció alegrarse mucho de verla.

—Necesito hablar con el juez inmediatamente —dijo Alex, que estaba sin resuello después de haber subido corriendo dos tramos de escaleras. Su voz sonaba desesperada.

—Está a punto de salir —le dijo la secretaria sin el menor protocolo—. Puedo darle hora para...

—Es algo de vital importancia, de lo contrario no lo molestaría a esta hora.

Alex no se sintió intimidada por la reprobatoria mirada que le dirigió la señora Lipscomb ni por el suspiro de fastidio de ésta al dejar su mesa y dirigirse hacia la puerta contigua.

La secretaria llamó con los nudillos discretamente y entró, cerrando la puerta tras de sí. Alex paseó, impaciente, de uno a otro lado hasta que la secretaria regresó.

—La recibirá un momento.

—Gracias —logró decir Alex, apresurándose a entrar en el despacho.

—Bueno. ¿Qué ocurre esta vez, señorita Gaither? —le espetó el juez Wallace en cuanto la vio entrar, a la vez que se ponía el abrigo—. Parece que tiene usted la mala costumbre de presentarse sin previa cita. Salgo, como puede ver. A mi hija Stacey no le gusta esperar para la cena, y no estaría bien por mi parte llegar tarde.

—Espero que ambos me disculpen. Como le he dicho a su secretaria, es vital que hable con usted esta tarde.

—¿Y bien? —inquirió el juez con aspereza.

—¿Podemos sentarnos?

—Puedo hablar de pie. ¿Qué es lo que quiere?

—Quiero que me expida un mandato judicial para exhumar el cuerpo de mi madre.

El juez se sentó. O, más bien, se dejó caer en la silla

que tenía detrás. Miró fijamente a Alex con indisimulado desaliento.

—¿Cómo dice? —preguntó casi con un siseo.

—Creo que me ha oído perfectamente, juez Wallace. Pero si es necesario que se lo repita, lo haré.

—No, por Dios, no —repuso el juez, agitando la mano—; con oírlo una vez me basta.

Wallace acopló las palmas de sus manos sobre las rodillas sin dejar de mirarla y con aspecto de pensar que estaba loca.

—¿Y por qué quiere hacer algo tan siniestro, si puedo preguntárselo?

—No es que quiera. No pediría un mandato judicial si no considerase que es absolutamente necesaria la exhumación.

—Pues siéntese si quiere. Y explíqueme sus razones —dijo él tras recuperar un poco su aplomo y ofreciéndole una silla de mala gana.

—Se cometió un crimen, pero no encuentro pruebas que incriminen a nadie.

—Ya le dije que no las encontraría —exclamó él—. No quiso escucharme. Entró aquí a la carga, esgrimiendo infundadas acusaciones, por puros deseos de venganza.

—Eso no es cierto —se limitó ella a replicar.

—Pues así me lo pareció a mí. ¿Y qué opina de esto Pat Chastain?

—El fiscal no está. Parece que de pronto le ha apetecido tomarse unos días de vacaciones y se ha ido a cazar.

—Buena idea, sí señor —dijo el juez refunfuñando.

A Alex no le había parecido una buena idea sino una cobardía, y se acordó de todos los parientes de ese malnacido cuando la altiva señora Chastain se lo dijo por teléfono.

—Pero me permitirá usted que busque pruebas, ¿verdad?

—No existen —dijo él enfáticamente.

—Los restos de mi madre pueden aportar alguna.

—Al morir asesinada se le hizo la autopsia. Y de eso hace veinticinco años, por Dios.

—Con el debido respeto al forense que hiciese la autopsia, quizá no pensó en buscar otros indicios, siendo la causa de la muerte tan evidente. Conozco a un excelente forense de Dallas. Recurrimos a él con frecuencia. Si hay algo que descubrir, él lo encontrará.

—Puedo garantizarle que no.

—Merece la pena intentarlo, ¿no?

Wallace se mordisqueó el labio.

—Consideraré su petición.

Alex vio claro que se la quería quitar de encima.

—Le agradecería que me contestase esta noche.

—Lo lamento, señorita Gaither. Todo lo que puedo hacer es pensarlo esta noche y darle una respuesta por la mañana. Entre tanto, espero que habrá cambiado de opinión y retirará su petición.

—No voy a retirarla.

El juez se levantó.

—Estoy cansado, hambriento y harto de sus acosos —dijo, señalándola acusadoramente con su índice—. No me gustan los líos.

—Ni a mí tampoco. Y desearía que esto no fuese necesario.

—Y no lo es.

—Yo creo que sí —replicó Alex con firmeza.

—A la larga, lamentará habérmelo pedido. Y ya está bien. Ya me ha entretenido bastante. Stacey estará preocupada. Buenas noches.

El juez salió del despacho e instantes después la señora Lipscomb se acercó a la puerta. Le brillaban los ojos de indignación.

—Ya me dijo Imogene que usted nos traería muchos problemas.

Alex pasó de largo frente a ella y regresó a su despacho provisional, el tiempo justo para recoger sus cosas. El trayecto hasta el motel le llevó más rato de lo habitual porque era la hora punta. Para acabar de complicar la lentitud del tráfico, empezó a caer aguanieve.

Como sabía que no iba a volver a salir, se compró una ración de pollo frito para llevar. Cuando se sirvió la comida sobre la mesa redonda de su habitación, junto a la ventana, el pollo ya estaba frío y acartonado. Se prometió comprarse fruta y alguna otra cosa más saludable para equilibrar su dieta, y unas flores para alegrar su desangelada habitación. Dudó en quitar el chillón cuadro que dominaba una de las paredes. La roja capa del torero y el babeante toro herían la vista.

Sin ganas para volver de nuevo sobre sus notas, encendió el televisor para ver una serie que seguía; una comedia que no hacía pensar. Se sintió mejor cuando terminó, y fue a darse una ducha.

No había hecho más que secarse y envolver su pelo en una toalla cuando llamaron a la puerta. Se puso su bata blanca de franela y se anudó el cinturón. Miró por la mirilla.

Abrió la puerta lo que daba de sí la cadena.

—¿Es que eres del comité de recepción, o qué?

—Abre la puerta —dijo el sheriff Lambert.

—¿Para qué?

—Tengo que hablarte.

—¿Sobre qué?

—Te lo diré dentro.

Alex no se movió.

—¿Vas a abrir la puerta o no?

—Podemos hablar desde aquí.

—Abre esa maldita puerta —gritó él—. Se me están helando los cojones.

Alex soltó la cadena de la ranura, abrió la puerta y se hizo a un lado. Reede restregó los pies en la alfombrilla y se sacudió los trocitos de hielo que escarchaban el cuello de piel de su chaqueta. La miró de arriba abajo.

—¿Esperabas a alguien?

Alex se cruzó de brazos con un gesto que pretendía significar enojo.

—Si es una visita de cumplido...

—No lo es.

Reede se llevó los dedos a la boca y tiró de un guante con los dientes y después hizo lo mismo con el otro. Sacudió el sombrero de fieltro contra la cadera para quitarle el hielo y se pasó la mano por el pelo. Luego metió los guantes en el sombrero, lo dejó sobre la mesa y se sentó en una silla. Se fijó en los restos de la cena y cogió un muslo de pollo que había quedado sin tocar.

—¿No te ha gustado el pollo? —preguntó masticando.

Se había repantigado en la silla, como si fuese a quedarse allí toda la noche. Alex siguió de pie. Se sentía absurdamente expuesta con la bata, a pesar de que le llegaba a los tobillos y le cubría hasta el cuello. Llevar el pelo recogido con la toalla del motel no contribuía a que se sintiese más segura. Trató de mostrarse indiferente, hacia él y hacia su *déshabillé*.

—No, no me ha gustado el pollo frito, pero era para salir del paso. No me apetecía cenar fuera.

—Sabia decisión con una noche como ésta. Las carreteras están muy peligrosas.

—Pues eso podías decírmelo por teléfono.

Ignorando su comentario, él ladeó el cuerpo para fijar la mirada en el televisor que estaba detrás de ella. La pantalla mostraba una escena erótica. La cámara ofrecía un primer plano de los labios de un hombre besando los pechos de una mujer.

—Claro —dijo él—, te ha molestado que te interrumpiese.

Alex le dio un manotazo al botón. La imagen de la pantalla se desvaneció.

—No la estaba viendo.

Al darse la vuelta se lo encontró mirándola, sonriente.

—¿Le abres la puerta a todo hombre que llama?

—No la he abierto hasta que has empezado a soltar tacos.

—¿Es eso todo lo que tiene que hacer un hombre contigo?, ¿soltar unas cuantas palabrotas?

—Eres la máxima autoridad para hacer cumplir la Ley en este condado. Si no puedo confiar en ti, ¿en quién podría hacerlo? —dijo ella, pensando que antes confiaría en un vendedor de automóviles usados que en Reede Lambert—. ¿Y era realmente necesario que te enfundases eso para venir?

Él siguió la dirección de su mirada, dirigida al revólver que llevaba al cinto. Extendió las piernas todo lo que le daban de sí y las cruzó a la altura de los tobillos. La apuntó desenfadadamente con los dedos.

—Nunca se sabe cuándo uno puede tener que usarla.

—¿La llevas siempre cargada?

Reede vaciló, con la mirada revoloteando por sus pechos.

—Siempre —repuso.

Ya no hablaban del revólver. Pero, más que las palabras, era el tono lo que hacía que Alex se sintiese incómoda. Descansó el peso de su cuerpo en el otro pie y se humedeció los labios. Sólo entonces se percató de que iba descalza y de que ya se había desmaquillado. Esto hacía que se sintiese aún más vulnerable. Esto y que él la mirase con esa fijeza, como si barruntase algo.

—¿Por qué has venido esta noche? ¿No podías esperar a mañana?

—Ha sido un impulso.

—¿Un impulso? —repitió ella con aspereza.

Reede se levantó cansinamente de la silla y se acercó a Alex hasta quedar a sólo unos centímetros.

Llevó su ruda mano hasta el escote de su bata y rodeó con sus dedos el cuello de Alex.

—Sí, un impulso —susurró—, un impulso de estrangularte.

Con un ronco y ahogado ruido, Alex le apartó la mano y se hizo a un lado. Él no porfió.

—Acaba de llamarme el juez Wallace para contarme lo del mandato judicial que le has pedido.

Alex notó que su corazón, que había estado latiendo frenéticamente, moderaba su ritmo, pero murmuró un taco, indignada.

—¿Es que en esta ciudad se pregona todo?

—Más o menos.

—Me parece que no podré ni resfriarme sin que se entere hasta el último mono.

—Eres el centro de atención, desde luego. ¿Qué esperabas, queriendo ir por ahí desenterrando cuerpos?

—Haces que suene como si fuera un capricho.

—¿Y es que acaso no lo es?

—¿Crees que escarbaría en la tumba de mi madre si no creyese que es algo vital para descubrir quién la asesinó? —le preguntó ella acaloradamente—. Pero, por Dios, ¿es que crees que me ha sido fácil el simple hecho de articular las palabras para pedirlo? ¿Y por qué ha considerado el juez Wallace necesario consultarte a ti, precisamente a ti?

—¿Y por qué no a mí? ¿Porque soy un sospechoso?

—¡Sí! —gritó ella—. Comentar aspectos del caso contigo es muy poco ético.

—Recuerda que soy el sheriff.

—No se me olvida ni un momento. Pero esto sigue sin justificar que el juez Wallace proceda a mis espaldas. ¿Por qué le pone tan nervioso que se exhume el cuerpo? ¿Teme que un forense pueda descubrir algo que él ayudó a ocultar?

—Tu petición le planteaba un problema.

—¡No faltaría más! ¿Y a quién pretende proteger impidiendo que se abra el féretro?

—A ti.

—¿A mí?

—El cuerpo de Celina no puede ser exhumado. Fue incinerado.

12

Reede no entendía por qué le había dado por meterse en la peor tasca de la autopista a beber, teniendo una estupenda botella de whisky en casa. Acaso fue porque su estado de ánimo iba a tono con el sombrío y triste ambiente que creaba la gente que la frecuentaba.

Tenía la moral por los suelos.

Le pidió al camarero que le sirviese otra copa. El bar Last Chance era ese tipo de locales en los que no se cambian las copas a cada nueva ronda.

—Gracias —dijo Reede, observando cómo le echaban el whisky en el vaso.

—¿Qué? ¿Vigilándonos de tapadillo, eh? —dijo sarcásticamente el camarero.

Reede lo miró moviendo sólo los ojos.

—A tomar una copa. ¿Le molesta?

—Claro que no, sheriff, claro que no —repuso el camarero, alejándose hacia el otro extremo de la barra, donde había estado charlando con un par de clientes más amables.

Reede se percató de que un rincón del local estaba ocupado por mujeres. Junto a la mesa de billar había tres tipos malcarados a quienes Reede reconoció. Eran capataces de los pozos; gente muy pendenciera que se gastaban bromas de lo más bruto y se metían en todas las trifulcas. De momento parecían bastante tranquilos.

Hickam *El Pega* estaba arrullándose con Ruby Faye Turner en otro rincón. Por la mañana Reede había oído en el bar de la fonda que Angus había echado del rancho al viejo peón. Pasty había cometido un grave y estúpido error, pero a Reede le parecía que el castigo era desproporcionado. Daba la impresión de que el último ligue de *El Pega* estaba consolándolo. Reede se había quitado el sombrero a modo de genérico saludo al entrar. Y todos parecían preferir que los ignorase, tanto como él deseaba ignorarlos.

La noche transcurría lentamente en el Last Chance, lo mejor que podía ocurrirle al sheriff en esos momentos, tanto por razones profesionales como personales.

Se había tragado la primera copa sin apenas saborearla. La segunda se la bebió a sorbos, porque necesitaba que le durase más. Paladearla retrasaba el momento de volver a casa. No le hacía mucha gracia a Reede estar solo; ni tampoco matar el tiempo en el Last Chance, pero mejor que encerrarse en casa sí que era. Por lo menos esa noche.

El whisky había empezado a arderle ligeramente en el estómago; hacía que las titilantes luces navideñas, colgadas por todo el local, pareciesen más brillantes y bonitas. Lo destartalado del lugar era menos evidente a través de los vapores del whisky.

Como empezaba a entrarle modorra, decidió que ésa sería su última copa de la noche; otra buena razón para saborearla. Reede nunca bebía hasta emborracharse. Había tenido que limpiar demasiadas veces los vómitos de su padre, que echaba hasta la bilis, para que embriagarse le pareciese divertido.

Recordaba que, cuando era sólo un crío, pensaba que cuando fuese mayor podría llegar a ser monje o bandido, astronauta o peón caminero, cazador o domador, pero lo que estaba seguro que no iba a ser nunca era borracho. Ya bastaba con uno en la familia.

—Eh, Reede.

El sonido de una susurrante voz femenina interrumpió su contemplación del ambarino contenido de su copa.

Alzó la cabeza e inmediatamente vio un par de tetas, cuya propietaria llevaba una ceñida camiseta negra con la inscripción NACIDA PERVERSA en brillantes letras rojas. Llevaba los tejanos tan ajustados que tuvo dificultades para subirse al taburete. Lo consiguió, pero no sin una buena exhibición de su delantera ni desaprovechar la oportunidad de rozarse con el muslo de Reede. Su sonrisa era tan brillante como un anillo de bisutería y de similar autenticidad. Se llamaba Gloria. Reede lo recordó justo a tiempo de mostrarse cortés.

—Hola, Gloria.

—¿Me invitas a una cerveza?

—Claro —dijo Reede, pidiéndosela luego al camarero.

Reede hizo una elocuente mueca, aludiendo al grupo de amigas que ella acababa de dejar y que estaban sentadas en otro de los rincones del local.

—Bah, no te preocupes por ellas —dijo Gloria, dándole a Reede una coqueta palmadita en el brazo—. Después de las diez todas las chicas son libres.

—Hoy les tocaba parrandeo a las mujeres, ¿eh?

—Mmmm —murmuró acercando la caña a sus lustrosos labios y bebiendo—. Íbamos a ir a Abilene a ver la nueva película de Richard Gere, pero el tiempo se ha puesto tan feo que hemos dicho: a hacer puñetas, y nos hemos quedado en este tugurio. ¿Qué haces por aquí esta noche? ¿De servicio?

—No, sólo he venido a tomar una copa. Ya me iba.

Reacio a dejarse atrapar en la conversación, Reede se concentró en su bebida.

Pero a Gloria no se la quitaba uno de encima tan fácilmente. Se acercó a él tanto como se lo permitió el taburete y le rodeó los hombros con el brazo.

—Pobre Reede. Debes de sentirte muy solo siempre de ronda por ahí.

—Para mí ir de ronda es trabajar.

—Ya lo sé, pero aun así...

Reede notó su respiración en la oreja. Olía a cerveza.

—No me extraña que siempre tengas el ceño fruncido —dijo ella, pasando su afilada uña por el profundo surco de su entrecejo.

Él echó la cabeza hacia atrás, eludiendo su contacto, y ella retiró la mano y emitió un suave y quejoso gemido.

—Mira, lo siento —murmuró él—. Mi humor está como el tiempo. He tenido un día pesado. Ya ves que estoy cansado.

Pero en lugar de retraerla, esto la animó.

—A lo mejor yo podría animarte —insinuó con una tímida sonrisa—. Por lo menos me gustaría intentarlo.

Se le acercó de nuevo, aprisionando su brazos entre sus acogedores pechos.

—He estado loca por ti desde séptimo. No finjas que no lo sabes —dijo ella haciendo pucheritos.

—Pues no. No lo sabía.

—Yo sí. Pero entonces estabas comprometido. ¿Cómo se llamaba aquella chica? ¿La que mató aquel loco en el establo?

—Celina.

—Sí. Te llevaba de cabeza, ¿verdad? Cuando empecé a ir al instituto tú estabas en el politécnico de Texas. Luego me casé y empecé a tener hijos.

Gloria le hablaba sin percatarse de que él no estaba interesado en charlar.

—Y, bueno —prosiguió ella—, sin marido y con unos hijos lo bastante mayores para cuidar de sí mismos. Me parece que nunca hubo muchas oportunidades de que supieses que estaba loca por ti, ¿no crees?

—Supongo.

Ella se había inclinado tanto hacia delante que su equilibrio en el taburete era bastante precario.

—Pues quizá ya sea hora de que las tengamos.

Él miró sus pechos, que ella rozaba contra su brazo sin disimulo, haciendo que sus pezones se endureciesen y se notasen claramente bajo la camiseta. Pero tan explícita exhibición no le resultó a Reede tan sensual como los pies desnudos de Alex asomando de su bata blanca de franela. Saber que bajo aquella camiseta negra sólo estaba Gloria no le excitaba tanto como preguntarse lo que pudiera ocultar la bata de Alex.

No estaba en absoluto excitado. Y se preguntaba por qué. Gloria era bastante guapa. Un pelo negro y rizado enmarcaba un rostro en el que destacaban unos ojos oscuros, encendidos e insinuantes. Tenía los labios ligeramente separados y húmedos, pero Reede no estaba seguro de poder besarlos sin aprensión. Los llevaba muy pintados, de color cereza. Sin querer, los comparó con unos labios sin pintar y sin embargo sonrosados y húmedos, sensuales y que incitan a besarlos sin necesidad de esforzarse.

—Tengo que irme —dijo él de pronto.

Se levantó y rebuscó en los bolsillos de los tejanos el dinero para pagar sus dos copas y la cerveza de Gloria.

—Pero creí que...

—Mejor será que vuelvas con tus amigas. O te perderás la fiesta.

Los tipos del billar se habían acercado a las amigas de Gloria, que no ocultaban que iban de ligue y dispuestas a pasarlo bien. La unión de los dos grupos se había hecho tan inevitable como el frío de la mañana. Se habían tomado su tiempo para aumentar el interés. Pero en esos momentos el intercambio de insinuaciones sexuales era ya tan movido como la bolsa en un día de febril actividad.

—Me ha encantado verte, Gloria.

Reede se caló el sombrero hasta las cejas y salió, percatándose de la herida expresión en el rostro de Gloria. Había visto la misma desolada e incrédula expresión en el rostro de Alex al decirle que el cuerpo de su madre había sido incinerado. Nada más decírselo, ella había retrocedido, apoyándose en la pared y subiéndose las solapas de la bata hasta el cuello como para protegerse de algo terrible.

—¿Incinerada?

—En efecto —confirmó él mirando la palidez de su rostro y sus vidriosos ojos.

—No lo sabía. La abuela nunca me lo dijo. Nunca creí que...

La voz de Alex fue apagándose y él permaneció en silencio e inconmovible, pensando que ella necesitaba tiempo para digerirlo. Maldijo mentalmente a Joe Wallace por encomendarle semejante misión. El muy cobarde le había llamado, fuera de sí, hecho un manojo de nervios para preguntarle qué debía decirle a Alex. Al sugerir Reede que se le dijese la verdad a Alex, el juez lo interpretó como un ofrecimiento para ser él quien lo hiciese, encantado de delegar tal responsabilidad.

El aturdimiento de Alex no duró mucho. Sus sentidos volvieron a funcionar de pronto, como si una idea le hubiese devuelto la lucidez.

—¿Lo sabía el juez Wallace?

Reede recordaba haberse encogido de hombros con fingida indiferencia.

—Mira, todo lo que sé es que él me llamó y me dijo que lo que tú pretendías era imposible, aunque te hubiese expedido el mandato judicial en contra de sus deseos.

—Pero si sabía que el cuerpo de mi madre había sido incinerado, ¿por qué no me lo dijo él mismo por la tarde?

—Supongo que porque no querría tener que soportar una escena.

—Sí —murmuró ella distraídamente—, no le gustan los problemas. Ya me lo dijo —recordó, mirando a Reede inexpresivamente—. Te ha enviado a ti a hacer el trabajo sucio. A ti los problemas no te preocupan.

Reede renunció a replicar y se puso los guantes y el sombrero.

—Sé que esto ha sido un duro trago para ti. ¿Estás bien?

—Sí. No te preocupes. Estoy bien.

—Pues no lo parece.

El azul de sus ojos estaba bañado en lágrimas y se le notaba un ligero temblor en los labios. Entrelazó las manos a la altura de su cintura como sosteniéndose. En ese instante fue cuando Reede deseó rodearla con sus brazos y atraerla hacia sí con el pelo mojado, la toalla, la bata y sus pies descalzos. Fue en aquel instante cuando dio un paso hacia delante y, casi sin advertir lo que hacía, desentrelazó las manos de Alex. Ella se resistió, como si estuviese comprimiendo una herida sangrante. Pero, antes de que ella recompusiese su barrera, él la rodeó con sus brazos y la atrajo hacia sí. Notaba su lozanía, su calidez y su fragancia; la fragilidad en que la había sumido su pesar. Parecía desmoronarse contra su pecho, con los brazos caídos.

—Por Dios, no me hagas pasar por esto —susurró ella.

Reede notó el temblor de sus pechos. Ella alzó la cabeza para mirarle a los ojos y luego la posó sobre su pecho. Él pudo notar sus lágrimas a través de la camisa. Reede había ladeado la cabeza para cobijar la de Alex, que acababa de perder la toalla que cubría su pelo, caída al suelo. Mechones húmedos y fragantes entrevelaban su rostro.

Se dijo a sí mismo que no lo había besado, pero sabía que sus labios rozaron su pelo y su sien, desmoronándose sobre su cabello. Había sentido un lujurioso impulso, tan fuerte que se asombraba de no haberlo obedecido. Simplemente, se había marchado, sintiéndose como un infame por haber ido a decirle algo semejante para huir luego como una serpiente. No había ido a acostarse con ella. Pero su deseo de estrecharla entre sus brazos no fue un impulso noble y no quería engañarse diciéndose que sí lo había sido. Había deseado gozar. Había deseado cubrir aquella consternada y valerosa sonrisa de intensos y ardientes besos.

Iba echando tacos, como si se peleáse con el salpicadero mientras conducía su Blazer por la autopista, en dirección contraria a la de su casa. El aguanieve se helaba en el cristal antes de que el limpiaparabrisas llegase a barrerlo. Conducía demasiado deprisa para el tiempo que hacía, con un firme que parecía una pista de hielo, pero no aflojó.

Ya era demasiado mayorcito. ¿A qué venía entonces alimentar fantasías sexuales? Conscientemente no lo había hecho desde que él y Junior se la cascaban babeando delante del desplegable de alguna revista porno. Hacía mucho tiempo que una fantasía de esa naturaleza no se le hacía tan real.

Olvidándose por completo de quién era Alex, se había imaginado abriéndole la bata y tocando su dorada y suave piel, sus pezones duros y sonrosados, su pelo rojizo y suave. También sus muslos serían suaves, derritiéndose por la entrepierna.

Maldiciendo, cerró los ojos un instante con irritación. Alex no era simplemente una mujer que daba la casualidad de que tenía dieciocho años menos que él. Era la hija de Celina, y él era lo bastante viejo como para ser su padre, por Dios. No lo era, pero pudo haberlo sido. Pudo haberlo sido perfectamente. El simple hecho de pensarlo hacía que se le encogiese el estómago. Pero esto no sirvió para moderar el vuelo de su imaginación.

Llevó el Blazer hasta un aparcamiento que parecía desierto, paró el motor y luego salió y subió por la escalera que conducía a la puerta. La empujó, pero al notar que estaba cerrada llamó con su enguantado puño.

Le abrió una mujer más pechugona que una paloma. Llevaba un camisón que le llegaba a los tobillos, de satén blanco, una prenda que habría podido parecer casi nupcial de no ser porque la mujer sostenía un cigarrillo en la comisura de los labios. Llevaba en brazos un gato color albaricoque. Acariciaba su suave piel con mano displicente. La mujer y el gato miraron a Reede.

—¿Qué coño haces por aquí? —le espetó ella.

—¿A qué suelen venir los hombres aquí, Nora Gail? —dijo Reede con brusquedad, entrando.

De haber sido cualquier otro, le habría metido una bala entre las cejas con la pistola que llevaba oculta en el liguero.

—Claro. No ves nada. Había tan poca gente esta noche que cerramos temprano.

—¿Desde cuándo ha importado eso entre nosotros?

—Desde que empezaste a aprovecharte. Como ahora.

—Nada de charla esta noche —dijo él desde el último peldaño y dirigiéndose ya hacia la habitación—. No quiero conversación. No quiero cumplidos. Sólo quiero echar un polvo, ¿vale?

La *madame* se le puso en jarras, resaltando su generosa y torneada cadera.

—Por lo menos me dejarás que eche al gato, ¿no? —le dijo en tono sarcástico.

Alex no había podido dormir. Estaba despierta cuando sonó el teléfono. Pero la sobresaltó de todas maneras a causa de la hora. Sin dar la luz buscó a ciegas el auricular.

—Diga —dijo con la voz ronca de haber llorado—. Diga —repitió.

—Adivine, señorita Gaither.

El corazón le dio un brinco en el pecho.

—¿Otra vez usted? —se limitó, no obstante, a decir, en tono enojado—. Espero que tenga algo importante que contarme, porque me ha despertado.

Alex había aprendido de Greg que los testigos reacios a testificar solían sentirse más inclinados a hablar si se le quitaba importancia a lo que tuviesen que decir.

—No sea usted tontita. Sé algo que usted quiere saber. Malo.

—¿Como qué?

—Tanto como quién mató a su madre.

Alex se concentró, tratando de calmar su respiración.

—Me parece que se lo inventa.

—No.

—Entonces, dígamelo. ¿Quién fue?

—¿Me toma por tonto, señora? ¿Cree que Lambert no habrá pinchado su teléfono?

—Me parece que usted ha visto muchas películas.

Pese a decirle esto, Alex le dirigió una recelosa mirada al teléfono.

—¿Sabe donde está el bar Last Chance?

—Lo encontraré.

—Mañana por la noche —comentó él concretando una hora.

—¿Cómo voy a reconocerle?

—Yo la reconoceré a usted.

Antes de que ella pudiese decir nada más, él colgó. Alex se sentó en el borde de la cama un instante, mirando la oscuridad. Recordó la advertencia de Reede sobre la posibilidad de salir herida. Su mente imaginativa fue desgranando un sinfín de cosas horribles que podían ocurrirle a una mujer sola. Al echarse de nuevo en la cama notó que las palmas de las manos le sudaban y que el sueño se mostraba aún más esquivo que antes.

13

—¿A que no sabe a qué se dedica ahora?

El sheriff del condado de Purcell se llevó su humeante taza de café a los labios, sopló y sorbió. Le abrasó la lengua. Pero le daba igual. Necesitaba una buena dosis de cafeína.

—¿A quién se refiere? —le preguntó al agente que estaba junto a la puerta de su despacho con una sonrisa imbécil que lo sacaba de quicio. A Reede no le gustaban las adivinanzas, y aquella mañana no estaba precisamente de muy buen humor.

El agente dirigió la cabeza hacia el otro lado del edificio.

—Nuestra fiscal residente, con esa carita aniñada, los pechitos de punta y esas piernas que no se terminan —dijo, haciendo estallar en el aire un lujurioso beso.

Reede retiró lentamente los pies, que tenía apoyados en un ángulo de la mesa, y le dirigió al agente una fría y acerada mirada.

—¿Se refiere usted a la señorita Gaither?

No es que el agente andase sobrado de materia gris, pero sabía cuándo se había pasado de la raya.

—Ah, sí. Quiero decir, sí, señor.

—¿Y bien? —inquirió Reede en tono cortante.

—El señor Davis, el de la funeraria, señor. Acaba de llamar diciendo pestes de ella. Ella está allí, revisando los archivos y yo qué sé qué más.

—¿Cómo?

—Sí, señor; eso es lo que me ha dicho. Tiene un cabreo..., porque...

—Llámale y dile que voy para allá.

Reede le dio la orden ya con la chaqueta en la mano y, si el agente no llega a hacerse un lado, lo habría arrollado al salir de estampida.

Ni reparó en el inclemente tiempo que había obligado a cerrar los colegios y muchas empresas. Con la nieve todavía podían arreglarse, pero con una capa de tres centímetros de hielo que lo cubría todo, la cosa cambiaba. Por desgracia, la oficina del sheriff no cerraba nunca.

El señor Davis salió a abrirle agitando nerviosamente las manos.

—Llevo en este negocio más de treinta años y nunca nada como esto..., nada, sheriff Lambert..., nunca me había ocurrido nada semejante. Me han desaparecido ataúdes. Me han robado. Incluso me han...

—¿Dónde está? —le espetó Reede, interrumpiendo la letanía del propietario de la funeraria.

El señor Davis le indicó con un ademán. Reede enfiló hacia una puerta cerrada y la abrió de golpe. Alex, sentada tras una mesa, alzó la vista sorprendida.

—¡Pero qué coño estás haciendo!

—Buenos días, sheriff.

—Contesta a mi pregunta —la conminó Reede, dando un portazo e irrumpiendo en la habitación—. Has puesto al de la funeraria histérico. ¿Y cómo has llegado aquí?

—En coche.

—No puedes conducir con este tiempo.

—Pues ya lo ves.

—¿Y qué es todo esto? —preguntó él, señalando con un despectivo ademán las carpetas que ella tenía sobre la mesa.

—Los archivos del señor Davis del año que mataron a mi madre. Me ha dado permiso para estudiarlos.

—Lo has coaccionado.

—No he hecho tal cosa.

—Entonces debes de haberlo intimidado de alguna manera. ¿Te ha pedido tu autorización para investigar en sus archivos?

—No.

—¿Y la tienes?

—No. Pero puedo obtenerla.

—No sin una causa justificada.

—Quiero la prueba palpable de que el cuerpo de Celina Gaither no está enterrado en esa tumba del cementerio.

—En ese caso, lo mejor que podrías hacer es coger la pala y ponerte a excavar.

Su comentario la hizo callar. Y tardó unos instantes en recuperarse.

—Estás de muy mal humor esta mañana. ¿No has tenido una buena noche?

—Sí. Eché un polvo, pero resultó completamente insatisfactorio.

Alex concentró la mirada en la atestada mesa.

—Pues lo lamento.

—¿Qué lamentas, que echase un polvo?

—No, que no te satisficiera —repuso ella mirándolo.

Ambos sostuvieron la mirada un largo instante. El rostro de Reede estaba tan arrugado y agrietado como una cordillera, pero era uno de los más atractivos que ella había visto nunca.

Dondequiera que estuviesen, ella sentía su presencia, la presencia de su cuerpo; le atraía. Sabía que no atajar aquella atracción era poco ético e imprudente desde el punto de vista profesional, y comprometido en lo personal. Reede había pertenecido a su madre.

Y, sin embargo, muy a menudo deseaba tocarlo o que él la tocase. La noche anterior habría deseado permanecer más tiempo en sus brazos mientras lloraba. Por suerte, él había sido más sensato y se había marchado.

¿Con quién habría ido?, se preguntaba Alex. ¿Dónde y cuándo había tenido ese ligue que, según él, no había ido bien? ¿Fue antes o después de que estuviese con ella en el motel? ¿Y por qué decía que no había resultado satisfactorio?

Transcurrieron unos momentos antes de que ella volviese a bajar la cabeza y se concentrase en las carpetas de los archivos.

Reede se inclinó sobre la mesa, llevó su mano hasta la barbilla de Alex y se la levantó para mirarla.

—Ya te dije que Celina fue incinerada.

Alex se levantó con energía.

—Después de que tú y el juez Wallace os pusieseis de acuerdo. Así resulta perfecto.

—Te encanta imaginar.

—¿Por qué no mencionó Junior que Celina fue incinerada al verme en el cementerio? No sé por qué, me parece que ella está enterrada allí. Y por eso estoy revisando los archivos.

—¿Y por qué habría de mentirte yo?

—Para evitar que haga exhumar el cadáver.

—¿Y por qué querría yo evitarlo? ¿En qué podría afectarme a mí?

—En cumplir cadena perpetua —repuso ella secamente—, en el caso de que el informe del forense te descubriese como su asesino.

—Vaya, vaya —exclamó Reede dándose un puñetazo en la palma de la mano y restregando el puño sobre ella—. ¿Es eso lo que os enseñan en la Facultad de Derecho?, ¿a dar palos de ciego cuando todo lo demás os falla?

—Exacto.

Reede apoyó las manos firmemente en la mesa y se inclinó hacia Alex.

—Tú no estás al servicio de la Ley sino que te has lanzado a una caza de brujas.

A Alex le escoció, porque así es como se sentía. Era una investigación tan a la desesperada que le dejaba un amargo sabor de boca. Se recostó en el respaldo y descansó las manos sobre un archivador abierto. Ladeó la cabeza hacia la ventana y dejó vagar la mirada por el invernal paisaje. Las desnudas ramas de los sicomoros de los prados parecían metidas en estuches de hielo. El cielo y todo lo que éste cubría ofrecían un aspecto gris y desmayado. Todos los límites resultaban imprecisos. Era un mundo monocromático, sin luces ni sombras.

Pero sí había algunas cosas que eran blancas o negras, y la más importante de todas ellas era la Ley.

—Podrías tener razón si no hubiese un asesinato de por medio, Reede —dijo ella mirándole—. Pero lo hubo. Alguien entró en ese establo y apuñaló a mi madre.

—Con un bisturí. Ya —dijo él en tono burlón—. ¿Nos imaginas a Angus, a Junior o a mí blandiendo un bisturí? ¿Por qué no matarla con nuestras propias manos, estrangularla?

—Porque sois todos demasiado listos. Quienquiera de vosotros que lo hiciese procuró que pareciese obra de un desequilibrado —dijo ella llevándose la mano al corazón—. En mi lugar, ¿no querrías saber quién fue y por qué lo hizo? Tú amabas a Celina. Si tú no la mataste...

—No la maté.

—¿Entonces? ¿Cómo es que no quieres saber quién lo hizo? ¿O es que acaso temes descubrir que el asesino es alguien que te importa mucho?

—No. No quiero saberlo —dijo él enfáticamente—. Y hasta que no tengas un mandamiento judicial...

—¿Señorita Gaither? —interrumpió el señor Davis entrando en la habitación. ¿Es esto lo que está buscando? Lo he encontrado en un archivador del almacén.

El señor Davis le pasó la carpeta a Alex y se retiró de inmediato ante la hosca mirada de Reede.

Alex leyó el nombre escrito a máquina en la tapa de la carpeta, miró a Reede y la abrió con ansiedad. Tras hojear varios formularios se dejó caer en la silla, abatida.

—Aquí dice que fue incinerada —se limitó a comentar, cerrando la carpeta desmayadamente—. ¿Y por qué no me lo dijo la abuela?

—Probablemente no creyó que eso tuviese importancia.

—Lo conservó todo: la ropa, todas sus cosas. ¿Por qué no iba a conservar sus cenizas?

De pronto, Alex se inclinó hacia delante, descansó los codos sobre la mesa y apoyó la cabeza entre las manos. Tenía el estómago revuelto. Le escocían los ojos y las lágrimas asomaban por sus pestañas.

—Dios, ya sé que esto es macabro. Pero tengo que saberlo, necesito saberlo.

Alex respiró profundamente varias veces, abrió de nuevo la carpeta y volvió a hojear los diversos formularios. Al detenerse en uno su expresión cambió bruscamente.

—¿Qué es? —preguntó Reede.

Ella sacó una hoja de la carpeta y se la pasó.

—Es un recibo por todos los gastos de las exequias, incluyendo la incineración.

—¿Y bien?

—Fíjate en la firma.

—Angus Minton —leyó él con voz pausada y expresión reflexiva.

—¿No lo sabías?

Reede negó con la cabeza.

—Pues parece que Angus lo pagó todo y procuró que nadie se enterase —dijo Alex con un suspiro de impotencia, y miró a Reede inquisitivamente—. Me pregunto por qué.

Al otro lado de la ciudad, Stacey Wallace entró en la habitación que le servía de despacho a su padre fuera del Palacio de Justicia. Él estaba en su mesa, enfrascado en un tomo de jurisprudencia.

—Juez —le dijo ella cariñosamente—, ya que te has tomado el día libre, tómatelo de verdad.

—Oficialmente no me he tomado el día libre —dijo refunfuñando, a la vez que dirigía una mirada de disgusto al gélido panorama que se veía a través de la ventana—.

Tenía que acabar de leer una cosa. Y hoy es un día perfecto para hacerlo. Así no puedo ir al juzgado.

—Has trabajado demasiado últimamente, y te preocupas en exceso.

—Con eso no me dices nada que no me haya dicho ya mi úlcera.

Stacey notó que su padre estaba muy contrariado.

—¿Qué es lo que pasa?

—Esa Gaither.

—¿La hija de Celina? ¿Todavía está incordiándote?

—Se presentó ayer en mi despacho para pedirme un mandamiento judicial para exhumar el cuerpo de su madre.

—¡Dios mío! —exclamó Stacey con un susurro de incredulidad, llevándose su pálida mano a la garganta—. Esa mujer es un demonio.

—Demonio o no, tuve que negarle el mandamiento.

—Bien hecho.

El juez Wallace negó con la cabeza.

—Es que no podía hacer otra cosa. El cuerpo fue incinerado.

Stacey permaneció un instante pensativa.

—Me parece que lo recuerdo. ¿Y cómo se lo ha tomado ella?

—No lo sé. Fue Reede quien se lo comunicó.

—¿Reede?

—Lo llamé anoche. Y él se ofreció. Supongo que ella no lo encajaría muy bien.

—¿Y lo saben Angus y Junior?

—Ahora seguro que sí. Se lo habrá dicho Reede.

—Probablemente —murmuró Stacey, y guardó silencio un instante—. ¿Quieres tomar algo?

—No, acabo de desayunar, gracias.

—¿Un poco de té?

—Ahora no.

—¿Una taza de cacao? ¿Por qué no me dejas que te traiga... ?

—He dicho que no, Stacey. Gracias —reiteró él con mayor impaciencia de la que hubiese querido revelar.

—Perdona si te he molestado —dijo ella con desaliento—. Si me necesitas, estaré arriba.

El juez asintió con la cabeza, abstraído, y volvió a sumergirse en el voluminoso tomo encuadernado en piel que estaba consultando. Stacey cerró despacio la puerta del despacho. Fue dejando resbalar la mano por la barandilla al subir por las escaleras que conducían a su dormitorio. No se encontraba bien. Tenía el abdomen hinchado y le dolía. Por la mañana le había venido el período.

Era un sarcasmo bordear los cuarenta y cinco y tener dolores como una adolescente, aunque, por otro lado, Stacey pensaba que debía dar por bienvenida la regla. Era lo único que le recordaba que era una mujer. No tenía hijos que viniesen a pedirle dinero para almorzar o ayuda en los deberes. No tenía marido que le preguntase qué había para cenar, o si le tenía la ropa limpia, o si le gustaría hacer el amor por la noche.

Día tras día lamentaba no ver a su alrededor esa caótica exuberancia. Con la misma regularidad con la que otros rezaban, ella le enumeraba a Dios los placeres de la vida que le había negado. Habría dado cualquier cosa por oír alborotar a los chiquillos por la casa. Ansiaba tener un marido que la buscase en la cama por la noche, que besase sus pechos y calmase el ardor de su cuerpo.

Como un monje que se flagela, ella iba a su cómoda, abría el tercer cajón y sacaba el álbum de fotografías con sus tapas de piel blanca. Lo abría con reverencia. Y, uno a uno, se extasiaba con sus atesorados recuerdos: un amarillento recorte de periódico con su fotografía, un posavasos de cartón con dos nombres escritos en letras plateadas y una rosa seca.

Ojeaba las fundas de plástico y miraba las fotografías de su interior. La gente que había posado para las fotos frente al altar había cambiado muy poco en todos esos años.

Tras casi una hora de masoquista ensoñación, Stacey

cerró el álbum y volvió a guardarlo en su sagrado cajón. Quitándose los zapatos para no estropear el edredón se echó en la cama y estrechó la almohada contra su pecho, restregándosela por el cuerpo como si fuese un amante.

Le escocían los ojos de tantas lágrimas. Susurró un nombre, ansiosa e insistentemente. Se llevó la mano al abdomen para aliviar el dolor y la vaciedad de su útero, privado de amor, un simple receptáculo para él.

14

—¡Eh! ¿Qué hacéis vosotros dos por aquí? —exclamó Junior repartiendo su perpleja mirada entre Alex y Reede.

Luego, embestido por un ráfaga de viento, se hizo a un lado en el umbral y les instó a que entrasen.

—Pasad. No podía imaginarme quién llamaba a la puerta en un día como éste. A ti, Reede, debe de faltarte un tornillo por traer a Alex hasta aquí.

Junior llevaba un viejo par de pantalones vaqueros, raídos en las rodillas, un jersey de algodón y gruesos calcetines blancos. Parecía que no hiciese mucho que estaba levantado. Llevaba en una mano un humeante tazón de café, y en la otra, una raída novela barata. Tenía el pelo muy alborotado y una incipiente barba ensombrecía sus mejillas.

Tras recuperarse de la sorpresa de encontrárselos frente a su casa, le sonrió a Alex, que se dijo que Junior estaba imponente y que cualquier mujer hubiese pensado lo mismo. Tenía un talante displicente, de hombre rico, sexy, desaliñado, desenfadado y desenvuelto. Invitaba a arrimarse a él, y su lánguida sonrisa parecía dar a entender que arrimarse era precisamente lo que estaba haciendo cuando lo interrumpieron.

—Yo no la he traído aquí —puntualizó Reede—. Ha sido al revés.

—Quería venir sola —aclaró Alex.

—Sí. Pero yo no quería que pasases a formar parte de las estadísticas de accidentes en las carreteras de mi condado —gruñó Reede.

Luego, mirando a Junior, que seguía perplejo su acalorado intercambio de palabras, sonrió con aire de fastidio.

—La he traído en mi coche —explicó Reede—, porque estaba empeñada en venir y yo no quería que se matase o, peor aún, que matase a alguien por estas carreteras. Así que aquí estamos.

—Encantado de que hayáis venido —dijo Junior—. Ya me había resignado a pasar el día solo y aburrido. He encendido un buen fuego en el salón y lo tengo todo listo para preparar vino caliente. Venid —añadió, volviéndose—. Pero, eh, Reede, ya sabes cómo se pone mi madre si se dejan pisadas en el suelo. Quítate las botas.

—¡No te jode! —exclamó Reede—. ¿Está Lupe en la cocina? Voy a susurrarle al oído, a ver si nos da de desayunar.

Sin preocuparse por el suelo de Sarah Jo, Reede se dirigió hacia la puerta trasera como si todavía viviese allí.

Alex siguió a Reede con la mirada.

—Conque a susurrarle al oído, ¿eh? —exclamó Alex irónicamente.

—Pues hoy parece estar de muy buen humor —comentó Junior—. Tendrías que verlo cuando está cabreado. Hay que dejárselo a Lupe. Ella ya sabe cómo le gustan los huevos. Estará de mejor humor cuando se los haya comido.

—Espero que no consideres esto como una invasión —dijo Alex, permitiendo que Junior la ayudase a quitarse el abrigo.

—Qué narices. Decía en serio que estoy encantado de que hayáis venido —dijo rodeando los hombros de Alex con su brazo—. Vamos a...

—La verdad —lo interrumpió Alex, desembarazándose de su brazo— es que no es una visita de cortesía.

—¿Profesional, eh?

—Sí. Y sumamente importante. ¿Está Angus?

—Está en su guarida.

Junior lo dijo sin dejar de sonreír, pero su sonrisa parecía acartonada.

—¿Está ocupado?

—No lo creo. Ven, te acompaño.

—Siento haberte interrumpido la lectura.

—No importa —repuso Junior mirando la horrible cubierta de la novela—. Ya se me estaba haciendo pesada.

—¿De qué trata?

—Un triunfal paseo varonil por todos los dormitorios de Hollywood, masculinos y femeninos.

—¿Ah, sí? —exclamó Alex, fingiendo interesarse—. ¿Me la prestarás cuando la termines?

—No son lecturas para ti —dijo él—. No quiero corromper la moral de una menor.

—No me llevas tantos años.

—Comparada con Reede y conmigo eres una cría —repuso Junior, a la vez que le abría la puerta de la salita de su padre—. Tenemos visita, papá.

Angus levantó la vista del periódico. En un instante la expresión de su rostro pasó de la sorpresa a la irritación y de la irritación a la sonrisa.

—Hola, Angus. Lamento molestarte en una mañana tan poco adecuada para una visita.

—No te preocupes. No estoy haciendo nada importante. No podemos trabajar con los caballos en el exterior cuando hay heladas.

Angus dejó su sillón de cuero rojizo y cruzó la habitación para saludarla.

—Eres como un rayo de sol en un día gris. ¿A que sí, Junior?

—Más o menos eso es lo que le he dicho yo.

—Pero, tal como le he dicho yo a él —se apresuró a decir Alex—, ésta no es una visita de cortesía.

—¿Y pues? Siéntate, siéntate —rogó Angus, ofreciéndole una mullida butaca de piel.

—Sólo... No, Junior, no te vayas —dijo Alex antes de que él se retirase—. Esto nos concierne a todos.

—De acuerdo, dispara —dijo Junior, sentándose en el brazo del sillón como si fuese una silla de montar.

—Ayer hablé de nuevo con el juez Wallace.

Alex tuvo la impresión de que ambos estaban tensos, pero fue tan fugaz que se dijo que acaso sólo se lo había parecido.

—¿Por alguna razón en especial? —preguntó Angus.

—Yo quería exhumar el cuerpo de mi madre.

La reacción de ambos le pareció entonces inequívoca.

—Por Dios, muchacha, ¿y por qué narices querías hacer una cosa así? —dijo Angus con una ligera crispación.

Junior cogió la mano de Alex y le acarició el dorso.

—¿No crees que esto se te está yendo un poco de las manos? Esto... Esto es espantoso.

—El caso sí es espantoso —le recordó ella a la vez que él aflojaba la presión de su mano—. Pero, como estoy segura que ya sabéis, lo que pedí es imposible. El cuerpo de mi madre fue incinerado.

—En efecto —dijo Angus.

—¿Por qué?

En la débil luz de la estancia, los ojos de Alex brillaban con una tonalidad intensamente azul. Reflejaban el fuego que ardía en la chimenea, dándoles un aspecto acusador.

Angus se revolvió en el sillón y se encogió de hombros en actitud defensiva.

—Parecía lo más adecuado.

—No veo por qué.

—Tu abuela se proponía abandonar la ciudad contigo en cuanto todo se hubiese solucionado. No lo ocultaba. Así que decidí que incinerasen el cuerpo de Celina, pensando que Merle querría llevarse sus, digamos, restos con ella.

—¿Lo decidiste tú? ¿Y con qué derecho, Angus? ¿Con qué autoridad? ¿Por qué se te dejó decidir a ti lo que había que hacer con el cadáver de mi madre?

—Crees que hice incinerar su cuerpo para destruir pruebas, ¿no es eso? —dijo Angus, enarcando las cejas, molesto.

—¡Y yo qué sé! —exclamó Alex, levantándose de la butaca y acercándose a la ventana, para dejar vagar la mirada por los solitarios prados.

Se veían brillar luces en las puertas de varios establos. Allí criaban a los caballos, los alimentaban y los adiestraban. Había analizado a fondo las Empresas Minton. Angus había invertido millones en esas instalaciones. ¿Se mostraba tan reticente porque tenía mucho que perder si lo procesaban, porque era culpable, o por ambas cosas? Alex se volvió entonces hacia ellos.

—Tendrás que reconocer que, visto desde el presente, parece raro que hicieses algo así.

—Sólo quise descargar a Merle Graham de esa responsabilidad. Creí que debía hacerlo porque su hija había sido asesinada en mi rancho. Merle estaba deshecha de tristeza y ya tenía bastante con tener que ocuparse de ti. Si ahora resulta que eso me convierte en sospechoso, no tiene mucha gracia, la verdad, jovencita. En las mismas circunstancias tomaría otra vez esa decisión.

—Estoy segura de que la abuela Graham te lo agradeció. Fue un acto totalmente desinteresado.

Angus la miró receloso.

—En realidad eso es lo que te gustaría creer, ¿no?

—Pues sí, la verdad —replicó ella mirándolo a los ojos.

—Alabo tu franqueza.

Durante un instante la habitación permaneció en silencio sin más rumor que el acogedor y crepitante sonido de la leña que ardía. Alex rompió el tenso silencio.

—No entiendo por qué la abuela no se llevó las cenizas.

—También me lo pregunté yo al ofrecérselas. Creo que fue porque no podía aceptar el hecho de que Celina hubiese muerto. Una urna llena de cenizas era una prueba tangible de algo que no podía aceptar.

Conociendo como conocía la obsesión de su abuela por Celina, la explicación le pareció plausible. Además, salvo si Merle salía del coma y Alex podía preguntárselo, no le quedaba otra alternativa que dar como cierto lo que Angus decía.

Angus estaba masajeándose el dedo gordo del pie a través del calcetín.

—No habría querido ver sus cenizas en un mausoleo. Nunca me gustaron las tumbas. Algo siniestro. Sólo con imaginarlas me entran calambres. Una vez fui a Nueva Orleans. Todas esas tumbas de cemento sobre los montículos..., uf —recordó Angus, moviendo la cabeza—. No me da miedo la muerte, pero cuando me toque, quiero volver a formar parte de la vida. Eso de... «polvo eres y en polvo...». Es el ciclo natural. Así que lo que me pareció adecuado fue comprar una tumba y hacer que enterrasen las cenizas en la tierra que la vio crecer. Supongo que creerás que soy un viejo loco, Alex, pero lo hice tal como me salió, y volvería a hacerlo. No se lo dije a nadie porque me daba apuro. Habría parecido un sensiblero.

—¿Y por qué no esparcir las cenizas en cualquier sitio?

Angus se tiró del lóbulo de la oreja mientras consideraba la cuestión.

—Lo pensé, pero me dije que tú podías aparecer cualquier día y querer ver dónde estaba enterrada tu madre.

Alex sintió que su ánimo decaía y se sintió abatida. Bajó la cabeza y fijó la vista en sus botas de ante. Tenía los dedos húmedos de haber caminado por la nieve.

—Supongo que pensarás que soy una persona macabra por querer abrir la tumba de mi madre. Es lo que pensó Reede.

Angus hizo un desenfadado ademán.

—Reede se precipita al formarse opiniones. Y a veces se equivoca.

—Pues ésta es una de esas ocasiones —dijo Alex con un entrecortado suspiro—. Créeme, no me fue nada fácil ni siquiera pensarlo, y mucho menos pedirlo. Simplemente, creí que un nuevo análisis del forense podía arrojar alguna luz...

La voz de Alex sonaba desmayada. Le faltaba voluntad y convicción para proseguir. El día anterior había creído que exhumar el cadáver podía aportarle la prueba material que necesitaba. Pero, por lo visto, no había avanzado nada en el descubrimiento de la verdad; todo lo que había conseguido era pasar por un amargo trago y hacérselo pasar a los demás.

La explicación de Angus sonaba tan verosímil como exenta de malicia. Pagar las exequias y hacer todas las gestiones había sido un acto piadoso para aliviar a su abuela del penoso deber y de la carga financiera.

Alex deseaba de corazón creerlo así. Y, como hija de Celina, era una idea que interiormente la reconfortaba. Como fiscal, sin embargo, la dejaba con las manos vacías y frustrada, y más recelosa que nunca de que allí había gato encerrado.

—¿Qué? ¿Volvemos ya a la ciudad?

Reede estaba de pie en el vano de la puerta, con el hombro apoyado en el marco, hurgándose sin recato los dientes con un palillo. Aunque hubiese desayunado, su tono de voz indicaba que seguía de pésimo humor.

—Sí, ya está. Si eres tan amable de llevarme.

—Bien. Cuanto antes vuelva a mi trabajo, mejor. Alguien tiene que cuidar de los locos que se aventuran a salir con este tiempo.

—Pero ya que habéis salido, ¿por qué no te quedas a pasar el resto del día junto a la chimenea? —le sugirió Junior a Alex—. Podríamos hacer palomitas. A Celina le encantaban. O podríamos decirle a Lupe que nos haga unas garrapiñadas. Luego, cuando las carreteras estén en mejores condiciones, te llevo de vuelta.

—Muy tentador, Junior, gracias. Pero tengo trabajo que hacer.

Junior podía ser encantador con sus zalamerías, pero Alex no se dejó engatusar. Los Minton los acompañaron a ella y a Reede hasta la puerta. A Sarah Jo no la había visto en todo el rato que habían estado allí. Si la esposa de Angus se percató de que había visitas, no se molestó en aparecer.

Angus cogió a Alex del brazo mientras avanzaban por el vestíbulo.

—Sé que esto es muy duro para ti, muchacha —le dijo con suavidad.

—Sí, debo admitirlo.

—¿Has sabido algo de tu abuela?

—Llamo todos los días a la clínica, pero sigue igual.

—Bueno, llámame si necesitas algo, ¿de acuerdo?

Alex lo miró perpleja.

—¿Se puede saber por qué estás tan amable conmigo, Angus?

—Por tu madre; porque me caes bien, y, sobre todo, porque no tenemos nada que ocultar.

Al fijarse en su sonrisa, Alex se dijo que era muy fácil ver de dónde había sacado Junior su encanto. Reede y Junior hablaban de sus cosas, y Alex oyó que Reede decía: «Me topé con una de tus antiguas novias anoche en el Last Chance». Ése era precisamente el lugar donde había concertado su cita para el día siguiente con el anónimo comunicante.

—¿Ah, sí? —dijo Junior—. ¿Cuál de ellas?

—Gloria no sé qué más. Olvidé su apellido de casada. Con el pelo negro y rizado, ojos marrones y unas tetas...

—Gloria Tolbert. ¿Qué tal está?

—Calentorra.

Junior soltó una desdeñosa y varonil carcajada.

—La Gloria de siempre. Hay que calzarse para dejarla a gusto.

—Tú sabrás —dijo Reede en tono divertido.

—Bueno. Pero anoche, ¿qué, cabronazo? ¿Dejaste a Gloria radiante de satisfacción?

—Ya sabes que nunca comento esas cosas.

—Ésa es una de las cosas de ti que me saca de quicio.

Alex volvió la cabeza justo en el momento en que Junior le pegó en el estómago a Reede a modo de juego. El puño le rebotó como si hubiese golpeado en un tambor.

—¿Tan poca fuerza tienes? —se burló Reede—. Reconócelo, Minton, estás perdiendo facultades.

—¡Que te crees tú eso! —exclamó Junior, lanzando un directo a la cabeza de Reede, que lo esquivó por milímetros. Reede trató entonces de engancharlo con el pie por detrás de la rodilla, y se dieron los dos contra la mesa del vestíbulo, casi volcando un jarrón de porcelana.

—Venga, hombre, parad ya antes de que rompáis algo —dijo Angus en tono indulgente, como si todavía fuesen colegiales.

Alex y Reede se pusieron sus chaquetones y él abrió la puerta. Una ráfaga de viento gélido irrumpió en la casa.

—¿Seguro que no te quedas, con lo bien que se está aquí dentro? —dijo Junior.

—Me temo que no —repuso Alex.

—Pues nada, entonces adiós —se despidió Junior, estrechándole la mano y besándola en la mejilla.

Padre e hijo se quedaron observando a Reede, mientras éste ayudaba a Alex a no perder el equilibrio por el helado caminito de piedra que conducía hasta el lugar donde había dejado aparcado su Blazer. Luego Reede la ayudó a subir, dio la vuelta hasta el otro lado del vehículo y se perdió en su interior.

—Brrrr —exclamó Junior cerrando la puerta—. ¿Qué? ¿Tomamos un vino caliente?

—No, deja —repuso Angus frunciendo el ceño—. Es demasiado temprano para empezar a beber.

—¿Desde cuándo miras la hora si te apetece beber?

—Pasa ahí dentro, quiero hablar contigo —le dijo mientras caminaba a la pata coja, para no dar con su gotoso pulgar en el suelo, hacia su guarida—. Y aviva ese fuego, ¿quieres?

Junior echó unos troncos y, cuando prendieron, se volvió para mirar a su padre.

—¿Qué pasa? Espero que no sea nada de trabajo. Me he tomado el día libre —dijo, bostezando y desperezándose como un gato.

—Se trata de Alex Gaither.

Junior se enderezó y frunció el ceño.

—Estaba hecha una furia con todo eso del entierro al llegar, ¿verdad? Pero la has amansado.

—Me he limitado a decirle la verdad.

—Has hecho que pareciera tan convincente como una mentira.

—¿Pero quieres tomarte algo en serio de una puta vez? —le espetó Angus.

—No creo que esté tomándomelo a broma —repuso Junior molesto.

—Escúchame bien —dijo Angus con aspereza y señalando a Junior con el índice acusadoramente—. Sólo un imbécil como tú se reiría de su determinación a llegar al fondo del asunto. Estará buena, pero además va en serio. Sus maneras son suaves, pero ella no lo es. Es dura como una piedra en todo lo que concierne al asesinato de su madre.

—Ya me había dado cuenta —replicó Junior hoscamente.

—Pues, por si lo dudabas, pregúntale al juez Wallace.

—No lo dudo. Sólo que me cuesta trabajo tomarla en serio, con lo buena que está.

—Te cuesta trabajo, ¿eh? Bueno. Tampoco veo que hayas avanzado mucho en tus intentos de seducirla.

—Le pedí que viniese a tomar unas copas, y vino.

—¿Y desde entonces?

—¿Y qué quieres que haga? ¿Acosarla como un colegial? ¿Que le mande flores y bombones?

—¡Pues sí, mierda!

—Ella nunca picaría con eso —replicó Junior—, por más de corazón que lo hiciese yo.

—Escúchame bien. Te das la vida padre. Cada año cambias de Jaguar, llevas un Rolex con diamantes; vas a esquiar, de pesca y a las carreras cuando te viene en gana; eso sin contar con lo que te juegas. Pero, como esa jovencita se salga con la suya..., sí, ya puedes fruncir el ceño; como se salga con la suya me parece que, por primera vez en tu vida, tendrás que buscarte un empleo. —Angus trató de calmar su enojo—. No tiene ninguna posibilidad de encontrar pruebas —prosiguió en tono más conciliador—. Y creo que ella lo sabe. Está dando palos de ciego a ver si logra atizar a alguno de nosotros. Esperemos que se le acabe cansando el brazo.

Junior se mordisqueó el labio.

—Probablemente —dijo con expresión taciturna— ella desea tanto que se celebre un juicio como nosotros inaugurar el hipódromo. Sería todo un golpe para ella. La catapultaría en su carrera.

—¡Mierda! —exclamó Angus—. Ya sabes cómo pienso. A su carrera que le den por el culo. El sitio de una mujer no está en la sala de un tribunal.

—¿Dónde, entonces? ¿En la cama?

—Pues no es mal sitio.

Junior rio levemente.

—No seré yo quien te lleve la contraria, pero supongo que hay millones de mujeres que trabajan a quienes eso no les haría ninguna gracia.

—Puede que Alex deje pronto de trabajar. No me sorprendería que se la jugase con esta investigación.

—¿Qué quieres decir?

—Conozco muy bien a Greg Harper. Es ambicioso y ya se ve en el sillón de fiscal general. Le conviene que la gente que trabaja para él resuelva casos. Así que, si no estoy equivocado, está dejando que Alex haga esto porque huele sangre, nuestra sangre. Si nosotros salimos trasquilados a causa de este caso de asesinato, verá su nombre en grandes titulares y su camino expedito frente al gobernador, a quien no profesa un gran amor precisamente. El gobernador se verá lleno de mierda hasta el cuello, y otro tanto la Comisión de Apuestas. Pero, por otro lado, si Alex no encuentra cadáveres bajo nuestra alfombra, Harper tendrá que tragarse su mierda. Pero en lugar de hacer eso, echará a Alex. Y aquí estaremos nosotros con los brazos abiertos para acogerla —concluyó Angus, dando un puñetazo al aire para subrayar sus palabras.

—Pues sí que lo tienes todo claro —dijo Junior escuetamente.

—Ya puedes estar seguro de que sí —repuso Angus con un gruñido—. Mejor será que uno de nosotros dos se concentre en algo más que en lo bien que llena los jerseys.

—Creía que querías que eso lo hiciese yo.

—Tienes que hacer algo más que quedarte mirándola embobado desde lejos. Lo mejor que le podría pasar a Alex es enamorarse.

—¿Y cómo sabes que no está ya enamorada?

—Porque, a diferencia de ti, yo no dejo las cosas al azar. Ya me he preocupado de averiguarlo. He hecho algunas investigaciones.

—¡Qué cabronazo! —exclamó Junior admirativamente.

—Mmmm. Hay que saber qué cartas tiene el otro en la mano, hijo. Si no, llevar triunfos no sirve de nada.

Mientras el fuego crepitaba en la chimenea, Junior repasó mentalmente todo lo que su padre acababa de decir.

—¿Y hasta dónde habría que llevar el amor? ¿Hasta el matrimonio? —preguntó entonces, mirando escrutadoramente a Angus.

Angus le dio a Junior una palmada en la rodilla y rio entre dientes.

—¿Tan malo serías?

—¿Lo aprobarías tú?

—¿Y por qué no?

Junior no secundó la risa de su padre. Se alejó de él y se acercó al fuego, rehuyendo su sonrisa de complicidad. Empezó a atizar los troncos, abstraído.

—Me sorprende —dijo Junior quedamente—. Celina no te parecía la esposa adecuada para mí. Recuerdo el cisco que me armaste cuando te dije que quería casarme con ella.

—¡Es que tenías dieciocho años, hijo! —exclamó Angus—. Y Celina era una viuda con una hija.

—Sí, Alex. Y mira qué guapa está. Hubiese sido mi hijastra.

Angus frunció el ceño. Sus cejas eran como un barómetro de su estado de ánimo. Cuanto más fruncidas, de peor humor estaba.

—Además, había otras razones.

—¿Como cuáles? —preguntó Junior dándose la vuelta.

—De eso hace veinticinco años, y eran otros tiempos, y otra persona. Alex no es como su madre. Es más hermosa, y mucho más inteligente. Sólo con que fueses la mitad de hombre de lo que se supone que eres.... si por una sola vez pensases con la cabeza en lugar de con los pies, te darías cuenta de lo conveniente que sería tenerla de nuestro lado.

Junior enrojeció de rabia.

—¿Crees que soy tonto, o qué? Sólo quería asegurarme antes de empezar unas relaciones que a lo mejor después no aprobabas. Lo creas o no, yo quería a Celina. Y si empiezo a salir con Alex podría perfectamente enamorarme de ella. Pero de verdad. No por ti, ni por la empresa, sino por mí mismo.

Junior se fue de estampida hacia la puerta. Angus lo llamó con brusquedad, y Junior, que ya estaba acostumbrado a ello, se detuvo y giró en redondo.

—Te ha escocido el rapapolvo, ¿eh?

—Sí —repuso Junior irritado—. Soy un hombre y no un crío. No necesito que me des lecciones. Sé cómo tratar a Alex, o a cualquier otra mujer que te pase por la imaginación.

—¿De verdad? —exclamó Angus irónicamente.

—Pues sí.

—¿Entonces cómo es que Alex te ha dejado plantado y se ha ido con Reede?

Desde la planta de arriba Sarah Jo había estado escuchando la áspera conversación. Al oír irrumpir a Junior en el salón y el ruido de los cubitos al caer en el vaso, cerró la puerta de su sanctasanctórum sigilosamente y se apoyó en ella. Suspiró entrecortadamente con desesperación.

Otra vez lo mismo.

No parecía haber manera de escapar a aquella pesadilla. A Junior iban a volver a destrozarle el corazón, y esta vez por causa de la hija de Celina, que se interpondría entre Junior y su padre y su mejor amigo. De nuevo la misma historia. Su casa andaba otra vez revuelta, y todo por esa chica.

Sarah Jo sabía que no iba a poder soportarlo. No. Estaba convencida de que no podría. La primera vez pudo proteger a Junior. Pero ahora no iba a poder.

Y eso le partía el corazón.

15

Ir a un lugar como el Last Chance equivalía a arriesgarse a que la atracasen, la violasen o la asesinasen, o a una combinación de las tres cosas. Eso sin contar con el peligro que suponía ir y volver en el coche. Por suerte, salió indemne, aunque de pésimo humor.

Al llegar a la habitación del motel, Alex colgó su bolso y su chaqueta en el respaldo de la silla, furiosa consigo misma por ir tras algo que parecía un absurdo. Greg Harper se iba a subir por las paredes si se enteraba de lo crédula que había sido. Lo había llamado por la tarde, y no se mostró impresionado por los indicios de que ella le había hablado, hasta el punto de insistir en que volviese a Austin y se olvidase del pasado. Tuvo que recordarle el tiempo que le había concedido.

El descontento de Greg por la falta de resultados fue una de las razones que la indujeron a depositar tantas esperanzas en su clandestino encuentro de esa noche. Greg vería las cosas de otro modo si ella podía presentar un testigo presencial del asesinato.

Se había percatado al instante, nada más dejar el coche en el aparcamiento del bar, de que aquello no era muy prometedor. Al cartel luminoso que anunciaba la entrada del bar le faltaban tres bombillas. Incluso vaciló antes de entrar.

Todas las cabezas se volvieron para mirarla. Una pandilla de malcarados. La desnudaban con los ojos como una manada de coyotes en busca de carne fresca. El aspecto de las mujeres que había era aún peor, y la fulminaban con la belicosa mirada propia de potenciales antagonistas. Estuvo a punto de darse la vuelta y echar a correr, pero al recordar lo que la había llevado hasta allí se armó de valor y se acercó a la barra.

—Vino blanco, por favor.

Se oyeron risitas, pero ella cogió la copa y se dirigió al rincón desde el que le pareció que se dominaba mejor todo el local. Mientras tomaba con timidez un sorbo de vino, fue paseando la mirada por los rostros, tratando de descubrir a cuál pertenecía la voz del teléfono. Y entonces se percató, horrorizada, de que varios hombres habían interpretado su escrutadora mirada como una insinuación. Así que, a partir de ese instante, se limitó a mirar el fondo del vaso de vino, confiando en que su informante se apresuraría a acercarse a ella y a poner fin a la incertidumbre. Pero, por otro lado, temía ese encuentro. Si era cualquiera de los tipos que tenía a la vista, difícilmente podía ser alguien a quien le gustase conocer.

Oía una y otra vez el choque de las bolas de billar. Inhalaba densas nubes de humo, una sobredosis de nicotina, pese a no fumar. Y seguía sin acercársele nadie.

Al fin, un hombre que estaba sentado en la barra al entrar ella, bajó del taburete y se dirigió hacia el rincón donde ella estaba. Se lo tomó con calma, deteniéndose en la máquina de discos, eligiendo unos cuantos y entreteniéndose junto a la mesa de billar para comentarle a uno de los jugadores lo difícil que lo tenía.

Su manera de merodear parecía espontánea y sin propósito concreto, pero no le quitaba ojo a Alex, que se irguió en el asiento al notarlo. Instintivamente, comprendió que acabaría por acercársele.

Y así fue. Apoyó la cadera tras el respaldo del tapizado asiento que quedaba frente a ella, al otro lado de la mesa, y le sonrió a la vez que se llevaba a los labios un botellín de cerveza.

—¿Espera a alguien?

No le sonó como la voz que ella conocía, pero le susurró lo mismo que por teléfono: «Mire, soy...».

—¿Por qué ha tardado tanto en venir? —dijo ella con frialdad.

—Me estaba armando de valor —repuso él, echando otro trago—. Pero ya que estoy aquí..., ¿bailamos?

—¿Bailar?

—Sí, bailar. Ya sabe: pasito adelante, pasito atrás.

Él utilizó el cuello del botellín para levantar el ala de su sombrero tejano y la miró de arriba abajo.

Pero a Alex no le hizo ninguna gracia, y reaccionó con mayor frialdad que antes.

—Creí que lo que quería era hablar —dijo.

Él pareció quedarse perplejo un instante, pero en seguida le dirigió una demorada y astuta sonrisa.

—Podemos hablar todo lo que quiera, guapa —respondió, posando el botellín sobre la mesa y tendiéndole la mano—. Tengo mi furgoneta fuera.

¡No era más que un vaquero ligón! Alex no supo si gritar o echarse a reír. Recogió apresuradamente sus cosas y enfiló la puerta.

—Eh, un momento, ¿adónde va?

Lo dejó a él y a toda la gente del Last Chance con las ganas de saberlo. Y, ahora, mientras paseaba nerviosamente por la raída alfombra de la habitación de su motel se reprochaba haber sido tan imbécil. No se lo iba a poner tan fácil a Reede, o a alguno de los Minton, para que le diesen un puñado de dólares a un vaquero en paro que la hiciese saltar en marcha a la cuneta.

Seguía rumiando, furiosa, sobre todo esto minutos después, cuando sonó el teléfono. Se precipitó sobre el aparato.

—Diga.

—¿Es que se ha creído que estoy loco? —le dijo la ya familiar voz.

—¿Dónde se ha metido? —le gritó ella—. He estado

esperándolo en ese sucio y pringoso asiento durante casi una hora.

—¿Y no se movió el sheriff de allí en todo ese rato?

—Pero ¿de qué habla? Reede no estaba allí.

—Mire, joven, yo sé lo que veo. Llegué justo cuando usted entraba. Reede Lambert la iba siguiendo. Pasó de largo, claro, pero dio la vuelta por detrás. Yo ni siquiera me detuve. No era lo más conveniente que Lambert nos viese juntos.

—¿Que Reede me estaba siguiendo?

—No lo dude. No pensaba en la Ley precisamente al llamarla, y en Lambert menos aún. Les hace la ronda a los Minton. Hice bien en dejar correr el puñetero asunto.

—No, no —se apresuró a decir Alex—. Yo no sabía que Reede estuviese por allí. Nos veremos en otro sitio. La próxima vez me aseguraré de que no me siga.

—Bueno...

—Aunque, si lo que tiene que decirme no es verdaderamente importante...

—Vi quién lo hizo, joven.

—Bien. Entonces, ¿dónde nos vemos?, ¿y cuándo?

Él le dio el nombre de otro bar, que le sonó aún más inmundo que el Last Chance.

—Pero esta vez no entre. Habrá una furgoneta roja aparcada en la parte trasera. Yo estaré dentro.

—Allí estaré, señor... ¿Puede por lo menos decirme su nombre?

—Ni hablar.

Él le colgó y Alex soltó un taco. Saltó de la cama y fue a asomarse a la ventana, después de descorrer las cortinas, estampadas también con otra de esas escenas taurinas que ponen los pelos de punta.

Se sentía como una imbécil, pero vio que el único coche que había cerca de su puerta era el suyo. El familiar Blazer blanco y negro no se veía por parte alguna. Volvió a correr las cortinas, se acercó al teléfono y marcó nerviosamente un número. Estaba tan furiosa por que Reede le hubiese ahuyentado a un testigo presencial, que temblaba.

—Oficina del sheriff, dígame.

—Quiero hablar con el sheriff Lambert.

—Ya no volverá hasta mañana —le dijeron—. ¿Es urgente?

—¿Sabe dónde podría encontrarle?

—En su casa, supongo.

—¿Puede darme su número, por favor?

—No estamos autorizados a darlo.

—Soy la señorita Gaither. Tengo que hablar con el sheriff Lambert esta noche. Es muy importante. En último caso podría localizarlo a través de los Minton, pero no quisiera molestarlos.

Citar nombres importantes obra milagros. En seguida le dieron el número del teléfono. Tenía que parar en seco que el sheriff se permitiese vigilarla. Pero su firmeza se esfumó al oír que contestaba al teléfono una voz de tiple.

—Una mujer que pregunta por ti.

Nora Gail le pasó el teléfono a Reede arqueando sus perfiladas cejas con expresión inquisitiva. Reede había estado alimentando con troncos el fuego de la chimenea al otro lado de la habitación. Se limpió las manos en las culeras de sus tejanos y fingió no reparar en la expresión de Nora al coger el teléfono.

—¿Sí? Aquí Lambert.

—Soy Alex.

Reede le dio la espalda a su invitada.

—¿Y qué quieres?

—Quiero saber por qué has estado siguiéndome esta noche.

—¿Y cómo sabes que te seguía?

—Te... Te he visto.

—No, no me has visto. ¿Qué coño hacías en ese antro?

—Tomar una copa.

—¿Y no había un sitio mejor que el Last Chance? —le preguntó él burlonamente—. Mira, nena, no eres precisamente lo que suele mariposear por allí. Ése es un antro de la peor estofa, donde van tipos de la peor catadura a ligar con casadas insatisfechas. Así que, o has ido a que te echasen un polvo o tenías alguna cita secreta. ¿Cuál de esas cosas?

—He ido por trabajo.

—Así que a ver a alguien, ¿no? ¿A quién? Harías bien en decírmelo porque, quienquiera que fuese, se ha asustado al verme.

—¿Así que reconoces que me seguías?

Reede guardó silencio, sin confirmar ni negar.

—Ésa es una de las muchas cosas de las que tendremos que hablar mañana por la mañana —dijo ella.

—Lo siento. Mañana es mi día libre —repuso él.

—Es importante.

—Lo será para ti.

—¿Dónde vas a estar?

—He dicho que no, señoría.

—Pues aunque no quieras...

—Claro que no quiero, mierda. Mañana no tra-ba-jo.

—Pues yo sí.

Reede soltó un taco y suspiró, exasperado, procurando que ella lo oyese.

—Si no hay hielo, iré a los terrenos de prácticas de los Minton.

—Allí te buscaré.

Él colgó el teléfono sin despedirse. La tenía atrapada y lo sabía. Había notado la entrecortada respiración de Alex, al preguntarle él cómo sabía que la había seguido. Quienquiera que tuviese que verse con ella se había acojonado. ¿Quién? La sola idea lo ponía enfermo.

—¿Quién era? —le preguntó Nora Gail, ajustándose su chaqueta de visón blanco en los hombros.

Llevaba un suéter adornado con pedrería y con un generoso escote que ella llenaba a rebosar. En el nacimiento de sus senos reposaba un medallón con un ópalo grande como un dólar de plata. La cadena de oro de la que pendía la preciosa joya era casi del grosor de un dedo y llevaba engastados espléndidos diamantes. Sacó un cigarrillo de papel negro de su pitillera de dieciocho quilates. Reede cogió el encendedor que hacía juego con la pitillera y le dio fuego. Ella acopló su mano a la de Reede. Los anillos de su mano, cuidada y regordeta, brillaban.

—Gracias, corazón.

—De nada.

Reede dejó el encendedor sobre la mesa de la cocina y volvió a su sillón, frente a ella.

—Era la hija de Celina, ¿no?

—¿Y qué si lo era?

—Ah.

Nora frunció los labios, un encarnado círculo que proyectó humo hacia el techo.

—Debe de estar que trina —dijo Nora, señalando con la punta del cigarrillo la carta que estaba sobre la mesa—. ¿Qué te parece eso?

Reede cogió la carta y volvió a leerla, aunque su contenido ya le había quedado clarísimo. Conminaba a Alexandra Gaither a cesar en su investigación. La carta ponía gran énfasis en hacerla desistir de toda medida encaminada a procesar a Angus Minton, Junior Minton y Reede Lambert, por cualquier supuesto delito.

La carta se deshacía en elogios hacia los mencionados y la firmaba un grupo de ciudadanos preocupados, decía, entre quienes estaba Nora. Expresaban su inquietud, no sólo por sus estimados conciudadanos, que se tenían que ver en tan desagradable tesitura, sino por ellos mismos y por sus intereses comerciales, ante el peligro de que no se concediese la licencia para el hipódromo a causa de la injustificada investigación de la señorita Gaither.

En resumen, la carta la instaba a dejar el asunto de inmediato y a no entorpecer las perspectivas de florecimiento económico que el hipódromo reportaría a la ciudad.

Después de leer la carta por segunda vez, Reede volvió a doblarla y la metió en el sobre. Iba dirigida a Alex, al motel Westerner. No hizo ningún comentario sobre el contenido.

—¿Ha sido idea tuya? —se limitó a preguntar en lugar de ello.

—La recogí de otros.

—Tiene todo el aspecto de ser una de tus ocurrencias.

—Soy una mujer que cuida sus negocios. Ya lo sabes. Los demás creyeron que era una buena idea y de ahí salió. Todos aprobamos la redacción final. Sugerí que tú le echases un vistazo antes de echarla al correo.

—¿Y eso por qué?

—Eres quien más tiempo ha pasado con ella. Pensamos que podrías saber mejor cuál puede ser su reacción al recibirla.

Reede estudió un instante las impasibles facciones de Nora.

Aquella mujer era astuta como una zorra. No se había hecho rica porque sí. A Reede le caía bien, desde siempre. Solía acostarse con ella regularmente, porque a los dos les resultaba agradable. Pero no confiaba en ella.

Dejar que tuviese acceso a demasiada información no sólo habría sido poco ético sino una estupidez. Le sobraban tías como ella y hacía falta algo más que un escote generoso para soltarle la lengua.

—Yo me pregunto lo mismo que tú —dijo Reede, sin comprometerse—. Probablemente no reaccione de ninguna manera.

—¿O sea?

—Pues que dudo que haga la maleta y se vuelva a Austin al leer la carta.

—Que los tiene bien puestos, vaya.

Reede se encogió de hombros.

—Testaruda, ¿eh?

Reede sonrió sarcásticamente.

—Digamos que sí. Un rato terca sí que es.

—Me pica la curiosidad por esta chica.

—¿Por qué?

—Porque cada vez que se menciona su nombre, frunces el ceño; igual que ahora, corazón —dijo Nora, dirigiendo otra bocanada de humo hacia el techo.

—Costumbre mía.

—¿Se parece a su madre?

—No mucho —repuso él escuetamente—. Tiene un cierto aire, nada más.

La sonrisa de Nora era morosa, felina, astuta.

—Te tiene preocupado, ¿eh?

—Coño, claro que me preocupa —espetó él—. Quiere meterme entre rejas. ¿O es que tú no te preocuparías?

—Sólo si fuese culpable.

Reede apretó los dientes.

—Bueno, mira: ya he leído tu carta y te he dado mi opinión. ¿Por qué no te vas a calentar el asiento a otra parte?

Sin inmutarse por su enojo, Nora apagó displicentemente el cigarrillo en el cenicero de cobre y se reacomodó el abrigo de piel a la vez que se levantaba. Recogió la pitillera, el encendedor y el sobre dirigido a Alex, y se lo guardó todo en el bolso.

—Sé por experiencia, señor Reede Lambert, que te gusta que te caliente a ti.

Reede alegró un poco la cara e intentó reír a la vez que le daba una palmadita en el culo a Nora.

—Claro, tonta.

—¿No estás enfadado?

—No, mujer.

De pie allí frente a él, dejó resbalar la mano por su abdomen hasta llegar a sus genitales y palpó su pene, firme aunque no erecto.

—Hace frío esta noche, Reede —dijo ella con la voz sofocada—. ¿Quieres que me quede?

Él negó con la cabeza.

—Convinimos hace mucho tiempo que para poder seguir siendo amigos tendrías que dejar que fuese yo quien tomase la iniciativa.

—¿Y por qué convinimos eso? —dijo con un mohín.

—Porque yo soy el sheriff y tú tienes una casa de putas.

Ella rio, emitiendo un sonido gutural lleno de sensualidad.

—Tienes razón, qué narices; la mejor y más rentable del Estado. Te dejé demasiado bien la otra noche —dijo, tocándolo a través de los tejanos aunque sin ningún resultado.

—Sí, se agradece.

Nora apartó la mano y se dirigió, sonriente, hacia la puerta.

—¿Por qué ibas tan salido? —le preguntó ladeando la cara—. No recuerdo haberte visto igual desde que supiste lo de cierto soldadito de El Paso llamado Gaither.

—No iba salido, simplemente cachondo —dijo Reede con un amenazador fulgor en los ojos.

Ella le dirigió una resabiada sonrisa y le dio una palmadita en su rasposa mejilla.

—Tienes que mentir mejor, Reede, bonito, para que yo me lo trague. Te conozco desde hace demasiado tiempo y demasiado bien —dijo Nora arrastrando las palabras mientras cruzaba la puerta—. Y no seas muy caro de ver, ¿eh, corazón?

16

Ya no neviscaba, pero seguía haciendo mucho frío. Finas capas de hielo se oían crujir bajo las botas de Alex, que iba caminando con sumo cuidado desde donde había dejado aparcado el coche hasta el recinto de prácticas. Un sol espléndido, que hacía varios días que no se había dignado aparecer, la deslumbraba. El cielo tenía una intensa tonalidad azul. Chorros de surtidores, que a lo lejos parecían minúsculos, trazaban arabescos y se entrecruzaban como blancos y líquidos mojones que dividían el rancho de los Minton en prados y cercados.

El terreno que separaba el camino de grava del recinto de prácticas era desigual. Los neumáticos habían dejado a lo largo de los años surcos permanentes en los caminos, y estaba enfangado en todos aquellos puntos en los que el hielo se había rendido a los rayos del sol.

Alex se había puesto unos tejanos y una botas viejas, a tono con la ocasión. Y aunque también llevaba guantes de cabritilla, se acercó las manos a la boca y sopló para darles un poco más de calor. Sacó las gafas de sol del bolsillo del chaquetón y se las puso para protegerse de la deslumbradora luz. Vio a Reede a través de sus oscuros cristales. Estaba de pie en el recinto, cronometrando a los caballos conforme pasaban frente a unos postes colocados cada cien metros.

Se detuvo un momento para observarlo más detenidamente sin que él la advirtiese. En lugar de su enorme chaquetón de piel llevaba un mono de color claro. Tenía apoyado un pie en el travesaño inferior de la cerca, en una postura que permitía ver sus estrechas nalgas y sus largos muslos.

La bota que Alex podía ver desde allí estaba muy raída. Los tejanos estaban limpios, pero los dobladillos se veían deshilachados y descoloridos. Pensó que las braguetas de todos sus tejanos estaban igual de raídas, y le sorprendió haberse fijado en ese detalle.

Reede tenía las muñecas apoyadas en la parte superior de la cerca y las manos le colgaban por el otro lado. Llevaba guantes de piel, los mismos de la otra noche, cuando la atrajo hacia sí y la rodeó con sus brazos mientras ella lloraba. Sentía una extraña y deliciosa sensación al recordar cómo sus manos habían recorrido su espalda, sin más que la bata de franela separándolas de su desnudez. Un cronómetro es lo que tenía ahora en la palma de la mano que se había posado en su cabeza para reclinarla contra su pecho.

Llevaba el sombrero tejano que le había visto la primera vez que se encontraron, ceñido casi hasta las cejas. Su pelo rubio oscuro rozaba el cuello de su camisa. Al ladear él la cabeza, Alex se fijó en los nítidos trazos de su perfil, sin contornos indefinidos. Al respirar, el vaho se condensaba alrededor de aquellos labios que habían besado su pelo húmedo después de que él le contase lo del cuerpo de Celina.

—Dejadlos a su aire —les gritó Reede a los jinetes que adiestraban a los caballos.

Su voz era tan varonil como su complexión y sus facciones. Tanto si daba órdenes como si dejaba caer una insinuación, siempre le provocaba un cosquilleo en la parte baja de su cuerpo.

Los cuatro caballos que allí había empezaron a corretear, levantando con sus pezuñas terrones con hierba que los cuidadores del recinto habían acondicionado por la mañana temprano. Las dilatadas fosas nasales de los caballos soltaban vaharadas.

Los jinetes hicieron que los caballos marchasen entonces al paso y se dirigieron a los establos. Reede le gritó desde lejos a uno de ellos.

—Ginger, ¿qué tal se porta?

—Tengo que retenerlo porque se encabrita.

—Pues afloja un poco. Quiere correr. Dale una vuelta reteniéndolo sólo un poco y luego otra a su aire.

—De acuerdo.

La diminuta amazona, que Alex no había advertido que fuese una jovencita, se tocó la visera de la gorra con la fusta e hincando las rodillas llevó de nuevo a su espléndido caballo al centro del recinto.

—¿Cómo se llama?

Reede volvió la cabeza y enfocó a Alex con los ojos enmarcados por el ala de su sombrero y sus perceptibles patas de gallo.

—¿El caballo? Se llama *Double Time.*

Alex fue hasta donde él se encontraba y apoyó los antebrazos en la cerca.

—¿Es tuyo?

—Sí.

—¿Un campeón?

—Por lo menos para cigarrillos me da.

Alex observó a la amazona montada en la silla.

—Esta chica parece que lo domina —comentó—, tan menuda y con un caballo tan grande.

—Ginger es una de las mejores amazonas de los Minton —dijo él, volviendo a concentrar su atención en el caballo y en la amazona que iban a galope tendido alrededor del recinto—. Hala, hala; así, como todo un campeón.

Reede siguió jaleando a *Double Time* al pasar frente a ellos; una verdadera máquina de músculos bien coordinados, ágiles y poderosos.

—Buen trabajo —le dijo Reede a la amazona al acercarse ésta con el caballo.

—¿Mejor?

—Lo ha rebajado en tres segundos.

Reede le dedicó unas palabras de ánimo al caballo. Le dio una afectuosa palmadita y le habló en un lenguaje que el animal parecía entender. El semental se alejó pimpante, como saludando con la cola y sabiendo que le aguardaba un buen desayuno en el establo por haber trabajado tan bien para su amo.

—Parece que os entendéis estupendamente —comentó Alex.

—Yo estaba aquí el día que su padre cubrió a la yegua, y también cuando nació. Estuvieron a punto de despacharlo.

—¿Y por qué?

—Porque les pareció que se había quedado casi sin oxígeno durante el parto y que eso le afectaría de manera irreversible —dijo moviendo la cabeza, mientras observaba al caballo que se alejaba hacia el establo—. Pero a mí no me lo pareció. Y no me equivoqué. Su linaje es demasiado bueno para que él no lo sea. Nunca me ha decepcionado. Siempre lo da todo, aunque lo superen.

—Así de orgulloso estás tú de él.

—Claro.

Alex no hizo caso de la indiferencia que fingía Reede sobre el tema.

—¿Y siempre les hacen correr así?

—No, hoy les han apretado para ver qué tal corrían compitiendo entre sí. Cuatro días a la semana se los lleva al galope un par de veces alrededor del circuito. Los demás días se los lleva al paso.

Reede se dio entonces la vuelta y se dirigió hacia un caballo ensillado que estaba atado a un poste de la cerca.

—¿Adónde vas? —preguntó Alex.

—A casa —repuso él, montando con la agilidad de un *cow-boy* de rodeo.

—Necesito hablar contigo —gritó Alex consternada.

Él se inclinó y le tendió la mano.

—Sube —le dijo.

Bajo el ala de su sombrero, sus ojos verdes eran todo un reto.

Alex se ajustó las gafas y se acercó al caballo tratando de mostrar una confianza en el salto que no tenía. Se sujetó de la mano de Reede y él la aupó con muy poco esfuerzo. Ella tendría que elegir entre pegarse a sus nalgas o ir detrás de la silla a la grupa del caballo. Esto la desconcertó, pero al picar él de rodillas y avanzar el caballo, Alex se encontró pegada a su espalda. No le quedó más remedio que agarrarse a su cintura. Tuvo buen cuidado en mantener las manos por encima del cinturón. No le resultaba tan fácil controlarse mentalmente, sin dejar de pensar en su raída bragueta.

—¿No tienes frío así? —preguntó él, ladeando la cabeza.

—No —mintió ella.

En el primer momento pensó que aquel mono con las musleras forradas era sólo por fardar. Sólo los había visto en los *westerns* de Clint Eastwood. Pero entonces se percató de que servía para que el jinete no cogiese frío.

—¿A quién fuiste a ver ayer al bar?

—Eso es cosa mía, Reede. ¿Por qué me seguiste?

—Eso es cosa mía.

Así que... empatados. No quiso entrar en la cuestión de momento. Tenía un montón de preguntas que hacerle, pero le era difícil concentrarse, con sus pechos oprimiendo su espalda cada vez que cabeceaba el caballo. Le preguntó lo primero que le pasó por la cabeza.

—¿Cómo es que mi madre y tú os hicisteis tan amigos?

—Crecimos juntos —dijo él evasivamente—. Empezó en la jungla del patio del colegio y siguió al ir haciéndonos mayores.

—¿Y nunca tuvisteis problemas?

—En absoluto. No teníamos secretos el uno para el otro. Incluso jugábamos a médicos.

—¿Yo te enseño lo mío, si tú me enseñas lo tuyo?

Reede sonrió.

—Así que tú también has jugado a médicos, ¿eh?

Alex no mordió el anzuelo, porque se percató de que él quería llevarla a otro terreno.

—Me parece que no tardasteis en dejar de jugar.

—Sí. Dejamos de jugar a médicos, pero hablábamos acerca de todo. Ningún tema era tabú entre Celina y yo.

—Pero eso es más bien la relación que tiene una chica con una amiga.

—En general sí, pero Celina no tenía muchas amigas. Casi todas le tenían celos.

—¿Por qué?

Alex ya conocía la respuesta; antes de que él se encogiese de hombros y rozase sus pechos con sus paletillas. Alex apenas podía hablar. Tuvo que hacer un esfuerzo para preguntar.

—Tú eras la razón, ¿no? ¿Su amistad contigo?

—Puede. Eso y que ella era, con mucha diferencia, la chica más bonita del pueblo. Casi todas las chicas la consideraban una rival, no una amiga —dijo él, previniéndola antes de cruzar una profunda hondonada.

La inercia la hizo bascular hacia delante, apretándola contra él. De manera instintiva ella se aferró a su torso con más fuerza. Él emitió una especie de gruñido.

—¿Qué pasa? —dijo ella.

—Nada.

—Me ha parecido... como si te quejaras.

—Si fueses un hombre y fueras a horcajadas en la silla de un caballo por un desnivel con tus cositas dándose en la perilla, también te quejarías.

—Aaah.

—Hostia —espetó él casi sin aliento.

Hasta que llegaron a terreno plano se hizo entre ellos un embarazoso silencio, solamente roto por el sonido de los cascos del caballo que pisaba con sumo cuidado por el pedregal. Para ocultar su embarazo y protegerse del frío viento, Alex enterró la cara en la franela del cuello de la camisa.

—Así que mi madre te contaba todos sus problemas —dijo.

—Sí. Y cuando no lo hacía y yo sabía que los tenía, era yo quien me acercaba a ella. Un día no vino al colegio. Me preocupó y fui a su casa a la hora del almuerzo. Tu abuela estaba trabajando y Celina estaba sola. Había estado llorando. Yo me asusté y no quise marcharme hasta que me contase lo que le pasaba.

—¿Y qué le pasaba?

—Le había venido la regla por primera vez.

—Vaya.

—Deduje que la señora Graham le había hecho avergonzarse de ello. Le contó toda suerte de horrores sobre la maldición de Eva.... chorradas de ésas —dijo Reede con tono desdeñoso—. ¿También contigo hizo lo mismo?

Alex negó con la cabeza, pero sin separarla de la protección del cuello, cálido y que olía a él.

—Tanto como eso no. Puede que la abuela Graham se hubiese cultivado un poco más al llegar yo a la pubertad.

Hasta que Reede tiró de las riendas y desmontó, no se percató Alex de que habían llegado frente a una casita de madera.

—¿Y cómo quedó lo de mi madre?

—La consolé y le dije que aquello era normal, nada de lo que tuviese que avergonzarse, y que se había convertido oficialmente en una mujer —explicó él mientras sujetaba el caballo a un poste.

—¿Y eso la alivió?

—Supongo. Porque dejó de llorar y...

—¿Y...? —inquirió Alex, instándole a continuar, segura de que omitía la parte más importante de la historia.

—Nada. Pasa la pierna por aquí —dijo él acercándose para ayudarla a desmontar, sujetándola por la cintura con sus fuertes y firmes manos hasta depositarla en el suelo.

—¿Seguro que nada más, Reede?

Ella se asió a las mangas del chaquetón de Reede, cuyos labios dibujaron unas líneas tan tenues como firmes; unos labios agrietados y sumamente varoniles. Recordó la fotografía del periódico en la que aparecía besando a Celina cuando la coronó reina de las fiestas. Al igual que antes, sentía su abdomen dilatarse y retraerse en una gran oleada.

—¿La besaste, no?

Él se encogió de hombros con cierta incomodidad.

—Ya la había besado antes.

—Pero aquél fue el primer auténtico beso, ¿verdad?

Él se apartó de ella, y tras cruzar el porche, abrió la puerta.

—Si quieres, puedes entrar —le dijo, ladeando la cara—. Lo que prefieras.

Reede desapareció en el interior, dejando la puerta abierta. Descorazonada pero curiosa, Alex entró. La puerta daba directamente a la salita. Tras una arcada de la izquierda pudo ver el espacio que hacía las veces de comedor y de cocina. El pasillo que se veía al otro lado conducía probablemente al dormitorio, en el que se oía deambular a Reede. Alex cerró la puerta con talante abstraído, se quitó las gafas y los guantes y echó un vistazo a la casa, que tenía el sello del solterón. Los muebles estaban dispuestos buscando comodidad y funcionalidad, sin el menor atisbo de ser todo decorativo. Él había dejado el sombrero sobre la mesa y el chaquetón y los guantes encima de una silla. Casi todo estaba bastante decente, pero las estanterías de la librería estaban muy desordenadas, como si para Reede poner un poco de orden en el resto del lugar consistiese en amontonarlo todo en los estantes. Había telarañas en los rincones del techo, que atrapaban la luz que penetraba por las polvorientas persianas graduables.

Reede la sorprendió mirando uno de los rincones, lleno de telarañas, al reaparecer con unas gafas de aviador.

—Lupe me envía a una de sus sobrinas de vez en cuando. Debe de tocarle un día de éstos —dijo a modo de explicación, más que de justificación o excusa—. ¿Quieres café?

—Sí.

Reede fue a la cocina. Alex continuó merodeando por la habitación para activar la circulación en sus pies, que se le habían quedado helados. Se fijó en un voluminoso trofeo colocado en uno de los estantes de la librería. «Al Mejor Jugador», decía la inscripción bajo la que se leía el nombre de Reede y una fecha.

—¿Está bien así? —preguntó Reede detrás de ella.

Al volver la cabeza, Alex se lo encontró tendiéndole un tazón de café. Había recordado que le gustaba con un poco de leche.

—Estupendo, gracias. El año de tu debut con el primer equipo, ¿verdad? —dijo Alex, señalando con la cabeza hacia el trofeo.

—Mmmmm.

—Estarás orgulloso, ¿eh?

—Supongo que sí.

Alex había notado que Reede recurría a muletillas como ésa cuando quería evitar que la conversación fuese por donde él no deseaba. En todo lo demás, sin embargo, Reede continuaba siendo un enigma.

—¿Quieres decir que no estás seguro de que fuese para enorgullecerse?

Reede se dejó caer en un sillón y extendió las piernas cuan largas eran.

—Pensaba entonces, y sigo pensándolo ahora, que tenía detrás un buen equipo. Los demás jugadores eran tan buenos como yo.

—¿También Junior?

—Sí, él era parte del equipo, claro —repuso, poniéndose perceptiblemente a la defensiva.

—Pero tú ganaste el premio y Junior no.

—¿Y tiene eso alguna importancia? —dijo él, mirándola con un fulgor de contenida irritación en los ojos.

—No lo sé. ¿La tuvo? Reede rio con desdén.

—Deja de jugar a detectives conmigo y di lo que te ronda por la cabeza.

—Muy bien —repuso ella, apoyándose en el tapizado brazo del sofá y observando a Reede detenidamente—. ¿Sintió envidia Junior?

—Pregúntaselo a él.

—A lo mejor lo hago. También le preguntaré a Angus si a él le importó.

—No había nadie que se sintiese más orgullo que Angus la noche del banquete que se dio para la entrega de los premios.

El rostro de Reede mostró una expresión glacial.

—Eres muy retorcida, ¿sabes?

—No dudo que Angus estuviese orgulloso de ti, y contento por ti, pero no pretenderás que crea que no hubiese preferido que fuese su hijo quien ganase el trofeo.

—Cree lo que te dé la puñetera gana. A mí me tiene sin cuidado.

Reede vació el tazón de café en un par de tragos, lo dejó luego sobre una mesita que utilizaba para tomar el café y se levantó.

—¿Lista?

Alex posó su tazón en la mesita pero no hizo ademán de moverse.

—¿Por qué eres tan susceptible con esto?

—No es que sea susceptible, es que es un tema que me aburre —dijo, inclinándose de manera que su cara quedó cerca de la de ella—. Ese trofeo tiene veinticinco años, no es más que un deslustrado trozo de chatarra que sólo sirve para acumular polvo.

—¿Entonces por qué lo has conservado durante todos estos años?

—Mira, ya no significa nada —respondió él, pasándose los dedos por el pelo.

—Pero lo significó.

—Más bien poco. No lo bastante para conseguir la beca que yo esperaba para entrar en la facultad.

—¿Y qué hiciste?

—Ingresé de todas maneras.

—¿Cómo?

—Con un préstamo.

—¿Con un préstamo del Ministerio?

—No, particular —repuso él evasivamente.

—¿Y quién te prestó el dinero? ¿Angus?

—¿Y qué? Le devolví hasta el último céntimo.

—¿Trabajando para él?

—Hasta que dejé Empresas Minton.

—¿Y por qué lo dejaste?

—Porque una vez devuelto el dinero, tenía otros planes.

—¿Nada más salir de la facultad?

Reede negó con la cabeza.

—Después de dejar la Fuerza Aérea.

—¿Estuviste en la Fuerza Aérea?

—A la vez que asistía a la facultad estuve cuatro años yendo a la escuela de oficiales y luego pasé el servicio activo al graduarme. Durante seis años mis huesos castañetearon al son de la patria. Dos de esos años los pasé bombardeando Vietnam.

Alex no sabía que él hubiese estado en la guerra, pero debió haberlo imaginado. Estaba en edad de ser reclutado durante el conflicto.

—¿También Junior estuvo en la guerra?

—¿Junior en la guerra? ¿Te lo imaginas? —exclamó Reede con una bronca risa—. No, no fue. Angus tiró de algunos hilos y se quedó entre los reservistas.

—¿Y por qué no hiciste tú lo mismo?

—Pues porque no quise. Quería combatir con la Fuerza Aérea.

—¿Aprender a volar?

—Yo ya sabía volar. Me saqué el título de piloto antes que el carné de conducir.

Alex lo observó unos instantes. Todos aquellos datos le llegaban de una manera demasiado rápida para asimilarlos.

—Eres toda una caja de sorpresas esta mañana. No sabía que supieses volar.

—¿Y por qué habría usted de saberlo, señoría?

—¿Por qué no tienes por aquí ninguna fotografía de uniforme? —preguntó ella, señalando la estantería.

—No me gustaba nada lo que hice allí. Nada de recuerdos de guerra, gracias.

Reede se hizo hacia atrás, irguiéndose en el sillón, se levantó y fue a recoger el sombrero, los guantes y el chaquetón. Luego se dirigió a la puerta de la entrada y la abrió de mala gana.

Alex siguió donde estaba.

—Tú y Junior debisteis de echaros de menos durante aquellos seis años.

—¿En qué sentido? ¿Es que éramos novios, o qué?

—No, hombre —dijo ella impacientándose—. Lo que quiero decir es que sois dos buenos amigos que, hasta aquel momento, habíais pasado mucho tiempo juntos.

Reede cerró la puerta de un portazo y volvió a dejar las prendas donde las había cogido.

—Para entonces ya nos habíamos acostumbrado a no estar juntos.

—Pero pasasteis cuatro años juntos en la facultad —respondió ella.

—No, qué va. Estuvimos juntos en el Politécnico de Texas, pero al casarse...

—¿Casarse?

—Otra sorpresa, ¿eh? —exclamó él en tono burlón—. ¿No lo sabías? Junior se casó semanas después de que dejásemos el instituto.

No, Alex no lo sabía. No había caído en que Junior se había casado recién salido del instituto y, por lo tanto, poco después del asesinato de Celina. Que hubiese transcurrido tan poco tiempo entre ambos hechos le pareció extraño.

—Así que durante mucho tiempo Junior y tú no debisteis de veros con frecuencia.

—En efecto —repuso Reede con su habitual laconismo.

—¿Tuvo algo que ver en eso la muerte de mi madre?

—Puede. No hablamos..., no podíamos hablar del asunto.

—¿Por qué?

—Era demasiado duro. ¿Por qué, si no?

—¿Y por qué había de resultarte duro estar con Junior y hablar de la muerte de Celina?

—Porque siempre fuimos un trío. Y, de pronto, faltó uno de nosotros. No nos parecía bien seguir juntos.

Alex se preguntó si sería conveniente seguir presionándolo de aquella manera, pero decidió correr el riesgo.

—Sí, seríais un trío, pero si había alguien prescindible, ése debía ser Junior y no Celina. ¿No te parece? Tú y ella formabais un dúo inseparable antes de que formaseis un trío inseparable.

—Le buscas demasiado la vuelta a mi vida —respondió él con acritud—. No sabes un carajo sobre mi vida ni sobre mí.

—No hay por qué sulfurarse por eso, Reede.

—¿Ah, no? ¿No hay por qué sulfurarse? Quieres resucitar todo el pasado, desde el primer verdadero beso hasta este jodido trofeo de rugby que no vale una mierda, ¡y quieres que no me sulfure!

—A la mayoría de la gente le gusta recordar.

—Pues a mí no. El pasado pasado está.

—¿Porque te resulta doloroso?

—En parte sí.

—¿Te resulta doloroso recordar la primera vez que besaste a mi madre de verdad?

Reede se acercó al sofá y llevó sus manos a los muslos de Alex, sujetándolos con firmeza. Su voz irritada dejó entonces paso a un suave tono.

—Está claro que ese beso te intriga, ¿eh, señoría?

La desarmó. No supo qué decir.

—Bueno, si tan interesada estás en saber cómo beso, quizá te convenga tener información de primera mano.

Reede deslizó las manos por debajo del chaquetón de Alex y las entrelazó a su espalda. Con un rápido movimiento la aupó, y ella se encontró contra su pecho, jadeando quedamente antes de que él se inclinase para besarla.

En el primer instante, se quedó tan pasmada que no se movió. Pero, al reaccionar, puso ambos puños firmemente en el pecho de Reede. Trató de apartar la cabeza, pero él la cogió de la barbilla con una mano, inmovilizándola. Los labios de Reede abrieron expertamente los suyos y luego él introdujo la lengua en su boca. La besó con fruición, recorriendo toda su boca con la lengua y jugueteando con la punta. Reede tenía los labios agrietados; notó su aspereza y el estremecedor contraste de su jugosa lengua.

Ella podía haber dejado escapar un anhelante y quedo susurro. Su cuerpo podía haberse plegado a su deseo. Y él podía haber emitido un leve y ansioso susurro. Y también podía haberlo imaginado todo. Pero no. No había imaginado el hormigueo entre sus muslos, el endurecimiento de sus pezones o el ardor de su entrepierna, que se derretía como mantequilla. No había imaginado el maravilloso sabor de su boca ni el aroma, de viento y sol, que impregnaba su pelo y sus ropas.

Reede alzó la cabeza y miró a los perplejos ojos de Alex. Los de Reede reflejaban su desconcierto. La sonrisa que asomaba de la comisura de sus labios era sarcástica.

—Así no te sentirás defraudada —murmuró él.

Reede cubrió con una serie de rápidos besos los húmedos labios de Alex y luego deslizó su lengua de nuevo entre ellos, jugueteando con su lengua en las comisuras. La sugerente caricia transmitió a su cuerpo un estremecimiento que la hizo ir abandonándose. Él llevó las manos a sus nalgas y las deslizó por sus caderas, por sus costados, hasta sus pechos, acariciándoselos y provocando en ella el deseo de que le acariciase los pezones. Pero, en lugar de ello, él deslizó de nuevo las manos hasta sus nalgas y la atrajo hacia sí, empezando a acompasar el movimiento de sus labios con el de sus caderas, acrecentando el deseo de plenitud de Alex y disminuyendo su resistencia. Pero, antes de que ella pudiese abandonarse del todo a la deliciosa debilidad que la embargaba, él la soltó de pronto, pero sin despegar su mejilla del rostro de Alex.

—¿Quieres saber lo que suelo hacer después? —le susurró. Alex dio un paso atrás, mortificada por verse tan cerca de la capitulación. Hizo un gesto con el dorso de la mano, como limpiándose sus besos.

—Pues, mira, no —repuso ella secamente.

Reede se puso las gafas de sol y el sombrero, calándoselo hasta las cejas.

—En adelante, señoría, te sugiero que reserves tus interrogatorios para la sala del tribunal. Es mucho más seguro.

El Derrick Lounge era mucho peor que el Last Chance. Alex se acercó al local por la parte delantera, y al rodear el edificio vio en la parte de atrás un desvencijado y oxidado coche rojo aparcado. Respiró aliviada. Ya había decidido mentalmente que, si al llegar no estaba su testigo presencial, no iba a quedarse allí aguardándolo.

Al salir del motel Westerner se había asegurado de que nadie la siguiese. Se sentía ridícula jugando así al escondite, pero estaba dispuesta a hacer lo que fuese para hablar con ese tipo que decía haber sido testigo presencial del asesinato de su madre. Si de aquella entrevista no salía más que un gamberro telefónico en busca de nuevas emociones, sería la guinda para coronar ese horrible día.

Acababa de darse la más larga cabalgada de la historia desde casa de Reede, de vuelta con él al recinto de prácticas de los Minton, donde Alex había dejado su coche aparcado.

—Que tenga usted un buen día —le había dicho Reede burlonamente cuando ella desmontó.

—Vete a hacer puñetas —le había contestado ella airadamente.

Había oído a Reede reír entre dientes mientras caracoleaba con su caballo junto a ella.

—Arrogante hijo de puta —murmuró Alex para sus adentros al bajar de su coche y dirigirse hacia el coche rojo. Pudo ver al conductor al volante, y aunque se alegró de que estuviese allí, se preguntó cómo se sentiría si acusaba a Reede de ser el asesino de su madre. Una posibilidad inquietante.

Se acercó al coche por detrás —una furgoneta, en realidad— pisando ruidosamente sobre la gravilla. El Derrick Lounge no se había gastado ni un centavo en iluminación exterior, y todo el contorno del edificio estaba oscuro. No había otros vehículos aparcados junto a la furgoneta roja.

Tuvo un momento de vacilación al alargar la mano hacia la manecilla de la puerta, pero se sobrepuso a su inquietud y abrió, subió, se sentó en el asiento contiguo al del conductor y cerró la puerta.

Su supuesto testigo presencial era un tipo feo y menudo. Tenía los pómulos, tras los que se abrían los profundos cráteres de las cuencas de sus ojos prominentes, como los de los indios. Iba desaseado y olía como si no tuviese costumbre de ducharse a menudo. Era un hombre flaco, apergaminado y entrecano.

Y estaba muerto.

17

Al percatarse de cuál era el motivo de que aquel hombre la mirase con una vacua fijeza, con los ojos vidriosos y como sorprendidos, Alex intentó gritar, pero no pudo; como si su lengua se hubiese hecho de trapo. Palpando a su espalda trató de abrir la puerta. Pero se le resistió tercamente.

Tras un frenético forcejeo con la manecilla, empujó con el hombro y la puerta se abrió entonces tan súbitamente que Alex estuvo a punto de caer al suelo. En su apresuramiento por alejarse del cadáver, trastabilló, torciéndose el pulgar del pie derecho, y cayó de bruces sobre la gravilla, protegiéndose con las palmas de las manos, pero arañándose las rodillas.

Gritó, de dolor y de pánico, y trató de levantarse. Allí echada de bruces en la oscuridad se vio de pronto cegada por los faros de un vehículo y aturdida por el hiriente sonido de una sirena.

Se protegió los ojos con una mano. Tras la deslumbrante luz pudo ver la silueta de un hombre que se acercaba a ella. Y antes de que le diese tiempo a correr o a gritar, oyó su voz.

—Tú por aquí, ¿eh?

—¡Reede! —exclamó Alex entre aliviada y aterrorizada.

—¿Qué coño haces tú aquí?

Su pregunta no le pareció muy considerada dadas las circunstancias.

—Yo podría preguntar lo mismo —dijo, furiosa—. Ese hombre... —añadió, señalando con su tembloroso índice hacia la furgoneta—, ese hombre está muerto.

—Sí, ya lo sé.

—¿Que ya lo sabes?

—Se llama..., es decir, se llamaba Pasty Hickam; un peón del rancho que trabajaba para Angus —repuso él, mirando a través del parabrisas plagado de mosquitos estrellados—. Dios, vaya carnicería —añadió, moviendo la cabeza.

—¿Es eso todo lo que se te ocurre decir?

Reede ladeó la cabeza para mirarla.

—No. Se me ocurre decir también que la única razón por la que no te llevo detenida como sospechosa de asesinato es porque, quienquiera que fuese el que me ha llamado por teléfono para decirme que *El Pega* estaba sentado en su furgoneta, degollado, no ha dicho que hubiese ninguna tía con él.

—¿Te han llamado?

—En efecto. ¿Tienes idea de quién ha podido ser?

—Supongo que alguien que sabría que iba a encontrarme con él —gritó desde el suelo Alex.

Ya algo más calmada, su cerebro empezó a organizar sus ideas.

—¿Y cómo es que has llegado tan pronto?

—¿Crees que he sido yo quien le ha salido al paso y lo ha degollado? —preguntó él, riendo burlón.

—Es una posibilidad.

Sin dejar de mirarla, Reede llamó a uno de sus agentes. Alex no se había percatado hasta ese momento de que había alguien más con él. Se percató también de otro par de cosas: del sonido de una sirena que se acercaba y de la aparición de un grupo de curiosos, clientes del bar, que acababan de salir por la puerta para ver qué era lo que provocaba tanto alboroto.

—Acompáñela a su motel —le dijo Reede secamente al agente—. Y asegúrese de que entra en su habitación.

—Comprendido, sheriff.

—No la pierda de vista hasta que amanezca. Asegúrese de que no se mueve del motel.

Alex y el sheriff Lambert intercambiaron una mirada de hostilidad, antes de que ella dejase que el agente la acompañase hasta su coche.

—¿Sheriff?

El agente llamó medrosamente a la puerta antes de atreverse a entrar. Aquella mañana el sheriff estaba de un humor de perros, a decir de todos en la oficina, y no sólo por la muerte de Pasty Hickam la noche anterior. Todos se andaban con pies de plomo.

—¿Qué pasa?

—Tiene que firmarme unos papeles.

—Acércamelos.

Reede, sentado en la silla giratoria tras la mesa de su despacho, alargó la mano para coger los documentos y las cartas que le tendía el agente y los firmó.

—¿Cómo está Ruby Faye esta mañana?

Al ir a buscar a la amiguita de Pasty a su remolque, para interrogarla, la habían encontrado apaleada como un perro. Antes de perder el conocimiento dijo que había sido el cabrón de su marido.

—Lyle hizo con ella un trabajito casi tan bueno como con Pasty. Tendrá que estar en el hospital por lo menos una semana. A sus críos se los han llevado a casa de su madre.

El talante de Reede se hizo aún más hosco. No podía soportar a los tipos que abusaban de su fuerza física con las mujeres, con provocación o sin ella. Había recibido demasiados golpes de su padre, y la violencia familiar le revolvía el estómago.

—¿Alguna información acerca del sospechoso? —le preguntó Reede al agente, devolviéndole todo lo firmado.

—No, señor. Se lo comunicaré si hay alguna novedad. Me dijo usted que le recordase que esta tarde tiene que ir al juzgado a declarar ante el juez Wallace.

—Mierda. Lo había olvidado. Gracias.

El agente se retiró satisfecho de su reconocimiento, aunque mentalmente Reede ya lo había despachado antes de que se diese la vuelta. Era incapaz de concentrarse durante más de dos segundos seguidos esa mañana. La imagen de Alex no dejaba lugar a nada más.

Jurando a fondo por lo bajo, Reede dejó su silla y se acercó a la ventana. Hacía un día espléndido. Y recordó el día anterior, cuando la aupó a la grupa de su caballo y los rayos del sol dieron a su pelo un encendido color caoba rojizo.

En eso tenía que haber pensado en lugar de hablar de aquel trofeo de fútbol; qué cosa más estúpida. ¿Por qué coño lo había conservado durante todos aquellos años? Cada vez que lo miraba se sentía interiormente tan desgarrado como la noche que se lo entregaron, con su entusiasmo empañado por el hecho de que Junior no hubiese conseguido otro. Por estúpido que pareciese, había sentido el impulso de excusarse con Angus y con Junior por haber ganado el premio. Lo había merecido, porque era el mejor jugador, pero ganar, pasando por encima de Junior, empañaba su éxito.

Alex lo había adivinado. Era lista, desde luego. Pero no era tan fuerte como pretendía aparentar. Se le había metido el miedo en el cuerpo la noche anterior, y con razón. Pasty no había estado nunca de muy buen ver, pero muerto, con la sangre coagulándose sobre su chaleco, su aspecto era aún más horrible.

Puede que hubiese sido mejor para Alex verlo. Puede que así no sintiese tantos deseos de desvelar lo que no le concernía. Puede que el sórdido asesinato de Pasty la asustase y la hiciese desistir de indagar en el de Celina. Puede que dejase Purcell y no volviese nunca. Era una posibilidad que debía haberle alegrado. Pero no le alegraba. Por el contrario, hacía que se sintiese aún más furioso con ella y consigo mismo.

Besarla había sido una torpeza. Había permitido que ella lo provocase y no había sabido conservar la calma. Había perdido el control de sí mismo. La excusa aliviaba su conciencia, lo justo para digerir lo sucedido. Pero, por otro lado, se daba a los demonios porque Alex había logrado desquiciarlo. Sólo otra persona lo había conseguido: Celina.

Se preguntaba cómo se le habría ocurrido a aquella mala bruja de Alex sacar el tema del beso. No había pensado en ello durante años y, de pronto, lo había visto revivir en su mente: fue un caluroso día de septiembre, cuando fue a ver cómo estaba Celina, que aquel día había faltado a clase. El viejo acondicionador de aire instalado en la ventana había estado funcionando para refrigerar aquel horno de casa sin mucho éxito. Se respiraba un aire caliente y húmedo.

El talante de Celina no era el habitual. Le hizo entrar, pero se la notaba cohibida, como si el primer rito de su iniciación como mujer tuviese que despojarla de su vivacidad. Tenía los ojos hinchados de tanto llorar. Y Reede se asustó, pensando que algo terrible debía de haberle sucedido.

Al contarle ella lo del período, sintió tal alivio que le entraron ganas de echarse a reír. Pero no lo hizo. La ausente expresión del rostro de Celina no invitaba a banalizar la situación. La había abrazado con ternura, acariciando su pelo y asegurándole que aquello era algo maravilloso y no algo de lo que tuviese que avergonzarse. Necesitaba consuelo; lo había rodeado por la cintura con sus brazos, apoyando su cara en el pecho de él.

Durante un rato permanecieron así, abrazados, como tantas otras veces cuando creían enfrentarse ellos solos contra el mundo. Pero él sintió la necesidad de solemnizar el acontecimiento, dar patente oficial a su despedida de la niñez.

Primero la había besado en la mejilla, húmeda y salada a causa de las lágrimas. Luego dejó resbalar sus labios hasta que ella contuvo la respiración y él oprimió firmemente sus labios con los suyos. Fue un beso enardecido pero casto.

Había besado a otras chicas dándoles la lengua. Las hermanas Gail ya eran muy expertas y aficionadas a compartir su experiencia con él. Por lo menos una vez a la semana se encontraba con las tres en un barracón militar abandonado y las besaba por turno, les tocaba los pechos y deslizaba su mano bajo sus pantis para palpar el vello de su pubis. Se peleaban para ver cuál de ellas le bajaba los pantalones y se la tocaba.

Aquellos dulces y sórdidos episodios le hacían soportable la vida con su padre. Eran, además, el único secreto que tenía para con Celina. Lo que hacía con las hermanas Gail probablemente la habría escandalizado de haberlo sabido.

Claro que también podía haberla excitado. Pero, por si acaso, era mejor que no supiese lo que hacían en aquel condenado lugar.

Al notar el contacto de la boca de Celina en la suya y oír el quedo gemido que escapaba de su garganta, deseó besarla de verdad, de aquella manera tan deliciosa, excitante y prohibida. Incapaz de resistir la tentación, sus sentidos se impusieron a su razón.

Apenas había tocado la comisura de sus labios con la punta de su lengua cuando los de Celina se abrieron. Con el corazón latiéndole con fuerza y la sangre hirviéndole, la atrajo aún más hacia sí y deslizó su lengua en su boca. Como ella no se opuso, siguió besándola. Celina se aferraba a su cintura. Sus pequeños y enhiestos pechos ardían como ascuas al oprimirlos con su cuerpo.

Dios, creyó morir de placer. Fue algo indescriptible, una experiencia que arrullaba su alma de adolescente. Había sentido vibrar su cuerpo con una energía incontenible. Habría querido seguir besando a Celina Graham eternamente. Pero cuando su pene se irguió, con tal fuerza que empezó a embestirla por la entrepierna, la apartó de sí y empezó a deshacerse en excusas.

Celina se lo quedó mirando con fijeza durante varios segundos, con los ojos muy abiertos y sin respirar. Luego se echó en sus brazos y con los suyos rodeó su cuello y le dijo que estaba muy contenta de que la hubiese besado de aquella manera. Que lo amaba. Y también él la amaba. Algún día se casarían y nada se interpondría jamás entre los dos.

Reede se frotó los ojos. Estaba cansado. Se acercó de nuevo a su mesa y se dejó caer en su desvencijada silla. Se había enfurecido con Alex por traerle recuerdos que durante años se había esforzado por no revivir.

Besándola no había pretendido más que castigarla e insultarla. Pero no había contado con que pudiese sentir una sensación tan agradable con ella entre sus brazos: el suave tacto de sus prendas y de su piel, la misma suavidad que aún notaba en su lengua, la de sus pletóricos pechos entre sus manos.

Ni por asomo había contado con que pudiera sentirse tan embarazosa e instantáneamente excitado por la hija de Celina. Mucho más de lo que le habían excitado nunca las hermanas Gail; más de lo que nadie le había excitado. Y aún seguía excitado.

Ésta era una de las razones que hacían que su impetuosa aproximación lo hubiese enfurecido con ella y consigo mismo. Alex Gaither, la mujer a la que el día anterior había besado como un loco, le acusaba nada menos que de dos asesinatos, del de Celina y del de Pasty. Y aunque no pudiese fundamentar ninguna de las dos acusaciones, sí podía desbaratar sus planes para el futuro.

Y Reede estaba tan cerca de alcanzar sus sueños; a punto de convertirse en aquello para lo que había trabajado tanto durante toda su vida. Alex podía complicárselo todo terriblemente. Ni siquiera tenía que acusarlo a él directamente. Bastaba con que procesase a cualquiera de los tres para que sus proyectos se esfumasen. Era para estrangularla.

Pero cuando pensaba en volver a ponerle las manos encima, no era precisamente para estrangularla.

—Me han dicho que estabas en tu despacho.

—¿Y no te han dicho que dentro de unos minutos tengo que estar en el juzgado y que, hasta entonces, estoy demasiado ocupado para ver a nadie?

—Algo de eso han dicho —repuso Alex, irrumpiendo en el despacho de Reede y cerrando la puerta tras de sí.

—¿Y por qué crees que tú eres una excepción?

—Pensaba que quizá querrías hacerme algunas preguntas acerca del hombre que asesinaron.

—No eres sospechosa. Sólo que estabas donde no debías en el momento más inoportuno; una mala costumbre tuya.

—¿Así que no crees que yo tenga relación alguna con este asesinato?

—No, pero, claro está, tú sí lo crees —respondió Reede levantando los pies y apoyándolos en un ángulo de la mesa—. Cuenta, cuenta —añadió, entrelazando las manos detrás de la nuca y apoyando en ellas la cabeza.

—Me parece que ya lo sabes. Pasty Hickam presenció el asesinato de Celina.

—¿Y tú cómo lo sabes?

—Me lo dijo por teléfono.

—Mentía más que hablaba. Pregúntale a cualquiera.

—Yo le creí. Se le notaba nervioso y muy asustado. Concertamos una cita en el Last Chance, pero al ver que me seguías se asustó.

—¿Y esto me convierte en el asesino de Celina?

—O en alguien que trata de encubrir al asesino.

—Déjame que te diga por qué te equivocas —dijo Reede retirando los pies de la mesa y apoyándolos en el suelo—. Angus echó a Pasty el otro día. Quería vengarse, algo que no creo que te sea difícil entender, señoría. Urdió una patraña que a ti te convino creer, porque hasta el momento, tu investigación no ha logrado ni el menor rastro de prueba. Crees que ambos asesinatos están relacionados, ¿verdad? Pues no. Piénsalo bien. El asesinato de anoche no encaja en el asunto de Celina. El tipo que degolló a Pasty descubrió que Pasty se tiraba a su esposa mientras él se mataba a trabajar en la planta de potasa de Carlsbad. Vamos a acusarlo formalmente de asesinato.

Sonaba tan verosímil que Alex esquivó la directa mirada de Reede.

—¿Y no es posible que, además, ese peón presenciase el asesinato de mi madre? ¿No hizo nada hasta ahora por miedo a perder el empleo o, simplemente, porque no había nadie que estuviese investigando el caso? Lo mataron antes de que pudiese identificar al asesino. Me ha dado por creer eso, ¿sabes?

—Como te plazca. Pero dedícate a perder tu tiempo y no me hagas perder el mío.

Reede hizo ademán de levantarse pero ella lo atajó.

—Eso no es todo —dijo Alex.

Reede volvió a recostarse en el respaldo con expresión resignada. Ella sacó entonces un sobre del bolso y se lo tendió.

—Esta mañana he recibido esto por correo, en el motel.

Reede le echó un rápido vistazo a la carta y se la devolvió.

—No parece preocuparte mucho, sheriff Lambert —dijo ella mirándolo perpleja.

—Ya la he leído.

—¿Qué? ¿Cuándo?

—Anteayer, si no recuerdo mal.

—¿Y dejaste que la enviasen?

—¿Por qué no? No contiene obscenidades. Apostaría a que hasta el jefe de Correos convendría en que se ciñe al reglamento postal. Debidamente franqueada. Que yo vea no es una carta ilegal, señoría.

Alex sintió el impulso de abalanzarse sobre la mesa y abofetearlo para atajar esa burlona sonrisa. Tuvo que cerrar el puño para contenerse.

—¿Y también has leído entre líneas? La gente que la firma, los... —dijo haciendo una pausa para contar las firmas—, los catorce, amenazan con echarme de la ciudad.

—Qué va, señorita Gaither —repuso él fingiendo incredulidad—. Te has puesto histérica por lo de Pasty. Esta carta no hace más que poner de manifiesto lo que he venido diciéndote. Angus y Junior Minton significan mucho para esta ciudad. Y también significa mucho el hipódromo. La gente se revuelve antes si le tocas la cuenta bancaria que si le tocas los huevos. Has puesto en peligro inversiones importantes. ¿Esperabas que la gente se cruzase de brazos viendo como todos sus sueños se venían abajo por tu caprichoso deseo de venganza?

—No estoy actuando por deseos de venganza. Llevo a cabo una legítima investigación, que hace tiempo que debería haberse reabierto, para subsanar un grave error de la justicia.

—Olvídame.

—El fiscal del condado de Travis me ha autorizado a investigar. Reede la miró de hito en hito.

—¿A cambio de qué? —le espetó en tono deliberadamente insultante.

—Ah. Muy bien. Bravo. Muy profesional, sheriff. Cuando te quedas sin municiones recurres a apedrear mujeres con tu asqueroso sexismo.

Con ademanes desdeñosos y airados, Alex volvió a meter la carta en el sobre y se la guardó de nuevo en el bolso, sujetando con firmeza el cierre.

—No voy a explicarte mis razones. Pero fíjate bien en lo que te digo: no descansaré hasta que pueda sacar conclusiones razonables acerca del asesinato de mi madre.

—Pues muy bien. Y no te preocupes, que no te van a asaltar por la calle —le dijo Reede con tono de fastidio—. Como ya te he contado, el asesinato de Pasty no tiene nada que ver contigo. Las personas que firman esta carta son gente importante de la ciudad, banqueros, comerciantes, profesionales. No es la clase de gente que te asalta en un callejón. Aunque —prosiguió Reede— te recomiendo que dejes de rondar por putiferios como los de las dos noches pasadas. Si lo necesitas, conozco un par de tíos recomendables.

Alex dejó escapar un desdeñoso bufido.

—¿Detestas a toda mujer que sabe cómo actuar en su profesión, o especialmente a mí?

—Especialmente a ti.

La brusquedad de Reede era insultante. Se sintió tentada de recordarle que en su beso del día anterior no parecía haber desagrado. Pero no lo hizo. Prefirió no recordárselo. Confiaba en olvidarlo ella también y hacer como si nada hubiese ocurrido. Pero no podía. La había alterado de una manera tan intensa como irremediable.

No, no iba a poder olvidarlo. A lo más que podía aspirar era a aprender a enfrentarse a su recuerdo y al persistente anhelo que había despertado en ella.

Lo que le había dicho la había herido en lo más profundo.

—¿Y por qué me detestas? —se oyó preguntar Alex.

—Porque eres una entrometida. Y no me gusta la gente que se entromete en los asuntos de los demás.

—Es que esto es cosa mía.

—¡Pero qué dices! Si aún te meabas en los pañales cuando mataron a Celina —le gritó.

—Me alegro de que hayas dicho eso. Porque si yo sólo tenía dos meses, ¿qué hacía ella en el rancho a aquellas horas de la noche?

La pregunta dejó a Reede perplejo, pero reaccionó rápidamente para disimularlo.

—No me acuerdo. Mira, tengo que estar...

—Dudo que tú olvides algo, por más que pretendas lo contrario. ¿Qué estaba ella haciendo allí? Haz el favor de decírmelo.

Reede se levantó y Alex hizo otro tanto.

—Junior la había invitado a cenar, eso es todo —dijo Reede.

—¿Por alguna razón en especial?

—Pregúntaselo a él.

—Te lo pregunto a ti. ¿Cuál era la razón? Y no me digas que no te acuerdas.

—Puede que quisiese consolarla.

—¿Consolarla? ¿De qué?

—De verse atada con una cría, sin poder salir de casa. Su vida social se había ido a hacer puñetas. ¿Pero es que no entiendes que sólo tenía dieciocho años? —dijo Reede pasando frente a ella y enfilando la puerta.

Alex no estaba dispuesta a dejarlo marchar sin más. Su respuesta iba demasiado al pelo. Lo cogió del brazo y lo obligó a mirarla.

—¿Y estuviste tú en aquella cena?

—Sí, estuve —repuso él liberando su brazo con brusquedad.

—Durante toda la velada.

—Me marché antes del postre.

—¿Por qué?

—Porque no me gusta la tarta de cerezas.

Alex emitió un bufido de desespero.

—Contéstame, Reede. ¿Por qué te marchaste?

—Tenía una cita con una mujer.

—¿Con quién? ¿Todavía vive en la ciudad?

—¿Y qué coño tiene eso que ver?

—Es tu coartada. Me gustaría hablar con ella.

—Olvídalo. Nunca la metería en esto.

—Pues puedes verte obligado a ello, o acogerte al derecho que te da la Ley a guardar silencio, pero ante un jurado.

—¿Nunca te apeas del burro, verdad? —exclamó él con una forzada sonrisa.

—Nunca. ¿Volviste al rancho aquella noche?

—No.

—¿Para nada?

—No.

—¿Ni siquiera a dormir?

—Ya te he dicho que tenía una cita con una mujer —respondió él, acercándole la mejilla lo bastante para que pudiese notar su respiración en los labios—. Una mujer muy ardiente.

Reede echó la cabeza hacia atrás, tensando el cuello para darle mayor énfasis a su comentario, y se dispuso a salir.

—Me esperan en el juzgado. Cierra la puerta cuando salgas, ¿quieres?

18

—¿Señorita Gaither?

—¿Sí?

Alex no estaba para ver a nadie. Su último altercado con Reede la había dejado desolada. Tenía los nervios de punta desde la noche anterior. Ni esa explicación, prendida con alfileres, que le había dado Reede sobre el asesinato de Hickam, ni todos los razonamientos que ella misma se había hecho habían logrado convencerla de que no estaba en peligro.

Así que al oír que llamaban a la puerta de la habitación de su motel se acercó cautelosamente a la puerta y miró por la mirilla. Una pareja, desconocida pero obviamente inofensiva, estaba en el umbral. Abrió la puerta y los miró con expresión inquisitiva.

De pronto, el hombre sacó la mano del bolsillo. Alex dio un paso atrás, sobresaltada.

—Reverendo Fergus Plummet.

Alex, sintiéndose como una idiota por haber interpretado mal su gesto, le estrechó la mano.

—¿La he asustado? Lo siento. Disculpe.

Las maneras del reverendo eran tan consideradas, su tono de voz tan cordial que era absurdo considerarlo una amenaza. Era un hombre menudo, pero iba muy erguido, casi como un militar. Llevaba un traje negro con demasiados brillos y poco adecuado para la estación. No llevaba abrigo ni nada que cubriese su pelo castaño y ondulado y más largo de lo que dictaba la moda. En una población en la que todo varón mayor de doce años llevaba sombrero tejano o gorra resultaba extraño ver a un hombre sin nada en la cabeza.

—Mi esposa, Wanda —dijo el reverendo, presentándosela.

—Encantada, señora Plummet.

La señora Plummet era una mujerona, con prominentes pechos que trataba de disimular bajo un suéter de color verde oliva. Llevaba el pelo recogido en la nuca, en un moño algo caído. Pese a la protocolaria fórmula, su esposo se la había presentado en un tono de lo más impersonal, como si fuese una farola.

—¿Cómo saben mi nombre? —preguntó Alex, intrigada por aquel matrimonio.

—Todo el mundo lo sabe —repuso el reverendo con una leve sonrisa—. Se habla muchísimo de usted en la ciudad.

El reverendo llevaba una Biblia bajo el brazo. Alex no acertaba a imaginar lo que pudiera estar haciendo un pastor de la Iglesia frente a su puerta, ¿no habría ido a predicarle?

—Supongo que se preguntará a qué se debe mi visita —dijo él, interpretando correctamente la perpleja expresión de Alex.

—Pues sí, con franqueza. ¿Quieren pasar?

Ambos entraron en la habitación. La señora Plummet parecía incómoda, y sin saber dónde sentarse, hasta que su esposo le señaló el borde de la cama. Él ocupó la única silla. Alex se sentó también en el borde de la cama, pero a conveniente distancia de la señora Plummet.

El reverendo paseó la mirada alrededor de la habitación. No parecía tener prisa en explicar la razón de su visita.

—¿Necesitan mi colaboración para algo, reverendo Plummet? —preguntó Alex con patente impaciencia.

Cerrando los ojos, el reverendo alzó una mano en dirección al cielo.

—Que Dios colme de bendiciones a esta amada hija suya —entonó con voz vibrante y profunda.

Luego, el reverendo empezó a orar con patente devoción. Alex sintió el impulso de echarse a reír. Merle Graham ya se había ocupado de educarla en la fe protestante. Iba a la iglesia con regularidad. Y, aunque nunca había comulgado con el fundamentalismo de su abuela, la fe cristiana de Alex ya era suficientemente sólida.

—Perdone, reverendo Plummet —le interrumpió ella, al ver que su plegaria se prolongaba interminablemente—. He tenido un día muy fatigoso. ¿Podría decirme el motivo de su visita, por favor?

El reverendo pareció molesto por su interrupción.

—Puedo ayudarla en su investigación sobre las Empresas Minton —dijo entonces con tono misterioso.

Alex se quedó pasmada. No habría dicho ni por asomo que él tuviese nada que ver con su investigación. Pero se recordó interiormente que debía proceder con cautela. Tenía que reconocer que era muy escéptica. ¿Qué sórdidos e insondables secretos podía conocer aquel extraño hombrecillo acerca de Celina, de Reede Lambert o de los Minton? A los pastores se les hacían muchas confidencias, pero la experiencia le había enseñado que, por lo general, su sentido de la ética les impedía revelarlas. Se ceñían estrictamente a lo dispuesto por la Ley en materia de información privilegiada y sólo accedían a revelarla si había alguna vida en peligro.

Era poco probable que Angus o Junior desnudasen su alma ante un reverendo. A juzgar por su insignificante aspecto, el reverendo no debía de tener mucha influencia con el Todopoderoso. La idea de que Reede Lambert pudiese confesar un pecado le parecía absurda.

—¡No me diga! —exclamó Alex con un profesional desapego del que Greg Harper habría estado orgulloso—. ¿Cómo es eso? ¿Conocía a mi madre?

—Por desgracia, no. Pero puedo acelerar su investigación, pese a ello. Nosotros..., mi congregación de santos y yo..., creemos que está usted de nuestro lado. Y nuestro lado es el lado de Dios.

—Gra...cias —balbució Alex, confiando en que su agradecimiento fuese bienvenido.

Y, obviamente, lo fue. Provocó un leve «amén» de la señora Plummet, que había estado orando en silencio durante todo aquel rato.

—Reverendo Plummet —dijo Alex algo vacilante—. Me parece que no me ha comprendido. Estoy aquí en representación del fiscal para...

—El Señor se vale de sus criaturas como instrumentos de Su sagrada voluntad.

—... para investigar acerca del asesinato de mi madre, ocurrido aquí en Purcell hace veinticinco años.

—Dios sea loado... y que que lo que se torció... se enderece —dijo, agitando los puños en dirección al cielo.

Alex no salía de su asombro. Se le escapó una risa nerviosa.

—Sí, bien, espero que sí. Pero no acierto a ver qué relación tiene mi investigación con usted y con su ministerio. ¿Sabe algo acerca del asesinato?

—Lo he sabido, señorita Gaither, lo he sabido —dijo Plummet impostando la voz—. Lo he sabido para que se pueda acelerar la obra de Dios y castigar a los inicuos.

—¿A los inicuos?

—¡A los pecadores! —gritó él con ardor—. Esos que quieren corromper esta ciudad y a todos los inocentes hijos de Dios que viven en ella. Quieren construir un círculo infernal, inyectar venenos en las venas de nuestros hijos, licores perniciosos en sus bocas, carnalidad en sus virginales mentes.

Por el rabillo del ojo, Alex miró a la señora Plummet, que seguía sentada, con la cabeza gacha y las manos entrelazadas en su regazo, y las rodillas y los tobillos decorosamente juntos, como si los tuviese encolados.

—¿Se refiere usted al hipódromo de Purcell Downs? —aventuró Alex.

Tal como se temía, su pregunta desencadenó un torrente de fervor evangélico. Los anatemas brotaron de la boca del predicador como el fuego de un volcán.

Alex tuvo que soportar un sermón sobre los males que acarrearía un hipódromo en el que se podría apostar, y sobre todos los elementos demoníacos que lo rodeaban. Pero cuando Plummet empezó a insinuar que ella pudiera ser como una misionera, enviada por Dios a Purcell, para derrotar a los hijos de Satán, se decidió a interrumpir el belicoso sermón.

—Por favor, reverendo Plummet.

Tras varios intentos fallidos de cortar su verborrea, el reverendo cesó en su prédica y se la quedó mirando con expresión ausente. Alex se humedeció los labios, nerviosa, tratando de evitar ofenderlo, pero tratando de ser lo más clara posible.

—No tengo absolutamente nada que ver con el hecho de que a las Empresas Minton les concedan o les nieguen el permiso para organizar apuestas; aparte de que la Comisión de Apuestas ya se ha pronunciado favorablemente, el resto es simple papeleo.

—Pero los Minton están siendo sometidos a una investigación sobre un caso de asesinato.

Alex procuró elegir bien las palabras y omitir toda referencia directa a los Minton.

—Si, de resultas de mi investigación, se considerara que hay causa justificada e indicios bastantes, el caso podría ser llevado ante el Gran Jurado. Y sería éste el que se pronunciaría sobre el procesamiento. Toda persona presuntamente implicada es considerada inocente hasta que no se demuestre su culpabilidad, de acuerdo con lo que dispone nuestra Constitución.

Alex alzó la mano para evitar que Plummet la interrumpiese.

—Déjeme terminar, por favor —dijo Alex—. Lo que suceda en relación al proyectado hipódromo, una vez concluida mi investigación, es responsabilidad de la Comisión de Apuestas. Nada voy a tener que ver yo con su decisión final acerca de esta, o de cualquier otra, solicitud de licencia. Que los Minton tengan que ver con ambos problemas es pura coincidencia. Reabrí el caso del asesinato de mi madre porque, como miembro de la carrera fiscal, no estaba satisfecha con el fallo y creía que justificaba una nueva investigación. No tengo nada personal contra esta ciudad ni contra ninguno de sus habitantes.

Como Alex notó que Plummet se sentía incómodo sin poder hablar, hizo una pausa.

—¿No querrá usted que el juego llegue a Purcell, verdad? ¿O es que no está usted en contra de ese diabólico instrumento, que quita el pan de la boca a los niños, destruye matrimonios y lleva a los débiles por caminos que conducen al infierno y a la condenación?

—Lo que yo opine sobre las apuestas, o sobre cualquier otra cosa, es asunto mío, reverendo Plummet.

Alex se levantó.

Estaba cansada y Plummet era un pelma. Ya le había concedido más tiempo del que merecía.

—Ahora tendré que rogarles que me dejen —añadió Alex.

El reverendo no era hombre de gran cultura ni un gran orador; no había meditado a fondo sobre el problema del juego ni extraído ponderadas conclusiones. Había argumentos bien fundados por ambos lados. Pero, tanto si las apuestas hípicas se introducían en el condado de Purcell como si no, Alex no tenía nada que ver con ello.

—No vamos a resignarnos —dijo Plummet siguiéndola hacia la puerta—. Estamos dispuestos a todo tipo de sacrificios para que se cumpla la voluntad de Dios.

—¿La voluntad de Dios? ¿Es voluntad de Dios que a los Minton se les niegue la licencia de juego, que nada de lo que usted haga contribuirá a apoyar u obstaculizar, no es eso?

Al reverendo no se le podía atrapar con la lógica.

—Dios se sirve de nosotros para llevar a cabo su obra.

También se sirve de usted, aunque usted aún no lo sepa.

Los ojos del reverendo refulgieron con fanático ardor. Alex lo miraba atónita.

—Usted es la respuesta a nuestras plegarias. Oh, sí, señorita Gaither, la respuesta a nuestras plegarias. Venga a vernos. Ha sido usted ungida por Dios y nosotros somos sus humildes y solícitos siervos.

—Yo.... pues... Lo tendré en cuenta. Adiós.

El reverendo Plummet tenía una verdadera empanada teológica. Le había puesto la carne de gallina. No veía el momento de poder cerrar la puerta tras él.

Nada más hacerlo sonó el teléfono.

19

—¿Qué te parece si salimos a cenar y bailar? —preguntó Junior sin preámbulo alguno.

—Como un cuento de hadas.

—Pues no lo es. Basta con que digas que sí.

—¿Me invitas a cenar y a bailar?

—El Club de Hípica y Tiro celebra su fiesta mensual. Sé buena y ven conmigo. De lo contrario me aburriré como una ostra.

Alex se echó a reír.

—Dudo que tú te aburras nunca, Junior. Sobre todo si hay mujeres cerca. Se te rinden todas, ¿eh?

—Casi sin excepción. Y si esta noche vienes conmigo, el desmayo será general.

—¿Esta noche?

—Claro, esta noche. ¿No te lo he dicho? Tenía que haberte avisado con más tiempo.

—¿Pero hablas en serio o qué?

—¿Crees que iba a bromear con algo tan importante como la fiesta mensual del Club de Hípica y Tiro?

—Apuesto a que no. Perdón por mi ligereza.

—Perdonada, a condición de que vengas.

—No puedo, de verdad. Estoy agotada. Anoche...

—Sí, ya me he enterado. Joder. Ha tenido que ser horrible, encontrar a Pasty Hickam así. Quiero ayudar a que se te borre de la cabeza.

—Te agradezco la intención, pero no puedo ir.

—Me niego a aceptar un no.

Mientras hablaba, Alex había estado forcejeando con su vestido hasta conseguir quitárselo, y ahora no llevaba más que medias y bragas, y estaba sujetando el auricular con el hombro y la oreja, y tratando de ponerse la bata. La mujer de la limpieza siempre apagaba la calefacción después de arreglar su habitación. Cada noche Alex se encontraba aquello como una nevera. Le echó desde allí una mirada al hueco de la pared, el «armario» donde colgaban sus vestidos.

—De verdad que no puedo, Junior.

—¿Pero por qué?

—Toda la ropa de vestir la tengo en Austin. No tengo nada que ponerme.

—Venga, una mujer tan inteligente como tú no recurre a una excusa tan sobada.

—Pues es la verdad.

—Pero si puedes ir informal... Ponte la falda de cuero que llevabas el otro día, es arrebatadora.

Alex había conseguido por fin ponerse la bata sin soltar el teléfono. Se sentó en el borde de la cama y acabó de ceñirse la cálida prenda de franela.

—Aun así, no puedo.

—¿Por qué? Ya sé que no es de buena educación insistir, pero no voy a ser educado, aceptando una negativa, si no me das una razón convincente.

—No creo que sea buena idea que alternemos juntos.

—¿Porque confías en verme pronto como inquilino de la prisión del Estado?

—¡No!

—¿Entonces por qué?

—No quiero meterte en la cárcel, pero eres uno de los sospechosos de un caso de asesinato.

—Mira, Alex, ya has tenido tiempo de formarte una opinión sobre mí. ¿Crees honestamente que yo pude cometer un asesinato tan brutal?

Alex recordó cómo había hecho reír a Reede la idea de que Junior hubiese podido ir a la guerra. Era una persona perezosa, sin ambiciones, un ligón. Los estallidos de violencia no encajaban en su imagen.

—No, no lo creo —repuso ella con suavidad—. Pero eso no te libra de ser sospechoso. Sería impropio que nos viesen confraternizando.

—Mira. Confraternizando. Esa palabra me agrada —dijo él con la voz ronca—; suena como algo sucio e incestuoso. Pero, para tu tranquilidad, te diré que hago todas mis confraternizaciones en privado. Es decir, salvo algunas veces, cuando era más joven. Reede y yo solíamos...

—Por favor —gruñó ella—. No quiero saberlo.

—De acuerdo. Te ahorraré los detalles más escandalosos con una condición.

—¿Cuál?

—Que vengas conmigo esta noche. Te recogeré a las siete.

—No puedo.

—Alex, Alex —gimió él como desesperado—. Míralo de este otro modo. Durante el curso de la velada me tomaré un par de copas, o acaso más. Puedo empezar a recordar, a ponerme sentimental, y a decir indiscreciones. Y tú estarás ahí para oírlas.

No imaginas la cantidad de pasmosas confesiones que puedo soltar ebrio. Considera esta noche como un largo interrogatorio. Es parte de tu trabajo hacer que tus sospechosos bajen la guardia, ¿no? Estarías faltando a tu deber si no aprovechases toda oportunidad de sonsacar la verdad. ¿Cómo puedes quedarte egoístamente, entre el fasto del motel Westerner, mientras un sospechoso suelta la lengua tomando copas en el Club de Hípica y Tiro? Imperdonable. Es lo menos que les debes a los contribuyentes que pagan la factura de tu investigación. Hazlo por la patria, Alex.

—Si accedo a ir —suplicó Alex, gimiendo de pura

desesperación—, ¿me prometes no soltarme más discursos?

—A las siete.

Alex notó el tono triunfante de su voz.

Nada más entrar en el recinto del club, Alex se alegró de haber ido. Había música y todo el mundo reía. Captó retazos de conversaciones, sin relación con el asesinato de Celina Gaither, algo que, por sí solo, era como una bocanada de aire fresco y la aliviaba. Pensó que, al fin y al cabo, se merecía unas horas de descanso.

Sin embargo, no banalizó el hecho de estar allí. Ni por un instante creyó que Junior fuese a dar un espectáculo. No pensaba que fuese a ser testigo de sorprendentes revelaciones. Pero, no obstante, algo positivo podía salir de esa velada. Al ser el Club de Hípica y Tiro tan restringido encontraría allí a todos los notables de Purcell. Reede le había dicho que la gente que firmó la carta que había recibido eran hombres de negocios y profesionales de la población. Lo más probable es que le presentasen a algunos de ellos, y así podría calibrar hasta qué punto llegaba su animosidad.

Y, lo que era más importante, tendría oportunidad de mezclarse con la gente, con personas que conocían bien a los Minton y a Reede, y podían arrojar alguna luz sobre su personalidad.

Junior había pasado a recogerla en su Jaguar rojo. Conducía sin el menor respeto al límite de velocidad. Estaba de un buen humor contagioso. Tanto si lo consideraba como una misión profesional como si no, la hacía sentirse bien estar en compañía del hombre más guapo del local, que apoyaba levemente la mano en su espalda, aunque con el talante de quien protege una propiedad privada.

—El bar está por ahí —le dijo él al oído, pero en un tono de voz que se superponía al de la música.

Alex y Junior se abrieron paso entre la gente.

No era un club sofisticado. No se parecía a esos clubes nocturnos fríos y llenos de neón que proliferaban como hongos en las ciudades para solaz de *yuppies* que acudían a ellos en sus BMW vestidos a la última moda.

El Club de Hípica y Tiro de Purcell era típicamente texano. El camarero era de reparto de *western*. Llevaba un bigote recto, corbatín negro, y chaleco y coderas de satén rojo en las mangas de la camisa. Un par de pulidas cornamentas de casi dos metros de envergadura estaban adosadas a la pared de la barra del más clásico estilo del siglo XIX.

Las paredes estaban decoradas con cuadros de escenas hípicas, de toros ganadores de concursos, con los testículos como melones, y paisajes de yucales y chumberas. En casi todos los cuadros se veía el inevitable molino de viento, aguerrido y solitario, recortándose en el horizonte bajo los rayos del sol. Como buena texana, a Alex esos cuadros le parecieron encantadores; daban un ambiente acogedor. Aunque era lo bastante cultivada para saber que, pese a todo, no eran muy buenos.

—Vino blanco —le dijo al camarero, que la estaba repasando de arriba abajo sin recato.

—Todos los cabrones tienen suerte —le susurró a Junior al servir las copas, con una lujuriosa sonrisa que esbozó bajo su poblado bigote.

Junior lo saludó levantando su vaso de whisky con agua.

—¿A que sí? —dijo, apoyando el codo en la barra y mirando a Alex, que se había sentado en un taburete—. Es una música demasiado hortera para mi gusto, pero si quieres bailar, soy tuyo.

Alex declinó la invitación negando con la cabeza.

—No, gracias. Prefiero mirar.

Después de varias piezas, Junior se inclinó un poco hacia Alex y le habló casi al oído.

—La mayoría de ellos han aprendido a bailar en los prados. Todavía parece que pisan saltando por encima de las boñigas.

El vino había empezado a hacer su efecto. Los ojos de Alex brillaban y sus mejillas tenían más color. Sentía un agradable cosquilleo y se alisó el pelo por detrás, riendo.

—Vamos —dijo Junior, acercando la mano al codo de Alex para ayudarla a bajar del taburete—. Papá y mamá están allí, en su mesa.

Alex lo siguió por el perímetro de la pista hasta donde estaban las mesas dispuestas para la cena. Sarah Jo y Angus estaban sentados a una de ellas. Angus fumaba un puro. Sarah Jo gesticulaba levemente tratando de apartar de su cara el molesto humo.

Alex había estado dudando sobre si ponerse la falda marrón de piel y el suéter ribeteado de piel a juego, pero se sentía más cómoda que si se hubiese puesto el traje largo de satén que llevaba Sarah Jo, fuera de lugar donde todo el mundo iba como le daba la gana, soltaba tacos y bebía cerveza directamente de la botella.

—¿Qué tal, Alex? —dijo Angus con el puro en la boca.

—Hola. Junior ha sido muy amable al invitarme —respondió ella a la vez que se sentaba en la silla que le ofrecía Junior.

—He tenido que echarle un pulso —dijo Junior, dirigiéndose a sus padres y ocupando la silla contigua a la de Alex—. Se hace rogar.

—Pues su madre no actuaba así.

El frío y viperino comentario de Sarah Jo hizo que, por un momento, la conversación resultase embarazosa. Sirvió para contrarrestar el efecto del vaso de vino de Alex; sus efluvios se evaporaron como burbujas.

—¿Qué tal, señora Minton? Está usted encantadora esta noche —dijo Alex sin demostrar el menor enojo.

Aunque fuese vestida de una manera inapropiada, el vestido le sentaba muy bien. No es que estuviese arrebatadora, pensó Alex. Sarah Jo nunca habría podido dar la impresión de persona vivaz y animada. Su belleza era algo etérea, como si estuviese de paso en la Tierra, sin apenas dejarse notar. Le dirigió a Alex una de sus vagas y casi imperceptibles sonrisas y murmuró «gracias» a la vez que tomaba un sorbo de vino.

—He oído que fuiste tú quien descubrió el cuerpo de Pasty.

—Papá, que estamos en una fiesta —dijo Junior—. No creo que a Alex le apetezca hablar de algo tan desagradable.

—No, deja, Junior. Lo habría sacado yo misma en cualquier momento.

—No parece que fuese una coincidencia que te lo encontrases en aquel antro y subieses a su furgoneta con él —dijo Angus, desplazando el puro de un lado a otro de la boca.

Alex negó con la cabeza y repitió, poco más o menos con las mismas palabras, la conversación telefónica que había mantenido con Pasty.

—Ese vaquero era un mentiroso, un fornicador y, además, tenía un vicio mucho peor que todos los demás juntos: hacía trampas jugando al póquer —dijo Angus con cierta vehemencia—. En los últimos tiempos se había vuelto de lo más imbécil e irresponsable. Por eso tuve que prescindir de él. Supongo que serás lo suficientemente sensata como para no prestar crédito a nada de lo que te dijese.

Interrumpiendo su monólogo, Angus indicó al camarero que trajese otra ronda.

—Claro —prosiguió Angus—. Desde luego que Pasty pudo haber visto quién entraba en el establo con Celina, pero a quien debió de ver fue Gooney Bud.

Cuando hubo acabado de soltar su discurso, sin darle a Alex oportunidad de contradecirle, Angus empezó a deshacerse en elogios de un jockey de Ruidoso que quería que corriese con su cuadra. Como los Minton eran sus anfitriones, Alex dejó educadamente a un lado por el momento el tema de Pasty Hickam.

Al terminar sus copas, Angus y Junior, sugirieron a Sarah Jo y a Alex que pasasen al bufé de la barbacoa. Alex habría ido de todas maneras, pues le resultaba muy difícil trabar una conversación intrascendente con Sarah Jo. Pero, al retirarse los hombres, se atrevió a intentarlo.

—¿Hace tiempo que son socios del club?

—Angus fue uno de los fundadores —repuso Sarah Jo distraídamente, mirando a las parejas que daban vueltas y más vueltas alrededor de la pista.

—Parece que Angus mete baza en todo lo que tenga que ver con la ciudad —comentó Alex.

—¡Huy!, ya lo creo; le gusta estar al tanto de todo.

—Y formar parte de ello.

—Sí. Tiene iniciativa y se hace notar —dijo con un leve suspiro—. Angus siente una gran necesidad de agradar. Siempre trata de quedar bien, como si importase lo que la gente opine.

Alex entrelazó las manos y apoyó en ellas la barbilla con los codos encima de la mesa.

—¿Y usted cree que no importa?

—No —repuso Sarah Jo, dejando de observar a las parejas que bailaban y mirando, por primera vez en toda la noche, a Alex directamente a los ojos—. No le des demasiada importancia a la manera que Junior tiene de tratarte.

—¿Y eso?

—Coquetea con todas las mujeres que le presentan.

Alex posó las manos en el regazo. Se sentía molesta pero consiguió que el tono de su voz no lo revelase.

—Debería de molestarme por su insinuación, señora Minton.

Sarah Jo se encogió de hombros con indiferencia.

—Estos dos hombres míos son encantadores, y lo saben. Pero la mayoría de las mujeres no se dan cuenta de que su coqueteo es banal.

—Supongo que así será en cuanto a Angus, pero no diría yo tanto respecto a Junior. Sus tres esposas no creo que estuviesen muy de acuerdo en que lo suyo es simple coqueteo.

—No le convenía ninguna.

—¿Y mi madre? ¿Le hubiese convenido ella?

Sarah Jo volvió a dirigirle a Alex una vacua mirada.

—En absoluto. Y tú te pareces mucho a ella, ¿sabes?

—¿De verdad?

—Te encanta inquietar. Tu madre no perdía ocasión de complicar las cosas. La única diferencia es que a ti se te da aún mejor crear problemas y enfrentar a la gente. Vas tan derecha al grano que prescindes del tacto, una característica que siempre he atribuido a la mala educación —dijo, levantando los ojos hacia alguien que asomaba por su espalda.

—Buenas noches, Sarah Jo.

—Juez Wallace.

De pronto, una dulce sonrisa iluminó el rostro de la señora Minton; una sonrisa que nadie hubiese podido imaginar en ella momentos antes.

—Hola, Stacey.

Alex, con el rostro rojo de indignación por la injusta crítica de Sarah Jo, volvió la cabeza. El juez Wallace la estaba mirando de arriba abajo con desaprobación, como si su presencia allí quebrantase las normas del club.

—Señorita Gaither.

—Buenas noches, juez Wallace.

La mujer que estaba junto al juez miró a Alex con la misma animosidad que él, sin que Alex pudiese adivinar el motivo. Estaba claro que Junior iba a ser la única persona amable que iba a encontrar entre aquella gente.

El juez le dio con el codo a su acompañante, y ambos se dirigieron hacia otra mesa.

—¿Es su esposa? —preguntó Alex, siguiéndolos con la mirada.

—Por Dios santo —exclamó Sarah Jo—, es su hija. La pobre Stacey. Hecha un guiñapo como siempre.

Stacey Wallace seguía mirando con tan mala uva a Alex que ésta no pudo evitar observarla. No dejó de mirarla hasta que la rodilla de Junior dio en la suya, al volver él a sentarse a su lado y dejar dos bandejas sobre la mesa.

—Espero que te gusten las costillitas con alubias —dijo él, siguiendo la dirección de la mirada de Alex—. Hola, Stacey —añadió, guiñando el ojo y saludándola con un amistoso ademán.

La arrugada boca de Stacey se relajó, dibujando una vacilante sonrisa. Ruborizada, llevó su mano a su escote como una azorada jovencita y correspondió al saludo con timidez.

—Hola, Junior.

—¿Te gustan o no?

Aunque Alex seguía aún observando con curiosidad al juez y a su camaleónica hija, la pregunta de Junior la hizo ladear la cabeza.

—¿Qué dices?

—Que si te gustan las costillitas con alubias.

—Espera y verás —dijo ella riendo, a la vez que se ponía la servilleta sobre las rodillas.

Alex le hizo los honores al plato, despreocupada de las delicadezas supuestamente asociables a la feminidad, pero su saludable apetito le ganó los cumplidos de Angus.

—Sarah Jo come como un pajarito. ¿No te gustan las costillas, cariño? —preguntó, mirando al plato de su esposa, que estaba casi intacto.

—Están un poco duras.

—¿Quieres que te pida otra cosa?

—No, gracias.

Después de que hubieron comido, Angus sacó otro puro del bolsillo y lo encendió.

—¿Por qué no bailáis? —propuso, apagando el fósforo.

—¿Te apetece, Alex? —dijo Junior.

—Claro —respondió Alex, echando la silla hacia atrás y levantándose—. Pero esto yo no lo sé bailar, así que no hagas muchos alardes.

Junior la atrajo a sus brazos y, desoyendo su petición, empezó con una serie de intrincados pasos y piruetas.

—Preciosa —dijo él, sonriéndole al llevarles la música a un ritmo más sosegado—. Preciosa, preciosa —repitió, ciñéndola con fuerza por la cintura.

Alex dejó que la apretase porque la hacía sentirse bien notar dos fuertes brazos ciñendo su cuerpo. Su pareja era un hombre guapo y encantador y sabía qué hacer para que una mujer se sintiese admirada. Alex era víctima de su encanto, pero en aquellas circunstancias Junior era también un asidero. No habría picado nunca con un ligón como Junior, pero una pequeña dosis de atenciones por parte de alguien como él resultaba divertida, sobre todo porque cada vez que estaba junto a Reede su confianza en sí misma se venía abajo.

—¿Es Reede socio del club? —preguntó Alex como de pasada.

—¿Bromeas?

—¿No le han invitado?

—Claro, en cuanto salió elegido sheriff la primera vez. Sólo que él se siente más a gusto con otro tipo de gente. La alta sociedad le jode bastante... Perdón por la expresión —se excusó Junior, acariciando su espalda—. Pareces más a gusto que cuando he ido a recogerte. ¿Lo estás pasando bien?

—Sí, pero me has traído aquí engañada —lo acusó ella—. De borrachera, nada, y de soltar la lengua, tampoco.

Junior le dirigió una sonrisa exenta de arrepentimiento.

—Pregúntame lo que quieras —le dijo entonces.

—De acuerdo. ¿Quién es aquél, el del pelo blanco?

Junior lo identificó por su apellido.

La intuición de Alex no la había engañado. Su apellido era uno de los que figuraba al pie de la carta que había recibido; uno de los firmantes.

—Preséntanos cuando acabe esta pieza.

—Está casado.

—Mi interés por él no es nada romántico —dijo ella con una pícara mirada.

—Siendo así...

Junior hizo lo que ella le había pedido. El banquero con quien Alex había acertado en su elección pareció desconcertado al presentarlos Junior.

—Recibí su carta, señor Longstreet —dijo ella al estrecharle la mano.

Las directas maneras de Alex le sorprendieron, pero se recuperó admirablemente.

—Veo que se lo ha tomado en serio —dijo Longstreet, dirigiéndole a Junior una mirada de entendimiento.

—No se llame usted a engaño por verme aquí con Junior esta noche. Comprendo lo que él, su padre y el señor Lambert significan para la ciudad y para su economía, pero esto no quiere decir que vaya a suspender mi investigación. Hace falta algo más que una carta para ahuyentarme.

Con patente irritación, Junior le habló al oído al volver con ella a la pista unos instantes después.

—Podías habérmelo advertido —le dijo a Alex.

—¿Qué?

—Que vas armada hasta los dientes y eres peligrosa. Longstreet es un tiburón al que no hay que poner nunca a la defensiva. ¿Qué es eso de la carta?

Alex se lo explicó, refiriéndole tantos nombres como fue capaz de recordar.

—Ya esperaba encontrarme con alguno de ellos esta noche.

Junior frunció el ceño, mirándola con acritud. Pero luego optó por encogerse de hombros y esgrimió una seductora sonrisa.

—Y yo que creía que aquí iba a llevarte a mi terreno —dijo él, suspirando con resignación—. Ya que te lo he puesto en bandeja, ¿quieres conocer al resto de tus adversarios?

Tratando de que su iniciativa pareciese lo más espontánea posible, Junior se mezcló con la gente y le fue presentando a todos los que habían firmado aquella carta tan sutilmente amenazadora.

Media hora después, se alejaban de un matrimonio que tenía una cadena de establecimientos de artículos sanitarios en West Texas. Habían invertido mucho en el hipódromo, y eran los que se habían mostrado más hostiles. Ya se había corrido la voz sobre quién era la pareja de Junior y estaban echando chispas contra ella.

—Bah. Así es la gente.

—Madre mía —murmuró Alex—. Seguro que están despellejándome.

—¿No me dirás que vas a dejarte impresionar por esas lenguas de víbora? Esa tipa es una arpía que odia a cualquier mujer que no tenga un bigote como el suyo.

Alex sonrió sin ganas.

—Ella y todos los demás vienen a decirme lo mismo: Márchate de la ciudad o...

Junior apretó con su mano el brazo de Alex.

—Anda, vamos, vamos a bailar otra vez. Hará que dejes de pensar en eso.

—Tengo que recomponer la figura —dijo ella desasiéndose—. Perdona un instante.

—Vale. El de señoras está por ahí —le dijo, indicándole un estrecho pasillo.

No había nadie en el servicio cuando entró Alex, pero, al salir, la hija del juez estaba mirándose al espejo. Ladeó la cara para observar a Alex, que le sonrió.

—Hola —le dijo.

—Hola —correspondió Stacey.

Alex se inclinó sobre el lavabo y se lavó las manos.

—En realidad, no nos han presentado. Soy Alex Gaither —dijo, cogiendo dos ásperas toallitas de papel del distribuidor automático.

—Sí, ya lo sé.

Alex echó las toallitas a la papelera.

—Así que usted es la hija del juez Wallace —dijo Alex, tratando de romper el hielo, porque el ambiente que se respiraba entre ellas era glacial y se enfriaba por momentos.

Stacey dejó a un lado el talante de solterona medrosa e insegura que había adoptado al dirigirse Junior a ella. Su mirada era dura y hostil.

—¿Stacey, verdad?

—Sí, Stacey. Pero mi apellido no es Wallace, es Minton.

—¿Minton?

—En efecto. Soy la esposa de Junior. Su primera esposa.

20

—Ya veo que no lo sabía —dijo Stacey, riendo secamente ante la estupefacta expresión de Alex.

—Sí —repuso Alex con un vacuo tono de voz—. No lo he oído comentar en ningún momento a nadie.

La compostura de Stacey, siempre impecable, la abandonó. Apoyando la mano plana en su menguado pecho, gritó:

—¿Tiene usted alguna idea del daño que está causando?

—¿A quién?

—A mí —gritó, golpeándose el pecho.

Stacey se mordió los labios como mortificada por su estallido. Cerró los ojos un instante. Al abrirlos su mirada estaba llena de animosidad, pero parecía haber recuperado un poco el control de sí misma.

—Durante veinticinco años he tenido que soportar la opinión generalizada de que Junior Minton se casó conmigo despechado por el rechazo de Celina Gaither.

Alex no puso en duda lo que parecía obvio, pero bajó los ojos como asumiendo cierto grado de culpabilidad.

—Ya noto que también usted lo cree.

—Lo siento.... Stacey. ¿Puedo llamarla Stacey?

—Desde luego —repuso con sequedad.

—Lamento que mi investigación le haya causado malestar.

—¿Y cómo no habría de causármelo? Está escarbando en el pasado. Y al hacerlo, está sacando mis trapos sucios para que los vea toda la ciudad.

—No tenía ni idea de quién pudiera haber sido la primera esposa de Junior, ni siquiera sabía que viviese en Purcell.

—¿Y eso habría cambiado las cosas?

—Probablemente no —repuso Alex con total llaneza—. No creo que su matrimonio con Junior tenga nada que ver con el caso. Es algo al margen, sobre lo que yo no tengo nada que comentar.

—Pero ¿y qué hay de mi padre? —exclamó Stacey abordando la cuestión desde otro ángulo.

—¿Qué quiere decir con que qué hay de su padre?

—Esa ridícula investigación suya le va a crear problemas. Ya se los ha creado.

—¿Y por qué?

—Porque pone en tela de juicio la decisión que él tomó en su momento.

—Lo siento. Tampoco sobre eso puedo hacer nada.

—No puede..., ¿o no quiere?

Stacey, con los brazos colgando a ambos costados, hizo un convulso movimiento de repulsión.

—Aborrezco a la gente que compromete la reputación de los demás en beneficio propio.

—¿Cree que es eso lo que estoy haciendo? —preguntó Alex, ofendida por el comentario—. ¿Cree que me he metido en esta investigación para ascender en mi carrera?

—¿Y acaso no es así?

—No —replicó Alex con firmeza, a la vez que negaba con la cabeza—. A mi madre la asesinaron en aquel establo. No creo que el hombre al que acusaron fuese capaz de cometer tal crimen. Quiero saber lo que sucedió en realidad. Y voy a saberlo. Y haré que quien me dejó huérfana pague su culpa.

—Quería concederle a usted el beneficio de la duda, pero ya veo que lo único que quiere es venganza.

—Quiero justicia.

—¿Sin importarle el daño que pueda causar a otras personas?

—Ya me he excusado por lo que pueda representar para usted.

Stacey dejó escapar un sonido gutural, impregnado de amargo sarcasmo.

—Quiere crucificar públicamente a mi padre. No lo niegue —le espetó, sin dejar que Alex la atajase—. Por más que lo niegue, lo está exponiendo al ridículo. En el mejor de los casos, usted le está acusando de haber cometido un grave error judicial.

Negarlo habría sido mentir.

—Sí, creo que se equivocó en el caso de Buddy Hicks.

—Mi padre ha demostrado su valía e integridad a lo largo de cuarenta años.

—Si mi investigación es ridícula, como usted la califica, no afectará a su historial, ¿no le parece, señora Minton? Un juez de su calibre no puede ser desprestigiado por una fiscal de tres al cuarto sin otras armas que el despecho y el deseo de venganza. Porque necesitaré pruebas para apoyar mi tesis.

—Y no las tiene.

—Espero tenerlas. Y si la reputación de su padre se resiente como consecuencia de ello... —Alex suspiró profundamente y se llevó la mano a la frente con gesto cansado. Su expresión era grave y sus palabras sentidas—. Mire, Stacey, no quiero hundir la carrera de su padre ni manchar su historial. No quiero herir los sentimientos de nadie ni provocar aflicción o poner en situación embarazosa a ninguna persona inocente. Sólo quiero que se haga justicia.

—Justicia —dijo Stacey con una sonrisa despectiva y una malévola mirada—. No tiene derecho a utilizar siquiera esta palabra. Es usted igual que su madre..., bonita pero superficial. Obcecada y egoísta. No repara en los sentimientos de los demás. Es incapaz de ver más allá de sus propios y superficiales deseos.

—Es evidente que no apreciaba usted mucho a mi madre —dijo Alex en tono sarcástico.

—La odiaba —repuso Stacey sin tapujos.

—¿Por qué? ¿Porque Junior estaba enamorado de ella?

Alex se dijo que si Stacey se permitía golpes bajos, ella podía hacer otro tanto. Y sus palabras hicieron efecto. Stacey dio un paso atrás y se apoyó en el lavabo como si estuviese a punto de perder el equilibrio. Alex alargó la mano para ayudarla, pero la hija del juez rehusó su contacto.

—Stacey, sé que Junior se casó con usted sólo unas semanas después de que matasen a mi madre. Comprenderá que me parezca muy sorprendente.

—Puede que pareciese algo muy repentino, pero llevábamos años viéndonos.

—¿Ah, sí? —exclamó Alex sorprendida.

—Sí. Y empezamos a tener relaciones casi desde el principio.

Stacey se lo soltó a Alex como un dardo, con talante triunfal. Pero lo único que consiguió fue que Alex sintiese aún más pena por ella. Ya se había hecho una completa composición de lugar sobre ella; una chica de lo más corriente, desesperadamente enamorada de un simpático y guapo héroe del fútbol, dispuesta a sacrificarlo todo, incluso su orgullo, para lograr unas migajas de su atención. Haría cualquier cosa por mantenerlo cerca de sí.

—Ya entiendo —dijo Alex.

—Lo dudo. Está usted tan ciega para ver la verdad como Junior.

—¿Y cuál es la verdad, Stacey?

—Que Celina no le convenía. Al igual que todo el mundo, ella lo comparaba constantemente con Reede. Junior siempre quedaba en segundo plano. Pero a mí no me importaba que fuese más o menos que otro. Yo lo quería como era. Junior no quería creerlo pero, a pesar de su padre de usted y de usted misma, Celina habría seguido amando siempre a Reede.

—Si tanto lo quería, ¿por qué se casó con mi padre?

Era una pregunta que había estado atormentando a Alex desde hacía varios días.

—Celina y Reede se pelearon en la primavera del año anterior a acabar el bachillerato. Y al terminar las clases, aquel verano fue a visitar a unos primos de El Paso.

—Allí es donde ella conoció a mi padre —dijo Alex, que lo sabía por su abuela—. Él estaba en el campamento de reclutas de Fort Bliss. Y nada más casarse, lo enviaron a Vietnam.

—Y al morir él —dijo Stacey, riendo entre dientes—, quiso volver con Reede, pero él la rechazó. Entonces fue cuando empezó a darle esperanzas a Junior. Sabía que él siempre la había deseado, pero nunca habría intentado conquistarla estando Reede de por medio. Fue lamentable la manera en que jugó con Junior, implicándolo en su embarazo. Debió de darle vueltas a la idea de casarse con él, algo que nunca habría conseguido mientras Reede andase por medio. Su madre tuvo a Junior siempre colgando de un hilillo de esperanza. Le hizo sufrir mucho. Y habría seguido haciéndolo sufrir de no haber muerto.

La ex señora Minton respiraba entrecortadamente, su informe pecho se dilataba y comprimía como el de una asmática.

—Me alegré de que muriese Celina —añadió.

En los ojos de Alex brilló un receloso destello.

—¿Dónde estaba usted aquella noche?

—En casa, deshaciendo el equipaje. Acababa de regresar de una semana de vacaciones en Galveston.

—Y se casó con Junior muy poco después —dijo Alex, que pensó que Stacey no iba a mentir en algo tan fácilmente comprobable.

—En efecto. Me necesitaba. Yo sabía que no era para él más que un lenitivo para mitigar su dolor, de la misma manera que siempre supe que cuando hacía el amor conmigo era con Celina con quien realmente quería estar. No me importó que me utilizase. Quería que me utilizase.

Cocinaba para él, le planchaba sus camisas y lo confortaba en la cama y fuera de ella. —Stacey cambió súbitamente de expresión, como sumida en una ensoñación—. La primera vez que me la jugó no le di importancia —prosiguió Stacey—. Me afectó, como es natural, pero comprendí que se lo habían puesto muy fácil. Dondequiera que fuésemos, las mujeres lo asediaban. ¿Qué hombre podría resistir tantas tentaciones? Fue un lío que no duró mucho, porque él se cansó en seguida —añadió Stacey, entrelazando las manos y mirándolas a la vez que hablaba en tono suave—. Pero me la jugó una segunda vez, y una tercera. Y yo se lo habría tolerado todo, pero me pidió el divorcio. Al principio me negué. Y él siguió comportándose igual y diciéndome que le dolía hacerme daño con sus líos. Y al ver que no me quedaba otra alternativa, le concedí el divorcio. Me partió el corazón, pero le concedí lo que quería, sabiendo, sabiendo —subrayó Stacey— que ninguna otra mujer podría ser tan adecuada para él como yo lo había sido. Creía que mi amor por él me mataría de pena.

Stacey abandonó su talante ensimismado y miró a Alex con mayor energía.

—Y todavía tengo que soportar verle mariposear de una mujer a otra, siempre buscando lo que yo puedo y quiero darle. Esta misma noche, sin ir más lejos, he tenido que verle coquetear y bailar con usted. ¡Con usted! ¡Por Dios! —exclamó, sollozando y llevándose la mano a la frente, cerrando los ojos como si no quisiera verlo—. Va usted a destrozarlo, y él es incapaz de ver más allá de su bonita cara y de su cuerpo.

La hija del juez Wallace separó la mano de su frente y fulminó a Alex con la mirada.

—Es usted puro veneno, señorita Gaither. He sentido hacia usted esta noche lo mismo que sentí hace veinticinco años —dijo, acortando la distancia entre ellas y acercando su estrecho y anguloso rostro al de Alex—. Ojalá no hubiese usted nacido.

Una vez que Stacey se hubo marchado, Alex trató en vano de sosegarse. Estaba pálida y temblorosa al salir del servicio.

—Estaba a punto de entrar a buscarte.

Junior había estado aguardando a Alex en el pasillo. No advirtió al instante la congestionada expresión de Alex, pero al percatarse de ello se preocupó.

—¿Qué sucede, Alex?

—Preferiría marcharme de aquí, si no te importa.

—¿Te encuentras mal? ¿Qué...?

—Por favor. Ya hablaremos por el camino.

Junior no insistió, la cogió del brazo y la condujo hacia el guardarropa.

—Aguarda aquí —dijo Junior tras pedirle sus abrigos a la encargada del guardarropa. Alex lo siguió con la mirada al ver que volvía a entrar en el club, rodeaba la pista y se dirigía hacia la mesa en la que habían estado cenando. Tras un breve intercambio de palabras con Angus y Sarah Jo, Junior regresó por los abrigos.

La llevó casi en volandas al exterior, hasta el Jaguar. Cuando ya estaban bastante lejos del club y la calefacción empezaba a notarse, se decidió a preguntarle:

—Bueno, ¿vas a decirme lo que pasa?

—¿Por qué no me habías dicho que estuviste casado con Stacey Wallace?

Junior la miró con fijeza, sin apenas prestar atención a la carretera.

—No me lo preguntaste —repuso, volviendo a mirar al frente.

—Estupenda respuesta.

Alex apoyó la cabeza en el frío marco de la ventanilla, sintiéndose como si la hubiesen apaleado y estuviesen a punto de hacerlo de nuevo. Cuando creía haberse hecho una completa composición de lugar sobre los lazos que unían a la gente de Purcell, se encontraba con una nueva complicación.

—¿Es importante?

—No lo sé —repuso ella, ladeando el cuerpo hacia él, con la cabeza apoyada en la ventanilla—. ¿A ti qué te parece?

—Que no lo es. El matrimonio duró menos de un año. Nos separamos amistosamente.

—Tú te separarías amistosamente. Ella sigue enamorada de ti.

Junior le guiñó el ojo.

—Ése fue uno de los problemas. El amor de Stacey es obsesivo y posesivo. Me ataba. Me asfixiaba. No...

—Mira, Junior, tú ibas por ahí tirándote a todo lo que llevase faldas —le interrumpió ella, impaciente—. Déjate de tonterías. Además, a mí me da igual.

—¿Entonces por qué has sacado el tema?

—Porque me ha abordado en el servicio y me ha acusado de querer hundir a su padre con mi investigación.

—Por Dios, Alex, Joe Wallace es un quejica. Stacey lo mima como si fuese su madre. No dudo ni por un instante que debe de gimotear y subirse por las paredes delante de ella escudándose en ti. Es un truco para que lo mime. Se alimentan mutuamente su neurosis. No hagas ni caso.

Alex no veía a Junior Minton con muy buenos ojos en ese momento. Su talante de conquistador respecto del amor de una mujer —de cualquier mujer— lo hacía despreciable. Lo había visto comportarse durante todo la noche tal como Stacey se lo había descrito, mariposeando de una mujer a otra. Jóvenes y maduras, seductoras u hogareñas, casadas o sin compromiso, todas le parecían a tiro. Era encantador con todas, como esos pajes que en las cabalgatas cruzan entre el gentío repartiendo caramelos a unos niños que no se percatan de que harían mejor en no comérselos.

Junior parecía considerar que adular a las mujeres era su deber. A Alex esto no le parecía atractivo ni lo consideraba una virtud. Junior daba por sentado que toda mujer iba a reaccionar positivamente a sus aproximaciones. Coquetear era para él algo tan compulsivo como respirar.

Nunca se le hubiese ocurrido pensar que una mujer pudiera interpretar mal sus intenciones o sentirse herida.

Puede que si Alex no hubiese mantenido esa conversación con Stacey, hubiese sonreído con indulgencia, igual que las demás mujeres, y aceptado la melosidad de Junior como parte de su personalidad. Pero en aquel momento sentía irritación contra él, y quería dejarle claro que a ella no podía manipularla tan alegremente.

—Stacey no me ha hablado sólo del juez. Me ha dicho que yo estaba desenterrando el recuerdo de su matrimonio contigo, aireando sus trapos sucios. Me ha dado la impresión de que para ella ser tu ex ha sido muy duro.

—¿Y yo qué quieres que le haga?

—Pues no creo que puedas encogerte de hombros así como así.

La aspereza de la reconvención de Alex le sorprendió.

—Pareces furiosa conmigo —dijo Junior—. ¿Por qué?

—No lo sé.

Pese a todo, el estallido de mal humor de Alex ya había pasado. Ya se había desahogado.

—Perdona —añadió—. Puede que siempre tenga tendencia a ponerme de parte del perdedor.

Junior alargó la mano y la posó sobre la rodilla de Alex.

—Mmm. De primera calidad. Ya lo había notado, ya —dijo Junior—. Aún no me he librado del anzuelo.

Pero Alex no cayó en el de su sonrisa.

—¿Por qué te casaste con Stacey?

—¿Es de eso de lo que realmente quieres hablar?

Junior enfiló el caminito que conducía a la entrada del motel Westerner y aparcó.

—Sí.

Él frunció el ceño, quitó el contacto y posó su brazo en el respaldo del asiento de Alex.

—En aquel momento parecía que era lo que había que hacer.

—No la querías.

—Qué va.

—Pero te acostabas con ella.

Junior frunció el ceño con talante inquisitivo.

—Stacey me ha dicho que fuisteis amantes durante mucho tiempo antes de casaros.

—De amantes nada, Alex. Me acostaba con ella de vez en cuando.

—¿Con qué frecuencia?

—¿Quieres que te lo diga claro?

—Sí, sí, suéltalo.

—Iba a buscar a Stacey siempre que estaba cachondo y las hermanas Gail tenían otras cosas que hacer, tenían el período o...

—¿Quiénes?

—Las hermanas Gail. Otro asunto.

Junior hizo un ademán como desentendiéndose de la pregunta que veía que Alex estaba barruntando.

—Por mí... Tengo toda la noche —dijo Alex, arrellanándose más en su asiento.

—Quieres saberlo todo, ¿eh?

—Más o menos. ¿Qué hay de las hermanas Gail?

—Son tres..., trillizas: Wanda Gail, Nora Gail y Peggy Gail.

—¿Y con las tres? Parece de chiste.

—Te lo juro. Reede ya las había iniciado, por así decirlo, antes de que yo apareciese. Él me las presentó —explicó Junior riendo, como escandalizado al recordar aquellos sórdidos episodios de su juventud—. Dicho por lo llano, las Gail eran unos putones. Les gustaba. No había chaval en el instituto que no se las hubiese tirado por lo menos una vez.

—De acuerdo. Ya me hago una idea. Pero si ellas no estaban disponibles, ibas a buscar a Stacey Wallace, que también debía de ser un putón.

Junior le dirigió una mirada de reproche.

—Nunca he presionado a una mujer. A ella le iba, Alex.

—Sólo contigo.

Él se encogió de hombros, como admitiéndolo.

—Y tú te aprovechabas de eso.

—A ver, dime tú, ¿qué hombre no lo haría?

—Sabes perfectamente bien a qué me refiero —repuso ella con acritud—. Apostaría a que eres el único hombre con el que se ha acostado Stacey.

Junior fue lo bastante honesto como para mirarla un poco avergonzado.

—Sí, seguramente.

—Me ha dado mucha pena, Junior. Ha estado odiosa conmigo, pero yo no he podido evitar sentir pena por ella.

—Nunca comprendí por qué se pegaba a mí, pero se convirtió en mi sombra desde el día que entré en el instituto. Era una empollona, ¿sabes? Siempre fue la mimada de los profesores, porque era muy formalita y responsable —dijo Junior entre dientes—. Ni en sueños hubiesen imaginado lo que era capaz de hacer en el asiento trasero de mi chevy.

Alex miraba al vacío, abstraída, sin escuchar realmente lo que oía.

—Stacey despreciaba a Celina.

—Estaba celosa de ella.

—Porque cuando hacías el amor con Stacey, ella sabía que era a mi madre a la que besabas.

—Por Dios —exclamó Junior quedamente, dejando de sonreír.

—Eso es lo que ella dice. ¿Es cierto?

—Celina estaba siempre con Reede. No había que darle vueltas. Era un hecho consumado.

—Pero tú la deseabas, aunque perteneciese a tu mejor amigo.

Tras una larga pausa, Junior lo reconoció.

—Mentiría si dijese lo contrario.

—Stacey me ha dicho otra cosa. Lo dijo de pasada, no como haciéndome una revelación. Como algo que fuese del dominio público..., como algo que yo ya supiese.

—¿Qué?

—Que querías casarte con mi madre —dijo Alex, mirándolo a los ojos y con la voz ronca—. ¿Es verdad?

Junior ladeó un instante la cabeza antes de responder.

—Sí —admitió.

—¿Antes o después de que se casase y me tuviese a mí?

—Antes y después.

Al notar que Alex parecía confundida, se lo aclaró.

—No creo que ningún hombre pudiese mirar a Celina y no quererla para sí. Era hermosa y divertida, y siempre se las arreglaba para que creyeses que tú eras algo especial para ella. Tenía... —dijo, buscando la palabra adecuada— algo; algo que te hacía desear poseerla —añadió, cerrando el puño.

—¿Y llegaste a poseerla?

—¿Físicamente?

—¿Te acostaste con ella?

La expresión de Junior era descarnadamente honesta y muy triste.

—No, Alex, nunca.

—¿Lo intentaste alguna vez? ¿Habría accedido ella?

—No lo creo. Nunca lo intenté. Por lo menos, no realmente.

—¿Y por qué no, si tanto la deseabas?

—Porque Reede nos hubiese matado a los dos.

Alex lo miró perpleja.

—¿De verdad crees eso?

Junior se encogió de hombros a la vez que su desarmante sonrisa volvía a su rostro.

—Es una manera de hablar.

Alex no estaba tan segura de eso. Le sonó como si lo dijese en serio.

Junior se había ido acercando a Alex y estaban ya muy juntos. Entrelazó sus dedos en su pelo y dejó resbalar el pulgar por su cuello como una ligera caricia.

—Es un tema muy desagradable. Dejémoslo —le susurró, dibujando con su labios fruncidos un beso que casi rozó su boca—. ¿Por qué no dejamos el pasado por un rato y pensamos en el presente?

Los ojos de Junior recorrieron el rostro de Alex a la vez que con las yemas de sus dedos palpaba sus facciones.

—Quiero acostarme contigo, Alex.

Por un instante, Alex se quedó tan pasmada que no supo qué decir.

—¿No lo dirás en serio?

—¿Apostamos algo?

La besó entonces con pasión. Lo intentó, por lo menos. Inclinando la cabeza, posó sus labios en los de Alex, los oprimió, los comprimió más. Pero, al ver que ella no reaccionaba, se hizo hacia atrás y le dirigió una perpleja mirada.

—¿No?

—No.

—¿Y por qué no?

—Lo sabes tan bien como yo. Sería una estupidez. No debemos.

—He hecho muchas estupideces —dijo, posando su mano en la pechera del suéter de Alex—. Estupideces mayores.

—Pues yo no.

—Lo pasaríamos bien, Alex.

—Nunca lo sabremos.

Junior dejó resbalar su pulgar por el labio inferior de Alex, siguiendo el breve recorrido con los ojos.

—Ya sabes eso de... nunca digas nunca jamás.

Entonces se inclinó hacia ella y volvió a besarla, pero ya no con pasión, sino afectuosamente. Luego se apartó de ella y salió del coche.

En la puerta le dio un casto beso de despedida, con expresión indulgente y divertida. Alex estaba segura de que él creía que sólo se hacía rogar y que sólo era cuestión de tiempo que se rindiese.

Alex se había quedado tan perpleja por la pretensión de Junior, que tardó varios minutos en percatarse de que la lucecita roja del teléfono que indicaba que tenía un recado estaba parpadeando. Llamó a la recepción del motel, le dieron el mensaje y marcó el número que le habían dejado. Antes de que el médico se pusiese, ya sabía lo que iba a decirle. Pese a ello, sus palabras la impresionaron.

—Lo siento muchísimo, señorita Gaither. La señora Graham ha fallecido esta noche sin haber llegado a recuperar el conocimiento.

21

Alex llamó con los nudillos y aguardó hasta que Reede dijo «Pase», antes de entrar a su despacho.

—Buenos días. Gracias por dejarte ver tan pronto.

Se sentó en la silla, frente a la mesa del despacho. Sin preguntarle si le apetecía, Reede le sirvió un tazón de café, con un poco de leche, tal como sabía que a ella le gustaba, y se lo puso delante. Alex le dio las gracias asintiendo con la cabeza.

—Siento lo de tu abuela, Alex —dijo él al volver a sentarse en su chirriante silla giratoria.

—Gracias.

Alex se había ausentado de Purcell durante una semana para encargarse de todo el papeleo relativo al entierro de su abuela. Sólo Alex, unos cuantos ex compañeros de trabajo y algunos pacientes de la clínica habían asistido a la ceremonia religiosa en la capilla. Después del entierro, Alex había tenido que ocuparse de la ingrata tarea de recoger todas las pertenencias de su abuela de la habitación de la clínica. El personal del centro estuvo amable, pero, como había una lista de espera, necesitaban que dejase la habitación disponible de inmediato.

Había sido una semana emocionalmente agotadora. Al mirar el modesto féretro mientras sonaba una suave música de órgano, la había embargado una aplastante sensación de derrota. No había logrado cumplir la promesa que se había hecho a sí misma y a su abuela. No había conseguido averiguar a tiempo quién fue el asesino de Celina.

Y lo que mayor sensación de fracaso le producía es que no había podido ganarse la absolución y el amor de su abuela. Ya no tendría otra oportunidad; aquélla había sido la última.

Estuvo pensando seriamente en arrojar la toalla, en decirle a Greg que él estaba en lo cierto y que tenía que haberle hecho caso desde el principio. Le satisfaría que ella lo reconociese humildemente, y en seguida le asignaría otro caso.

Habría sido lo más fácil. No habría tenido que volver a poner los pies en Purcell ni afrontar la hostilidad que caía sobre ella como fuego graneado desde todo aquel que le presentaban; ni habría tenido tampoco que volver a mirar a la cara de ese hombre que despertaba en ella tantos y tan ambiguos sentimientos.

Desde el punto de vista legal, la base en la que podía apoyar su caso era demasiado débil para poder llevarlo ante un jurado. Pero desde su perspectiva personal, no podía abandonar. Estaba muy intrigada con los hombres que habían amado a su madre. Tenía que averiguar cuál de ellos la había matado, y en qué podía basarse su abuela para decir que ella fue la responsable de la muerte de su madre; sólo así podría absolverse de toda culpa o aprender a vivir con ella, pero no podía dejarlo sin resolver.

Por eso había regresado a Purcell. Miraba ese par de ojos verdes que habían estado asediando su pensamiento durante una semana, y seguía viendo en ellos el mismo magnetismo y la misma turbadora intensidad que recordaba.

—No estaba seguro de si volverías —le dijo él sin rodeos.

—Pues no tenías por qué dudarlo. Ya te dije que no iba a abandonar.

—Claro. Ya lo sé —dijo él con sequedad—. ¿Qué tal el baile de la otra noche?

Su pregunta la pilló desprevenida y la hizo ponerse a la defensiva.

—¿Cómo sabes que fui?

—Aquí se sabe todo.

—¿Te lo dijo Junior?

—No.

—No soporto el secreteo —se indignó Alex—. ¿Cómo sabes que estuve en el Club de Hípica y Tiro?

—Uno de mis agentes vio a Junior pasándose el límite de velocidad en la autopista la otra noche. Hacia las once, según él. Y me dijo que ibas con él en el coche.

Reede se lo había dicho sin mirarla, con la mirada fija en sus propias botas.

—Te diste mucha prisa en volver a tu motel.

—Tenía ganas de marcharme de aquel club, eso es todo. No me encontraba muy bien.

—¿No te sentó bien la barbacoa? ¿O fue la gente la que no te cayó bien? También a mí me revuelven el estómago algunas de las personas que frecuentan ese sitio.

—No fue la comida ni la gente. Fue, simplemente, una persona: Stacey Wallace..., Minton —explicó Alex, atenta a la reacción de Reede, que permaneció impasible—. ¿Por qué no me dijo nadie que Stacey había estado casada con Junior?

—No lo preguntarías.

Alex logró contenerse de puro milagro.

—¿Y a nadie se le ocurrió pensar que su apresurado matrimonio podía tener un significado?

—Pero no lo tuvo.

—Soy yo quien debe decidir si lo tuvo o no.

—Te apuesto lo que quieras a que no. Tú crees que sí, ¿eh?

—Así es. El escaso tiempo transcurrido entre la muerte de mi madre y el matrimonio de Junior siempre me ha llamado la atención. Y aún más que la novia resultase ser la hija del juez.

—No tiene nada de extraño.

—Es mucha coincidencia.

—Ni coincidencia siquiera. Stacey Wallace había estado enamorada, o encoñada, de Junior desde el primer día que lo vio. Todo el mundo lo sabía, incluso el propio Junior. Ella nunca se molestó en ocultarlo. Al morir Celina, Stacey vio que era su oportunidad y la aprovechó.

—Stacey no me dio la impresión de ser una oportunista.

—No seas ingenua, Alex. Todos somos oportunistas si deseamos algo desesperadamente. Estaba enamorada de él —subrayó Reede en tono impaciente—. Él estaba destrozado a causa de la muerte de Celina. Supongo que Stacey pensaría que su amor podía restañar la herida, que bastaría con eso.

—Pues no bastó.

—Claro. No pudo conseguir que Junior llegase a quererla. Ella no podía hacer que Junior dejase de mariposear —dijo Reede con patente enojo, mordisqueándose el labio—. ¿Y quién te ha contado estas cosas de Junior?

—La propia Stacey. Me abordó en el servicio y me acusó de trastornar su vida al reabrir el caso.

—Tiene arrestos la chica —dijo él asintiendo con aprobación—. Siempre me ha gustado.

—¿Ah, sí? ¿También tú te has acostado con ella? ¿O es que las hermanas Gail ya te tenían suficientemente saciado?

—¿Las hermanas Gail, eh? —exclamó Reede con una breve carcajada—. Seguro que no fue Stacey quien te habló de las famosas trillizas de Purcell.

—Junior me habló de ellas.

—Pues vaya nochecita.

—Muy educativa.

—¿Ah, sí? —balbució él—. ¿Y qué más aprendiste? Alex ignoró su insinuación.

—¿Por qué tuvieron tanta prisa? Junior no estaba enamorado de Stacey. Si consideramos la cuestión racionalmente, es de suponer que él tuviese algo que decir sobre la fecha. ¿Por qué se casaron tan precipitadamente?

—Ella debió de pensar que junio era un buen mes para la calentura.

—¡Haz el favor de no burlarte de mí! —exclamó ella, levantándose airadamente de la silla y yendo hacia la ventana.

Reede soltó un sordo y largo silbido.

—Pero hombre..., estás siempre de un humor de perros.

—Acabo de enterrar al último pariente que me quedaba —replicó ella indignada.

Reede juró entre dientes y se pasó los dedos por el pelo.

—Perdona, por un momento lo he olvidado. Pero imagino cómo te sientes. Recuerdo lo mal que lo pasé cuando enterré a mi padre.

Alex volvió la cabeza para mirarlo, pero él miraba al vacío.

—Angus y Junior —prosiguió Reede— fueron los únicos en toda esta puñetera ciudad que asistieron al funeral, que ni siquiera se celebró en la iglesia, ni en la funeraria, sino en el mismo cementerio. Luego Angus volvió al trabajo. Junior regresó al colegio para no perderse un examen de biología. Y yo volví a casa. Poco después de la hora del almuerzo, Celina vino a casa. Había faltado al colegio sólo para estar conmigo. Sabía que yo estaría deprimido, aunque odiase a aquel hijo de puta mientras vivió. Nos echamos los dos en mi cama y nos quedamos allí hasta que oscureció. Sabía que, si no volvía a casa, su madre se preocuparía. Ella lloró por mí, porque yo no podía.

Un embarazoso silencio llenó la habitación tras las palabras de Reede. Alex seguía de pie junto a la ventana, inmóvil pero conmovida. Le partía el corazón pensar en lo solo que debió de sentirse Reede al pasar por eso tan joven.

—¿Fue entonces cuando hiciste el amor con Celina por primera vez?

Reede la miró fijamente, se levantó de la silla y se acercó a ella.

—Ya que has sido tú la que ha sacado el tema, ¿qué me dices de ti?

La tensión estalló, igual que Alex.

—¿Por qué no dejas de jugar al gato y al ratón y lo preguntas sin rodeos?

—Si lo prefieres —dijo con una desdeñosa sonrisa—. ¿Ya te ha echado un polvo?

—Qué hijo de puta eres.

—¿Sí o no?

—¡No!

—Apuesto a que lo ha intentado. Siempre lo hace —dijo, con una sonrisa bronca y provocadora—. Bingo —añadió, alargando la mano y acariciando sus mejillas con el dorso de los dedos—. Se ha ruborizado usted, señoría.

Alex rechazó la caricia de un manotazo.

—Vete a hacer puñetas —le dijo.

Estaba furiosa consigo misma por haberse ruborizado como una colegiala delante de él. No era asunto suyo con quién se acostase. Pero lo que más la turbó fue que a él no pareciese importarle. Si hubiese tenido que interpretar el brillo de sus ojos, lo habría podido considerar burlón, desdeñoso, pero en modo alguno reflejo de que estuviese celoso.

—¿Y por qué os peleasteis tú y Celina? —preguntó ella de pronto, para contraatacar.

—¿Celina y yo? ¿Cuándo?

—La primavera del penúltimo curso. ¿Por qué se fue ella a El Paso aquel verano y empezó a salir con mi padre?

—Puede que necesitase un cambio de decoración —repuso él en tono descreído.

—¿Y sabías hasta qué punto la quería tu mejor amigo?

La impertinente sonrisa de Reede desapareció.

—¿Ha sido Junior quién te ha dicho eso? —preguntó.

—Yo lo sabía antes de que él me lo dijese. Pero en aquellos momentos, ¿sabías que él estaba enamorado de ella?

Reede hizo un leve amago de encogimiento de hombros.

—Casi todos los chicos del colegio...

—No estoy hablando de la atracción que pudiese ejercer una chica como ella, Reede —dijo Alex, cogiendo a Reede de la manga de la camisa como para subrayar lo importante que su respuesta era para ella—. ¿Conocías cuáles eran los sentimientos de Junior hacia mi madre?

—¿Y qué si así fuese?

—Me dijo que tú le habrías matado si hubiese intentado algo con ella; que los habrías matado a los dos si te hubiesen traicionado.

—Es una manera de hablar.

—Eso es exactamente lo que dijo Junior, pero yo no lo creo —repuso ella sin tapujos—. Creo que allí había un hervidero de pasiones. Creo que vuestras relaciones eran muy complejas y «solapadas».

—¿Qué relaciones?

—Tú y mi madre os queríais, pero ambos queríais también a Junior. ¿No sería un triángulo amoroso en el más literal sentido de la expresión?

—¡Qué coño estás insinuando! ¿Crees que Junior y yo somos un par de «locas»?

De pronto él le cogió la mano y se la llevó a la bragueta.

—Toca, toca, nena. ¿La notas? La he tenido más tiempo dura que floja pero nunca se me ha empinado por un marica.

Pasmada y azorada, Alex retiró la mano y se la frotó inconscientemente en el muslo como para borrar una marca.

—Eres un obseso, sheriff Lambert —le espetó ella, muy agitada—. Lo que quiero decir es que tú y Junior debíais de profesaros ese cariño de hermanos de sangre, como los indios. Lo que no quiere decir que no rivalizaseis.

—Yo no rivalizo con Junior.

—Puede que conscientemente no, pero los demás os han obligado a competir. Y, ¿sabes quién es el que siempre gana? Tú. Eso es lo que te preocupaba entonces. Y te sigue preocupando.

—¿Otra de tus chorradas psicológicas?

—No es sólo mi opinión. Stacey vino a decir lo mismo la otra noche, y no porque yo lo propiciase. Me dijo que la gente siempre os comparaba, y que Junior siempre quedaba en segundo plano.

—No puedo hacer nada sobre lo que piense la gente.

—Y vuestra rivalidad llegó a su clímax con Celina, ¿no es así?

—No sé por qué me lo preguntas; según parece, has sacado tus propias conclusiones.

—Y también en eso ganaste. Junior quería a Celina para él, pero tú te adelantaste.

Siguió un largo silencio. Reede se la quedó mirando con la concentración del cazador que tiene al fin a su presa en el punto de mira. Los rayos de sol que penetraban a través de la persiana se reflejaban en los ojos de Reede, en su pelo, en sus cejas, amenazadoramente enarcadas. Él rompió entonces el silencio con voz pausada.

—Lo haces muy bien, Alex, pero no esperes que yo te aclare ese extremo.

Reede hizo ademán de alejarse, pero Alex lo cogió de los brazos.

—¿Pero acaso no eras tú quien tenía relaciones con ella? ¿Qué importa que digas ahora que sí o que no?

—Nunca revelo secretos de alcoba —dijo él, fijando los ojos en el cuello de Alex, que palpitaba agitado, y volviendo a retirar la mirada—. Y tú deberías alegrarte de que proceda así.

Alex se sintió recorrida por el deseo, tan cálido y desbordante como la luz de la mañana. Ansiaba sentir de nuevo sus firmes labios en los suyos, la rugosidad de su diestra lengua en su boca. Se sintió anegada de deseo y desgarrada por no poder tener lo que desesperadamente anhelaba.

Ni él ni ella se percataron de que estaban siendo observados desde la calle, ante ese sol que era como un foco.

Alex tratando de salir de la embarazosa tensión, de aquel dudoso presente, volvió al perturbador pasado.

—Junior me dijo que tú y Celina fuisteis algo más que novietes —dijo Alex, tratando de provocarlo de nuevo—. Me lo contó todo acerca de tus relaciones con ella, así que da igual que lo reconozcas o no. ¿Cuándo... tú y mi madre...?

—¿Que cuándo jodimos?

Aquella grosera palabra, dicha con una voz bronca y baja, la encendió. Era una palabra que nunca hasta entonces le había parecido erótica. Tragó saliva y asintió con la cabeza de manera casi imperceptible.

De pronto él llevó la mano a la nuca de Alex y la atrajo hacia sí, acercando su cara hasta casi tocar la de ella y fulminándola con la mirada.

—Junior le ha dicho a usted una mierda, señoría —le susurró—. Déjate de trucos conmigo para tirarme de la lengua, escarbando en secretos de alcoba. No nací ayer, te llevo dieciocho años. Ni te imaginas lo que soy capaz de sacarme de la manga; no voy a picar con lo que te saques tú.

Reede oprimió la nuca de Alex con más fuerza y ella notó que el calor de su aliento encendía su rostro.

—¡Ni se te ocurra volver a interponerte entre Junior y yo! ¿Lo oyes? Peléate con nosotros o jódenos, pero no vayas por ahí dando palos de ciego sobre algo que desconoces.

Reede entornó los ojos con siniestra intensidad.

—Tu madre tenía la mala costumbre de tirar demasiado de ambos extremos de la cuerda, Alex, debió de hartar a alguien antes de que le diese tiempo de aprender la lección. Harías bien en aprenderla tú antes de que te suceda algo.

—La mañana había sido un desastre por lo que se refiere a descubrir nuevas pistas. No podía dejar de pensar en la turbadora conversación que había tenido con Reede. Si un agente no llega a interrumpirles, al llamar a la puerta del despacho, no sabía si hubiese fulminado a Reede con la mirada o si se hubiese plegado al imperioso deseo de apretarse contra él y besarlo.

A mediodía desistió de concentrarse y cruzó la calle para ir a almorzar al café B&B. Como la mayoría de la gente que trabajaba en el centro de la ciudad, ella solía ir allí. Ya no se interrumpían las conversaciones cuando entraba. Y muchas veces Pete la saludaba si no estaba demasiado ocupado en la cocina.

Se tomó el almuerzo con absoluta calma, jugueteando con el cenicero de cerámica, que representaba una figura de armadillo, y hojeando el folleto que Pete había hecho imprimir explicando cómo se cocina la serpiente de cascabel.

Mataba el tiempo, detestando la idea de volver a su destartalado despacho del sótano del juzgado para quedarse allí mirando al techo, dándole vueltas a pensamientos inquietantes y reconsiderando hipótesis que cada vez le parecían más disparatadas. Pero había algo que no se le iba de la cabeza. ¿Tuvo alguna relación la muerte de Celina con el apresurado matrimonio de Junior con Stacey Wallace?

Al salir del bar, su mente no había abandonado esta idea. Con la cabeza gacha para protegerse del frío viento, fue hasta la esquina. El semáforo, uno de los pocos que había en la ciudad, cambió justo en el instante que ella llegó junto al bordillo. Iba ya a cruzar el agrietado y hollado cemento cuando alguien la cogió del brazo por detrás.

—Reverendo Plummet —exclamó Alex, sobresaltada.

Los últimos acontecimientos habían hecho que él y su tímida esposa casi se hubiesen borrado de su mente.

—Señorita Gaither —dijo el reverendo en tono de reconvención—. La he visto con el sheriff esta mañana.

Los ojos del reverendo la acusaban de innumerables pecados.

—Me ha decepcionado —añadió Plummet.

—No acabo de entender...

—Además... —la interrumpió él con la tonante voz de predicador callejero—, ha decepcionado al Todopoderoso —clamó, desorbitando los ojos y entornándolos después—. Se lo advierto, el Señor no tolerará verse burlado.

Alex se humedeció nerviosamente los labios y miró a su alrededor como buscando una escapatoria que no sabía por dónde encontrar.

—Nunca se me ocurriría ofenderles ni a usted ni a Dios —dijo ella, sintiéndose como una estúpida por decir algo semejante.

—Aún no ha metido entre rejas al inicuo.

—No he encontrado todavía ninguna razón para hacerlo. No he terminado mi investigación. Y, para dejar las cosas bien sentadas, reverendo Plummet, no he venido aquí a meter a nadie entre rejas.

—Está siendo usted demasiado blanda con los impíos.

—Si con eso quiere decir que estoy investigando con imparcialidad, sí.

—La he visto esta mañana confraternizando con ese hijo del demonio.

Los ojos de maníaco del reverendo impresionaban de puro repelente. Ella, no obstante, le devolvió la mirada.

—¿Se refiere usted a Reede?

El reverendo emitió un siseo como si la sola mención del nombre evocase a un mal espíritu que hubiese que conjurar.

—No se deje atrapar por sus artimañas.

—Ya puede estar seguro de que no.

El reverendo se le acercó un poco más.

—Sólo el demonio conoce la debilidad de las mujeres. Se vale de sus suaves y vulnerables cuerpos para canalizar sus poderes. Son cuerpos manchados y hay que lavarlos mediante un regular flujo de sangre.

«Este tío no sólo está loco sino además está enfermo», pensó Alex horrorizada.

Plummet le dio tal palmetazo a su Biblia, que sobresaltó a Alex. Luego levantó el índice acusadoramente.

—¡Desecha toda tentación, hija! —gritó—. Ordena que todo impulso lascivo abandone tu corazón, tu mente y tu cuerpo. Que así sea —bramó.

Plummet hizo un desmayado gesto, como si el exorcismo lo hubiese vaciado de toda energía. Alex se quedó perpleja de incredulidad. Al reaccionar, miró a su alrededor con embarazo, confiando en que nadie hubiese presenciado la demencial escena y su involuntaria participación en ella.

—No tengo impulsos lascivos, que yo sepa. Así que, perdóneme pero tengo que dejarle; se me hace tarde.

Alex cruzó la calle pese a que el semáforo aconsejaba lo contrario.

—Dios confía en usted. Está impaciente. Si traiciona su confianza...

—Sí... Me esforzaré más. Adiós —dijo Alex sin detenerse.

Pero el reverendo se abalanzó sobre ella y la cogió por los hombros.

—Que Dios la bendiga, hija. Que Dios la bendiga a usted y a su sagrada misión —dijo, agarrándola de una mano y dejando en su palma un panfleto pobremente impreso.

—Gracias.

Alex se apartó del reverendo y echó a correr, dejando al predicador atrás. Enfiló las escaleras del juzgado sin parar de correr y se perdió tras la puerta. Miró hacia atrás, sin embargo, para asegurarse de que el reverendo no la seguía, y se topó con Reede, que la atrajo hacia su pecho.

—¿Qué puñeta te pasa? ¿Dónde has estado?

Alex deseó apoyarse en él, sentir su protectora fuerza, hasta que su corazón sosegase su latido, pero no se atrevió a permitirse ese lujo.

—En ninguna parte. Quiero decir que salí. A almorzar. En el café B&B y, uf, he venido corriendo.

Reede se la quedó mirando y notó que estaba sofocada y con el pelo algo alborotado.

—¿Qué es esto? —preguntó, al ver el panfleto que ella estrujaba con la mano.

—Nada —repuso ella, tratando de metérselo en el bolsillo del chaquetón.

Reede se lo arrebató de la mano. Le echó un vistazo, lo hojeó y leyó el mensaje que anunciaba el Día del Juicio Final.

—¿Tú con estas cosas?

—¡Pero qué dices! Un predicador, acaba de dármelo en la calle. Deberías dedicar más tiempo a espantar panfletistas de las calles de tu ciudad, sheriff —dijo ella, reconviniéndole—. Son una molestia.

Y, sin decir más, se alejó de él y bajó a su despacho.

22

Nora Gail se incorporó y recuperó la vaporosa prenda con la que había entrado en el dormitorio.

—Gracias —le dijo Reede.

Ella le dirigió una mirada de reproche por encima del hombro, blanco como la leche.

—Qué romántico —repuso ella en tono jocoso.

Los brazos de Nora asomaron por las fruncidas mangas de su camisón, saltó de la cama y se dirigió a la puerta.

—Tengo que echar un vistazo. Ahora vuelvo y hablamos —dijo, dándole un toquecito a sus bucles y saliendo del dormitorio.

Reede la observó mientras se alejaba. Nora aún tenía un cuerpo firme, pero en pocos años se pondría hecha una vaca. Sus grandes pechos se ajarían. Sus aparatosos pezones parecerían grotescos sin el tono muscular que los controlase. Su vientre suave y ligeramente prominente estaría blando. Se le agrietarían los muslos y el culo.

Aunque la considerase una amiga, en ese momento la odiaba. Y aún se odiaba más a sí mismo. Odiaba la necesidad física que le inducía a esa pantomima de intimidad con una mujer.

Copulaban, probablemente de manera más compulsiva y con menos ternura que algunas especies de animales. El orgasmo debía de haber servido de desahogo y catarsis. Debía de haberle parecido estupendo. Pero no.

Ya no se lo parecía. Y desde hacía algún tiempo menos aún.

«Mierda», masculló. Probablemente seguiría acostándose con ella hasta la vejez. Le resultaba cómodo y sin complicaciones. Ambos sabían lo que eran capaces de dar y no pedían nada más. Por lo que a Reede se refería, lo que aquello tuviese de pasión se basaba en la necesidad, no en el deseo, y desde luego, no en el amor.

Se había corrido. Y ella también. Nora solía decirle que él era uno de los pocos hombres capaces de hacerla correrse. Pero no se sentía muy halagado, porque podía ser, y probablemente era, una mentira.

Asqueado, Reede abrió la cama y puso los pies en el suelo. Había un paquete de cigarrillos en la mesita de noche, regalo de la casa; esa especie de cerbatanas cuidadosamente enrolladas por las que se suele pagar. Encendió uno de los cigarrillos, algo que rara vez hacía ya, e inhaló profundamente el humo. Echaba de menos el cigarrillo de después de hacer el amor más que ningún otro, quizá porque la nicotina castigaba y contaminaba su cuerpo, que continuamente lo traicionaba con sus saludables impulsos sexuales.

Se sirvió una copa de la botella que había en el mueble bar —y que le cargarían en la cuenta aunque se tirase a la mismísima dueña— y la vació de un trago. Su esófago lo acusó y sintió un espasmo. Le escocieron los ojos. El whisky le provocó un lento y lánguido calor en el vientre y en la ingle. Empezó a sentirse relativamente mejor.

Se echó en la cama y miró al techo, con el deseo de dormir pero conformándose con aquellos ansiados momentos de relajación durante los que no tenía que hablar, ni moverse, ni pensar.

Cerró los ojos. La imagen de un rostro, bañado por la luz del sol y enmarcado por un pelo suelto, castaño rojizo, se proyectó en sus párpados. Su pene, que debía de haber estado flácido y exhausto, estaba erguido y duro, y le producía una sensación más placentera que hacía un rato.

Reede no trató de conseguir que la imagen se borrase de su mente, como solía hacer. Dejó que siguiese allí frente a él, ampliándose. Se recreaba con su fantasía. Veía sus ojos azules parpadeando sorprendidos de su propia seducción, su lengua lamiendo nerviosamente su labio inferior. La sintió a su lado, con el corazón latiendo acompasadamente con el suyo, con el pelo entrelazado en sus dedos.

Sintió de nuevo el sabor de su boca y notó su lengua jugando tímidamente con la suya. No notó su propio gemido ni la contracción de su pene. Una gota coronó la punta. Tuvo que ahogar un suspiro.

—¡Reede!

La puerta se había abierto de pronto y Nora había irrumpido despojada de su serenidad y compostura habituales.

—¡Reede! —repitió Nora sin aliento.

—¿Qué coño pasa?

Saltó de la cama con un ágil movimiento. No se sintió incomodado por la excitación que evidenciaba su miembro. Algo grave estaba sucediendo.

Desde que conocía a Nora, nunca la había visto perder su aplomo, pero la expresión de sus ojos era de alarma. Antes de que ella empezase hablar, Reede ya se había puesto los calzoncillos.

—Acaban de llamar.

—¿Quién?

—De tu despacho. Una emergencia.

—¿Dónde? —preguntó Reede, que ya se había puesto los tejanos, y estaba abrochándose la camisa y calzándose las botas.

—El rancho.

Reede sintió un escalofrío y ladeó la cabeza hacia ella.

—¿El rancho de los Minton?

Nora asintió con la cabeza.

—¿Qué clase de emergencia?

—El agente no lo ha dicho. Te juro que no lo ha dicho

—se apresuró a subrayar Nora, anticipándose a la insistencia de Reede.

—¿Algo personal o profesional?

—No lo sé, Reede. Me ha dado la impresión de que es una combinación de ambas cosas. Sólo me ha dicho que tienes que ir inmediatamente. ¿Puedo ayudarte en algo?

—Sí. Llama y diles que voy para allá —respondió Reede, cogiendo su chaquetón y su sombrero y precipitándose hacia el pasillo, casi arrollando a Nora—. Gracias —añadió.

—Ya me dirás lo que ha pasado —le gritó ella, inclinándose sobre la barandilla y viendo cómo bajaba las escaleras de cuatro en cuatro.

—Cuando pueda.

Instantes después Reede cerraba la puerta tras de sí, saltaba la barandilla del porche y echaba a correr hacia el rancho.

Alex estaba profundamente dormida y no asoció con la realidad el hecho de oír llamar a su puerta. Subconscientemente pensó que los golpecitos eran parte de su sueño. Al final, la voz la despertó.

—Levántate y abre la puerta.

Alex se incorporó, amodorrada, y encendió la lamparita de la mesilla de noche. Nunca acertaba con el interruptor ni a tiros. Cuando al fin lo consiguió, parpadeó deslumbrada por la luz.

—¡Alex, hostia! ¡Levántate!

Parecía que fuesen a echar la puerta abajo.

—¿Reede? —dijo ella a medio bostezo.

—Si no te levantas antes de diez segundos...

Alex miró el reloj de la estantería de la cabecera de la cama. Eran casi las dos de la madrugada. El sheriff debía de estar loco o borracho. Y, tanto si era lo uno como lo otro, no le iba a abrir la puerta en su estado, totalmente fuera de sus casillas.

—¿Qué quieres?

Alex se encontró de pronto con que los furiosos golpes estaban astillando la puerta, casi reventándola; finalmente, de una patada echó la puerta abajo e irrumpió en el dormitorio.

—¿Pero es que te has vuelto loco, o qué? —gritó ella, protegiéndose con la colcha al incorporarse súbitamente.

—Vengo a buscarte.

Reede agarró a Alex por la cintura con colcha y todo, la sacó de la cama sin contemplaciones y la dejó en pie. Luego le quitó la colcha, arrebatándosela de las manos. Alex se quedó allí inmóvil, temblando, sólo con las medias y una camiseta, que constituían su habitual atuendo para dormir. Habría sido difícil decir quién de los dos estaba más furioso y perplejo.

—Espero que tengas una buena razón para echar mi puerta abajo, sheriff.

—La tengo —dijo él, acercándose a la cómoda.

Reede abrió uno de los cajones y empezó a rebuscar entre las prendas.

—Pues me gustaría saberla.

—Ya la sabrás —dijo Reede mientras revolvía otro cajón.

Alex se acercó a él y cerró el cajón con un golpe de cadera que casi le pilla los dedos.

—¿Qué buscas?

—Ropa. A menos que quieras salir como estás.

Reede señaló a las medias que cubrían más de la mitad de los muslos de Alex. Las puntillas que protegían su entrepierna captaron su atención durante unos tensos segundos, antes de que sus ojos diesen en el hueco de la pared, que hacía las veces de armario, y que era donde ella tenía su ropa colgada.

—¿Dónde están tus tejanos? —le preguntó él con voz áspera.

—Yo no voy a ninguna parte. ¿Sabes qué hora es?

Reede tiró de las perneras de los tejanos que asomaban

colgados de una percha y que se deslizaron por la varilla hasta caer al suelo.

—Sí —repuso él, sin entretenerse en contemplaciones y tirándole los tejanos—. Póntelos. Y esto también —añadió, acercándole unas botas que Alex tenía por allí.

Reede la miró, llevándose las manos a la cintura con cara de pocos amigos.

—Bueno, ¿a qué esperas? ¿Quieres que te vista yo?

Alex no acertaba a imaginar qué podía haber hecho ella para que se pusiese así. Pero era obvio que la patente lividez de Reede se debía a algo. Si quería jugar a cavernícolas, habría que seguirle la corriente. Iría, pero de mala gana. Le dio la espalda y se puso los tejanos. Cogió un par de calcetines de uno de los revueltos cajones de la cómoda, los sacudió y se los puso; después se calzó las botas. Luego se dio la vuelta y lo miró entre desafiante e irónica.

—Ya estoy vestida. ¿Vas a decirme ahora de qué va todo esto?

—Por el camino.

Reede cogió un jersey de la percha y se lo encasquetó a Alex, acompañándole los brazos para meterle las mangas y alisándoselo luego sobre las caderas. El estrecho cuello le atrapó la melena, y Reede liberó el pelo con los dedos. Pero luego no retiró la mano. En lugar de ello, sus dedos ciñeron la nuca de Alex y le echó la cabeza bruscamente hacia atrás. Reede temblaba de lo furioso que estaba.

—Debería ahogarte.

Pero no la ahogó, no. Lo que hizo fue besarla, besarla apasionadamente.

Los labios de Reede oprimieron los de Alex. Paseó la lengua por sus encías sin el menor asomo de ternura. Fue un beso furioso, impulsado por una furiosa pasión, e interrumpido luego bruscamente.

El chaquetón de Alex estaba sobre una silla. Reede se lo alcanzó.

—Toma.

Alex estaba demasiado sobresaltada para pensar o discutir, y se puso el chaquetón. Reede la empujó por el vano de la puerta.

—¿Y la puerta qué? —preguntó ella desmayadamente.

—Enviaré a alguien para que la arregle.

—¿A estas horas de la noche?

—Déjate ahora de puertas —gruñó él.

Reede la sacó casi en volandas, acompañándole el culo con la mano y aupándola al Blazer, que había dejado con el motor en marcha. Las luces de emergencia parpadeaban en el techo del vehículo.

—¿A qué esperas para darme una explicación? —preguntó ella, mientras el coche enfilaba la autopista cogiendo una curva a toda velocidad. El cinturón de seguridad no le sirvió de mucho. Basculó sobre Reede y tuvo que agarrarse a su muslo para no darse contra el salpicadero.

—Por el amor de Dios, Reede. Dime qué ha pasado.

—Le han pegado fuego al rancho de los Minton.

23

—¿Que le han pegado fuego? —repitió ella con un hilillo de voz.

—Deja de hacerte la ingenua, ¿vale?

—Pero ¡qué dices!

Reede golpeó con el puño el volante.

—¡Cómo habrás podido dormir, me pregunto yo!

Alex lo miró aterrada.

—¿Es que insinúas que yo tengo algo que ver?

Reede volvió a concentrarse en la carretera. Sus facciones estaban tensas y su piel reflejaba la verdosa tonalidad de las luces que parpadeaban en el techo del coche. La radio de la policía proyectaba su ruido característico mezclado con un caos de altisonantes comunicaciones entrecruzadas. Como iban solos por la autopista, la sirena era innecesaria, pero las luces de emergencia eran obsesivas y hacían que Alex se sintiese como atrapada en el interior de un extraño calidoscopio.

—Creo que tienes mucho que ver; tú y tu íntimo amigo y colega.

La perpleja expresión de Alex no hizo sino enfurecerlo más.

—El reverendo Fergus Plummet —espetó él—. El reverendo es buen amigo tuyo, ¿eh?

—¿Plummet?

—¿Plummet? —repitió él imitando el tono de voz de

Alex con deliberada impertinencia—. ¿Cuándo cocisteis la idea? ¿La noche en que te visitó en la habitación del motel, o el otro día, frente al B&B?

Alex respiraba entrecortadamente.

—¿Cómo sabes que lo vi?

—Lo sé y basta. ¿De quién fue la idea?

—Él y su esposa se presentaron en mi habitación. Nunca había oído hablar de él. Ese hombre es un maníaco.

—Pero eso no te ha impedido reclutarlo para tu causa.

—No he hecho semejante cosa.

Jurando entre dientes, Reede cogió el micrófono del transmisor de la radio y se lo acercó a su boca para decirle a uno de los agentes que estaban en el rancho que se encontraba a sólo unos minutos de allí.

—Diez-cuatro, Reede. Cuando llegue vaya directamente al establo número dos.

—¿Por qué?

—No lo sé. Sólo me han dicho eso.

—Diez-cuatro. Ya estoy frente a la entrada.

Salieron de la autopista y enfilaron una carretera privada. A Alex le dio un vuelco el estómago al ver la humareda que se elevaba desde uno de los establos. Ya no se veían llamas, pero el techo y las llamas de los establos adyacentes estaban siendo intensamente rociados con los chorros de las mangueras. Los bomberos, con botas e impermeables, trataban desesperadamente de contener el fuego.

—Han podido controlarlo antes de que se produjese un desastre —dijo Reede con aspereza.

Varios vehículos de la policía, bomberos y ambulancias estaban estacionados frente al establo y la mansión. Casi todas las ventanas de la planta baja estaban rotas, y la fachada estaba llena de apocalípticas pintadas hechas con aerosoles.

—Había un montón. Parece que se han dedicado a darse varias vueltas por todas partes lanzando piedras a las ventanas; eso, después de haber hecho lo gordo. Ya puedes ver qué bien se le da la pintura al aerosol a tu ángel exterminador —dijo Reede, mordiéndose el labio sarcásticamente—. Han echado estiércol en los abrevaderos. Vaya amigos de postín que tiene, señoría.

—¿Ha habido heridos?

La escena era horrible. Alex sentía una opresión en el pecho que casi le impedía respirar.

—Uno de los entrenadores.

Alex ladeó la cabeza hacia Reede con expresión de perplejidad.

—Oyó el follón —prosiguió él—, salió corriendo del barracón y tropezó. Se ha roto el brazo.

Del tejado del establo número dos ya no salían llamas. Reede detuvo el Blazer enfrente y dejó a Alex allí sentada mientras él iba al interior. Alex, que se sentía como si los brazos y las piernas le pesasen una tonelada, salió del coche y lo siguió, abriéndose paso entre los bomberos.

«¿Qué pasa?», oyó que preguntaba Reede, que corría por el pasillo central del establo.

Se oía un quejumbroso relincho, de dolor sin duda; el sonido más lastimero que Alex hubiese oído jamás. Reede aceleró en su carrerilla.

Los Minton estaban en pijama, apiñados en la penumbra, frente a una de las cuadras. Sarah Jo lloraba a moco tendido. Angus trataba en vano de consolarla con unas condolidas palmaditas en la espalda. Junior la tenía cogida de la mano y con la otra atajaba un bostezo. Reede los hizo a un lado, pero se detuvo en seco en la entrada de la cuadra.

—¡Por Dios bendito! —exclamó Reede, que soltó luego una retahíla de tacos y dejó escapar un desesperado gemido que hizo que Alex se estremeciese al oírlo en la penumbra.

Un tipo barrigón y con gafas se interpuso en el campo de visión de Alex. Tenía todo el aspecto de acabar de haber sido arrancado de la cama. Le habían embutido una americana de pana sobre dos chaquetas de pijama. Posando la mano sobre el brazo de Reede, el barrigón movió su calva cabeza, contrito.

—No hay nada que yo pueda hacer por él, Reede. Tendremos que sacrificarlo.

Reede miró al veterinario, aturdido, sin hablar y respirando con gran agitación.

Los sollozos de Sarah Jo se hicieron más perceptibles. Se tapó el rostro con las manos.

—Anda, mamá, deja que te lleve a casa —dijo Junior, rodeando su cintura con el brazo para alejarla de allí.

Angus dejó caer los brazos a ambos costados con expresión de impotencia. Sarah Jo y Junior fueron lentamente pasillo adelante, y sólo se percataron de la presencia de Alex al llegar a su altura. En cuanto Sarah Jo la vio, emitió un chillido ahogado y la señaló acusadoramente con el índice.

—Usted. Usted nos lo ha hecho.

Alex trató de replicar.

—Yo...

—Es culpa suya, entrometida, ¡puerca rencorosa!

—Mamá... —dijo Junior, no a modo de reconvención sino condolido.

Agotada por su propio estallido, Sarah Jo se hundió en los brazos de Junior, que miró a Alex con fijeza, más perplejo que acusador. Sin decir una palabra, siguió caminando con Sarah Jo, que iba traspasada por el dolor, con la cabeza apoyada en su pecho.

—¿Cómo ha sucedido, Ely? —preguntó Reede, sin percatarse del otro drama.

—Una viga que ha debido de caerle encima a plomo y le ha partido la paletilla —respondió Ely, que era el veterinario.

—Dele algún calmante, por Dios.

—Ya se lo he puesto, y es fuerte, pero no lo bastante, tal como está —dijo mirando al pobre animal—. Y, además, tiene el fémur destrozado. No quiero ni imaginar las lesiones internas que puede tener. Aunque pudiera recuperarlo, lo más probable es que no se restableciera jamás, y no podrías contar con él para semental.

Permanecieron en silencio un instante, oyendo los lastimeros quejidos del animal.

—Gracias, Ely. Ya sabemos que has hecho todo lo que has podido —dijo al fin Angus.

—Lo siento, Angus, Reede... —dijo el veterinario, muy afectado—. Lo mejor es que salgan y lo dejen. Voy un momento al consultorio a buscar una inyección se la pondré en seguida.

—No.

La negativa salió con aspereza de los labios de Reede.

—Lo mataré yo.

—No debes hacerlo, Reede. La inyección es...

—No puedo dejar que esté todo ese rato...

—No serán ni diez minutos.

—He dicho que lo haré yo —gritó Reede angustiado.

Angus intervino, dándole una palmada en el hombro al bienintencionado veterinario para atajar toda discusión.

—Ve a casa, Ely. Perdona que te hayamos sacado de la cama.

—No sabéis cuánto lo siento. Me he ocupado de *Double Time* desde que nació.

Alex se tapó la boca con la mano. *Double Time* era un caballo al que Reede adoraba. El veterinario se dirigió hacia otra puerta de salida y no vio a Alex.

Los bomberos se daban voces los unos a los otros en el exterior. Otros caballos relinchaban, amedrentados, y pateaban, inquietos, el suelo de las cuadras. Pero los relinchos sonaban distantes y ajenos al tenso silencio de la cuadra donde estaba *Double Time*.

—No te desesperes, Reede. ¿Quieres que me quede?

—No, no te preocupes. Ve con Sarah Jo. Yo me ocupo de todo.

Angus iba a insistir en quedarse con él, pero optó por hacerle caso. Al pasar frente a Alex, le dirigió una dura y acerada mirada, pero se alejó sin decir palabra.

Alex sintió ganas de llorar al ver a Reede arrodillado sobre el heno, acariciándole el morro al caballo herido.

—Has sido muy bueno... —le susurró a *Double Time* con ternura—. Diste todo lo que tenías, y más.

El animal relinchó, como suplicando.

Reede se puso lentamente en pie y se llevó la mano a la funda del revólver. Desenfundó, comprobó el tambor y apuntó al animal.

—¡No! —gritó Alex, irrumpiendo desde las sombras y sujetándole el brazo—. No, Reede, por favor, no lo hagas. Deja que lo haga otra persona.

Alex había visto a los más duros asesinos, tras ser sentenciados a muerte, volverse al fiscal, al juez, al jurado, y llenarlos de improperios jurando vengarse desde la tumba. Pero nunca había visto una mirada tan llena de odio como la que Reede le dirigió.

Reede tenía los ojos vidriosos a causa de las lágrimas y del odio. Inesperadamente rodeó la cintura de Alex y atrajo su espalda hacia su pecho. Ella forcejeó y él empezó a jurar y a oprimir el pecho de Alex con su brazo. Luego cogió con su mano izquierda la mano derecha de Alex e hizo que sus reacios dedos rodeasen la culata de su revólver, de manera que prácticamente lo empuñaba cuando él apuntó al caballo entre los ojos y apretó el gatillo.

—¡No! —gritó Alex en el mismo instante en que el revólver cayó de su mano. El sordo estallido pareció rebotar en las paredes de piedra del establo y emitir una interminable vibración. Los caballos relinchaban y piafaban amedrentados. Se oyó gritar a alguien en el exterior, y varios bomberos irrumpieron en el establo para ver a qué se debía aquel disparo.

Reede apartó a Alex de sí.

—Esto es lo que debías de haber hecho antes que nada, y ahorrarle la agonía —le dijo él con la voz descompuesta por la ira.

—El incendio ha sido completamente sofocado, señor Minton —dijo el jefe de bomberos—. Hemos comprobado toda la instalación, todo el material aislante y los cables que pasan por el tejado. Los daños han sido superficiales. Lástima de ese pura sangre de Reede Lambert —añadió, apretando los labios.

—Gracias por todo lo que han hecho. Siempre he dicho que nuestro Servicio de Bomberos es el mejor de West Texas.

Angus había recuperado un poco el buen ánimo, pero sus facciones denotaban una gran fatiga. Estaba haciendo de tripas corazón, resuelto a no dejarse afectar por aquello. Alex no pudo evitar admirar su temple y su optimismo.

Padre e hijo estaban sentados frente a la mesa de la cocina, y se hubiese dicho que Angus se había pasado toda la noche jugando al póquer, en lugar de haberla pasado en vela a causa de los estragos sufridos en su propiedad y por la pérdida de un caballo.

—Nos vamos —dijo el jefe de bomberos, poniéndose el casco y dirigiéndose hacia la puerta trasera—. Mandaré a alguien mañana para buscar pistas. Sin duda, ha sido un incendio provocado —añadió, mientras se alejaba.

—Colaboraremos en todo lo que podamos —dijo Angus—. Estoy muy agradecido de que hayan acudido en seguida y hayan conseguido controlar el fuego.

—Hasta luego.

El jefe de bomberos se cruzó con Reede al salir. Reede hizo como si no viese a Alex, que estaba de pie, apoyada en la pared con apocado talante, y fue a servirse un tazón de café de la cafetera que Lupe acababa de traerles.

—Ya han limpiado los abrevaderos. Los caballos no se van a envenenar con sus propios excrementos —dijo con displicencia—. Hemos tapado con cartones todas las ventanas para que no os congeléis esta noche. Todavía queda mucho por limpiar.

—Ya —dijo Angus, levantándose del sillón con un suspiro—, pero no podremos hacer nada hasta que amanezca; así que me voy a la cama. Gracias, Reede. Has hecho mucho más de lo que estás obligado como sheriff.

Reede asintió con la cabeza, como dándole las gracias.

—¿Cómo está Sarah Jo?

—Junior le ha hecho tomar un tranquilizante.

—Ahora duerme —dijo Junior, levantándose también del sillón—. ¿Quieres que te acompañe con el coche, Alex? No irás a andar por ahí a estas horas de la noche.

—He querido que viera su trabajito —dijo Reede.

—¡No he tenido nada que ver con esto! —gritó ella.

—Puede que directamente no —dijo Angus con sequedad—, pero esa maldita investigación tuya lo ha provocado. Llevamos años aguantando a ese predicador, que no para de echar fuego por la boca. No esperaba más que una oportunidad para justificar una proeza así. Se lo has puesto en bandeja.

—Siento que lo veas de este modo, Angus.

Se podía cortar la tensión en el ambiente. Nadie movía un solo músculo. Incluso la criada dejó de fregar la vajilla. Finalmente, Junior se acercó a Alex y la cogió del brazo.

—Vamos, que ya es muy tarde.

—La acompañaré yo —dijo Reede, cortante.

—Como quieras.

—De todas maneras ya me iba.

—Sí... Apuesto a que no haréis otra cosa que hablar sobre lo que ha pasado aquí.

—¿Y a ti qué coño te importa de lo que hablemos?

—De acuerdo. Acompáñala tú a casa —dijo Junior malhumorado—. Tú la has traído, ¿no? —añadió, dándose la vuelta y abandonando la habitación.

—Buenas noches, Reede, Alex —dijo Angus sin sonreír y siguiendo a su hijo.

Reede echó el poso del café en el fregadero.

—Vamos —le ordenó a Alex, que recogió el chaquetón; lo siguió y subió desmayadamente al Blazer.

Alex trataba de decir algo para romper aquel horrible silencio, pero no conseguía articular palabra. Reede no parecía muy predispuesto a la conversación, con los ojos fijos en el carril central de la autopista.

Al cabo de un rato, era ya tan grande el nudo que tenía en la garganta que estalló.

—No he tenido nada que ver con lo que ha sucedido esta noche.

Él se limitó a ladear la cabeza y a mirarla con expresión de patente incredulidad.

—Pues me parece que Junior sí me cree —gritó ella a la defensiva.

—¡Y él qué coño sabe! Lo has deslumbrado. Te ha visto esos ojitos azules de niña buena y ha picado como un tonto. Eso de que seas la hija de Celina le ha tocado la fibra romántica. Recuerda cómo se le caía la baba contigo y quiere que se le caiga otra vez, aunque de otro sitio.

—Eres repugnante.

—Lo que has debido de disfrutar viéndonos a punto de pelearnos por ti.

Alex apretó los dientes.

—Piensa lo que te dé la gana sobre mis intenciones con Junior o de las de Junior hacia mí, pero lo que no voy a permitir es que creas que yo he sido responsable de lo sucedido esta noche en el rancho.

—Sí has sido responsable. Has incitado a Plummet.

—No ha sido mi intención. A Plummet se le ha metido en la cabeza que yo soy la respuesta a sus plegarias; que Dios me ha enviado para librar a Purcell de los pecadores, de los Minton, de todo aquel que esté relacionado con el juego.

—Está más loco de lo que creía.

Alex se frotó los brazos con las manos, como si el recuerdo de Plummet le produjese escalofríos.

—Y no sabes ni la mitad. Dice que Dios está furioso porque no os he metido todavía a todos en la cárcel. Me acusó de confraternizar con el diablo, refiriéndose a ti —dijo Alex, absteniéndose de repetir las insinuaciones sexuales que le hizo Plummet.

Reede aparcó delante de la habitación del motel. La puerta seguía aún hecha astillas y abierta de par en par.

—¿No dijiste que te ocuparías de esto?

—Pon una silla para sujetar la puerta hasta mañana; no te va a pasar nada.

Reede no desconectó el motor, dejándolo al ralentí. La radio de la policía seguía con sus impertinentes ruidos, pero no se oían transmisiones; era un ruido que a Alex la sacaba de quicio.

—Siento lo de *Double Time*, Reede. Sé el cariño que le tenías.

El chaquetón de piel de Reede crujió con el roce de la tapicería, al encogerse él de hombros.

—Lo tenía asegurado —dijo con indiferencia.

Alex profirió un ahogado gemido de angustia y rabia. Ni siquiera iba a permitirle excusarse. No iba a dejar que le expresase su tristeza ni su pena para no permitirse él esos mismos sentimientos. Alex lo había visto con el corazón destrozado segundos antes de meterle al caballo una bala en la cabeza. Recordaba también lo que le contó acerca del patético funeral de su padre.

Y eso era justamente lo que Reede no podía perdonar. Había bajado la guardia más de una vez, permitiendo que ella viese que era un ser humano de carne y hueso.

Alex cerró los puños, juntó las muñecas y las apoyó en el salpicadero. Él la miró, enarcando las cejas.

—¿Qué significa esto?

—Espósame —dijo ella—. Deténme. Arréstame. Acúsame del delito, ya que dices que soy responsable.

—Y lo eres —le espetó él tan encolerizado como al principio—. Angus tenía razón. Si no hubieses venido y empezado a hurgar, nada de todo esto hubiese sucedido.

—Me niego a cargar con la culpa de lo ocurrido aquí esta noche, Reede. Ha sido un acto criminal de un desequilibrado y sus fanáticos seguidores. Si no les hubiese incitado mi investigación, habrían encontrado otra excusa. Ya te he pedido disculpas por lo del caballo. ¿Qué más quieres que haga?

Reede le dirigió una acerada mirada. Ella retiró las manos, apartándolas del salpicadero con un gesto compulsivo, como si hubiesen estado demasiado cerca de las fauces de una terrible fiera y se hubiese percatado de ello en el último instante.

Aún tenía en la boca el sabor de su beso, impregnado de aroma de whisky y de tabaco. Creía seguir notando su lengua en la boca, la presión de las yemas de sus dedos en la nuca, el firme contacto de sus muslos.

—Será mejor que entre, señoría —le dijo él con una voz hosca y llena de aplomo.

Reede puso la marcha atrás y Alex siguió su consejo y bajó del Blazer.

24

Alex tanteó en busca del teléfono, que había empezado a sonar. Dio con él al quinto timbrazo.

—¿Diga? —dijo, amodorrada.

—¿Señorita Gaither? Espero no haberla despertado. Lo lamentaría muchísimo.

Alex se apartó el pelo de los ojos, se humedeció los labios, parpadeó y se incorporó en la cama.

—No, estaba.... uf..., haciendo una cosa.

El reloj de la estantería marcaba las diez. No creía que hubiese podido dormir hasta tan tarde. Claro que amanecía cuando se acostó.

—Lo siento. No estoy segura...

—Sarah Jo Minton.

Alex no pudo contener una exclamación de sorpresa. Era la última persona en quien se le habría ocurrido pensar que pudiera llamarla.

—¿Está... ? ¿Está bien?

—Sí, estoy bien, pero muy avergonzada por las horribles cosas que te dije anoche.

Que lo reconociese así, en un tono tan contrito, sorprendió a Alex.

—Era lógico que estuviese usted tan afectada.

—¿Quieres tomar el té conmigo esta tarde?

Alex pensó que acaso seguía dormida y estaba soñando, porque hoy en día la gente dice «¿Almorzamos juntos?» o «¿Vamos a tomar una copa?». A nadie se le ocurre decir: «¿Quieres tomar el té conmigo esta tarde?».

—Es... una proposición tentadora.

—Bueno, entonces a las tres.

—¿Dónde?

—Pues aquí, en el rancho, por supuesto. Te espero, Alexandra. Adiós.

Alex se quedó mirando el auricular unos instantes antes de colgar lentamente. ¿Qué demonios podía haber inducido a Sarah Jo Minton a invitarla a tomar el té?

El consultorio del veterinario Ely Collins era el más desordenado lugar de trabajo que Alex había visto en su vida. Estaba limpio pero muy revuelto, y era casi tan modesto como el propio Collins.

—Gracias por acceder a recibirme, doctor Collins.

—No faltaría más. Tengo la tarde libre. Pase. Siéntese. Collins retiró un montón de boletines del Colegio de Veterinaria de una rústica silla de madera de respaldo recto que le ofreció a Alex. Él se sentó tras la mesa de despacho, atestada de papeles.

—No crea que me ha sorprendido tanto que se pusiese en contacto conmigo —dijo él con franqueza.

—¿Por qué?

—Pat Chastain me llamó y me dijo que probablemente se dejaría usted ver para hacerme algunas preguntas.

—Creí que Chastain no estaba en la ciudad.

—Fue hace un par de semanas, nada más llegar usted aquí.

—Ah, ya.

Alex había decidido emplear las horas previas a su cita con Sarah Jo para hablar con el veterinario. Al telefonearle, él había accedido en seguirla a verla.

—¿Conoce el caso del asesinato de Celina Gaither? —empezó a decir ella, eludiendo intencionadamente involucrarlo de manera directa.

—Claro. Era una chica muy agradable. Todo el mundo iba de cabeza con ella.

—Gracias. Fue su padre quien atendió a la yegua en el rancho Minton aquel mismo día por la mañana, ¿no?

—En efecto. Yo he seguido la tradición familiar.

—Me gustaría que me contestase a unas preguntas. ¿Trabaja usted exclusivamente para los Minton?

—No, no tengo aquí plaza fija, oficialmente. Pero tengo una iguala. Aunque, he de confesarle que los Minton me dan tanto trabajo que podría trabajar sólo para ellos. Voy allí casi todos los días.

—¿Y su padre hacía lo mismo?

—Sí, pero si está sugiriendo que yo pudiera no querer enfrentarme a los Minton para no perder mi trabajo, se equivoca.

—No he sacado esa deducción.

—Ésta es una tierra ganadera. Tengo que rechazar muchas proposiciones. Soy un hombre honesto, igual que lo fue mi padre.

Alex se excusó de nuevo, aunque sí era verdad que había pasado por su mente la idea de que él pudiera mostrarse reacio a divulgar información que, de alguna manera, pudiera incriminar a clientes que pagaban bien.

—¿Le habló alguna vez su padre del asesinato de Celina?

—Lloró como un niño al saber que la habían matado con uno de sus bisturís.

—¿Quiere decir que el doctor Collins identificó sin lugar a dudas su bisturí como el arma del crimen?

—Nunca hubo duda alguna. Mi madre le había regalado aquel instrumental de plata, justamente para sus bodas de plata. Todos los instrumentos llevaban sus iniciales grabadas. El bisturí era suyo, sí, y lo que no podía quitarse de la cabeza era haber tenido el descuido de dejarlo allí.

Alex se movió en la silla, acercándose un poco más a la mesa.

—No parece muy probable que tuviese tan poco cuidado con un regalo tan especial de su esposa, incluso con las iniciales grabadas, ¿no cree?

Ely Collins se rascó la mejilla.

—Mi padre guardaba el instrumental como un tesoro, en un estuche forrado de terciopelo. Nunca me expliqué cómo pudo caérsele del maletín el bisturí. La única explicación es que aquel día nadie pensaba más que en la yegua. Con todo el barullo debió de distraerse.

—¿Estaba usted allí?

—Ya suponía que iba a preguntármelo. Yo fui a mirar, y por si mi padre necesitaba que le ayudase. Por supuesto, también estaba allí Reede, que ya había ayudado en otros partos.

—¿Reede estaba allí?

—Estuvo todo el día.

—¿Lo dejó solo en algún momento su padre con el maletín?

Ely Collins se mordisqueó el interior del carrillo. Alex notó que no deseaba contestar.

—Puede que sí, y mi padre no le habría dado la menor importancia —se decidió a decir—, pero eso no implica que yo acuse a Reede.

—Claro, claro. Por supuesto que no. ¿Quién más estuvo en el establo aquel día?

—Pues... a ver... —respondió, tirándose del labio inferior mientras trataba de recordar—. Pues creo que todo el mundo, en uno u otro momento del día. Angus, Junior, Reede, todos los peones del establo y los entrenadores.

—¿Y Pasty Hickam?

—Claro. Todos en el rancho estaban pendientes de aquella yegua. Incluso Stacey Wallace pasó por allí. Si no recuerdo mal acababa de regresar de un viaje por la costa.

Alex se contrajo por dentro. Hizo un esfuerzo para que su expresión permaneciese impasible.

—¿Estuvo mucho rato?

—¿Quién? ¿Stacey? No. Dijo que tenía que ir a casa a deshacer las maletas.

—¿Y Gooney Bud? ¿Andaba por allí él también?

—Merodeaba por todas partes. No recuerdo haberlo visto, pero eso no quiere decir que no estuviese.

—Si usted no lo vio, ¿no le sorprendió que apareciese con el bisturí manchado con la sangre de Celina?

—Pues la verdad es que no. Mi padre no echó en falta el bisturí hasta que se lo encontraron a Gooney Bud. Creímos lo que dijeron, que se había caído del maletín de mi padre, que Gooney Bud lo vio, lo cogió y mató a su madre con él.

—Pero cabe dentro de lo posible que alguien, entre la confusión, con todo el mundo pendiente de la yegua y del potrillo, lo cogiese del maletín de su padre.

—Cabe la posibilidad, desde luego.

Collins lo admitió de mala gana, porque tal posibilidad implicaba a las personas para las que trabajaba. Alex recordó lo preocupado que lo había visto la noche anterior por el caballo de Reede. Ely Collins era amigo de los tres sospechosos.

Alex le había obligado a repartir su lealtad entre su propia integridad y quienes hacían posible que pudiese pagarse botas de artesanía de lujo. Era una labor desagradable, pero necesaria.

Alex se levantó para despedirse y le tendió la mano al veterinario. Él se la estrechó.

—Adiós —le dijo.

—Ah, una cosa más, doctor Collins. ¿Le importaría mostrarme el bisturí?

Ely Collins se quedó de piedra.

—No me importaría en absoluto, si lo tuviera.

—¿No lo tiene?

—No.

—¿Y su madre?

—No se lo devolvieron.

—¿Ni después de que recluyesen a Gooney Bud?

—Ni ella ni mi padre insistieron demasiado en que se lo devolviesen después de lo sucedido.

—¿Quiere decir que el bisturí debe de andar por ahí, quién sabe dónde?

—No tengo ni idea.

El rancho de los Minton hervía de actividad. Varias brigadas de limpieza estaban despejando las dependencias de cascotes y restos del incendio. Los inspectores del Cuerpo de Bomberos observaban trozos de madera chamuscados y cables requemados, en busca de pistas sobre el origen del fuego.

Alrededor de la casa varios peones se afanaban borrando los apocalípticos mensajes escritos en las paredes con aerosol. Los carpinteros tomaban medidas de los marcos de las ventanas para reponer los cristales.

Reede andaba un poco por todas partes, al tanto de todo. Iba sin afeitar y desaseado. Parecía que se hubiese dedicado personalmente a revolver entre la carbonilla y las cenizas en busca de pistas. Llevaba la camisa remangada y desabrochada y el faldón de atrás asomando por encima del pantalón. Iba sin sombrero y con unos toscos guantes de piel.

Vio a Alex en cuanto ella bajó del coche, pero antes de poder decirle nada, lo llamó uno de los inspectores del Cuerpo de Bomberos.

—Échele una ojeada a esto, sheriff.

Reede dio media vuelta y se dirigió al establo número dos. Alex fue tras él.

—¿Una piedra? ¿Qué puñeta tiene que ver una piedra con el fuego? —acababa de preguntar Reede al acercarse ella.

El inspector se rascó la cabeza a través de la tela de su gorra, que llevaba los colores del equipo de béisbol Houston Astros.

—Yo diría que el incendio fue accidental. Lo que quiero decir es que, quienquiera que hiciese todo esto, utilizó una especie de honda para apedrear las ventanas.

—Como David contra Goliat —murmuró Alex.

Reede apretó los labios al asentir el inspector.

—Me parece —dijo el inspector— que esta piedra debió de penetrar por uno de los huecos del tejado y golpear los cables de la instalación, y produjo un cortocircuito. Y eso provocó el incendio.

—¿Entonces no cree que fuese deliberado?

El inspector enarcó las cejas.

—No, a decir verdad, no tiene pinta. Si se quiere provocar un incendio se lanza un cóctel Molotov o se dispara una flecha ardiendo. No se me ocurriría lanzar una piedra —dijo, con una sonrisa un poco bobalicona.

Reede sopesó la piedra en la mano.

—Gracias —le dijo.

—Más que suficiente para acusar a Plummet de incendio premeditado —le dijo Reede a Alex cuando el inspector se hubo alejado.

Como hacía un calor impropio de la estación, Reede olía a sudor, pero no era un olor desagradable. A Alex incluso le gustó. El denso vello que cubría su torso se prolongaba, estrechándose hasta convertirse en una tenue línea que desaparecía bajo el cinturón. Alex notó que el sudor había humedecido y enmarañado el vello, arremolinado en sus pectorales, alrededor de los pezones que la fría brisa mantenía erectos. Verlo así hacía que una cálida sensación recorriese el cuerpo de Alex. Alzó los ojos para mirarlo a la cara. Una gota de sudor resbalaba desde su revuelta cabellera hasta deslizarse por la ceja. Reprimió la tentación de interceptar la gota con la yema de su dedo. La barba de un día le sentaba bien a ese rostro sudoroso. Tuvo que hacer un esfuerzo para concentrarse en lo profesional.

—¿Has detenido a Plummet?

—Lo hemos intentado —dijo él—. Pero ha desaparecido.

—¿Y su familia?

—Están todos en casa, con pinta de conocer muy bien su culpabilidad, pero haciéndose los tontos respecto de su paradero. No me preocupa. No irá muy lejos. Estará escondido con algún feligrés. Aparecerá tarde o temprano.

—Cuando aparezca me gustaría estar presente mientras lo interrogas.

—¿Y tú que haces aquí? —se limitó a decir Reede dejando caer la piedra al suelo.

—He venido a tomar el té con Sarah Jo... Ha sido idea suya, no mía —aclaró Alex ante la incrédula expresión de Reede.

—Pues, bueno, que lo pases bien —dijo él en tono sarcástico, dándole la espalda y dirigiéndose al establo.

Angus estaba de pie en el porche de la casa, con las piernas separadas y atento a toda la actividad. Al acercarse, Alex trató de que no la notase cohibida. No estaba segura de cómo iba a recibirla.

—Llegas puntual —dijo él.

Así que sabía lo de la invitación.

—Hola, Angus.

—La puntualidad es una virtud. También lo es tener arrestos. Y tú los tienes, jovencita —dijo Angus, asintiendo con la cabeza en señal de aprobación—. Hay que tener arrestos para dejarte ver por aquí hoy —añadió, mirándola con fijeza, con los ojos entornados—. En este aspecto te pareces muchísimo a tu madre. No se achicaba ante nada.

—¿No?

Angus soltó una breve carcajada.

—La vi salirse con la suya muchas veces con esos dos demonios de Reede y Junior.

La carcajada de Angus se extinguió, dejando paso a un risueño semblante iluminado por un melancólico recuerdo que parecía contemplar en el horizonte.

—De haber vivido, se habría convertido en una gran mujer —dijo Angus, volviendo a mirar a Alex—. Creo que habría sido como tú. Si hubiese tenido una hija me hubiese gustado que fuese como tú.

Alex se sintió desarmada por el inesperado comentario.

—Lamento haber tenido algo que ver con esto, aunque sea remotamente, Angus —dijo con un ademán dirigido a todos los estragos que se apreciaban en derredor—. Confío en que Reede descubra quiénes han sido. Confío en que los procesen y los condenen.

—Sí, y yo, y yo. No me importaría demasiado —dijo mirando los cristales rotos del porche— de no ser por la pérdida de un animal como *Double Time*. Me duele muchísimo que Reede se haya quedado sin él. Ahorró centavo a centavo para comprarlo.

—Parece muy afectado —dijo Alex, volviéndose para mirar a Reede, que acababa de dirigirse a su Blazer y estaba hablando por el radiotransmisor.

—Más que afectado, furioso. Es celoso como una osa respecto a todo aquello que le pertenece. Supongo que es comprensible, teniendo en cuenta cómo se crió. Ni orinal tenía; ni nadie que se ocupase de él. Viviendo a salto de mata. Cuando uno ha tenido que defenderse con las uñas para sobrevivir, no es un hábito fácil de abandonar. Es muy suyo y terco, porque muchas veces su vida ha dependido de ser precisamente así.

Junior asomó entonces por la entrada de la casa exhibiendo una de sus habituales y radiantes sonrisas. Estaba de un buen humor poco acorde con las circunstancias. A diferencia de la de Reede y la de Angus, su ropa estaba inmaculada. Si había ayudado en los trabajos de desescombro, nadie lo habría dicho por su aspecto.

—No os vais a creer la conversación telefónica que acabo de tener —dijo, tras saludar efusivamente a Alex—. Una de las propietarias me ha llamado interesándose por la yegua preñada que tiene aquí. Hay que ver cómo corren las noticias entre la gente del negocio —dijo, dirigiéndose a Alex—. Qué se le va a hacer, me ha dicho con esa voz de falsete que tiene: «¡Cómo ha debido de asustarse mi pobre chiquitina!». Yo le he asegurado que su yegua estaba en otro establo, pero me ha tenido al teléfono media hora, obligándome a jurarle que su chiquitina y la futura chiquitina de su chiquitina están bien.

Junior lo explicó imitando la verborrea de la propietaria de la yegua y su voz de soprano. Angus y Alex reían. De pronto, Alex vio por el rabillo del ojo que Reede los estaba mirando. Estaba de pie, inmóvil y, aunque demasiado lejos para poder asegurarlo, estaba segura de que no le gustaba lo que veía. Creyó palpar su resentimiento.

—Será mejor que entre, o llegaré tarde al té —dijo Alex.

Junior posó una mano en el hombro de Alex.

—Mi madre quiere desagraviarte por su estallido de anoche. Ha respirado muy aliviada al ver que aceptabas. Está impaciente por verte.

25

Lupe cogió el chaquetón de Alex y la condujo arriba. Se detuvo ante una puerta y llamó discretamente con los nudillos.

—Pasa.

Lupe abrió la puerta pero no entró. Alex lo interpretó como una invitación a que fuese ella quien entrase y atravesó el vano que conducía a una habitación que parecía de película.

—¡Qué preciosidad! —exclamó espontáneamente.

—Gracias. Me gusta así —dijo Sarah Jo, dirigiendo la mirada más allá de Alex—. Cierra la puerta, por favor, Lupe. Ya sabes que no soporto el barullo de esa gente —dijo, en patente alusión a quienes trabajaban en el exterior—. Trae en seguida la bandeja con el té.

—Sí, señora.

La chica se retiró, dejándolas a solas.

Alex permaneció junto a la puerta, un poco cohibida con sus botas de ante de tacón bajo y su larga falda de lana. No es que el conjunto negro que llevaba no le sentase bien, pero parecía demasiado moderno y fuera de lugar en aquel dormitorio victoriano, desbordante de feminidad, que olía como una perfumería.

La anfitriona encajaba tan bien en el decorado como una muñequita bailarina en una cajita de música. El fruncido cuello de su blusa blanca era idéntico al de los puños.

Llevaba una falda beige claro con el vuelo recogido sobre la tapicería del diván de color azul pálido. La luz de la tarde dibujaba un halo alrededor de su melena.

—Pasa y siéntate —dijo, señalando una preciosa silla situada junto a ella.

Pese a su habitual aplomo, Alex cruzó torpemente el suelo alfombrado.

—Gracias por invitarme. Estoy encantada.

—Me sentía obligada a excusarme lo antes posible por lo que te dije anoche.

—No se preocupe. Está olvidado.

Junior y Angus parecían haber olvidado el papel que involuntariamente hubiese podido jugar ella en el acto de vandalismo. Así que ella podía olvidar lo de Sarah Jo.

Alex paseó la mirada por el dormitorio con curiosidad.

—Es realmente un dormitorio precioso. ¿Lo decoró usted misma?

Sarah Jo dejó escapar una risa tan débil como la mano que se llevó al cuello, jugueteando con su fruncido.

—Yo, claro. No dejaría poner los pies en mi casa a uno de esos horrendos decoradores. En realidad, lo que hice fue copiar exactamente el dormitorio que tenía en mi casa. Angus dice que es demasiado relamido.

Alex buscó discretamente con la mirada algo masculino, rastros de que en ese dormitorio hubiese podido poner los pies algún hombre. No los había. Sarah Jo pareció leerle el pensamiento.

—Él tiene sus cosas en otra habitación; allí —dijo Sarah Jo, mientras Alex seguía su ademán con la mirada.

—Pasa, Lupe —dijo la anfitriona al oír el suave golpe en la puerta—. Nuestro té.

—Dijo usted que era de Kentucky, ¿verdad, señora Minton? —preguntó Alex, mientras la chica disponía el servicio de plata en la mesa de té.

—Sí. Tierra de caballos. Tierra de caza. Lo adoraba.

Su melancólica mirada se dirigió hacia la ventana. El panorama que se divisaba no era muy atractivo; kilómetros y kilómetros de tierra pardusca que se difuminaba en el horizonte. Vieron lo que parecía un perrillo de las praderas cruzar el patio de piedra y olisquear el borde de la piscina. Por lo demás, el paisaje era tan agostado como una plantación de algodón tras la cosecha.

—Todo esto es tan árido. Echo de menos el verdor. Tenemos muchos pastos de regadío, pero no es lo mismo.

Sarah Jo volvió lentamente la cabeza hacia el interior de la habitación y le dio las gracias a Lupe, que se retiró.

—¿Cómo lo tomas?

—Con limón y azúcar, por favor; un terrón.

Sarah Jo seguía con el ritual que Alex creía extinto hacía dos generaciones. Lo hacía meticulosamente. Sus pálidas y casi translúcidas manos se movían con destreza. Alex se percató de hasta qué punto se perdían las costumbres en la América de nuestros días. Ya nadie tenía tiempo para esas cosas.

—¿Un emparedado? Pepinillo y crema de queso.

—Mmm, qué rico —repuso Alex, sonriente.

Sara Jo añadió dos pastelitos de té al platito antes de pasárselo a Alex, que había extendido una servilleta de ganchillo sobre su regazo.

—Gracias —dijo Alex, que sorbió el té y aseguró que estaba delicioso. El pan del emparedado era un papel de fumar, pero el contenido era apetitoso. Confiaba en que su estómago no protestase audiblemente, al percatarse de la magra ración con que se pretendía saciar su devorador apetito. Se había saltado el desayuno al levantarse tarde y le había parecido innecesario almorzar poco antes del té.

—¿Va con frecuencia de visita a Kentucky? —preguntó, empezando a dar cuenta de uno de los pastelitos.

Sarah Jo se sirvió té y lo removió con lentitud.

—Sólo he vuelto dos veces, para los funerales de mis padres.

—Entonces no hablemos de cosas tristes.

—No me queda ningún familiar, salvo Angus y Junior. Toda persona con carácter sabe superar las pérdidas.

La anfitriona posó su taza con el platito en la mesa con tal cuidado que la porcelana no emitió el más leve sonido. Con la cabeza gacha y enarcando las cejas miró a Alex.

—Tú no, ¿verdad?

Alex dejó el empalagoso pastelito a medio comer en el plato, intuyendo que iba a revelársele la razón de la invitación.

—Yo no, ¿qué?

—Que no has aprendido que es mejor que los muertos sigan muertos.

Estaban ya en formación de batalla. Alex dejó toda la parafernalia de su té en la bandeja de plata, incluida la servilleta de encaje.

—¿Se refiere a mi madre?

—Justamente. Tu investigación ha puesto mi hogar patas arriba.

—Lamento los problemas que haya podido causarle. Las circunstancias lo han hecho inevitable.

—Esos criminales han asolado mi propiedad, han puesto en peligro la vida de todos nuestros caballos y, por lo tanto, de nuestro medio de vida.

—Ha sido una desgracia. No sabe cuánto lo he sentido —dijo Alex, apelando a la comprensión de Sarah Jo—. Pero yo nada he tenido que ver. Debe creerme.

Sarah Jo respiró profundamente. El fruncido de su cuello se estremeció con desagrado y patente indignación. Su hostilidad era tan perceptible que Alex se preguntó qué podía haberla impulsado a invitarla. La necesidad de excusarse había sido una treta. Daba la impresión de que lo que Sarah Jo deseaba era desahogar un viejo rencor.

—¿Hasta qué punto conoces las relaciones que mantuvo tu madre con Junior y Reede Lambert?

—Sólo sé lo que me contó mi abuela, y lo que he podido coger de aquí y de allá hablando con gente de Purcell.

—Eran como uno solo —dijo Sarah Jo, dando a su voz un tono evocador que hizo que Alex se percatase de que se adentraba en su mundo más íntimo—. Era como un club. Rara vez se veía a uno sin el otro.

—Esa impresión saqué al ver algunas fotografías de sus tiempos en el instituto. Hay muchas fotografías de los tres.

Alex había visto un montón de fotografías de ellos, en busca de algo que pudiera servirle de indicio, de pista; cualquier cosa útil a su investigación.

—Yo no quería que Junior estuviese tan apegado a ellos. Reede era un matón, el hijo del borracho de la ciudad, entre otras cosas. Y tu madre... Bueno, hay muchas razones por las cuales yo no quería que se apegase demasiado a ella.

—Dígame una.

—Básicamente debido a lo que había entre ella y Reede. Yo sabía que Junior quedaría siempre en segundo plano. Me fastidiaba que ella ni siquiera pudiese elegir. No tenía derecho a elegir —dijo con amargura—. Pero Junior la adoraba, por más que yo le advirtiese. Y, tal como me temía, se enamoró de ella —prosiguió Sarah Jo, dirigiéndole de pronto una dura mirada a Alex—. Y tengo el negro presentimiento de que también va a enamorarse de ti.

—Se equivoca.

—Ah, ya. Pues mira: estoy segura de que ya te ocuparás tú de que se enamore. Y puede que también Reede. Esto volvería a formar el triángulo, ¿verdad? Quieres enfrentarlos como hizo ella, ¿verdad?

—¡No!

Sarah Jo entornó los ojos con malevolencia.

—Tu madre era una cualquiera.

Hasta ese momento Alex se había esforzado por controlarse, pero, ante el calumnioso comentario de su anfitriona sobre su madre, se olvidó de los buenos modales.

—Eso es una calumnia ofensiva, señora Minton.

Sarah Jo hizo un displicente ademán.

—Da igual. Es la verdad. Me di cuenta de su vulgaridad en cuanto la conocí. Bonita sí era, ya lo creo; muy llamativa. Muy parecida a ti.

Los ojos de la señora Minton se fijaron en Alex con

expresión reprobatoria. Y Alex se sintió tentada de levantarse y marcharse. Lo único que hacía que siguiese sentada en aquella ridícula silla era la esperanza de que Sarah Jo dejase deslizar, sin querer, algún dato valioso para su investigación.

—Tu madre se reía demasiado alto, jugaba demasiado fuerte, hacía el amor demasiado bien. Las emociones eran para ella como una botella para un borracho. Se permitía demasiadas cosas y no sabía controlar la exteriorización de sus sentimientos.

—Esto parece hablar muy bien de su honestidad —respondió Alex orgullosamente—. El mundo sería mejor si la gente expresase abiertamente lo que siente.

Pero las palabras de Alex cayeron en el vacío.

—Nunca rehuía al hombre que quisiese cortejarla —prosiguió Sarah Jo—. Y coquetear con Celina era una temeridad. Todo aquel que la conocía se enamoraba de ella. Ya se encargaba ella de eso. Hacía cualquier cosa por conseguirlo.

Todo tenía un límite.

—No voy a permitir —dijo Alex— que vilipendie a una mujer que no está presente para defenderse. Es algo indigno y cruel de su parte, señora Minton.

El dormitorio cuya atmósfera le pareció al entrar tan fresca como la de un invernadero le resultaba ahora asfixiante. No aguantaba más allí.

—Me marcho.

—Todavía no —dijo Sarah Jo, levantándose al ver que lo hacía Alex—. Celina quería a Reede más de lo que pudiese querer a nadie, salvo a sí misma.

—¿Y qué pito tocaba usted en eso?

—Pues que ella también quería tener a Junior, y no se lo ocultó. Tu abuela, esa estúpida mujer, estaba entusiasmada ante la idea de un matrimonio así. ¡Como si a mí se me hubiese pasado por la cabeza dejar que Junior se casase con Celina! —exclamó con desdén—. Merle Graham incluso me llamó un día para proponerme que, como futuras consuegras, podíamos frecuentarnos y conocernos mejor. Por Dios, ¡antes muerta! ¡Una telefonista...! —dijo, riendo con desprecio—. Nunca hubo la menor posibilidad de que Celina se convirtiese en mi nuera. Se lo dejé bien claro a tu abuela y a Junior. Se encabritaba por aquella cría hasta hacerme perder los estribos —continuó Sarah Jo, alzando sus pequeños puños—. ¡Cómo no se daría cuenta de que no era más que una zorra egoísta y manipuladora! Y, encima, ahora apareces tú.

Sarah Jo rodeó el contorno de la mesita de té para situarse frente a Alex. Ésta era más alta, pero Sarah Jo tenía la fortaleza que dan los años de contenida cólera. Su delicado cuerpo temblaba de ira.

—Últimamente no habla más que de ti, igual que pasaba con Celina.

—Yo no he alentado a Junior, señora Minton. Nunca podría haber una relación amorosa entre él y yo. Podríamos ser amigos, quizás, una vez concluida mi investigación.

—¿Lo ves? —gritó Sarah Jo—. Eso es exactamente lo que hacía Celina. Ella se aprovechaba de su amistad, porque él se aferraba a la vana esperanza de que llegase a ser algo más. Todo lo que él es para ti es un sospechoso de un caso de asesinato. Y lo utilizarás, como hizo tu madre.

—Eso, sencillamente, no es verdad.

Sarah Jo se tambaleó, como si fuese a desmayarse.

—¿Por qué has tenido que venir aquí?

—Quiero averiguar por qué asesinaron a mi madre.

—¡Por ti! —le espetó, apuntándola al corazón con el índice—, la hija ilegítima de Celina.

Alex dio un paso atrás, reprimiendo un sollozo.

—¿Cómo dice? —balbució.

Sarah Jo trató de calmarse. El sofoco dejó de congestionar su rostro, que volvió a su habitual lividez.

—Fuiste una hija ilegítima.

—Eso es mentira —dijo Alex entrecortadamente—. Mi madre estaba casada con Al Gaither. He visto el certificado de matrimonio. La abuela Graham lo conservaba.

—Sí, se casaron, pero no hasta que ella regresó de El Paso y descubrió que estaba encinta.

—¡Miente usted! —exclamó Alex, asiéndose al respaldo de la silla—. ¿Y por qué me miente así?

—No te miento. Y tendrías que ver claro por qué te lo cuento. Trato de proteger a mi familia de tu venganza. Ser la mujer más rica de esta horrible y fea ciudad es lo único que me la hace tolerable. Me gusta ser la esposa del hombre más influyente del condado. No voy a dejar que destruyas todo lo que Angus ha creado para mí. No voy a permitir que crees discordia entre la familia. Celina lo hizo, y esta vez no voy a permitirlo.

—Señoras, señoras... —se oyó decir a Junior, que irrumpió en el dormitorio sonriendo con indulgencia—. ¿Qué son esos gritos? ¿Habéis visto una araña?

El talante de Junior cambió bruscamente al advertir la animosidad que bullía entre ellas, tan sulfuradas como el ozono del aire al caer un rayo.

—¿Mamá? ¿Alex? ¿Qué pasa?

Alex miró con fijeza a Sarah Jo, cuyo rostro aparentó serenidad y aplomo. Alex enfiló la puerta, volcando sin querer su silla. Fue corriendo escaleras abajo.

Junior le dirigió a su madre una escrutadora mirada. Ella le dio la espalda y volvió a sentarse en el diván, cogió su taza de té y tomó un sorbo.

Junior salió corriendo tras Alex y la alcanzó al llegar ella al vestíbulo donde trataba, sin conseguirlo, de meter los brazos en su chaquetón.

Junior la sujetó de las muñecas.

—¿Se puede saber qué coño pasa?

Alex ladeó la cabeza para evitar que viese sus lágrimas e intentó desasirse.

—Nada.

—No tienes precisamente el aspecto de venir de una fiesta.

—Fiesta, ¿eh? —exclamó Alex indignada moviendo la

cabeza hacia atrás—. No es a tomar el té a lo que me ha invitado.

Alex inspiró compulsivamente por la nariz y pestañeó para evitar que le cayesen las lágrimas.

—Me parece que tendré que agradecerle que me lo haya dicho.

—¿Que te haya dicho qué?

—Que fui un accidente biológico.

Junior se quedó blanco.

—¿Es verdad, no? —insistió ella.

Junior la soltó y se apartó de ella, pero Alex lo sujetó del brazo y lo contuvo.

—¿Es verdad? —volvió a preguntar Alex sin poder contener ya las lágrimas, que rebosaron de sus párpados—. ¡Dímelo, Junior!

A él le resultaba muy incómodo tener que reconocer la verdad. Pero Alex se aventuró a adivinar.

—Celina regresó de El Paso. Ya había tenido su aventura con el soldado y estaba dispuesta a reconciliarse con Reede. Y probablemente hubiesen hecho las paces de no ser por mí, ¿no? —dijo, llevándose las manos a la cara—. ¡Dios mío! No me extraña que me odie tanto.

Junior le retiró las manos de la cara y le dirigió una franca mirada.

—Reede no te odia, Alex. Ninguno de nosotros te odiamos entonces, ni ahora.

Alex dejó escapar una breve y amarga carcajada.

—Cómo debió de odiarme Albert Gaither, viéndose obligado a casarse por mi causa —dijo, con la mirada tan sobresaltada como la voz—. Esto explica muchas cosas. Muchas; por qué la abuela Graham era tan estricta conmigo respecto a los chicos...; con quién iba, a qué hora volvía y dónde había estado. Me dolía que fuese tan inflexible, porque nunca le di motivos para que no tuviese confianza en mí. Pero ahora veo que su exceso de celo estaba justificado, ¿no?

La voz de Alex delataba que estaba casi histérica.

—A su hija le cargaron una barriga y veinticinco años atrás eso era un baldón imperdonable.

—Basta ya, Alex.

—Esto explica por qué la abuela nunca me quiso de verdad. Destrocé la vida de Celina, y ella nunca me lo perdonó. Celina se quedó sin Reede, sin ti y sin futuro. Y todo por mí. ¡Dios!

Plegaria o juramento, la invocación de Alex salió de sus labios con un gemido. Se dio media vuelta y abrió la puerta. Cruzó el porche y bajó por las escaleras corriendo en dirección a su coche.

—¡Alex! —gritó Junior, que corrió tras ella.

—¡Qué coño pasa! —gritó Angus al ver pasar a Alex frente a él y en dirección al coche.

—¡Dejadla! —gritó Sarah Jo desde el rellano superior de las escaleras, desde donde había estado viéndolo y oyéndolo todo.

Junior se revolvió hacia ella.

—Pero ¿cómo has podido, mamá? ¿Cómo has podido herirla de ese modo?

—No se lo he dicho para herirla.

—¿Qué le has dicho? —preguntó Angus desde el vano de la puerta, perplejo e impaciente porque nadie respondía a sus preguntas.

—Claro que la has herido —dijo Junior—. Y a propósito. ¿Por qué tenías que decirle todo eso?

—Porque ella necesitaba saberlo. La única persona que puede herir a Alex es la propia Alex. Va tras un espejismo. La madre que ella busca no existía en Celina Gaither. Merle le llenó la cabeza con un montón de disparates sobre lo maravillosa que era Celina. Olvidó decirle lo retorcida que era su madre. Ya era hora de que Alex lo averiguase.

—¡Mierda! —exclamó Angus—. ¿Quiere alguien hacer el favor de decirme qué coño pasa?

26

Angus cerró despacio la puerta del dormitorio tras de sí al entrar. Sarah Jo se arrellanó entre los cojines de su cama, dejó su libro a un lado y observó a Angus por encima de la montura de sus gafas apoyadas en la punta de la nariz.

—¿Ya te acuestas?

Ella tenía un aspecto tan inofensivo como una mariposa, pero Angus sabía que su aparente fragilidad encubría una voluntad de hierro. Si alguna vez cedía era por indiferencia, no por darse por vencida.

—Quiero hablar contigo.

—¿Sobre qué?

—Sobre lo ocurrido esta tarde.

Sarah Jo se llevó las yemas de los dedos a las sienes.

—Me ha causado un terrible dolor de cabeza. Por eso no he bajado a cenar.

—¿No te has tomado nada?

—Sí. Ya estoy mejor.

Raro había sido el día a lo largo de su matrimonio que no se hubiese repetido la misma breve conversación acerca de sus jaquecas.

—No te sientes en la colcha —dijo ella, regañándole al ver que iba a sentarse en el borde de la cama.

Angus aguardó a que ella hubiese doblado su primorosa colcha de satén y se sentó entonces a su lado.

—Te veo muy abatido esta noche, Angus —le dijo ella, preocupada—. ¿Qué te pasa? Supongo que no habrán vuelto a las andadas esos fanáticos.

—No.

—Gracias a Dios el único caballo que se ha perdido era de Reede.

Angus prefirió no replicar a su comentario. Sarah Jo estaba resentida con Reede, y Angus sabía por qué. Los sentimientos que albergaba hacia él no iban a cambiar, y reconvenirla por su insolidaria observación no habría servido de nada.

Era un tema delicado el que Angus quería comentar con ella. Se tomó dos instantes para elegir cuidadosamente las palabras.

—Sarah Jo, de lo de esta tarde...

—Me ha afectado mucho —dijo ella, frunciendo los labios a modo de mohín.

—¿Qué te ha afectado? —dijo Angus, tratando de no perder los estribos y de aguardar a oír su versión antes de sacar conclusiones—. ¿Y de los sentimientos de Alex, qué?

—A ella también le ha afectado, claro. ¿No te habría afectado a ti descubrir que eres un bastardo?

—Pues no —repuso él con una bronca risa exenta de humor—. No me sorprendería que lo fuese. Nunca me preocupó averiguar si mis padres estaban casados, y no me habría importado que no lo estuviesen —añadió, enarcando las cejas—. Pero yo soy un tío bruto y Alex es una joven sensible.

—Me pareció que era lo bastante fuerte para encajarlo.

—Pues es evidente que no. Ha pasado por delante de mí sin ni siquiera verme. Parecía presa de un ataque de histeria al salir.

La sonrisa de Sarah Jo se desvaneció.

—¿Me reprochas que se lo haya dicho? ¿Crees que no he debido?

Cuando ella lo miraba con aquellos medrosos ojos de

niñita asustada, Angus se sentía desarmado. Siempre había sido igual. Angus la tomó de la mano; podía habérsela triturado entre sus palmas como una flor reseca, pero había aprendido con los años a ser delicado con sus caricias.

—No te reprocho que se lo hayas dicho, cariño. Sólo dudo de que fuese conveniente. Me hubiese gustado que lo hubieses hablado antes con Junior y conmigo. Habría podido pasarse la vida perfectamente sin enterarse.

—No estoy de acuerdo —replicó Sarah Jo en tono petulante.

—¿Qué importa ahora que sus padres se casasen después de concebirla? Puñeta, eso es algo tan corriente ahora que ni siquiera se considera ya una falta.

—Sí que importa, por la imagen que ella tiene de Celina. Hasta ahora la tenía en un pedestal.

—¿Y qué?

—Celina no merece ningún pedestal —espetó Sarah Jo—. Creo que ya era hora de que alguien se dejase de contemplaciones con Alex y le hablase claro de su madre.

—¿Por qué?

—¿Que por qué? Porque trata de hundirnos; mira tú por qué. Decidí dejarme de cumplidos y contraatacar. Y he utilizado la única arma que tenía.

Como solía suceder en toda conversación tensa, Sarah Jo estaba crispada.

—Sólo trataba de protegeros a ti y a Junior —añadió.

La verdad, pensó Angus, es que Sarah Jo había tenido que armarse de mucho valor para enfrentarse a una mujer tan firme como Alex. Pese a ello, seguía creyendo que su esposa podía haberse ahorrado contarle a Alex aquello acerca de sus padres, pero también pensó que no lo había hecho por egoísmo. Había tratado de protegerlos. Su valeroso esfuerzo merecía algo más que recriminaciones. Se inclinó y la besó en la frente.

—Aprecio tu espíritu combativo, pero no tienes por qué protegernos, cariño —dijo Angus, divertido ante la sola idea de que ella hubiese de defenderlos—. ¿Cómo habría de hacerlo una cosita como tú con unos grandullones como nosotros? Me sobra dinero y experiencia para arreglar cualquier problema que surja. Una pelirroja que no levanta un palmo del suelo no es motivo de la menor preocupación.

—Si pudiese resucitar al odioso Pasty Hickam, creo que no estaría de acuerdo —dijo ella—. Mira lo que le ha pasado. A diferencia de ti y de Junior y, desde luego, de cualquier otro hombre, yo soy inmune a los encantos de esa cría —prosiguió, con un dejo de desesperación—. ¿Es que no te das cuenta, Angus? Junior se está enamorando de ella.

—No veo que sea algo tan horrible —dijo Angus con una radiante sonrisa.

—Sería un desastre —exclamó Sarah Jo quedamente—. Su madre le partió el corazón. ¿O es que eso te deja indiferente?

—De eso hace mucho tiempo —le recordó Angus, enarcando las cejas—. Y Alex no es como su madre.

—No estoy tan segura —dijo Sarah Jo, dejando vagar la mirada.

—Alex no es una persona frívola y veleidosa como lo fue Celina —dijo él—. Es demasiado marimandona para eso, y puede que sea eso lo que Junior necesita. A todas sus esposas las tenía en un puño, y ellas se lo permitían. Puede que necesite una esposa que se le plante.

—¿Y dónde está ahora Junior, por cierto? ¿Aún sigue enfadado conmigo? —preguntó ella con ansiedad.

—Se ha enfadado, pero ya se le pasará; como siempre. Ha dicho que salía a emborracharse.

Ambos rieron de buena gana. Pero el semblante de Sarah Jo volvió a ponerse serio en seguida.

—Espero que conduzca con prudencia.

—Ése, bah; seguro que pasa la noche fuera.

—¡Vaya!

—No me sorprendería —dijo Angus—. Alex necesita tiempo para centrarse. Puede que Junior siga con fantasmas del pasado, pero te aseguro que de cintura para abajo está entre los vivos. Encontrará alguna mujer que lo consuele esta noche; lo necesita.

La mirada de Angus se dirigió al escote de Sarah Jo; un escote suave y lustroso, gracias a los polvos que utilizaba después del baño.

—Tiene los deseos normales en los hombres, igual que su padre.

—Oh, Angus —suspiró ella desmayadamente al ver que la mano de Angus se abría paso entre su montón de blondas en busca de sus pechos.

—Tampoco a mí me vendría mal un poco de consuelo.

—¡Qué hombres! ¿Es que sólo piensas en eso? Me pones...

—A mí me pones cachondo.

—No emplees ese lenguaje. Es muy vulgar. Y esta noche no quiero. Me vuelve el dolor de cabeza.

El beso de Angus atajó mayores objeciones. Ella accedió, como ya sabía él que lo haría. Siempre se hacía rogar, pero nunca lo rechazaba. La habían educado desde la cuna para aceptar sus deberes conyugales, de la misma manera que le habían enseñado a preparar correctamente el té.

Que ella le correspondiese más por obligación que por pasión no impedía que la desease, incluso podía intensificar su deseo. A Angus le gustaba porfiar. Se desnudó a toda prisa y se echó encima de ella. Forcejeó con los botones del camisón, y al fin logró desabrochárselo, sin que ella se molestase en ayudar. Sus pechos seguían tan firmes y bien moldeados como en la noche de bodas, en que por primera vez se los vio y se los tocó. Se los besó con considerado comedimiento. Los pezones eran pequeños. Sus caricias con la lengua rara vez lograban que se irguiesen. Angus dudaba que ella supiese que eso era lo normal, a menos que las novelas que ella leía fuesen más explícitas en lo sexual de lo que él imaginaba.

Ella hizo una mueca de dolor al penetrarla él, que fingió no advertirlo. Angus reprimía incluso el sudor y la emisión de cualquier sonido, evitaba hacer cualquier cosa que ella pudiera considerar indecente o desagradable.

Angus reservaba toda su procacidad para la viuda a la que mantenía en un condado vecino. A ella no le importaba su gráfico lenguaje; es más, reía de buena gana con sus más pintorescas expresiones. Su amante era tan lujuriosa como él. Tenía unos grandes pezones de color canela que sabían a leche y con los que le dejaba juguetear durante horas. Se complacían mutuamente con el sexo oral. Cada vez que él la penetraba ella lo rodeaba con sus muslos y se aferraba a él como un cincho. Y era muy escandalosa cuando llegaba al orgasmo, y la única mujer que había conocido capaz de reír con verdadero júbilo mientras se la estaba tirando.

Las relaciones de Angus con su amante duraban ya más de veinte años. Nunca le había pedido ella que su compromiso pasase de ahí; ni tampoco lo esperaba. Lo pasaban muy bien juntos, y Angus no sabía qué habría hecho de no tenerla, pese a que no la amaba.

A quien Angus amaba era a Sarah Jo. O, por lo menos, amaba lo que ella era; delicada y pura y refinada y hermosa. La adoraba como el coleccionista de arte pudiese adorar una escultura de alabastro de incalculable valor, que sólo se permitía tocar en ocasiones especiales y con sumo cuidado.

Como ella se lo pedía, él siempre se ponía preservativo y, al terminar, se lo quitaba con cuidado para que sus sábanas de seda no se ensuciasen. Al hacerlo aquella noche vio que Sarah Jo volvía a cubrirse con el faldón de su camisón, se lo abrochaba y alisaba la colcha. Se metió entonces en la cama por su lado, la besó en la mejilla y la rodeó con sus brazos. Le gustaba sentir su menudo cuerpo y tocar su suave y fragante piel. Quería mimarla. Pero ella se desasió de su abrazo.

—Ahora duerme, Angus. Quiero terminar el capítulo.

Sarah Jo volvió a abrir la novela, sin duda tan falta de vida como su manera de hacer el amor. Angus se avergonzó de haberla traicionado de pensamiento y se dio la vuelta, lejos de la lamparilla de lectura.

Nunca se le había ocurrido avergonzarse de recorrer los cincuenta kilómetros que le separaban de casa de su amante, adonde pensaba ir al día siguiente por la noche.

A Stacey se le cayó el tazón de loza. Se estrelló contra el suelo, sobre las baldosas de la cocina.

—¡Dios santo! —exclamó, con la respiración entrecortada y agarrando las solapas de su bata de terciopelo.

—Soy yo, Stacey.

Al oír llamar tan inesperadamente a la puerta trasera se sobresaltó tanto que se le cayó el tazón de las manos. La voz que oyó no contribuyó a calmarla. Durante unos instantes permaneció mirando fijamente hacia el exterior, pero luego casi se abalanzó sobre la puerta y descorrió el almidonado visillo.

«¡Junior!»

Parecía haberse quedado sin aire en los pulmones para pronunciar su nombre; sólo lo dibujó con los labios. Forcejeando con la cerradura, se apresuró a quitar el pestillo y abrió, como si temiese que Junior desapareciera si se demoraba.

—Hola.

Junior sonrió del modo más natural y franco, como si llamar a su puerta a aquella hora de la noche fuese lo habitual.

—¿Se ha roto algo?

Ella alargó la mano para tocarle la cara como para asegurarse de que era realmente él, y luego dejó caer tímidamente la mano.

—¿Qué haces por aquí?

—He venido a verte.

Stacey miró más allá de Junior, como buscando alrededor la razón de que su ex esposo estuviese a la puerta de su casa. Junior se echó a reír.

—He venido solo. No he querido llamar al timbre por si acaso el juez estaba ya en la cama.

—Sí, ya se ha acostado. Ha..., uf; anda, pasa.

Stacey se hizo educadamente a un lado para dejar entrar a Junior. Permanecieron unos instantes frente a frente, a la fría luz de la cocina, que no favorecía mucho a Stacey, que ya se había limpiado el cutis, lista para acostarse.

Había imaginado muchas veces que una noche se presentaría, pero ahora que lo tenía allí, se había quedado paralizada y muda de incredulidad. Las expresiones de amor y devoción que albergaba su corazón irrumpieron en su mente, pero sabía que a él no le agradaría oírlas. Recurrió a hablar de algo inocuo.

—Papá se ha acostado temprano. Le molestaba el estómago. Le he dado un poco de leche caliente. Iba a prepararme un poco de cacao con el resto.

Incapaz de apartar los ojos de él, hizo un ademán señalando el fogón, donde la leche estaba a punto de salirse del cazo. Junior fue corriendo a cerrar la llave.

—Cacao, ¿eh? Con tu cacao, ¿eh? No hay nada mejor. ¿Tienes para dos?

—Cla...ro. ¿De verdad tienes tiempo?

—Un poco. Si me invitas.

—Sí —dijo ella, con un siseo que casi le expulsó todo el aire de los pulmones—. Sí.

Encantada de desenvolverse en la cocina, Stacey preparó con cierta torpeza las dos tazas de cacao. No acertaba a imaginar por qué se le habría ocurrido visitarla. Le daba igual. Le bastaba con que estuviese allí.

Al pasarle ella la taza de cacao, Junior le dirigió una de aquellas sonrisas que la desarmaban.

—¿Tienes whisky o algo así? —le preguntó.

Junior la siguió hasta el salón donde tenían el mueble bar con botellas que sólo sacaban en ocasiones muy especiales.

—Me parece que no es la primera copa que tomas esta

noche, ¿verdad? —le preguntó, mientras le echaba un chorrito de coñac en el tazón.

—No lo es —le susurró él, fingiendo secreteo—. Y además me he fumado un porro.

Stacey frunció los labios en clara desaprobación.

—Ya sabes lo que pienso de las drogas, Junior.

—La marihuana no es una droga.

—Ya lo creo que sí.

—Bah. Stacey... —dijo Junior, gimoteando e inclinándose para besarla en la oreja—. Una ex esposa no tiene derecho a regañar.

El contacto de sus labios la estremeció. Su recriminación se fundió como un helado en agosto.

—No te regañaba. Sólo me preguntaba por qué habrás venido a verme esta noche después de tanto tiempo.

—Me apetecía.

Stacey sabía que para la mentalidad de Junior era razón suficiente. Él se repantigó en el sofá y la atrajo a su lado.

—No, no enciendas la lámpara —le dijo él, al ver que iba a pulsar el interruptor—. Quedémonos así, sentados, y tomémonos el cacao.

—Me he enterado de lo ocurrido en el rancho —dijo ella tras un breve silencio.

—Ya está todo en su sitio otra vez. Está todo como si nada hubiese ocurrido. Pero podría haber sido grave.

—Podías haber resultado herido —dijo ella, tocándolo vacilantemente.

—¿Aún te preocupa lo que pueda pasarme? —dijo él, suspirando y posando la taza en el carrito contiguo al sofá.

—Siempre.

—Nadie ha sido nunca tan buena conmigo como tú, Stacey. Te he echado de menos —dijo, mientras buscaba su mano y la tomaba entre las suyas.

—Se te nota agotado y preocupado.

—Y lo estoy.

—¿Por el atentado?

—No —repuso él, hundiéndose más en los cojines y

apoyando la cabeza en el respaldo del sofá—. El follón en que estamos metidos con lo del asesinato de Celina. Es de lo más deprimente —añadió, ladeando la cabeza hasta apoyarla en el hombro de Stacey—. Mmm, qué bien hueles. Es un aroma que añoraba. Tan fresco.

Junior rozó el cuello de Stacey con la boca.

—¿Y qué es lo que tanto te preocupa de la investigación?

—Nada en concreto. Es Alex. Ella y mi madre han tenido una hoy. Mi madre le ha soltado que Celina se cargó con una barriga y tuvo que casarse con su soldadito. Menuda escena.

Junior rodeó su cintura con el brazo. Automáticamente, Stacey le acarició la mejilla y le apoyó la cabeza en su pecho.

—Y yo le mentí —confesó ella quedamente—. Una mentira por omisión.

Junior farfulló un sonido que denotaba desinterés.

—No le dije que yo estaba en el establo el día que mataron a Celina.

—¿Y por qué lo ocultaste?

—No quería que me atosigase a preguntas. La odio por el solo hecho de que vuelvan a causarte problemas.

—Alex no puede evitar eso. No es culpa suya.

Era una cantilena que sacaba de quicio a Stacey. Junior decía con frecuencia lo mismo dirigiéndose a Celina. Por grande que hubiese sido la mezquindad con que Celina había tratado a Junior, éste no tenía jamás una palabra de reproche para ella.

—Odio a la hija de Celina tanto como la odié a ella —susurró Stacey.

El alcohol y el porro tenían a Junior con la cabeza embotada.

—No pienses en todo eso ahora. Esto es más agradable, ¿no? —le susurró a la vez que sus labios seguían a sus manos bajo la bata y hacia sus pechos. Su húmeda lengua acarició su pezón.

—Antes te gustaba mucho que te hiciese esto.

—Y todavía me gusta.

—¿Sí? ¿Y esto? ¿Todavía te gusta esto? —le preguntó, chupándole el pezón a la vez que hundía su mano en el cálido vello de la entrepierna.

Stacey pronunció su nombre entre gemidos.

—Comprendería que me rechazases —dijo él, retirando un poco la mano.

—No —dijo ella, reconduciendo su cabeza hacia su pecho y aprisionando su mano entre los muslos—. Lo deseo. Por favor.

—Stacey, Stacey, tu tierno amor es justo lo que necesito esta noche. Siempre puedo contar contigo para hacer que me sienta mejor —murmuró alzando la cabeza y besándola largamente en la boca—. ¿Recuerdas qué era lo que más me gustaba? —le preguntó, sin separar los labios de los suyos.

—Sí.

Ella lo miró con expresión solemne y él le sonrió tan beatíficamente como un ángel. Cuando él la miraba de ese modo, no podía negarle nada; ni cuando eran adolescentes, ni de casados, ni ahora ni nunca.

Stacey Wallace Minton, la estricta y mojigata hija del juez, se arrodilló frente a él, le abrió la bragueta y se introdujo el miembro en su boca golosa.

—¿Señorita Gaither? ¿Señorita Gaither? ¿Está usted ahí?

Alex estaba adormecida. Se despertó al oír llamar a la puerta, que ya había sido reparada, y vio que se había quedado dormida de cualquier manera, sobre la colcha, aterida de frío. Tenía los ojos hinchados de tanto llorar.

—¿Qué quiere? —preguntó, con una voz apenas audible—. Déjeme.

—¿Tiene el teléfono descolgado, señorita Gaither?

—¡Qué puñeta! —exclamó Alex, poniendo los pies en

el suelo. Tenía toda la ropa arrugada. La recompuso un poco a la vez que se acercaba a la ventana y descorría la cortina. El conserje de noche estaba junto a su puerta.

—He descolgado el teléfono para que no me molestasen —dijo Alex a través de la ventana.

El conserje la miró evidentemente aliviado al ver que seguía con vida.

—Perdone que la haya molestado, señora, pero es que hay alguien que quiere ponerse en contacto con usted. Se ha enfadado conmigo, diciéndome que no podía ser que estuviese usted hablando tanto rato.

—¿Y quién era?

—Happer o Harris, o algo así —balbució el conserje, leyendo el papelito que llevaba en la mano y que acercó un poco más a la luz de la puerta—. No acabo de entender mi letra así... Además, no se oía bien.

—¿Harper? ¿Greg Harper?

—Me parece que sí; sí, señora.

Alex soltó la cortina, quitó la cadena y abrió la puerta.

—¿Le ha dicho qué quería?

—Sí, sí. Me ha encargado que le dijese que tiene que estar usted en Austin mañana por la mañana para una reunión a las diez.

Alex miró al conserje perpleja.

—Me parece que no ha debido de tomar usted bien el recado. ¿Mañana por la mañana a las diez?

—Eso es lo que ha dicho, y no he tomado mal el recado porque lo he anotado aquí tal como me lo dictaba —dijo mostrándole el papelito con el mensaje garabateado a lápiz—. Ha estado llamándola toda la tarde, y estaba furioso por no poder hablar con usted. Al final ha dicho que tenía que salir y me ha dicho que fuese a darle el recado en mano a su habitación, y ya lo he hecho. Así que buenas noches.

—¡Espere!

—Oiga, que yo tengo que estar en la centralita.

—¿No le ha dicho qué clase de reunión era, o por qué es tan urgente?

—No, sólo que tiene que ir usted allí.

El conserje permaneció allí unos instantes, expectante. Alex le dio las gracias de una manera un poco balbuciente, le metió un dólar en el hueco de la mano y el conserje se alejó en dirección al vestíbulo.

Alex cerró la puerta con expresión pensativa y volvió a leer el mensaje. Era absurdo. Greg no se andaba con tantos misterios. No era propio de él convocar reuniones que era virtualmente imposible que se celebrasen.

Conforme fue saliendo de su asombro, Alex se percató del tremendo dilema en que se veía. Tenía que estar en Austin a las diez de la mañana. Y ya había anochecido. Si salía ahora, tendría que conducir casi toda la noche y llegaría a Austin de madrugada.

Si salía por la mañana, tendría que darse un madrugón espantoso y prácticamente volar por la carretera para llegar a tiempo. Las dos alternativas le parecían pésimas, y no estaba ni mental ni emocionalmente en condiciones de tomar una decisión.

Entonces se le ocurrió una idea. Antes de arrepentirse hizo una llamada.

—Oficina del sheriff.

—Con el sheriff Lambert, por favor.

—No está. ¿Puede atenderla otra persona?

—No, gracias. Tengo que hablar con él personalmente.

—Perdone, pero usted es la señorita Gaither, ¿verdad?

—Sí.

—¿Dónde está usted?

—En la habitación del motel. ¿Por qué?

—Pues Reede ha ido hacia ahí. Debe de estar al llegar —dijo la voz—. ¿Está usted bien? —añadió tras una pausa.

—Sí, claro, estoy bien. Me parece que oigo llegar al sheriff. Gracias.

Alex colgó el teléfono y miró por la ventana justo en el momento en que Reede bajaba del Blazer y corría hacia su puerta. La abrió de golpe e irrumpió bruscamente, casi perdiendo el equilibrio.

—Oye, que ya está bien de reventar puertas.

—No te hagas la graciosa conmigo —repuso él fulminándola con la mirada—. ¿Qué puñeta pasa?

—Nada.

—¡Y un cuerno! —exclamó él, señalando el teléfono. El inanimado objeto pareció enfurecerle más y lo señaló acusadoramente.

—He estado llamando durante horas, y no dejabas de comunicar.

—Lo había descolgado. ¿Y qué es lo que tenías que decirme con tanta urgencia?

—He sabido lo que ha ocurrido esta tarde entre tú y Sarah Jo.

Alex suspiró, dejando caer desmayadamente los hombros. Casi había olvidado ya el incidente, con el asombro que le produjo el recado de Greg.

Nunca se le había ocurrido comprobar la fecha del certificado de matrimonio de sus padres. Algo que, en cualquier caso, tampoco hubiera aclarado nada. Como miembro de la fiscalía sabía que las fechas, incluso en los llamados documentos legalizados, podían ser falsificadas. Pero, por la manera en que todos habían reaccionado ante la revelación de Sarah Jo, se dijo que debía de ser verdad: era hija ilegítima.

—Tendrías que haber estado allí, sheriff. He dado todo un espectáculo. Te lo habrías pasado en grande.

El desenfadado talante de Alex no contribuyó a mejorar el humor de Reede.

—Se puede saber por qué habías descolgado el teléfono.

—Para que me dejasen descansar: ¿qué suponías?, ¿que me había tomado una sobredosis de somníferos y me había cortado las venas?

—Quién sabe —repuso Reede a la sarcástica pregunta, como creyéndolo posible.

—Entonces es que no me conoces nada bien —dijo ella, enojada—. No me rindo con tanta facilidad. Y no me avergüenza que mis padres se viesen obligados a casarse.

—Ni yo he dicho que te avergonzases ni que tuvieses que avergonzarte de ello.

—El error sería suyo. No tiene nada que ver conmigo como persona, ¿de acuerdo?

—De acuerdo.

—Así que deja de pensar... Qué puñeta me importa a mí lo que pienses —dijo ella, frotándose las sienes, más enfadada consigo misma que con él. Su estallido no era más que el reflejo de lo alterada que estaba—. Necesito tu ayuda, Reede.

—¿Qué clase de ayuda?

—¿Puedes llevarme en avión a Austin?

La petición lo pilló por sorpresa. Se irguió, dejando su displicente postura, apoyado en el marco de la puerta recién reparada.

—¿En avión a Austin? ¿Por qué?

—Órdenes de Greg Harper. Tengo que asistir allí a una reunión a las diez de la mañana.

27

Al cabo de poco menos de una hora ya estaban volando rumbo sureste hacia la capital del Estado. Alex había dedicado un cuarto de hora de ese tiempo para ponerse de nuevo presentable. Se había lavado la cara con agua fría y luego se había maquillado y cepillado el pelo. Iba con pantalones de lana y suéter. En casa podría ponerse cualquier otra cosa para la reunión.

Durante el trayecto hacia el aeropuerto municipal de Purcell, Reede se detuvo en una hamburguesería y recogió lo que había encargado por teléfono. En la pista les esperaba una monomotor Cessna. El sheriff siempre sabía qué teclas había que tocar.

Purcell no era ya más que un haz de lucecitas sobre una alfombra negra cuando a ella se le ocurrió preguntárselo.

—¿Es tuya esta avioneta?

—De las Empresas Minton. Angus me ha dado permiso para utilizarla. Pásame un bocadillo.

Alex ya había devorado casi la mitad de los suyos (después del emparedado de pepino que le había ofrecido Sarah Jo que no la había dejado ni mucho menos saciada) antes de despegar.

—¿Cuándo aprendiste a volar?

Reede masticó una patata frita.

—Tendría ocho años.

—¿Ocho?

—Me había hecho con una destartalada y vieja bicicleta en un chatarrero y la arreglé lo bastante bien como para poder montar. Y, en cuanto podía, pedaleaba hasta el aeropuerto.

—Pero si está a más de cinco kilómetros —exclamó Alex.

—Me daba igual. Ya había hecho trayectos casi el doble de largos. Los aviones me intrigaban. El tipo que se encargaba del aeroclub era más terco que una mula y muy antipático, pero para mí siempre tenía un polo de fresa en la nevera. Supongo que lo debía de tener frito a preguntas, pero no parecía importarle. Un día me miró y me dijo: «Tengo que echarle un vistazo a esa avioneta. ¿Quieres dar una vuelta conmigo?». Y casi me oriné en los pantalones.

Reede apenas se percató de que estaba sonriendo al evocar aquel feliz recuerdo, y Alex permaneció en silencio para que no lo cohibiera su presencia. Le gustaba su sonrisa, que acentuaba de una manera atractiva sus patas de gallo y las arrugas de las comisuras de sus labios.

—Era algo estupendo —dijo, como si estuviese notando la misma sensación de entonces—. Como aún no había descubierto el sexo, volar fue la experiencia más fantástica que había tenido. Se veía todo tan apacible y limpio desde arriba...

«Una huida de la terrible realidad de su infancia», pensó Alex compasivamente. Sentía deseos de tocarlo, pero no se atrevía, y se sintió como si estuviese a punto de cruzar por un paso escarpado y azaroso. Una palabra o un matiz equivocado podía ser fatal para ella, y actuó con tiento.

—¿Por qué no me dijiste que mi madre estaba encinta al regresar de El Paso, Reede? —le preguntó con cautela.

—Porque no tiene ninguna importancia.

—Ahora no, pero la tenía veinticinco años atrás. Ella no quería casarse con mi padre, y tuvo que hacerlo.

—Pero, bien, ahora que ya lo sabes, ¿qué cambia eso? No cambia nada.

—Quizá —repuso ella, dubitativa—. Yo fui la causa de

que os peleaseis, ¿verdad? ¿Verdad que fue por mí? —añadió tras una breve pausa.

—¿Qué? —exclamó él, mirándola con fijeza.

Alex recostó la cabeza en el respaldo y suspiró.

—Me preguntaba por qué no os disteis un beso e hicisteis las paces al regresar ella aquel verano. Sabiendo lo mucho que os queríais desde hacía tanto tiempo, me preguntaba qué pudo alejaros después de una estúpida riña de novios. Pero ahora lo veo. No fue una estúpida riña de novios. Fue más que una riña. Se trataba de mí. Yo os alejé. Yo fui el motivo de que rompieseis.

—No fue por ti.

—Ya lo creo que sí.

La abuela Graham le había dicho que a Celina la habían matado por su culpa. Todo lo que Alex iba descubriendo concordaba con esa idea. ¿No habría Celina, al quedarse embarazada de otro hombre, provocado que un amante apasionado, celoso y posesivo la matase?

—Mira, Reede, mataste a mi madre por mí, ¿no?

—¡Hostia ya! —exclamó él—. Estrangularía a Sarah Jo por haberte dicho todo eso. Mi pelea con Celina no fue por ti..., por lo menos no el origen.

—¿Entonces qué fue?

—¡El sexo! —dijo él, girando la cabeza y mirando a Alex—. ¿Estás contenta?

—¿El sexo?

—Sí, el sexo.

—Tú la presionabas y ella no quería.

Reede apretó los dientes.

—Fue al revés, señoría.

—¿Qué? —dijo Alex—. No pretenderás que te crea.

—Me importa un bledo que me creas o no. Es la verdad. Celina quería quemar etapas y yo no quería.

—Sí, y ahora sólo te falta decirme que obraste con generosidad y por nobles motivos —dijo Alex, dándose con la punta de la lengua en la cara interna del carrillo—. ¿A que sí?

—Mis padres —dijo él, sin asomo de afectación—, mi padre dejó embarazada a mi madre cuando ella apenas tenía quince años. Tuvieron que casarse. Y mira cómo les fue. No tenía la menor intención de arriesgarme a que a Celina y a mí nos ocurriese lo mismo.

El corazón de Alex se aceleró, impulsado por una combinación de emociones, satisfacción e incredulidad, demasiado compleja para poder analizarla.

—Quieres decir que vosotros nunca...

—No. Nunca.

Le creyó. No había doblez en su expresión, sólo una amargura y un matiz de pesar.

—¿Es que no conocías medios anticonceptivos?

—Con otras chicas utilizaba gomas, pero...

—¿Así que había otras?

—Que no soy un monje, joder. Las hermanas Gail —dijo, encogiéndose de hombros—, y muchas otras. Siempre había chicas dispuestas.

—Especialmente para ti.

Reede le dirigió una mirada dura.

—¿Y dejar embarazadas a las demás no te preocupaba?

—Se acostaban con todos. Yo era uno más.

—Pero Celina sólo se había acostado contigo.

—Sí.

—Hasta que fue a El Paso y conoció a Al Gaither —aventuró Alex—. Él no fue más que un pretexto para darte celos, ¿verdad? Se pasó de lista y me fabricó a mí —añadió, con una risa exenta de humor.

Ambos guardaron silencio. Alex ni siquiera se percató de ello, sumida en encontrados pensamientos acerca de su madre, de Reede y de su no consumado amor.

—Se ve todo precioso desde arriba por la noche, ¿verdad? —dijo ella con ensoñación, sin percatarse de que había pasado casi media hora desde que había dejado de hablar.

—Creí que te habías quedado dormida.

—No —dijo ella, viendo cómo un banco de nubes pasaba entre ellos y la Luna—. ¿No llevaste nunca a mi madre a volar?

—Varias veces.

—¿De noche?

Reede dudó un momento.

—Una vez.

—¿Y le gustó?

—Recuerdo que pasó mucho miedo.

—Debieron de ponerla como un trapo.

—¿Quiénes?

—Todos. Al saberse que Celina Graham estaba embarazada, seguro que sería la comidilla de la ciudad.

—Ya sabes lo que pasa en estos sitios pequeños.

—Así que por mi culpa no acabó el bachillerato.

—Mira, Alex, tú no fuiste causa de que dejase de hacer nada —le reprochó él, enojado—. De acuerdo: ella cometió un error. Se puso demasiado cachonda con un soldadito, o él la engatusó. Pasase como pasase, el caso es que pasó —añadió con un tajante ademán como para zanjar la cuestión—. Nada tuviste tú que ver en el hecho ni en sus consecuencias. Tú misma lo has dicho hace unas horas, ¿recuerdas?

—Mira, Reede, ni condeno a mi madre ni me considero estigmatizada. Simplemente me apena. No pudo acabar sus estudios, pese a haberse casado legalmente —dijo Alex, cruzando los brazos hacia sus costados y abrazándose—. Creo que debía de ser una mujer muy especial. Podía haber hecho que me adoptasen, pero no lo hizo. Incluso después de que muriese mi padre me tuvo con ella. Me quería y estuvo dispuesta a hacer grandes sacrificios por mí. Tuvo el valor de no esconderme, en una ciudad donde todo el mundo murmuraba a sus espaldas. No trates de ocultármelo. Estoy segura de que fue así. De tener la estima de todo el mundo, pasó a caer en desgracia. Y quienquiera que pudiese odiarla debió de disfrutar. Así es la naturaleza humana.

—Pues si fue así, nadie lo exteriorizó.

—Porque tú seguías siendo su caballero andante, ¿no?

—Junior y yo.

—Cerrasteis filas con ella.

—Si quieres, puedes decirlo así.

—Vuestra amistad debió de ser entonces más importante para ella que nunca.

Reede se encogió de hombros. Alex observó su perfil unos instantes. El azaroso paso la estaba conduciendo al borde del precipicio y estaba casi a punto de saltar.

—Y de no haber muerto Celina, Reede, ¿os habríais casado?

—No.

Reede contestó sin un momento de vacilación. A Alex le sorprendió su respuesta. No acababa de creerle.

—¿Por qué no?

—Por muchas razones, pero esencialmente, por Junior.

Alex no esperaba esa respuesta.

—¿Y por qué por él?

—Durante el embarazo de Celina estuvieron muy unidos. Él acababa de pedirle que se casase con él cuando ella... murió.

—¿Y crees que de no haber muerto se hubiese casado con él?

—No lo sé —dijo Reede, dirigiéndole a Alex una sarcástica mirada—. Junior les va mucho a las mujeres. Puede ser muy persuasivo.

—Mira, Reede, ya le dije a Sarah Jo, y ahora te digo a ti que...

—¡Chist!, que nos pasan a la torre de control de Austin —dijo, ajustándose el micrófono y los auriculares.

Concluidas las formalidades, pidió a los del aeropuerto que le alquilasen un coche. Y en seguida avistaron el iluminado rectángulo de la pista.

—¿Te has ajustado el cinturón?

—Sí.

Reede aterrizó impecablemente. Luego, Alex pensó

que debía de haber estado adormecida, porque apenas recordaba haber bajado de la avioneta y subido al coche. Le indicó a Reede dónde estaba su casa, situada en una zona de moda, llena de *yuppies*, donde lo que más se bebía era agua mineral, todas las casas estaban equipadas con los más novedosos y sofisticados accesorios y donde ser miembro del club prosalud era tan obligado como tener carné de conducir. El frente de tormentas que habían avistado al despegar no había obstaculizado su vuelo, pero se encontraba ya sobre la ciudad al llegar a la calle donde vivía Alex. Las gotas de lluvia empezaron a estallar sobre el parabrisas. Tronaba.

—Es ésa, donde están todos los periódicos por el suelo —dijo Alex.

—Vaya fiscal. ¿No se te ocurre nada mejor para informar a los ladrones de que estás fuera de la ciudad? ¿O es que es así como llevas siempre tus cosas?

—Olvidé llamar para que dejasen de enviármelos.

Reede se arrimó al bordillo, pero no cerró el contacto. Unos días atrás, Alex habría sentido verdadero júbilo por volver a casa para darse un respiro del motel Westerner, pero al verse ahora frente a la puerta de su casa no sintió el menor entusiasmo por entrar. Las lágrimas que nublaban sus ojos no eran lágrimas de alegría.

—He estado fuera casi tres semanas.

—Será mejor que baje —dijo Reede, cerrando el contacto y saliendo del coche sin protegerse de la lluvia.

Fueron caminando por la acera y él iba recogiendo los periódicos atrasados conforme se topaba con ellos. Luego los tiró en un rincón del porche cubierto mientras ella abría la puerta.

—No olvides tirar esos periódicos a la basura mañana —dijo él.

—No, no lo olvidaré —repuso ella, ya desde dentro y mientras desconectaba la alarma que había empezado a sonar en cuanto abrió—. Esto quiere decir que no ha pasado nada.

—¿Quieres que quedemos mañana en el aeropuerto, o qué?

—Mmmm... Pues no lo sé todavía —dijo ella; no le hacía gracia que él se fuese dejándola allí sola en la casa.

—Pasaré por la oficina del fiscal a mediodía y preguntaré por ti, ¿de acuerdo?

—Estupendo. Creo que para entonces ya habré terminado.

—Entonces hasta mañana —dijo él, dándose la vuelta para marcharse.

—Reede —lo llamó ella, que instintivamente alargó el brazo como para sujetarlo, pero lo echó de nuevo hacia atrás al darse él la vuelta—. ¿Quieres pasar a tomar un café?

—No, gracias,

—¿Y adónde vas a ir ahora?

—No lo sabré hasta que llegue a alguna parte.

—Algo te rondará por la cabeza.

—A enredar por ahí.

—Ah, bueno...

—Mejor será que entres.

—Aún no te he pagado.

—¿Por qué?

—Por la avioneta, por tu tiempo.

—Es gratis.

—Oye, no, de verdad...

Reede soltó un taco.

—Sólo me faltaría tener que discutir contigo de dinero, ¿vale? Así que buenas noches.

Él se dio la vuelta y se alejó con largas zancadas. Pero ella lo llamó otra vez. Al volver la cabeza, sus ojos encontraron los de Alex.

—No quiero quedarme sola esta noche —admitió ella atropelladamente. Pese a todo lo que había llorado durante la tarde, su provisión de lágrimas no se había agotado: empezaron a rodar por sus mejillas casi como lluvia—. Por favor, no te vayas, Reede, quédate conmigo.

Reede se acercó para protegerse bajo el porche, aunque ya tenía el pelo y los hombros empapados.

—¿Por qué? —le preguntó con los brazos en jarras.

—Te lo acabo de decir.

—Alguna razón mejor que ésa tendrás, o no me lo pedirías.

—Está bien —le gritó ella—. Estoy hecha polvo. ¿Es esa razón suficiente?

—No.

—Me ha dejado sin aliento pensar lo que debió de sufrir mi madre por mí —dijo ella limpiándose las lágrimas de los ojos con el dorso de la mano.

—No soy psicólogo.

—Necesito compañía.

—Lo siento, pero tengo otros planes.

—¿Así que no te importa que necesite tu compañía?

—No mucho.

Lo odió por obligarla a rogarle. Pero decidió prescindir de todo vestigio de orgullo.

—La abuela Graham murió maldiciéndome por haber destrozado la vida de Celina. Ella quería que se casase con Junior, y maldijo también mi inoportuno nacimiento, que impidió que se casasen. Así que ahora, puñeta, necesito saber que tú no me desprecias. ¿Puedes imaginar lo mal que me siento al saber que yo fui la causa de que mi madre se casase con otro hombre cuando era a ti a quien de verdad quería? De no ser por mí, te habrías podido casar con ella, tener hijos, y os habríais amado hasta el final de vuestras vidas. Quédate conmigo esta noche, Reede.

Él acortó la distancia entre ambos, la arrinconó contra la pared y la zarandeó.

—Quieres que te haga compañía, que te diga que no es nada, que mañana saldrá el sol y todo habrá pasado, ¿verdad?

—¡Sí!

—Pues, para tu información, señoría, no se me dan los

cuentos de hadas. Si paso la noche con una mujer no es porque quiera consolarla si sufre ni para levantarle la moral si está triste —dijo, acercándose más y entornando los ojos hasta que apenas se le veían más que dos tenues destellos—. No es desde luego para hacer de papá.

28

Gregory Harper, fiscal del condado de Travis, Texas, estaba más que furioso. Se había fumado tres cigarrillos en cinco minutos. Su enfado iba dirigido contra su ayudante, que estaba sentada al otro lado de la mesa de su despacho, con aspecto de que le hubiesen golpeado los ojos.

—¿Con quién te has acostado, con Drácula? Parece que te hayan chupado toda la sangre —dijo Greg con su característica agresividad.

—Con un golpe bajo cada vez ya vale, ¿no? No mezcles las cosas.

—¿Golpe bajo? Ah, te refieres a lo de que tu investigación se ha terminado y tienes que reincorporarte aquí de inmediato, sin demora, zumbando, ¿no?

—Sí, eso ha sido un golpe bajo —repitió Alex apoyando las palmas de las manos sobre la mesa—. No me puedes pedir que lo deje ahora, Greg.

—Y no te lo pido, te lo ordeno —dijo, levantándose de su silla giratoria y yendo hacia la ventana—. ¿Qué coño has estado haciendo allí, Alex? El gobernador me llamó ayer, y estaba que se subía por las paredes.

—Siempre lo está contigo.

—Eso no tiene nada que ver.

—Ya, ya. Mira, Greg, todo lo haces por politiqueo. Es inútil que lo niegues. No te lo reprocho, pero no te hagas ahora la víctima por que te hayan dado un palmetazo. El gobernador cree que su Comisión de Apuestas es infalible. Reconocer que la comisión se equivocó al elegir Empresas Minton para la concesión equivale a que el gobernador reconozca que también él se equivocó. Por lo que a la concesión del hipódromo se refiere, la elección de Empresas Minton es irreprochable.

—Ah, ya. El único detalle es que tú consideras sospechoso de asesinato a uno de los Minton, y al sheriff. Vaya, por un momento he creído que teníamos algún problema.

—Puedes ahorrarte el sarcasmo.

Greg se rascó el cogote.

—Escuchando ayer al gobernador se diría que Angus Minton es un héroe.

—Eso no descarta que sea capaz de matar a alguien.

—¿Qué pasó en su rancho la otra noche?

—¿Cómo te has enterado?

—Tú sólo dime qué pasó.

Alex le contó a regañadientes lo de Fergus Plummet y los destrozos causados en el rancho de los Minton. Al terminar ella de hablar, Greg dejó resbalar la mano por el rostro.

—Has volcado la cesta de los huevos y no has dejado uno entero —dijo él, sacando otro cigarrillo que se le movía arriba y abajo entre los labios mientras hablaba, sin acertar a encenderlo—. No me gustó este asunto desde el principio.

—Te encantó.

Alex tenía los nervios tan de punta que la sacó de quicio que él quisiera cargarle toda la culpa.

—Creíste que todo esto podría poner en aprietos al gobernador. Te encantó la idea.

Greg cruzó los brazos sobre la mesa y se inclinó hacia delante.

—Dijiste que querías ir allí para reabrir el caso del asesinato de tu madre. Lo que no sabía es que ibas a poner frenético a un lunático predicador, a hacer que le pegasen fuego a un rancho, a causar la muerte de un valioso pura sangre y ofender a un respetado juez con un historial más limpio que Dios.

—¿Wallace?

—Wallace. Al parecer el juez llamó a nuestro estimado gobernador, quejándose de tu conducta profesional, de tu manera de llevar el caso y de tus infundadas acusaciones —dijo Greg, inspirando el humo hasta los pulmones y soltando luego una bocanada—. ¿Quieres que siga?

—Como te parezca —repuso ella desmayadamente, pues sabía que iba a seguir de todas maneras.

—Pues bien: además, a Chastain no le llega la camisa al cuerpo con Wallace.

—Chastain se asusta de su propia sombra. Ni siquiera se atreve a hablar por teléfono conmigo.

—Es una manera de descalificarte; se lava las manos respecto a ti, en realidad. Dice que te ha visto de parranda con tus sospechosos.

—¿De parranda? He alternado con ellos por educación en contadas ocasiones.

—Eso es un mal asunto, Alex. Tenemos a tres sospechosos de asesinato y a una fiscal cuya relación con ellos se remonta a muy atrás. Eso es muy resbaladizo.

Alex trató de rehuir la incisiva mirada de Greg.

—Veámoslo de este otro modo —dijo ella entonces, poniéndose de pie—. Hay un caso de asesinato sin resolver. Y la investigación es viable, con independencia de quién la lleve a cabo.

—Bien. Supongámoslo así —dijo él en tono condescendiente, entrelazando los dedos y recostándose en la silla—. ¿En qué vas a basarte? No hay cuerpo que exhumar. No hay arma del crimen. No hay...

—La robaron del maletín del veterinario.

—¿Qué?

—El arma del crimen.

Alex le explicó lo que Ely Collins le había contado.

—El bisturí —dijo Alex— no le fue devuelto nunca al veterinario. Estoy tratando de averiguar dónde puede estar el arma, para poder utilizarla como prueba, pero dudo que esté ya en ninguna parte.

—Eso mismo pienso yo. La conclusión es que no tienes el arma. Y testigo presencial, ¿tienes alguno?

Alex suspiró.

—Durante la conversación telefónica que mantuviste con el gobernador, ¿te habló de un peón del rancho llamado Pasty Hickam, *El Pega*?

—Así que es verdad.

—Sí, es verdad. Y haz el favor de no insultarme tratando de atraparme como a un niña. Te lo iba a contar.

—¿Cuándo? ¿Cuándo ibas a deslizar en la conversación que un miembro de esta fiscalía se vio envuelto en el asesinato de un vaquero?

—Dejarás que te dé mi versión, ¿no?

Alex le explicó entonces todo lo referente a Pasty. Greg parecía aún más enojado al terminar ella de hablar.

—Pues mira lo que te digo: en el supuesto de que tengas razón, proseguir esta investigación no sólo es una estupidez, y políticamente imprudente, sino que es peligroso. No creo que nadie vaya a confesar.

Alex hizo una mueca de fastidio.

—No. Pero uno de ellos mató a Celina, y probablemente a Hickam.

Greg juró por lo bajo, aplastando el cigarrillo.

—Vayamos por orden. Si mañana tuvieses que detener al asesino de tu madre, ¿a quien detendrías?

—No estoy segura.

—¿Por qué, por ejemplo, la habría asesinado el viejo Minton?

—Angus es irascible y astuto. Tiene mucho poder, y se nota a la legua que le encanta.

—Bromeas.

—Ya sé que puede resultar muy agradable, lo reconozco —dijo Alex, guardando para sí el comentario de

Angus de que le hubiese gustado tener una hija como ella—. Es, en cambio, injustificadamente brusco con Junior. Pero ¿un asesino? —prosiguió Alex, preguntándoselo a sí misma retóricamente y negado con la cabeza—. No lo creo. No es su estilo. Además, Angus no tenía motivo.

—¿Y qué hay de Junior?

—Es una posibilidad. Tiene mucha labia y mucho encanto. Estoy segura de que todo lo que me ha contado es cierto; sólo que no me lo ha contado todo. Sé que quería a Celina. Quiso casarse con ella después de la muerte de mi padre. Quizá ella lo rechazó demasiadas veces.

—Conjetura tras conjetura. Entonces queda Lambert. ¿Qué hay de él?

Alex bajó la cabeza y miró sus exangües dedos.

—Me parece que él es el principal sospechoso.

Greg movió la silla hacia delante.

—¿Y en qué te basas?

—Motivo y oportunidad. Pudo haber considerado que su mejor amigo se la estaba quitando y matarla para evitarlo.

—Un bonito y verosímil motivo. ¿Y de la oportunidad, qué?

—Estuvo en el rancho aquella noche pero luego se marchó.

—¿Estás segura? ¿Tiene coartada?

—Dice que estuvo con una mujer.

—¿Y tú le crees?

Alex dejó escapar una breve y amarga risa.

—Sí, por supuesto que le creo. Ni él ni Junior tienen problemas con las mujeres.

—Salvo con tu madre.

—Sí —admitió ella quedamente.

—¿Y la mujer de la coartada de Lambert qué dice?

—Nada. No quiere decir su nombre. Si existe la tal mujer, debe de seguir aún con ella. De no ser así, ¿qué le importaría dar nombre? Trataré de averiguar quién es al regreso.

—¿Quién ha dicho que vayas a regresar?

Alex había estado paseando de un lado a otro del despacho mientras hablaba, pero ahora volvió a sentarse en actitud de apelación.

—Tengo que volver, Greg. No puedo dejarlo todo colgado así. No me importa que el asesino sea el mismísimo gobernador. Tengo que llegar al fondo del asunto.

Greg asintió, mirando el teléfono que tenía encima de la mesa.

—Me va a llamar esta tarde para preguntarme si has dejado el caso. Y espera que le diga que sí.

—¿Aunque ello signifique dejar sin resolver un caso de asesinato?

—El juez Wallace lo ha convencido de que, simplemente, te ha picado la mosca de la venganza personal.

—Pues está en un error.

—No lo creo.

Alex sintió que se le paraba el corazón.

—¿También tú lo crees?

—Pues sí —dijo, hablando en un tono pausado más propio de un amigo que de un jefe—. Déjalo, Alex, ahora que todavía estamos a tiempo, y antes de que yo me pille los dedos con el gobernador.

—Me diste treinta días.

—Pero puedo revocarlo.

—Me queda poco más de una semana.

—Puedes hacer mucho daño en esos días.

—Pero también podría descubrir la verdad.

El semblante de Greg reflejaba un escepticismo absoluto.

—Ésa es una posibilidad muy remota. Tengo aquí casos que necesitan de tu experta mano.

—Pagaré yo los gastos —dijo ella—. Considéralo como unos días de vacaciones.

—Pero en tal caso, no podría avalar nada de lo que hagas allí. No contarás con protección oficial.

—De acuerdo, estupendo.

Greg negó con la cabeza obstinadamente.

—No te dejaría hacer eso, de la misma manera que no le dejaría a mi hija de quince años salir con un chico sin un condón en el bolso.

—Por favor, Greg.

—¡Qué terca eres, Dios! —exclamó él, sacando un cigarrillo del paquete, pero sin llegar a encenderlo—. ¿Sabes lo que me intriga de todo este caso? El juez. Si saliese apaleado, sería la cabeza de turco del gobernador.

—Déjate de metáforas.

—¿Qué tienes contra él?

—Nada, como no sea que me parece detestable. Es un tipejo puntilloso, nervioso y de mirada huidiza —explicó ella, deteniéndose luego un momento a pensar—. Y hay algo a lo que no paro de darle vueltas.

—¿Y bien? —dijo él, inclinándose hacia delante.

—Stacey, su hija, se casó con Junior Minton semanas después de la muerte de Celina.

—A menos que sean hermanos, eso no es ilegal.

Ella le dirigió una acerada mirada.

—Stacey no es..., bueno, no es del tipo de Junior, ¿entiendes? Ella aún sigue queriéndole.

Alex le explicó el incidente del servicio del Club de Hípica y Tiro.

—Junior es muy atractivo. Stacey no es el tipo de mujer con la que se casaría alguien como él.

—A lo mejor es que lo hace muy bien en la cama.

—Pudiera ser, aunque no se me había ocurrido —repuso Alex con sequedad—. No necesitaba casarse para acostarse con ella. ¿Por qué iba a hacerlo entonces de no haber una buena razón? Además, Stacey me mintió. Me dijo que estuvo en su casa deshaciendo las maletas después de un viaje a Galvestone, pero se olvidó de mencionar que estuvo en el establo aquel día.

Greg se mordisqueó el labio inferior y luego encendió el cigarrillo.

—Sigues basándote en indicios muy frágiles —dijo él,

expulsando el humo—. Tengo que fiarme de mi presentimiento y apartarte del caso.

Se miraron unos instantes en silencio y luego ella abrió el bolso con todo su aplomo y sacó dos sobres. Se los pasó.

—¿Qué es esto?

—Mi carta de dimisión, y una carta anunciando mi propósito de actuar por la vía civil debido al asesinato de mi madre. Les pediré tal indemnización por daños y perjuicios que lo de la concesión del hipódromo será una nadería. Y Reede Lambert podrá despedirse de su carrera. No irán a la cárcel, pero los arruinaré.

—Eso si ganas.

—Daría igual. En un proceso civil no pueden acogerse a la Quinta Enmienda para eludir el proceso. Digan lo que digan todos creerán que mienten. La Comisión de Apuestas no tendrá más alternativa que revocar su decisión de concederles el permiso.

—¿Así que todo se reduce a dinero? —gritó él—. ¿Es eso lo que andabas buscando?

A Alex se le encendieron las mejillas.

—Es indigno de ti decirme algo así. Exijo que te excuses.

Greg soltó una retahíla de tacos.

—Y tan de verdad.

—Bueno, perdona. Pero ¿te propones hacerlo de verdad?

Greg permaneció casi un minuto forcejeando consigo mismo antes de decidirse.

—Me parece que me falta un tornillo —dijo, apuntándola acusadoramente con el índice—. No te metas en la boca del lobo. Y asegúrate de saber disparar antes de apuntar, especialmente al juez Wallace. Si la cagas y a mí me dan por el culo, diré que eres una irresponsable y que yo no sé nada del asunto. La fecha límite que te puse sigue en pie. ¿Está claro?

—Totalmente —dijo ella, levantándose—. En cuanto tenga algo te lo haré saber.

—¿Alex? —la llamó cuando ella estaba ya casi en la puerta—. ¿Qué te sucede? —le preguntó al darse ella la vuelta.

—¿A qué te refieres?

—Es que tienes una cara... Estás pálida como un muerto.

—Sólo estoy cansada.

No la creyó, pero lo dejó correr. Nada más salir ella, cogió los dos sobres que Alex le mostró. Abrió uno y después, más nerviosamente, el segundo.

Greg Harper salió de estampida hacia la puerta de su despacho.

—¡Cabrona! —gritó en el vacío pasillo.

—Se ha ido ya, jefe —le informó su sobresaltada secretaria—. Con un hombre.

—¿Con quién?

—Con un vaquero que lleva una cazadora con el cuello de piel. Greg volvió a su mesa, hizo un pelota con los dos sobres vacíos y los tiró a la papelera.

Casi anochecía cuando Reede condujo su Blazer al aparcamiento del motel Westerner.

—Acompáñame sólo hasta la entrada del vestíbulo —le dijo Alex—. He de ver si tengo algún recado.

Reede la obedeció, sin añadir ningún comentario. Tenían muy poco que decirse después de su agria discusión frente a la oficina del fiscal. Durante el vuelo de regreso apenas hablaron. Alex estuvo dormitando casi hasta que llegaron.

Reede no había hecho más que mirar a Alex mientras ella dormía. Durante la noche había sentido incontables veces la tentación de levantarse e ir corriendo a casa de Alex. Al verla con aquella ojeras se preguntaba cómo había podido dejarla sola. Era evidente que habría necesitado consuelo aquella noche. Y él era el único que estaba a mano. Pero nadie había sabido agradecerle nunca ser paño de lágrimas. De haberse quedado, no habría podido mantener las manos quietas, ni la boca ni el pito. Por eso se había ido. Sus necesidades no eran en aquel momento compatibles.

A ella su actitud la había dejado dubitativa, sin saber qué carta jugar.

—Bueno, pues gracias, Reede.

—De nada.

—¿De verdad que no quieres que te pague nada?

Reede ignoró su pregunta.

—¿De qué iba la importantísima reunión? —le preguntó, en lugar de contestarle.

—Acerca de un caso en el que estaba trabajando antes de venir aquí. El otro fiscal quería que le aclarase algunos extremos.

—¿Y no podías aclarárselos por teléfono?

—Era complicado.

Él notó que le mentía, pero no vio razón para porfiar.

—Hasta pronto —le dijo.

Ella se apeó del Blazer y, colgándose su pesado bolso en bandolera, entró en el vestíbulo del motel, donde el conserje la saludó y le entregó un montón de mensajes. Reede ya había dado la vuelta con el Blazer y estaba a punto de arrancar, cuando notó que Alex se detenía allí de pie en el vestíbulo, leyendo uno de los mensajes, y que se ponía pálida como la cera. Puso punto muerto y bajó.

—¿Qué pasa?

Ella lo miró de reojo, dobló apresuradamente la carta y la volvió a meter en el sobre.

—Mi correo.

—Déjame ver.

—¿Que te deje ver mi correo?

Reede chasqueó tres veces los dedos y le mostró a Alex la palma de la mano. Alex casi le dio un palmetazo al dársela, visiblemente exasperada. Reede leyó la carta de un vistazo. Era breve y concreta.

—Proscrita de Dios —dijo él, enarcando las cejas.

—Eso me llama.

—Plummet, no cabe duda. ¿Te importa que me la quede?

—No —dijo Alex, nerviosa—. Ya la he memorizado.

—No te olvides de cerrar bien la puerta.

—¿No irás a tomar en serio su amenaza?

Reede sintió deseos de zarandearla. O era estúpida o ingenua, y ambas cosas podían costarle caro.

—Coño que si lo tomo en serio —dijo él—. Y tú también deberías tomártelo en serio. Si intenta ponerse en contacto contigo, llámame. ¿Comprendido?

Por un momento pareció que ella iba a contradecirle, pero asintió con la cabeza. Era evidente que estaba agotada. Parecía estar a punto de desmayarse. Reede se dio cuenta de que hubiera podido aprovecharse de las circunstancias, pero en lugar de sentir vanidad, le hacía sentirse mal.

Desechó cualquier idea que pudiera haberse hecho al respecto y regresó al Blazer. Pero no se alejó del motel hasta que Alex hubo entrado en su habitación y cerrado la puerta.

29

Reede volvió la cabeza al oír que se abría la puerta metálica del hangar. La figura de Alex quedaba en sombras, con el sol que declinaba a su espalda, pero no le hizo falta ver su expresión para saber que estaba furiosa. Se la notaba tan tensa como una cuerda de guitarra. El intenso resplandor que penetraba por su pelo parecía hacerlo crepitar como una llama.

Él terminó de lavarse las manos en un fregadero metálico adosado a la pared, se las enjuagó y se las secó con una toalla de papel.

—¿A qué debo este inesperado placer? —preguntó él, sonriente.

—Eres un mentiroso, probablemente un tramposo y posiblemente un asesino.

—Ésa ha sido tu opinión sobre mí desde el principio. Dime algo nuevo.

Reede se sentó en un taburete, apoyando los pies en el aro metálico. Balanceaba los brazos como sin saber qué hacer con ellos. Nunca había deseado tan intensamente tocar a una mujer.

Ella avanzó hacia él con paso marcial y hecha un manojo de nervios. Transpiraba suavidad, pero a la vez se la veía tan vivaz y vibrante que casi podía notar su piel en las yemas de sus dedos. Habría querido coger su cabeza entre sus manos y besarla en la boca sin descanso.

Alex llevaba aquella chaqueta de piel que siempre le producía a Reede un cosquilleo sensual en la entrepierna. Los ajustados tejanos ceñían unos muslos que se le antojaban útiles para algo mejor que para sostener a una mujer a punto de estallar de furia.

Al llegar Alex a sólo unos centímetros de Reede le plantó un papel en la cara. Él reconoció la carta que ella había recibido de los preocupados ciudadanos al poco de llegar a Purcell. Se la iba a armar. Ya lo esperaba. Era lo previsible en cuanto ella cayese en la cuenta.

—Ya me parecía a mí que había algo que no encajaba —dijo ella casi haciendo rechinar los dientes—, pero hoy, al revisar todos los documentos que tengo sobre el caso buscando pistas, he descubierto que había gato encerrado.

Fingiendo no notar el seductor aroma que emanaba de ella y que lo volvía loco, Reede se cruzó de brazos.

—¿Y bien?

—Las empresas y los negocios que cita la carta llevan la firma de todos menos uno: el Aeródromo Moe Blakely —dijo ella golpeando repetidamente con el dedo el párrafo de la carta—. Pero Moe Blakely no firma.

—Sería bastante difícil, porque murió hace siete años.

—Moe Blakely es el viejo del que me hablaste, ¿verdad? El que te enseñó a volar y te regalaba polos de fresa.

—Pues sí que te vas lejos.

—Tú eres el dueño de este aeródromo, señor Lambert.

—Hasta de las zarzas y de las tarántulas. Moe me lo legó. ¿Sorprendida?

—Pasmada.

—También la mayoría de la gente se quedó pasmada. Y bien jodido que se quedó más de uno...; los que querían meter mano en el aeródromo. Fue cuando todo el mundo andaba haciendo agujeros buscando petróleo hasta debajo de las piedras.

—Estuvimos hablando largo y tendido sobre esta carta —dijo ella, crispada—. Me dijiste que ya la habías visto, pero olvidaste mencionar que uno de los negocios de la lista era tuyo.

—La gente que redactó la carta lo hizo sin consultarme. Si lo hubiesen hecho, les habría dicho que no me incluyesen.

—¿Y por qué? Piensas como ellos.

—Sí, en efecto, pero yo no me valgo de veladas amenazas. Ya te dije a la cara que hicieses el puñetero favor de volverte a Austin. Además, no soy partidario de conciliábulos, nunca lo he sido. Los proyectos en grupo no son lo mío.

—Eso sigue sin aclarar por qué no me dijiste que el aeródromo es tuyo, porque oportunidades no te han faltado.

—No lo hice porque sabía que sacarías las cosas de quicio.

Alex se irguió.

—No estoy sacando nada de quicio. Lisa y llanamente, eres el dueño del aeródromo y tienes grandes proyectos de mejoras y de ampliación.

Reede se levantó entonces del taburete y la miró de hito en hito. Su semblante ya no era risueño, sino que tenía una expresión glacial.

—¿Y tú cómo sabes eso?

—Es que me llevo trabajo a casa, ¿sabes? He llamado a varias compañías que utilizan tu aeródromo, haciéndome pasar por tu secretaria, para informarme sobre nuestra solicitud de que lo utilicen de manera regular. Si no supiesen nada del asunto, lo habría notado en seguida —dijo ella con una seca carcajada—. Pero ya lo creo que están al corriente. Y se han desecho en felicitaciones para ti y para las Empresas Minton por haber conseguido la licencia para el hipódromo. Las tres compañías a las que he llamado están entusiasmadas con tus ideas para vuelos chárter y ya están redactando propuestas concretas. Se pondrán en contacto contigo en cuanto terminen su estudio de mercado. Por cierto, me debes diez dólares de conferencias.

Él la agarró del brazo.

—No tenías ningún derecho a entrometerte en mis asuntos. Esto no tiene la más puñetera relación con tu caso de asesinato.

—Puedo llevar esta investigación como considere oportuno.

—Ser dueño de un aeródromo que prosperará si se construye el hipódromo no significa que matase a Celina con el bisturí.

—Puede significar que proteges a quien lo hizo —le espetó ella.

—¿Quién? ¿Angus? ¿Junior? Eso es un disparate, y tú lo sabes.

Alex se desasió de su mano.

—Has puesto toda clase de obstáculos a esta investigación. Llevas una placa y eso se supone que te convierte en servidor de la Ley. ¡Ja! ¡Esto sí que es un disparate! No quieres que descubra al asesino porque un proceso significaría decir adiós al hipódromo y a tus planes para enriquecerte. No me sorprende que tu lealtad a los Minton sea tan firme —añadió Alex con desdén—. No tiene nada que ver con la amistad o con el agradecimiento por antiguos favores. No haces más que proteger egoístamente tus intereses económicos. —A Alex se le notaba la agitación de su pecho bajo el suéter—. Y te diré más —añadió entrecortadamente—: creo que fuiste tú.

—¿Qué?, ¿el asesino?

La voz de Reede sonó como un siniestro siseo. La empujó sobre el fuselaje de una avioneta que estaba revisando cuando ella llegó.

—Sí. Creo que tú la mataste. Y creo que sé por qué.

—Soy todo oídos.

—Tú querías a Celina con locura, pero ella te traicionó. Yo no hacía más que recordarte constantemente su traición, incluso antes de nacer. No podías perdonar y olvidar, pero Junior sí. Y él vio la oportunidad de ocupar tu lugar. Empezó a cortejarla y tuvo éxito. Y, al darte cuenta de que ella se estaba enamorando de él, no pudiste soportar perderla y verla con tu mejor amigo y principal rival, y la mataste. O tuya, o de nadie, y sobre todo, nunca de Junior.

Él hizo un guiño a modo de felicitación.

—Muy bien, señoría. Pero en este disparate que has montado hay un pequeño problema —le dijo, acercándose más a ella, hasta casi rozar su cara con la de ella—. No puedes probarlo. Todo son conjeturas. No puedes acusarme de nada; ni a mí ni a nadie. Así que, ¿por qué no nos haces a todos la vida más fácil y lo dejas?

—Porque no puedo.

Reede notó que había desesperación en sus palabras y que él estaba a punto de acabar con su resistencia.

—¿Y por qué no puedes? —le preguntó en un tono burlón.

—Porque, quienquiera que haya sido, quiero que lo pague.

—Mmmm —dijo él, meneando la cabeza—. No haces esto por Celina. Lo haces por ti.

—¡No es cierto!

—Tu abuelita te pintó un cuadro muy estilizado de Celina, y no te puedes perdonar haber aparecido tan inoportunamente en su vida y habérsela complicado.

—No sé quién es el que gasta psicología barata —le espetó ella, furiosa—. Te conozco lo bastante para saber que eres un egoísta, Reede Lambert. La idea de que otro hombre tocase lo que considerabas propiedad privada te resultaba insoportable.

La expresión de Alex era triunfal y desafiante.

—¿Qué te resultaba más difícil de perdonar, Reede? ¿Que Celina se acostase con otro hombre, o no haberte acostado tú cuando tuviste la ocasión?

—¿Por qué tanto empeño en saber con quién me acostaba o no me acostaba? —dijo él, apretando su cuerpo contra el de ella—. Ya te advertí una vez que no fueses tan curiosa —le susurró—. ¿No es esto lo que has estado haciendo con Junior?, ¿satisfacer tu curiosidad sobre por qué tu mamá lo encontraba tan atractivo? —añadió, complaciéndose en la súbita lividez de Alex.

—No —negó ella con aspereza.

—Me parece que sí.

—Estás enfermo.

—Yo no, nena —dijo él, respirando encima de sus labios—. Eres tú, que eres muy curiosa.

Se inclinó y la besó. Ella resistió firmemente la presión de su boca, pero él logro separarle los labios. Su lengua jugueteó por sus dientes y sus encías.

Alex se le entregó. Su aliento salía de ella como un desesperado suspiro. Su boca era cálida y dulce. Notó una poderosa erección, la dolorosa porfía de su miembro con su bragueta apretándola contra ella. Él le abrió el chaquetón y posó una mano en sus senos. El pezón se endureció excitado por su pulgar, y Alex dejó escapar un gemido.

Él alzó la cabeza y la miró a los ojos. Tenía la cabeza apoyada en el fuselaje de la avioneta, con el cuello arqueado. Respiraba entrecortadamente y su pecho subía y bajaba muy agitado. Podía notar el latido de su corazón, como si fuese un animalito atrapado bajo la palma de su mano. Tenía los labios entreabiertos, húmedos y brillantes, y los ojos cerrados; lentamente, los abrió. Se miraron medrosos y confusos.

«Oh, Dios», fue el último pensamiento coherente que salió de la mente de Reede. Su boca se apretó contra la de ella, con mayor deseo que antes, pero con más moderación. Introdujo la lengua en su boca, más entregado que posesivo. Le acarició los pechos con mayor dulzura.

Reede se impacientó ante los obstáculos de la ropa, bajó la mano hasta la cintura y le levantó el suéter y le bajó el sostén. Los cálidos y suaves pechos de Alex llenaron sus manos. Con un movimiento reflejo, ella se arqueó hacia atrás, ofreciendo sus pechos a sus callosas manos. Él siguió acariciándoselos y excitando sus enfebrecidos pezones con el pulgar.

Besándola como si aquéllos fuesen los primeros besos, o los últimos que fuese a poder darle a una mujer, él le separó sus piernas con la rodilla y se apretó contra su entrepierna. Alex dejó escapar un quedo gemido y le rodeó el cuello con los brazos; él se volcó en su boca, ardiendo en deseos de penetrarla.

Deslizó la mano por sus nalgas hasta sus muslos, aupándola ligeramente y rozándola con su miembro entre las piernas con un frenesí que apenas los dejaba respirar. Ella pronunció su nombre de una manera que encendió aún más su pasión.

Unos instantes después Reede oyó de nuevo su nombre, un tenue y lejano sonido. Su mente se sorprendió vagamente de que Alex pudiese pronunciar su nombre con la lengua tan entregada a sus juegos.

Volvió a oír su nombre y se percató de que no era la voz de Alex.

—¿Reede? ¿Dónde estás, muchacho?

Reede alzó la cabeza. Alex parpadeó, tratando de reorientar su mirada y él retiró rápidamente la mano del interior de su suéter. Alex se cubrió con el chaquetón.

—Aquí —dijo Reede con voz de cazalla.

Angus entró por la puerta que Alex había dejado abierta.

Reede se fijó en que ya se había puesto el sol.

30

A eso se le llama saber recomponer la figura con rapidez, pensó Angus al ver a Alex, que tenía la mirada algo vidriosa y los labios hinchados, aunque, por lo demás, se mostraba perfectamente tranquila.

—Hola, Angus —dijo ella.

—¿Qué tal, Alex? ¿Fue todo bien en Austin?

—Sí. Gracias por prestarme la avioneta.

—No tiene importancia.

—Bueno, yo... —dijo Alex, dirigiéndose a Reede— ya me iba. Ya hablaremos luego.

Reede cogió una llave inglesa y la aplicó a una tuerca del descubierto motor de la avioneta.

—¿En qué andas ahora? —preguntó Angus, sentándose en el taburete que había ocupado antes Reede.

—Se ha enterado de que el aeródromo es mío. Nunca lo he ocultado, pero tampoco lo he ido publicando por ahí. Cree que yo tengo mucho que perder si ella lleva el caso ante un Gran Jurado, tanto si soy el asesino como si no.

—Y tiene razón —dijo Angus.

Reede se limitó a encogerse de hombros, dejó la llave inglesa en el banco de las herramientas y cerró el capó del motor.

—Ely Collins me ha dicho que fue a su consultorio a preguntarle por el bisturí de su padre y acerca del día del asesinato.

—El bisturí, ¿eh?

—Sí. ¿Sabes tú algo de eso?

—¡Qué coño! ¿Y tú?

—¡Y yo qué coño voy a saber!

Reede se acercó a un armarito donde tenía whisky y cerveza. Se sirvió un vaso de whisky y se lo bebió de un trago.

—¿Quieres? —preguntó, acercándole la botella a Angus.

—Sí, gracias.

Mientras sorbía su whisky, Angus observó cómo Reede se atizaba otro. A Reede no le pasó inadvertida la maliciosa mirada de Angus.

—Es que he tenido un día...

—¿Alex?

—Sí, joder, es de una tenacidad... —admitió Reede, pasándose las manos por el pelo con expresión atribulada.

—Es increíble de qué manera llegó a calentarle la cabeza Merle Graham.

—Claro. No es de extrañar que sienta deseos de venganza —dijo Reede con la respiración entrecortada—. Si a vosotros no os conceden el hipódromo, todos mis planes para el futuro se irán al traste.

—Eso te importa mucho, ¿eh?

—¿Y tú qué crees, que quiero pasarme el resto de la vida siendo una mierda de sheriff?

—¡Te preocupas demasiado! —exclamó Angus con talante animoso—. Lo conseguiremos, y tu futuro no puede ser más esperanzador. Por eso he venido a hablar contigo.

—¿Sobre mi futuro? —inquirió Reede con expresión de curiosidad.

Angus se terminó de un trago el whisky que le quedaba y estrujó el vasito de papel con la mano. Se echó el sombrero un poco hacia atrás y miró a Reede con expresión mefistofélica.

—Quiero que vuelvas a ser parte activa en las Empresas Minton.

Reede se sintió tan sorprendido que por un instante se quedó sin habla.

—¿Me tomas el pelo? —preguntó, dando un paso atrás y riendo.

—Ni por asomo —dijo Angus, alzando su callosa mano—. Antes de decir nada, escúchame.

Angus había pensado detenidamente todo lo que iba a decirle. Después de recibir dos alarmantes llamadas de miembros de la Comisión de Apuestas Hípicas expresando su gran preocupación, tras haber leído en el periódico lo de la investigación de Alex, había decidido adoptar una actitud más agresiva para frenarla. El asunto no iba a olvidarse tan fácilmente como en principio había pensado.

Sus conversaciones telefónicas habían terminado con una nota de optimismo. Había bromeado acerca de las tesis de Alex, les había contado unos chistes verdes y todo terminó en risas antes de colgar. No es que estuviese excesivamente preocupado, pero veía clara la necesidad de que Empresas Minton presentase un frente sólido. El hecho de que Reede volviese a formar parte de la empresa sería un buen paso en esa dirección. Había sopesado lo que tenía que decirle a Reede y sus palabras fluyeron con suma naturalidad.

—Sabes de caballos casi tanto como yo, y más de lo que Junior se tomó nunca la molestia de aprender. Puedes volver a la empresa como ejecutivo. Repartiré equilibradamente las responsabilidades entre tú y Junior, aunque tus funciones serán distintas. Sé lo mucho que este aeródromo significa para ti; por razones sentimentales, pero también le ves un futuro rentable. Y yo también. Puedo integrarlo en las Empresas Minton. La sociedad podría permitirse financiar las reformas y la ampliación que tienes pensadas. Así tendríamos más influencia en las compañías aéreas —dijo Angus con un amplia sonrisa—. Y, qué coño, aportaré incluso algunas acciones de Empresas Minton como incentivo. No puedes desechar un trato como éste, muchacho.

Conforme hablaba, Angus se sintió decepcionado por la reacción de Reede, que había confiado en que fuese de asombro y satisfacción pero que parecía ser de asombro y recelo.

—¿Y a qué viene eso ahora?

Angus era la viva imagen de la ponderación.

—Tú eres como de la familia; siempre lo has sido. Estoy en condiciones de hacer que tus cosas marchen. Sería una tontería que no aprovechases mi proposición.

—Ya no soy un muchacho que necesite tu caridad.

—Nunca he hecho nada por ti por caridad.

—Lo sé —dijo Reede con llaneza—, pero, por más que lo adornemos con bonitas palabras, no fue otra cosa que caridad —añadió mirando a Angus fijamente a los ojos—. No creas que no te estoy agradecido por todo lo que hiciste por mí.

—Nunca te he pedido tu agradecimiento. Cumpliste siempre con tu trabajo con total honradez.

—Nunca hubiese tenido oportunidad de hacer nada si no llega a ser por ti. Pero creo que te correspondí con creces. Dejé la empresa porque necesitaba independencia. Y sigo necesitándola, Angus.

Angus se sentía contrariado, y no lo ocultó.

—Quieres hacerte de rogar, ¿eh? De acuerdo —dijo, respirando profundamente—. Me falta poco para jubilarme. Algunos creen que ya debería haberme retirado. La empresa necesita de tus dotes de mando para subsistir —añadió separando los brazos—. ¿Qué? ¿Satisface eso a tu condenado ego?

—No es necesario que me halagues, y lo sabes muy bien. Es en el ego de otra persona en el que pienso.

—¿En el de Junior?

—Claro. ¿Has hablado de esto con él?

—No. No había razón hasta...

—Hasta dárselo como un hecho consumado, ¿no?

Angus dio la callada por respuesta.

Reede empezó a pasear nerviosamente de un lado a otro.

—Junior es tu heredero, Angus, y no yo. Es a él a quien deberías ir preparando para sucederte. Tiene que estar en condiciones para cuando llegue el momento.

Angus paseaba también mientras trataba de organizar sus pensamientos.

—Temes que Junior no llegue a estar nunca preparado, si estás tú para cubrirle las espaldas cuando meta la pata.

—No he querido decir eso, Angus.

—De acuerdo —repuso, alzando la mano como rechazando las objeciones de Reede—. Soy su padre. Tú eres su mejor amigo. Podemos permitirnos hablar de él sin andarnos con rodeos. Junior no es tan fuerte como tú.

Reede desvió la mirada. Oír la verdad le violentaba, porque sabía lo difícil que era para Angus decirla.

—Siempre quise que Junior se pareciese más a ti..., que fuese más agresivo, más enérgico, más ambicioso... —prosiguió Angus, encogiéndose elocuentemente de hombros—. Te necesita, Reede. Y yo también, coño. No me he esforzado durante todos estos años para ver cómo todo se me derrumba. Tengo mi orgullo, pero soy práctico. Hago frente a los hechos, por lamentables que sean. Y uno de estos hechos es que tú eres competente y Junior no lo es.

—Yo lo veo de otro modo, Angus. Puede ser competente. Empújale. Delega en él más responsabilidad.

—Y cuando la joda, ¿sabes qué pasará? Perderé los estribos y empezaré a chillarle. Y él empezará a gimotear e irá a refugiarse en las faldas de su mamá, que lo acunará.

—Puede que al principio sí, pero no durante mucho tiempo. Junior empezará a plantarte cara cualquier día. Se percatará de que la única manera de tratar contigo es devolverte golpe por golpe. Es lo que yo hacía.

—¿Y es eso lo que haces ahora?, ¿devolvérmela por alguna pequeñez que ni siquiera sé de qué va?

—Qué mierda —repuso Reede, irritado—. ¿Desde cuándo he tenido miedo de decirte, a ti o a cualquiera, que algo no me gustaba?

—Ya te diré yo desde cuando —le espetó Angus—. Desde que mataron a Celina. Eso lo cambió todo, ¿verdad? —añadió, acercándose más a Reede—. Me parece que ninguno de los tres ha hablado con el otro honestamente desde aquella mañana. Lo que siempre temí más es que ella se interpusiese entre tú y Junior —dijo Angus, riendo con un dejo de rencor—. Se interpuso de todas maneras. Incluso después de muerta corrompió vuestra amistad.

—Celina no tiene nada que ver con mi decisión de decir que no. Quiero saber que lo que es mío es mío. Completamente. Y no una parte de lo tuyo.

—¿Así que son motivos estrictamente económicos?

—Pues sí.

Angus recurrió entonces a un argumento más expeditivo.

—¿Y si yo decidiese construir un aeropuerto por mi cuenta?

—Pues seríamos competidores —replicó Reede sin arrugarse—. Pero el negocio no da para dos y ambos saldríamos perdiendo.

—Pero yo puedo permitírmelo, y tú no.

—No te reportaría ninguna satisfacción arruinarme, Angus.

Angus plegó velas y rio entre dientes.

—No te falta razón. Coño, muchacho, eres como de la familia.

—Como de la familia, pero no de la familia. Tu hijo es Junior y no yo.

—Rechazas esta oportunidad por él, ¿verdad?

Fue una sutil observación, y acertada, a juzgar por la expresión de Reede, que consultó su reloj pretextando tener prisa.

—Mira, se me hace tarde.

—Reede —dijo Angus, sujetándolo del brazo—. ¿Crees que Junior sabe hasta qué punto te portas con él como un buen amigo?

Reede trató de bromear.

—Mejor no se lo digamos. Ya es bastante vanidoso.

Angus no podía soportar que no diese su brazo a torcer.

—No puedo dejar que hagas eso.

—Pues no te queda otra alternativa.

—No voy a permitir que rechaces esta oportunidad. Insistiré —prometió Angus, mirándolo con sus astutos ojos azules.

—No te contraría no poder contar conmigo. Lo que te contraría es no salirte con la tuya.

—No esta vez, Reede. Te necesito. Junior te necesita. Y también la empresa.

—¿Y por qué ahora? Después de tantos años, ¿a qué viene que el futuro de las Empresas Minton dependa de que yo me reincorpore? —dijo Reede, endureciendo la expresión de su semblante al creer intuir algo—. ¿Es que tienes miedo?

—¿Miedo? —exclamó Angus con afectada sorpresa—. ¿De qué? ¿De quién?

—De Alex. Temes que te pueda quitar la miel de los labios. Tratas de concentrar todo el poder que te sea posible para hacerle frente.

—¿Y acaso no seríamos todos más fuertes sin estuviésemos unidos?

—Y estamos unidos.

—¿De verdad? —replicó Angus con irritación.

—Tienes mi lealtad, Angus, igual que yo tengo la tuya.

Angus se acercó un poco más a Reede.

—En eso confío. Pero se me ha quedado grabada tu cara al entrar yo por esa puerta —le susurró—. Parecía que acabasen de darte una patada en los huevos, muchacho. Y ella estaba roja y con los labios húmedos.

Reede guardó silencio, tal como Angus esperaba, hubiera considerado una debilidad por su parte que se excusase o farfullase una negativa. Una de las cosas que siempre había admirado en Reede era su firmeza. Angus adoptó entonces un talante más conciliador.

—Y a mí es una chica que me gusta. Es pícara y lista como un demonio. Pero puede perjudicarle pasarse de lista —dijo, señalando con el índice a Reede—. Procura no ponerte tan cachondo que se te olvide lo que se propone. Quiere ponernos de rodillas, hacernos pagar por el asesinato de Celina. ¿Acaso tú puedes permitirte perder todo lo que te has ganado a pulso? Yo no. Y además, no lo voy a perder.

Angus dio por terminada la discusión con su solemne afirmación y salió del hangar airadamente.

—¿Dónde está mi chaval? —le preguntó bruscamente al camarero casi una hora después de haber dejado a Reede, tiempo durante el cual había estado buscándolo por los lugares que frecuentaba.

—En la parte de atrás —repuso el camarero, señalando una puerta cerrada que daba a la parte de atrás de la taberna.

Era un cuchitril de mala muerte, pero en él se celebraban las más fuertes partidas de póquer de la ciudad. A todas horas, del día y de la noche, había alguna partida en el reservado. Angus abrió la puerta casi haciendo caer a una camarera que acababa de retirar una bandeja llena de copas de cóctel vacías. Avanzó por la densa nube de humo hacia la mesa iluminada por una lámpara de pantalla.

—Tengo que hablar con Junior —dijo a viva voz.

Junior, con un puro en la comisura de sus labios, le sonrió a su padre.

—¿No puedes esperar a que termine esta mano? Van quinientos dólares, y estoy teniendo suerte.

—Los huevos vas a jugarte con lo que tengo que decirte; ni suerte ni leches.

Los demás jugadores, que trabajaban para Angus, retiraron rápidamente sus apuestas y se escabulleron. En cuanto el último cruzó la puerta, Angus la cerró de un portazo.

—¿Qué puñeta pasa? —preguntó Junior.

—Ya te diré yo lo que pasa. Tu amigo Reede está a punto de ganarte por la mano otra vez, mientras tú te quedas aquí con tu santa pachorra arruinando tu vida.

—No sé de qué me hablas —dijo Junior, apagando el puro en actitud dócil.

—De que tienes la cabeza en los pies y no donde hay que tenerla.

Angus hizo un esfuerzo por calmarse. Si le gritaba, lo único que conseguiría es que Junior se acoquinase. Chillarle nunca le había conducido a ninguna parte. Pero le costaba lo indecible guardarse su decepción y su cólera.

—Alex estaba esta tarde en el aeródromo con Reede.

—¿Y bien?

—Pues que si llego diez segundos más tarde lo habría pillado echando un polvo contra el fuselaje de la avioneta —bramó Angus, olvidando su determinación de controlarse.

—¡Y una mierda! —exclamó Junior, saltando de la silla.

—Oye, que sé cuando los animales se ponen cachondos, muchacho. Me he pasado la vida, y me la he ganado, haciéndolos criar. Huelo cuándo se buscan —dijo tocándose la punta de la nariz—. Hacía lo que debías haber estado haciendo tú, en lugar de jugarte un dinero que ni siquiera has ganado.

—Creí que Alex estaba fuera de la ciudad —balbució Junior a la defensiva.

—Pues ya ha regresado.

—Bueno, la llamaré esta noche.

—Algo más que eso tienes que hacer. Cítala.

—De acuerdo.

—Que lo digo en serio, ¿eh?

—Ya te he dicho que de acuerdo —repuso Junior, levantando la voz.

—Y otra cosa, para que lo sepas primero por mí: le he pedido a Reede que vuelva a Empresas Minton.

—¿Y eso?

—Ya me has oído.

—Y... ¿qué ha dicho él?

—Ha dicho que no, pero ya veremos —dijo Angus acercándose a su hijo hasta casi tocarse—. Y aún te voy a decir más. No he decidido quién trabajará para quién si acepta el puesto.

Los ojos de Junior reflejaron tanto dolor como ira. Angus apoyó su índice en el pecho de Junior.

—Harás bien en tomarte más en serio el hacer lo que te dije, o pasará una de estas dos cosas: o bien Reede se sentará en tu despacho para encargarte trabajos como el de limpiar los establos o tendremos que dedicarnos todos a hacer trabajos manuales en la prisión de Huntsville. Y en ninguno de ambos casos vas a tener las tardes libres para jugar al póquer.

Angus se echó hacia atrás y le dio una violenta patada al canto de la mesa con la puntera de su bota y la tiró; las cartas, las fichas, los ceniceros y las botellas rodaron por el suelo.

Luego dio media vuelta y salió, dejando que Junior lo recogiese todo.

31

La camarera llegó con dos ensaladas de pollo servidas en el interior de piñas tropicales vaciadas y adornadas con ramitos de menta. Le preguntó a Junior si él y su invitada querían más té.

—Está bien así, gracias —dijo él, mirándola risueño.

El comedor del club tenía vistas al campo de golf. Era uno de los pocos lugares de Purcell que no respiraba tejanismo. La suave decoración, en la que predominaban los colores pastel, habría podido ser de cualquier otro lugar. No había mucha gente en el comedor donde estaban Junior y Alex.

Alex cogió una almendra con el tenedor.

—Es casi demasiado bonita para comérsela; nada que ver con lo que nos atizan en el café B&B —dijo ella, masticando la almendra—. Estoy segura de que si viese el interior de la cocina no podría comer allí. Debe de estar llena de cucarachas.

—Qué va; las sirven rebozaditas para aperitivo —dijo Junior, sonriente—. ¿Comes allí a menudo?

—Con bastante frecuencia. Estoy de guindillas y de salsa de vinagre, que te la ponen con todo, hasta las narices.

—Pues ya que anoche rechazaste mi invitación, me alegro de haber insistido en almorzar hoy. A menudo he tenido que rescatar a alguna amiga que trabaja en el centro de la ciudad del exceso de calorías del B&B. El menú es un gran peligro para la línea.

—Pues no es que esto sea de régimen —dijo ella, probando la sabrosa y espesa salsa de la ensalada.

—Tú no tienes que preocuparte por la línea. Eres tan esbelta como tu madre.

—¿Incluso después de tenerme a mí? —preguntó Alex, dejando el tenedor apoyado en el borde del plato.

Junior tenía su rubia cabeza inclinada sobre el plato; la levantó, observando la expresión de curiosidad que reflejaba el rostro de Alex, y se limpió la boca con la servilleta de hilo antes de responder.

—De espaldas os hubiesen tomado por gemelas, salvo porque tu pelo es más oscuro y con más destellos rojizos.

—Eso mismo me dijo Reede.

—¿Sí? ¿Cuándo?

La sonrisa de Junior se difuminó. La pregunta le había salido demasiado espontánea para encarrilar una conversación sobre el tema. Enarcó las cejas con expresión interrogante.

—Al poco de conocernos.

—Ah —dijo él, distendiendo el entrecejo.

Alex no quería pensar en Reede. Cuando estaba con él, esa capacidad de distanciamiento profesional, metódica y práctica, de la que tanto se enorgullecía, se esfumaba. El pragmatismo cedía ante los sentimientos. Podía acusarlo de asesinato en primer grado, y un instante después, besarlo como una loca. Reede era peligroso, no sólo desde su punto de vista como fiscal, sino como mujer. Ambas facetas de Alex, vulnerables por igual, se resentían del encanto de Reede.

—Junior —dijo ella, cuando hubieron terminado de almorzar—, ¿por qué no pudo Reede perdonar a Celina por haberme tenido? ¿Tan herido sintió su orgullo?

Junior miraba al campo de golf a través de la ventana. Al notar que ella lo miraba a él, su semblante se entristeció.

—Me siento desilusionado.

—¿Por qué?

—Pensaba..., tenía la esperanza de que hubieses aceptado mi invitación para almorzar porque te apetecía verme —dijo con desaliento—. Pero sólo querías hablar de Reede.

—De Reede, no; de Celina. De mi madre.

Él le apretó la mano.

—De acuerdo. Ya estoy acostumbrado. Celina solía llamarme y hablar de Reede todo el rato.

—¿Y qué te decía cuando te llamaba y te hablaba de él?

Junior apoyó el hombro en la ventana y jugueteó con su corbata.

—Solía hablarme de lo maravilloso que era. Ya sabes: Reede esto; Reede lo otro. Al morir tu padre en la guerra y quedar ella libre de nuevo, temió no poder recuperar a Reede.

—Y no lo recuperó.

—No.

—Es lógico que no esperase que él estuviese muy contento con lo de Al Gaither, ni conmigo.

—En cierto modo sí. Ninguno de nosotros quiso que se fuese aquel verano, pero poco podíamos hacer una vez que ella había tomado la decisión —repuso Junior—. Se fue. Estaba allí y nosotros aquí, a más de quinientos kilómetros. Y, una noche, Reede decidió coger una avioneta para que fuésemos a buscarla. El cabronazo me convenció de que podíamos ir y volver sin problemas antes de que nadie advirtiese la desaparición de la avioneta. La única persona que lo notaría, claro está, era Moe Blakely, porque Reede no iba a falsear los libros.

—Dios. ¿Y lo hicisteis?

—No, entonces no. Uno de los peones del rancho, Pasty Hickam, oyó lo que tramábamos y se lo dijo a mi padre, que nos la armó y nos amenazó con arrancarnos la piel a tiras si volvíamos a intentar una locura semejante. Sabía todo lo de Celina, que ella quería darle celos a

Reede, y nos aconsejó dejarla que se divirtiese. Nos aseguró que, cuando se cansase, volvería a casa y todo sería igual que antes.

—Pues está claro que Angus se equivocó. Al regresar mi madre de Purcell estaba embarazada de mí. Y nada volvió a ser igual —dijo Alex, jugueteando con la cucharilla del té durante un largo y silencioso instante—. ¿Qué sabes de mi padre?

—No mucho, ¿y tú?

Ella se encogió ligeramente de hombros.

—Sólo que se llamaba Albert Gaither, que era de una ciudad minera de West Virginia, que lo enviaron a Vietnam a las pocas semanas de haberse casado con mi madre y que tropezó con una mina y murió meses antes de que yo naciese.

—Yo, ni siquiera sabía de dónde era —le dijo Junior con expresión pesarosa.

—Cuando ya fui un poco mayorcita, pensé en ir a West Virginia y buscar a su familia, pero no me decidí. Nunca hicieron nada por localizarme, y pensé que era mejor dejarlo correr. Sus restos los enviaron a su familia y fueron enterrados allí. Ni siquiera estoy segura de que mi madre asistiera al entierro.

—No asistió. Quiso ir, pero la señora Graham se negó a darle el dinero para el viaje. Mi padre se ofreció a pagárselo, pero la señora Graham no quiso ni oír hablar del asunto.

—Pero sí dejó que Angus pagase el funeral de mi madre.

—Supongo que creyó que eso era distinto, en cierto modo.

—Al Gaither no fue más responsable que mi madre de tener que casarse.

—Puede que sí —la contradijo Junior—. Él sabía que iba a ir a la guerra. Celina no era más que una pizpireta con deseos de afirmación.

—¿Por qué Reede no se acostaba con ella?

—Te lo ha contado, ¿eh?

Alex asintió con la cabeza.

—Bueno, sí, algunas de las chicas con quienes sí se acostaba Reede se lo restregaban por la cara a Celina. Se fue para demostrar que era lo bastante mujer para atraer a un hombre. Y está claro que Gaither se aprovechó de ello. Para tu abuela, mencionar a tu padre era como decir un taco; por culpa suya tu madre no terminó el bachillerato, algo que a tu abuela le costó digerir; la verdad es que no lo podía ver.

—Me habría gustado que por lo menos me hubiese guardado una fotografía suya. Tenía miles de fotografías de Celina, pero ni una de mi padre.

—Para la señora Graham, él representaba probablemente todos los males; ya sabes, lo que cambió la vida de Celina para siempre, y para mal.

—Sí —dijo ella, pensando que las palabras de Junior encajaban con lo que su abuela sintió siempre hacia ella—. Ni siquiera tengo un rostro para asociarlo a su nombre. Nada.

—Dios, Alex; debe de ser duro.

—A veces pienso que nací en un tiesto.

Alex hizo un esfuerzo por cambiar el talante de la conversación.

—Puede que yo haya sido la primera niña... cultivada...

—No —dijo Junior, cogiéndole de nuevo la mano—, tuviste una madre muy hermosa.

—¿De verdad lo era?

—Pregúntale a cualquiera.

—¿Tan hermosa por dentro como por fuera?

Junior frunció ligeramente el ceño.

—Más o menos como todo el mundo. Era humana. Tenía defectos y virtudes.

—¿Me quería, Junior?

—¿Que si te quería?, joder, claro que sí. Creía que eras la niña más preciosa del mundo.

Confortada por las palabras de Junior, Alex abandonó el club con él. Al abrirle Junior la puerta del Jaguar, se arrimó a ella y dejó resbalar la mano por su mejilla.

—¿Tienes que volver a ese condenado Palacio de Justicia esta tarde?

—Me temo que sí. Tengo trabajo.

—Con el día que hace...

—Eres un mentiroso —dijo ella, señalando al cielo—; si parece que está a punto de llover... o de nevar.

Junior se inclinó para besarla.

—Entonces hay una manera aún más agradable de pasarlo bien entre cuatro paredes —le susurró, sin apartar los labios de su boca.

La besó entonces con mayor decisión y le separó expertamente los labios. Pero cuando su lengua tocó la suya, Alex se retiró.

—No, Junior —dijo ella tan enojada por lo improcedente de su beso como sorprendida por no haber logrado excitarla.

El beso de Junior no la había alterado ni había hecho que su corazón latiese más deprisa. No había producido la menor contracción en su útero. Sencillamente, la había dejado fría. Todo lo que había conseguido Junior con su beso era alertarla de que él estaba interpretando mal su actitud amistosa. A menos que lo frenase ahora, podía seguir alimentando ideas que evocasen perturbadoramente el pasado.

—Tengo que trabajar, Junior —dijo ella, echando la cabeza hacia atrás—. Y seguro que tú también.

Él masculló algo contrariado, pero lo encajó con buen humor.

Al dar la vuelta, al otro lado del coche, para entrar por la puerta del conductor, vieron el Blazer. Los había rebasado sin que se percatasen de ello y estaba ahora a sólo unos metros de los adornos de la carrocería del Jaguar.

El conductor, a quien podían ver a través del parabrisas, tenía las manos entrelazadas sobre el volante y los miraba a través de sus oscuras gafas de aviador. Su talante era grave y nada sonriente.

Reede abrió la puerta y bajó del coche.

—He estado buscándote, Alex. Me dijeron que habías salido del Palacio de Justicia con Junior, así que he probado a ver si estabais por aquí.

—¿Para qué? —preguntó Junior, incomodado y rodeando con su brazo los hombros de Alex.

—Hemos localizado a Fergus Plummet. Un agente lo trae ahora.

—¿Y eso te da derecho a interrumpirnos?

—¡Y a mí qué coño me importa interrumpiros o no! —dijo Reede, sin apenas mover los labios—. Alex me dijo que quería estar presente cuando interrogásemos a Plummet.

—¿Queréis hacer el favor de dejar de hablar de mí como si yo no estuviese presente?

La tensión entre Junior y Reede parecía insostenible. Recordaba demasiado al triángulo entre ellos y Celina. Ella movió los hombros para desembarazarse del brazo de Junior.

—Tiene razón, Junior. Me gustaría oír lo que tenga que decir Plummet.

—¿Precisamente ahora? —se lamentó él.

—Lo siento.

—Iré contigo —dijo Junior desenfadadamente.

—Esto es oficial. El deber me llama; cobro del Estado y no se andan con bromas. Gracias por el almuerzo.

—Ha sido un placer —dijo Junior, dándole una cariñosa palmadita en la mejilla—. Te llamaré después —añadió de manera que Reede lo oyese.

—Adiós.

Alex corrió hacia el Blazer y subió, algo entorpecida por sus tacones altos y la falda ceñida. Reede fingió no advertirlo y no se molestó en ayudarla. Permaneció tras el volante, fulminando con la mirada a Junior, que se la devolvía con igual talante. En cuanto Alex se sentó, Reede apretó el acelerador.

Al llegar a la autopista, aceleró con tal ímpetu que proyectó a Alex contra la puerta de su lado. Ella apretó los dientes y siguió aplastada contra la puerta hasta que terminó la curva y cogieron el carril central.

—¿Qué?, ¿un almuerzo agradable?

—Mucho —repuso ella, encrespada.

—Estupendo.

—¿Te ha molestado ver que Junior me besaba?

—Qué mierda. ¿Por qué tendría que molestarme?

—Ah, bueno.

En su fuero interno Alex estaba encantada de que Reede hubiese llegado cuando Junior la besaba. La interrupción le había ahorrado tener que despachar a Junior con excesiva brusquedad. Le remordía un poco la conciencia, pero trató en seguida de llevar las cosas al terreno profesional.

—¿Dónde han encontrado a Plummet? —preguntó.

Justo donde yo sospechaba. Estaba escondido en casa de uno de sus diáconos. Salió a tomar el aire y uno de mis agentes lo pescó.

—¿Se entregó pacíficamente?

—No es idiota. Sólo se le puede interrogar. Todavía no podemos detenerlo oficialmente. Llegarán al Palacio de Justicia unos minutos antes que nosotros.

Con los malos humores que corrían, Junior se sentía agobiado. No había manera de encontrar tranquilidad en ninguna parte, por más que atronase con su Jaguar las calles de la ciudad, tratando de buscar algo de sosiego.

Tenía a su padre de uñas. Y a su madre también la tenía de uñas porque lo estaba su padre. La noche anterior ella le había echado un buen rapapolvo y le había pedido que procurase que su padre se sintiese orgulloso de él.

Sarah Jo no podía digerir la idea de que Reede Lambert pudiera volver a incorporarse a Empresas Minton y, hablándole a Junior con una aspereza que nunca había utilizado con él hasta entonces, le había dicho que eso no debía ocurrir jamás.

—Angus te quiere a ti y no a Reede.

—¿Entonces por qué le ha hecho esa oferta?

—Para que espabiles, cariño. Sólo utiliza a Reede como una sutil amenaza.

Junior le había prometido poner todo lo que pudiera de su parte. Pero al llamar a Alex para pedirle que cenase con él, ella lo había rechazado alegando dolor de cabeza. Había accedido, no obstante, a almorzar con él. Y entonces, cuando todo parecía ir sobre ruedas, aparece Reede y se la quita prácticamente de las manos otra vez.

—Vaya mierda —murmuró Junior al entrar en el acceso para vehículos, espacioso y circular, que tenía la casa del juez Wallace. Detuvo el coche y bajó, saltando luego por encima del macizo de flores y golpeando violentamente la puerta delantera con el puño.

Stacey no llegó a la puerta tan deprisa como él hubiese querido. Casi echaba espuma por la boca cuando ella contestó.

—¡Junior! —exclamó ella, encantada de ver que era él—. ¡Qué sor...!

—¡Cierra y calla! —dijo él dando un portazo que hizo vibrar toda la vajilla de la casa.

La cogió de los brazos, la arrimó a la pared y cubrió su asombrada y jadeante boca con la suya. La besó frenéticamente, llevando sus manos primero a las nalgas y luego a su blusa. Junior estaba demasiado impaciente para desabrocharle la ropa. Se la quitó desgarrándosela y quedó tirada por el suelo de mármol.

—Junior —dijo ella casi sin resuello—. ¿Qué...?

—Te deseo, Stacey —balbució él, hundiendo la cabeza entre sus pechos—. No me lo pongas difícil. Todo el mundo se empeña en ponérmelo todo difícil. Así que calla y jode. —Le bajó las bragas, se abrió la bragueta y la penetró bruscamente.

Le estaba haciendo daño. Y pese a que lo notaba, y se odiaba por herirla, sin que ella lo mereciese, una negra parte de su alma se alegraba de que hubiese alguien más que sufriese, y no sólo él. ¿Por qué tenía que ser él la persona más desgraciada de este mundo?

Todos la tomaban con él. Ya era hora de que él la tomase con alguien. Stacey estaba a mano... y con ella podía. La impotencia de Stacey y su humillación hacían que se sintiese fuerte. Encontraba placer en subyugarla, y no propiamente en hacer el amor con ella.

Cuando se hubo desahogado, Junior se desplomó prácticamente sobre Stacey, aplastándola entre él y la pared, empapelada con motivos florales. Lentamente, fue recobrando el aliento y la razón. Se separó un poco de ella y le acarició la mejilla.

—¿Stacey?

Ella abrió lentamente los ojos y él le dirigió una desarmante mirada y la besó con suavidad.

—¿Ibas a alguna parte? —le preguntó, al percatarse de que iba arreglada.

—A una reunión de la iglesia.

La sonrisa de Junior se ensanchó y los hoyuelos de sus mejillas se acentuaron.

—Pues así nadie diría que vas a ir a la iglesia —dijo, jugueteando con uno de sus pechos.

Tal como esperaba, ella reaccionó a sus caricias, cada vez más tiernas.

—Junior —susurró ella sin aliento, al volver a quitarle él la blusa, bajarle el sostén y coger entre sus labios el erecto pezón.

Stacey pronunció su nombre varias veces, intercalando protestas de amor, y él fue bajando la cabeza a lo largo de su cuerpo a la vez que le separaba la ropa.

—¡Junior! No. No puedo. No puedes...

—Claro que puedo, nena. No ves que te mueres por estar conmigo.

La lamió suavemente, disfrutando de su saber del almizclado olor de la hembra en celo, de su desasosiego.

—¿Aún quieres ir a la iglesia? —le susurró, acariciándola con la boca—. ¿Eh, Stacey?

Cuando los gemidos de placer de Stacey hubieron extinguido su eco entre las paredes de la casa, se la sentó encima estando él echado de espaldas sobre el frío suelo de mármol. Se vació en ella de nuevo. Tenerla allí, acurrucada junto a él como una muñeca de trapo, hizo que Junior se sintiese tan bien como no se había sentido en muchas semanas.

—No te vayas —le pidió Stacey, asiéndose a él al ver que iba a levantarse y sentarse.

—¡Huy!, Stacey —dijo él, bromeando—; mira cómo te he puesto. Tendrás que arreglarte un poco, porque si no el juez notará que has estado haciendo alguna travesura mientras él estaba en el trabajo.

Entonces se levantó, se recompuso la ropa y se alisó el pelo hacia atrás.

—Además —añadió—, yo también tengo trabajo. Si me quedo un minuto más, te llevo a la cama y perdemos toda la tarde. Aunque no sería perderla realmente, ¿verdad?

—¿Vas a volver? —preguntó ella, quejosa, conforme lo acompañaba hasta la puerta, cubriendo su desnudez como buenamente podía.

—Claro.

—¿Cuándo?

Él frunció el ceño sin que Stacey lo viese, pues en aquel instante se daba la vuelta para abrir la puerta.

—No lo sé. Pero después de lo de la otra noche y de lo de hoy, ¿no creerás que no voy a volver, verdad?

—Oh, Junior, te quiero tanto.

—Yo también te quiero —dijo él, cogiéndole la cara entre las manos.

Stacey cerró la puerta al salir él. Subió corriendo a darse un baño caliente, para conformar su dolorido cuerpo con las espumosas sales aromáticas. Por la mañana estaría llena de moratones, que serían para ella como un regalo.

¡Junior la quería! Se lo había dicho.

Puede que después de tanto tiempo hubiese terminado por madurar. Quizás había recuperado el sentido común y había comprendido lo que le convenía. Quizás había logrado, por fin, desterrar a Celina de su corazón.

Pero entonces Stacey pensó en Alex y en los ojos de cordero degollado con que la miraba en el Club de Hípica y Tiro. Recordaba cómo se arrimaba a ella al bailar alrededor de la pista, riendo juntos. Le reconcomían los celos.

Exactamente igual que su madre, Alex era lo que se interponía entre ella y la felicidad a la que aspiraba con el hombre al que amaba.

32

En cuanto Reede y Alex llegaron al Palacio de Justicia, fueron a la habitación donde tenían lugar los interrogatorios, seguidos por un periodista acreditado ante los jueces.

Fergus Plummet estaba sentado frente a una mesa cuadrada de madera, con la cabeza inclinada sobre una Biblia en actitud de orar y las manos firmemente entrelazadas.

La señora Plummet también estaba allí, con la cabeza asimismo inclinada. Pero, al entrar ellos, saltó de la silla, mirándolos con la cara de gacela asustada. Al igual que la primera vez que Alex la vio, iba sin pintar y con un sobrio moño recogido por detrás de la nuca. Vestía de gris y muy desaliñada.

—¿Qué tal, señora Plummet? —saludó educadamente Reede.

—Sheriff.

Si Alex no llega a verla mover los labios, no hubiese dicho que la señora Plummet había contestado. Daba la impresión de que no le llegaba la camisa al cuello. Tenía los dedos entrelazados sobre el regazo, y se los apretaba tanto que estaban muy azules.

—¿Se encuentra usted bien? —le preguntó Reede tan amable como al saludarla.

Ella alzó la cabeza y miró medrosamente a su esposo, que seguía rezando fervorosamente.

—Tienen derecho a que esté presente un abogado cuando yo y la señorita Gaither los interroguemos.

Antes de que la señora Plummet pudiese contestar, Fergus concluyó su plegaria con un vibrante «amén» y alzó la cabeza. Miró a Reede con ojos de iluminado.

—Tenemos de nuestra parte al mejor de los abogados. Me asesorará Nuestro Señor, ahora y siempre.

—Estupendo —dijo Reede en tono divertido—, pero tendré que reflejar en la declaración que rechaza usted tener a un abogado presente durante el interrogatorio.

Los ojos de Plummet se clavaron en Alex.

—¿Qué hace esta puta aquí? No toleraré que se siente al lado de mi santa esposa.

—Ni usted ni su santa esposa tienen nada que decir sobre eso. Siéntese, Alex.

Atendiendo a la indicación de Reede, Alex ocupó la silla más próxima. Se sintió aliviada al poder sentarse. Fergus era un fanático lerdo y lleno de prejuicios. Tenía que haberse limitado a considerarlo un tipo cómico, pero le ponía la carne de gallina.

Reede se sentó a horcajadas en una silla vuelta del revés y miró al predicador. Abrió una carpeta que le había preparado uno de sus ayudantes.

—¿Qué hizo usted el pasado miércoles por la noche?

Plummet cerró los ojos y ladeó la cabeza, como para escuchar una voz recóndita.

—Pues se lo puedo decir —repuso al abrir los ojos instantes después—. Estaba celebrando el servicio religioso de los miércoles por la noche en mi iglesia. Rogamos por la salvación de esta ciudad, por el alma de aquellos que serán corrompidos y por aquellos individuos que, desoyendo la voluntad divina, quieren corromper a los inocentes.

Reede fingió indiferencia.

—Le ruego que conteste de manera más concisa. No quiero que tengamos que pasarnos toda la tarde con esto. ¿A qué hora se celebra el servicio religioso?

Plummet hizo de nuevo como si escuchase una voz.

—No tiene importancia.

—Claro que la tiene —dijo Reede, arrastrando las palabras—. Podría querer asistir algún día.

El comentario de Reede provocó una risita en la señora Plummet, que se sorprendió más que los presentes por su espontaneidad. Miró algo embarazada a su marido, que le dirigió una mirada reprobatoria.

—¿A qué hora terminó el servicio religioso? —insistió Reede con un tono de voz que revelaba que ya se estaba hartando y que su paciencia no iba a durar mucho.

Plummet siguió recriminando a su esposa con la mirada, y ella bajó la cabeza, avergonzada. Reede alargó un brazo por encima de la mesa y cogió a Plummet de la barbilla.

—Deje de mirarla como si fuese un pollo escaldado y contésteme. Y conmigo déjese de puñetas.

Plummet cerró los ojos, ligeramente temblorosos y como en trance.

—Dios, cierra mis oídos al obsceno lenguaje de tu adversario y líbrame de la presencia de los pérfidos.

—Mejor será que le envíe toda una bandada de ángeles para librarle, hermano. Si no empieza a contestar a mis preguntas, va a dar con sus huesos en la celda.

Las palabras de Reede acabaron con las beaterías de Plummet, que abrió desmesuradamente los ojos.

—¿Bajo qué acusación?

—Para empezar, los federales le acusarán de incendio premeditado.

Alex dirigió fugazmente la mirada a Reede. Éste estaba marcándose un farol. Los caballos de carreras eran considerados una mercancía propia del comercio interestatal y, por lo tanto, bajo la jurisdicción del ministro. Pero los agentes del Gobierno central no solían intervenir en casos de incendio premeditado, a menos que los daños superasen los cincuenta mil dólares. Pero también Plummet lo consideró un farol.

—Es ridículo. ¿Incendio premeditado? El único fuego que yo he alimentado es el de la fe de mis feligreses.

—Pues, si es así, demuestre lo que hizo desde el miércoles por la noche hasta hoy, cuando el agente Cappell le vio asomar por la puerta trasera de esa casa. ¿Adónde fue después de que hubo terminado el servicio religioso?

Plummet apoyó el índice en la mejilla, fingiendo concentrarse.

—Creo que aquella noche fui a visitar a uno de nuestros hermanos enfermos.

—¿Puede confirmarlo él?

—Desgraciadamente no.

—Ya. Murió, claro...

Plummet enarcó las cejas ante el sarcasmo de Reede.

—No, pero durante mi visita el pobre hombre deliraba a causa de la fiebre. No recordará nada —dijo, produciendo con la lengua un chasquido de pesar—. Estaba muy enfermo. Su familia, por supuesto, podría testificar que estuve junto a él. Oramos por él durante toda la noche.

Los incisivos ojos de Reede se dirigieron a Wanda Plummet. Ella ladeó la cabeza con expresión de culpabilidad. Reede giró entonces el cuerpo en dirección a Alex, con un semblante que parecía indicar que no creía que pudiese avanzar más. Luego miró de nuevo a los Plummet.

—¿Saben dónde está el rancho Minton? —preguntó bruscamente.

—Claro.

—¿Estuvo allí el pasado miércoles por la noche?

—No.

—¿Envió a alguien allí el pasado miércoles por la noche?

—No.

—¿Y algún miembro de su congregación?, ¿alguno de esos feligreses en quienes alimenta usted el fuego de la fe durante los servicios religiosos?

—Por supuesto que no.

—¿Fue usted allí a causar destrozos, hacer pintadas, echar mierda en los abrevaderos y romper las ventanas?

—Mi abogado dice que no tengo que contestar a más preguntas —dijo Plummet, cruzando los brazos sobre el pecho.

—¿Porque podría autoinculparse?

—¡No!

—Está usted mintiendo, Plummet.

—Dios está conmigo —repuso, abriendo y cerrando los ojos como el diafragma de una cámara fotográfica—. Si Dios está con nosotros —añadió teatralmente—, ¿quién puede estar contra nosotros?

—No va a estar mucho tiempo con usted —dijo Reede amenazadoramente, levantándose de la silla. Fue al otro lado de la mesa y se inclinó sobre Plummet—. Dios no ayuda a los mentirosos.

—Padre nuestro, que estás en los cielos...

—Diga la verdad, Plummet.

—... santificado sea tu nombre...

—¿A quién envió a asaltar el rancho Minton?

—... venga a nosotros tu Reino...

—Porque sí que envió usted a miembros de su congregación, ¿verdad? Es usted demasiado cobarde para ir usted mismo.

La plegaria cesó bruscamente. El predicador empezó a respirar entrecortadamente. Reede había tocado la tecla adecuada. Y, al percatarse de ello, insistió.

—¿Fue usted en cabeza de su pandilla de ratas o se conformó con facilitarles los aerosoles?

Reede le había explicado antes a Alex que había visitado varias droguerías y otros lugares donde vendían aerosoles, y en ninguno de ellos recordaban un aumento significativo de ventas en un solo día.

Probablemente Plummet era demasiado listo para haberlos comprado todos en una sola tienda. Puede que los hubiese comprado fuera de la ciudad. Reede no podía retenerlo indefinidamente, porque no tenía pruebas, pero podía hacerle creer a Plummet que había dejado suelto algún cabo que podía comprometerlo.

Pero tampoco esta vez cayó Plummet en la trampa. Ya más calmado, miró a Reede a los ojos.

—No sé de qué me está hablando, sheriff Lambert.

—Veamos si así lo entiende —dijo Reede con un profundo suspiro—. Mire, Plummet, nosotros..., la señorita Gaither y yo, sabemos que usted es culpable. A ella usted le dijo que castigase a los pecadores o que de lo contrario... ¿No fue el ataque al rancho Minton ese «de lo contrario»?

Plummet guardó silencio.

Reede recurrió a otra treta.

—¿Acaso no es la confesión buena para el alma? Desahogue su espíritu, Plummet. Confiese. Su esposa podrá volver a casa con sus hijos y yo podré salir antes hoy.

El predicador persistió en su silencio.

Reede repasó metódicamente su lista de preguntas. Las iba haciendo con la esperanza de atrapar a Plummet en alguna contradicción. Le preguntó varias veces a Alex si quería hacerle alguna pregunta, pero ella dijo que no. No tenía más argumentos que Reede para relacionar a Plummet con los hechos.

No habían llegado a ninguna parte. El predicador insistía invariablemente en su historia. Reede no había conseguido atraparle en ninguna contradicción. Después de otra exhaustiva ronda de preguntas, Plummet sonrió a Reede con expresión candorosa.

—Ya es casi la hora de cenar. ¿Podríamos irnos ya?

Reede, decepcionado, se pasó la mano por el pelo.

—Sé que usted fue quien lo hizo, beato hijo de puta. Aunque usted no estuviese allí en persona, usted lo planeó. Usted mató a mi caballo.

Plummet reaccionó con viveza.

—¿Que yo maté a su caballo? Eso es falso. Lo mató usted mismo. Lo leí en el periódico.

Reede emitió un gruñido y se abalanzó sobre el predicador.

—Usted fue el responsable —le espetó, recostándolo

en la silla de un empujón—. Leer eso debió de estremecerle, ¿eh, cabrón de mierda? Va a pagar por ese animal, aunque tenga que retorcerle el cuello para que confiese.

Pasó casi una hora más sin cambios.

A Alex le dolía el trasero de estar tanto rato sentada en esa silla tan incómoda. Había tenido que levantarse una vez y pasear un poco de un lado a otro de la habitación para activar su circulación sanguínea. La fanática mirada de Plummet la había seguido haciéndola sentirse tan incómoda que había tenido que volver a sentarse.

—¿Señora Plummet?

La esposa del predicador se crispó al oír que el sheriff pronunciaba su nombre. Balanceaba el cuerpo de pura fatiga y tenía la cabeza gacha. Se irguió de pronto y miró a Reede con una mezcla de temor y respeto.

—Sí, diga usted.

—¿Confirma usted todo lo que él me ha dicho?

Miró a su esposo de reojo, tragó saliva y se humedeció nerviosamente los labios. Luego bajó la mirada y asintió con la cabeza.

—Sí —dijo.

El rostro de Plummet permaneció impasible, aunque sus labios esbozaban una sonrisa que se esforzaba por ser franca. Reede miró a Alex y ella contestó encogiéndose de hombros de manera casi imperceptible.

Reede estuvo unos segundos mirando al suelo, pensando, antes de llamar a su ayudante a voz en grito. El agente apareció por la puerta de inmediato, como si hubiese estado esperando la contenida pero furiosa llamada de su jefe.

—Que se marche.

Plummet cerró la Biblia ruidosamente y se levantó. Avanzó hacia la puerta como un cruzado vestido con su armadura e ignorando a su esposa, que siguió dócilmente su justiciera estela.

Reede soltó una retahíla de tacos de los más fuertes.

—Que alguien vigile la casa —le dijo al agente—. Infórmenme de cualquier cosa que les parezca sospechosa o simplemente rara. Mierda, se me llevan los demonios por tener que dejar que ese hijo de puta se vaya tan tranquilo.

—No es culpa tuya —dijo Alex en tono comprensivo—. Le has interrogado a fondo, Reede. Ya sabías que no tenías pruebas. Reede se revolvió contra ella, furioso.

—¿Y acaso te ha detenido eso a ti alguna vez?

Y salió de estampida dejándola sin habla de pura indignación. Alex regresó al cubículo que le servía de despacho, rebuscó la llave en el bolso y se inclinó para abrir la puerta. Sintió como una comezón en la nuca que la alertó un instante antes de oír el siniestro susurro.

—Los impíos la han corrompido. Se ha entregado a Satán con la misma desvergüenza que una puta que vende su cuerpo.

Alex giró en redondo. Los ojos de Plummet habían recuperado su brillo de iluminado. La comisura de sus labios estaba impregnada de saliva blancuzca. Su respiración era pesada.

—Ha traicionado mi confianza.

—Yo no le he pedido su confianza para nada —replicó Alex tan seca como alarmada.

—Su corazón y su mente han sido mancillados por los impíos. Su cuerpo embrutecido por las caricias del mismísimo Diablo. Usted...

Lo agarraron por atrás y lo estamparon contra la pared.

—Se lo advertí, Plummet —dijo Reede con expresión colérica—. Quítese de mi vista si no quiere pasar una buena temporada en la cárcel.

—¿Acusado de qué? —gritó el predicador—. No tiene ningún motivo para detenerme.

—Por asediar a la señorita Gaither.

—Soy un mensajero de Dios.

—Si Dios tiene algo que decirle a la señorita Gaither, se lo dirá personalmente. ¿Comprendido? ¿Lo ha comprendido bien?

Reede zarandeó a Plummet de nuevo pero en seguida

lo soltó. Se acercó entonces a la señora Plummet, que se había arrimado a la pared aterrada, y estaba sin habla.

—Se lo advierto Wanda, lléveselo a casa. ¡Y ahora mismo! —gritó el sheriff.

Mostrando más valor del que Alex le suponía, Wanda Plummet agarró a su esposo del brazo y lo llevó prácticamente a rastras hasta la escalera. Subieron a trompicones por las escaleras y desaparecieron de su vista tras el primer rellano.

Alex no se había percatado de lo agitada que estaba, hasta que los ojos de Reede se fijaron en la mano que ella tenía sobre su acelerado corazón.

—¿Te ha tocado? ¿Te ha hecho daño?

—No —dijo, y lo repitió, negando con la cabeza—. No.

—No me la des otra vez, eh. ¿Te ha amenazado? ¿Te ha dicho algo que yo pudiera utilizar para meterlo entre rejas?

—No, sólo me ha puesto como un trapo por venderme a los malos. Me considera rea de traición.

—Coge tus cosas. Tienes que irte a casa.

—No hace falta que me lo digas dos veces, no.

Él cogió el chaquetón de Alex del perchero situado junto a la puerta. Pero no se lo puso, sino que casi se lo tiró. Pese a ello, Alex se sintió conmovida ante su evidente preocupación por su seguridad. Reede se puso la zamarra de cuero y el sombrero y salieron del edificio.

Los Plummet debían de haber seguido su consejo de desaparecer de allí, porque no se los veía por ninguna parte. Había oscurecido. La plaza estaba casi desierta. Incluso el café B&B había cerrado ya, porque sólo servía desayunos y almuerzos.

El coche de Alex estaba frío cuando ella se sentó frente al volante.

—Da el contacto para que se vaya calentando el motor, pero no arranques hasta que llegue yo con el mío. Te seguiré hasta el motel.

—No es necesario, Reede. Tal como has dicho, debe de ser un cobarde. La gente que prodiga amenazas casi nunca las cumple.

—Sí, casi nunca —dijo Reede, subrayando el «casi».

—Sé cuidar de mí misma. No tienes que preocuparte por mí.

—Y no me preocupo. Me preocupo por mí. Viniste en busca de problemas y los estás encontrando. Pero ninguna asistente del fiscal va a ser violada, lisiada o asesinada en mi condado. ¿Está claro? —le contestó él cerrando bruscamente la puerta del coche.

Alex se lo quedó mirando mientras él se alejaba por la oscura acera, deseando no haberlo conocido nunca, ni a él ni a su infernal condado. Lo hubiese mandado al mismísimo infierno, al que con tanta frecuencia aludía Plummet.

Al ver acercarse los faros del Blazer, orientó su coche en dirección al motel que venía siendo su hogar desde hacía demasiado tiempo. Le fastidiaba que la escoltase.

Entró a su habitación y cerró la puerta sin ni siquiera darle las gracias a Reede. Cenó el insípido plato que tocaba aquel día para el servicio de habitaciones y volvió a hojear varios anuarios que le eran ya tan familiares que las fotografías apenas le decían nada. Estaba cansada, pero demasiado excitada para poder dormir.

No podía quitarse de la cabeza el beso de Junior, no porque exaltase su imaginación sexual, sino porque la había dejado fría. Los besos de Reede, en cambio, la asediaban en su interior por haber conseguido con tan poco esfuerzo lo que Junior no había podido lograr.

Angus no había necesitado el guión para saber qué clase de escena había interrumpido al entrar en el hangar y encontrarla con Reede. Su expresión había reflejado una mezcla de sorpresa, desaprobación y algo que no acababa de poder precisar. ¿Resignación?

No paraba de dar vueltas de pura fatiga, de frustración y ciertamente también de temor. Por más que lo negase, Plummet la inquietaba. Era un farsante, pero en sus palabras había ribetes de verdad.

Lo que cada uno de sus sospechosos opinase de ella había terminado por importarle; que ellos la viesen con buenos ojos era casi tan importante para ella como lo había sido conseguir la estima de su abuela. Algo absurdo que le costaba mucho trabajo digerir.

No se fiaba de Reede, pero lo deseaba, y quería que él la correspondiese. Y, pese a toda su negligencia, Junior le caía bien y le daba un poco de pena. Angus, por su parte, llenaba su deseo de la infancia de tener un padre exigente pero cariñoso. Cuanto más se acercaba al descubrimiento de la verdad, respecto a la relación de los tres con el asesinato de su madre, menos deseaba descubrirla.

Por si fuera poco, el asesinato de Pasty Hickam era como una nube que acababa de ensombrecer el horizonte. El sospechoso de Reede, Lyle Turner, era sólo una posibilidad. Hasta que no la convenciesen de que fue él quien mató al antiguo peón del rancho Minton, seguiría creyendo que Pasty había sido eliminado por haber sido testigo presencial del asesinato de Celina. Quien lo matase, lo hizo por considerarlo una amenaza.

De ahí que al oír, en plena noche, que un coche se acercaba lentamente a su puerta y ver las luces de los faros pasar sobre su cama, le diese un vuelco el corazón. Retiró la colcha y saltó de la cama. Se acercó a la ventana y miró por el resquicio que dejaba la pesada cortina. Casi dio un brinco de alivio y profirió una exclamación de satisfacción.

El Blazer del sheriff describió un amplio giro en la pequeña explanada del aparcamiento y volvió a pasar frente a su habitación antes de alejarse.

Reede pensó en dar la vuelta e ir adonde sabía que podría tomarse un buen trago, y donde encontraría una sonrisa acogedora y una cálida mujer, pero siguió derecho a casa.

Lo aquejaba una enfermedad desconocida para él, y de la que no veía medio de curarse por más que lo intentaba. Todo su ser ardía de impaciencia y se hallaba en un estado de excitación constante.

Su propia casa, en cuya soledad siempre se había encontrado a gusto, le parecía ahora un lugar inhóspito nada más abrir la puerta, que chirriaba como una condenada. ¿Cuándo iba a decidirse a engrasarla? La luz de la lámpara alegraba muy poco su sala de estar. Lo único que hacía era evidenciar que no había nadie para darle las buenas noches. Ni siquiera un perro acudía a la puerta a lamerle la mano meneando la cola de contento al verle. No tenía peces de colores, ni loro, ni gato... No quería tener nada que pudiese morir dentro de él y dejar otro vacío en su vida.

Los caballos eran otra cosa. Eran una inversión financiera. Aunque, de vez en cuando, alguno de ellos se convirtiese en algo especial, como *Double Time*. Le había dolido. Y trataba de no pensar en ello.

Los campos de refugiados de los países asolados por el hambre estaban mejor provistos que la despensa de su cocina. Casi nunca comía en casa. Y cuando lo hacía, como aquella noche, se apañaba con una cerveza y unas «galletas saladas» con mantequilla.

Al pasar por el recibidor, reguló el termostato de la caldera para no amanecer tieso de frío. Su cama estaba sin hacer. Ni recordaba qué era lo que le había hecho saltar tan súbitamente de la cama la última vez que estuvo en ella.

Se quitó la ropa y la echó al cesto de la ropa sucia del cuarto de baño, que la sobrina de Lupe vaciaría la próxima vez que fuese a limpiar. Debía de ser el hombre que tenía más calzoncillos y calcetines. No era una extravagancia; simplemente le evitaba tener que recurrir a la lavandería con frecuencia. Su ropero se reducía casi exclusivamente a tejanos y camisas; con unos cuantos de cada que fuesen a la tintorería todas las semanas podía ir decentemente vestido. Mientras se cepillaba los dientes en el lavabo, inspeccionó su aspecto. Necesitaba un corte de pelo. Casi siempre lo necesitaba. Le pareció ver algunas canas más por las sienes que la última vez que se miró. ¿Cuándo le habrían salido?

Se percató de pronto de la cantidad de arrugas que tenía. Con el cepillo de dientes colgando de la comisura de los labios, se inclinó sobre el lavabo para ver su primer plano con mayor detalle. Tenía el rostro agrietado, bolsas bajo los ojos.

Dicho sin rodeos: su aspecto era avejentado.

¿Demasiado? ¿Para qué? Concretando más: ¿demasiado viejo para quién?

El nombre que pugnaba por salir del interior de su mente le perturbaba.

Escupió y se enjuagó la boca, pero evitó volver a mirarse antes de apagar las reveladoras y crueles luces del espejo. No necesitaba poner el despertador. Siempre estaba de pie al salir el sol. Nunca remoloneaba.

Las sábanas estaban heladas. Se cubrió con la colcha hasta la barbilla y aguardó a que su desnudo cuerpo entrase en calor. En momentos como ése, en las noches más oscuras y frías que pasaba a solas, era cuando más deseaba que Celina no lo hubiese destrozado definitivamente, impidiéndole tener otras relaciones. Al margen de estos momentos, se felicitaba de no ser de los que se pierden por las emociones.

En momentos como ése deseaba, en su fuero interno, haberse casado. Incluso dormir junto al cálido cuerpo de una mujer de la que no estuviese muy enamorado, o que hubiese engordado a los pocos meses de casarse, o que le hubiese decepcionado, o que le increpase por falta de dinero o por trabajar demasiado, habría sido mejor que dormir solo.

Pero de pronto pensaba que quizá no. ¿Quién demonios podía saberlo? Después de lo de Celina nunca lo sabría. No la quería cuando murió, por lo menos no de la manera que la quiso durante toda su vida hasta el fatal momento.

Había empezado a preguntarse si su mutuo amor sobreviviría a su juventud, si era algo real y sólido, o sólo el mejor sucedáneo para las carencias de sus vidas. Habría podido seguir queriéndola siempre como a un amiga, pero había puesto en duda que su mutua dependencia fuese una base saludable para una vida en común.

Puede que Celina hubiese intuido sus reservas y que ésa hubiese sido la razón que le hizo sentir la necesidad de marcharse durante una temporada. Nunca hablaron de ello. Nunca lo sabría, pero lo sospechaba.

Meses antes de que ella se marchase a El Paso aquel verano, había puesto en duda que su romance adolescente perdurase. Si sus sentimientos cambiaban al madurar, ¿cómo demonios iba a enfrentarse a la ruptura? Seguía hecho un mar de dudas cuando ella murió, incapaz de establecer un nuevo lazo amoroso en el futuro.

Nunca iba a dejarse atrapar así, por nadie. Era mortal volcarse de esa manera en alguien, y especialmente en una mujer.

Años atrás había jurado limitarse a tomar aquello que las mujeres le diesen sin más, sobre todo sexo, pero sin dejar nunca que lo embriagase la ternura. Se guardaría bien de hacer nada parecido a enamorarse.

Pero las relaciones de corta duración también terminaban complicándose. De manera invariable, la mujer de turno mostraba un apego emocional al que él no podía corresponder. Entonces fue cuando empezó a apoyarse en Nora Gail para el puro placer físico. Pero también eso se había agotado. El sexo con ella se había convertido en algo rutinario e irrelevante y, últimamente, tenía que hacer un verdadero esfuerzo para que no se le notase el aburrimiento.

Las relaciones con una mujer, a cualquier nivel, exigían mucho más de lo que él estaba dispuesto a dar.

Y, sin embargo, incluso echado en su cama, recitando

mentalmente su profesión de fe de eterno desapego, se sorprendía pensando en ella.

En una etapa ya tan avanzada de su vida, soñaba despierto como un bobo. Alex ocupaba sus pensamientos más de lo que nunca hubiese creído posible. Y de esos pensamientos asomaba una emoción muy semejante a la ternura, que se abría paso hacia su conciencia.

Pero, darle vueltas no le producía más que dolor: el dolor de saber quién era y de qué manera tan irreversible había cambiado su vida el hecho de que ella naciese; el dolor de saber lo decrépito que debía de parecerle a una mujer de su edad; el dolor de haberla visto besar a Junior.

—Mierda. —La exclamación le salió como un gruñido en la oscuridad y se tapó los ojos con el antebrazo, mientras su mente se empeñaba en hacérselo presenciar otra vez. Le había provocado tal ataque de celos que se asustó. Había sentido una furia explosiva. Le parecía un milagro no haber estallado y salido por el capó del Blazer.

¿Cómo diablos habría ocurrido? ¿Por qué le había permitido acercarse a él, a sabiendas de que nada podía salir de ello, salvo ahondar el abismo que su madre había creado entre él y Junior?

Una relación —la sola mención de esta palabra le hacía estremecerse— entre él y Alex era algo descartado. ¿Por qué le preocupaba entonces que una joven inteligente y con futuro como Alex pudiese verlo provinciano, viejo y todo lo demás?

Él y Celina lo tenían casi todo en común, y Celina se le había hecho inaccesible. ¿Cómo imaginar entonces que tuviese alguna base para creer que él y Alex pudiesen cuajar?

«Y otro pequeño detalle —pensó con acritud—. El asesinato de Celina.» Alex nunca lo comprendería.

Pero ninguno de estos sensatos razonamientos evitaba que siguiese deseándola. Notó que una oleada de calor invadía su cuerpo, y con el calor, el deseo. Deseaba olerla. Deseaba sentir su pelo en su mejilla, en su pecho, en su vientre. Imaginar sus labios y su lengua en su piel le entrecortaba la respiración, pero su imagen bien lo valía. Deseaba volver a juguetear con sus pezones, con su boca y con su lengua.

Susurró su nombre en la oscuridad y, en aquel mismo instante, visualizó el momento en que apoyó su mano en su sostén y acarició la carne prohibida. Se consumía en el fuego de su imaginación; se sentía arder con una llama tan viva como devoradora.

Remitió al fin. Y al hacerlo se sintió más vacío y solo que nunca en la fría, oscura y solitaria casa.

33

—Buenos días, Wanda Gail.

La esposa de Fergus Plummet dio un paso atrás.

—¿Cómo me ha llamado? —dijo.

—Wanda Gail —repitió Alex con una amable sonrisa—. Así se llama usted, ¿no es verdad? Es usted una de las trillizas Burton, familiarmente conocidas como las hermanas Gail.

La señora Plummet había abierto la puerta con un trapo de cocina en las manos. Sorprendida de que Alex estuviese informada sobre su pasado, dejó escapar un leve suspiro. Recorrió el patio con la vista, como intentando localizar las posibles fuerzas de apoyo que pudiesen cubrir a Alex.

—¿Puedo pasar?

Alex no aguardó su permiso, sino que aprovechó el pasmo de la esposa del predicador para entrar y cerrar la puerta. Había descubierto la identidad de la señora Plummet de manera bastante casual, al hojear disciplinadamente páginas de los anuarios mientras se tomaba el café del desayuno. Después de haberla visto centenares de veces, una fotografía de un grupo de escolares la había dejado perpleja. Creyó que su vista la engañaba antes de ver el nombre en el pie de foto: Wanda Gail Burton.

Casi incapaz de contener su nerviosismo, consultó la guía telefónica para buscar las señas, y dio en seguida con el personaje. Había aparcado en la misma calle, pero bastante lejos de la puerta, y no se acercó a la casa hasta que vio que Fergus se alejaba en su coche.

Allí, frente a frente, a la débil luz del pasillo, Alex sentía curiosidad y Wanda Gail Plummet estaba claramente asustada.

—No debería hablar con usted —balbució nerviosamente.

—¿Por qué? ¿Porque su esposo le ha prohibido que lo haga? —dijo Alex con suavidad—. No pretendo crearle problemas. Sentémonos.

Asumiendo el papel de anfitriona, Alex condujo a Wanda Gail hacia la habitación menos acogedora que había visto en su vida. No había un solo toque de color ni de alegría. No había plantas, ni cuadros —salvo uno de un Cristo crucificado y sangrante—, ni libros, ni revistas. No había nada que mitigase la desabrida atmósfera que impregnaba la casa. Wanda Gail retorcía el trapo húmedo que tenía entre las manos. Su cara reflejaba ansiedad. Era evidente que estaba muerta de miedo, ya fuese de Alex, o de las represalias de su marido, en caso de que se enterase de que ella había estado en su casa.

Alex trató de tranquilizarla.

—Sólo quiero hablar con usted —le dijo en tono pausado—. Casualmente he descubierto que su nombre es Wanda Gail Burton.

—Ya no. Desde que encontré a Jesús ya no.

—Cuéntemelo. ¿Cuándo fue?

—El verano siguiente a terminar el bachillerato. Varias de nosotras...

—¿Sus hermanas?

Ella asintió con la cabeza.

—... y algunos amigos. Nos metimos todos en un coche y fuimos a Midland. Queríamos divertirnos —dijo, bajando la mirada—. Vimos una gran tienda plantada en un prado a las afueras de la ciudad. Celebraban una reunión religiosa. Fuimos sólo para ver cómo era; en plan de broma, ya sabe: para reírnos de la gente y del Evangelio.

Hizo una mueca de remordimiento antes de proseguir.

—Todo nos pareció realmente divertido, porque habíamos estado bebiendo y fumando porros que alguien se trajo de Eagle Pass —recordó, entrelazando las manos y musitando unas piadosas palabras a modo de arrepentimiento.

—¿Y qué pasó? ¿Tuvo aquella noche una experiencia mística?

La mujer del predicador confirmó lo que Alex suponía, asintiendo repetidamente con la cabeza.

—Allí estaba el joven predicador. Después de los cánticos y de los rezos, cogió el micrófono.

Los ojos de Wanda Gail eran la viva estampa de la ensoñación, como si se sintiese transportada al pasado.

—Ni siquiera recuerdo sobre qué predicaba. Su sola voz me puso en trance. Recuerdo que me sentí invadida por su energía. No podía apartar mis ojos de él —prosiguió con la mirada ya más transparente—. Los demás ya estaban cansados de aquello y querían marcharse. Yo les dije que se fueran y me recogiesen luego. Quería quedarme. Cuando hubo terminado de predicar, bajé hacia el altar con varias decenas de personas. Y él posó sus manos sobre mi cabeza y rezó para que me viese libre de pecado. Le di mi corazón a Jesús y a Fergus Plummet aquella misma noche —añadió con los ojos vidriosos.

—¿Al cabo de cuánto tiempo se casaron?

—Dos días después.

Alex no sabía cómo abordar delicadamente la siguiente pregunta. Por deferencia a la conversión cristiana de la mujer, se dirigió a ella con su apellido de casada.

—Señora Plummet, usted y sus hermanas... —dijo, antes de hacer una pausa y humedecerse los labios—. He oído que...

—Ya sé lo que ha oído. Éramos unas putas.

A Alex no le pareció bien que se calificase tan duramente, y trató de suavizarlo.

—Salían con muchos chicos, al parecer.

Wanda empezó de nuevo a retorcer el trapo de la cocina.

—Se lo confesé todo a Fergus. Él me perdonó, y Dios también. Me acogió en su amoroso seno pese a mis debilidades.

Alex tenía una opinión más maliciosa de la generosidad del predicador. Probablemente le interesó una esposa que consideraba como un privilegio que él la hubiese perdonado con tal desprendimiento, alguien que le considerase tocado por la Gracia Divina.

Dios perdonaba los pecados, pero Alex dudaba de que Fergus lo hiciese. Probablemente tenía muy presentes sus pecados y utilizaba el pasado de Wanda Gail como un arma para tenerla bajo la suela del zapato. A buen seguro debía de hacerle la vida imposible, recordándole constantemente lo afortunada que era por tener su perdón.

Era obvio, sin embargo, que, con independencia de lo que le hubiese sucedido a Wanda Gail bajo la carpa que acogía a aquella reunión religiosa, su transformación había sido profunda e irreversible. Su decisión de aquella noche, de darle un nuevo sentido a su vida, se había mantenido durante veinticinco años. Sólo por eso ya contaba con la admiración de Alex.

—Dos de los chicos con quienes salían del instituto eran Reede Lambert y Junior Minton.

—Sí —dijo Wanda, sonriendo pensativa—. Eran los más guapos y los más simpáticos. Todas las chicas querían salir con ellos.

—¿También Stacey Wallace?

—Con el único chico que consiguió salir fue con Junior Minton. Era algo penoso, porque Stacey estaba loca por él, y él estaba perdido por Celina.

—Y en cambio Celina sólo quería a Reede.

—¡Huy!, desde luego. Reede era y, básicamente, sigue siendo un buen chico. No me trataba a mí y a mis hermanas como si fuésemos basura, pese a que eso es lo que éramos. Siempre se mostraba delicado en... bueno, ya sabe; dondequiera que nos llevase. Y siempre nos daba las gracias.

Alex sonrió, por no llorar.

—Me habría gustado echarle los tejos cuando Celina se casó. Luego, al morir ella... —dijo Wanda con un solidario suspiro—. Ahora se comporta a veces de un modo un poco mezquino, pero en el fondo sigue siendo un buen chico. Sé que Fergus no le gusta, pero incluso ayer me trató con delicadeza —añadió, ladeando la cabeza.

Aquella mujer y Reede se habían entendido. Alex la observó con detenimiento. Era imposible imaginar a Wanda Gail arrebatada por el éxtasis de un hombre, pero sobre todo con Reede.

Su rostro conservaba suficientes vestigios de su pasada belleza para que Alex hubiese podido reconocerla en la fotografía del anuario, pero tenía las carnes flácidas y papada. El alegre peinado que llevaba en la foto había sido sustituido por un serio moño que no la favorecía. Los ojos, que en la foto aparecían destacados por el rímel y la sombra, los llevaba ahora sin rastro de cosmético. Su cintura se había ensanchado, adaptándose al volumen de su pecho y de sus caderas que, en su adolescencia, debieron de ser voluptuosas.

Wanda Gail parecía por lo menos diez años mayor que compañeros de clase como Reede, Junior e incluso Stacey. Alex se preguntaba qué era lo que había acelerado su envejecimiento, su licenciosa vida anterior o su matrimonio con Plummet. Apostaba por esto último. No debía de ser muy divertido vivir con él. Con toda su santurronería no aportaba mucha alegría ni mucho amor a quienes le rodeaban. A eso se le llama fe, pensaba Alex, y su admiración por aquella mujer tenía ribetes de piedad.

Más pena le dio aún cuando alzó los ojos y la miró medrosamente.

—También usted fue delicada conmigo. No esperaba que se mostrase amable, tan elegante y agraciada —dijo, mirando el chaquetón y el bolso de piel de anguila con expresión ensoñada.

—Gracias —dijo Alex, que, al ver a Wanda Gail tan cohibida, prosiguió con sus preguntas—. ¿Cómo reaccionaron sus hermanas ante su matrimonio?

—Oh, estoy segura de que no les gustó.

—¿No lo sabe?

—Fergus creyó que lo mejor sería que no volviese a verlas.

—¿La separó a usted de su familia?

—Fue por mi bien —repuso Wanda, poniéndose de inmediato a la defensiva—. Abandoné mi vida anterior. Y ellas eran parte de esa vida. Tenía que darles la espalda a ellas para demostrarle a Jesús que había abandonado el pecado.

Alex anotó mentalmente otra razón para despreciar al predicador. Le había hecho un lavado de cerebro a su mujer, poniéndola contra su familia, y había utilizado el alma inmortal de Wanda como trampolín.

—¿Y dónde están ahora sus hermanas?

—Peggy murió hace unos años. Lo leí en el periódico. Tenía cáncer —dijo con expresión pesarosa.

—¿Y la otra? ¿Nora?

—Sigue en el camino del pecado —dijo Wanda, apretando los labios para mostrar su desaprobación.

—¿Sigue viviendo aquí?

—Ya lo creo —exclamó, entrelazando las manos y pronunciando unas piadosas palabras—. Ruego a Dios para que vea la luz antes de que sea demasiado tarde.

—¿Y ella no está casada?

—No; le gustan demasiado los hombres, todos los hombres. Nunca ha querido a ninguno en particular. Puede que a Reede Lambert, pero él no quería nada definitivo.

—¿A ella le gustaba?

—Mucho. Físicamente lo pasaban muy bien, pero nunca llegaron a estar enamorados. Quizá se parecían demasiado. Muy tercos. Y los dos tienen mal pronto.

Alex trató de que su siguiente pregunta pareciese superficial.

—¿Y todavía se ven?

—Supongo que sí —dijo ella, cruzando los brazos a la altura de la cintura y levantando la nariz con talante digno—. Le gustábamos las tres, pero Nora la que más. No sé si siguen acostándose, pero tienen que seguir siendo amigos. Saben demasiado el uno del otro. Desde la noche que mataron a Celina ha habido...

—¿Qué? —la interrumpió Alex.

—¿Qué de qué?

—De la noche que mataron a Celina.

—Reede estaba con Nora Gail.

A Alex le dio un vuelco el corazón.

—¿Estuvo con su hermana aquella noche? ¿Está usted segura?

—Creía que todo el mundo lo sabía —dijo Wanda, mirándola perpleja.

«Todo el mundo menos yo», se dijo Alex con amargura.

Entonces le preguntó a Wanda, que le indicó de mala gana la casa donde vivía Nora Gail.

—Nunca he estado allí, pero sé dónde es. La encontrará fácilmente.

Alex le dio las gracias por la información y se levantó para marcharse. Al llegar a la puerta, Wanda se mostró de nuevo nerviosa.

—No creo que a Fergus le gustase saber que he hablado con usted.

—Por mí no se va a enterar.

Wanda pareció tranquilizarse, pero su expresión no tardó en mostrar de nuevo su nerviosismo, al oír lo que Alex añadió.

—Ya le he aconsejado que se abstenga de causar más daños, y le estaría muy agradecida si no vuelvo a encontrarme otra carta insultante en el correo.

—¿Una carta?

Parecía que Wanda no tenía ni idea acerca de la existencia de la carta que la aguardaba a su regreso de Austin, pero Alex tuvo la certeza de que sí lo sabía.

—No voy a colocarla en la incómoda posición de tener que mentir por su marido, señora Plummet, pero le advierto que Reede tiene la carta y que la considera un asunto policial. Estoy segura de que arrestará al responsable si recibo otra.

Alex confió en que su sutil amenaza funcionase. Pero, al llegar a su coche, tenía ya en la cabeza la visita que pensaba hacerle a la coartada de Reede.

La estructura del edificio de dos plantas le recordó a Alex las que se veían junto a los caminos vecinales en las películas de gángsters sobre la época de la Ley Seca. Resultaba invisible desde la autopista y apenas se veían signos de actividad, aunque en el aparcamiento había varias furgonetas, unas camionetas de reparto e incluso un Cadillac último modelo.

La acera, de baldosas, estaba bordeada por un airoso macizo de pensamientos afeados por el polvo. Un tramo de escalones conducía a un amplio porche. Junto a la puerta había un anticuado tirador de campanilla. Una amortiguada e inarmónica música llegaba desde el interior, pero las ventanas parecían cegadas y no se veía nada a través de ellas.

Le abrió la puerta un auténtico mastodonte con toda la barba, entrecana, y que le cubría dos terceras partes del rostro, coloradote como un solomillo.

Llevaba una camisa de seda blanca y corbatín de satén negro, además de un delantal blanco hasta los tobillos. Tenía el ceño fruncido de una manera que intimidaba.

—Yo... —empezó a decir Alex.

—¿Se ha perdido usted?

—Estoy buscando a Nora Gail Burton.

—¿Y qué quiere de ella?

—Hablar con ella.

—¿De qué?

—Es personal.

—¿Vende algo? —dijo él mirándola con recelo.

—No.

—¿La ha citado?

—No.

—Pues está ocupada.

Empezó a cerrarle la puerta, pero en aquel momento iba a salir un hombre, que se deslizó entre ambos quitándose la gorra a modo de saludo a Alex y musitando «gracias» al portero. Alex aprovechó la interrupción y entró en el vestíbulo, decorado de una manera convencional.

—Me gustaría ver a la señorita Burton, por favor. Prometo no entretenerla mucho.

—Si busca usted trabajo, señorita, tendrá que llenar un formulario de solicitud y traer fotografías. No recibe a ninguna chica si antes no ha visto sus fotos.

—No estoy buscando trabajo.

El portero la observó durante un largo instante antes de llegar a una decisión favorable.

—¿Su nombre?

—Alexandra Gaither.

—Aguarde aquí sin moverse.

—Lo que usted mande.

—No se me mueva.

—Prometido.

El mastodonte se retiró hacia el fondo de la casa, salvando unos escalones con una agilidad y ligereza insólitas para un hombre de su corpulencia. Su orden de que no se moviese había sido tan contundente que Alex siguió en la misma baldosa. No tenía intención de moverse.

Pero, segundos después, la música le indicó de dónde procedía y, una conversación en voz baja y leves risas la atrajeron hacia los cortinajes bordados, de color violeta, que separaban el pasillo de una habitación. Como ambas partes de las cortinas se solapaban, no podía ver nada. Alargó la mano para separarlas y miró.

—Señorita Gaither.

Se sobresaltó y giró en redondo, soltando la cortina como pillada en falta. El gigante barbudo la miraba desde arriba, pero sus suaves y sonrosados labios esbozaban una sonrisa divertida.

—Por aquí —dijo el mastodonte.

La condujo al otro lado de la caja de la escalera, y se detuvo frente a una puerta cerrada. Después de dar tres golpes secos con los nudillos la abrió y se hizo a un lado para dejar pasar a Alex. Cerró entonces la puerta.

Alex suponía que una *madame* la recibiría recostada en un diván entre sedas y encajes. Pero estaba sentada frente a una gran mesa de despacho muy funcional flanqueada de archivadores metálicos. A juzgar por la cantidad de carpetas, montones de correspondencia y libros de contabilidad, debía de hacer tanto negocio allí como en el *boudoir*.

Tampoco vestía como Alex había supuesto. En lugar de atrevidas prendas de lencería, llevaba un serio traje sastre de estambre. Lucía, sin embargo, joyas caras con piedras auténticas y monturas refinadas.

Llevaba el pelo tan decolorado y oxigenado que su peinado parecía una bola de algodón de azúcar. Pero la antigualla le favorecía. Al igual que su hermana Wanda, estaba algo entradita en carnes, pero lo llevaba bien. Tenía buena planta, con las carnes prietas, suaves y blancas como la leche. Alex dudaba que hubiese jamás tomado el abrasador sol de West Texas.

Los ojos azules con que miraba a Alex parecían tan escrutadores como los del gato que tenía sentado en un rincón de la mesa, junto a su mano derecha.

—Tiene usted mejor gusto que su madre —dijo sin preámbulos, midiendo a Alex con la mirada—. Celina tenía unas bonitas facciones pero carecía de clase. Usted, sí. Siéntese, señorita Gaither.

—Gracias. —Alex se sentó en la silla que estaba frente a la mesa y, un instante después, se echó a reír, moviendo la cabeza, contrita—. Discúlpeme por mirarla así.

—No tiene importancia. Seguro que soy su primera *madame*.

—A decir verdad, no. Acusé a una mujer de Austin, cuya agencia de modelos resultó ser una red de prostitución.

—Se descuidaría.

—Me empleé a fondo. Y eso que era un hueso duro de roer.

—¿Debo interpretarlo como una advertencia?

—Sus actividades no caen en mi jurisdicción.

—Tampoco es de su jurisdicción el asesinato de su madre —dijo, encendiendo un cigarrillo liado a mano, igual que lo haría un hombre, con la mayor economía de movimientos, y ofreciéndole uno a Alex, que lo rechazó—. ¿Una copa? Creo que le apetece —añadió, señalando a un mueble bar con incrustaciones de nácar.

—No, gracias. No tomaré nada.

—Peter me ha dicho que no ha querido rellenar una solicitud, así que supongo que no ha venido en busca de trabajo.

—No.

—Lástima. Lo haría muy bien. Buen tipo, buenas piernas, pelo poco corriente. ¿Es su color natural?

—Sí.

—Sé de varios habituales a quienes les gustaría usted muchísimo —dijo con una maliciosa sonrisa.

—Gracias —dijo Alex con sequedad ante ese cumplido, que la hizo sentir deseos de darse un baño.

—Supongo que ha venido usted por algo relacionado con su trabajo —dijo con una displicente sonrisa—, no con el mío.

—Quisiera hacerle algunas preguntas.

—Primero me gustaría hacerle una a mí.

—De acuerdo.

—¿La ha enviado Reede?

—No.

—Bien. Eso no me hubiese gustado.

—He dado con usted a través de su hermana.

Se le arqueó la ceja izquierda de tal modo que quedó un par de centímetros más alta que la otra.

—¿Wanda Gail? Pensaba que poner mi nombre en sus labios podía convertirla en estatua de sal o en algún otro disparate. ¿Cómo está? Da igual —dijo, notando la vacilación de Alex—. No he visto a Wanda Gail más que de lejos —prosiguió Nora—. Tiene un aspecto espantoso. El mequetrefe que se dice un hombre de Dios casi ha acabado con su salud. Está irreconocible. Sus hijos van por ahí como pordioseros. Si ella quiere vivir así, estupendo, pero ¿por qué imponerles la pobreza a sus hijos?

Nora parecía verdaderamente indignada.

—No hay virtud en la pobreza. Me gustaría ayudarla económicamente, pero creo que preferiría morirse de hambre antes que aceptar nada de mí, aunque su marido se lo permitiese. ¿Y le dijo así por las buenas que su hermana era una puta?

—No. Sólo me indicó dónde estaba la casa. Creo que daba por sentado que yo ya conocía su... ocupación.

—¿Y no la conocía usted?

—No.

—Mi negocio ha sido lucrativo, pero aún lo estoy ampliando. Antes solía tirarme a los hombres por gusto, señorita Gaither. Y todavía me los tiro, pero ahora casi siempre por dinero. Y, ¿sabe una cosa? Hacerlo por dinero es aún más divertido —dijo, con una risa gutural y ufana.

No tenía nada de la timidez de Wanda Gail. Alex sacó la impresión de que a Nora Gail no la amedrentaría ni el mismísimo Satanás, y que hubiese sido capaz de cantárselas y de escupirle en la cara sin vacilar. Y hasta puede que luego se lo hubiese tirado.

—En realidad, me ha encontrado usted por casualidad. Acabo de regresar de una reunión con mi banquero.

Por más trabajo que tenga siempre hace un hueco en su agenda para verme.

Nora señaló una carpeta que tenía abierta encima de la mesa frente a ella. Incluso visto al revés, Alex reconoció el logotipo y el membrete.

—Sociedad NGB —musitó Alex. Y al fijar de nuevo los ojos en la *madame*, los de Nora Gail la miraban, burlones—. ¿Así que usted es la Sociedad NGB? Nora Gail Burton —dijo Alex quedamente.

—En efecto.

—Usted firmó la carta que me enviaron.

—Ayudé a redactar el borrador.

Las largas y cuidadas uñas de Nora se hundieron en el exuberante pelaje del gato al rascarle detrás de las orejas.

—No me gusta lo que está tratando de hacer usted aquí, señorita Gaither. No me gusta en absoluto. Está a punto de mandar al garete los planes de expansión que tan cuidadosamente he preparado.

—Si no recuerdo mal, la Sociedad NGB se propone construir un complejo hotelero junto al hipódromo Purcell Downs.

—En efecto. Con campo de golf, circuito de *putting* para los que empiezan, pistas de tenis y piscina. Lo que quiera. Tendrá de todo.

—¿Con puta incluida en cada habitación?

Nora Gail soltó otra de sus displicentes risotadas sin darse por ofendida.

—No. Pero ¿quién mejor para enseñarle a la gente a pasarlo bien que una vieja puta? Tengo a los mejores arquitectos del sector trabajando en los planos. Será algo espectacular, de lo más llamativo, que es lo que le gusta al turismo. Todo el que llega a Texas desde otro Estado, sobre todo si es de la costa este, nos considera cursis, bastos y sin gusto. No quiero decepcionar a mis clientes.

—¿Y tiene usted dinero para construir una cosa así? —preguntó Alex, cuyo enojo pudo menos que su curiosidad.

—He ahorrado lo bastante para permitírmelo. Mire, guapa, por estas escaleras han subido más vaqueros, camioneros, mafiosos, ejecutivos, gobernantes y aspirantes a gobernantes de lo que podría contar —dijo, señalando las escaleras—. Aunque, la verdad es que sí: podría decirle cuántos, cuánto rato se quedan, lo que hacen, lo que beben y lo que fuman; todo lo que quiera saber. Mis archivos son así de meticulosos. Soy una puta, pero una puta listísima. No se hace carrera en este negocio con sólo hacer que se corran. Se hace carrera haciéndolos correr en seguida, para poder pasar al siguiente. Y haciendo que se gasten más de lo que tenían intención.

Nora se recostó en el respaldo y acarició al gato.

—Sí —prosiguió—, tengo el dinero. Y, lo que es más importante, tengo cerebro para hacer una fortuna con él. Con el complejo hotelero me dignificaré. No tendré que volver a chupar una polla dura salvo que lo desee; ni volver a escuchar el rollo de los tipos que dicen que sus esposas no los entienden. Vivo deseando que llegue el día de poder dejar este lugar e instalarme en la ciudad, erguir la cabeza y decir «jódete» a todo aquel al que no le guste tenerme por vecina —añadió, señalando con el cigarrillo a Alex—. No necesito que ninguna enteradilla venga aquí a joderme el negocio.

Todo un discurso. Alex no podía evitar sentirse fascinada, aunque no intimidada.

—Sólo pretendo resolver un caso de asesinato.

—Pero desde luego no lo hace ni por la Ley ni por el orden. Al Estado le importa un bledo lo del asesinato de Celina Gaither. De lo contrario ya lo habrían investigado hace años.

—Con eso no hace sino reconocer que está justificado reabrir el caso.

Nora Gail se encogió de hombros con elegancia.

—Quizá desde un punto de vista legal, pero no desde el personal. Mire, nena, siga mi consejo. Le hablo como le hablaría a una de mis chicas cuando las cosas no le van bien

—dijo inclinándose hacia delante—. Vuélvase a su casa. Deje aquí las cosas tal como están. Será lo mejor para todos, y especialmente para usted.

—¿Sabe quién asesinó a mi madre, señora Burton?

—No.

—¿Cree que fue Gooney Bud quien la mató?

—¿Aquel pobre idiota inofensivo? No.

—¿Entonces sospecha usted de otra persona? ¿De quién?

—No pienso decírselo.

—¿Ni siquiera bajo juramento ante un tribunal?

—Nunca inculparía a mis amigos —dijo, meneando su inmaculado peinado.

—¿Como Reede Lambert?

—Como Reede Lambert —repitió Nora Gail con firmeza—. Lo somos desde hace mucho tiempo.

—Eso he oído.

Oír a Nora Gail chascar la lengua desdeñosamente encrespó a Alex.

—¿Le molestaría saber que Reede y yo follábamos hasta hartarnos?

—¿Y por qué tendría que molestarme?

Sin dejar de mirar a Alex, Nora envió una bocanada de humo hacia el techo y apagó el cigarrillo en un cenicero de cristal.

—Usted sabrá, nena.

Alex se irguió, tratando de volver a adoptar la actitud propia de un fiscal.

—¿Estaba él con usted la noche en que mataron a mi madre?

—Sí —repuso, sin un instante de vacilación.

—¿Dónde?

—Creo que en mi coche.

—¿Follando hasta hartarse?

—¿Y a usted qué le importa?

—Mi interés es estrictamente profesional —replicó Alex—. Quiero comprobar la coartada de Reede Lambert. Necesito saber dónde estaban, qué hicieron y durante cuánto tiempo.

—No veo qué importancia pueda tener eso.

—La importancia la decido yo. Además, ¿qué puede importarle decírmelo ahora a mí? Estoy segura de que ya debió de decírselo a los agentes que la interrogaron entonces.

—Nadie me lo preguntó.

—¿Cómo? —exclamó Alex.

—Nadie me preguntó nunca nada. Me parece que Reede les dijo que había estado conmigo y le creyeron.

—¿Y estuvo con usted toda la noche?

—Podría jurarlo ante un tribunal.

Alex le dirigió una escrutadora mirada.

—¿Pero estuvo de verdad con usted?

—Juraría ante un tribunal que estuvo conmigo —insistió Nora abriendo los ojos con expresión desafiante.

Era un callejón sin salida. Alex decidió dejar de darse con la cabeza contra la pared: le acabaría doliendo.

—¿Hasta qué punto conocía usted a mi madre?

—Lo bastante como para no llorar su muerte.

La sinceridad de Nora era semejante a la de Stacey Wallace. Alex debería estar ya acostumbrada, pero no lo estaba.

—Mire, nena, lamento decirlo con tanta brusquedad, pero no me gustaba su madre. Sabía que Junior y Reede la querían. La tentación fue demasiado fuerte.

—¿Qué tentación?

—Enfrentarlos; ver hasta dónde podía llegar. Después de que mataran a su padre, volvió a jugar con ellos. Reede se mostró remiso a perdonarla tras quedarse embarazada, pero Junior no. Creo que vio su oportunidad y la aprovechó; el caso es que empezó a cortejarla a fondo. A los padres de él no les hacía ninguna gracia. Stacey Wallace estaba a punto de tirarse de un quinto piso. Pero, daba la impresión de que, pese a todo, Junior acabaría consiguiendo a Celina. Procuró que todo el mundo se enterara de que, en cuanto terminase los estudios, se casaría con Celina. Su abuela se moría por ese matrimonio. Siempre había tenido celos de Reede y estaba entusiasmada con la idea de que Junior Minton se convirtiese en su yerno.

Nora hizo una pausa para encender otro cigarrillo. Alex aguardó, impaciente, con un nudo en la garganta ante la creciente tensión.

—¿Qué tal le sentó a Reede el proyectado matrimonio entre Celina y Junior? —preguntó Alex cuando Nora hubo encendido el cigarrillo.

—Seguía encabronado con Celina, pero le importaba... ¡y cómo! Por eso fue a verme aquella noche. Celina había ido al rancho a cenar. Reede supuso que Junior aprovecharía la ocasión para plantear la cuestión y que al día siguiente estarían prometidos.

—Pero al día siguiente Celina estaba muerta.

—En efecto, nena —dijo Nora Gail con frialdad—. Y, en mi opinión, fue la mejor solución para ellos.

Como si tras su punto final hubiese querido añadir rotundidad a su sorprendente afirmación, se oyó un disparo.

34

—¡Dios santo! ¿Qué ha sido eso! —exclamó Alex, levantándose de la silla.

—Un tiro, me parece.

Nora Gail conservó la calma de un modo admirable, pero ya estaba junto a la puerta cuando el hombre que había recibido a Alex la abrió de golpe.

—¿Hay alguien herido?

—Sí, señora. Le han pegado un tiro a un cliente.

—Telefonea a Reede.

—Sí, señora.

Peter se precipitó hacia el teléfono de la mesa. Nora salió del despacho. Alex la siguió. La *madame* descorrió las cortinas con una teatral gesticulación y vio en seguida lo que pasaba. Alex miró desde detrás de Nora.

Dos hombres, que Alex supuso que debían de ser los matones del local, habían reducido a otro y lo sujetaban contra la lujosa barra del bar. Varias jóvenes con poca ropa se ocultaban tras sillones y sofás, de terciopelo púrpura. Otro hombre estaba tendido en el suelo, sobre un charco de sangre que había puesto perdida una alfombra oriental azul pastel.

—¿Qué ha pasado?

Al no obtener respuesta, Nora Gail repitió la pregunta con mayor energía.

—Han empezado a pelearse —dijo al fin una de las

prostitutas—. Y cuando hemos querido darnos cuenta ya había sacado la pistola —añadió, señalando al suelo, donde se veía el revólver a los pies del hombre tendido.

—¿Y por qué se han peleado?

Tras un largo silencio, una de las chicas alzó medrosamente la mano.

—Ve a mi despacho y quédate allí.

El tono de Nora Gail era tan cortante como las aristas del hielo. Daba a entender que la chica tenía que haber sabido cómo evitar un incidente de esa clase.

—Las demás, id arriba y no os mováis hasta que se os diga.

Nadie replicó. Nora Gail las llevaba muy derechas. Las jóvenes pasaron junto a Alex como un torbellino de mariposas. Se cruzaron en las escaleras con varios hombres que bajaban de estampida, acabando de vestirse mientras corrían. Todos sin excepción salieron por la puerta delantera sin ladear la cabeza ni un milímetro.

Era una escena cómica, pero no para reírse. A Alex se la llevaban los demonios. Estaba familiarizada con la violencia, pero leer informes policiales sobre delitos de sangre no era lo mismo que verlos en primera fila. La vista y el olor de la sangre humana impresionaba con su escueto realismo.

Nora Gail dirigió un ademán a Peter, que acababa de llegar a su lado, y le señaló al hombre tendido. Peter se arrodilló junto a él y puso sus dedos sobre la carótida.

—Está vivo.

Alex notó que Nora Gail había perdido parte de su aplomo. Había hecho frente a la situación con calma, pero estaba afectada. El incidente le preocupaba más de lo que pretendía aparentar.

Al oír el ruido de una sirena, Nora Gail fue hacia la puerta y estaba ya en el umbral al irrumpir Reede.

—¿Qué ha pasado, Nora?

—Ha habido una pelea por una de las chicas —dijo ella—. Le han disparado a uno, pero está vivo.

—¿Dónde está? La ambulancia está... —dijo Reede, que se interrumpió en seco al ver a Alex, primero sin poder dar crédito a sus ojos y luego con el rostro rojo de ira—. ¿Pero se puede saber qué haces aquí?

—Trabajar en mi investigación.

—Ni investigación ni mierda —le espetó él—. Haz el puñetero favor de salir de aquí.

El hombre herido gimió y atrajo la atención de Reede.

—Le sugiero que se ocupe de sus propios asuntos, sheriff Lambert —replicó Alex con aspereza.

Reede soltó un taco al arrodillarse junto al herido. Al ver lo mucho que sangraba, sin embargo, dejó a un lado a Alex y se concentró en la víctima.

—¿Cómo se siente, vaquero?

El herido gimió.

—¿Cómo se llama?

El herido abrió desmesuradamente los ojos. Había comprendido la pregunta, pero no parecía en condiciones de poder contestarla. Reede le separó la ropa con delicadeza hasta que localizó la herida. Tenía un tiro en el costado, casi a la altura de la cintura.

—No se va a morir —le dijo—. Aguante ahí quieto unos minutos más. En seguida viene una ambulancia.

Reede se incorporó entonces y se dirigió hacia el hombre que seguía sujetado por los matones. Estaba de pie, con la cabeza gacha.

—¿Y qué hay de ti? Dime tu nombre, anda —dijo Reede, levantándole la barbilla—. Vaya, estás en un lío, Lewis —dijo al reconocerle—. Creía que ya había visto bastante tu asqueroso pellejo. No tomaste mi advertencia en serio, ¿eh? No sabes con qué placer te acogeré de nuevo en mi celda.

—Que te den por el culo, Lambert —le espetó el tipo con insolencia.

Reede echó el brazo hacia atrás con el puño cerrado y le hundió el estómago de un puñetazo hasta casi la espina dorsal. Lewis se dobló hacia delante, pero sólo hasta que

Reede le lanzó otro puñetazo a la barbilla. Luego lo agarró de las solapas y lo estampó contra la pared.

—Eres un bocazas, Lewis —le dijo Reede con calma, apenas agitado por el ejercicio—. Ya comprobarás lo bocazas que eres cuando te pases un par de meses en un lugar donde los chicos malos te darán semen para desayunar todas las mañanas.

El tipo gimió de impotencia. Cuando Reede lo soltó, resbaló por la pared hasta quedar hecho un patético ovillo en el suelo. Dos agentes entraron en la sala mirando, embobados, la ostentosa decoración.

—Se ha resistido —dijo tranquilamente Reede, señalando a Lewis y ordenando que lo esposaran, le leyesen sus derechos y lo llevasen detenido bajo la acusación de intento de asesinato.

Luego, Reede habló con el equipo médico, que llegó tras los agentes y estaba atendiendo al herido.

—Ha perdido mucha sangre —le dijo uno de ellos a Reede, a la vez que introducía una aguja en el brazo de la víctima—. Es grave, pero no mortal.

Satisfecho de que todo pareciese estar controlado, la atención de Reede volvió a fijarse en Alex y, congiéndola del brazo, la llevó a rastras hasta la puerta.

—Suéltame.

—A menos que Nora Gail te haya contratado, no tienes nada que hacer aquí. Y tú, Nora, cierra por esta noche.

—Es que hoy es viernes, Reede.

—Me da igual. Y no dejes salir a nadie; habrá que interrogar a los testigos.

Llevó bruscamente a Alex escaleras abajo hasta el Blazer, casi embutiéndola en el asiento antes de cerrar por su lado de un portazo; luego pasó al otro lado y se puso al volante.

—Tengo mi coche allí —dijo ella, porfiando—. Puedo volver sola a la ciudad.

—Mandaré luego a un agente para que lo recoja —dijo

él, dando el contacto—. ¿Qué ocurrencia ha sido esa de venir aquí?

—No sabía lo que era hasta que he llegado.

—Y al verlo, ¿por qué no te has marchado?

—Quería hablar con Nora Gail. Es una muy antigua y buena amiga tuya, tengo entendido —dijo ella con burlona suavidad.

Al llegar a la bifurcación de la autopista se cruzaron con uno de los coches patrulla. Reede le indicó al agente que se detuviese y bajó el cristal de la ventanilla.

—Dame tus llaves —le dijo a Alex.

Alex se las pasó, porque vio claro que no le iba a dejar alternativa y porque, pese al valor que le echaba, estaba temblando.

Reede le tiró las llaves al agente y le indicó que su compañero recogiese el coche de la señorita Gaither y lo llevase al motel Westerner cuando terminase de ocuparse del detenido. Luego aceleró hacia la autopista.

—¿Y no sientes la menor culpabilidad? —le preguntó Alex.

—¿Por qué?

—Por hacer la vista gorda ante una casa de putas en tu condado.

—No.

Ella lo miró perpleja.

—¿Y cómo es eso? ¿Porque la *madame* es una vieja amiga tuya?

—No del todo. El local de Nora Gail concentra a los pendencieros potenciales en un solo lugar. Sus matones los mantienen a raya.

—Salvo hoy.

—Hoy ha sido una excepción. Ese mierda no trae más que problemas dondequiera que va.

—Debería denunciarte por brutalidad policial.

—Se venía buscando eso y más. Quedó libre la última vez que estuvo delante de un juez, por puñeterías técnicas. Pero esta vez pasará una larga temporada en la cárcel.

Y, por cierto, han cogido a Lyle Turner en Nuevo México. Ha confesado haber degollado a Pasty Hickam por tirarse a su Ruby Faye. El asunto nada tuvo que ver contigo, así que ya puedes dejar de mirar hacia atrás a ver si te sigue el coco.

—Gracias por la información —dijo ella, que se sintió aliviada por la noticia, aunque no podía quitarse de la cabeza lo sucedido—. No trates de hacer que deje a un lado mis preocupaciones profesionales. No voy echar tierra sobre ningún asunto. A Pat Chastain le encantaría saber que hay un burdel funcionando delante de sus narices.

Reede se echó a reír. Se quitó el sombrero, se alisó el pelo y meneó la cabeza como descorazonado por la ingenuidad de Alex.

—¿Conoces a la señora Chastain?

—¿Qué tiene eso que...?

—¿La conoces?

—No. Sólo he hablado con ella por teléfono.

—Es una bruja, habitual del club de campo, una huesuda de piel bronceada que lleva encima más joyas que un chulo, incluso jugando al tenis. Es de las que cree que su mierda no huele. ¿La sitúas? Le gusta ser la esposa del fiscal, pero tener al fiscal en la cama ya no le gusta tanto.

—No me interesan...

—Su idea del precalentamiento es «Anda, date prisa y no me estropees el peinado». Y probablemente preferiría morirse antes de dejar que él se le corriese en la boca.

—Eres asqueroso.

—En el burdel de Nora Gail, Pat tiene una favorita que se la chupa y finge que le gusta, así que no moverá un dedo para cerrar el local. Si fueses lista, algo que empiezo a dudar seriamente, no le incomodarías insinuándole siquiera que sabes que existe el local de Nora Gail. Y ni si te ocurra hablar de ello con el juez Wallace. Él no va nunca, pero sí todos sus amigos. Ni en broma les aguaría la fiesta.

—Dios mío, ¿pero es que hay alguien que no participe de la corrupción en este condado?

—¡Por Dios, Alex!, abre ya los ojos. No hay nadie en este condenado mundo que no participe de la corrupción. Debes de ser la única que, después de pasar por la Facultad de Derecho, sigue creyendo que la Ley se basa en la moralidad. Todo el mundo es culpable de algo. Todo el mundo tiene un secreto. Con suerte, el secreto del otro es más fuerte que el tuyo; lo puedes utilizar entonces para que guarde silencio sobre el tuyo.

—Me alegro de que hayas sacado el tema. Fue con Nora Gail con quien estuviste la noche que mataron a Celina.

—Enhorabuena. Al fin has dado una en el clavo.

—No ha sido por casualidad, pues me lo dijo Wanda Plummet.

—¿Cómo adivinaste que era ella? —dijo él, sonriendo.

—No lo adiviné —admitió ella de mala gana—. La reconocí en una fotografía de un anuario. Podías habérmelo dicho, Reede.

—Podía. Pero habrías empezado antes a incordiarla.

—No la incordié. Se mostró muy abierta.

—Estaría asustada. No puedes imaginar, viéndola ahora, lo liante que era.

—Prefiero que hablemos de Nora Gail. ¿Estuviste con ella toda la noche, la noche que mataron a mi madre?

—¿De verdad te gustaría saberlo?

—¿Qué estuvisteis haciendo?

—Adivina.

—¿Haciendo el amor?

—Jodiendo.

—¿Dónde?

—En su casa.

—Nora Gail me ha dicho que estuvisteis en su coche.

Reede esquivó con el Blazer a un granjero que iba en una camioneta.

—Puede. En el coche, en su casa, ¿qué más da? No lo recuerdo.

—Antes habías estado en el rancho.

—Sí, ¿y qué?

—Cenaste allí.

—Ya hemos hablado de eso.

—Aquélla era una ocasión especial... Celina fue a cenar.

—¿Pero es que no recuerdas que ya hablamos de eso?

—Lo recuerdo. Me dijiste que te marchaste antes de los postres porque la tarta de manzana no te gusta.

—No, la de cereza, que tampoco me gusta.

—Pero no fue por eso por lo que te marchaste, Reede.

—¿No? —dijo él, dejando un instante de concentrarse en la carretera para mirarla.

—No. Te marchaste por que temías que Junior le propusiese el matrimonio allí aquella noche. Y temías aún más que ella aceptase.

Reede detuvo el Blazer bruscamente frente a la habitación del motel. Bajó y dio la vuelta para abrirle a Alex, casi desencajando la puerta al hacerlo. La cogió del brazo y tiró de ella hacia la habitación.

—No me equivoco, ¿verdad?

—No. Fui a ver a Nora Gail para calmarme.

—¿Y lo conseguiste?

—No. Volví al rancho y encontré a Celina en el establo de las yeguas. Cómo coño sabía yo que ella iba a estar allí es algo que tendrás que argumentarlo tú, señoría —dijo con sorna—. Entonces saqué el bisturí de mi bolsillo. Porque se lo robé al veterinario del maletín, pudiendo estrangularla con mis propias manos, es algo que también tendrás que ver cómo te las arreglas para argumentar. Entre tanto, piensa en dónde oculté el bisturí al quitarme la ropa para tirarme a Nora Gail que, con toda probabilidad, habría notado que lo llevaba. Pero, bueno, da lo mismo. El caso es que apuñalé repetidamente a Celina con el bisturí. Luego, dejé el cuerpo allí tranquilamente confiando en que Gooney Bud andaría rondando, la vería, trataría de ayudarla y al hacerlo se mancharía de sangre.

—Así es exactamente como creo que sucedió.

—Tienes una empanada mental, y creo que un Gran Jurado pensaría lo mismo.

Visiblemente irritado, Reede la empujó hacia la puerta.

—Tienes las manos manchadas de sangre —dijo ella con voz temblorosa.

Reede se las miró.

—Ya me las he manchado otras veces.

—¿La noche que asesinaste a Celina?

Los ojos de Reede buscaron los de Alex. Su voz sonó bronca y amenazadora al contestarle, con el rostro muy cerca del suyo.

—No, la noche que ella intentó abortarte.

35

Alex lo estuvo mirando con los ojos en blanco durante varios segundos. Y, entonces, se abalanzó sobre él. Le arañó la cara y le dio patadas en las espinillas. Él gruñó de dolor, sorprendido por su reacción, y ella le propinó una patada en la rodilla.

—¡Mentiroso! ¡Mientes! ¡Mientes! —gritó Alex, tratando de darle un bofetón que él evitó.

—Basta —dijo él, asiéndola de las muñecas para protegerse el rostro.

Ella forcejeó, tratando de desasirse, mientras seguía dándole patadas.

—No te miento, Alex.

—Ya lo creo que mientes. Hijo de puta. Sabes que mientes. Mi madre no habría hecho eso. Ella me quería. ¡Me quería!

Alex se revolvía como una gata salvaje. El furor y la adrenalina impulsaban a su organismo, dotándola de más fuerzas de las que tenía. No podía, claro está, con él, pese a ello. Sujetando con su mano izquierda las muñecas de Alex, le sacó la llave del bolso y abrió la puerta. Irrumpieron ambos, tropezando, y Reede cerró la puerta de una patada.

Ella lo embistió con la cabeza, cubriéndolo de insultos y tratando de desasirse las muñecas. Movía la cabeza de uno a otro lado como una demente.

—Basta ya, Alex —le ordenó él, furioso.

—Te odio.

—Lo sé. Pero no te he mentido.

—¡Sí me has mentido! —exclamó ella sin parar de forcejear ni de darle patadas.

Él la echó de un empujón en la cama, inmovilizándola con el peso de su cuerpo. Sin aflojar un ápice la presión en sus muñecas, le tapó la boca con la otra mano. Ella intentó morderle, y él replicó apretando más, imposibilitándole mover la mandíbula, a riesgo de rompérsela.

Ella lo fulminaba con la mirada. Sus pechos subían y bajaban aparatosamente, al compás de su respiración. Él inclinó la cabeza sobre la de Alex, con el pelo caído hasta las cejas, respirando profundamente hasta recobrar el aliento.

Luego le levantó la cabeza y la miró fijamente a los ojos.

—No quería que lo supieses —dijo él, con voz baja y entrecortada—, pero no has parado de provocarme. He perdido los estribos. Ya está dicho, y no tiene remedio, pero te juro por mi honor que es la verdad.

Ella trató de confirmar con la cabeza la negativa que expresaban sus ojos. Arqueó la espalda, intentando desasirse, pero no lo logró.

—Escúchame, Alex —dijo él, furioso—. Nadie supo lo del embarazo de Celina hasta aquella noche. Hacía varias semanas que había regresado de El Paso, pero yo aún no había ido a verla; ni siquiera la había llamado. Sentía mi orgullo herido. Trataba de hacérselo purgar, de una manera un tanto pueril —añadió, meneando la cabeza con expresión pesarosa—. Estábamos jugando el uno con el otro, de una manera infantil y estúpida, propia de adolescentes. Al final, decidí perdonarla. —Reede sonrió con amargura, como riéndose de sí mismo—. Fui a verla el miércoles por la noche, porque sabía que tu abuela había ido al servicio religioso de la iglesia baptista. Al terminar el servicio religioso, siempre se quedaba a ensayar con el coro; así que sabía que Celina y yo podríamos tener un par de horas para aclarar las cosas. Al llegar, llamé varias veces pero no salió a abrir. Sabía que estaba en casa. Las luces de la parte trasera, donde estaba su habitación, estaban encendidas. Pensé que estaría en la ducha o con la radio tan alta que no me oía, y fui por detrás.

Alex seguía inmóvil bajo el cuerpo de Reede. Ya no lo miraba con animosidad, pero sus ojos estaban bañados en lágrimas.

—Miré a través de la ventana de su dormitorio —prosiguió él—. Tenía las luces encendidas, pero ella no estaba. Llamé con los nudillos en el cristal de la ventana. No contestó, pero vi su sombra moverse en la pared del cuarto de baño, a través de la puerta entornada. Comprendí que me oía, pero no quería salir. Entonces... —Reede entornó los ojos y mostró los dientes con una mueca de dolor antes de proseguir—. Me estaba poniendo nervioso, porque creí que todo lo que pretendía era hacerse de rogar. Abrió entonces un poco más la puerta del cuarto de baño y la vi allí de pie. Durante unos segundos sólo tuve ojos para su cara, porque hacía mucho que no la veía. Ella estaba mirándome también, perpleja, como si preguntase: «¿Y ahora qué?». Y entonces fue cuando vi la sangre. Iba en camisón y lo tenía manchado de sangre por delante.

Alex cerró los ojos. Grandes lagrimones brotaron de sus temblorosos párpados empapando los dedos de Reede.

—Me entró pánico —dijo él con la voz ronca—. Entré en la casa, ni siquiera recuerdo cómo, creo que abriendo la persiana. El caso es que instantes después estaba en su dormitorio, abrazándola. Terminamos rodando por el suelo, con ella hecha un ovillo entre mis brazos. No quería decirme lo que le pasaba. Yo le grité, zarandeándola. Al final, ella apoyó la cabeza en mi pecho y musitó: «El niño». Entonces comprendí lo que significaba la sangre y de dónde procedía. La aupé, corrí con ella hacia fuera y la metí en mi coche.

Reede hizo una pausa, pensativo. Al reemprender la historia de lo ocurrido la emoción que enronquecía su voz desapareció. Su tono fue más bien frío.

—Había un médico aquí que se prestaba a hacer abortos. Todo el mundo lo sabía, pero nadie hablaba de ello porque el aborto todavía era ilegal en Texas. La llevé a él. Llamé a Junior y le dije que trajese dinero. Se reunió con nosotros allí y ambos nos quedamos en la sala de espera mientras el médico la atendía.

La miró detenidamente antes de separar la mano de su cara. Le había dejado un rodal blanco en todo el contorno del mentón, que subrayaba la cadavérica palidez de Alex, desmadejada bajo su cuerpo e inmóvil como una muerta. Le limpió las lágrimas de las mejillas con las yemas de los dedos.

—Ojalá te pudras si me mientes —balbució ella.

—No te miento. Puedes preguntárselo a Junior.

—Aunque dijeses que lo blanco es negro, Junior te secundaría. Le preguntaré al médico.

—Murió.

—Vaya —exclamó ella con una amarga sonrisa—. ¿Y qué utilizó mi madre para intentar matarme?

—Dejémoslo, Alex.

—Dímelo.

—No.

—¿Qué utilizó?

—Da lo mismo.

—¡Dímelo, puñeta!

—Una aguja de hacer punto de tu abuela.

Las palabras de Reede restallaron como un latigazo. El súbito silencio que siguió fue ensordecedor.

—Oh, Dios —gimió Alex, mordiéndose el labio inferior y hundiendo su rostro en la almohada—. Oh, Dios.

—Chist, Alex, no llores. Celina no te hizo daño. Sólo se hizo daño a sí misma.

—Pero quiso hacérmelo. No quería que naciese —dijo con unos sollozos que hicieron estremecer todo su cuerpo—. ¿Y por qué no se deshizo de mí el médico a la vez que la atendía?

Reede no contestó.

Alex alzó la cabeza y lo miró, cogiéndolo de la camisa con ambas manos.

—¿Por qué, Reede?

—Él lo propuso.

—¿Y por qué no lo hizo?

—Porque le dije que si lo hacía lo mataría.

Una intensa emoción estremeció el cuerpo de ambos; una emoción tan fuerte que la dejó sin respiración y con una dolorosa opresión en el pecho que la hizo articular un sonido ininteligible. Sus dedos aflojaron por un instante su presa, la camisa de Reede, pero luego volvió a sujetarlo, y con más fuerza, atrayéndolo hacia sí. Arqueó su espalda sobre la cama, pero no para desembarazarse de él como antes sino para acercarse más.

Reede hundió los dedos en su pelo, le aupó la cabeza y apretó su boca contra la suya; le separó los labios, húmedos y receptivos. Introdujo su lengua profundamente en su boca.

Alex liberó frenéticamente sus brazos de las mangas del chaquetón y rodeó el cuello de Reede. Él alzó la cabeza y la miró con fijeza. Alex tenía ojeras de tanto llorar, pero el azul de sus ojos tenía una transparencia cristalina al devolverle la mirada. Alex era consciente de lo que hacía. Eso era todo lo que él necesitaba saber.

Reede deslizó el pulgar por los labios de Alex, húmedos e hinchados a causa de la presión de su beso. Sólo podía pensar en besarla, y lo hizo con mayor intensidad aún.

El cuello de Alex estaba arqueado y vulnerable a los labios de Reede al separarlos él de su boca. Él la atrajo delicadamente hacia sí y acarició su cuello con la punta de la lengua; la besó en la oreja y en la base del cuello y, al encontrar el obstáculo de la ropa, la sentó en la cama y le quitó el suéter.

Echados boca arriba, su respiración era entrecortada

y audible, lo único que se oía en la habitación. Le desabrochó el sostén y dejó libres sus senos, cálidos y henchidos de excitación. Se los acarició y mordisqueó con los labios uno de sus pezones. Su presión bastó para que ella sintiese una contracción en el útero y aumentase su deseo. Cuando el pezón estuvo erguido, jugueteó con él con la punta de la lengua.

Alex gritó su nombre, con una emoción en la que se mezclaban el pánico y el gozo. Él hundió su rostro en sus senos, ciñendo su cuerpo con un brazo a la vez que se quitaba la chaqueta con la mano libre. Alex empezó a desabrocharle la camisa. Él liberó la falda de la cremallera y de los botones y se la bajó, arrastrando al mismo tiempo la braguita. Alex dejó resbalar los dedos por el denso vello de su pecho y cubrió de besos sus suaves músculos, restregando la mejilla contra su distendido pezón.

Volvieron a cambiar de postura. Ella logró quitarse los zapatos y las medias antes de que él volviera a echarse encima de ella y deslizase la mano por su vientre hasta la entrepierna.

Su mano cubrió completa y posesivamente su monte. Con el pulgar le separó los labios de la vulva, descubriendo el tenso y excitado clítoris. Sus dedos se impregnaron de su cremosidad y humedeció el clítoris con el fluido de su propio deseo.

Al oírla gemir de placer, bajó la cabeza y la besó en el vientre y fue bajando hasta encontrar sus rizos y besar la cara interior de sus muslos.

Torpemente, él se desabrochó la bragueta y cogiéndole una mano la apretó contra su pene erecto. Cubrió sus senos con las manos y acarició delicadamente los pezones con las palmas. Él se dio impulso, con suavidad, pero con la suficiente firmeza como para penetrarla.

Pero no pudo.

Lo intentó de nuevo y encontró la misma resistencia. Se aupó entonces y le dirigió una mirada de incredulidad. «¿O sea que eres...?»

Alex respiraba con dificultad y sus ojos se esforzaban por mantenerse fijos en él. Su garganta dejaba escapar tenues gemidos de ansiedad. Sus manos se movían inquietas, ávidas, por sus pechos, por su nuca y por sus mejillas. Las yemas de los dedos acariciaron sus labios.

La intensa sensualidad que los embargaba y la fiebre que los consumía le hicieron perder el mundo de vista. Apretó más y se hundió en ella por completo. El desgarrado suspiro de Alex fue el sonido más erótico que había oído en su vida, lo inflamó de placer.

—Dios —gimió—. Oh, Dios.

El instinto se impuso, y Reede empezó a mover sus caderas con la ancestral fuerza que desencadena el deseo de posesión y de culminación. Cogiendo su cabeza entre las manos la besó en la boca con incontenible pasión. Llegó a un clímax de indescriptible intensidad que hacía estremecer su espíritu, que parecía eterno, y que, sin embargo, hubiese deseado prolongar aún más.

Transcurrieron varios minutos antes de que la excitación hiciese apremiante el orgasmo. Quería contenerse, pero, al mirarla, toda idea de prolongarlo se desvaneció.

Ella tenía la cabeza ladeada, con una mejilla apoyada en la almohada. Parecía frágil y como hechizada. Al ver la tenue palpitación de su cuello, y la marca que le había dejado su boca, Reede se sintió como un violador. Contrito y despreciándose, separó sus dedos del ensortijado de su pelo.

Ambos sintieron un violento sobresalto al oír llamar a la puerta. Alex buscó frenéticamente el borde de la colcha y se cubrió con ella. Reede saltó de la cama y se embutió los tejanos.

—¿Está usted ahí, Reede?

—Sí —dijo él a través de la puerta.

—Yo, bueno, tengo las llaves de la señorita Gaither aquí. ¿Recuerda que me dijo usted que...?

El agente se interrumpió al abrir Reede la puerta.

—Lo recuerdo —dijo Reede sacando la mano, sobre

la que el agente dejó las llaves—. Gracias —añadió Reede escuetamente, antes de volver a cerrar.

Reede tiró las llaves sobre una mesita redonda que había junto a la ventana. El ruido que hicieron al caer sobre la chapa de madera resonó como un címbalo. Reede se agachó a recoger la camisa y la zamarra, que había dejado caer del borde de la cama en un momento que entonces parecía borrado de su memoria; mientras se lo ponía, vio que Alex estaba echada boca abajo.

—Sé que ahora te odias, pero quizá te conforte saber que yo también había preferido que no hubiera sucedido.

Ella alzó la cabeza y la ladeó, dirigiéndole una larga y escrutadora mirada. Buscaba en él ternura, comprensión y amor. Pero las facciones de Reede permanecían impasibles y sus ojos parecían los de un extraño. No había delicadeza ni asomo de sentimientos en su ausente mirada. Parecía insensible, inconmovible.

Alex tragó saliva, tratando de ahogar su dolor.

—Bueno —dijo ella, intentando replicar a su alejamiento—, ahora estamos en paz, sheriff. Tú me salvaste la vida antes de que naciese. Yo te he dado lo que siempre deseaste de mi madre sin conseguirlo.

Reede cerró los puños como si quisiera golpearla. Luego, con desmañados movimientos, Reede Lambert terminó de vestirse. Ya con la puerta entreabierta, se volvió para despedirse.

—Sea cual sea la razón que hayas tenido para hacerlo, gracias. Para ser virgen, jodes muy bien.

36

Junior se sentó sobre el anaranjado plástico de un rincón de la cafetería del motel Westerner. Su contagiosa sonrisa se desvaneció en cuanto vio la cara de Alex.

—¿No te encuentras bien, cariño?

Alex sonrió desmayadamente.

—No. ¿Café? —preguntó señalando a la camarera.

—Sí —dijo él distraídamente.

La camarera le tendió una carta de plástico, pero él la rechazó con un ademán.

—Sólo café.

Después de que se lo hubo servido, Junior se inclinó sobre la mesa y le habló a Alex en voz baja, casi susurrante.

—Me ha encantado que me llamases esta mañana, pero es obvio que se debe a que pasa algo grave. Estás pálida como la cera.

—Pues tendrías que verme sin las gafas de sol —dijo, subiéndoselas y bajándoselas en un intento de bromear.

—¿Qué pasa?

Ella se recostó en el brillante respaldo de plástico y ladeó la cabeza para mirar a través de la sombreada ventana. Lucía el sol y sus gafas no parecían fuera de lugar; más bien realzaban lo espléndido del día.

—Reede me ha contado el intento de abortar de Celina.

Junior no reaccionó de inmediato. Pero luego soltó entre dientes una retahíla de tacos. Tomó un sorbo de café y empezó a decir algo. Pero se lo pensó mejor y entonces meneó la cabeza con visible enojo.

—Pero ¿qué narices le pasa a ése? ¿Por qué ha tenido que decírtelo?

—¿Así que es verdad?

Junior bajó la cabeza y miró su taza de café.

—Ella tenía sólo diecisiete años y estaba embarazada de un tipo de quien ni siquiera estaba enamorada, de un tipo que se iba a Saigón. Estaba asustada. Estaba...

—Me hago cargo de la situación, Junior —lo interrumpió con impaciencia—. ¿Por qué siempre la defiendes?

—Será la costumbre, digo yo.

Alex, avergonzada de su agresividad, se tomó un instante para calmarse.

—Por qué lo hizo, ya lo sé. Pero lo que me resulta incomprensible es que pudiera hacerlo.

—También a nosotros —admitió él de mala gana.

—¿A vosotros?

—A Reede y a mí. Él le dio sólo dos días para recuperarse antes de que la llevásemos en avioneta a El Paso para arreglar el asunto —dijo, tomando un sorbo de café—. Nos encontramos en la pista del aeródromo nada más oscurecer.

Alex le había preguntado a Reede si había llevado a Celina alguna vez a volar de noche. En una ocasión, había contestado él. «Y Celina había pasado mucho miedo», había añadido.

—¿Y qué hizo?, ¿robar un avión?

—Tomó prestada una avioneta, por decirlo con sus propias palabras. Creo que Moe sabía lo que Reede llevaba entre manos, pero hizo la vista gorda. Aterrizamos en El Paso, alquilamos un coche y fuimos a la base militar. Reede sobornó a los centinelas para que fuesen a decirle a Al Gaither que tenía allí a unos familiares que querían verle. Me parece que estaba de servicio. El caso es que acudió y lo convencimos para que subiese al coche con nosotros.

—¿Y qué pasó?

Junior la miró muy avergonzado.

—Lo llevamos a un lugar desierto y le dimos una paliza. Temí que Reede lo matase. Y probablemente eso es lo que hubiese hecho de no estar Celina allí, casi con un ataque de nervios.

—¿Es decir que lo coaccionasteis para que se casase con ella?

—Aquella misma noche. Cruzamos la frontera de México —siguió explicando Junior, moviendo la cabeza, contrito, al recordarlo—. Gaither estaba semiinconsciente y apenas pudo articular palabra para el ritual. Reede y yo tuvimos que sostenerlo durante la ceremonia. Luego lo devolvimos a Fort Bliss y lo dejamos tirado en la entrada.

—Lo que no entiendo —dijo Alex— es por qué insistió Reede en que Celina se casase.

—No hacía más que decir que no quería que un hijo de Celina fuese un bastardo.

Alex lo miró fijamente tras los oscuros cristales de sus gafas.

—¿Pues entonces por qué no se casó Reede con ella?

—Se lo pidió.

—¿Dónde estaba el problema entonces?

—En mí. Yo también se lo pedí.

Al ver su perplejidad, Junior tomó aliento para proseguir aclarándoselo.

—Todo esto sucedió la mañana siguiente al inten...

—Sí, entendido. Sigue.

—Celina estaba muy afectada y decía que no podía pensar con claridad. Nos rogó que dejásemos de agobiarla. Pero Reede dijo que tenía que casarse en seguida pues, de lo contrario, todo el mundo descubriría lo sucedido.

—Todo el mundo lo descubrió de todas maneras —dijo ella.

—Reede quería protegerla de las murmuraciones en la medida de lo posible.

—Debo de ser un poco obtusa, pero sigo sin comprenderlo. Celina, con dos hombres que la querían pidiéndole casarse, ¿por qué no quiso aceptar?

—Se negó a elegir entre nosotros —dijo, enarcando las cejas como para concentrarse mejor en la explicación—. Mira, Alex, fue la primera decisión valiente y madura que tomó Celina. Estábamos en nuestro último curso de bachillerato. Bien sabe Dios que Reede no tenía un centavo. Yo sí, pero a mi familia le habría dado un ataque si me hubiese casado antes de terminar los estudios, sobre todo estando embarazada Celina de otro hombre. Además, Celina tenía otra razón, más importante que el dinero o que la aprobación familiar. Sabía que si optaba por uno, en detrimento del otro, habría desecho nuestra amistad para siempre. Uno de nosotros habría estado de más. Al comprenderlo, no quiso romper el triángulo. ¿Curioso, no? Pero sucedió de todas maneras.

—¿Qué quieres decir?

—Las cosas no volvieron a ser igual entre los tres al regreso de El Paso. Estábamos siempre en guardia. Hasta entonces habíamos sido incapaces de ocultarnos nada. —La voz de Junior sonó triste—. Reede no la vio tanto como yo mientras estaba embarazada. Estábamos muy ocupados con los estudios y ella no se movía mucho de casa. Claro que seguíamos con los hábitos propios de amigos inseparables, pero cuando estábamos juntos se nos notaba demasiado que teníamos que hacer un esfuerzo para aparentar que todo seguía como siempre. La noche que trató de abortar se interpuso entre nosotros como un muro. Ninguno de nosotros logró superarlo nunca, por ninguna vía. El muro siempre estaba allí. Nos costaba trabajo hablar. Nuestras risas eran forzadas.

—Pero no la abandonasteis.

—No. El día que naciste, Reede y yo corrimos al hospital. Después de tu abuela, nosotros fuimos las primeras personas a quien conociste.

—Vaya, me alegro —dijo ella con un hilillo de voz.

—Y yo.

—Yo que ella, me habría pegado a uno de vosotros a la primera oportunidad.

La sonrisa de Junior se desvaneció lentamente.

—Reede había dejado de pedirle que se casara con él.

—¿Por qué?

Junior le indicó a la camarera que le volviese a llenar el tazón de café. Luego, cogiéndolo entre las manos, miró en sus oscuras profundidades.

—Nunca la perdonó.

—¿Por Al Gaither?

—Por ti.

Alex se tapó la boca con la mano sin acabar de creer lo que oía. La culpabilidad que había sentido durante toda su vida le oprimía ahora la garganta como una argolla. Al notar Junior su ansiedad, se apresuró a aclarárselo.

—No fue porque tú nacieses. Lo que no pudo perdonarle es que intentase abortar.

—No lo comprendo.

—Mira, Alex, Reede es, por así decirlo, un superviviente nato. Si alguien en este mundo pudo parecer condenado al arroyo, ése era Reede. No tenía la más remota posibilidad de abrirse camino. Cualquier asistente social, en caso de que en Purcell hubiese habido alguno, lo habría señalado y habría dicho: «Ahí hay un futuro desecho de la sociedad. Acabará mal. Ya lo veréis». Pero no; Reede, no. Lucha contra la adversidad. Es un fajador. Es fuerte. Si lo tumban, se levanta y sigue luchando. Y, por otro lado, estaba yo —prosiguió, con una risa sarcástica—. Puedo pasar por alto las debilidades de los demás porque yo tengo demasiadas. Podía comprender el pánico y el temor de Celina. Actuó a la desesperada porque sintió pánico. Reede no puede comprender que alguien se rinda. No pudo soportar ver la debilidad de Celina. Espera tanto de sí mismo que impone el mismo rasero a los demás; un rasero de acuerdo con el cual es imposible vivir. Por eso se siente siempre decepcionado de la gente. No puede ser de otro modo, tal como es él.

—Es un cínico.

—Comprendo que lo veas así, pero no te dejes engañar por su pose de tipo duro. Cuando los demás lo decepcionan, como sucede invariablemente, porque son humanos, se siente herido. Y cuando se siente herido, se comporta mal.

—¿Y se comportó mal con mi madre?

—No, nunca. Su relación había llegado a un extremo en que ella podía herirlo y decepcionarlo más que ninguna otra persona. Pero él no podía pagarle a Celina con la misma moneda, porque la quería demasiado —dijo Junior, mirando a Alex fijamente—. Pero no podía perdonarla.

—Y por eso se hizo a un lado y te cedió el terreno.

—Y yo lo aproveché sin complejos —dijo él, riendo—. No soy tan difícil de complacer como Reede. No me exijo perfección ni se la exijo a nadie. Sí, Alex, a pesar de sus errores, yo quería a tu madre y quería convertirla en mi esposa contra viento y marea.

—¿Y por qué no se casó contigo, Junior? —preguntó Alex, perpleja—. Porque ella te quería. Sé que te quería.

—Y yo también lo sé. Y además soy muy guapo —dijo, guiñándole el ojo a Alex, que le sonrió—. Pocos lo creerían, por la vida que llevo ahora, pero yo le habría sido fiel a Celina y habría sido un gran padre para ti, Alex. Por lo menos, lo hubiese intentado —añadió, retorciéndose las manos sobre la mesa—. Pero Celina me decía que no, tantas veces como se lo pedía.

—Y tú seguiste pidiéndoselo hasta la misma noche en que murió.

Los ojos de Junior se clavaron en ella.

—Sí. La invité al rancho aquella noche para proponérselo.

—¿Y se lo propusiste?

—Sí.

—¿Y?

—Lo mismo de siempre. Me rechazó.

—¿Y sabes el motivo?

—Sí —repuso Junior, rebulléndose incómodo en el asiento—. Seguía queriendo a Reede. Nunca quiso ni querría a nadie más que a Reede.

Alex desvió la mirada, porque sabía lo doloroso que tenía que ser para él reconocerlo.

—¿Y dónde estuviste aquella noche, Junior?

—En el rancho.

—Quiero decir después; después de acompañar a Celina a casa.

—No la acompañé a casa. Supuse que lo haría mi padre.

—¿Angus?

—Yo estaba enfadado porque había vuelto a rechazarme. Piensa que ya les había dicho a mis padres que se hiciesen a la idea de tener a una nuera y a un nieto muy pronto en casa —dijo, acompañando las palabras con un ademán de impotencia—. Me puse furioso y salí de estampida dejando a Celina con ellos.

—¿Y adónde fuiste?

—Me recorrí todos los locales que servían alcohol a los menores. Me emborraché.

—¿Solo?

—Solo.

—¿Así que no tienes coartada?

—Junior no necesita una coartada. Él no mató a tu madre.

Estaban tan enfrascados en la conversación que no se percataron de la llegada de Stacey Wallace. Al alzar la cabeza, la vieron allí de pie junto a la mesa. Su mirada era aún más hostil que la primera vez que se vieron.

—Buenos días, Stacey —dijo Junior, incomodado por su repentina aparición—. Siéntate y toma café con nosotros —añadió, haciéndose a un lado para dejarle sitio.

—No, gracias —dijo Stacey, fulminando a Alex con la mirada—. Deje de acosar a Junior con sus continuas preguntas.

—Qué va, Stacey. No me siento acosado —dijo él, tratando de suavizar la situación.

—¿Por qué no lo deja?

—No puedo.

—Pues debería dejarlo. Sería lo mejor para todos.

—Sobre todo para el asesino —dijo Alex tranquilamente.

El delgado y tenso cuerpo de Stacey tembló como la cuerda de una guitarra.

—Apártese de nuestras vidas. Es usted una ególatra, una perra vengativa que...

—Aquí no, Stacey —la interrumpió Junior, levantándose y asiéndola del brazo—. Te llevo al coche y se acabó. ¿Cómo es que has salido esta mañana? Ya. El desayuno con tus amigas del bridge —añadió, al notar que las mujeres que estaban sentadas en una mesa próxima los miraban con curiosidad—. Estupendo.

Junior les dirigió a las amigas de Stacey un desenvuelto ademán a modo de saludo.

Alex, tan consciente como Junior de las maliciosas miradas, dejó un billete de cinco dólares bajo su platito y salió de la cafetería, instantes después de que lo hiciesen Junior y Stacey.

Alex evitó pasar cerca del coche de Stacey, pero vio por el rabillo del ojo como Junior la atraía hacia sí para abrazarla y le daba un consolador restregón en la espalda. Luego la besó levemente en los labios y ella se aferró a él, rogándole acerca de algo que la tenía consternada. La respuesta de Junior pareció aliviarla y se abrazó a su pecho.

Junior trató de soltarse, pero con tal delicadeza que Stacey le sonrió, al empujarla él hacia el interior del coche y despedirla saludándola con la mano.

Alex se encontraba ya en el interior de su habitación al llamar él a la puerta.

—Soy yo —dijo.

—¿A qué venía todo eso? —dijo Alex tras abrir.

—Al vernos desayunar en la cafetería ha creído que habíamos pasado la noche juntos.

—Dios —musitó Alex—. No se puede negar que la

gente de esta ciudad tiene mucha imaginación. Será mejor que te marches antes de que otros piensen lo mismo.

—¿Y a ti te importa? A mí, no

—Pues a mí, sí.

Visiblemente incomodada, Alex miró su cama sin hacer. No había mañana que la camarera no llamase justo cuando estaba en la ducha. Y precisamente aquella mañana se retrasaba. Alex temía que su cama revelase su secreto. La habitación estaba impregnada de Reede. Su espíritu lo recubría todo como una brillante película. Temía que Junior lo notase.

Junior le quitó delicadamente las gafas de sol y recorrió con los dedos sus azuladas ojeras.

—¿Has pasado mala noche?

«A eso se le llama un eufemismo», pensó ella.

—Creo que es mejor que lo sepas por mí. Seguro que se correrá la voz. Ayer, a última hora de la tarde, fui al local de Nora Gail.

—¡Hostia! —exclamó Junior, que se quedó con la boca abierta.

—Tenía que hablar con ella. Parece que ella es la coartada de Reede para la noche en que mataron a Celina. El caso es que, mientras yo estaba allí, le pegaron un tiro a uno. Sangre. Una detención...

Junior se echó a reír de pura incredulidad.

—Me tomas el pelo —dijo.

—Ojalá —dijo ella con talante lúgubre—. Y aquí me tienes, una representante de la fiscalía, envuelta en un tiroteo entre dos vaqueros en una casa de putas.

Y, de pronto, Alex se derrumbó. Pero, en lugar de romper a llorar empezó a reír, a reír sin poder contenerse. Estuvo riendo hasta que le dolió el estómago y le cayeron lágrimas por las mejillas.

—Oh, Dios. ¿Increíble, no? Si alguna vez se entera de esto Greg Harper me...

—Pat Chastain no se lo dirá. Pat tiene una chica allí, en el burdel.

—Lo sé —dijo ella—. Reede me lo contó. Acudió a la llamada de socorro y me echó de allí. No parece que el incidente vaya a tener repercusiones según él —dijo, encogiéndose de hombros con desenfado, confiando en parecer menos farsante de lo que se sentía.

—Me gusta verte reír, para variar —dijo Junior, sonriéndole—. Me encantaría andar siempre cerca para animarte —añadió, llevando las manos a las nalgas de Alex empezando a subirlas y bajarlas por ellas.

Alex lo apartó.

—Si quieres animar a alguien —le dijo—, tendrías que haber ido con Stacey. Parece que lo estaba deseando.

Junior desvió la mirada con sentimiento de culpabilidad.

—Cuesta poco hacerla feliz.

—Porque todavía te quiere.

—No me la merezco.

—Eso a ella le da igual. Te lo perdonaría todo. Ya lo ha hecho.

—¿El asesinato? ¿Eso insinúas?

—No. Querer a otra persona..., a Celina.

—Ya no, Alex —susurró él, inclinando la cabeza para besarla.

Ella eludió sus bien dirigidos labios.

—No, Junior.

—¿Por qué no?

—Ya sabes tú por qué.

—¿No sigo siendo más que un compinche?

—Un amigo.

—¿Por qué sólo un amigo?

—No hago más que mezclar el presente con el pasado. Oírte decir que hubieses deseado haber sido mi padre ha hecho que se esfumasen mis inclinaciones románticas.

—Viéndote ahora así no te relaciono con aquella cosita que se movía en la cuna. Eres una mujer muy atractiva. Quiero abrazarte, amarte, pero no como un padre.

—No —insistió ella con firmeza—. Es algo que no encaja, Junior.

Era lo que debía haberle dicho a Reede. ¿Por qué no se lo había dicho a él así? Porque era una farsante, por eso. Y porque las mismas reglas no siempre funcionan en situaciones similares, por más que una se lo proponga. Y porque no podía controlarse con alguien a quien amaba. Ella y Celina tenían eso en común.

—Tú y yo nunca podríamos ser amantes.

Junior le sonrió sin rencor.

—Soy testarudo. Cuando todo esto termine, procuraré que me veas de una manera completamente distinta. Fingiremos acabar de conocernos y entonces te enamorarás de mí.

«Si eso alivia su ego, dejemos que lo crea así», pensó Alex.

Alex sabía que nunca sería posible, como imposible fue con Celina.

Y, en ambos casos, Reede Lambert era la causa.

37

La secretaria de Angus condujo a Alex a su despacho de las oficinas centrales de Empresas Minton. Era una oficina nada ostentosa, situada en un edificio comercial, entre el consultorio de un dentista y un bufete que llevaban dos abogados.

Angus dejó su sillón y se acercó a saludar a Alex.

—Gracias por dejarte ver por aquí, Alex.

—Me alegro de que llamases. Tenía que hablar contigo de todas maneras.

—¿Quieres tomar algo?

—No, gracias.

—¿Has visto a Junior?

—Sí. Hemos tomado un café esta mañana.

Angus se sintió satisfecho. Su rapapolvo había surtido efecto. Como de costumbre, con Junior bastaba tenérselas tiesas para meterlo en vereda.

—Antes de pasar a lo mío —dijo Angus—. ¿De qué querías hablarme?

—Concretamente, de la noche en que mi madre murió, Angus.

La cordial sonrisa de Angus se desvaneció.

—Siéntate —dijo él, indicándole un pequeño sofá—. ¿Qué quieres saber?

—Al hablar con Junior esta mañana, me ha confirmado algo que ya me habían dicho..., que le propuso el matrimonio a Celina aquella misma noche. Y sé que tú y la señora Minton os oponíais.

—Es cierto, Alex. Lamento decírtelo. Y eso no significa que yo la tuviese en mal concepto, porque, como amiga de Junior, la adoraba.

—Pero no la querías como su esposa.

—No —dijo, inclinándose hacia delante y agitando su índice hacia ella—. No creas que era por esnobismo. No. La opinión de Sarah Jo podía haber estado influida por prejuicios económicos y de clase, pero no la mía. Me habría opuesto a que Junior se casase entonces con cualquiera.

—¿Y por qué accediste a su matrimonio con Stacey Wallace sólo unas semanas después?

«Esta chica no es idiota», pensó Angus, que adoptó una expresión de ingenuidad.

—La situación había cambiado. Junior había quedado emocionalmente destrozado por la muerte de Celina. Stacey besaba el suelo que él pisaba. Creía que podía ser una buena esposa para él. Y, durante una temporada, lo fue. No me arrepiento de haber bendecido ese matrimonio.

—Y, además, la hija de un prestigioso juez era mucho mejor partido para el hijo de Angus Minton.

Los azules ojos de Angus se oscurecieron.

—Me decepcionas, Alex. Lo que insinúas es de lo más vulgar. ¿Crees que yo le impondría a mi hijo un matrimonio sin amor?

—No lo sé. ¿Lo harías?

—¡No!

—¿Aunque fuese un partido por todo lo alto?

—Escúchame —dijo él, bajando la voz para darle mayor énfasis a sus palabras—. Todo lo que he hecho siempre por mi chico ha sido por su bien.

—¿Incluido matar a Celina?

—¡Hay que tener valor para decir eso, jovencita! —le espetó Angus.

—Lo siento, pero no puedo permitirme andar con sutilezas. Mira, Angus, Junior dijo que se fue del rancho aquella noche furioso y muy dolido porque Celina lo rechazó.

—En efecto.

—Entonces, tú quedaste encargado de acompañarla a casa.

—Sí. Pero en lugar de hacerlo, le ofrecí uno de los coches y le di las llaves. Se despidió de mí y dejó la casa. Supuse que regresaría a su casa en el coche.

—¿Oyó alguien vuestra conversación?

—No, que yo sepa.

—¿Ni siquiera tu esposa?

—Se fue a la cama nada más terminar de cenar.

—¿Te das cuenta, Angus? No tienes coartada. No hay testigos de lo que sucedió después de que Junior se hubo marchado.

Angus se sintió muy complacido de que a ella pareciera preocuparle, porque la expresión de Alex era de ansiedad. Últimamente le había costado trabajo pensar en aquella chica como en su enemiga. Y era obvio que ella sentía parecida ambigüedad.

—Dormí con Sarah Jo aquella noche —dijo él—. Ella puede confirmarlo. Y también Reede. Estábamos en la cama a la mañana siguiente, al entrar él a decirnos que había encontrado el cuerpo de Celina en el establo.

—¿Y no se preocupó mi abuela por ella? Al no volver Celina a casa, ¿no llamó por teléfono al rancho?

—Pues sí. Pero Celina ya había salido. Dijo que tú ya te habías quedado totalmente dormida, así que supongo que la señora Graham volvió a la cama suponiendo que ella iba ya de camino. Hasta la mañana siguiente, no descubrió que Celina no había vuelto a casa.

—¿A qué hora llamó la abuela Graham?

—No lo recuerdo. No era muy tarde, porque yo aún estaba levantado. Suelo acostarme temprano. Estaba más cansado de lo habitual después del día que habíamos tenido con la yegua en el establo.

Alex había enarcado las cejas como para concentrarse. Él le sonrió.

—¿Te parece verosímil?

Ella le devolvió la sonrisa de mala gana.

—Sí, pero tiene puntos débiles.

—Seguro que no lo bastantes como para convocar a un Gran Jurado a un proceso por asesinato. No resiste la comparación con un Gooney Bud empapado de sangre y con un bisturí en la mano.

Alex guardó silencio.

Angus alargó la mano y la posó sobre la de Alex.

—Espero no haber herido tus sentimientos, hablando tan francamente acerca de tu madre.

—No —repuso ella con una débil sonrisa—. En los últimos días he aprendido que estaba muy lejos de ser un ángel.

—Nunca la hubiese querido para Junior. Pero no porque fuese una santa o dejase de serlo —dijo él, observando cómo Alex se humedecía nerviosamente los labios antes de hablar.

—¿Cuál era tu principal objeción, Angus? ¿Que ya me tenía a mí?

«Ya entiendo —pensó él—. Alex se culpa del destino de su madre.» Era el sentimiento de culpabilidad lo que la había llevado a llegar al fondo de aquel caso. Anhelaba la absolución por el pecado que Merle Graham le achacaba. Era despreciable que la vieja bruja le hubiese hecho algo así a una criatura. Con todo, eso favorecía los fines de Angus.

—Mi desaprobación no tenía nada que ver contigo, Alex. Era un asunto entre Reede y Junior.

Angus entrelazó las manos con talante humilde y se las observó conforme hablaba.

—Junior necesita que alguien se le plante de vez en cuando; un padre fuerte, un amigo fuerte, una mujer fuerte —explicó, mirándola con el ceño fruncido—. Tú serías una perfecta compañera para él.

—¿Compañera?

Angus rio y abrió los brazos en ademán de sincerarse.

—¡Qué narices! Te lo diré con toda claridad. Me gustaría una unión entre tú y Junior.

—¿Qué?

Angus no acertó a precisar si Alex estaba pasmada o si era una gran actriz. En cualquier caso, se alegraba de habérselo planteado él. Junior, por sí solo, no habría sabido rematar el asunto.

—Nos iría muy bien tener en la familia a alguien con tus conocimientos en leyes. Imagina lo mucho que podrías aportar al negocio, sin contar con la cantidad de sitio que hay en el rancho. En toda una vida no me lo llenarías de nietos —dijo, dirigiendo la mirada hacia la zona pélvica de Alex—. Tienes buena complexión, y aportarías sangre nueva.

—No puedes hablar en serio, Angus.

—No he hablado más en serio en mi vida —dijo él, dándole una palmadita—. De momento, sin embargo, dejémoslo así. Daría saltos de alegría si la llama romántica prendiese entre tú y Junior.

Alex se apartó de la mano de Angus.

—No quiero ofenderos, ni a ti ni a Junior, pero lo que sugieres es... —titubeó, buscando la palabra adecuada— ridículo —dijo al fin, riendo.

—¿Por qué?

—Me pides que represente el papel que se le negó a mi madre. A ella la rechazaste.

—A ti te va el papel. A ella, no.

—No estoy enamorada de Junior, ni quiero el papel —dijo, levantándose y enfilando la puerta—. Lamento que haya habido algún malentendido o que yo haya podido inducir a alguien a pensar...

Él le dirigió su más torva y amedrantadora mirada, la mirada que aterraba a todo aquel que se oponía a sus deseos. Pero ella se la sostuvo.

—Adiós, Angus. Estaremos en contacto.

Cuando ella se hubo ido, Angus se tomó una copa

para tranquilizarse. Sus dedos oprimían el cristal con tal fuerza que fue un milagro que no le estallase en la mano.

Angus Minton rara vez encontraba oposición a sus ideas, y más infrecuente era aún que se riesen de ellas. Nadie se había atrevido nunca a considerarlas ridículas.

Alex había salido del despacho de Angus muy afectada. Pese a sus buenas intenciones, lo había ofendido. Lo lamentaba. Lo que más la irritaba era haber visto detrás de la fachada de aquel hombre el talante de un tipo prepotente.

Angus Minton quería salirse siempre con la suya. Si las cosas no iban tan rápido como quería, las empujaba. No aceptaba de buen grado que se torciesen.

Alex sintió más pena que nunca por Junior, con unas maneras tan distintas a las de su padre. No cabía duda de que eso había sido causa de fricciones entre ellos. También comprendía entonces que alguien tan arrogante como Reede hubiese dejado Empresas Minton. No habría soportado el autoritarismo de Angus.

Volvió al coche y empezó a conducir sin rumbo fijo, traspasando los límites de la ciudad y metiéndose por carreteras vecinales. El paisaje no era precisamente muy atractivo: zarzas enredadas en cercas de alambre de espino que parecían prolongarse sin fin. Los pozos de petróleo, negras siluetas recortándose en la monótona tierra, gesticulaban con su arrítmico bombeo.

La conducción la relajaba, le aportaba una intimidad que le permitía pensar.

Al igual que su madre, se había visto enredada con tres hombres. Los tres le resultaban agradables y no quería creer que uno de ellos fuese el asesino.

Dios, vaya lío. Cada velo que descorría era una nueva decepción. Si perseveraba el tiempo suficiente, daría con la verdad. Pero el tiempo se le estaba agotando. Sólo le quedaban unos días antes de que Greg le exigiese resultados. Si no podía mostrarle algo concreto, Greg le pediría que lo dejase.

De regreso a las afueras de la ciudad, notó que el vehículo que iba detrás se le pegaba en exceso.

—Pasa ya —murmuró Alex, mirando por el retrovisor. Durante casi dos kilómetros, la furgoneta siguió pegada a ella como una sombra. El sol formaba un ángulo que le impedía ver al conductor—. Adelanta, si tienes tanta prisa.

Alex pisó el freno lo justo para que se encendiesen las luces traseras. El conductor de la furgoneta ignoró la indicación. En aquella autopista rural, el arcén de gravilla era tan estrecho que apenas podía considerarse un arcén. Alex se arrimó a él de todas maneras, confiando en que el conductor de la furgoneta la adelantase.

—Muchas gracias —dijo ella, al ver que la furgoneta tomaba el carril central y aceleraba para adelantarla.

Pero el conductor mantuvo la velocidad para quedar a su altura. Lo notó en seguida, aunque no adivinó que las intenciones del conductor no se reducían a esas payasadas, típicas de algunos conductores, al arrimársele de una manera muy peligrosa a la velocidad que iban.

—¡Imbécil! —exclamó Alex, ladeando la cabeza para mirar a través de la ventanilla. La furgoneta aceleró de pronto y dio un deliberado bandazo, dando con la parte de atrás de su parachoques en la parte izquierda del parachoques delantero de Alex, que perdió el control del vehículo.

Se agarró al volante y pisó el freno, pero inútilmente. El coche patinó sobre el resbaladizo arcén y se hundió en una profunda y seca acequia. Alex llevaba puesto el cinturón de seguridad, pero el impulso hacia delante fue lo bastante fuerte para que se golpease la cabeza contra el volante. El parabrisas estalló a causa del impacto, dejando su cabeza y sus manos cubiertas de cristales rotos, que parecían llover sobre ella sin cesar.

No creía haber quedado inconsciente, pero lo primero

que oyó después del impacto fueron unas voces suaves y melodiosas que le hablaban. No entendía lo que le decían.

Alzó la cabeza, aturdida, y, al hacerlo, notó un fuerte dolor. Tuvo que contener las náuseas que sentía y hacer un esfuerzo para controlar la mirada.

Los hombres que rodeaban su coche y la miraban con preocupación hablaban español. Uno de ellos abrió la puerta y le dijo algo que ella interpretó como una pregunta sobre cómo se encontraba.

—Sí, estoy bien repuso mecánicamente.

No comprendió por qué la miraban de un modo tan extraño hasta que notó humedad en la mejilla. Alzó la mano y se la palpó. Sus temblorosos dedos quedaron manchados de rojo.

—Preferiría que pasase usted la noche en el hospital. Puede quedarse en la habitación —dijo el médico.

—No. Estaré perfectamente en el motel. Con estas dos pastillas dormiré hasta por la mañana —dijo, agitando el frasquito de plástico marrón que contenía los somníferos.

—No tiene conmoción cerebral, pero no haga esfuerzos violentos durante un par de días. Nada de deportes ni cosas así.

Hizo una mueca de dolor ante la sola mención del ejercicio físico.

—Prometido.

—Dentro de una semana le quitaremos los puntos. Ha tenido suerte de que la herida haya sido en la cabeza y no en la cara.

—Sí —dijo Alex vacilante.

Le habían tenido que afeitar un rodalito en la cabeza, pero con un hábil peinado, el pelo lo taparía.

—¿Se siente con ánimos para recibir una visita? Hay una persona que desea verla. Como es día laborable, no tenemos mucho trajín. Puede quedarse en la habitación tanto rato como quiera.

—Gracias, doctor.

El médico salió de la habitación y Alex trató de incorporarse, pero notó que seguía demasiado aturdida. Ver entrar a Pat Chastain no contribuyó a tranquilizarla.

—Vaya, señor Chastain, cuánto tiempo sin vernos —dijo ella sarcásticamente.

—¿Cómo se encuentra? —preguntó él medrosamente, acercándose un poco.

—Pues me he encontrado mejor, no vaya a creer. Pero pronto estaré bien.

—¿Puedo hacer algo por usted?

—No; ni era necesario que viniese. ¿Y cómo se ha enterado, por cierto?

Pat Chastain cogió la única silla que había en la habitación y se sentó.

—Unos mexicanos han hecho parar a un coche. El conductor ha ido a llamar por teléfono a una ambulancia. El agente que ha ido para dar parte del accidente habla español y se ha enterado por ellos de lo sucedido.

—¿Y han visto cómo la furgoneta me ha empujado a la cuneta?

—Sí. ¿Ha podido identificarla?

—Era blanca —dijo ella, mirando fijamente al fiscal—. Y tenía el emblema de Empresas Minton grabado en la carrocería.

Chastain parecía nervioso y turbado.

—Eso mismo han dicho los mexicanos. El agente no ha podido localizar a Reede, pero él me ha llamado —dijo, dirigiendo la mirada al vendaje que Alex llevaba en la cabeza—. ¿No será grave?

—Estaré bien en dos o tres días. Me podré quitar el vendaje mañana. Han tenido que darme varios puntos. Y también tengo estos recuerdos —dijo ella, alzando las manos, cubiertas de arañazos producidos por los fragmentos de vidrio.

—¿Ha reconocido al conductor, Alex?

—No.

El fiscal le dirigió una escrutadora mirada para tratar de ver si decía la verdad.

—No —repitió ella—. Créame, de haberlo reconocido, ya me encargaría yo de denunciarlo. No he podido verlo ni siquiera un instante. Todo lo que he visto ha sido una silueta a contraluz. Creo que llevaba sombrero.

—¿Cree usted que ha sido un accidente fortuito?

—¿Y a usted qué le parece? —dijo ella, apoyándose en los codos para incorporarse.

Él dio unas palmaditas al aire como instándola a que volviese a echarse.

—No, supongo que no lo ha sido.

—Entonces no me agote la paciencia con preguntas estúpidas.

Él se alisó el pelo y juró entre dientes.

—Cuando le dije a mi viejo amigo Greg Harper que tendría usted carta blanca, no supuse que iba a entrar a saco en mi condado.

A Alex se le acabó la paciencia.

—Es contra mi cabeza contra la que han entrado a saco, señor Chastain. ¿De qué se queja?

—Puñeta, Alex, que el juez Wallace, a quien, dicho sea de paso, no le ha caído nunca muy bien, está que se sube por las paredes. Llevo días sin ganar un caso con él ni en broma. Está llamando usted poco menos que asesinos a tres de los más destacados ciudadanos de este condado. Pasty Hickam, casi una institución en la ciudad, aparece muerto mientras usted está con él. Y usted estaba en el burdel de Nora Gail Burton cuando le dispararon a un hombre. Joder, ¿por qué ha tenido que destapar semejante avispero?

Alex se llevó la mano a la frente, que le daba unos pinchazos tremendos.

—No ha sido por mi gusto. Seguía pistas —dijo, bajando la mano y dirigiéndole una intencionada mirada a Pat Chastain—. Y no se preocupe; no voy a revelar su secreto con Nora Gail.

Chastain se rebulló en la silla con evidente sentimiento de culpabilidad.

—Se lo aseguro, Alex, eso de coger el toro por los cuernos ha estado a punto de cornearla y matarla esta noche.

—Lo que no hace sino demostrar que cada vez estoy más cerca de la verdad. Alguien trata de quitarme de en medio para protegerse.

—Supongo —repuso él de mal talante—. ¿Qué ha averiguado que no supiese antes de llegar aquí?

—Motivos sólidos, para empezar.

—¿Y nada más?

—Ausencia de coartadas concretas. Reede Lambert dice que estuvo con Nora Gail. Ella reconoció que cometería perjurio si fuese necesario para corroborarlo, lo que me induce a creer que no estuvo con ella durante toda la noche. Y Junior no ha alegado ninguna coartada.

—¿Y qué hay de Angus?

—Dice que estuvo en el rancho, pero también estaba allí Celina. Si Angus estuvo allí toda la noche, tuvo cumplidamente ocasión de hacerlo.

—También la tendría Gooney Bud si la había seguido hasta allí —dijo Pat—, y eso es lo que un buen defensor le dirá al jurado. No se condena a nadie por conjeturas. Sigue sin tener nada que pueda presentar a ninguno de ellos con un bisturí en la mano aquella noche en el establo.

—Iba de camino a su oficina esta tarde para hablar con usted acerca de ello cuando me han empujado a la cuneta.

—¿Para hablarme de qué?

—Del bisturí del veterinario. ¿Qué pasó con él?

El semblante de Chastain reveló perplejidad.

—Es la segunda persona que me pregunta lo mismo esta semana.

Alex se apoyó a duras penas con el codo.

—¿Y quién ha sido el otro interesado en el asunto?

—Yo —dijo Reede Lambert desde el vano de la puerta.

38

A Alex le dio un vuelco el corazón. Temía volver a verlo, y aunque era inevitable, confiaba en no mostrarse afectada por lo ocurrido entre ambos.

Tumbada en la cama del hospital, con el pelo manchado de sangre, las manos teñidas de antiséptico y demasiado débil y aturdida para sentarse, no transmitía precisamente la impresión de invicta fiscal que le hubiese gustado dar.

—Qué tal, sheriff Lambert. Le agradará saber que seguí su consejo y dejé de mirar atrás sin temor a que me persiguiese el coco.

—Hola, Pat —dijo él, ignorando el comentario de Alex—. Acabo de hablar por radio con el agente.

—¿Entonces ya sabes lo sucedido?

—Primero he pensado en Plummet, pero el agente dice que la ha embestido una furgoneta de Empresas Minton.

—En efecto.

—Empresas Minton engloba a muchas empresas. Cualquiera ha podido hacerse con uno de sus vehículos.

—Incluso usted —dijo Alex con sorna.

Reede se dignó entonces a prestarle atención, dirigiéndole una dura mirada. El fiscal los miró un poco turbado.

—Uf, ¿dónde estabas, Reede? No había manera de dar contigo.

—Había salido a montar. Cualquiera del rancho puede confirmártelo.

—Tenía que preguntártelo —dijo Pat como excusándose.

—Lo entiendo, pero tendrías que saber que empujar a alguien a la cuneta no es precisamente mi estilo. Dejándome a mí aparte, ¿quién crees que ha podido ser? —preguntó, dirigiéndose a Alex.

La sola idea le resultaba difícil de concebir, y aún más difícil expresarla.

—Junior —dijo con calma.

—¿Junior? —exclamó Reede riendo—. ¿Y por qué narices?

—He estado con él esta mañana. No tiene coartada para la noche en que mataron a Celina. Reconoce que estaba muy furioso —dijo bajando la cabeza—. Además, tengo razones para creer que también está furioso conmigo.

—¿Por qué?

Alex le dirigió una mirada tan desafiante como pudo a Reede.

—Ha venido a mi habitación esta mañana.

Ésa era toda la información que pensaba darle. Que él sacase sus propias conclusiones.

Reede entornó los párpados, pero no preguntó lo que Junior había hecho en la habitación. O no lo quería saber, o no le importaba.

—¿Sospechas de alguna otra persona? —preguntó Reede—. ¿O reduces la cuestión a nosotros dos?

—Puede que Angus. Lo he visto esta tarde, y no nos hemos despedido en los términos más amistosos.

—Otra vez nosotros tres, ¿eh? ¿Crees que nosotros somos los responsables de todo lo que ocurre por aquí?

—No creo nada. Baso mis sospechas en hechos.

Alex sintió de pronto un acceso de náuseas y aturdimiento que la obligó a cerrar los ojos un instante antes de poder proseguir.

—También sospecho de otra persona.

—¿De quién?

—De Stacey Wallace.

El rostro de Pat Chastain mostró una expresión de pasmo.

—¿Me toma el pelo, o qué? —dijo, mirando hacia la puerta para asegurarse de que estaba cerrada—. ¿No lo dirá en serio, verdad? ¿No irá a acusarla públicamente de nada? Porque si se le ocurre semejante cosa, desde ahora mismo le digo, Alex, que no cuente conmigo. No pienso jugarme el cuello otra vez.

—¡Todavía no se ha jugado el cuello por nada! —gritó Alex, provocándose un doloroso pinchazo en la cabeza.

—¿De dónde iba a sacar Stacey Wallace una furgoneta de Empresas Minton? —preguntó Reede.

—No me baso en nada concreto —dijo Alex desmayadamente—. Es sólo una corazonada.

—Que es lo único que pareces tener siempre —dijo Reede.

Alex le dirigió una amenazadora mirada que esperaba que hiciese más efecto del que aparentaba.

—En cuanto a Stacey —intervino Pat—, ¿en qué se basa para acusarla?

—Me mintió respecto a dónde estuvo la noche del asesinato —dijo Alex, que se extendió explicándoles lo que Stacey le contó en el servicio del Club de Hípica y Tiro.

—Sé que todavía quiere a Junior —añadió—. No creo que nadie me lo vaya a negar.

Reede y Pat intercambiaron una mirada de aquiescencia.

—Es muy maternal con su padre y no quiere ver arruinada su reputación. Además... —añadió con un suspiro—, me odia por la misma razón por la que odiaba a Celina: Junior. Cree que le estoy robando su cariño, como hizo mi madre.

Pat hacía sonar la calderilla en sus bolsillos mientras se balanceaba hacia atrás y hacia delante con los pies.

—Tal como lo plantea parece lógico, pero no imagino a Stacey recurriendo a la fuerza.

—Y últimamente, señoría, tus corazonadas no parecen tener mucha base.

Alex consiguió incorporarse y se sentó.

—Volvamos a lo del bisturí —dijo, tan aturdida que tuvo que apoyar la mano en la mesa para permanecer sentada—. ¿Cuándo le preguntó Reede por él, Pat?

—Si tienes algo que preguntar, pregúntamelo a mí —dijo Reede, plantándose delante de ella—. Le hablé del bisturí hace unos días.

—¿Por qué?

—Por la misma razón que tú. Quería saber qué había pasado con él.

—Y, de haberlo localizado, ¿qué hubieses hecho?, ¿lo habrías destruido, o presentado como prueba?

Un músculo se contrajo en la mejilla de Reede.

—No hay caso. Ya no está donde se guardaron los objetos que sirven de prueba en el juzgado.

—¿Lo has comprobado?

—De arriba abajo. No hay ni rastro de él. Probablemente hace años que no está. Lo más seguro es que lo tiraran al cerrarse el caso.

—Una falta de consideración hacia la familia Collins. ¿No se le ocurrió a nadie devolverlo?

—Yo no puedo contestar a eso.

—¿Se analizó el bisturí para encontrar las huellas dactilares?

—Me tomé la libertad de preguntárselo al juez Wallace.

—No me cabe duda de que se lo preguntó, sheriff. ¿Y qué contestó él?

—Que no.

—¿Y por qué razón?

—En el mango había sangre. Las huellas de Gooney Bud estaban por todas partes. No parece que fuese necesario llevarlo al laboratorio.

Reede y Alex se miraron con tal animosidad que Pat

Chastain, bañado en sudor, se sintió obligado a intervenir.

—Bueno, creo que será mejor que dejemos libre la habitación. Su coche está hecho polvo, Alex. La llevaré yo al motel. ¿Cree que podrá caminar hasta el coche, o quiere que pida una silla de ruedas?

—Ya la llevaré yo al motel —dijo Reede, antes de que Alex pudiese contestar al ofrecimiento de Pat.

—¿De verdad no te importa?

Pat se consideró obligado a insistir, aunque se sentía obviamente aliviado de que Reede se la quitase de encima.

—Ya que el sheriff se ofrece —dijo Alex—, iré con él.

El fiscal se escabulló antes de que cambiasen de opinión. Alex observó, divertida, su precipitada salida.

—No me extraña que haya tanta delincuencia en este condado. Este fiscal es una gallina.

—Y con un sheriff corrupto...

—Mira, me lo has quitado de la boca.

Alex se apoyó en la mesa, separándola lo justo para poner los pies en el suelo. Trató de dar un paso, pero notó que se tambaleaba.

—El médico me dio un analgésico y estoy demasiado aturdida. Quizá sea mejor que pidas una silla de ruedas.

—Lo que sería mejor es que esta noche la pasases aquí.

—Pero no quiero.

—Como guste.

La cogió en brazos antes de que ella pudiera protestar y la sacó de la habitación.

—Mi bolso —dijo ella, señalando al mostrador de recepción. Reede lo recogió. Luego, con todo el personal de enfermería boquiabierto por la escena, la llevó hacia fuera y la sentó en la parte delantera del Blazer.

Alex recostó la cabeza en el respaldo y cerró los ojos.

—¿Dónde estabas esta tarde? —le preguntó ella cuando hubieron arrancado.

—Ya te lo he dicho.

—¿Montabas también al atardecer?

—He aprovechado para hacer unos recados.

—No se te podía localizar por radio. ¿Dónde has estado, Reede?

—En muchos sitios.

—Concretando...

—En el local de Nora Gail.

Alex se sorprendió al sentirse herida por su respuesta.

—Ah.

—Tenía que interrogarla acerca del incidente del disparo.

—Así que has ido a trabajar.

—Entre otras cosas.

—Sigues acostándote con ella, ¿verdad?

—A veces.

Alex elevó una plegaria para que Reede muriese de una muerte lo más lenta y dolorosa posible.

—Puede que Nora Gail despachase a uno de los suyos para implicarme —dijo ella— y hacerte un favor.

—Podría ser. No me sorprendería. Si algo no le gusta, no duda en quitarlo de en medio.

—Pues Celina no le gustaba —dijo Alex quedamente.

—No, no le gustaba. Pero estuve con Nora Gail la noche que Celina murió, ¿lo recuerdas?

—Así se me ha dicho.

¿Sería entonces Nora Gail sospechosa también del asesinato de Celina? La sola idea hizo que le doliese la cabeza. Cerró los ojos. Al llegar al motel, Alex fue a abrir la puerta, pero Reede le ordenó que aguardase y salió para ayudarla a bajar. Rodeando su cintura con el brazo izquierdo, fueron lentamente hasta la puerta de la habitación.

Reede la abrió y ayudó a Alex, que estaba loca por echarse en la cama.

—Esto está helado —dijo él, frotándose las manos y mirando el termostato.

—Siempre lo está cuando llego.

—Pues anoche no lo noté.

Sus ojos se encontraron un instante y luego desviaron

la mirada. Aún sin fuerzas, Alex cerró los ojos. Al volver a abrirlos vio que Reede estaba rebuscando en el cajón superior de la cómoda, que estaba frente a la cama.

—¿Y ahora qué buscas?

—Algo para que te lo pongas para dormir.

—Una camiseta; la primera que encuentres.

Él se acercó de nuevo a la cama, se sentó con cuidado en el borde y le quitó las botas.

—No me quites los calcetines —dijo ella—. Tengo los pies helados.

—¿Puedes incorporarte?

Pudo hacerlo apoyándose en el hombro de Reede, mientras él trataba de desabrocharle la parte delantera del vestido; los botoncitos parecían pequeñas píldoras y estaban forrados con la misma tela que el vestido; formaban una hilera que iba desde el cuello hasta la altura de las rodillas.

Luego la acomodó en la almohada, le quitó las mangas y le bajó el vestido caderas abajo hasta sacárselo por los pies. No vaciló en quitarle la braga pero si dudó un instante con el sostén. Se decidió y se lo desabrochó como si se tratase de una operación profesional, y la ayudó a pasarse los tirantes por los hombros.

—Creía que sólo tenías una herida en la cabeza y arañazos en las manos —dijo él que, evidentemente, había hablado con el médico.

—Sí.

—¿Y qué son todos estos...?

Reede se interrumpió al percatarse de que los moratones que tenía en el torso eran chupetones. La comisura de sus labios se contrajo en una mueca de pesar. Ella sintió el impulso de alargar la mano para tocarle la mejilla y decirle que no era nada, que no le había importado que su ávida boca y su ansiosa lengua le hubiesen dejado aquellas marcas.

Por supuesto que no le importaba. Pero el fruncido ceño de Reede sofocó cualquier comentario.

—Incorpórate otra vez —le dijo él secamente.

Aupándola por los hombros, volvió a sentarla, recostándola en la cabecera de la cama. Trató de ponerle la camiseta, pero Alex hizo una mueca de dolor al sentir el tirón del pelo.

—Así no se puede —musitó él.

Le hizo entonces un rasgón en la camiseta, para que la abertura del cuello fuese lo bastante ancha para pasársela por la cabeza sin hacerle daño.

Al volver a echarse, Alex palpó el rasgón de la tela.

—Vaya, gracias. Era una de mis favoritas.

—Lo siento —dijo él, cubriéndola con la colcha hasta la barbilla y levantándose—. ¿Estás bien así?

—Sí.

—¿Seguro? —dijo él, dudando.

Alex asintió con leves movimientos de cabeza.

—¿Quieres que te traiga algo antes de marcharme? ¿Agua?

—Sí. Déjame un vaso de agua en la mesilla de noche, por favor.

Al volver él junto a la cama con el vaso de agua, Alex ya se había dormido. Reede se quedó mirándola. Su pelo, extendido sobre la almohada, tenía coágulos de sangre. Su semblante tenía una desusada palidez. Se le hacía un nudo en el estómago al pensar en lo cerca que había estado de la muerte o de quedar gravemente herida.

Dejó el vaso de agua sobre la mesilla de noche y se inclinó lentamente sobre la cama. Alex se estiró, musitó algo ininteligible y alargó una mano como si quisiera coger algo. Reede respondió a la silenciosa y subconsciente llamada cubriendo los arañazos de su mano con la suya.

No le habría sorprendido que Alex hubiese abierto de pronto los ojos de par en par, recriminándole haberle hecho perder la virginidad. ¿Cómo iba a saberlo él?

«Y de haberlo sabido —se dijo Reede—, la habría poseído igualmente.»

Alex no se despertó. Respiraba ruidosamente, con sus

dedos relajadamente posados sobre los nudillos de la mano de Reede. La sensatez y el impulso irracional forcejeaban en el interior de Reede, pero el forcejeo duró poco; no iba a dejar que ningún impulso lo dominase.

Se echó en la cama y se estiró junto a ella, mirándola, notando su suave respiración en la cara.

Le maravillaba la delicadeza de sus facciones, la forma de su boca, sus largas pestañas acostadas en el nacimiento de sus pómulos.

—Alex —susurró su nombre, no para despertarla sino por el simple placer de decirlo en voz alta.

Ella suspiró profundamente, atrayendo su atención hacia el desgarrado cuello de la camiseta. A través del rasgón podía ver el suave nacimiento de sus pechos. A la débil luz de la lámpara, su escote quedaba en penumbra, sombreado y aterciopelado. Sintió el impulso de besárselo.

Pero no lo hizo. Tampoco besó su vulnerable boca, por más que su mente lo excitaba con la idea de su suave e intensa manera de besar.

Le tentó acariciar sus bien torneados pechos. Podía ver el oscuro contraste de sus pezones bajo la fina tela de la camiseta, sabiendo que el más leve contacto de la punta de su lengua o de las yemas de sus dedos los erguiría. Esa condenada camiseta era mucho más excitante que cualquier sofisticado *negligé* con liguero que hubiese podido ponerse nunca Nora Gail.

Era un tormento estar acostado a su lado y no tocarla, pero se sentía en la gloria pudiendo contemplarla de un modo tan pleno. Al notar que la combinación de placer y de angustia se le hacía insoportable, retiró de mala gana su mano de la de ella y dejó la cama.

Después de asegurarse de que Alex tenía suficientes mantas y de que el sedante había hecho su efecto, salió silenciosamente de la habitación.

39

—Pasa —dijo Junior, que estaba sentado en la cama, viendo la TV y fumando un porro, al entrar Reede en su habitación—. Hola. ¿Qué te trae por aquí? —añadió, ofreciéndole hierba a Reede.

—No, gracias —dijo Reede, dejándose caer en la mecedora y apoyando los pies en la otomana.

En la habitación se habían introducido muy pocos cambios desde la última vez que le habían invitado a entrar, aunque Junior había modernizado el mobiliario, al optar por regresar a casa tras su último divorcio. Era una habitación espaciosa, decorada pensando en la comodidad.

—Dios, qué cansado estoy —se quejó Reede, pasándose los dedos por el pelo.

Junior apuró la colilla y la apagó.

—Sí que pareces cansado —dijo.

—Gracias —dijo Reede con una sonrisa tristona—. ¿Cómo es que yo siempre estoy hecho unos zorros y tú siempre tan puesto?

—Cuestión de genes. Fíjate en mi madre. Siempre compuesta.

—Supongo que sí. Bien sabe Dios que mi padre no era muy aficionado a acicalarse.

—No me das ninguna pena. Sabes que tu rudo aspecto es irresistible para las mujeres. Tenemos estilos diferentes, eso es todo.

—Juntos seríamos la hostia.

—Lo fuimos.

—¿Sí?

—¿Recuerdas la noche en que compartimos a una de las hermanas Gail detrás de la armería de la Guardia Nacional? ¿Cuál de ellas fue?

Reede rio con ganas.

—Qué voy a acordarme. Estoy tan cansado que no puedo ni pensar, y mucho menos recordar.

—Muchas horas extras estás haciendo tú últimamente, ¿eh?

—Claro —dijo, haciendo una estratégica pausa—, sólo para no quitarle el ojo a Alex y evitar que le pase algo.

Reede notó en los ojos de Junior un destello de curiosidad.

—Es muy traviesa —comentó Junior.

—Pues no lo tomes a broma, que esta tarde casi la matan.

—¿Qué? —exclamó Junior, saltando en la cama y poniendo los pies en el suelo—. ¿Qué ha pasado? ¿Está herida?

Reede le contó lo del incidente en la autopista.

—Voy a llamarla —dijo Junior al terminar Reede de contárselo.

—No, no la llames. La he dejado dormida. Le han dado un sedante en el hospital y ya le había hecho efecto cuando me he marchado.

Reede notó la intensidad de la inquisitiva mirada de Junior, pero la ignoró. No pensaba explicarle por qué había considerado necesario acostar a Alex. Había necesitado de toda su fuerza de voluntad para salir de la habitación y renunciar al lujo de pasar toda la noche acostado junto a ella.

—Unos mexicanos lo han visto todo. Dicen que ha sido un vehículo de Empresas Minton el que la ha empujado deliberadamente a la cuneta.

Junior parecía confuso.

—En la primera persona que pensaría sería en ese predicador —dijo.

—¿Y de dónde iba a sacar él una de vuestras furgonetas?

—Uno de nuestros empleados podría ser uno de sus devotos seguidores.

—Tengo a un agente investigando esa posibilidad, aunque dudo que saquemos algo en claro.

Los dos amigos permanecieron en silencio unos instantes.

—Parece que esta mañana has desayunado con Alex —dijo al fin Reede, como de pasada.

—Me llamó y me pidió que nos viésemos.

—¿Para qué?

—Me ha dicho que le contaste lo del intento de aborto de Celina.

Reede ladeó la cabeza.

—Sí —dijo.

—No me gusta andar siempre a tu zaga, pero...

—Pues entonces no lo hagas —dijo Reede, dejando la mecedora y poniéndose en pie.

—De acuerdo, de acuerdo. Lo que no acabo de ver es qué necesidad había.

Reede no tenía la menor intención de hablarle de la noche anterior.

—¿Y de qué más habéis hablado durante el desayuno?

—De la noche en que murió Celina. Alex quería saber si es verdad que yo le propuse el matrimonio —dijo Junior, contándole a Reede toda su conversación con Alex esa mañana.

—¿Y te ha creído al decirle tú que te marchaste y fuiste a emborracharte solo?

—Supongo que sí. Eso me ha parecido. Todos me creen.

Intercambiaron una mirada durante unos instantes tan largos que les hizo sentirse incómodos.

—Ya, claro —dijo Reede, mirando hacia la ventana—.

Alex dice que Stacey se ha presentado y no de muy buen talante.

—Bueno... yo... es que he estado viendo a Stacey últimamente —dijo Junior con patente nerviosismo.

Reede ladeó el cuerpo con expresión de sorpresa.

—¿Viéndola o tirándotela? ¿O es que ambas cosas son forzosamente sinónimos para ti?

—Culpable de ambos cargos.

Reede juró entre dientes.

—¿Y por qué te ha dado ahora por echarle leña a ese fuego?

—Conveniencias.

—Más te convendría Nora Gail.

—Pero no está libre... salvo para ti.

—Eres un cabrón de marca mayor —dijo Reede, mordiéndose el labio.

—Mira, eso no hace daño a nadie. Stacey lo necesita. Lo desea.

—Porque te quiere, hombre.

—Bah —dijo Junior, desechando la idea con un ademán—. Pero sí sé una cosa: está que muerde con respecto a Alex. Teme que nos traiga la ruina a todos, y sobre todo a su padre.

—Bien pudiera ser. Está decidida a encontrar al culpable y a meterlo en la cárcel.

Junior volvió a recostarse en la cabecera de la cama.

—¿Y eso te preocupa?

—Pues sí —dijo Reede—. Tengo mucho que perder si no os conceden la licencia para el hipódromo. Y tú, también.

—¿Qué has venido a insinuar?, ¿que he sido yo quien ha echado a Alex a la cuneta? ¿Es un interrogatorio, sheriff? —preguntó en un tono poco halagador para el cargo que Reede ostentaba.

—¿Y qué tienes que decir?

El atractivo rostro de Junior se puso rojo de ira.

—Por Dios, ¿estás loco? —dijo, saltando de la cama y

poniéndose en pie con la mirada clavada en Reede—. No le tocaría ni un pelo de la cabeza.

—¿Has estado en su habitación esta mañana?

—Sí. ¿Y qué?

—¿Para qué? —gritó Reede.

—¿Y tú qué crees? —contestó Junior sin gritar menos.

A Reede se le venció ligeramente la cabeza hacia atrás. Era un movimiento reflejo que no podía controlar en ciertos momentos.

Transcurrieron unos instantes antes de que Junior volviese a hablar.

—Me ha dicho que no.

—No te lo he preguntado.

—Pero querías saberlo —dijo Junior, intuyéndolo—. ¿Tiene Alex, y su razón para estar aquí, algo que ver con el hecho de que hayas rechazado la oferta de mi padre para volver a Empresas Minton?

Junior volvió a la cama y se sentó en el borde, dirigiéndole a Reede una herida e inquisitiva mirada.

—¿Es que ni siquiera ibas a comentármelo, Reede?

—No.

—¿Por qué?

—No hay nada. Al dejar la empresa fue para siempre. No quiero volver a formar parte de ella.

—A formar parte de «nosotros», quieres decir.

Reede se encogió de hombros, y Junior le dirigió una escrutadora mirada.

—¿Por Celina?

—¿Celina? —balbució Reede con una leve y triste risa—. Celina está muerta y enterrada.

—¿De verdad?

Intercambiaron una franca mirada, sin asomo de fingimiento. Reede respondió tras un largo instante.

—Sí.

—Las cosas no han vuelto a ser igual entre nosotros desde que ella murió, ¿verdad?

—No podían serlo.

—Supongo que no —dijo Junior con tristeza—. Y lo lamento.

—También yo.

—¿Y qué hay de Alex?

—¿Qué pasa con ella?

—¿Es ella la razón de que no quieras volver con nosotros?

—Qué va. Ya sabes la razón, Junior..., o por lo menos deberías saberla. Me has oído lo que pienso sobre ello suficientes veces.

—¿Esa chorrada de tu independencia? Eso no es una razón. Tú manejas a Angus mucho mejor que yo —dijo Junior con un suspiro de fastidio, al comprender de qué iba el asunto—. ¿Se trata de eso, no? No quieres saber nada de Empresas Minton por mi bien.

—Estás equivocado —dijo Reede, apresurándose a negarlo.

—¡Y una mierda! —exclamó Junior—. Te ves a ti mismo como una amenaza para mí, el presunto heredero. Bueno, pues muchísimas gracias, ¡pero deja ya de hacerme favores! —La ira de Junior se disipó como había brotado—. ¿A quién coño quiero engañar? —dijo con una sarcástica risa—. ¿Para qué engañarme? —añadió, alzando la cabeza y mirando a Reede, suplicante—. Me encantaría que volvieses. Te necesitamos, sobre todo una vez que se haya construido el hipódromo.

—¿Quién dice ahora chorradas?

—Sabes que tengo razón. Mi padre hace que las cosas marchen, pero actúa como un señor feudal. Hoy en día las cosas ya no se llevan así. Yo tengo encanto, pero en un rancho de cría de caballos el encanto es algo tan inútil como los esquíes en Jamaica. A menos que uno quiera ser un gigoló, en lo que por cierto he pensado más de una vez, el encanto no es rentable.

—Pero ayuda.

—Mi padre es lo bastante listo para comprender que tú podrías mantenernos unidos, Reede. Harías de colchón entre los dos —dijo, mirándole las manos—. Prefiere tenerte a ti a su lado que a mí.

—Junior...

—No. Seamos honestos sobre este asunto de una vez por todas, Reede. Ya somos demasiado viejos para engañarnos y para mentirnos. Mi padre juraría sobre un montón de Biblias que está orgulloso de que sea su hijo, pero la verdad es otra. Oh, ya sé que me quiere, pero soy un continuo incordio. Preferiría que fuese como tú.

—Eso no es cierto.

—Me temo que sí.

—Eh, eh —dijo Reede, negando elocuentemente con la cabeza—. Angus sabe que en un aprieto, cuando todo parece torcerse, tú sales adelante. Ha habido ocasiones...

—¿Qué ocasiones?

—Muchas ocasiones —dijo enfáticamente Reede—, cuando hiciste lo que sabías que tenías que hacer. A veces hay que ponerte en situaciones límite para que aceptes tus responsabilidades —añadió Reede—, y si sabes que o lo haces tú o no lo hace nadie, lo haces.

Reede posó su mano sobre el hombro de Junior.

—Lo único que pasa es que a veces hay que apretarte las clavijas para que te pongas en marcha.

Intuyeron que era mejor dejar la conversación en ese punto, antes de caer en la sensiblería. Reede le zarandeó cariñosamente el hombro a Junior antes de enfilar la puerta.

—No vayas a vender esos porros a los críos del colegio o te meteré en chirona, eh.

Ya había abierto la puerta para salir cuando Junior lo detuvo.

—Me sentó muy mal que el otro día te presentases en el club de campo para llevarte a Alex.

—Lo sé. Pero no podía hacer otra cosa. Era un asunto profesional.

—¿De verdad? ¿Y qué hay del aeródromo? ¿También aquello era trabajo, eh? No fue ésa la impresión que sacó mi padre. —Reede permaneció imperturbable, sin afirmar ni negar—. Dios —exclamó Junior, restregándose la cara—. ¿Es que va a volver a suceder? ¿Es que estamos enamorándonos otra vez de la misma mujer?

Reede salió sin responder, cerrando lentamente la puerta tras de sí.

40

Stacey Wallace retiró de la mesa la ensalada de atún que su padre había dejado a medio comer y la sustituyó por un bol de macedonia.

—No creo que vayamos a tener que seguir preocupándonos por ella mucho tiempo —dijo Stacey muy segura.

El tema de la conversación era Alexandra Gaither.

—¿Te has enterado de lo de su accidente?

—Por lo que tengo entendido, no fue un accidente.

—Mayor razón entonces para que desee abandonar la ciudad.

—Angus no cree que vaya a marcharse —dijo el juez, jugueteando con una cereza que flotaba en el almíbar—. Dice que ella está convencida de que alguien quiere asustarla, para que se marche antes de descubrir al asesino.

—¿Y todo lo que dice Angus es palabra de santo para ti? —dijo Stacey, exasperada—. ¿Qué sabe él de lo que ella vaya a hacer?

—Se guía por lo que ella le comentó a Junior.

—¿A Junior? —dijo Stacey, soltando el tenedor.

—Mmmm... Estuvo ayer con ella —respondió él, tomando un sorbo de té frío.

—Creía que había dejado el hospital y había vuelto al motel.

—Dondequiera que esté, Junior viene siendo su único contacto con el mundo exterior.

El juez estaba tan ensimismado con sus propios problemas que no se percató de la súbita mirada de preocupación de Stacey. El juez se levantó de la mesa.

—He de salir ya o llegaré tarde. Tenemos una selección de jurado esta mañana, y diligencias previas con el tipo que le disparó a otro en casa de Nora Gail Burton la otra noche. Supongo que alegarán falta de voluntariedad, pero Lambert tiene a Pat Chastain presionando para que se le juzgue por intento de asesinato.

Stacey apenas lo escuchaba. Su mente se hallaba anclada en la imagen de una hermosa Alex Gaither languideciendo en la cama de la habitación del motel, mientras Junior se deshacía en atenciones.

—Por cierto —dijo el juez, mientras se ponía el abrigo—, ¿viste el recado que te dejé ayer?

—¿Para llamar a Fergus Plummet?

—Sí. ¿No es ése el predicador evangélico que echaba rayos y centellas porque hubo bingo el Día de Difuntos? ¿Qué quiere de ti?

—Está recabando apoyos para que no se autoricen las apuestas hípicas en el condado de Purcell.

El juez rio por lo bajo.

—¿Y no haría mejor en ver si puede ahorrarnos las tormentas de polvo?

—Algo así le dije yo al llamarle —repuso Stacey—. Sabe que pertenezco a varias organizaciones de mujeres y quería que les expusiese el caso. Me negué, naturalmente.

Joe Wallace cogió su maletín y abrió la puerta de la calle.

—Reede estaba convencido de que Plummet fue el responsable del ataque al rancho Minton, pero no tiene pruebas contra él.

El juez no se privaba de comentar los casos con Stacey, que se había ganado su confianza hacía muchos años.

—No creo que Plummet tenga bastante cerebro para organizar una cosa así, a menos que alguien le dirija. Reede no para de machacar sobre lo mismo, pero, hoy por hoy, Plummet es quien menos me preocupa.

Quien sí estaba preocupada era Stacey, que sujetó a su padre del brazo.

—¿Y quién te preocupa, papá? ¿Alex Gaither? No te preocupes por ella. ¿Qué daño podría causarte a ti?

El juez fingió una sonrisa.

—Ninguno en absoluto. Ya sabes que me gustan las cosas claras y limpias. Tengo que irme. Adiós.

Wanda Gail Burton Plummet estaba barriendo el porche de su casa al llegar el cartero, que le tendió un montón de cartas. Ella le dio las gracias y fue mirando los remites a la vez que volvía a entrar en casa. Como de costumbre, todo el correo iba a nombre de su marido. Eran casi todo facturas y correspondencia relacionada con la iglesia.

Uno de los sobres, sin embargo, era distinto de los demás, de papel beige de gran calidad. Llevaba un remite grabado, pero unos caracteres escritos encima a máquina lo hacía ilegible. Las señas del destinatario iban también escritas a máquina.

La curiosidad pudo más que las estrictas instrucciones de su esposo respecto a que sólo él abría la correspondencia. Wanda abrió el sobre. Contenía una cuartilla en blanco, en cuyo interior había cinco billetes de cien dólares.

Wanda miró el dinero como si fuese el mensaje de un extraterrestre. Quinientos dólares era más de lo que recaudaban en una concentración religiosa de las más nutridas. Fergus sólo se quedaba una pequeña cantidad para sacar adelante a su familia y el resto lo destinaba a la iglesia y a su «causa».

No cabía duda de que se trataba de un donativo de alguien que quería quedar en el anonimato. En los últimos días, Fergus había estado llamando a mucha gente por teléfono, pidiendo voluntarios para manifestarse a la entrada del rancho Minton. También les pedía dinero. Quería insertar un anuncio a toda plana en el periódico en contra del juego. La publicidad para su cruzada era cara.

La mayoría le colgaba el teléfono y algunos le insultaban antes de hacerlo. Sólo unos cuantos le habían escuchado, asegurándole de mala gana que enviarían algún donativo.

Pero quinientos dólares...

También había mantenido conversaciones telefónicas con mucho secreto y con la voz apenas audible. Wanda no sabía de qué iban tales llamadas secretas, pero sospechaba que tenían algo que ver con el asunto del rancho Minton. Una de las pruebas más difíciles que había tenido que afrontar había sido mentirle a su viejo amigo Reede. Él había notado que mentía, pero había sido lo bastante caballeroso como para no acusarla de ello.

Luego, al expresarle su preocupación a Fergus por haber mentido, él le había dicho que la mentira estaba justificada. Dios no quería que sus siervos fuesen a la cárcel, donde no podrían ser útiles.

Ella había comentado tímidamente que el apóstol Pablo pasó mucho tiempo en la cárcel, y que había escrito algunos de los más inspirados textos del Nuevo Testamento estando entre rejas. Fergus le dijo que no había comparación, y que debía mantener la boca cerrada respecto de cosas que eran demasiado complicadas para que ella pudiera comprenderlas.

—¿Wanda?

Se sobresaltó al oír la voz de Fergus, e instintivamente apretó el dinero contra sus caídos pechos.

—¿Qué, Fergus?

—¿Era el cartero?

—Ah, sí.

Wanda miró el sobre. El dinero tenía que ver, con toda seguridad, con las furtivas llamadas telefónicas. Fergus no querría hablarle de ello.

—Ahora iba a darte el correo.

Wanda fue a la cocina. Fergus estaba sentado frente a

una mesa de comedor de formica, que utilizaba como escritorio cuando no estaba ocupada con la comida. Ella dejó el montón de correspondencia sobre la mesa. Al acercarse al fregadero, para lavar los platos, el sobre beige y su contenido estaban en el bolsillo de su delantal.

Se lo daría a Fergus después, se prometió Wanda; como una sorpresa. Entre tanto, pensaría en todo lo que podría comprarles a sus tres criaturas.

Alex había tenido treinta y seis horas para pensar en ello. Mientras le duró la debilitadora jaqueca, había permanecido en cama, analizando todo lo que sabía y atando cabos sueltos con razonadas conjeturas.

No podía seguir dándole vueltas al asunto indefinidamente. Salvo que se decidiese a actuar a la desesperada, no era probable que lograse avanzar más en el descubrimiento de la verdad. La fecha límite que Greg le había impuesto era inminente. Había llegado el momento de hacer que alguien se delatase, de mostrar mayor agresividad, aunque tuviese que aventurarse con poca base.

Días atrás, había llegado a la descorazonadora conclusión de que ella había sido el catalizador del asesinato de Celina, pero no pensaba cargar sola con ese sentimiento de culpabilidad durante toda su vida. Quienquiera que lo hubiese hecho debía sufrir también.

Al despertarse, su dolor de cabeza no había desaparecido, pero ya era más soportable. Pasó la mañana revisando sus notas y haciendo algunas indagaciones. Estaba en el antedespacho del juez Wallace al regresar él de almorzar. No pareció alegrarse de verla.

—Le he dicho a la señorita Gaither que estaría usted ocupado durante todo el día —dijo la señora Lipscomb a la defensiva, al ver que el juez la fulminaba con la mirada—. Pero ella ha insistido en esperarle.

—En efecto, juez Wallace, yo he insistido —dijo Alex—. ¿Puede concederme unos minutos?

—Sólo un momento —dijo él, mirando el reloj.

Alex lo siguió a su despacho. El juez se quitó el abrigo y lo colgó en el perchero. Hasta que no se hubo sentado tras la mesa de su despacho, tratando de adoptar una actitud intimidatoria, no despegó la boca.

—¿Y ahora qué sucede? —dijo entonces.

—¿De qué se valió Angus Minton para inducirle a prevaricar?

El rostro del juez se congestionó al instante.

—No sé de qué me habla.

—Ya lo creo que lo sabe. Confinó usted a un hombre inocente en un manicomio, juez Wallace. Usted sabía que era inocente o, por lo menos, tenía la fundada sospecha de que lo era. Lo hizo usted porque se lo pidió Angus Minton, ¿verdad? Y, a cambio, exigió que Junior se casase con su hija Stacey.

—¡Esto es increíble! —exclamó el juez, golpeando la mesa con ambos puños.

—Es más que creíble. La mañana siguiente a la que encontraron a Celina Graham Gaither asesinada, en el establo del rancho de los Minton, usted recibió una llamada de teléfono o una visita de Angus Minton. Bud Hicks había sido detenido en las inmediaciones, cubierto de sangre y portando un bisturí que supuestamente era el arma del crimen. Esto nunca se demostró, porque el bisturí no fue analizado como era debido. El informe de la autopsia dice que murió a causa de numerosas puñaladas, pero ningún forense experto pudo ver el cuerpo antes de que fuese incinerado, así que pudieron apuñalarla con cualquier otra cosa.

—Gooney Bud la apuñaló con el bisturí del veterinario Collins —insistió tenazmente el juez—. Lo encontró en el establo y la mató con el bisturí.

—¿Y dónde está el bisturí ahora?

—¿Ahora? Han pasado veinticinco años. No pretenderá que se haya conservado la prueba, ¿no?

—No, pero sí que existiese un comprobante de su devolución. Nadie llamó al difunto Collins ni a su hijo preguntándoles si querían que se les devolviese, a pesar de que había constancia de que era un regalo de su esposa. ¿No le parece a usted un poco raro?

—Dios sabe dónde parará, y lo mismo el registro relativo a él.

—Creo que usted se deshizo de él, juez. Fue usted, y no la oficina del sheriff, quien registró estar en posesión del bisturí. Lo he comprobado esta mañana antes de venir aquí.

—¿Y por qué iba yo a deshacerme de él?

—Porque si después se presentaba alguien a investigar, yo por ejemplo, sería fácil hacer pasar su desaparición por un error administrativo. Mejor ser acusado de negligencia que de entorpecimiento de la justicia.

—Es usted odiosa, señorita Gaither —dijo él, muy envarado—. Como todas las personas vengativas, reacciona usted de una manera emocional, sin base ninguna para esgrimir algo tan horrible.

—Pese a ello, eso es lo que me propongo argumentar ante el Gran Jurado. En realidad, le estoy haciendo un favor diciéndole en qué me baso. Tendrá tiempo de consultar con su abogado con antelación acerca de cómo debe contestar. ¿O se acogerá a la Quinta Enmienda de la Constitución, que le permite guardar silencio?

—No tendré que hacer nada de eso.

—¿Quiere llamar a su abogado ya? Esperaré aquí encantada.

—No necesito un abogado.

—Entonces proseguiré. Angus le pidió un favor. Y usted le pidió otro a cambio.

—Junior Minton se casó con mi hija porque la quería.

—Eso es algo que me resulta imposible creer, juez Wallace, ya que, según me dijo él, le propuso a mi madre el matrimonio la noche en que la mataron.

—No soy quién para explicar sus veleidades.

—Pero yo sí. Junior fue la moneda de cambio para que usted arreglase lo de Gooney Bud.

—El fiscal...

—Estaba de vacaciones en Canadá entonces. Lo he confirmado con su viuda esta mañana. El ayudante del fiscal consideró que tenía bastantes pruebas para imputarle a Bud Hicks el asesinato.

—En un juicio, el jurado lo habría condenado también.

—No estoy de acuerdo, pero nunca lo sabremos. Usted lo evitó —concluyó, respirando profundamente—. ¿A quién quería proteger Angus...?, ¿a sí mismo, a Junior o a Reede?

—A nadie.

—Debió de decírselo al llamarle aquella mañana.

—No llamó.

—Tuvo que haber llamado en cuanto detuvieron a Hicks. ¿Qué le dijo a usted Angus?

—No me dijo nada porque no habló conmigo.

Alex se levantó de la silla y se inclinó sobre la mesa.

—Debió de decirle: «Mira, Joe, me he metido en un lío aquí», o «Junior ha llevado sus calaveradas demasiado lejos esta vez», o «¿Puedes ayudar a Reede a salir de esto? Es como un hijo para mí». ¿No es así como sucedió?

—No, en absoluto.

—Podía usted haber dicho que no podía hacerlo. Probablemente pidió tiempo para pensarlo. Siendo tan amable como es Angus, debió de concederle unas horas para reflexionar. Entonces es cuando usted salió con lo de que podía hacerle ese pequeño favor a cambio del matrimonio entre Stacey y Junior.

—No voy a tolerar que usted...

—Puede que incluso hablase con ella y con la señora Wallace del dilema en que se encontraba.

—Es una difamación in...

—O puede que la propia Stacey sugiriera los términos del acuerdo.

—¡Stacey nunca supo nada de eso!

El juez se levantó del sillón como impulsado por un

resorte y le espetó esas palabras casi rozándole la cara con la suya. Al percatarse de lo que acababa de reconocer, parpadeó, se humedeció los labios y se dio la vuelta. Paseó nerviosamente los dedos por los dorados remaches de la tapicería del sillón de piel. Se lo había regalado Stacey, su única hija.

—Ya sabía usted bien cuánto quería Stacey a Junior Minton.

—Sí —dijo él quedamente—. Sabía que lo quería más de lo que él se merecía.

—Y que su afecto no era correspondido.

—Sí.

—Y que Junior se acostaba con ella siempre que quería. Pensó usted que lo mejor que podía hacer era proteger la reputación de Stacey, y evitar la posibilidad de un embarazo no deseado haciendo que se casase lo antes posible.

El juez venció ligeramente los hombros hacia delante y contestó en voz baja y desmayada.

—Sí.

Alex cerró los ojos y dejó escapar un largo y quedo suspiro. Sintió remitir la tensión en su interior como la marea que se aleja de la orilla.

—¿Quién mató a mi madre, juez Wallace? ¿A quién quiso proteger Angus al pedirle que enredase usted a Buddy Hicks en la trama del sistema judicial?

El juez la miró directamente a los ojos.

—No lo sé. Pongo a Dios por testigo de que no lo sé. Lo juro por todos los años que he sido juez.

Alex le creyó, y así se lo dijo. Recogió sus cosas tan discretamente como pudo. Al llegar a la puerta, el juez Wallace la llamó por su nombre.

—¿Sí?

—Si alguna vez va esto a juicio, ¿será esencial para usted exponerlo ante el tribunal?

—Me temo que sí. Lo siento.

—Stacey... —dijo, interrumpiéndose para aclarar la

voz—. No le he mentido al decirle que ella ignoraba mi acuerdo con Angus.

—Lo siento —repitió Alex.

El juez asintió con la cabeza, consternado. Alex pasó al antedespacho y cerró la puerta tras ella. La secretaria le dirigió una mirada llena de rencor, no del todo inmerecida. Lo había acosado, forzándole a que dijese la verdad. Había sido necesario, aunque no le había gustado tener que hacerlo.

Estaba aguardando al ascensor cuando oyó el disparo.

—Oh, Dios, no —musitó estas palabras sin apenas percatarse de que las decía. Dejó caer su maletín y corrió hacia el fondo del pasillo. La señora Lipscomb estaba en la puerta del despacho. Alex la hizo a un lado y entró delante de ella.

Lo que vio la hizo detenerse en seco. Un grito se le quedó ahogado en la garganta, pero el de la secretaria retumbó en la habitación y por los pasillos.

41

Un río de secretarios, secretarias y otros empleados del Palacio de Justicia se concentró ante la puerta del despacho del juez Wallace sesenta segundos después del disparo.

Reede, la primera persona en llegar desde el sótano, se abrió paso entre todos, gritándoles órdenes a los agentes que iban detrás de él.

—¡Despejen!

Le indicó a uno de los agentes que llamase a una ambulancia, y a otro, que bloqueasen las bocas de los pasillos. Luego, rodeó los hombros de la señora Lipscomb con su brazo para consolarla; estaba histérica. Reede le encargó a Imogene, la secretaria de Pat Chastain, que se la llevase de allí.

—Y usted —dijo, fulminando con la mirada a Alex—, enciérrese en mi despacho y no se mueva de allí. ¿Comprendido?

Alex, perpleja, le devolvió la mirada.

—¿Comprendido? —repitió él, gritando y zarandeándola levemente.

Incapaz de articular palabra, Alex asintió con la cabeza.

—Encárguese de que se meta en mi despacho. Y no deje entrar a nadie —le ordenó Reede a otro agente.

El ayudante de Reede le indicó el camino, pero, antes de salir del despacho del juez, Alex vio que Reede miraba el horrible espectáculo de la mesa. Lo vio pasarse la mano por el pelo.

—Mierda —musitó él.

En el despacho de Reede, en la planta baja, Alex trataba de que el tiempo transcurriese paseando de uno a otro lado, llorando, rechinando los dientes y mirando al vacío. El suicidio del juez Joseph Wallace le reconcomía las entrañas.

La cabeza le daba tales pinchazos que parecía como si fuesen a soltársele los puntos. Había olvidado llevar consigo los medicamentos. Por más que rebuscó en la mesa del despacho del sheriff, no encontró ni una triste aspirina. ¿Es que él era totalmente inmune al dolor?

Sentía mareo, náuseas y no se le calentaban las manos, pese a que le sudaban a mares. El vetusto techo de escayola dejaba pasar los sonidos de la planta superior, pero nada de lo que oía era inteligible. Se oían pasos sin cesar. El despacho era un refugio entre toda aquella confusión, pero se la llevaban los demonios al no saber qué estaba pasando en los despachos y en los pasillos de la planta de arriba.

Se desesperaba. Los hechos señalaban hacia una inexorable verdad que se negaba a reconocer. La confesión de encubrimiento del juez Wallace no hacía sino implicar aún más a sus principales sospechosos.

Viéndose metido en un lío, Angus Minton no habría dudado en salir de él como fuese, sin el menor remordimiento. Y, por lo mismo, habría sobornado al juez para proteger a Junior y, probablemente, habría hecho otro tanto por Reede. Pero ¿quién de ellos, concretamente, entró aquella noche en el establo y asesinó a Celina?

Al irrumpir Reede en el despacho, Alex giró en redondo, sobresaltada. Había estado mirando por la ventana. No sabía cuánto tiempo llevaba aguardando allí, pero se percató de pronto de que estaba oscureciendo, al encender él la luz. Alex seguía sin saber lo que pasaba arriba y frente al Palacio de Justicia.

Reede la miró con dureza, pero guardó silencio. Se sirvió una taza de café y tomó varios sorbos.

—¿Cómo es que, últimamente, cada vez que sucede algo en esta ciudad te pilla a ti en medio?

Al instante los ojos de Alex se llenaron de lágrimas, que parecían forcejear tras sus pestañas por no derramarse. Agitó su índice frente al pecho de Reede.

—No, Reede. Yo ignoraba que...

—Que cuando acorralases a Joe Wallace se volaría los sesos. Pues eso es lo que ha sucedido, nena. Están desparramados sobre su mesa.

—Calla.

—Hemos encontrado mechones de pelo y trozos de piel en la pared de enfrente.

Alex ahogó un grito, llevándose las manos a la boca. Le dio la espalda y empezó a temblar de manera incontrolada. Al tocarla, ella retrocedió, pero él la sujetó firmemente de los hombros, le dio la vuelta y la atrajo contra su pecho.

—Olvídalo. Ahora ya está hecho —dijo, a la vez que su pecho se dilataba junto a su mejilla al respirar profundamente—. No pienses más en ello.

Alex se apartó de él.

—¿Olvidarlo? Ha muerto un hombre. Y ha sido por mi culpa.

—¿Has apretado tú el gatillo?

—No.

—Entonces no ha sido culpa tuya.

Alguien llamó a la puerta.

—¿Quién es? —preguntó Reede de mal talante.

Al identificarse el agente, Reede le indicó que entrara y a Alex que se sentase, mientras el agente metía un folio en la máquina de escribir. Alex miró a Reede perpleja.

—Tenemos que tomarle declaración —dijo él.

—¿Ahora?

—Cuanto antes mejor. ¿Listo? —le preguntó Reede al agente, que asintió con la cabeza—. Bien. ¿Qué ha pasado, Alex?

Ella se limpió un poco la cara con un pañuelo de papel antes de empezar. Con la mayor concreción, le contó entonces lo ocurrido en el despacho del juez, teniendo buen cuidado de no citar nombres ni el tema de conversación.

—He salido de su despacho y he llegado al ascensor —dijo, mirando el pañuelo de papel que había hecho trizas con las manos—. Y entonces he oído el disparo.

—¿Has vuelto corriendo?

—Sí. Estaba desplomado, con la cabeza sobre la mesa. He visto sangre y... he comprendido lo que había hecho.

—¿Has visto la pistola?

Alex negó con la cabeza. Reede se dirigió entonces al agente.

—Anote que ha contestado que no, y que no podía haberla visto porque cayó de la mano derecha de la víctima al suelo. Eso es todo de momento.

El agente se retiró discretamente. Reede permaneció en silencio unos momentos. Uno de sus pies asomaba intermitentemente desde detrás de la mesa al compás de su balanceo.

—¿De qué hablasteis tú y el juez Wallace?

—Del asesinato de Celina. Lo acusé de enmascaramiento de pruebas y de aceptar soborno.

—Graves acusaciones. ¿Cómo reaccionó él?

—Lo reconoció.

Reede sacó algo del bolsillo de su camisa y lo dejó caer sobre la mesa. El bisturí de plata hizo un ruido sordo y metálico. Se había oxidado, pero estaba limpio.

Alex retrocedió al verlo.

—¿De dónde has sacado eso?

—De la mano izquierda del juez.

Intercambiaron una sostenida mirada antes de que Reede se decidiese a proseguir.

—Tener ese instrumento en el cajón de la mesa de su despacho era su manera de castigarse, un constante recordatorio de que era venal. Sabiendo lo orgulloso que estaba de sus años de juez, no es sorprendente que se quitase de en medio. Antes volarse la tapa de los sesos que ver su carrera destrozada.

—¿Y eso es todo lo que se te ocurre decir?

—¿Y qué esperas que diga?

—Esperaba que me preguntases quién lo sobornó, con qué y por qué.

Las lágrimas de sus ojos se secaron como por ensalmo.

—Tú ya lo sabías, ¿eh? —añadió Alex.

Reede se separó de la mesa y se levantó.

—No nací ayer, Alex.

—O sea que sabías que Angus hizo que el juez Wallace encerrase a Gooney Bud como presunto asesino de Celina a cambio del matrimonio de Junior con Stacey.

—¿Y adónde te conduce eso? —dijo él, plantándose en jarras frente a ella—. Son conjeturas. No puedes probarlo. Ninguno de ellos habría sido tan estúpido para grabar una conversación así, si es que se produjo. Nadie escribió nada sobre ello. Las dudas razonables son tantas que podrían llenar la plaza mayor. Ha muerto un hombre, su reputación de buen juez se ha ido a hacer puñetas, y sigues sin tener nada sólido en que basar un caso de asesinato.

Reede repiqueteó irritadamente con los dedos en su pecho, dejando profundos surcos en su camisa.

—Tengo que ir a casa del juez, a notificarle oficialmente a Stacey que su padre se ha volado la cabeza en su despacho a causa de tus frágiles acusaciones, que probablemente no bastarían para convocar a un Gran Jurado.

Reede se interrumpió, tratando de recobrar la calma.

—Antes de que me cabree de verdad contigo, será mejor que salgamos y vayamos a un lugar más seguro.

—¿Seguro? ¿Seguro para quién?

—Para ti, leche. ¿Todavía no te das cuenta de las repercusiones de todo esto? A Pat Chastain casi le da un paro cardíaco. Greg Harper ya ha llamado tres veces hoy, para informarse de si has tenido tú algo que ver con el suicidio de tan destacado y respetado juez. Stacey parece a punto de volverse loca de dolor, pero, en sus momentos de lucidez, maldice tu estampa. Y ahí afuera tenemos a un ejército de locos de Plummet con pancartas que dicen que esto es sólo el principio del fin. Todo esto, por tu culpa y por ese caso de asesinato cogido por los pelos, señoría.

Alex sintió tal opresión en el pecho que creyó que le iba a estallar. Pero replicó:

—¿Acaso tenía que dejar de incriminar a Wallace sólo porque fuese un buen tipo?

—Hay maneras más delicadas de afrontar una situación como ésta, Alex.

—¡Pero nadie la afrontaba de ninguna manera! —gritó ella—. ¿Es ése tu concepto de la Ley, sheriff Lambert? ¿Que hay reglas que no cuentan para ciertas personas? ¿Si un amigo delinque, tú haces la vista gorda? Parece que sí. Bien a la vista está: Nora Gail Burton y su casa de putas. ¿Esa impunidad te incluye a ti también?

Reede no contestó. En lugar de hacerlo, fue hacia la puerta y la abrió.

—Vamos —dijo secamente.

Alex salió al pasillo con él y Reede tiró de ella hacia el ascensor de la parte de atrás.

—Pat me ha prestado el coche de su mujer —dijo ella—. Está aparcado enfrente.

—Ya lo sé. Pero hay un enjambre de reporteros montando guardia junto al coche, ávidos de conocer los macabros detalles del suicidio del juez. Los despistaremos por la parte de atrás.

Abandonaron el edificio sin ser vistos. Ya había oscurecido por completo y Alex se preguntó qué hora sería.

A mitad de camino entre el edificio y el aparcamiento, una forma humana se desprendió de las sombras y les cerró el paso.

—Stacey —exclamó Reede quedamente.

Instintivamente la mano de Reede se ciñó a la culata de su revólver, aunque no llegó a desenfundar.

—Supuse que os pillaría tratando de ocultaros.

Los ojos de Stacey estaban fijos en Alex. El odio que reflejaban hizo que Alex sintiese el impulso de protegerse detrás de Reede, pero conservó la compostura.

—Antes de que diga nada, Stacey, quiero que sepa que estoy profundamente apenada por lo de su padre.

—¿De verdad?

—Muy apenada.

Stacey se estremeció, sin que Alex acertase a percibir si era de frío o de irritación.

—Vino aquí para hundirlo. Más que apenada debe de sentirse muy orgullosa.

—Nada tengo yo que ver con los errores que su padre cometió en el pasado.

—¡Usted es la causante de todo! ¿Por qué no lo dejó en paz? —gritó Stacey con la voz quebrada—. Lo que sucedió hace veinticinco años no le importaba a nadie salvo a usted. Ya era viejo. Se proponía retirarse dentro de unos meses. ¿Qué daño le hacía él?

Alex recordó las últimas palabras que le había dicho el juez. Stacey nunca se enteró del oscuro trato que hizo para ella. Alex podía ahorrarle ese dolor, por lo menos hasta que Stacey se hubiera recuperado del trauma de la muerte de su padre.

—No puedo hablar del caso con usted. Lo siento.

—¿Del caso? ¿Del caso? Nunca ha habido caso. No hubo más que su inmunda madre, que utilizaba y manipulaba a la gente..., a los hombres, hasta que uno se hartó y la mató —dijo Stacey, entornando los ojos y acercándosele amenazadoramente—. Es usted como ella, siempre echando leña al fuego, una puta que manipula a todo el mundo.

Stacey trató de abalanzarse sobre Alex, pero Reede se interpuso, atrayendo a Stacey hacia su pecho y sujetándola hasta que su cólera remitió.

Stacey permaneció abrazada a Reede, sollozando.

Reede le acarició la espalda y le susurró unas palabras

de consuelo; le pasó a Alex las llaves del Blazer por detrás de Stacey. Ella las cogió, entró y cerró la puerta. A través del parabrisas vio como él la acompañaba hacia la esquina del edificio hasta que se perdieron de vista. Minutos después, Reede volvió corriendo. Ella le abrió la puerta y él subió.

—¿Está bien? —preguntó Alex.

—Sí. La he dejado con unos amigos. La llevarán a casa y una amiga se quedará con ella esta noche —dijo Reede, apretando los labios con una mueca de amargura—. La persona que tanto necesita no va a estar allí con ella.

—¿Su padre?

Reede negó con la cabeza.

—Junior.

Era todo tan triste que Alex rompió de nuevo a llorar.

42

Alex no alzó la cabeza hasta que el Blazer traqueteó a causa de un bache. Intentó orientarse mirando a través del parabrisas, pero era noche cerrada y la carretera estaba sin señalizar.

—¿Adónde vamos?

—A mi casa —dijo Reede, justo en el momento en que los faros del Blazer alumbraron la casa.

—¿Por qué?

Reede desconectó el contacto.

—Porque me da miedo perderte de vista. En cuanto te pierdo de vista, alguien aparece muerto o herido.

Él fue a abrir la puerta de la entrada mientras Alex permanecía sentada. Pensó en marcharse con el coche, pero él se había llevado las llaves. En cierto sentido, Alex se sintió aliviada al no poder tomar la iniciativa. Quería desafiarlo, pero no tenía energía física ni mental suficientes. Desmayadamente, abrió la puerta del Blazer y bajó.

La casa parecía distinta de noche. Como un rostro de mujer, tenía mejor aspecto con la penumbra, que ayudaba a disimular sus defectos. Reede había entrado delante de ella y había encendido una lámpara. Estaba acuclillado frente a la chimenea, aplicando un largo fósforo a las astillas para que su llama prendiese en los troncos.

Cuando la seca leña empezó a crepitar, Reede se enderezó.

—¿Tienes hambre?

—¿Hambre? —repitió Alex, como si aquella palabra fuese ajena al lenguaje.

—¿Qué es lo último que le has concedido a tu estómago? ¿El almuerzo?

—Anoche, Junior me trajo una hamburguesa a mi habitación.

Reede gruñó, malhumorado, y fue hacia la cocina.

—No te prometo nada tan apetitoso como una hamburguesa.

Gracias a la sobrina de Lupe, la despensa estaba surtida de algo más que galletitas saladas y mantequilla. Tras un rápido inventario, Reede dijo en voz alta lo que tenía:

—Sopa en lata, espaguetis en lata, empanadas congeladas y huevos con bacon.

—Huevos con bacon.

Empezaron a prepararlos juntos y en silencio, aunque Reede lo hizo casi todo, sin preocuparse por ensuciar la cocina y con escasa finura culinaria. Alex lo observaba divertida. Al ponerle él el plato delante y sentarse a la mesa frente a ella, Alex le sonrió pensativa. Reede imitó una sonrisa a la vez que tomaba el primer bocado con el tenedor.

—¿Qué pasa?

Alex meneó la cabeza y bajó la mirada.

—Nada.

Él no pareció satisfecho con la respuesta. Pero antes de poder decir nada, sonó el teléfono y Reede fue al supletorio que tenía colgado de la pared.

—Lambert. Ah, hola, Junior —dijo, mientras miraba a Alex—. Sí, ha sido horrible... Ella, uf, tuvo una entrevista con él justo antes de que sucediese... Tuvo que verlo todo, por desgracia. Es todo lo que sé —añadió Reede, parafraseando el comentario oficial que había hecho Alex—. Que se calmen, joder. Ya lo leerán mañana en el periódico, como todo el mundo... De acuerdo. Mira, ha sido un día terrible y estoy muy cansado. Dale a Sarah Jo un somnífero y dile a Angus que no tiene de qué preocuparse.

Reede vio que Alex fruncía el ceño, pero él siguió con el mismo tono suave.

—¿Alex? Ella está bien... Bueno, si no contesta al teléfono es que debe de estar en la ducha. Si quieres hacer de buen samaritano, hay alguien que te necesita más que Alex esta noche... Stacey, imbécil. ¿Por qué no vas a verla y te quedas con ella un rato...? De acuerdo. Hasta mañana.

Al terminar la conversación, Reede dejó el teléfono descolgado y siguió comiendo.

—¿Por qué no le has dicho que yo estaba aquí?

—¿Querías que se lo dijese?

—No especialmente. Sólo me pregunto por qué no se lo has dicho.

—No tenía por qué saberlo.

—¿Irá a ver a Stacey?

—Espero que sí, pero con Junior nunca se sabe —dijo, tragando un bocado—, parece que no piensa más que en ti.

—¿En mí, o en lo que me dijo el juez Wallace?

—Supongo que en ambas cosas.

—¿Está muy afectado Angus?

—Naturalmente. Joe Wallace era un viejo amigo.

—Amigo y cómplice.

Reede no mordió el anzuelo; ni siquiera distrajo su atención de la cena.

—Tengo que hablar con Angus, Reede. Quiero que me acerques allí en el coche en cuanto acabemos de cenar.

Él se alcanzó la taza de café, tomó un sorbo y volvió a posarla en el platito.

—¿Me oyes, Reede?

—Sí.

—¿Entonces me llevarás?

—No.

—Tengo que hablar con él.

—Esta noche, no.

—Sí, esta noche, Wallace admitió haberlo encubierto. Tengo que interrogarle.

—No se va a marchar. Mañana tienes tiempo de sobra.

—Tu lealtad es encomiable, pero no puedes seguir protegiendo a Angus indefinidamente.

Él puso los cubiertos en su plato vacío y lo llevó al fregadero.

—Esta noche me preocupas más tú que Angus.

—¿Yo?

Él comprobó, satisfecho, que Alex también había dejado el plato vacío y lo retiró.

—¿Te has mirado últimamente al espejo? Tienes muy mal aspecto. Más de una vez he estado tentado de sujetarte por miedo a que te desplomases.

—Estoy bien. Si fueses tan amable de llevarme al motel, te lo...

—No, no —dijo él, meneando la cabeza—. Tú esta noche te quedas. Aquí podrás dormir sin que te acosen los reporteros.

—¿De verdad crees que me acosarían?

—La muerte de un juez es noticia, y el suicidio de un juez, noticia bomba. Tú has sido la última persona que ha hablado con él. Estás llevando a cabo una investigación que preocupa a la Comisión de Apuestas. Sí, creo que los de la prensa deben de estar apostados tras los árboles del motel para asediarte.

—Pero si me encierro dentro de la habitación, estaré a salvo.

—No quiero correr riesgos. Como ya te dije, no quiero que la fiscal preferida de Harper aparezca muerta en mi condado. Ya nos has hecho bastante mala publicidad estos últimos días; no podemos permitirnos más. ¿Te duele la cabeza?

Alex había apoyado la cabeza en la mano e inconscientemente se estaba dando masaje en la sien.

—Sí, un poco.

—Toma algo.

—No llevo nada.

—Veré si te encuentro algo para el dolor.

Reede se acercó al respaldo de la silla de Alex y la echó hacia atrás, separándola de la mesa.

—¿También ocultas drogas? —dijo ella al levantarse—. Eso va contra la Ley, ¿sabes?

—¿Es que nunca piensas más que en eso..., en la Ley? ¿En lo que es justo o injusto? ¿Tan clara tienes tú la línea de demarcación?

—¿Y tú no?

—De haberla tenido clara, habría pasado hambre muchas veces. Robaba comida para alimentarme yo y alimentar a mi padre. ¿Estaba eso mal?

—No lo sé, Reede —dijo ella desmayadamente.

Alex notó que proseguir la discusión le producía dolor de cabeza. Lo siguió por el pasillo sin percatarse de hacia dónde se dirigía él, hasta que encendió la luz del dormitorio.

El rostro de Alex debió de expresar alarma, porque él le sonrió sarcásticamente antes de tranquilizarla.

—No te preocupes. No voy a tratar de seducirte. Dormiré en el sofá de la salita.

—De verdad, Reede, que no debería quedarme.

—Ya estoy madurito para esto... Sólo falta que madures tú.

A Alex no le hizo ninguna gracia.

—Hay un millón de razones por las que no debería pasar la noche aquí —le espetó de mal talante—. Y la primera de ellas es que debería estar interrogando a Angus ahora mismo.

—Concédele generosamente una noche más. ¿Qué daño puede hacer eso?

—Pat Chastain esperará probablemente que me ponga en contacto con él.

—Le dije que estabas al límite de tus fuerzas y que te pondrías en contacto con él por la mañana.

—Planificas con bastante antelación, por lo que veo.

—No quería correr ningún riesgo. Si se te deja rondar por ahí, eres peligrosa.

Ella se apoyó en la pared y cerró los ojos un instante. Demasiado orgullosa para rendirse y demasiado agotada para no hacerlo, decidió pactar.

—Pero contéstame a una pregunta.

—Venga, a ver.

—¿Puedo ducharme?

Quince minutos después, Alex cerraba los grifos de la bañera y se alcanzaba una toalla que colgaba de la barra de la cortina. Él le había prestado un pijama que parecía sin estrenar.

Alex se lo hizo notar así.

—Me lo trajo Junior al hospital —había explicado él—, cuando me operaron de apendicitis hace varios años. Me lo puse sólo para que no se me viesen los vendajes. No los puedo soportar.

Alex sonrió para sí, recordando la cara de disgusto que había puesto él al comentárselo, se puso la chaqueta del pijama de seda azul y empezó a abrochársela. Justo en ese momento llamó él a la puerta del cuarto de baño.

—He encontrado unas píldoras para el dolor.

Abrió la puerta, tapada hasta la mitad del muslo, y él le pasó el frasco de pastillas.

—Esto es muy fuerte —dijo ella al leer la etiqueta—. Has debido de sufrir dolores muy fuertes. ¿La apendicitis?

Él meneó la cabeza.

—Colitis. ¿Te encuentras mejor?

—La ducha me ha aliviado. Ya no me duele tanto la cabeza.

—Te has lavado el pelo.

—Contra las órdenes del médico. Me dijo que no lo hiciese hasta dentro de una semana, pero ya no aguantaba más.

—Deja que les eche una ojeada a los puntos.

Ella inclinó ligeramente la cabeza hacia delante y él le separó los cabellos con delicadeza. Sus dedos se movieron con destreza y suavidad. Casi notaba más su aliento en la cabeza que sus dedos.

—Parece que están bien.

—He procurado no tocarlos al lavarme.

Reede se separó un poco de ella, pero sin dejar de mirarla. Ella lo miraba también. Permanecieron así durante unos largos y silenciosos instantes.

—Será mejor que te tomes la píldora —dijo él, con voz baja y bronca.

Ella se volvió hacia el lavabo y llenó el vaso del cepillo de dientes con agua del grifo. Agitó el frasco para hacer salir una tableta, la engulló y bebió un trago de agua. Al inclinar la cabeza vio los ojos de Reede en el espejo. Volvió a cerrar el frasco y se dio la vuelta, secándose la boca con el dorso de la mano.

De una manera totalmente inexplicable e inesperada se le llenaron los ojos de lágrimas.

—Sé que no me tienes en muy buen concepto, Reede, pero te aseguro que estoy muy afectada por lo del juez Wallace —dijo con el labio inferior temblándole y la voz quebrada por la emoción—. Ha sido espantoso, horrible.

Alex dio un paso hacia él, rodeó su cintura con los brazos y apoyó la mejilla en su pecho.

—Sé amable por una vez y consuélame. Por favor.

Él susurró su nombre con cierta aspereza y le pasó el brazo por la cintura. Posó la otra mano en su cabeza, reclinada en su pecho. La acarició suavemente y besó con suavidad su entrecejo. Al primer contacto de sus labios, ella alzó la cabeza. Mantuvo los ojos cerrados, pero podía notar el calor de su mirada en el rostro.

Los labios de Reede rozaron los suyos, y al separarlos ella, él dejó escapar un quedo gruñido y la besó con intensidad. Dejó resbalar las manos por su húmedo pelo y luego le acarició el cuello.

—Abrázame, Reede —le rogó ella.

Él le desabrochó la chaqueta del pijama y deslizó las manos al interior, rodeando su cuerpo y atrayéndolo hacia sí. Su camisa rozó ligeramente sus pezones. Notó el frío contacto con la hebilla de su cinturón en el vientre desnudo y el bulto de su bragueta restregándose en su monte hasta que se alojó en el suave vello de su entrepierna.

Cada una de sus sensaciones fue más electrizante que la última vez. Quería disfrutarlas una por una, pero la combinación de todas ellas era demasiado intensa y arrolladora para poder concentrarse. Cada vaso sanguíneo de su cuerpo se inflamó de pasión. Estaba inundada de él.

De pronto, Reede se separó. Ella lo miró perpleja, con los ojos muy abiertos, cuando ya empezaba a sentir el orgasmo.

—¿Reede?

—Tengo que saberlo.

—¿Qué?

—¿Te has acostado con Junior?

—No tengo por qué contestarte.

—Ya lo creo —dijo él con firmeza—. Si quieres que eso siga un paso más, tienes que decírmelo. ¿Te has acostado con Junior?

El deseo pudo más que el orgullo. Alex negó con la cabeza.

—No —le susurró suavemente.

Transcurrieron unos densos instantes antes de que él hablase.

—De acuerdo, entonces esta vez vamos a hacerlo bien.

Tomándola de la mano, la condujo a la salita, algo que la sorprendió, porque él había abierto la cama mientras ella estaba en la ducha. En la salita, la única luz era la del fuego de la chimenea. Ya se había preparado el sofá para él, pero quitó los cojines y el jergón y los puso en el suelo, frente a la chimenea. Ella se arrodilló en el jergón mientras él empezaba a desnudarse despacio.

Reede se desprendió expeditivamente de las botas, los calcetines y la camisa. Alex, movida por un impulso, le separó las manos al ir él a desabrocharse la bragueta. Lentamente, sus dedos fueron haciendo pasar trabajosamente los botones metálicos por los ojales. Le separó bien el pantalón, se inclinó y lo besó.

Con un ronco gemido, Reede apoyó las manos suavemente en su cabeza. La boca de Alex se abrió, cálida y húmeda, besando su vientre justo debajo del ombligo.

—Esto es lo que más me gusta —dijo él con la voz ronca.

Deslizando las manos por detrás de sus tejanos se los bajó mientras sus labios seguían prodigándole leves y voluptuosos besos en la parte inferior de su cuerpo. Luego su lengua tocó la punta del pene.

—Para, Alex, para —gimió—. Esto me puede, nena.

Se quitó rápidamente los tejanos y los apartó con los pies. Desnudo, se le veía enorme, muy curtido y con la cicatriz de la operación de apendicitis perdida entre otras muchas.

El vello del cuerpo de Reede se impregnó del resplandor del fuego de la chimenea, como ascuas resplandecientes sobre su piel bronceada, salvo alrededor del sexo, donde su vello era muy oscuro y denso. Sus finos músculos se marcaban a cada movimiento.

—Quítate esa condenada chaqueta de pijama antes de que te la arranque.

Alex se acuclilló, se pasó el pijama por los hombros y lo dejó resbalar. La sensual tela cayó junto a ella. Reede se arrodilló, empapando su mirada de cada centímetro del cuerpo de Alex, que creyó que Reede vacilaba, pero él llevó la mano a su pelo y entrelazó los dedos en los húmedos mechones. Siguió su mano con la mirada mientras la dejaba resbalar por el cuello hasta sus pechos. Su pulgar acarició suave y hábilmente los pezones hasta que se endurecieron.

—Creí que no ibas a tratar de seducirme —dijo ella con un entrecortado suspiro.

—Te he mentido.

Se tumbaron sobre los cojines y él cubrió sus cuerpos

con el jergón, la estrechó en sus brazos y la besó con más ternura que pasión.

—Eres muy menudita —le susurró él junto a sus labios—. ¿Te hice daño la otra noche?

—No.

Él separó un poco la cabeza y la miró, receloso; Alex la bajó con timidez.

—Sólo un poco —dijo.

Le rodeó la garganta con la mano y se la acarició con el pulgar.

—¿Cómo iba yo a saber que eras virgen?

—Pues ya ves.

—¿Y cómo es eso, Alex?

Ella ladeó un poco la cabeza para mirarlo directamente a los ojos.

—¿Tan importantes son las razones, Reede?

—Como conmigo sí has querido...

—Quererlo no me pasó nunca por la cabeza. Sucedió. Eso es todo.

—¿Y lo lamentas?

Ella le acarició la mejilla y le atrajo la cabeza. Se besaron prolongada e intensamente. La mano de Reede palpaba de nuevo sus pechos al terminar su beso. Apartando un poco el jergón, acarició sus pezones con los dedos.

—Reede —dijo ella un poco balbuciente—, me siento incómoda.

—Quiero mirarte. ¿Tienes frío?

—No, no tengo frío.

Ella dejaba ya escapar leves gemidos, antes incluso de que él bajase la cabeza y ciñese su pezón con los labios. Se lo chupó con gran destreza. Dejó resbalar la mano hasta la curva de su cadera y por el muslo. Jugueteó con su ombligo y restregó los nudillos en el bajo vientre. Tocó el vello de su pubis y sus ojos se oscurecieron.

—Quiero que llegues al orgasmo esta vez —musitó él.

—Yo también.

Deslizó la mano entre sus muslos. Ella levantó ligeramente las caderas. Ya estaba húmeda. Le introdujo los dedos.

—Reede —balbució ella, embriagada.

—Chisss. Limítate a gozar.

Su pulgar jugueteó con el vulnerable clítoris a la vez que llenaba su boca de ardientes besos.

—Creo que estoy a punto —dijo ella jadeando entre los besos.

—Aún no. Háblame. Nunca puedo hablar en la cama.

—¿Hablar?

«Si apenas puedo pensar», se dijo Alex.

—¿De qué?

—De cualquier cosa. Por el placer de oír tu voz.

—Yo... yo no...

—Habla, Alex.

—Me encanta verte cocinar —balbució ella.

—¿Qué? —dijo él, riendo.

—Muy varonil esa manera de manejar sartenes y perolas. La que montas. No cascas los huevos, los aplastas. Tu ineptitud es conmovedora.

—Estás como una cabra.

—Por ti, que me vuelves loca.

—¿De veras?

Él bajó la cabeza y le acarició el vientre con la lengua. El pulgar seguía excitándola, provocándola, enloqueciéndola, mientras sus dedos entraban y salían de su sexo. Ardientes sensaciones empezaron a acumularse en su entrepierna. El clítoris era donde más había centrado él el movimiento del pulgar, y al sustituirlo por la punta de la lengua, Alex gritó. Lo agarró del pelo y levantó las caderas, buscando el calor de su ávida boca, hacia la enfebrecida magia de su lengua.

Hasta que los espasmos remitieron, Alex no abrió los ojos. Reede tenía la cara pegada a la suya. Húmedos mechones de pelo cubrían sus mejillas y su cuello. Él se los apartó, alisándolos sobre la almohada.

—¿Qué dice una mujer en un momento como éste?

—Nada —dijo él con la voz ronca—. Tu cara lo dice todo. Nunca había contemplado así la cara de una mujer.

Alex se sintió muy conmovida por su confesión, pero trató de trivializarla.

—Bueno. Así no sabrás si lo he hecho bien o mal.

Él miró sus henchidos pechos, la humedad que hacía relucir el vello del pubis.

—Lo has hecho muy bien.

Amorosamente, ella le pasó los dedos por el pelo.

—Pudo haber sucedido antes, ¿sabes?..., como aquella tarde en el aeródromo. Y en Austin, cuando me acompañaste a casa. Te rogué que te quedases conmigo aquella noche. ¿Por qué no te quedaste?

—Porque no querías que me quedase por razones auténticas. Yo quería una mujer, y no una jovencita extraviada en busca de un papá —dijo él, observando su expresión de duda—. No pareces creerlo.

Incapaz de sostener la intensidad de la mirada de Reede, Alex miró más allá de él.

—¿Dices en serio que ésa fue la razón? ¿O es que buscabas a otra persona?

—No te estás refiriendo a otra persona, te refieres a Celina.

Alex ladeó la cabeza, desviando la mirada. Reede le cogió la mandíbula, obligándola a mirarle.

—Escúchame, Alex. Me sentó como un tiro lo que dijiste la otra noche; esa chorrada de tener de ti lo que siempre quise de tu madre. Quiero que entiendas bien una cosa. Aquí no estamos más que tú y yo. No hay nadie que se interponga entre nosotros. Ningún fantasma. ¿Está claro?

—Pensaba que...

—No.

Reede negó con la cabeza tan enfáticamente que mechones de su oscuro pelo rubio cubrieron sus verdes ojos.

—No digas «pensaba»... y cree lo que te digo. Tú eres la única mujer para mí ahora. Eres la única mujer en la que he pensado desde que te conocí. Eres la única mujer con quien me muero por joder cada instante que estoy despierto y sueño en joder contigo cuando duermo. Soy demasiado viejo para ti. Es una estupidez y puede que un error pretenderte. Es todo complicadísimo. Pero, equivocado o no, seas la hija de quien seas, te quiero.

Reede se hundió profundamente en ella.

—¿Comprendido? —dijo, penetrándola aún más, con mayor fuerza y ardor—. ¿Comprendido? —insistió con un gemido.

Y consiguió hacerse comprender.

Junior se despertó antes del amanecer, algo raro en él. Había pasado mala noche. Siguiendo la sugerencia de Reede pasó unas horas con Stacey, a quien el médico le había dado un sedante que no acabó de hacerle efecto. Cada vez que Junior creía que se había dormido y se levantaba de la silla en la que estaba sentado junto a la cama de Stacey, ella se despertaba, lo cogía de la mano y le rogaba que no se marchase.

Junior no había llegado a casa hasta bien pasada la medianoche, y luego había dormido a ratos, preocupado por Alex. Nada más abrir los ojos, cogió el teléfono de la mesilla de noche y marcó el número del motel Westerner. Le dijo al conserje, cansado y malhumorado durante los últimos minutos de su largo turno, que le pasase con la habitación de Alex. El teléfono sonó diez veces.

Colgó entonces y llamó a la oficina del sheriff. Le dijeron que Reede aún no había llegado. Pidió que le pusiesen en comunicación con la unidad móvil, pero la telefonista le dijo que no estaba conectada. Llamó a casa de Reede y el teléfono daba la señal de comunicar.

Contrariado, se levantó de la cama y empezó a vestirse. No podía soportar no saber dónde estaba Alex. Iría a buscarla, empezando su búsqueda en casa de Reede.

Pasó frente al dormitorio de sus padres y oyó que estaban despiertos. Estaba seguro de que Angus querría hablarle acerca del trato con el juez Wallace sobre el matrimonio con Stacey. Pero Junior no estaba en aquellos momentos para hablar del asunto.

Salió de la casa y subió a su Jaguar. La mañana era clara y fría. Hizo el trayecto hasta casa de Reede en poco más de cinco minutos. Se alegró de ver que el Blazer seguía aparcado enfrente y que salía humo de la chimenea. Reede era madrugador. Puede que incluso tuviese ya el café preparado.

Junior fue corriendo hasta el porche y llamó a la puerta. Aguardó allí, echándose el aliento en las manos y saltando de frío. Tras una larga espera, Reede le abrió. No llevaba puestos más que los tejanos y su expresión era soñolienta y malhumorada.

—¿Qué coño de hora es?

—No me digas que te levanto de la cama —dijo Junior con incredulidad, mientras pasaba hacia la salita—. Para ti ya es bastante tarde, ¿no?

—¿Pero qué haces aquí? ¿Qué pasa?

—Eso es lo que yo esperaba que me explicases tú. Alex no ha contestado al teléfono en toda la noche. ¿Tienes idea de dónde pueda estar?

Por el rabillo del ojo vio el jergón que estaba frente a la chimenea y que algo se movía.

Ladeó un poco la cabeza y la vio de pie en el pasillo que conducía al dormitorio de Reede.

Tenía el pelo alborotado, los labios hinchados y rojos, y las piernas desnudas. Iba con la chaqueta del pijama que él le regaló a Reede cuando lo operaron de apendicitis. Alex tenía un aspecto voluptuoso, de haber jodido bien.

Junior se quedó sin aliento y dio un paso atrás.

Apoyando la espalda en la pared, miró al techo y soltó una seca carcajada.

Reede posó la mano en su brazo.

—Junior, yo...

Junior se apartó, enojado, del contacto de la mano de su amigo.

—No tenías bastante con su madre, ¿no? Tenías que tenerla a ella también.

—No es así —dijo Reede con voz acerada.

—¿No? ¡Ya me dirás tú entonces! La otra noche me diste luz verde. Dijiste que no la pretendías.

—No dije nada semejante.

—Bueno, lo que está claro es que no dijiste que me mantuviese al margen. No has perdido un instante al saber que yo me interesaba por ella, ¿eh? ¿Por qué tanta prisa? ¿Temías que si se acostaba conmigo primero no renunciaría al lujo para cambiarlo por la miseria?

—¡Basta, Junior! —gritó Alex.

Junior ni la oyó, con los ojos clavados en Reede.

—¿A qué se debe, Reede, que siempre que yo quiero algo, te lo lleves tú? Los trofeos de fútbol y el respeto de mi propio padre. Ni siquiera querías ya a Celina, pero te aseguraste de que no fuese mía, ¿verdad?

—Calla la boca —le espetó Reede, acercándosele amenazadoramente.

Junior apoyó su índice en el pecho de Reede.

—Olvídame, ¿lo oyes? No vuelvas a acercarte a mí.

Junior salió dando un portazo que retumbó en toda la casa. Cuando el rugido del motor del Jaguar se hubo extinguido, Reede fue a la cocina.

—¿Quieres café?

Alex estaba perpleja por lo que Junior había dicho, y aún más pasmada por la arrogante reacción de Reede. Irrumpió en la cocina. Reede estaba en ese momento echando al fregadero los posos de café del pote.

Ella lo sujetó del brazo y le hizo dar la vuelta.

—Antes de que me enamore completamente de ti, Reede, hay algo que tengo que preguntarte por última vez —dijo, respirando profundamente—. ¿Mataste a mi madre?

Tras unos angustiosos instantes, él se decidió a responder.

—Sí.

43

Fergus Plummet estaba de pie junto a la cama, mirando a su esposa, que dormía. A Fergus le temblaba el cuerpo de indignación.

—Despierta, Wanda.

El imperioso tono de su voz podía haber despertado a un muerto.

Wanda abrió los ojos y se incorporó, aturdida y desorientada.

—Fergus, ¿qué hora...?

Lo comprendió en seguida, al ver lo que él llevaba en la mano: cinco billetes de cien dólares.

—Levántate —le ordenó, saliendo del dormitorio.

Temblando de miedo, Wanda saltó de la cama. Se vistió tan deprisa como pudo y se recogió el pelo hacia atrás, no fuera que le sacase más faltas.

Fergus estaba esperándola en la cocina, sentado, muy erguido, frente a la mesa. Como una penitente, ella se le acercó temblorosa.

—Fergus, yo... Lo guardaba para darte una sorpresa.

—Silencio —rugió él—. Hasta que yo te autorice a hablar, permanece callada y piensa en tu alma.

Wanda sintió clavarse en ella los acusadores ojos de Fergus y bajó la cabeza, avergonzada.

—¿De dónde los has sacado?

—Del correo de ayer.

—¿Del correo?

Ella meneó la cabeza frenéticamente arriba y abajo a modo de afirmación.

—Sí. En un sobre.

El sobre estaba en la mesa, junto a la taza de café de Fergus.

—¿Por qué se lo ocultaste a tu esposo, a quien de acuerdo con las Sagradas Escrituras debes sumisión.

—Yo... —empezó a decir Wanda, que se interrumpió un instante para humedecerse los labios—, lo guardaba para darte una sorpresa.

Los ojos de Fergus revelaron crispada sospecha.

—¿Quién lo ha enviado?

Wanda alzó la cabeza y lo miró como alelada.

—No lo sé.

Él cerró los ojos y balanceó el cuerpo como en trance.

—Te lo ordeno, Satán, libérala de tu maligno poder. Tú mueves su mentirosa lengua. Libérala, en el nombre...

—¡No! —gritó Wanda—. No miento. Pensé que probablemente lo enviaba alguna de las personas con quienes hablaste por teléfono sobre lo que hicisteis en el rancho Minton.

Él saltó de la silla como impulsado por un resorte.

—¿Cómo te atreves a mencionar eso? —dijo, casi abalanzándose sobre ella—. ¿No te dije que nunca, nunca, debías de decir una palabra sobre ello?

—Lo olvidé —dijo ella amedrentada—. Creí que acaso el dinero procediese de alguien agradecido por lo que hicisteis.

—Ya sé yo quién lo envía —musitó él.

—¿Quién?

—Ven conmigo.

La cogió de la mano y tiró de ella hacia la puerta que comunicaba la cocina con el garaje.

—¿Adónde vamos Fergus?

—Espera y verás. Quiero vérmelas cara a cara con los pecadores.

—Los niños están...

—Ya velará Dios por ellos hasta que regresemos.

Con Wanda, que no dejaba de temblar, sentada en la parte delantera del coche, junto a él, Plummet enfiló las adormecidas calles de la ciudad. Al llegar a la autopista, giró hacia la derecha. Investido de su coriácea rectitud, Plummet parecía insensible al frío. Al tomar la curva, Wanda le dirigió una mirada de incredulidad, pero él la miró a su vez, con una expresión tan reprobatoria que ella se abstuvo prudentemente de abrir la boca.

Detuvo el coche frente al caserón y le ordenó a su esposa que bajase. Sus pisadas resonaron sobre los huecos escalones del porche y, en el silencio de la madrugada, su llamada pareció atronar la puerta. Nadie respondió a la primera. Plummet insistió, llamando más fuerte aún con los nudillos. Como seguían sin salir a abrir, empezó a aporrear la ventana contigua.

La propia Nora Gail abrió la puerta y dirigió el cañón de una pequeña pistola directa a la frente de Plummet.

—Señor mío, ¿a qué viene aporrear mi puerta y sacarme de la cama a esta condenada hora?

Fergus levantó las manos por encima de la cabeza e invocó a Dios y a toda la corte celestial para que disuadiese a la pecadora de su mal proceder.

Nora Gail lo hizo a un lado de un empujón y se dirigió hacia su hermana. Ambas se miraron cara a cara. Nora Gail, con su radiante pelo plateado, estaba maravillosa, teniendo en cuenta que acababa de levantarse de la cama. El uso constante de costosas cremas le garantizaba un espléndido semblante. Estaba resplandeciente con su bata de color rosado con adornos de nácar. Wanda, en cambio, parecía un pollo remojado.

—Hace frío aquí fuera —dijo Nora Gail, como si se viesen a diario—. Entremos.

Le indicó a su torpona hermana el camino desde el porche del prostíbulo, dándole un codazo a Fergus en las costillas al pasar.

—Y, tú, predicador, o dejas de berrear oraciones o te disparo en los cojones. ¿Oído?

—¡Amén! —exclamó él, interrumpiendo bruscamente su plegaria.

—Gracias —dijo Nora Gail divertida—. Estoy segura de que me serán útiles tus plegarias. Pasa. Tenía ganas de hablar con vosotros.

Minutos después estaban los tres alrededor de la mesa de la cocina, que era de lo más corriente, sin el menor tufillo pecaminoso. Nora hizo café y lo sirvió en unas preciosas tazas de porcelana. Fergus le ordenó a Wanda que se abstuviese de tomarlo, como si de una pócima venenosa se tratase.

—No van a derrotarnos —dijo acaloradamente Fergus—. Dios está con nosotros y Él está profundamente enojado contigo, una puta que es la perdición de los hermanos más débiles.

—Ahórratelo —dijo Nora Gail con un desenfadado ademán—. Soy una mujer temerosa de Dios, sí, pero lo que haya entre Él y yo es asunto personal, y no te incumbe. Lo único que me asusta de ti, predicador, es tu estupidez.

Fergus se sintió ofendido y se le puso cara de víbora.

—¿Has sido tú quien le ha enviado a mi esposa tu mal ganado dinero?

—Sí. A juzgar por el aspecto que tiene, ella y sus hijos, pensé que le vendría bien.

—No necesitamos tu dinero.

Nora Gail se echó hacia delante en la silla y con una benévola sonrisa le habló a Fergus con suavidad.

—Pero no me lo has tirado a la cara, ¿verdad?

—Nunca rechazo los dones que Dios tan generosamente prodiga —dijo él con la boca pequeña.

—No, estoy segura de que no los rechazas —dijo Nora Gail condescendientemente y echándose dos terrones en el café—. Por eso quiero hacer un trato contigo, reverendo Plummet.

—No hago tratos con los impíos. He venido aquí como mensajero de Dios, para prevenirte de su cólera, y oírte confesar el...

—¿Qué te parece una iglesia nueva?

El flujo evangelizador se detuvo en seco.

—¿Cómo?

Nora Gail removió displicentemente el café.

—¿Qué te parece una iglesia nueva? ¿Una iglesia grande, grandiosa, que haría palidecer a las demás, incluso a la Primera Iglesia Baptista? —dijo Nora, haciendo una pausa para tomar un sorbo de café—. Veo que te has quedado sin habla, lo que no es poco.

Nora volvió a sonreír, refocilándose como una gatita que acaba de dejar limpio su plato de natillas.

—En cuanto el hipódromo de Purcell Downs esté terminado seré muy rica y respetada. Y eso te beneficiará, predicador, si aceptas mis generosos donativos, que serán sustanciosos y regulares. Así, cuando los del *Texas Monthly* o los de *60 Minutes* vengan aquí a entrevistarme como una de las mujeres de negocios más rica del Estado, podrán contar también lo generosa y benévola que soy. Y, a cambio de la estupenda iglesia que te construiré —prosiguió, inclinándose un poco más hacia delante—, espero que cierres esa bocaza y no prediques contra las apuestas hípicas. Hay muchos otros pecados de los que puedes ocuparte. Si te quedas corto de pecados que fustigar, estaré encantada de facilitarte una lista, porque yo los he cometido todos, majo.

Fergus daba boqueadas como un pez recién sacado de la orilla. Pero la *madame* había logrado al fin merecer su atención.

—Y —prosiguió Nora— te dejarás de fechorías como la que hicisteis en el rancho Minton hará una semana. Sí —añadió, levantando su enjoyada mano para rechazar toda negativa de Plummet—, sé que lo hicisteis vosotros. Por tu culpa tuvieron que sacrificar a un caballo muy valioso y eso me jodió mucho.

Los ojos de Nora se entornaron amenazadoramente.

—Si vuelves a hacer una estupidez semejante, te arrancaré el púlpito de cuajo. Tengo planes, ¿sabes?, y arrearé con cualquiera que se interponga en mi camino. Si tienes algún problema que quieras solucionar, recurre a mí. Deja la venganza en manos de quien sabe cómo hacerlo sin que le atrapen —concluyó, arrellanándose en la silla—. ¿Entendido?

—Tendré que pensarlo... tendré que pensarlo, sí.

—Eso no me basta. Quiero tu respuesta hoy. Inmediatamente. ¿Quieres convertirte en una autoridad religiosa, con una preciosa iglesia nueva, o quieres ir a la cárcel? Porque, fíjate bien, si no aceptas mi ofrecimiento, llamaré a mi buen amigo Reede Lambert y le diré que tengo un testigo presencial del ataque al rancho. ¿Qué prefieres, majo..., el púlpito o la cárcel?

Fergus tragó saliva, visiblemente afectado. Forcejeó consigo mismo y con su conciencia, pero no mucho rato. Hizo con la cabeza un leve movimiento en señal de asentimiento.

—Bien. Ah, y otra cosa —dijo Nora, sin abandonar su suave tono de voz—. Deja de tratar a mi hermana como si fuese tu alfombra. Te oyeron poniéndola como un trapo delante de los demás en el despacho del sheriff la otra noche. Si me entero de que vuelve a suceder, yo personalmente te cortaré la lengua y se la echaré a los perros. ¿De acuerdo?

Fergus tragó más saliva.

—Voy a enviar a Wanda a un balneario de Dallas para que la mimen durante un par de semanas, poco tiempo en realidad para descansar de ti. ¿Cómo quieres que tu nueva iglesia atraiga a la gente si tu esposa tiene este aspecto? Este verano tus hijos irán a colonias. Tendrán bicicletas nuevas y guantes de béisbol, porque voy a cambiar tus reglas sobre eso de que no se puede jugar a nada y los voy a inscribir en la Liga Infantil la próxima primavera —dijo, guiñando el ojo—. Su tía Nora Gail va a ser lo mejor con lo que se hayan encontrado en la vida. ¿Has entendido todo esto, predicador?

Plummet asintió nerviosamente con la cabeza.

—Dios —exclamó Nora, volviendo a recostarse en la silla y balanceando su torneada pierna, que se le veía por la abertura de la bata—. Y ahora que hemos clarificado las cosas, hablemos de las condiciones. Recibirás el primer donativo el día que se confirme la licencia, y otros a primeros de cada mes a partir de ese momento. Los cheques irán a cargo de la Sociedad NGB. Necesitaré desgravar —dijo con una gutural carcajada.

Luego, tras despedir a Fergus, miró a su hermana.

—Wanda Gail, no esperes a que te envíe a Dallas. Utiliza el dinero que te he enviado para comprar ropa para ti y para los niños. Y, por el amor de Dios, haz algo con tu pelo. Lo llevas horrible. Los ojos de Wanda se nublaron.

—Gracias, gracias.

Nora Gail sintió el impulso de tocar la mano de su hermana, pero lo pensó mejor y encendió uno de sus cigarrillos negros. A través de una densa bocanada de humo, le contestó:

—De nada, guapa.

44

—¿Junior?

Se dio la vuelta junto al mueble bar. Acababa de dar cuenta de dos copas en diez minutos.

—Buenos días, madre. ¿Quieres un Bloody Mary?

Sarah Jo cruzó la estancia y le arrebató la botella de vodka de la mano.

—¿Qué es lo que te pasa? —le preguntó, con un tono de voz mucho más áspero del que solía emplear con él—. ¿Por qué bebes tan temprano?

—No es tan temprano, teniendo en cuenta a qué hora me he levantado.

—Te oí salir. ¿Adónde has ido?

—También a mí me gustaría saberlo —dijo Angus, que acababa de entrar—. Tengo que hablar contigo.

—Deja que adivine —dijo Junior con fingido interés—. ¿Es acerca del juez Wallace?

—Efectivamente.

—¿Y de mi matrimonio con Stacey?

—Sí —dijo Angus de mala gana.

—Apuesto a que vas a preguntarme por qué corría tanta prisa casarme con ella.

—Fue por tu bien.

—Eso mismo me dijiste hace veinticinco años. Fui moneda de cambio, ¿eh? Conseguiste que cerrasen el caso del asesinato de Celina a cambio de mi matrimonio con Stacey.

Caliente, caliente, ¿verdad? Igual de cerca estuvo Alex. Al enfrentarse al juez Wallace con su hipótesis, éste se mató.

Sarah Jo se llevó la mano a la boca, con aspecto de estar a punto de desmayarse. Angus reaccionó con ira. Cerró los puños crispado.

—Fue lo mejor que se podía hacer en aquel momento. No me podía permitir una investigación a fondo. Para proteger a mi familia y a mi negocio no tuve más alternativa que pedirle al juez ese favor.

—¿Lo supo Stacey?

—Por lo menos por mí, no. Dudo que Joe llegase a decírselo nunca.

—Gracias a Dios —dijo Junior, dejándose caer en una silla y abatiendo la cabeza—. Sabes tan bien como yo, papá, que Gooney Bud era inocente.

—No sé cosa semejante.

—Vamos, hombre. Si era un pobre tipo inofensivo. Tú sabías que él no había matado a Celina, pero dejaste que pagara por ello. ¿Por qué no te limitaste a dejar que las cosas siguiesen su curso normal? A la larga, habríamos salido todos mejor librados.

—Sabes que eso no es así, Junior.

—¿De verdad? —preguntó Junior, alzando la cabeza y mirando a sus padres con un patente fulgor en los ojos—. ¿Sabéis a quién tiene Reede esta mañana en la cama, con aspecto de lo más tierno y sensual? A Alex.

Junior recostó la cabeza en los cojines de la mecedora antes de proseguir, con una risa exenta de humor.

—¡La hija de Celina! Dios, es bien gordo, ¿eh?

—¿Que Alex ha pasado la noche con Reede? —tronó Angus.

Sarah Jo dejó escapar un nasal sonido de desdén.

—No me sorprende —dijo.

—¿Y por qué no has evitado que sucediese, Junior? —preguntó Angus.

—¡Lo intenté! —gritó Junior, notando que el enojo de su padre iba en aumento.

—Pues es evidente que no lo suficiente. En tu cama debería estar ahora y no en la de Reede.

—Ella ya es mayorcita. No necesita mi permiso para acostarse con él, ni con nadie —dijo Junior, dejando la mecedora y acercándose al mueble bar.

Sarah Jo le cerró el paso.

—No me gusta esa chica. Es tan inmunda como su madre, pero si la querías para ti, ¿por qué has dejado que se la llevase Reede Lambert?

—Es más grave que eso, Sarah Jo —dijo Angus escuetamente—. Nuestro futuro dependía de la unión que Alex tuviese con nosotros. Esperaba que quisiese formar parte de nuestra familia. Y, como de costumbre, Junior no ha sabido hacer su trabajo.

—No le hagas reproches, Angus.

—¿Y por qué narices no se los voy a hacer? Es mi hijo. Le haré tantos reproches como se me antoje.

Luego, aplacando su momentánea irritación con ella, suspiró profundamente.

—Ya es demasiado tarde para lamentarse con naderías. Tenemos un problema más serio que la vida amorosa de Junior. Me temo que estamos en un tris de que nos procesen —dijo, marchándose de la habitación y dando luego un portazo al salir de la casa.

Junto al mueble bar, Junior se sirvió otra copa de vodka a palo seco. Sarah Jo lo cogió del brazo al llevarse él la copa a los labios.

—¿Cuándo vas a convencerte de que vales tanto como Reede? Más que él. Has decepcionado a tu padre otra vez. ¿Cuándo vas a hacer algo que haga que esté orgulloso de ti? Junior, cariño, ya es hora de que madures y tomes la iniciativa, para variar.

Alex miró a Reede con silenciosa incredulidad. Él barrió con toda calma los granos de café, que habían caído sobre el mármol, con el dorso de la mano y llenó de nuevo la cafetera de filtro. Hasta que el café empezó a caer en el recipiente de cristal no se volvió a mirarla.

—Me miras como si te hubieses tragado un sapo. ¿No es eso lo que esperabas oírme decir?

—¿Pero es cierto, o no? —preguntó ella con aspereza—. ¿La mataste?

Él desvió la mirada, miró luego al vacío durante unos instantes y después a Alex, directamente a los ojos.

—No, Alex. Yo no maté a Celina. De haber querido, lo habría hecho antes de aquella noche y con mis propias manos. Lo habría considerado un homicidio justificado. No me habría tomado la molestia de robar un bisturí. Y, desde luego, no habría permitido que aquel infortunado deficiente mental pagase por mí.

Ella se le acercó hasta quedar al alcance de sus brazos y lo abrazó con fuerza.

—Te creo, Reede.

—Bueno, algo es algo —dijo, arrullándola.

Reede le acarició la espalda y ella restregó la cara en su pecho. Él dejó escapar un leve sonido de excitación, pero la apartó.

—El café está listo.

—No me separes de ti, por favor. No quiero dejar de abrazarte.

—Ni yo tampoco —dijo él, acariciándole la mejilla—, pero abrazarte no es todo lo que quiero hacer, y tengo el fuerte presentimiento de que nuestra conversación no va a conducirnos a un romance —añadió, sirviendo el café en las tazas y llevándolas hasta la mesa.

—¿Por qué dices eso? —preguntó ella, sentándose frente a él.

—Porque quieres saber si sé quién fue al establo aquella noche.

—¿Y lo sabes?

—No, no lo sé —dijo él, negando enfáticamente con la cabeza—. Juro por Dios que no lo sé.

—Pero sabes que tuvo que ser Junior o Angus.

Él se encogió de hombros, sin comprometerse con una respuesta.

—Nunca has querido saber cuál de los dos lo hizo, ¿verdad?

—¿Y qué más da?

La respuesta de Reede la dejó de una pieza.

—Me importa a mí. Y debería importarte a ti.

—¿Por qué? Saberlo no va a cambiar nada en absoluto. No va a resucitar a Celina. No cambiaría ni tu desgraciada infancia ni la mía. ¿Te devolvería eso el amor de tu abuela? No. —Al ver su horrible expresión, añadió—: Sí, Alex, ya sé que ésa es la razón de que te hayas considerado obligada a vengar a Celina. Merle Graham siempre necesitó un chivo expiatorio. Si Celina hacía algo que ella consideraba que no estaba bien, solía cargármela yo. «El crío de Lambert» me llamaba con toda su mala intención. Así que no me sorprende que te inculcase un sentimiento de culpa de por vida. No quería cargar ella con los errores de Celina. Y no quería admitir que Celina, al igual que todo ser humano que haya pisado la capa de la Tierra, hacía lo que le venía en gana, cuando quería y con razón o sin ella. Así que eso te dejaba a ti, la única inocente en todo este condenado asunto, en primera fila para cargar con la culpa.

Reede respiró profundamente antes de proseguir.

—Teniendo todo esto en cuenta, ¿qué beneficio iba a reportar a nadie saber quién la mató?

—Tengo que saberlo, Reede —dijo ella, con las lágrimas casi saltándosele—. El asesino es también un ladrón. Me robó. Mi madre me habría querido de haber vivido; estoy segura.

—Por Dios, Alex, si ni siquiera quería tenerte —le gritó él—. Igual que mi madre, que tampoco quiso tenerme. Pero no me pasé la vida dándole vueltas.

—Porque tienes miedo —replicó ella, chillándole.

—¿Miedo?

—Miedo a sentirte herido por lo que pudieras descubrir.

—No es miedo —dijo él—, es indiferencia.

—Pues, gracias a Dios, yo no soy indiferente. No soy tan fría, ni estoy tan falta de sentimientos como tú.

—Pues anoche te parecí bastante ardiente —dijo él burlonamente—. ¿O es que no hay que tener mucha sangre fría para mantenerse anatómicamente virgen hasta ahora?

Ella se hizo hacia atrás, como si la hubiese golpeado. Herida en lo más hondo, clavó la mirada en él. La expresión del rostro de Reede era dura y hostil, pero la propia vulnerabilidad de Alex lo desarboló. Profirió entre dientes una retahíla de tacos y se frotó los párpados con los dedos pulgar y corazón.

—Lo siento. No pretendía herirte. Pero es que eres irritante con todo este asunto —dijo, bajando la mano y dirigiéndole una mirada conciliadora—. Déjalo, Alex. Cede por una vez.

—No puedo.

—No quieres.

Ella le cogió la mano.

—Mira, Reede, nunca podremos estar de acuerdo en esto, y no quiero pelearme contigo a causa de ello —dijo relajando el semblante—. Sobre todo después de lo de anoche.

—Eso es como pretender —dijo, señalando hacia la salita— que lo que hicimos ahí borra el pasado.

—¿Es por eso por lo que lo has hecho?, ¿confiando en que así perdonaría y olvidaría?

Él se soltó de su mano.

—De un modo u otro tienes que buscarme las cosquillas.

—No, no pretendo provocarte. Pero trata, por favor, de comprender que no quiera dejarlo, estando ya tan cerca de la verdad.

—Pero no puedo comprenderlo.

—Pues, entonces, simplemente acéptalo. Ayúdame.

—¿Cómo? ¿Señalando con el dedo a quien me formó, o a mi mejor amigo?

—Hace un rato no parecía que Junior fuese tu mejor amigo.

—Ha sido un pique por celos y por su orgullo herido.

—También estaba celoso la noche que mataron a Celina. Ella había herido su orgullo. Rechazó su proposición de matrimonio porque aún seguía enamorada de ti. ¿Acaso no pudo eso incitarle al asesinato?

—Piensa lo que dices, Alex —dijo él con visible enojo—. Aunque Junior hubiese perdido los estribos con ella, ¿por qué iba a tener tan a mano el bisturí? Y, además, por más enfurecido que estuviese, ¿crees honestamente que Junior es capaz de matar a alguien?

—Entonces fue Angus —dijo ella quedamente.

—No lo sé.

Reede se levantó de la silla de muy mal talante y empezó a pasear de un lado a otro. Ésa era una hipótesis que le obsesionaba.

—Angus se oponía a que Junior se casase con Celina.

—Angus tiene mucho peor pronto que Junior —dijo ella casi para sí—. Lo he visto enfadado. E imagino que si está furioso sería capaz de matar. De lo que no cabe duda es de que tomó medidas a la desesperada para que se cerrase el caso antes de que le salpicase.

—¿Adónde vas? —balbució Reede al ver que ella se levantaba de la silla y se dirigía al dormitorio.

—Tengo que hablar con él.

—¡Alex!

Fue tras ella y giró el pomo de la puerta del cuarto de baño, pero Alex había cerrado por dentro.

—No quiero que vayas allí.

—Tengo que ir —dijo, abriendo la puerta, ya vestida y tendiéndole la palma de la mano—. ¿Me prestas el Blazer?

Reede la miró con fijeza.

—Vas a arruinar su vida. ¿Has pensado en eso?

—Sí. Y cada vez que lo lamento recuerdo la infancia que pasé tan sola y sin cariño, mientras él prosperaba

—dijo, cerrando los ojos para tranquilizarse—. No quiero destruir a Angus. No hago más que mi trabajo, lo que es justo. Y la verdad es que me cae bien. De ser distintas las circunstancias, podría llegar a tomarle verdadero afecto. Pero las circunstancias son las que son, y no puedo cambiarlas. Si alguien hace algo malo, tiene que pagarlo.

—Muy bien —dijo él, agarrándola del brazo y atrayéndola hacia sí—. ¿Qué pena le corresponde a una fiscal que se acuesta con un sospechoso?

—Ya no eres un sospechoso.

—Anoche no lo sabías.

Furiosa, forcejeó para soltarse el brazo y corrió por la salita, cogiendo las llaves del Blazer de encima de la mesa donde había visto que las dejó Reede por la noche.

Reede la dejó marchar y fue a hacer una llamada a su despacho.

—Que me envíen un coche aquí inmediatamente —dijo, sin preámbulos.

—Están todos fuera, sheriff; todos salvo el jeep.

—Muy bien que me lo traigan.

45

Stacey Wallace Minton sorprendió a sus amigos al presentarse en el salón de punta en blanco, sin lágrimas en los ojos y aparentemente tranquila. Habían estado hablando todos en voz baja en atención a su sufrimiento. Creyeron que estaría tomándose un más que merecido descanso para hacer frente al calvario que se le venía encima.

Cubiertos y platos de plástico, con ensalada, carne estofada y postres, habían ido llegando a la casa con un río de amistades preocupadas por ella. Todos sin excepción preguntaban: «¿Cómo lo ha afrontado?»

A juzgar por las apariencias, Stacey había encajado bastante bien la muerte de su padre. Como siempre, iba impecablemente vestida y arreglada. Salvo por las grisáceas ojeras, cualquiera habría dicho que iba a una fiesta.

—¿Te hemos despertado, Stacey? Pusimos una nota en la puerta, rogando que llamasen con los nudillos en lugar de con el timbre.

—Llevo despierta un buen rato —les dijo ella a sus amigos—. ¿A qué hora se marchó Junior?

—Ya tarde por la noche. ¿Quieres comer algo? Aquí hay comida para un regimiento.

—No, gracias, ahora no.

—Llamó el señor Davis. Tiene que hablar del funeral contigo, pero dijo que ya hablaríais cuando a ti te viniese bien.

—Le llamaré esta mañana, un poco más tarde.

Ante la perpleja mirada de sus amigos, Stacey fue hacia el armario del pasillo y sacó su abrigo. Todos se intercambiaron miradas de pasmo y preocupación.

—Stacey, bonita, ¿adónde vas?

—Tengo que salir.

—Ya te haremos nosotros los recados. Para eso estamos aquí.

—Os lo agradezco, pero esto es algo que he de hacer yo misma.

—¿Y qué le decimos a la gente que venga a verte? —preguntó una, viendo con inquietud cómo Stacey iba hacia la puerta de la casa.

—Decidles lo que queráis —repuso tranquilamente, dándose la vuelta.

Angus no pareció sorprendido al ver a Alex entrar en su «cueva» sin ser anunciada. Él estaba sentado en el sofá de piel, dándose masaje en el dedo gordo del pie, que le dolía como casi siempre.

—No te he oído entrar —dijo—. Acabo de regresar del establo. Tenemos a un castrado de dos años con corvejón; pero seguro que no es tan doloroso como la gota.

—Lupe me ha dicho que ya habías regresado y que estabas aquí.

—¿Quieres desayunar algo? ¿Café?

—No, gracias, Angus.

«No renuncia a su hospitalidad ni en las últimas», pensó Alex.

—¿Crees que es un momento oportuno para que hablemos? —dijo ella.

Angus rio.

—Un momento tan oportuno como cualquier otro, supongo, teniendo en cuenta de lo que vamos a hablar.

Alex se sentó junto a él en el sofá y él le dirigió la astuta mirada de sus ojos azules.

—¿Qué? ¿Se desahogó Joe antes de pegarse un tiro?

—No me invitó a su despacho para confesar, si es eso a lo que te refieres —repuso Alex—, pero sé cuál fue tu trato con él. ¿Cómo conseguiste que Junior lo aceptara, Angus?

—En aquellos momentos —dijo él, sin molestarse en negar la acusación de Alex— al chico le daba todo igual. La muerte de Celina le afectó tanto que casi antes de que se diese cuenta estaba casado con la hija de Joe. ¿Sabes una cosa? No sé si habría logrado sobrevivir a los primeros meses de no haberse ocupado Stacey tanto de él. Nunca lamenté mi acuerdo con Joe.

—¿Y a quién protegíais?

—Esta mañana tienes peor aspecto —comentó él, cambiando bruscamente de tema—. ¿Tan mal te trató Reede anoche?

Alex bajó la cabeza, turbada.

—¿Te lo ha contado Junior?

—Sí —dijo él, calzándose la bota y haciendo una mueca de dolor a causa del roce en el dedo—. No es que esté sorprendido...; decepcionado, pero no sorprendido.

—¿Por qué? —dijo ella, levantando la cabeza.

—De tal palo tal astilla. Reede siempre le ganaba por la mano a cualquiera con Celina. Cualquiera sabe por qué. Pero así era. Cuestión de química, como creo que dicen ahora.

Angus puso ambos pies en el suelo y se recostó en el mullido sofá.

—¿Qué hay entre vosotros?

—Algo más que química.

—Es decir que le quieres.

—Sí.

El rostro de Angus reflejó preocupación.

—Quiero advertírtelo, como te lo advertiría un padre, Alex. Reede no es un hombre fácil para enamorarse de él. Le cuesta mucho mostrar su afecto y aún más aceptarlo. Pese a su edad, aún siente la amargura de que su madre lo abandonase cuando era una criatura.

—¿Y es por eso por lo que le resultó imposible perdonar a Celina por liarse con Al Gaither y tenerme a mí?

—Creo que sí. Trató de que algo así no le hiriese. Andaba por ahí como alma en pena. Ocultaba sus sentimientos, fingiendo que no le importaba, pero estaba hecho polvo. Yo lo notaba. No era por ti por lo que estaba resentido, entiéndelo bien, pero nunca llegó a perdonar a tu madre por haberle traicionado.

—¿Y Junior?

—Junior no podía perdonarle que quisiese a Reede más que a él.

—Pero ninguno de los dos la mató —dijo ella, mirándole a los ojos—. Fuiste tú, ¿verdad?

Angus se levantó y fue hacia la ventana. Miró hacia todo lo que había conseguido levantar desde la nada y estaba a punto de perder. Un opresivo silencio, que se prolongó varios minutos invadió la habitación.

—No, no la maté —dijo al fin—. Pero no por falta de ganas —añadió, dándose la vuelta.

—¿Por qué?

—Tu madre jugaba con todos, Alex. Le gustaba. Cuando la conocí era todavía como un chavalote. Todo habría podido ir bien si hubiese seguido igual. Pero al hacerse mayor y darse cuenta de que tenía mucho poder sobre los muchachos.... un poder sexual, empezó a utilizarlo y a jugar con ellos.

Alex empezó a sentir una intensa opresión en el pecho. Apenas podía respirar. Era como ver una película de terror y estar pendiente de que, de un momento a otro, el monstruo asomase la cabeza. Por un lado quería ver el final de la película, pero por otro, no. Podía ser horrible.

—Yo me daba cuenta de lo que sucedía —siguió explicando Angus—, pero poca cosa podía hacer. Ella los enfrentaba.

Las palabras de Angus eran como un eco de lo que Nora Gail le había dicho: «La tentación era demasiado grande».

—Y, conforme iba creciendo, peor se ponían las cosas. La sólida amistad entre los dos chicos era como una maza reluciente por fuera y podrida por dentro. Celina se había encargado de roer las entrañas como un gusano. No fue nunca persona de mi gusto —añadió volviendo a sentarse en el sofá—. Pero la deseaba.

Cuando Alex se hubo asegurado de que sus oídos no la engañaban, no pudo contener su asombro.

—¿Qué?

Angus sonrió burlonamente.

—Ten en cuenta de que eso hace veinticinco años, y yo tenía quince kilos menos. No tenía esto —dijo, palpándose la prominente barriga—, y tenía más pelo. Aunque me esté mal decirlo, era un conquistador.

—No es que dude de tu atractivo, Angus, es que no tenía ni idea de que...

—Ni los demás tampoco. Era mi pequeño secreto. Ni siquiera ella lo sabía... hasta la noche en que murió.

Alex pronunció el nombre de Angus con rabia. El monstruo de la verdad no era sólo horrible, era odioso.

—Junior salió de estampida —prosiguió Angus—, a ahogar sus penas en alcohol. Celina vino a este cuarto. Se sentó ahí, justo donde estás tú ahora sentada, y empezó a llorar. Me dijo que no sabía qué hacer. Quería a Reede como no había querido a ningún otro hombre. Y quería a Junior, pero no lo bastante para casarse con él. No sabía cómo iba a sacarte adelante. Cada vez que me miraba, le recordaba el error que había condicionado su futuro para siempre. Siguió contándome sus penas, esperando mi comprensión, pese a que todo lo que yo veía en ella era una zorrita egoísta. Sólo parecía darse cuenta de lo que la afligía a ella. No parecía importarle un bledo herir a los demás ni jugar con sus vidas. Sólo se preocupaba de su persona.

Angus meneó la cabeza como riéndose de sí mismo. Entonces continuó:

—Pero eso no impidió que la desease. La deseaba más

que nunca. Creo que, ante mí mismo, lo justificaba diciéndome que no merecía más que la lujuria de un viejo verde como yo —dijo respirando profundamente—. El caso es que jugué mis cartas.

—Le dijiste que... ¿la deseabas?

—No así de pronto. Le ofrecí una casa en las afueras de la ciudad, no muy lejos. Le dije que yo la mantendría. No tendría que hacer nada más que estar dispuesta para cuando yo pudiese ir a verla. Contaba con que se instalase allí contigo, naturalmente, y también con la señora Graham, aunque dudo que tu abuela hubiese aceptado nunca. En realidad —concluyó—, le pedí que fuese mi amante.

—¿Y ella qué dijo?

—Ni media palabra. Se quedó mirándome unos instantes y luego se echó a reír.

Los ojos de Angus le helaron la sangre a Alex por su exasperante cinismo.

—Y ya sabes cuánto odio que se rían de mis ideas.

—Asqueroso hijo de puta.

De pronto, ambos ladearon la cabeza ante la voz que acababan de oír. Junior, con el rostro congestionado de rabia, estaba de pie en el vano de la puerta y señalaba acusadoramente a su padre con el dedo.

—¡No quisiste que me casase con ella porque la querías para ti! ¡La mataste porque desdeñó tu despreciable proposición! ¡Tú, cabrón hijo de puta! ¡Por eso la mataste!

En la carretera parecía haber más baches de lo habitual. O quizás era que se metía en todos porque tenía los ojos nublados por las lágrimas. Tuvo que hacer un esfuerzo para no meterse en la cuneta con el Blazer durante el trayecto de vuelta hasta la casa de Reede.

Al abalanzarse Junior sobre Angus y empezar a darle puñetazos, Alex había salido corriendo. No podía soportar ver una escena así. Su investigación había enfrentado al padre y al hijo, al amigo contra el amigo, y ya no podía más. Había salido huyendo.

Tenían razón todos. Habían tratado de advertírselo, pero ella se había negado a escuchar. Impulsada por el sentimiento de culpa, terca y temeraria, armada hasta los dientes con un inflexible criterio sobre lo justo y lo injusto, cegada por la audacia de la inmadurez, había removido la tierra de un territorio vedado profanándolo. Había resucitado la ira de malos espíritus que yacían allí escondidos hacía tiempo. En contra de los más sensatos consejos, había seguido excavando. Y ahora esos malos espíritus hacían sentir su airada protesta.

La habían obsesionado con la idea de que Celina fue una frágil heroína, cuya existencia había sido trágicamente truncada nada más florecer como mujer, una joven viuda con el corazón destrozado y una criatura recién nacida en los brazos, mirando desalentada el cruel mundo de su alrededor. Pero lo cierto es que había sido un ser egoísta, que manipulaba a las personas y que había sido cruel incluso con quienes la querían.

Merle le había hecho creer que ella había sido la responsable de la muerte de su madre. Cada gesto, cada palabra, todo lo que hacía, era una acusación abierta, o implícita, que había hecho que Alex se sintiese culpable e indigna de ella.

Pues bien, Merle estaba equivocada. Celina tuvo la culpa de que la asesinasen. Alex se impuso descargarse de todo remordimiento o sentimiento de culpa. ¡Se había librado al fin de aquel peso! Ya no le importaba realmente quién la apuñaló con el bisturí. En cualquier caso, culpa de Alex no había sido.

Su primer pensamiento fue que debía compartir esa sensación de liberación con Reede. Detuvo el Blazer frente a su casa, bajó y cruzó el porche corriendo. Al llegar frente a la puerta, vaciló y llamó suavemente con los nudillos. Al cabo de unos segundos, Alex abrió la puerta y entró.

—¿Reede?

No había luz y Reede no estaba.

Alex avanzó hacia el dormitorio, volvió a llamar a Reede, pero era obvio que no estaba. Al darse la vuelta, vio su bolso, olvidado sobre la mesilla de noche. Pasó al cuarto de baño contiguo a recoger otras cosas que se había dejado allí y las metió en el bolso. Al cerrarlo, creyó oír el familiar chirrido de la puerta de la entrada. Se paró a escuchar.

—¿Reede?

No volvió a oír el chirrido.

Impregnada aún de la ensoñación de la noche anterior, tocó las cosas que Reede tenía sobre la mesilla de noche: unas gafas de sol, un peine que apenas usaba, una hebilla de repuesto de su cinturón, que era de cobre y llevaba grabado el escudo del estado de Texas. Tenía el corazón inflamado de amor. Se dio la vuelta para salir, pero se detuvo en seco.

La mujer que estaba de pie en la puerta del dormitorio llevaba un cuchillo en la mano.

46

—¿Qué coño pasa aquí?

Reede agarró a Junior del cuello de la camisa, separándolo de Angus, que estaba tendido en el suelo. Tenía el labio partido y le goteaba la sangre por la barbilla. Lo más sorprendente era que el viejo no paraba de reír.

—¿Dónde has aprendido a pegar así, muchacho? ¿Y por qué no lo has hecho más a menudo? —dijo, incorporándose y extendiendo la mano hacia Reede—. Ayúdame a levantarme —rogó.

Reede, tras dirigirle a Junior una mirada de advertencia, lo soltó y ayudó a Angus a levantarse.

—¿Queréis decirme qué leche ha sido todo esto? —preguntó Reede.

Al llegar en el jeep, había ido derecho al rancho, y Lupe, muy angustiada, le había abierto la puerta y le había dicho que el señor Minton y Junior estaban peleándose.

Reede había corrido hacia el cuarto de Angus y los había encontrado enzarzados y rodando por el suelo. Junior le había estado dando furiosos, pero poco efectivos, puñetazos en la cabeza a su padre.

—Quería a Celina para él —dijo Junior con la respiración entrecortada por la cólera y el esfuerzo—. He oído cómo se lo contaba a Alex. Quiso convertir a Celina en su querida. Y al decirle ella que no, la mató.

Angus estaba limpiándose tranquilamente la sangre de la barbilla con un pañuelo.

—¿En serio crees eso, hijo? ¿Crees que lo habría sacrificado todo..., a tu madre, a ti, todo esto..., por aquella zorrita?

—Te he oído decirle a Alex que la deseabas.

—Y la deseaba; de cintura para abajo, pero no la amaba. No me gustaba la manera que tenía de interponerse entre tú y Reede. Ya puedes estar seguro de que no me habría jugado todo lo que era mi vida matándola. Puede que sintiese ganas de hacerlo al rechazar ella mi proposición, pero no lo hice.

Angus los miró a ambos detenidamente.

—Mi orgullo quedó a salvo cuando uno de vosotros lo hizo por mí —añadió.

Los tres intercambiaron inquietas miradas. Los veinticinco años transcurridos parecieron desplomarse sobre ese crítico instante. Hasta entonces, ninguno de ellos había tenido el valor de plantear la situación. La verdad podía ser demasiado dolorosa para poder soportarla, y habían preferido que la identidad del asesino siguiese siendo un misterio.

Los tres convinieron tácitamente en el silencio. Les había protegido de saber quién había terminado con la vida de Celina. Ninguno de ellos quiso saberlo nunca.

—No maté a aquella chica —dijo Angus—. Tal como le he dicho a Alex, le di las llaves de uno de mis coches para que regresase a casa con él. La última vez que la vi fue cuando salió por la puerta de casa.

—Yo estaba furioso por su negativa —dijo Junior—. Me recorrí yo qué sé cuántos bares tomando cerveza y la cogí. No recuerdo dónde estuve ni con quién. Pero creo que recordaría haber hecho trizas a Celina.

—Cuando sirvieron los postres me marché —les dijo Reede—. Pasé la noche follando con Nora Gail. Llegué al establo sobre las seis de la mañana. Y entonces la encontré.

Angus meneó la cabeza desconcertado.

—Entonces, todo lo que le hemos dicho a Alex es cierto.

—¿Alex? —exclamó Reede—. ¿No has dicho que estaba aquí hace un momento?

—Papá estaba hablando con ella al entrar yo.

—¿Y dónde está ahora?

—Ha estado sentada aquí conmigo —dijo Angus, señalando el lugar vacío del sofá—. Ya no he visto nada más, porque ha entrado Junior y se ha abalanzado sobre mí, como un toro embistiendo —añadió, amagando jovialmente un directo a la mandíbula de Junior, que le sonrió con infantil satisfacción.

—¿Queréis dejaros de monsergas y decirme adónde ha ido Alex?

—Calma, Reede. Tiene que andar por aquí.

—No la he visto al entrar —insistió él, que salió corriendo hacia el recibidor.

—Pero si ha sido cosa de dos minutos —dijo Junior—. ¿Por qué te inquietas tanto...?

—¿Pero es que no lo entiendes? —exclamó Reede, ladeando la cabeza—. Si ninguno de nosotros mató a Celina, quienquiera que lo hiciese seguirá por ahí y tan cabreado con Alex como lo hemos estado nosotros.

—¡Dios, no había pensado en eso...!

—Tienes razón, Reede.

—Vamos.

Corrieron los tres hacia la puerta de la calle. Y, mientras bajaban por las escaleras del porche, Stacey Wallace llegó con su coche, lo detuvo y bajó.

Junior, Angus, Reede, menos mal que os encuentro. Alex...

Reede salió con el jeep como un endemoniado. Al llegar al cruce de la carretera privada de los Minton, que conducía a la autopista, alcanzó a los agentes que le habían enviado el jeep y les indicó que se detuvieran.

—¿Habéis visto mi Blazer? —les gritó—. Lo llevaba la señorita Alex Gaither.

—Sí, Reede, la hemos visto. Iba hacia tu casa.

—Muchas gracias. Y vosotros —les gritó a los que iban con él—, agarraos bien.

Reede giró en redondo.

—¿Qué pasa? —preguntó Stacey.

El jeep llevaba la capota recogida y Stacey tuvo que sujetarse a su propio asiento para no matarse. En su apacible mundo nunca había visto la muerte tan cerca.

Le había sido imposible detener a los Minton y a Reede. Casi la habían arrastrado hasta el jeep al salir frenéticamente hacia él. Le habían dicho precipitadamente que si tenía que hablar con ellos en aquel momento, tenía que seguirles. Había ocupado el asiento de atrás con Junior, y Angus se había sentado junto a Reede, que iba al volante.

—Alex podría estar en peligro —le gritó Junior a Stacey al oído, porque el frío viento del norte sofocaba las palabras.

—¿En peligro?

47

—¡Sarah Jo! —gritó Alex—. ¡Pero qué hace!

Sarah Jo sonrió con todo su aplomo.

—Te he seguido hasta aquí desde mi casa.

—¿Por qué?

Los ojos de Alex no se apartaban del cuchillo. Era un cuchillo de cocina corriente, pero no parecía nada corriente en manos de Sarah Jo. Hasta entonces, sus manos siempre le habían parecido femeninas y frágiles, pero la mano que empuñaba el mango del cuchillo tenía un aspecto cadavérico y siniestro.

—He venido a apartar de mi vida otro estorbo —dijo, abriendo desmesuradamente los ojos y entornándolos después—. Igual que hice en Kentucky. A mi hermano le dieron el potrillo que yo quería. No fue justo. Tuve que deshacerme de él y del portillo, o nunca habría sido feliz.

—¿Dice que hizo qué?

—Lo hice ir al establo, diciéndole que el potro tenía cólico. Luego, cerré la puerta y le pegué fuego al establo.

—¡Qué horror! —exclamó Alex.

—Sí, la verdad es que sí. Se olía a carne de caballo quemada a kilómetros a la redonda. El hedor duró muchos días.

Alex, temblorosa, se llevó la mano a los labios. Esa mujer era evidentemente una psicópata y, por lo tanto, más aterradoramente peligrosa.

—No tuve que pegarle fuego a nada la noche que asesiné a Celina.

—¿Por qué no?

—Aquel idiota de Gooney Bud la había seguido hasta el rancho. Me lo encontré al salir del establo. Me dio un susto de muerte, apostado allí entre las sombras. Entró y la vio. Se echó encima de ella, algo horroroso. Le vi coger el bisturí del veterinario —dijo, sonriendo ufana—. Entonces comprendí que no tenía necesidad de prender fuego ni acabar con tan preciosos caballos.

—Usted mató a mi madre —dijo Alex, llorosa—. Usted mató a mi madre.

—Era una criatura inmunda —le espetó Sarah Jo, cuya expresión cambió bruscamente, tornándose maligna—. Rezaba cada noche para que se casase con Reede Lambert. Así ambos saldrían de mi vida. Angus no necesitaba más hijo que el que yo le di —gritó, golpeándose el pecho con la mano libre—. ¿Para qué necesitaba a ese bastardo?

—¿Y qué tenía eso que ver con Celina?

—Aquella estúpida cría dejó que la preñasen. Reede no iba a quererla en esas condiciones —dijo, apretando los dientes de una manera que descompuso sus delicadas facciones—. Y yo tenía que mantenerme alerta, porque Junior pretendía ocupar el lugar de Reede. Quería casarse con ella. ¡Un Presley casado con una cualquiera con un hijo ilegítimo! No iba a dejar que mi hijo destrozase su vida.

—Y entonces esperó la oportunidad para matarla.

—Ella me lo puso en bandeja. Junior salió aquella noche de casa consternado. Y luego Angus se portó como un imbécil con ella.

—¿Oyó su conversación?

—La oí.

—Y tuvo celos.

—¿Celos? —dijo con una beatífica risita—. Por Dios santo, qué iba a tener celos. Angus ha tenido otras mujeres durante casi todo el tiempo que llevamos casados. Incluso pudo no haberme importado que tuviese a Celina, siempre y cuando la tuviese fuera de la ciudad y lejos de Junior. Pero aquella perra estúpida se le rio en su cara... ¡Reírsele en la cara a mi esposo después de que él le había abierto su corazón!

Parpadeaba nerviosamente y sus flácidos pechos subían y bajaban al compás de su dificultosa respiración. El tono de su voz se había hecho estridente. Alex comprendió que si quería salir bien tenía que proceder con mucho tacto. Estaba aún buscando las palabras más convenientes, cuando vio un hilillo de humo. Dirigió la mirada hacia el recibidor y vio una humareda. Las llamas reptaban ya por la pared del fondo.

—Sarah Jo —dijo Alex con voz trémula—, quiero hablar con usted de todo esto, pero...

—¡Quieta ahí! —la conminó tajantemente Sarah Jo, blandiendo el cuchillo al ver que Alex daba un vacilante paso hacia delante—. Viniste aquí y empezaste a causar problemas, igual que ella. Has preferido a Reede en perjuicio de Junior. Le estás destrozando el corazón. Angus está muy afectado y preocupado por la muerte de Joe Wallace, y todo por tu culpa. Angus creyó que Reede o Junior la habían matado.

Sarah Jo sonrió como refocilándose. Y añadió:

—Es lo que supuse que pensaría —dijo—. Y también comprendió que ni Junior ni Reede iban a molestarse en indagar. Confié en su mutua lealtad. Fue el crimen perfecto. Angus, creyendo proteger a los muchachos, se puso de acuerdo con el juez. No me gustaba que Junior se casase tan joven, pero me alegré de que fuese con Stacey y no con Celina.

La humareda era cada vez más densa; envolvía ya a Sarah Jo, que no parecía percatarse de ello.

—Empezaste a hacer demasiadas preguntas —le dijo a Alex con una mueca de pesar—. Traté de asustarte con la carta, haciendo ver que era cosa de ese loco, el reverendo Plummet, pero la envié yo.

Sarah Jo parecía muy satisfecha de sí misma. Alex aprovechó su ensimismamiento para avanzar lentamente, paso a paso.

—Pero como seguiste sin querer entender —prosiguió Sarah Jo—, te empujé a la cuneta con una de las furgonetas de la empresa. El juez Wallace seguiría probablemente con vida, y su acuerdo con Angus seguiría siendo un secreto, si hubieses muerto al estrellarse tu coche —añadió con tono de verdadera perturbada—. Pero, a partir de hoy, ya no tendré...

Alex se abalanzó sobre ella y la golpeó en la muñeca. Sarah Jo era más fuerte de lo que parecía y logró mantener el cuchillo en su mano. Alex le asió la muñeca, sujetándosela con fuerza y esquivando las cuchilladas que le dirigía al cuerpo.

—No permitiré que destruyas a mi familia —gritó Sarah Jo a la vez que le lanzaba una cuchillada a la cintura.

Las dos mujeres forcejearon por el cuchillo. Cayeron de rodillas. Alex trató de esquivar la amenazante hoja del cuchillo, pero la humareda era demasiado densa para poder verlo bien. Se le llenaron los ojos de lágrimas y empezó a asfixiarse. Sarah Jo la empujó contra la pared y, con el golpe, Alex notó que se le abrían los puntos de la cabeza.

Alex consiguió levantarse y empezó a arrastrar a Sarah Jo por el pasillo, donde el humo las envolvió. Todas las normas que Alex conocía para escapar de un incendio se borraron de su mente. Intentó contener la respiración, pero los pulmones le pedían oxígeno para el difícil esfuerzo de tirar de Sarah Jo.

Apenas había llegado a la salita cuando Sarah Jo se percató de que Alex la estaba dominando. Pero reunió fuerzas para atacarla de nuevo, con mayor ímpetu.

Logró darle una cuchillada a Alex en el tobillo, y Alex gritó. Recibió otra puñalada en la pantorrilla y trastabilló hacia atrás en dirección a la salita.

De pronto, Sarah Jo se le soltó. Y si, hacía unos segundos, había estado forcejeando para escapar, ahora le entró pánico al pensar que podía perder totalmente de vista a su agresora, entre la espesa y negra humareda.

El humo era tan negro que no podía distinguir ni siquiera el perfil de la asesina.

—¡Sarah Jo! ¿Dónde está? —dijo, con la voz entrecortada por el humo.

Alex alargó los brazos, tratando de dar con el cuerpo de Sarah Jo, pero no palpó más que el vacío.

Entonces, el instinto de supervivencia se impuso. Dio media vuelta, agachó la cabeza y se lanzó pasillo adelante. Esquivó las llamas de los muebles de la salita y corrió a ciegas en dirección a la puerta. La puerta estaba entera, pero hecha una brasa. Cogió el pomo, que se le quedó marcado a fuego en la palma.

Gritó de dolor y de pánico, pero cruzó el vano y salió al porche.

—¡Alex!

Ella corrió tropezando, en dirección a la voz de Reede, y vio, con los ojos semicegados por el humo, la silueta del jeep que se detenía estrepitosamente a sólo unos metros de ella.

—Reede —balbució Alex, yendo hacia él, hasta que finalmente se desplomó.

Él saltó del jeep y corrió a ayudarla.

—Sarah Jo —musitó Alex, levantando trabajosamente la mano para señalar en dirección a la casa.

—¡Dios mío! ¡Mi madre! —exclamó Junior, bajando del jeep de un salto.

—¡Vuelve, Junior! —gritó Stacey—. ¡No, Dios mío, no!

—¡No, hijo! —gritó Angus, tratando de sujetar a Junior del brazo—. Es demasiado tarde.

Reede estaba ya en el porche cuando Junior lo apartó derribándolo. Reede rodó por las escaleras del porche y trató inútilmente de alcanzar el tobillo de Junior.

—¡Junior, no lo lograrás! —le gritó.

Junior volvió la cabeza para mirarlo.

—Esta vez, Reede, será mía la gloria —dijo, dirigiéndole a Reede la mejor de sus sonrisas y entrando en la casa en llamas.

Epílogo

—Supuse que estarías aquí.

Reede no pareció percatarse de la presencia de Alex hasta que ella le habló. Ladeó la cara para mirarla y luego volvió a fijar los ojos en las dos recientes tumbas. Se hizo un embarazoso silencio que él se decidió a romper.

—Le prometí a Angus que vendría todos los días a echar un vistazo a todo. No está todavía para nada.

Alex se le acercó más.

—He pasado a verle esta tarde. Ha tratado de mostrarse animado —dijo ella, consternada—, pero está muy afligido. Y no es para menos. Así se lo he dicho. Espero que lo interpretase como una verdadera condolencia.

—Estoy seguro que ha agradecido tu visita.

—No estoy yo tan segura.

Reede leadeó el cuerpo y la miró. Ella se echó nerviosamente el pelo hacia atrás, porque el fuerte viento se lo llevaba delante, cubriéndole el rostro.

—Si no llego a venir aquí, si no hubiese reabierto el caso...

—No vuelvas a hacerte lo mismo otra vez, Alex —dijo él, irritado—. Nada de lo sucedido ha sido culpa tuya. Nadie podía adivinar hasta qué punto Sarah Jo estaba loca, ni siquiera Angus, que estaba casado con ella. Junior..., bueno...

Reede se interrumpió, con un nudo en la garganta.

—Lo echarás de menos.

—¿Echarle de menos? —repitió con provinciana campechanería—. El muy bestia. Meterse en una casa en llamas a punto de derrumbarse. Sólo un estúpido como él pudo haber hecho esa tontería.

—Tú ya sabes por qué lo hizo, Reede. Creyó que tenía que hacerlo.

Al ver que los ojos de Reede se llenaban de lágrimas, Alex sintió tal nudo en la garganta que no pudo tampoco contener el llanto. Se acercó más a Reede y posó la mano en su brazo.

—Tú le querías, Reede. ¿Tanto te cuesta reconocerlo?

Él dirigió la mirada a la tumba flanqueada de flores.

—La gente siempre decía que él tenía celos de mí. Lo que nunca supo nadie es que era yo quien tenía celos de él.

—¿Que tú tenías celos de Junior?

Él asintió con la cabeza.

—De las facilidades que siempre tuvo para todo —dijo, dejando escapar una risa irónica—. Me ponía frenético que malgastase esas facilidades.

—Queremos a las personas pese a lo que sean, no por lo que son. Por lo menos así creo yo que debe ser.

Ella retiró la mano de su brazo y cambió de tema, procurando que su voz sonase desenfadada.

—Angus me ha dicho que se propone seguir adelante con sus proyectos para el hipódromo.

—Sí, es un tipo testarudo.

—Tu aeropuerto irá viento en popa.

—Mejor que así sea. Porque dejo mi puesto a fin de año —dijo, ante la perpleja expresión de Alex—. He presentado la dimisión. No puedo seguir siendo sheriff y tratar de hacer algo grande con el aeropuerto al mismo tiempo. Ha llegado el momento de meterme en ello a fondo o dejarlo correr. Y he decidido meterme a fondo.

—Estupendo. Me alegro por ti. Angus dice que estás pensando en la posibilidad de asociarte con él.

—Veremos. Voy a comprar otro caballo con el dinero del seguro de *Double Time*. Estoy pensando en adiestrarlo yo mismo. Angus quiere ayudarme.

Ella no se dejó engañar por el poco interés que pretendía mostrar Reede, pero no quiso atosigarle con más preguntas. Si hubiese sido jugadora, habría apostado todo su dinero por una futura alianza entre Angus y Reede. Y, esta vez, más en beneficio de Angus que de Reede.

—¿Y tú qué? —preguntó él—. ¿Cuándo te reincorporas a tu oficina?

Ella hundió las manos en los bolsillos de su chaquetón y se encogió de hombros.

—No estoy segura. Cuando las heridas...

—¿Cómo las tienes?, por cierto.

—Cicatrizan bien.

—¿No te duele?

—Ya no. Estoy casi como nueva, pero Greg me ha dicho que no me dé prisa en volver al trabajo. Se hace cargo de la tensión que he pasado —dijo ella, hurgando en la removida tierra con la puntera de la bota—. Ni siquiera estoy segura de si quiero volver.

Al notar la sorpresa de Reede, ella le sonrió.

—Te parecerá divertido, sheriff. He descubierto que mis simpatías se decantan hacia los acusados. Puede que me convierta en abogada defensora para variar.

—¿Y dónde ejercerías?

Ella le dirigió una intensa mirada.

—Aún no lo he decidido.

Reede empezó a apelmazar la tierra recién removida con sus botas, igual que había hecho Alex.

—Bueno, yo... Leí declaraciones en el periódico. Fue una buena acción cerrar el caso por falta de pruebas —dijo él quedamente.

—No habría tenido mucho sentido oponerse al fallo original, ¿verdad?

—No, desde luego, sobre todo ahora.

—Y puede que desde el principio, Reede.

Él alzó la cabeza y le dirigió una admirativa mirada.

—Teníais razón, todos vosotros. La investigación sólo me servía a mí. La utilicé y utilicé a todas las personas implicadas para demostrarme el error de mi abuela —dijo Alex entrecortadamente—. Es demasiado tarde para que Celina rectifique sus errores, pero quizá pueda yo hacer algo respecto a los míos.

Alex inclinó la cabeza hacia la tumba contigua, que estaba cubierta de hierba y tenía una rosa roja en la base de la lápida.

—¿Se la has puesto tú?

Reede miró hacia la tumba de Celina.

—Pensé que a Junior le gustaría compartir una flor con ella. Ya sabes cómo era con las mujeres.

Fue una buena señal que fuese capaz de sonreír al decirlo.

—¿Sabes? No me había dado cuenta de que éste era el lugar para el eterno descanso de los Minton hasta el funeral del otro día. A mi madre le gustará estar aquí con él.

—Él estará donde siempre quiso estar, junto a Celina, sin nadie que se interponga entre ellos.

La emoción anegaba los ojos de Alex y oprimía su pecho.

—Pobre Stacey. Nunca tuvo nada que hacer con Junior, ¿verdad, Reede?

—Ni ella ni nadie. Pese a lo mujeriego que era, para Junior sólo hubo una mujer.

Se dieron la vuelta y dirigieron la mirada colina abajo, en dirección a sus coches.

—¿Ha sido idea tuya que Stacey pase una temporada en el rancho? —preguntó Alex, al echar a caminar por la hierba.

Reede pareció reacio a admitirlo y se limitó a una leve mueca afirmativa.

—Pues ha sido una sensata sugerencia, Reede. Ella y Angus se llevarán bien.

La hija del difunto juez nunca podría sentir simpatía hacia ella, pero Alex lo comprendía y podía perdonar su animosidad.

—Stacey necesita a alguien a quien mimar —dijo Reede—, y en estos momentos Angus necesita que lo mimen.

Al llegar a su coche, Alex se volvió hacia Reede.

—¿Y tú qué? ¿Quién te mimará a ti? —dijo, balbuciendo.

—Nunca lo he necesitado.

—Ya lo creo que sí —dijo ella—, lo que pasa es que nunca se lo has permitido a nadie —añadió, acercándosele—. ¿Vas a dejar que me vaya, que salga de tu vida, sin hacer ningún esfuerzo por retenerme?

—Sí.

Ella lo miró con tanto amor como frustración.

—Está bien. Pues escucha bien lo que te digo, Reede. Voy a seguir queriéndote durante toda la vida, por más que te resistas —lo desafió—. A ver cuánto aguantas.

Él echó la cabeza hacia atrás y calibró la determinación del talante de Alex, de su voz, de sus ojos.

—Ya eres demasiado mayor para agarrar estos berrinches.

Alex sonrió, temblorosa, a modo de respuesta.

—Tú me quieres, Reede. Yo sé que me quieres.

El viento alborotó su pelo pajizo al asentir con la cabeza.

—Sí, te quiero. Eres una pejiguera, pero te quiero —dijo, jurando entre dientes—. Pero eso no cambia nada.

—¿A qué te refieres?

—A la edad. Me haré viejo y moriré mucho antes que tú, eso es.

—¿Y eso importa ahora... en este instante?

—Por lo menos debería importar.

—Pues no importa.

Enervado por su simple lógica, se dio un puñetazo en la palma de la mano.

—¡Pero mira que eres insistente!

—Sí que lo soy. Si quiero algo con todas mis fuerzas, si creo que es bueno, no me rindo jamás.

Él la miró durante un largo instante, luchando consigo mismo. Se le ofrecía un amor que temía aceptar. Entonces, jurando como un carretero, la agarró del pelo y la atrajo hacia sí. Pasó las manos bajo el chaquetón, buscando el cálido, suave y entregado contacto de Alex.

—Tus argumentos son muy convincentes, señoría —le gruñó.

Recostándola sobre la carrocería del coche, tocó su corazón, su vientre, acarició sus caderas y la estrechó entre sus brazos. La besó con pasión, con amor y con algo que apenas nunca tuvo: esperanza.

Retirando los labios de su boca sin aliento, Reede hundió el rostro en el cálido cuello de Alex.

—Nunca en mi vida había tenido algo que fuese mío de verdad, que no fuese de segunda mano o una limosna... nada, salvo tú, Alex, Alex...

—Dilo Reede.

—Quiero que seas mi mujer.